KB192675

거장의 클래식 **4**

日熄

해가 죽던 날

옌롄커 장편소설 김태성 옮김

글항아리

차
례

앞

제 말 좀 들어주세요

여보세요 — 아무도 안 계세요? — 누가 제 하소연 좀 들어주시겠습니까?

여보세요 — 신들이시여 — 바쁘지 않으시면 제 말 좀 들어주세요 — 저는 푸뉴伏牛산맥 맨 꼭대기에 무릎 꿇고 있습니다. 제 목소리 들리시지요? 어리석은 아이의 외침 때문에 짜증을 내지는 않으시겠지요?

여보세요 — 저는 한 마을을 위해 왔습니다. 작은 진鎭을 위해 왔습니다. 산맥과 세계를 위해 왔습니다. 제가 이곳에 무릎 꿇고서 높은 하늘을 마주하고 있는 것은, 단지 여러분께 한 가지 일을 이야기하기 위해서입니다. 인내심을 갖고 제 얘기를 들어주시길 바랍니다. 짜증 내지 마시고 귀찮아하지도 마시길 바랍니다. 하늘과 땅처럼 크고 하늘과 땅처럼 올바른 일이니까요.

"이 일 때문에 우리 마을에서는 많은 사람이 죽었습니다. 우리 진에서 이미 수많은 사람이 죽었습니다. 우리 푸뉴산맥과 산맥 밖의 세상에서 하룻밤의 꿈속에서 밀이 베일 때마다 그만큼 많은 사람이 죽었습니다. 밀알이 발아하는 만큼 많은 사람이 불쌍하고 무기력하게 아직 이 산맥과 세상에 살고 있습니다. 마을과 아이들이 살고 있습니다. 산맥과 세계가 살고 있습니다. 그들의 심장과 비장, 간장이 전부 종이로 싼 핏물 같습니다. 자칫하면 핏물을 싸고 있는 그 종이는 찢어지고 말 겁니다. 핏물이 흘러나오겠지요. 목숨이 한 방울 물처럼 황야 위로 떨어지겠지요. 한 조각 잎사귀처럼 가을 숲이나 엄동의 추위 속으로 떨어지겠지요."

신들이시여! ─ 인간의 신들이시여! ─ 그 마을, 그 진, 그 산맥과 세계에서는 더 이상 어떤 악몽도 막을 수 없을 것 같습니다. 보살님들이시여 ─ 하늘이시여 ─ 나한 왕과 옥황상제시여 ─ 그 마을과 진을 지켜주십시오. 그 산맥과 세상을 지켜주십시오. 저는 그 마을과 진, 그리고 그 사람들을 위해 이 산꼭대기에 무릎 꿇고 있습니다. 살아 있는 사람들을 위해 산꼭대기에 산 채로 무릎 꿇고 있습니다 ─ 이 땅과 종자, 농기구, 거리와 장터, 상가와 번화한 풍경들을 위해 이 산꼭대기에 무릎 꿇고 있습니다. 밝은 대낮과 어두운 밤을 위해 이 산꼭대기에 무릎을 꿇고 있습니다. 닭은 닭답고 개는 개답게 하기 위해 이 산꼭대기에 무릎 꿇고 있습니다. 저는 가장 진지하고 성실한 태도로 여러 신께 그 어두운 밤과 밝은 대낮에 일어났던 나무의 잔가지처럼 세밀한 사정을 말씀드리고자 합니다. 제 말 가운데 어딘가 정확하지 못하거나 약간 틀린 부분이 있다면 그건 어린 제가 성실하지 못해서가 아니라 어린아이인 제가 너무 흥분했기 때문일 것입니다. 제 머리는 항상 흐릿한 상태입니다. 항상 진흙탕처럼 뿌옇지요. 제 머리는 원래부터 진흙탕처럼 멍청하고 잘 돌아가지 않습니다. 말도 두서가 없고 어눌합니다. 사람이 있든 없든 자기 말만 하길 좋아합니다. 그렇게 끊이지 않고 한마디 또 한마디 말을 이어가길 좋아합니다. 반 마디에 또 반 마디가 이어지기도 하지요. 그래서 마을 사람과 진 사람 모두 제가 멍청하게 떠들도록 내버려둡니다. 저는 계속 멍청하게 떠들어대지요. 저는 멍청하기 때문에 그 어지럽고 복잡한 일들을 두서를 갖춰 조리 있게 풀어내지 못합니다. 말이 끊어졌다 이어지기를 반복하면서 이치를 갖지 못합니다. 저는 갈수록 더 바보가 되어가고 있습니다. 하지만 신들이시여 — 보살과 주님이시여 — 나한과 상제들이시여 — 제발 저를 진짜 바보로 여기지는 말아주십시오. 때로 저는 머리가 아주 명징해지기도 합니다. 물처럼 맑아지지요. 파란 하늘 같기도 합니다. 이를테면 지금 제 머리는 천창을 연 것처럼 환합니다. 하늘을 볼 수 있고 땅도 볼 수 있습니다. 그날 밤 벌어진 일의 진정한 의미를 볼 수 있습니다. 진실하고 분명하게 전부 제 머릿속에 들어와 있습니다. 그날 밤 어두운 땅바닥에 떨어진 바늘과 깨알까지도 찾을 수 있으니까요.

하늘은 그토록 파랬습니다. 구름은 또 그토록 가까이 내려앉아 있었습니다. 저는 여기에 무릎 꿇고 앉아 제 머리칼이 허공에 날리는 소리와 머리털끼리 서로 부딪치는 소리를 들을 수 있습니다. 쒁쒁 구름이 제 머리 위를 흐르는 소리를 들을 수 있습니다. 공기가 제 눈앞을 지나가는 것을 볼 수 있습니다. 눈에서 비단실을 뽑아내는 것 같습니다. 만물이 고요합니다. 햇빛은 밝고 바릅니다. 공기와 구름의 향기는 햇빛 아래서 새벽이슬이 발산하는 냄새 같습니다. 저는 무릎을 꿇고 있습니다. 조용히 산꼭대기에 무릎 꿇고 있습니다. 이곳에는 저밖에 없습니다. 하늘 아래 이 세상에 저밖에 없습니다. 저와 풀, 나무와 바위, 공기밖에 없습니다. 세계는 이토록 조용합니다. 신들이시여! 이 고요함 속에서 그날 한밤중에 있었던 일을 있는 그대로 들려드리고자 합니다. 아무리 바쁘시더라도 제 말 좀 들어주십시오. 저는 신령님들께서 제 머리 위 하늘에 계시다는 것을 잘 알고 있습니다. 모두 산 위나 대지 위에 계시다는 것을 잘 알고 있습니다. 적막을 지키고 있는 저 높은 산과 나무 위, 황량한 풀밭과 가뭄 때의 개구리, 벼랑 끝의 엉겅퀴와 늙은 느릅나무 위에도 계시다는 것을 잘 알고 있습니다— 저는 여기서 하늘의 집을 향해 무릎 꿇고 있습니다. 마음이 맑고 깨끗한 물처럼 제가 보고 듣고 경험하고 생각한 모든 것을 말하고자 합니다. 그 한밤중의 일들을 향불이 피어오르듯이 한 가닥 또 한 가닥 이 산 위에서 다 말할 겁니다. 여러분의 면전과 이 하늘 아래서 타오를 것입니다. 그리하여 제가 말하는 것이 확실한 진실임을 증명할 것입니다. 이는 풀 한 가닥이 바람 속을 날아다님으로써 대지의 존재와 대지가 풀에 부여한 운명을 증명하는 일과 같을 것입니다.

이제 제 이야기를 시작하겠습니다.

어디서부터 시작해야 할까요.

여기서부터 시작해야겠네요.

먼저 저 자신에 관해 얘기해보겠습니다. 저희 가정에 관해 얘기해보겠습니다. 당시 우리 집 이웃은 일반적인 이웃이 아니었습니다. 제가 얘기해도 그 집이 뜻밖에도 제 집과 같은 진, 같은 마을에 있었다는 사실을 믿지 못하실 겁니다. 뜻밖에도 그 집은 우리 이웃이었습니다. 뜻밖에도 우리 집은 그 집의 이웃이었습니다.

　우리 집이 마지못해 그 집의 이웃이 된 것은 아닙니다. 조상들과 하늘이 우리 집을 그 집의 이웃이 되도록 설정하신 겁니다. 이웃집 그 사람 이름은 옌롄커閻連科라고 합니다. 글 쓰고 그림을 그릴 줄 아는 바로 그 옌롄커지요. 밖에서는 제법 명성을 누리고 있는 옌롄커입니다. 옌롄커는 우리 진에서 진장보다 훨씬 더 유명한 사람입니다. 수박이 참깨밭에 놓여 있는 것처럼, 낙타를 양 무리 속에서 키우는 것처럼 유명하고 눈에 띄는 인물이지요.

　하지만 저는, 제 명성은 참깨 더미 위에 앉은 흙먼지처럼 작습니다. 낙타나 소나 양의 몸에 자라는 이와 서캐처럼 살았습니다. 저는 올해 열네 살이고 이름은 리녠녠李念念입니다. 하지만 진과 마을 사람 모두 저를 '바보 녠녠'이라 부릅니다. 바보 녠녠. 그분, 롄커 삼촌만이 저를 볼 때마다 샤오녠녠小念念 조카라고 부르지요. 조카, 샤오녠녠이라고 말이에요. 우리 집은 그분 집과 같은 마을로, 그분 집 남쪽 가까이에 있습니다. 우리가 함께 살고 있는 마을은 가오톈촌皐田村이라고 합니다. 마을에는 거리가 있고 집무시장이 있고 진 정부와 진 은행, 우체국, 파출소 등이 있습니다. 그래서 사실은 마을이 곧 진인 셈이지요. 마을 이름은 가오톈촌이고 진 이름은 가오톈진입니다. 마을과 진이 속한 현은 자오란현召蘭縣이라고 하지요. 제가 말하지 않아도 다들 아시겠지만, 중국이 중국이라고 불리는 이유는 중국인들이 예로부터 자신들이 세계의 중심이라 생각했기 때문이고, 중원中原이 중원이라 불리는 이유는 중원 사람들이 자신들은 중국의 중심에 산다고 생각했기 때문입니다. 이는 제가 한 말이 아니라 옌 삼촌이 자기 책에서 한 말입니다. 우리 현은 중원의

중심입니다. 우리 마을은 소남召南*의 중심입니다. 그렇게 말하자
면 중국의 중심이라고 할 수도 있겠지요. 다시 말해서 세계의 중심
인 것입니다. 옌 삼촌의 이 말이 맞는지 틀리는지는 알 수 없습니
다. 그가 틀렸다고 나서서 바로잡아주는 사람도 없었습니다. 그는
또 일생에 걸친 자신의 글쓰기가 사람들에게 그 마을과 그 땅이 세
상의 중심임을 증명하기 위해서라고 말합니다. 하지만 지금 그는
더 이상 글을 쓰지 않습니다. 안 쓴 지 여러 해가 됐습니다. 글재주
가 다했기 때문입니다. 영혼이 고갈되었기 때문입니다. 어쩌면 글
쓰기 때문에 이 세상이 싫어졌는지도 모르겠습니다. 이곳을 떠나
어딘가로 가서 조용한 생활을 도모하려는 것인지도 모르겠습니다.
텅 빈 고요를 기대하는 것인지도 모르겠습니다. 그날 밤을 보내면
서 그날 밤의 일을 쓸 수 없었기 때문에 그는 작가로서 자신이 이
미 죽어버린 것은 아닌지 두려워했습니다. 산 사람인 자신이 어디
로 가야 하는지도 알지 못했습니다. 그래서 여기에 무릎 꿇고 있으
면서 저는 여러 신과 보살님, 여래들, 관공關公과 공명孔明, 문곡성文
曲星과 태백과 두보, 사마천과 장자와 노자, 그리고 기타 등등의 위
인들께 그에게 은전을 내려 약간의 영감을 느끼게 해주시기를 간
청하는 바입니다. 영감이 한 차례 또 한 차례 비처럼 그의 몸 위에
뿌려지도록 해주시기를 간청합니다. 그가 계속 작가로 살아가게
해주시기를 간청합니다. 2~3일 내에 그가 그 『사람의 밤』의 이야
기를 다 써내게 해주시기를 간청합니다.

---

*『시경詩經』「국풍國風」의 편명으로 선진 시기 소남 지방의 민가다. 소남은 당시 소
공召公이 통치하던 남방 지역을 가리킨다.

여러 신이시여 ─ 인간의 신들이시여 ─ 우리 마을을 지켜주십시오. 우리 진을 지켜주십시오. 그 작가 옌롄커를 지켜주십시오. 저는 그가 쓴 수많은 책을 읽었습니다. 이웃에 살다보니 그가 바깥 세상에 관해 쓴 책들을 자기 집으로 부쳐오면 저는 그의 집에 가서 빌려 볼 수 있었습니다. 『유년일광流年日光』과 『물 같은 단단함如水之硬』 『휘셔우 마을活受』 『송풍아頌風雅』 같은 책이지요. 『꿈꾸는 사내의 마을梦丁莊』과 『죽음의 책死書』* 같은 것도 있었습니다. 저는 이 책들을 전부 눈으로 읽고 배 속에 완전히 삼켰습니다. 저는 반드시 여러분께 진실을 얘기하고자 합니다. 그의 책을 읽는 느낌은 제 눈이 황량한 겨울 들밭에서 마른 풀을 베는 것과 같았습니다. 가서 깨지고 썩어 문드러진 낙과를 주워 먹는 것과 같습니다. 하지만 다른 책이 없었기 때문에 말라빠진 꽃이나 낙과라도 주워 먹으면 맛을 느낄 수 있었습니다. 누가 저를 멍청하게 만들었나요. 누가 제 머리를 충분히 민첩하지 못하게 만들었나요. 누가 제게 초등학교만 마치고 종일 하는 일 없이 지내게 했나요. 좋으나 나쁘나 그분의 책에 쓰인 것은 전부 글자였습니다. 바보이긴 하지만 저도 글자를 좋아하는 사람입니다. 그래서 저는 『만년력萬年歷』 같은 책도 여러 번 읽고 또 읽었습니다. 덕분에 그 책에 담긴 각양각색의 자축인묘子丑寅卯를 다 외울 수 있었지요.

초가을이 되자 옌 삼촌은 우리 진에서 일어난 그날 밤 이야기를 써내기 위해 또다시 진에 있는 자기 집을 떠나 진 남쪽 저수지 쪽

---

* 순서대로 저자 자신의 작품 『일광유년日光流年』과 『물처럼 단단하게堅硬如水』 『레닌의 키스受活』 『풍아송風雅頌』 『딩씨 마을의 꿈丁莊夢』 『사서四書』 등을 패러디한 책 제목이다.

에 방 세 칸짜리 집의 세를 얻어 이사해 들어갔습니다. 마당도 하나 딸려 있는 집이었지요. 삼촌은 자신을 감옥에 가두듯 그 안에 가뒀습니다. 하지만 그는 그 집에서 두 달간 아무것도 하지 않고 멍하니 앉아서 보냈습니다. 결국 이야기의 서두도 땅바닥 가득 원고지만 던져놓고 잉크병을 팽개쳤습니다. 이해 그달 그날 밤의 일을 확실하게 직면하고서도 제가 지금 이곳에 무릎 꿇고 있는 것처럼 어디서부터 얘기를 시작해야 좋을지 알지 못했습니다.

그는 자신의 글쓰기에 절망하고 있었습니다.

이 세상에 살아 있는 사람들에게 더 이상 이야기를 할 수 없다는 사실에 절망했습니다. 한번은 그가 펜대를 입가에 물고 있는 모습을 봤습니다. 펜대를 통째로 아작아작 씹어버리더군요. 입안은 바각바각 소리로 가득했고 입에서 떨어진 플라스틱 부스러기가 바로 앞 책상 위에 놓인 원고지 위로 떨어져 내렸습니다. 그러고는 머리를 바로 옆 벽에다 쾅쾅 소리가 나도록 마구 부딪혔지요. 머리가 너무 아파 차라리 죽는 게 나을 듯한 모습이었습니다. 또 주먹으로 자기 가슴을 치기도 했습니다. 가슴에서 피가 뿜어져 나오게 하려는 것 같았습니다. 눈물방울이 포도알처럼 줄줄이 얼굴 위에 매달렸습니다. 하지만 영감은 죽은 참새인 양 그를 향해 날아오지 않았습니다.

당시에 어디로 갔는지 모를 샤오쥐안즈小娟子를 찾느라 저는 이틀에 한 번씩 폐허가 된 화장장을 헤매고 다녔습니다. 가는 길에 옌렌커 삼촌 댁에 들렀지요. 삼촌에게 푸른 채소와 국수를 가져다 드리기 위해서였습니다. 내친김에 과일과 기름, 소금도 가져다드렸지요. 그런 다음 삼촌에게서 책을 빌려왔습니다. 바로 그날 저는 또 삼촌에게 시금치와 간장을 가져다드리러 갔습니다. 삼촌이 문 앞에 서 있는 모습이 보였습니다. 얼굴은 저수지 가장자리 언덕과 호수를 향해 있고 낯빛은 담벼락에서 떼어낸 벽돌처럼 멍했습니다.

"집 안에 갖다놔."

삼촌은 저를 쳐다보지도 않고 말했습니다. 목소리가 벽돌에서 떨어진 먼지 같았습니다. 날아오는 먼지 같았습니다. 저는 삼촌 앞을 지나 채소를 담은 바구니를 북쪽 부엌에 가져다놓았습니다. 그런 다음 또 삼촌이 평소에 주무시고 글도 쓰시는 남쪽 별채에 제가 읽고 싶었던 『죽음의 책』이 있어 가지러 갔다가 사방의 푸른 벽돌이 깔린 마당에 그가 쓰다가 찢어서 던져버린 종이들이 구겨지고 뭉쳐진 채 마구 흩어져 있는 모습을 봤습니다. 고황에 든 사람이 땅바닥에 가래를 토해놓은 것 같았습니다. 바로 그 순간, 저는 그의 재주가 다했다는 것을 알았습니다. 영감을 받아내는 뇌가 말라버린 것입니다. 자신이 쓰고자 하는 글을 써낼 수 없게 된 것입니다. 죽고 싶은 마음과 혼란만 남았습니다. 놀랍게도 삼촌 집 밖으로 다시 나와 보니 정말로 삼촌은 혼자 호수 쪽을 향해 걸어가고 있었습니다. 죽은 영혼이 무덤을 향해 걸어가고 있는 것 같았습니다. 바로 그 순간, 저는 혼자 이 50~60리의 구불구불한 길을 따라 이 산꼭대기로 올라오기로 결심했습니다. 저의 마을, 그 진을 내려다보기 위해서, 우리의 그 땅과 그 땅 위의 사람들, 그리고 옌렌커를 살펴보고 여러분께 그날 밤에 있었던 이야기를 들려드리기 위해서 이곳으로 올라오기로 결정했습니다. 여러 신이시여, 저희 마을과 진과 사람들을 지켜주십시오. 그곳의 어두운 밤과 환한 낮을 지켜주십시오. 저희 진에 사는 고양이와 개들을 지켜주십시오. 글재주가 고갈된 옌롄커를 지켜주십시오. 그에게 영감과 하늘의 깨달음을 주십시오. 그에게 고갈되지 않는 하늘의 먹과 하늘의 종이를 내려주십시오. 그로 하여금 계속 글을 쓰고 계속 살아 있게 해주십시오. 그에게 사나흘 내에 그 『사람의 밤』 이야기를 써내고, 우리 집안 전체의 이야기를 그 안에 포함시킬 수 있게 해주십시오.

들새들이 사람의 뇌 속으로 날아들었다

1. 17:00~18:00

또 어디서부터 얘기를 시작해야 할까요?

또 여기서부터 얘기를 시작해야 할까요?

그즈음, 음기와 양기가 마구 뒤섞인 삼복더위인 음력 6월 6일 용포절龍袍節*에 날은 대지가 다 쩍쩍 갈라질 것처럼 더웠습니다. 대지의 피부와 솜털이 전부 먼지로 변한 것 같았습니다. 나무는 말라 잎이 다 지고 과실도 다 떨어졌습니다. 꽃은 시들었습니다. 벌레들이 허공에 매달려 있다가 몸이 한마디씩 끊겨 가루가 되어버렸습니다.

자동차들은 도로를 달리다가 펑 하는 소리와 함께 타이어에 펑

---

* 용궁에서 용포를 말리는 날이다. 전설에 따르면 이날은 한 해 가운데 일조 시간이 가장 길고 햇볕이 가장 강하기 때문에 비를 내려주던 용왕이 1년 내내 젖어 있던 자신의 용포를 내다 말린다고 한다. 날이 본격적으로 더워지기 시작하는 소서小暑에 해당되는 말이기도 하다.

크가 났습니다. 자동차는 타이어가 펑크 난 채 뻣뻣하게 그 자리에
버려졌습니다. 마을에서는 이미 우마를 사용하는 일이 거의 없고
대부분 트랙터를 몰았습니다. 돈 있는 사람들은 농사일이 바쁠 때
면 자동차를 사용하기도 했지요. 하지만 자동차 타이어가 밭에서
펑크 나면 탈곡장을 오갈 수 있는 다른 운송수단은 곧 망가져 주저
앉을 것 같은 트럭밖에 없었습니다. 그게 아니면 뜨거운 향기를 내
뿜는 붉은 칠의 트랙터를 사용해야 했지요. 어쩌다 수레를 끄는 우
마가 나타나기도 했습니다. 이보다 훨씬 더 많은 사람이 그냥 힘과
어깨에 의지하여 보리 짚을 한 다발 한 다발 탈곡장으로 옮겨야 했
습니다. 그렇게 모두들 뱀이 코끼리를 삼키듯 밭고랑에 모여 있었
지요. 길이 망가지고 막혔습니다. 사람들은 말다툼을 벌이다 이내
서로 주먹질하기 시작했지요.

뜻밖에도 사람을 한 명 때려죽이기도 했습니다. 어쩌면 여러 명
일지도 모릅니다.

그날 밤, 유월 초엿새 용포절이었지요. 날이 더워 죽는 사람도
있었습니다. 우리 집 '신세계' 장례용품점의 수의도 전부 팔려나갔
습니다. 쌓여 있던 장례용품 재고는 옷장 안에서 벌레가 슬고 있다
가 문 두드리는 소리와 함께 전부 팔려나갔습니다.

화환도 전부 팔려나갔습니다.

금박 지전도 남김없이 전부 팔려나갔습니다.

지찰紙扎*의 동남과 동녀, 노란 종이와 흰 종이로 만든 싸리나무

---

* 옛날에 장례나 제사 때 태우는 지전과 종이 인형, 모형 집 따위의 물건을 통칭하
는 말.

22

채, 대오리에 종이를 붙여 만든 금두金斗*와 은분銀盆, 금산金山과 은산銀山, 금마金馬와 은마銀馬도 전부 팔려나갔습니다. 집 안에 있던 이 세상의 지전 전부가 은행에서 새로 발행한 산더미 같은 지폐처럼 팔려나갔습니다. 하얀 준마가 말을 끄는 아이의 검은 머리칼 위에 있었습니다. 청룡의 몸이 옥녀玉女 몇 명에게 눌려 있었습니다. 며칠 전 우리 장례용품점, '신세계'라고 이름 지은 장례용품점에 발을 들여놓았다면 저승길에 쓰일 그 다양하고 풍부한 물건들에 놀랐을 겁니다. 하지만 지금은 그렇지 않습니다. 용포절인 이날 저녁 무렵 장사가 폭발적으로 잘되기 시작했습니다. 눈 깜짝할 사이에 장례용품이 전부 팔려나갔으니까요. 사람들은 물가가 하늘 높이 치솟는다면서 일제히 은행에 돈을 찾으러 갔습니다. 사람들은 은행 금고가 텅 비도록 돈을 찾았습니다. 거리의 모든 상점의 물건이 남김없이 팔려나갔습니다.

---

* 그릇의 일종.

2. 18:00~18:30

황혼이 찾아왔습니다.

황혼은 찌는 듯한 더위에 갇혀 있었습니다. 바람구멍마다 바람이 있는 곳이 없었습니다. 모든 담벼락과 집 기둥에 타고 난 뒤의 먼지 냄새가 매달려 있었습니다. 세상이 곧 죽을 것처럼 초조했습니다. 사람들의 마음이 곧 죽을 것처럼 초조했습니다.

너무 바빴던 하루라 사람들 모두 완전히 지쳐 있었습니다. 극도에 이르렀습니다. 어떤 사람은 밀밭에서 밀을 베다가 잠들었습니다. 어떤 사람은 탈곡장에서 밀 낟알을 옮기다가 잠들었습니다. 이 해에는 밀 작황이 아주 좋았습니다. 밀 낟알이 대두만 했습니다. 낟알이 갈라지면 밀가루가 나왔습니다. 쏟아져 나왔습니다. 황금빛 밀 이삭이 길 위에 떨어져 이삭과 낟알이 사람들 발에 밟혔습니다. 일기 예보에서는 사흘 뒤에 뇌우가 쏟아질 거라고 했습니다. 흐린 비가 이어진다고 했습니다. 어느 집 밭이든 당장 가서 밀을 수확하지 않으면 밀 낟알이 전부 썩어버릴 터였습니다.

이리하여 모두들 서둘러 밀을 수확하기 시작했습니다.

앞다투어 밀을 베고 앞다투어 탈곡했습니다.

마을의 모든 낫이 바쁘게 움직였습니다. 칼을 가는 돌이 너무 바빠서 허리가 휘고 등이 굽었습니다. 하늘과 땅 사이의 들밭 도처에 사람 그림자가 가득했습니다. 도처에 사람들 목소리가 요란했습니다. 탈곡장과 세상이 온통 사람 그림자였습니다. 온통 사람 목소리였습니다. 목소리와 목소리가 서로 싸웠습니다. 어깨를 스치고 지나가는 사람들의 멜대가 서로 부딪쳤습니다. 탈곡장의 탈곡기를 먼저 차지하기 위해 동쪽 집과 서쪽 집이 주먹다짐을 했습니다. 멀리 떨어져 사는 셋째 삼촌과 다섯째 삼촌이 형제지간인데도 밀 빻는 돌대를 먼저 차지하려고 싸움을 벌였습니다.

저는 문 앞에 웅크리고 앉아 옌롄커의 책 『훠셔우 마을의 물처럼 흐르는 세월活受之流年日光』을 읽고 있었습니다. 엄마랑 아버지는 대나무 침대를 가게 문 앞에 끌어다놓고 등불 빛에 의지하여 부채질을 하고 있었습니다. 우리 가게 간판의 '신세계'라는 세 글자를 볼 수 있었습니다. 검정 바탕에 금색 글자였습니다. 금색이 황혼 속에서 황토색으로 변했습니다. 저녁을 먹은 지 얼마 되지 않아 아버지는 물을 한 컵 들고 길가의 대나무 침대 위에 앉아 있었습니다. 엄마가 다리를 절면서 걸어와 아버지에게 종이부채를 하나 건넸습니다. 이때 누군가가 아버지 앞으로 다가와 섰습니다. 키가 아주 큰 사람이었습니다. 등의 맨살을 다 드러내고 있었습니다. 하얀 면 상의를 말아 팔에 끼고 있었습니다. 온몸에서 땀 냄새와 밀 포기 냄새가 났습니다. 냄새가 그의 머리와 몸에서 투두둑 떨어졌습니다.

붉은 얼굴에 바람이 들어 있었습니다. 머리는 짧았습니다. 머리털 속에 마른 밀의 잎이 박혀 있었습니다. 밀 잎이 그의 머리 위에서 깃발처럼 흔들렸습니다. 다급하게 걸어가는 숨소리가 마치 목구멍 사이를 새끼줄이 들어갔다 나왔다 하는 것 같았습니다.

"텐바오天保 형님, 우리 아버지에게 화환 세 개랑 지찰 다섯 개만 만들어주세요. 우리 아버지 몸이 굳어버렸어요."

"자네 아버님이 어떻게 됐다는 거야?"

"돌아가셨어요. 정오까지만 해도 집에서 주무시고 있었거든요. 이틀 연달아 밀을 벴기 때문에 제가 주무시라고 했어요. 분명히 주무시고 있었는데 갑자기 침대 위에서 몸을 굴려 일어서시는 거예요. 그러고는 낫을 집어드시더군요. 서둘러 밀을 베지 않으면 밭에서 다 썩어버린다면서요. 그러더니 침대에서 내려와 밭으로 가시더라고요. 누가 뭐라 해도 막무가내더라고요. 고개조차 돌리지 않으셨어요. 당신 고집대로 밭으로 가셨지요. 하지만 아버지를 본 사람들은 하나같이 그 모습이 몽유병 환자 같다고 하더라고요. 다른 사람들이 뭐라고 말해도 전혀 들리지 않는 것 같더래요. 아버지는 꿈속에 있었고 누구도 그를 불러서 깨울 수 없었던 거예요. 아버지는 자기 자신과 얘기하고 있었던 것이지요. 다른 세상에서 또 다른 자신과 얘기하는 것 같았어요. 밀밭에 다다라서 아버지는 빨리 밀을 베자고 하셨대요. 그러고는 허리를 구부리고 한 낫 한 낫 베기 시작하셨지요. 그러다가 너무 힘들어 좀 쉬었다 베야겠다고 하시고는 허리를 펴고 잠시 쉬셨대요. 그러고는 또 목이 마르니 물을 좀 마셔야겠다고 하시면서 정말로 서산 언덕 아래 도랑에 가서 물을 마셨대요. 물을 드신 다음에는 또 꿈속에서 도랑 안으로 미끄러져 들어가 익사하셨대요."

아버지가 꿈속에서 도랑에 빨려들어가 익사하셨다고 말한 사람
은 진 동쪽에 사는 샤夏씨네 사람이었습니다. 저는 나중에야 그분
을 샤씨 아저씨라고 불러야 한다는 사실을 알게 됐지요. 샤씨 아저
씨는 자기 아버지가 꿈속에서 물에 빠져 익사했다고 말했어요. 하
지만 그는 또 아버지의 명이 좋은 셈이라고 하더군요. 여러 해 동
안 사람들이 몽유하는 것을 보지 못했는데 갑자기 자기 아버지가
몽유하기 시작했다는 거예요. 그러면서 꿈 가장자리에서 죽으면
살아서 지은 죄든 꿈속에서 지은 죄든 죗값을 전혀 받지 않는다고
하더라고요. 그렇게 말하면서 황급히 돌아갔습니다. 얼굴은 잿빛
이었고 발에는 하얀 천 신발을 신고 있었습니다.

샤씨 아저씨가 말을 마치고 황급히 돌아가는 모습을 바라보고
있자니 마치 문을 나서면서 열쇠를 챙기지 않은 사람이 다시 열쇠
를 가지러 집으로 돌아가는 것 같더군요. 저는 문 앞 가로등 아래
서 책을 읽고 있었습니다. 옌롄커의 『휘셔우 마을의 물처럼 흐르는
세월』을 읽고 있었지요. 혁명에 관해 쓴 소설이었습니다.

혁명은 사계절 쉬지 않는 회오리바람 같은 것이다. 혁명가들은
전부 바람 속에서 사방으로 이리저리 흩어져 도망치는 미치광이
같았다. 사해가 분등하고 구름과 물이 분노했다. 다섯 대륙이 흔들
리고 천둥과 번개가 몰아쳤다. 바다에서의 항행은 조타수에게 의
지해야 하고 만물의 생장은 해의 기운에 의지해야 하는 법이다.

구절구절 폭죽이 터지는 것처럼 격렬한 말들이었습니다. 무더

위가 기승을 부릴 때 쏟아져 내리는 뇌우 같았습니다. 또 아주 진한 흙탕물 같기도 했습니다. 흙탕물은 더럽다가 맑기를 반복했습니다. 대략의 스토리는 이곳에 있는 우리가 러시아로 가서 레닌의 유해를 사오는 것이었습니다. 분명히 허구의 사건인데도 그는 실제처럼 쓰고 있었습니다. 저는 그분이 쓴 이 이야기가 마음에 들지 않았습니다. 이야기를 쓰는 어투가 맘에 들지 않았지요. 하지만 그 책이 어째서 그렇게 제 마음을 빼앗는 것인지 모르겠습니다. 제가 소설을 읽고 있을 때 샤씨 아저씨가 다가와 뭐라고 몇 마디 말을 하고는 다시 자리를 떴습니다. 저는 고개를 들어 문 앞 길가에 앉아 있는 아버지의 얼굴을 봤습니다. 아버지의 얼굴이 샤씨 아저씨의 얼굴보다 더 어둡고 무심해 보였습니다. 아무런 맛이나 색깔도 없는 시멘트 벽 같았습니다. 샤씨 아저씨의 얼굴은 열쇠를 떨어뜨린 것 같았고 아버지의 얼굴은 열쇠를 하나 주운 것 같았습니다. 쓸모 있는 열쇠인지는 알 수 없었습니다. 그 열쇠를 다시 던져버려야 하는지 아니면 그 자리에 서서 열쇠를 흘린 사람이 황급히 달려와 찾아가기를 기다려야 하는지 알 수 없었습니다. 주저하고 있었습니다. 고민하고 있었습니다. 아버지가 자리에서 일어섰습니다. 엄마가 가게 안에서 아버지를 부르며 한마디 물었습니다.

"또 누가 죽었대요?"

아버지는 멀리 떨어져 있는 샤씨 아저씨의 등에서 눈길을 거둬 들였습니다.

"진 동쪽의 샤씨 영감이 몽유 상태에서 시허西河 도랑에 빠져 익사한 모양이야."

묻고 답하는 것이 바람이 나뭇잎을 흔들고 지나가는 것과 같았습니다. 아버지는 몸을 일으켜 가게 안을 향해 천천히 걸어갔습니다. 아주 천천히 걸었습니다. 우리 집 가게에 관해 설명을 좀 해야 할 것 같군요. 가게는 지금 북쪽 진 거리 어디에서나 볼 수 있는 2층짜리 붉은 벽돌 건물이었습니다. 이층은 주거용으로 쓰고 아래층은 점포로 사용하고 있었습니다. 가게 문 앞 매대에는 지찰과 화환, 우마, 금산과 은산, 동남동녀들이 나란히 진열되어 있었습니다. 하나같이 전통적인 물건이었지요. 현대적인 물건으로는 종이를 붙여 만든 다음 먹으로 그림을 그린 텔레비전 수상기 모형이 있었습니다. 냉장고와 소형 자동차, 재봉틀도 있었지요. 우리 엄마는 다리를 절긴 하지만 전지剪紙공예 솜씨가 아주 뛰어났습니다. 엄마가 종이를 오려서 창문에 붙인 꽃과 가지, 구관조 등은 밀 냄새를 맡기만 하면 당장이라도 울음소리를 낼 것만 같았지요. 전지공예로 만들어 붙인 트랙터에서는 허공을 향해 연기가 모락모락 피어오를 것 같았습니다. 혼례를 앞둔 마을 사람들은 전부 우리 엄마를 찾아와 길상과 축하의 뜻이 담긴 전지공예를 부탁하곤 했습니다. 진장도 우리 엄마를 전지의 대가라고 불렀지요. 하지만 길상의 의미로 전지공예를 만들어주면서도 돈은 받지 않았습니다. 돈을 주고 사려는 사람도 없었지요. 나중에 우리 엄마랑 아버지는 이 '신세계'라는 장례용품점을 열었습니다. 아버지가 대오리로 형틀을 만들면 엄마는 장례와 관련된 전지공예 작품을 만들었지요. 종이와 대나무가 결합되어 만들어진 각종 장례용품을 사람들은 전부 돈을 주고 사갔습니다.

사람들은 장례용품도 사고 혼례용품도 샀습니다. 정말 이상한 일이지요.

사람들은 꿈을 믿으면서 현실은 믿지 않았습니다. 정말 이상한 일이었습니다.

우리 아버지 얘기를 좀 할게요. 우리 아버지는 확실히 키가 아주 작았습니다. 1미터 50센티미터가 채 되지 않았지요. 아무리 커도 1미터 50센티미터일 겁니다. 반면에 우리 엄마는 키가 아주 컸지요. 아버지보다 머리 하나는 더 컸습니다. 키는 크지만 오른쪽 다리가 좀 짧았어요. 어려서 교통사고를 당하는 바람에 다리가 부러졌기 때문입니다. 다리가 부러져 절름발이가 되었고 다리를 저니 장애인이 되었습니다. 그래서 우리 엄마랑 아버지는 함께 길을 걷는 일이 아주 드물었습니다. 아버지는 키가 작아도 걸음은 거의 날아가는 속도였거든요. 키는 작지만 목소리는 또 천둥 같았어요. 한 번 화났다 하면 집이 흔들려 먼지가 떨어지고 마당의 나뭇잎들이 떨어질 정도였지요. 하지만 우리 아버지는 좋은 사람이라 화를 내는 일이 드물었습니다. 화가 나도 사람을 때리는 일은 거의 없었지요. 제가 열네 살이 될 때까지 아버지가 엄마를 몇 번 때리고 욕을 열 몇 번 하는 모습을 본 게 전부였습니다.

엄마는 그 자리에 앉아서 아버지한테 맞았습니다. 아버지는 좋은 사람이라 몇 대 때리면 이내 손을 거두고 더 이상 때리지 않았어요.

아버지가 엄마에게 욕을 할 때는 엄마도 마음대로 아버지를 욕했습니다. 엄마는 사람이 좋아 아버지가 욕하지 않으면 곧 욕을 그쳤습니다.

엄마와 아버지는 확실히 좋은 사람들이었습니다. 두 분은 한 번도 저를 때리거나 욕한 적이 없거든요. 이것이 우리 집 풍경입니다. 장례용품점 '신세계'를 열었습니다. 화환을 팔고 수의와 지찰

을 팔았습니다. 죽은 사람들에 의지해 생활하는 셈이었지요. 누군
가 죽으면 우리 집에는 좋은 일이 되었습니다. 하지만 우리 엄마랑
아버지는 사람이 좋아 누군가가 죽기를 바라지는 않았습니다. 전
혀 바라지 않은 적도 있습니다. 하지만 그 장례용품들은 아주 빨리
팔려나갔고 장사가 너무 잘돼서 생활 형편도 무척 좋았습니다. 우
리 아버지는 저랑 엄마에게 이게 어찌 된 일이냐고 물었습니다. 엄
마랑 저도 아버지에게 이게 어찌 된 일이냐고 물었습니다.

저는 또 가게 안에서 아버지가 어찌 된 일이냐고 묻는 소리를 들
었습니다. 어찌 된 일이지? 어찌 된 일일까? 고개를 돌려 보니 산
처럼 쌓여 있던 장례용품이 하나도 남지 않고 다 팔려나간 것이었
습니다. 우리 엄마는 원래 화환이 놓여 있던 빈자리에 앉아 있었습
니다. 앞에 빨간 종이와 노란 종이, 파란 종이와 초록색 종이를 펼
쳐놓고 있었습니다. 손에는 가위를 들고 있었지요. 잘 접은 빨간
종이를 손에 꼭 쥔 채 이리저리 오리고 있었습니다. 바닥에는 온갖
종잇조각과 오리고 난 자투리가 흩어져 있었습니다. 그 오색찬란
한 종이 더미 위에서 우리 엄마는 뜻밖에도 종이를 오리다가 잠들
어버렸습니다.

엄마는 벽에 몸을 기댄 채 그렇게 잠이 들었습니다.

장례용품을 만들다가 지쳐서 그렇게 잠이 들었습니다.

아버지는 엄마 뒤에 서서 어찌 된 일이지, 이게 어찌 된 일이야
하는 말을 되뇌고 있었습니다. 사람들이 주문한 화환 세 개와 지찰
다섯 개를 내일 아침까지 보내줘야 한다는 것이었습니다.

저는 문 앞을 향하고 있던 고개를 돌려 가게 안을 바라봤습니다.
엄마를 바라보면서 저는 샤씨 아저씨가 몽유병으로 죽은 일을 떠

올렸습니다. 이른바 몽유는 대낮에 너무 많은 것을 생각하고 이게 뼈에 새겨지며 골수에 사무치도록 생각하다가 잠들어서도 깨어 있을 때의 생각들을 이어가고 꿈속에서도 그런 상념에 빠지는 것이라는 생각이 들었습니다. 관방에서 하는 말도 실행하고 민간에서 하는 말도 실행하는 것이었습니다. 꿈속에서도 하고 싶은 일들을 하는 것이었습니다. 저는 우리 엄마나 아버지가 몽유한다면 어떤 일을 하게 될지 궁금해졌습니다. 어떤 일들을 할까요? 두 분이 가장 많이 생각하는 것은 무엇일까요? 가슴에 새겨지고 뼈에 사무치는 것은 또 무엇일까요?

문득 저도 몽유하게 될까 하는 호기심이 들었습니다. 제가 몽유한다면 어떤 일들을 하게 될까요? 대체 꿈을 꾸면서 무슨 일을 할 수 있을까요?

3. 18:31~19:30

애석하게도 저는 거의 말뚝잠을 자지 않습니다. 저는 깊이 잘 수 있을 만큼 피곤한 적이 없습니다. 뭔가 가슴에 새기고 뼈에 새겨야 할 정도로 중요한 생각이 골수에 흘러들어온 적도 없습니다. 몽유병이 제 몸을 덮치지 못하는 것은 남자들이 아이를 갖지 못하는 것처럼 당연한 일이었지요. 복숭아나무에 살구꽃이 만개하는 것처럼 불가능한 일이었습니다. 하지만 저는 몽유를 목격할 수 있었습니다. 뜻밖에도 몽유하는 사람들은 너무나 빨리 찾아왔습니다. 뜻밖에도 몽유는 소환을 당한 것처럼 하나둘 끝없이 이어졌습니다. 끝없이 전해졌습니다. 뜻밖에도 향촌의 진과 푸뉴산처럼, 산맥이 이어진 산촌과 그곳의 밤과 세상처럼 하나에서 열로, 열에서 백으로 끝없이 확장되어 전부 몽유하게 되었습니다.

집집마다 꿈속을 떠돌았습니다.

무수한 사람이 꿈속을 떠돌았습니다.

세상과 천하가 전부 몽유하고 있었습니다.

저는 여전히 『훠셔우 마을의 물처럼 흐르는 세월』을 읽고 있었습니다. 이야기는 복숭아나무에 살구꽃이 핀 것처럼 이상했습니다. 살구나무에 배가 잔뜩 열린 것처럼 이상했습니다. 여러분은 그 이야기를 좋아하지 않겠지만 그 이야기는 기묘하게도 여러분의 손을 잡아끌 것입니다. 여러분의 손을 잡아끌어 이야기 속으로 들어갈 것입니다.

가오아이쥔高愛軍이 길 위에서 돈 1펀分을 주웠다. 그는 그 돈으로 가게에 들어가 사탕을 사 먹을 작정이었다. 사탕 하나에 2펀이었기 때문에 돈이 모자라자 그는 자기 밀짚모자를 팔았다. 밀짚모자를 5마오毛에 팔았다. 이 5마오의 돈으로 그는 염장한 돼지고기를 반 근 사 먹을 생각이었다. 돼지고기는 정말 맛있는 음식이다. 하지만 염장 돼지고기는 한 근에 10위안이었다. 돈이 부족하자 그는 또 부끄러운 곳을 가리는 속옷만 남기고 자기 옷을 전부 팔아버리기로 마음먹었다. 옷은 아주 좋은 가격에 팔렸다. 무려 50위안이나 받을 수 있었다. 수중에 50위안이 생기자 그의 생각은 염장 돼지고기 반 근이나 한 근을 먹는 것에 그치지 않았다.

그는 고기를 먹으면 온몸에 힘이 솟을 것이라고 생각하면서 다시 진 입구에 있는 이발관 안을 구경했다. 그 이발관에서는 아가씨들이 몸을 팔기도 했다. 이발관이 사창가나 마찬가지였던 것이다. 사람들은 쑤저우와 항저우에서 새로 온 사창가 아가씨들이 아주 예쁜 데다 피부도 야들야들하고 온몸은 물 같다고 말했다. 하지만 사창가를 구경하다가 온몸이 물 같은 미녀를 만지는 것은 50위안

정도로 해결할 수 있는 일이 아니었다. 그가 방에 들어가 침대에 한 번 오르려면 적어도 150위안은 있어야 했다. 한 번 하고 돌아가지 않고 그곳에서 하룻밤을 보내려면 가격은 바람이 든 것처럼 치솟아 적어도 500위안은 있어야 했다. 500위안이라는 돈을 구할 수 있을까? 하지만 사창가를 구경하는 것은 그가 어려서부터 갖고 있던 이상이자 원대한 소원이었다. 생각해보면 원대한 소원의 청사진을 실현하기 위해서는 반드시 일정한 희생이 따라야 할 것 같았다. 발을 구르고 어금니를 깨물다가 결국 그는 집으로 돌아가 자기 마누라 샤흥메이夏紅梅를 팔아버리기로 마음먹었다.

옌롄커의 이 이야기, 이 소설이 어떻게 진실일 수 있겠습니까? 어떻게 진실 같을 수 있겠습니까? 저는 생각하다가 웃고 싶어졌습니다. 웃고 싶어졌을 때, 더 진실하고 더 웃기는 일이 눈앞에 펼쳐졌습니다. 거리에 발걸음 소리가 울렸습니다. 여러 개의 손이 한꺼번에 마구 북을 두드리는 것 같았습니다. 몸을 돌려 보니 한 무리의 어린아이들이었습니다. 일고여덟 살 되어 보이는 아이도 있고 열 살이 넘어 보이는 아이도 있었습니다. 아이들은 서른아홉 살 먹은 사내의 뒤를 따르고 있었지요. 그 사내는 등짝의 맨살을 드러내고 손에는 탈곡장에서 밀을 털 때 쓰는 도리깨를 들고 있었습니다. 입으로는 계속 혼자 뭐라 중얼거리고 있었습니다.

"곧 연이어 비가 올 거예요. 틀림없이 연이어 비가 올 거라고요. 당신은 남들과 달리 장사를 하는 게 아니라 밭에 농사를 지어 먹고살잖아요. 탈곡장의 밀을 턴 뒤 싹이 난 채로 썩게 두지 마요. 한 계절 내내 밀농사를 지은 것이 헛수고가 되잖아요. 한 계절 내내 헛수고한 셈이 되잖아요."

그는 눈을 반은 감고 반은 뜨고 있었습니다. 자고 있는 것 같기도 하고 아직 깊은 잠에 빠지지는 않은 것 같기도 했지요. 발은 무척 빨랐습니다. 바람을 타고 있는 것 같았습니다. 걸음을 옮기는 게 마치 누군가 그를 뒤에서 밀고 있는 것 같았습니다.

날은 찌는 듯이 더웠습니다. 밤인데도 대기에는 한 가닥 습기나 서늘함조차 없었습니다. 사내는 동쪽에서 서쪽으로 가고 있었습니다. 큰 거리를 가로지르는 것이 포대 자루 하나를 뚫고 지나가는 것 같았습니다. 불빛은 진흙 같은 누런빛이었습니다. 불의 잔해들이 지붕 위를 떠다니는 것 같았습니다. 사람들 모두 불의 잔해를 뚫고 지나가는 것 같았지요. 그의 뒤를 따르는 아이들은 몸에 실오라기 하나 걸치지 않고 있었습니다. 병아리가 그의 다리 사이에서 폴짝 날았다가 떨어지기를 반복하고 있었습니다.

"저 아저씨는 몽유하고 있어요."

"저 아저씨는 꿈속을 떠돌고 있다고요."

아이들은 하나같이 호기심 가득한 표정에 낮은 목소리로 조심스레 말했습니다. 큰 소리로 말했다가는 사내가 꿈에서 깨기라도 할 것처럼요. 하지만 말을 하지 않으면 입과 가슴속에 100년에 한 번 일어날까 말까 한 기이한 사건과 기쁨을 담아둘 수 없을 것 같았습니다.

꿈속을 떠도는 듯한 빠른 걸음이 저 앞에서 길을 삼키고 있는 것 같았습니다.

아이들은 작은 걸음을 재촉하며 그의 뒤를 따르고 있었습니다. 몇 걸음의 거리를 유지함으로써 그를 꿈에서 깨지 못하게, 멋진 연극이 끝나지 못하게 하려는 것 같았습니다.

그렇게 사내와 아이들이 제 눈앞으로 다가왔습니다.

뜻밖에도 그는 오래된 우리 집 대문 맞은편에 살고 있는 장張씨 아저씨였습니다. 장씨 아저씨는 마을에서 아주 유명한 불구자였지요. 돈도 벌지 못하고 장사도 하지 못했습니다. 그 때문에 그의 아내가 따귀를 때리기도 했지요. 심지어 돈을 버는 남자와 벌건 대낮에 당당하게 동쪽 강가로 숨어 들어가 몸을 섞기도 했습니다. 그 남자와 함께 집을 떠나 뤄양이나 정저우 같은 대도시로 가기도 했지요. 하지만 나중에 그 남자는 그녀와 자는 데 싫증을 내며 더 이상 그녀를 좋아하지 않았습니다. 더 이상 그녀를 필요로 하지 않았지요. 버려진 그녀가 돌아와 집 마당 안으로 들어서자 장씨 아저씨는 자신의 천박한 아내에게 말했습니다.

"돌아왔구려. 어서 씻고 들어와 식사부터 하지."

그러면서 아내에게 푸짐하고 맛있는 밥상을 차려주었습니다. 장씨 아저씨는 훌륭한 남자입니다. 하지만 지금 장씨 아저씨는 몽유하고 있습니다. 정말로 꿈속을 거닐고 있지요. 저는 '신세계' 장례용품점 입구에서 일어섰습니다.

"장씨 아저씨!"

제가 부르는 소리는 강냉이를 튀기는 소리만큼이나 컸습니다. 후덥지근한 공기가 튀겨져 앞을 향해 힘껏 내달렸습니다.

"아버지! 우리 집 맞은편에 사는 장씨 아저씨가 몽유하고 있어요. 방금 우리 집 대문 앞을 지나갔어요."

저는 고개를 돌려 가게 안을 향해 소리쳤습니다. 책을 내려놓았습니다. 그러고는 문 앞의 계단을 뛰어 내려가 장씨 아저씨와 그 뒤를 쫓는 아이들을 따라갔습니다. 아이들을 헤치면서 따라가는 것이 작은 수풀을 헤치고 들어가는 것 같았습니다. 아이들 틈을 헤집고 들어가 가로등이 있는 곳에 다다른 저는 아저씨를 쫓아가 팔을 잡아당기며 소리쳤지요.

"정신 차리세요. 장씨 아저씨, 아저씨는 지금 꿈속을 떠돌고 있어요. 어서 깨어나세요. 아저씨는 지금 몽유하고 있단 말이에요."

장씨 아저씨는 저를 거들떠보지도 않았습니다. 그러더니 저를 힘껏 잡아당겨 손으로 쳐서 한쪽으로 밀어내더군요.

"비가 와서 밀이 상하는데 밭에서 뭘 하는 거야? 뭘 하는 거냐고?"

저는 빠른 걸음으로 아저씨를 따라 끌려갔습니다. 아저씨는 또다시 제 손을 치면서 한쪽으로 밀쳤습니다.

"양곡이 상하면 아내와 아이들이 돌아와도 먹을 게 없단 말이야. 배가 고프면 아내는 또 소란을 피우다가 다른 남자랑 도망칠거라고."

이런 말을 하는 아저씨의 어투는 전에 없이 아주 무거웠습니다. 제가 낮은 목소리로 말하는 것을 남이 들을까 두려워하는 듯했습니다.

저는 아저씨 등 뒤에서 잠시 멍하니 서 있었습니다. 놀란 마음에 걸음이 둔해졌습니다. 잠시 그렇게 머뭇거리다가 다시 빠른 걸음으로 아저씨 앞으로 가서 쳐다보니 아저씨의 얼굴 표정이 아주 오래된 벽돌 같았습니다. 몸은 오래된 느릅나무처럼 단단하게 굳어 있었습니다. 하지만 발걸음은 두 개의 바퀴 축처럼 힘이 넘쳤습니다. 눈을 크게 뜨고 있는 것이 잠을 자지 않은 것 같았습니다.

잠에서 깬 것 같기도 했습니다. 다만 말할 때 누구의 얼굴도 쳐다보지 않는 벽돌 같은 표정이 그가 자고 있다는 것을 증명해주고 있었지요.

진 거리에서 하늘을 바라보니 흐릿하게 하얀 밤하늘에 구름이 한 겹 덮여 있는 것 같았습니다. 자세히 살펴보면 한두 개 작은 별이 안개 속에서 반딧불이처럼 빛나고 있었습니다. 이발관과 작은 백화점, 일용품을 파는 잡화점과 갖가지 취사도구를 파는 그릇 가게가 있었습니다. 개인이 운영하는 의류점과 국가가 경영하는 전자제품 상가도 있었습니다. 진 동쪽 거리에 문을 연 모든 상점의 창문이 닫혀 있었습니다. 어떤 가게 주인은 문을 닫고 밖에 나가 밀을 뺐습니다. 가게 선풍기 아래 앉아 있거나 누워 있는 주인들도 있었습니다. 길가에 앉거나 누워 부들부채로 부채질하고 있는 주인들도 있었습니다. 거리는 조용했습니다. 밤은 초조했습니다. 사람들은 나태하고 산만했습니다. 대문 맞은편 장씨 아저씨가 가게 앞을 지나갈 때, 누군가 고개를 돌려 그를 바라봤습니다. 어떤 사람은 고개도 돌리지 않고 서슴없이 뭘 하려고 저러는 거냐며 중얼거렸습니다.

아이들은 계속 "몽유하고 있어요. 꿈속을 떠돌고 있어요"라고 외쳤습니다. 장씨 아저씨가 몽유하고 있다고 외치는 소리 속에 밤의 흐릿함과 몽롱함이 보였습니다. 어쩌면 누군가 그 소리를 들었을지도 모릅니다. 듣지 못한 사람도 있었겠지요. 듣고도 듣지 않은 것과 같은 모습을 보이는 사람들도 있었을 겁니다. 그 소리를 듣고 밖으로 나와 이리저리 두리번거리다가 길가에 서서 씩 웃는 사람도 있었겠지요. 장씨 아저씨가 멀어져가자 사람들은 다시 돌아가

해야 할 일들을 했습니다. 몽유는 아주 큰일이었습니다. 몽유는 그다지 큰일이 아닐 수도 있었습니다. 1100년 이래로 우리 진에서는 매해 여름마다 벌어지는 일이었으니까요. 여름이면 달마다 일어나는 일이었습니다. 남이 몽유한다는 것은 자신과는 아무 관계도 없는 일이었습니다. 평생 동안 몇 번 혹은 한 번도 몽유하지 않는 사람이 어디 있겠습니까? 몽유 중에 몸을 뒤집는다 해도, 이불과 요를 전부 침대에서 바닥으로 끌어내리는 데 그친다 해도 몽유는 몽유지요. 평생 수백 번 잠꼬대하는 것과 마찬가지 수준입니다. 잠꼬대하는 건 아주 미약한 몽유의 상태인 셈이지요. 잠꼬대하다가 침대에서 내려와 일을 하는 것은 아주 심각한 몽유입니다. 사람이 이 세상에 살아 있어 열심히 일하다보면 평생 몇 번은 미약한 몽유와 심각한 몽유를 경험하기 마련이지요.

밤은 그토록 흐릿했습니다.

날씨는 그토록 무더웠습니다.

바쁜 사람들은 바쁘게 시간을 보내고 한가한 사람들은 한가하게 보냈습니다. 바쁘지도 않고 한가하지도 않은 사람들은 바쁘지도 않고 한가하지도 않게 시간을 보냈습니다.

대문 맞은편 장씨 아저씨는 거리를 가로질러 진 밖으로 갔습니다. 자신의 밭 근처로 갔지요. 밀이 다 익기 전에 밀을 탈곡하는 작은 탈곡장으로 갔습니다. 진 밖의 경관은 진 안과 크게 달랐습니다. 밭에는 바람이 약간 불었지요. 집집마다 사용 가능한 2분分 크기의 작은 탈곡장도 있고 여러 가구가 공동으로 탈곡할 수 있는 반무畝 크기의 중형 탈곡장도 있고 생산대生産隊*가 남긴 한 무 크기의 대형 탈곡장도 있었습니다. 탈곡장은 전부 도롯가에 있었습니다.

밤이 되면 도로는 반짝거리는 긴 강줄기 같았습니다. 크고 작은 탈곡장들은 전부 강가에 펼쳐진 호수 같았지요. 멀리 대형 탈곡장에서 들들들 탈곡기를 돌리는 소리가 들려왔습니다. 가까운 소형 탈곡장에서 밤중에 드르륵드르륵 우마가 끄는 돌태로 밀을 빻는 소리가 들려왔습니다. 사람들이 철제 틀에 장착된 돌태 위로 밀 다발을 팍팍 후려쳐 밀알을 터는 소리가 요란했습니다. 탈곡하는 소리는 한 대 혹은 몇 대, 몇십 대의 배가 호수 위를 흔들대며 미끄러져 가는 소리 같았습니다.

밤하늘은 드넓고 탈곡장은 작았습니다. 밤이 모든 소리를 삼켜버렸습니다. 결국에는 선명한 고요함이 드러났습니다. 탈곡장의 등불은 진흙처럼 누런빛이었습니다. 장씨 아저씨는 진흙을 밟으며 진을 나서서 북쪽을 향해 갔습니다. 한참을 가자 더 이상 아저씨 뒤를 따라가는 아이들이 없었습니다. 아이들은 더는 따라가지 않고 전부 진 경계에 서 있었던 것이지요. 저는 장씨 아저씨 뒤를 계속 따라갔습니다. 저는 아저씨가 계속 가다가 나무에 부딪히는 모습을 보고 싶었거든요. 전봇대에 부딪히는 걸 보고 싶었습니다. 그래서 코피가 나고 앗 하는 소리와 함께 꿈에서 깨는 모습을 보고 싶었지요. 아저씨가 몽유에서 깨어나 가장 먼저 나타내는 반응이 어떤 것인지 알고 싶었습니다. 첫 마디가 어떤 말인지, 몽유에서 깨어나 가장 먼저 무얼 하는지 알고 싶었지요.

다행히 장씨 아저씨네 탈곡장은 멀지 않았습니다. 도로를 따라

---

* 문화대혁명 당시 인민공사人民公社의 3급 소유제에서 말단의 소유 단위로 25~30호로 구성되어 있었다. 농촌의 생산활동은 주로 이 생산대를 통해 이루어졌다.

북쪽으로 반 리쯤 가면 아저씨네 탈곡장이 있었지요. 도로에서 밭머리 탈곡장까지 가려면 밭머리에 있는 빗물 저장용 도랑을 지나야 했습니다. 도랑을 지날 때, 장씨 아저씨는 그만 미끄러져 도랑에 빠지고 말았습니다. 저는 아저씨가 몽유에서 깨어났을 거라고 생각했지요. 하지만 아저씨는 후다닥 도랑 밖으로 기어 나왔습니다. 아직 잠든 상태였지요. 남자들은 살아 있는 한 아내와 자식들을 굶길 수는 없는 법입니다. 절대로 아내와 자식들을 굶길 수는 없는 것이지요. 아저씨는 몽유에서 깨지 않은 채 꿈속에서 여전히 혼잣말을 중얼거렸습니다. 그렇게 도랑을 지나 탈곡장으로 왔지요. 아주 익숙한 길이었습니다. 너무나 순조롭고 자연스러운 행로였습니다. 아저씨는 탈곡장 옆 백양나무에 설치된 전등 스위치를 당겼습니다. 불이 들어왔습니다. 나무 가래를 내려놓고 계속 사방을 두리번거리며 찾았습니다. 밀 낟알을 터는 철제 틀이 탈곡장 한가운데로 던져졌습니다. 아저씨는 밀 한 다발을 들고 왔습니다. 밀을 다발로 묶고 있던 끈을 풀었습니다. 두 손으로 밀 다발을 꼭 안았습니다. 탈곡장 바닥에서 밀 다발을 거꾸로 들어 머리가 나란히 오도록 한 다음 철제 틀에 대고 털기 시작했습니다.

저는 아저씨 옆에 서 있었습니다. 아저씨는 탈곡장 안의 모든 경물을 볼 수 있었지만 저를 보진 못했습니다. 아저씨 마음속에 저는 없었던 것이지요. 몽유하는 사람들이 볼 수 있는 것은 그의 마음속에 있는 사람과 사물뿐이거든요. 다른 경물과 세계는 더 이상 아저씨에게 존재하지 않았습니다. 철제 틀에서 날아 떨어지는 밀 낟알은 공중에서 폭발하는 것 같았습니다. 미세하게 식식 소리가 났습니다. 익은 밀 냄새는 기름 솥에서 날아오는 향기 같았지요. 하늘에 별빛이 한 줄기 더 늘어난 것 같았습니다. 먼 곳에서는 집집마다 돌아가면서 사용하는 탈곡기의 순서를 다투는 소리가 들려왔습니다. 가까운 곳에서는 가끔씩 나무 위에서 떨어지는 밤꾀꼬리 소리가 들렸지요. 그 외에 다른 것은 없었습니다. 모든 것이 조용하고 단순했습니다. 전부 잿빛으로 흐릿하기만 했습니다. 아저씨 얼굴에서 떨어지는 땀방울은 손에 쥐다가 떨어뜨린 밀 낟알 같았습니다. 다른 것은 없었습니다. 모든 것이 조용하고 단순했습니다. 전부 잿빛으로 흐릿하기만 했습니다. 밀 한 다발을 다 털고 나서 아저씨는 밀이 쌓여 있는 곳으로 가서 한 다발을 더 가져왔습니다. 다른 것은 없었습니다. 모든 것이 조용하고 단순했습니다. 저는 더 이상 보고 싶지 않았습니다. 몽유가 어떤 것인지 보고 싶지 않았습니다.

이것이 바로 몽유겠지요. 알고 보니 몽유는 들새가 사람 머릿속으로 들어가는 것이었습니다. 들새가 사람의 머리를 어지럽히는 것이었습니다. 꿈속에서는 하고 싶은 것을 뭐든 다 할 수 있거든요. 하지 말아야 할 일도 할 수 있었습니다. 저는 돌아가고 싶었습니다. 제가 몸을 돌리는 순간, 일이 터졌습니다. 유리병이 깨지는 것처럼 퍽 하고 일이 터졌습니다. 장씨 아저씨는 두 번째 밀 다발을 다 털고 나서 세 번째 다발을 가지러 갔습니다. 그러나 눈앞의 밀 다발을 안으려던 순간, 어쩐 일인지 다시 밀 다발 더미 쪽으로 갔습니다. 이번에는 그 밀 다발 뒤에서 밤 고양이 한 마리가 튀어나왔습니다. 고양이는 아저씨의 어깨를 밟고 등을 타고 내려와 달아났지요. 아마 고양이가 발톱으로 얼굴에 상처를 냈던 모양입니다. 아저씨는 본능적으로 얼굴을 손으로 감쌌지요. 혼자 놀라고 당황해 그 자리에 서 있는 모습이 꼭 죽은 말뚝 같았습니다. 잠시 후 아저씨는 혼잣말을 하는 것 같기도 하고 누군가를 질책하는 것 같기도 한 소리를 냈습니다. 목소리에는 진기함과 의혹이 가득했지요. 내가 여기서 뭘 하고 있나 하는 의혹이었습니다. 내가 여기서 뭘 하고 있는 건가. 아저씨는 몸을 돌려 주위를 두리번거렸습니다.

"여긴 우리 집 탈곡장 아니야? 내가 왜 여기서 밀을 털고 있는 거지?"

아저씨가 꿈에서 깨어났습니다.

꿈에서 깨어난 것 같았습니다.

"분명히 자고 있었는데 어떻게 여기서 밀을 털고 있는 거지?"

어째서 여기서 밀을 털고 있는 걸까요? 꿈에서 깬 것 같았습니다. 아저씨는 고개를 들어 잠시 하늘을 바라봤습니다. 얼굴에 스스로는 볼 수 없는 경악과 미혹이 가득했습니다. 아저씨는 다시 몸을 돌려 뭔가를 찾았습니다. 눈길이 자신이 메고 온 넉가래에 닿는 순간 뭔가 생각이 난 것 같았습니다. 아저씨는 갑자기 무릎을 꿇었습니다. 그러고는 자기 뺨을 세게 후려치면서 외쳤습니다.

"이런 염병할! 넌 정말 한심한 놈이야! 넌 정말 한심한 놈이라고! 이렇게 바쁠 때 네 마누라는 다른 놈을 따라 도망쳤는데 너는 그 여자를 위해 밀이나 털고 있으니 말이야. 마누라가 다른 놈이랑 자고 있는데 너는 그들을 위해 밀을 털고 있잖아."

자기 뺨을 후려치는 모습이 마치 손바닥으로 담장을 두드리는 것 같았습니다.

"염병할! 넌 정말 한심한 놈이야! 넌 정말 한심한 놈이라고!"

한 대 또 한 대 자기 뺨을 후려치면서 스스로를 변호하기도 했습니다.

"나는 그 여자를 위해 밀을 터는 게 아니야. 나는 우리 아이를 위해 밀을 터는 거라고! 누가 마누라를 위해 밀을 턴다고 그래? 나는 우리 아이를 위해 밀을 털고 있는 거란 말이야!"

그러고 나서 아저씨는 더 이상 자기 뺨을 후려치지 않았습니다. 더 이상 중얼거리지도 않았지요. 몸이 포대 자루처럼 움직이지 않았습니다. 잠시 그렇게 멍하니 서 있다가 마침내 쌓아놓은 밀 다발에 등을 기대고 잠이 들었습니다. 몸을 뒤집어 잠에서 깨자마자 다시 잠이 든 것 같았습니다. 방금 꿈에서 깨어난 것은 그저 꿈의 한 소절인 듯했지요. 삽입곡이 끝나자 아저씨는 다시 꿈속으로 돌아간 것 같았습니다. 저는 놀랐습니다. 너무나 놀랐지요. 아저씨 앞에 서서 아저씨가 저를 위해 연기하는 연극을 감상하는 것 같았습니다. 아저씨가 꿈에서 깼다고 해도 믿을 수 없었습니다. 잔다고 하더니 또 잤습니다. 저는 시험 삼아 아저씨한테 가까이 다가가봤습니다. 손을 올려 아저씨를 흔들어봤습니다. 돌기둥을 흔드는 것 같았습니다. 두 손이 흔들렸습니다. 물을 담은 자루가 흔들리는 것 같았습니다. 아저씨 몸이 제 손 밑에서 가볍게 흔들렸습니다. 하지만 금세 물을 담은 자루의 늘어진 모습으로 되돌아갔습니다.

"장씨 아저씨! 장씨 아저씨!"

저는 큰 소리로 아저씨를 불렀습니다. 이미 죽은 시신을 부르는 것 같았습니다. 하지만 아저씨는 아직 숨을 쉬고 있었습니다. 코를 골다 말다 하기까지 했지요.

"아저씨 부인이 돌아왔어요. 아저씨 부인이 돌아왔다고요."

저는 더 이상 아저씨를 흔들고 싶지 않았습니다. 더 이상 깨우고 싶지도 않았습니다. 아저씨는 이미 죽은 것처럼 잠들어 있었습니다. 시신이나 다를 바 없었지요. 저는 그렇게 죽어서 시신이 된 아저씨를 향해 소리쳤습니다.

"아저씨 부인이 돌아왔어요. 그 남자랑 같이 돌아왔다고요. 아저씨가 잠들어 있는 동안 아저씨 아내는 그 남자와 함께 있었던 거예요."

사정이 달라졌습니다.

같은 일이 아니었습니다.

밤중에 햇빛이 비치는 것 같았습니다.

장씨 아저씨 피부에서 불길이 이는 것 같았습니다. 흙을 빚어 구운 잿빛 벽돌 같은 얼굴이 갑자기 제가 외치는 소리 속에서 가볍게 움직였습니다. 아저씨는 자세를 고쳐 바로 앉았습니다. 이마에 경련이 일었습니다. 얼굴 가득 흙빛이었습니다. 힘주어 눈을 뜨고 있었습니다. 눈빛이 저를 향하고 있었지요. 그러나 이내 제 몸에서 눈길을 거둬 도로를 바라보는 것 같았습니다. 도로는 멀리서 흘러오는 강줄기 같았습니다. 아주 멀리서 흘러와 아주 멀리 흘러가는 것 같았습니다. 북쪽에서 남쪽을 향해 흘러가는 것 같았습니다. 온갖 소리가 전부 강줄기에서 강 속으로 흐르는 물소리였습니다. 장씨 아저씨는 도로 북단으로 눈길을 던졌습니다. 그의 아내는 또 그 도로를 따라 진을 떠났습니다. 뤄양으로 갔지요. 정저우로 갔습니다. 어쩌면 베이징이나 광저우로 갔을지도 모르지요. 어차피 어느 곳이든 돈 벌 수 있는 남자를 따라 진을 떠난 것이지요.

외부 세계로 갔습니다.

아저씨의 눈길은 확실히 외부 세계로 이어지는 도로를 향하고 있었습니다. 등불 아래서 아저씨는 잠시 입술을 앙다물었습니다. 위아래 치아 사이에 약간의 마찰음이 있었습니다. 두 개의 청석판이 서로를 짓누르는 것 같았습니다. 소리는 아주 푸른빛이었지요. 밤도 푸른빛이었습니다. 게다가 몹시 더웠습니다. 들판의 바람도 조금 불어왔습니다. 바람에 실려온 밀 향기가 사람들의 콧등을 마구 두들겼습니다. 사람들의 목구멍을 자극했지요. 밀 향기는 사람들의 폐와 위에도 내려앉았습니다. 자동차가 도로 남쪽에서 북쪽을 향해 달려갔습니다. 등불 빛이 칼처럼 스쳐 지나왔다가 다시 스쳐 지나갔습니다. 장씨 아저씨는 그 불빛을 바라보고 있었지요. 멀어져가는 자동차를 바라보면서 치아를 부딪치는 소리가 이를 악무는 소리로 변했습니다. 치아 틈새에서 검푸른 소리가 삐져나왔습니다. 떨어지지도 않은 나뭇잎에 겨울 서리가 맺힌 것 같았습니다.

서리가 맺힌 나뭇잎이 허공에 흔들렸습니다. 잠시 흔들리다가 겨울 나뭇가지에서 벗어나 허공을 빙글빙글 돌았습니다. 아저씨의 눈빛처럼 차가웠지요. 아저씨의 치아 사이에서 삐져나온 소리 같았습니다.

아저씨가 갑자기 일어섰습니다. 바람처럼 달려온 그 자동차가 아저씨를 끌고 갈 것 같았습니다. 아저씨는 똑바로 서서 자동차가 가는 방향을 바라봤지요. 얼굴의 근육 덩이가 내려앉기 시작했습니다. 위아래 치아를 앙다물 때 소리가 났습니다. 그렇게 서 있는 모습은 뼈마디의 틈새마다에서 어떤 힘이 솟아나오는 것 같았습니다. 아저씨는 아무 말 하지 않았습니다. 전혀 다른 사람이 된 것 같았습니다. 방금 밀이 썩을까봐 걱정하며 탈곡장에 있던 사람이 아닌 것 같았습니다. 아내가 돌아왔을 때 먹을 것이 없을까봐 걱정하던 그 사람이 아닌 것 같았습니다. 완전히 다른 사람이었습니다.

그렇게 잠시 서 있었습니다. 저를 쳐다보지도 않았습니다. 이 세상도 쳐다보지 않았습니다. 눈길이 비스듬히 정체되어 있었지요. 아저씨는 제가 도저히 볼 수 없는 뭔가를 보고 있는 것 같았습니다. 다른 세상의 다른 일을 보고 있는 것 같았습니다. 그 세상의 그 다른 일은 아저씨의 꿈과 신경질 속에 있는 것이 분명했습니다. 그 일을 아저씨는 아주 선명하고 뚜렷하게 보고 있었지요. 눈앞의 아주 선명한 모습을 바라보고 있었습니다. 그 일이 아저씨의 얼굴을 시퍼렇게 만들었다가 또 흙색에 가까운 잿빛이 되게 했습니다. 아저씨의 이마에는 땀방울이 줄줄이 매달려 있었습니다. 아저씨가 다시 꿈속으로 돌아가 무엇을 봤는지, 무엇과 마주쳤는지, 혹은 그의 눈앞에서 무슨 일이 벌어졌는지 아는 사람은 아무도 없었습니다. 아무것도 말하지 않았습니다. 침묵했습니다. 이를 앙다물고 있었습니다. 푸른 심줄이 아저씨의 목 사이에 불룩 튀어나와 있었습니다. 가느다란 뱀 한 마리가 아저씨의 목을 휘감고 있는 것 같았습니다.

또 푸른 심줄 한 가닥이 등불 빛 아래 불룩 튀어나왔습니다.

두 마리 가느다란 뱀이 목을 휘감고 있는 것 같았습니다.

세 가닥, 네 가닥 푸른 심줄이 튀어나오자 세 마리, 네 마리 가느다란 뱀들이 아저씨의 목을 휘감고 있는 것 같았습니다. 아저씨는 밀 다발을 쌓아놓은 곳을 벗어나 밀을 터는 철제 틀로 다가갔습니다. 바닥에 있던 넉가래를 걷어차는 모습이 길 위에 떨어진 나뭇가지나 마른 풀을 걷어차는 것 같았습니다. 아저씨는 또 다른 꿈속으로 걸어 들어갔습니다. 전과는 전혀 다른 꿈속으로 들어갔지요. 또 다른 몽유 속에서 아저씨는 그 철제 틀 옆에서 허리를 구부리고 엄지손가락만큼이나 두꺼운 철근을 손에 쥔 채 이리저리 만져보고 시험해보더니 큰 걸음으로 밖을 향해 걸어 나갔습니다.

철근은 길이가 두 자나 됐습니다. 그 자리에서 아저씨가 철근을 줍는 것을 기다린 시간이 천년은 된 것 같았습니다. 만년이 넘는 것 같기도 했지요. 지금은 철근이 아저씨가 줍기를 기다리고 있었습니다. 그 철근은 아저씨의 힘과 아저씨의 손을 따라 큰 걸음으로 진 안에 있는 마을을 향했습니다. 아저씨는 왔던 길을 따라 돌아가지 않고 새로운 꿈속으로 걸어 들어갔습니다. 골목에서 꿈속의 다른 곳으로 걸어갔지요. 저는 아저씨를 따라 몇 걸음 걸으면서 아저씨! 하고 몇 번 불러봤습니다. 아저씨가 여전히 저를 거들떠보지도 않자 저는 그 자리에 멈춰 서서 아저씨가 마을로 들어가는 모습을 바라만 봤습니다. 아저씨가 고요한 밤에 큰 걸음으로 모퉁이를 돌아 어느 담장 끝으로 사라지는 모습을 바라만 봤습니다.

저 자신도 도로를 따라 북쪽에서 남쪽의 집으로 돌아왔습니다.

제2권 이경·상

새들이 그곳을 어지럽게 날고 있었다

1. 21:00~21:20

우리 '신세계' 장례용품점에서도 몽유가 발생했습니다.

엄마가 몽유하기 시작한 것입니다.

제가 갔을 때 엄마는 점당 안에서 고개를 한쪽으로 기울인 채 쓰러져 있었고 눈앞에는 오색 종이들이 바닥에 널브러져 있었습니다. 전지공예에 쓰이는 크고 작은 가위들이 점당 바닥과 엄마 발밑에 떨어져 있었습니다. 큰길은 원래 모습 그대로였습니다. 달빛은 청명하기만 했습니다. 등불은 누런 진흙 빛이었지요. 누런 진흙 빛과 청명한 빛이 한데 섞인 모습이 마치 깨끗한 물에 쌀뜨물을 풀어놓은 것 같았습니다. 그러면 깨끗한 물도 쌀뜨물 같은 구정물이 되지요.

무척 고요했습니다. 죽은 것 같았습니다.

죽음처럼 너무나 고요했습니다.

막 황혼을 지나온 밤의 숨결에는 살진 돼지가 잠잘 때 내는 코

고는 소리가 섞여 있었습니다. 후덥지근하고 더러운 소리였지요. 후덥지근하고 더러운 소리는 끈적끈적하기도 했습니다. 땀 냄새가 났습니다. 땀 냄새는 여러 문과 틈새로부터 새어나왔습니다. 거리에 여름밤의 냄새들이 모여 있었습니다.

여름밤의 냄새 속에서 누군가 거리에서 잠을 자고 있었습니다. 가게 문 앞에서 누군가 차를 마시면서 부들부채를 부치고 있었습니다. 자기 집 회전 선풍기를 길가로 내다놓고 문밖에 쪼그리고 앉아 있는 사람도 있었습니다. 선풍기에서는 휘날리는 나뭇잎을 칼로 베는 듯한 쇳소리가 났습니다. 사람들 모두 그 칼과 바람 속에 앉거나 누워서 한담을 하고 있었지요. 진의 거리는 예전과 똑같았습니다. 세상도 예전과 다르지 않았습니다.

하지만 결국 세상은 더 이상 예전 같지 않았습니다.

대규모 몽유가 이미 시작되었습니다. 몽유의 발걸음이 점점 우리 마을 안으로 들어오고 있었습니다. 우리 진에 들어섰지요. 대규모 몽유는 천지를 뒤덮을 정도로 조용하고 혼돈스러웠습니다. 사람들은 대규모 몽유가 이미 구름처럼 재앙처럼 자신들 머리 위를 뒤덮고 있다는 사실을 알지 못했습니다. 사람들은 모두 머리 위의 희미한 것이 밤의 구름이 깔린 것이라고 여겼지요. 이런 여름밤이 여느 여름밤과 똑같다고 여겼습니다. 저는 홀로 쓸쓸하게 진 밖에서 진의 거리로 돌아왔습니다. 진 거리의 고요함과 코 고는 소리를 보고서 세상이 원래의 모습과 다르지 않다고 생각했습니다. 그저 평범한 몽유자가 몇 명 늘었을 뿐이라고 생각했지요. 저는 진에서 가장 번화한 동대가東大街를 둘러봤습니다. 드넓은 여름밤 하늘을 살펴봤습니다. 걸어서 '신세계' 장례용품점 앞으로 돌아와 보니 우리 가게 앞 길가에 소형 승용차가 한 대 서 있었습니다. 외삼촌이 오신 것이었습니다. 가게 안에서 외삼촌은 의사가 환자 가족이 있는 방 안에 서 있는 모습으로 서 있었습니다.

"앉으세요."

외삼촌은 앉기를 권하는 아버지를 거들떠보지도 않고 그저 '신세계' 장례용품점 안을 이리저리 둘러보고 있었습니다.

외삼촌은 키가 1미터 80센티나 됐습니다. 아버지는 1미터 50센티였지요. 외삼촌은 민국民國 시기에 부자들이 즐겨 입던 비단 상의를 입고 있었습니다. 아버지는 등을 훤히 드러낸 채 잠방이만 입고 있었고요. 아버지는 그다지 마른 몸매가 아니었습니다. 하지만 외삼촌이 있는 자리에서는 무척이나 말라 보였지요. 커다란 나무 밑에 작은 나무가 서 있는 것 같았습니다. 환자 가족과 의사의 모습 같았습니다. 아버지는 외삼촌 앞에서 환자 집안의 아이가 체구가 우람한 의사를 찾아와 도움을 요청하는 듯한 모습으로 서 있었습니다. 엄마는 원래 자고 있던 그 자리에 그대로 앉아 있었습니다. 엄마는 이미 잠자고 있는 모습이 아니었지요. 엄마는 매일 종이를 오리던 등받이 없는 걸상에 앉아 있었습니다. 걸상에는 더럽고 단단한 솜 방석이 하나 깔려 있었습니다. 엄마의 얼굴 표정은 낡은 성벽의 벽돌 같지 않았습니다. 오히려 바짝 마른 더러운 수건 같았지요. 오래된 신문지 같았습니다. 엄마는 누구도 쳐다보지 않고 혼잣말만 중얼거리고 있었습니다.

"사람이 죽으면 누가 뭐래도 무덤에 화환 하나는 있어야 해요. 어찌 됐건 무덤에 화환 몇 개는 놓여야 하지요."

이렇게 중얼거리면서 손으로 접은 종이를 오리고 있었습니다.

그 모습이 바닥에 쪼그리고 앉아 세심하게 화분에 물을 주고 있는 것 같았습니다. 화단 전체에 물을 주고 있는 것 같았습니다. 엄마는 이미 아주 많은 종이꽃을 오려놓은 터였습니다. 한 무더기나 쌓여 있었지요. 엄마는 초록색 잎도 잔뜩 오려놓았습니다. 한 무더기나 쌓여 있었습니다. 아버지는 엄마 옆에 서 있었습니다. 발밑에는 대오리와 풀, 가는 실, 대나무를 자를 때 쓰는 칼이 어지럽게 놓여 있었습니다. 엄마는 오리고 또 오리다가 잠이 들었습니다. 아버지는 두 번이나 깨워서 세수를 하고 오라 했는데 다시 와서는 또 잠들었다고 외삼촌에게 말했습니다. 종이를 오리다가 잠들었다고 말했습니다. 잠든 손에는 여전히 오리던 종이가 쥐어져 있었습니다. 눈은 반쯤 감겨 있고 입으로는 쉴 새 없이 뭔가를 말하고 있었습니다. 손으로는 쉬지 않고 종이를 오리고 있었습니다. 이리하여 아버지는 엄마가 몽유하고 있다는 것을 알게 되었습니다. 저도 엄마가 몽유하고 있다는 것을 알았지요. 요 며칠 동안은 누가 죽었다며 찾아오는 사람이 아주 많았습니다. 장례용품들은 아주 빨리 팔려나갔고 엄마는 피곤해서 몽유 상태로 들어간 것입니다.

외삼촌은 그 자리에 서서 여동생을 살펴봤습니다. 의사가 중병에 걸린 사람을 살펴보는 것 같았습니다. 냉혹한 표정으로 고개를 돌릴 때 외삼촌의 눈빛은 얼음 벽돌이나 얼음 덩어리 두 개가 되어 아버지의 얼굴을 내리누르는 것만 같았습니다.

아버지가 빙긋이 웃었습니다.

"형님네 화장장도 요 며칠 장사가 괜찮지 않았나요?"

눈길을 외삼촌의 얼굴로 옮길 때, 아버지의 표정은 의사에게 엄마한테 나타나는 징후가 흔히 있는 증상이라고 말하는 것 같았습니다. 신경 쓸 것 없다는 태도였지요. 하지만 아버지는 엄마가 외삼촌의 여동생이라는 사실을 잊었던 모양입니다. 외삼촌은 여동생이 이렇게 힘들게 종이를 오리고 있는 것을 차마 눈 뜨고 볼 수 없었지요. 자면서 꿈속에서도 쉬지 않고 손을 놀려 화환 종이를 오리고 있는 모습을 그냥 넘길 수 없었습니다.

"냉수를 한 대야 더 떠다가 얼굴을 씻기도록 하게."

외삼촌은 아버지를 경멸의 눈초리로 봤습니다. 아버지에게 큰 불만이 있는 것 같았습니다. 방 안에는 새로 쑨 밀가루 풀 냄새가 났습니다. 그리고 맨살을 드러낸 아버지의 등에서 발산되는 뜨거운 땀 냄새도 났지요. 아버지는 잠시 머뭇거리다가 대야를 들고 물을 받으러 나갔습니다.

"사람들이 전부 죽는 바람에 철야 작업을 해서라도 화환을 만들어주지 않을 수 없었어요."

아버지는 이렇게 말하면서 또 고개를 돌려 외삼촌을 쳐다봤습니다. 약간 미안한 듯한 표정이었습니다. 또 어쩔 수 없었다는 표정 같기도 했습니다. 그러다가 세숫대야를 부엌 계단 구석에 부딪히고 말았지요. 쨍그랑 소리가 났습니다. 그 소리에 우리 집 일에 신경 쓰지 말라는 원망의 뜻이 담겨 있는 것 같았습니다. 이때 갑자기 엄마가 외삼촌을 흘겨봤습니다. 잠에서 깬 것 같았습니다. 하지만 또 아무것도 보지 못한 것 같기도 했습니다. 그저 종이를 오리는 데만 열중하고 있었지요. 종이를 오리는 소리가 여름밤 대추나무 위에서 여치가 우는 소리처럼 들렸습니다. 외삼촌은 그렇게 자기 여동생을 바라보고 있었지요. 이때 외삼촌은 저도 봤습니다. 병상 앞에 와본 적 없는 환자 가족이 자기 아이를 바라보듯 했습니다. 불만 가득한 모습이었지요. 원망 가득한 모습이었습니다. 외삼촌은 눈썹을 치켜올렸습니다. 그러고는 눈앞에 있는 등받이 없는 걸상을 발로 걷어차면서 입가의 근육을 당겼습니다. 얼굴빛이 녹슨 쇠가 되어버렸습니다.

"가서 시신 기름을 운반해와야 할 것 같네. 녠녠, 엄마랑 아버지가 바쁘니까 너도 엄마랑 아버지를 도와야지."

이렇게 말하면서 외삼촌은 내 얼굴에서 문 앞 걸상 귀퉁이에 놓여 있던 옌롄커의 그 소설로 눈길을 옮겨갔습니다. 그 책이 모든 재난을 가져오기라도 한 것 같았습니다. 외삼촌은 문지방으로 다가가 그 책을 발로 차버리고 싶어하는 것 같았습니다. 그 『휘셔우 마을의 물처럼 흐르는 세월』을 불태워버리고 싶어하는 것 같았습니다.

하지만 아버지가 계단 근처 부엌에서 나왔습니다. 세숫대야에 물을 반쯤 담아 들고 왔습니다. 수건 뭉치가 물속에 들어 있었습니다. 아버지는 외삼촌의 눈길을 따라 걸어갔습니다. 세숫대야를 엄마 발이 있는 쪽에 내려놓았습니다. 아버지는 물속에 있는 수건을 몇 번 흔들다가 꺼내 물기를 절반 정도만 남기고 비틀어 짰습니다. 아버지가 수건을 꺼내 엄마 얼굴을 닦을 때, 그 모습은 마치 간호사가 임종을 앞둔 환자의 얼굴을 닦는 것 같았습니다.

"수건이 좀 차가워. 놀라서 깰 거야."

아버지가 엄마에게 말했습니다. 혼잣말을 하는 것 같았습니다. 엄마를 대하는 아버지의 따스한 모습에 저는 놀라움을 금치 못했습니다. 저는 아버지의 말이 외삼촌에게 들으라고 하는 것임을 모르지 않았습니다. 외삼촌은 아버지의 말을 들으면서 아버지가 엄마의 얼굴을 닦아주는 모습을 바라봤습니다. 젖은 수건으로 엄마를 꿈속에서 씻어내는 것이었습니다. 아버지가 손에 쥔 차가운 물수건으로 엄마 얼굴을 문지르자 엄마 손에 쥐어져 있던 가위가 갑자기 허공에 그대로 멈춰버렸습니다. 아버지가 젖은 수건으로 엄마 얼굴을 시곗바늘 방향으로 한 바퀴 닦아내자 엄마 손에 있던 가위가 바닥으로 떨어졌습니다.

아버지가 시곗바늘 방향으로 엄마의 얼굴을 다시 한번 닦자 엄마 손에 들려 있던 한 뭉텅이 종잇조각이 바닥으로 떨어졌습니다.

아버지가 다시 수건을 빨았습니다. 수건을 짜서 시곗바늘 반대 방향으로 엄마의 얼굴을 문지르자 엄마가 꿈에서 깨어났습니다. 엄마는 격렬하게 몸을 떨었습니다. 누군가 차가운 물을 한 대야 얼굴에 끼얹은 것 같았습니다. 정말 그런 것 같았습니다. 깜짝 놀라 아버지의 손을 밀어내고는 눈을 깜빡였습니다. 엄마는 한 번도 본 적 없는 새로운 세상을 발견하기라도 한 듯 방 안을 둘러봤습니다. 방 안은 몹시 덥고 건조했습니다. 너무나 덥고 건조했습니다. 물의 냉기가 치직 미세한 소리를 내면서 방 안에 퍼졌습니다. 차가운 물 한 대야를 펄펄 끓고 있는 뜨거운 물에 천천히 붓고 있는 것 같았습니다.

"내가 방금 종이를 오리다가 잠들었나보군요."

엄마는 물어보는 것 같았습니다. 혼잣말을 하는 것 같기도 했습니다.

"오빠, 오셨어요?"

엄마가 외삼촌의 얼굴로 눈길을 돌렸습니다.

"앉으세요. 뵌 지 한 달이나 됐네요."

엄마가 고개를 돌려 내게 말했습니다.

"녠녠, 어서 외삼촌에게 의자 좀 가져다드려라."

저는 등받이 없는 앉은뱅이 의자를 가져다 외삼촌 엉덩이 밑에 놔드렸습니다. 하지만 외삼촌은 거들떠보지도 않았습니다.

"내가 오늘 찾아온 것은 얼른 화장장에 가서 시신 기름을 가져오라고 말하기 위해서야. 기름이 또 한 통 나왔거든."

이렇게 말하면서 외삼촌은 사방을 둘러봤습니다.

"돈을 얼마간 벌었으면 충분해. 피곤하면 침대에 올라가서 잘 일이지 몇 푼 더 벌겠다고 잔업까지 해서 이런 꼴을 보일 게 뭐냐."

외삼촌은 장례용품 화환 몇 개를 팔아서 버는 푼돈을 무시했습니다. 외삼촌이 말하면서 몸을 돌려 가려던 순간, 큰길에서 또 부르릉 오토바이 소리가 들렸습니다.

부르릉 소리가 우리 가게 앞에서 멈췄습니다.

젊고 거무스름한 얼굴이 뭔가 알아보려는 듯 가게 안으로 들어섰습니다. 젊은이의 얼굴은 온통 경이로움과 희열로 가득했습니다.

"와, 댁의 맞은편 집에 사는 장씨가 미쳤나봐요. 어디서 났는지 모르겠지만 두 자짜리 쇠몽둥이 하나를 들고 집으로 돌아가면서 중얼거리더라고요. '내가 그를 후려쳐 죽이는 걸 보라고. 내가 쇠몽둥이로 그를 후려쳐 죽이는 걸 잘 보란 말이야'라고요. 집으로 돌아오는 길에 그는 정말로 밖에서 밀회를 즐기고 돌아오는 자기 아내와 진 북쪽 벽돌 가마 주인 왕王씨와 마주쳤지요. 장씨는 손에 들고 있던 몽둥이를 휘둘렀습니다. 쇠몽둥이가 단번에 왕 사장의 머리를 박살내고 말았습니다.

말해보세요. 장씨가 자기 아내랑 왕 사장이 밖에서 밀회를 즐기고 돌아왔다는 것을 어떻게 알았을까요? 어떻게 그렇게 정확할 수 있었을까요. 두 사람이 야음을 틈타 몰래 마당에 들어선 순간 장씨가 미리 준비해놓은 쇠몽둥이가 바로 그 자리에 있었던 겁니다.

누가 그런 사실을 장씨에게 몰래 전해주었는지 모르겠어요. 벽돌 가마 왕씨는 정말 대단한 사람이었는데 말이에요. 마당에 들어서자마자 쇠몽둥이가 그의 머리 위로 날아온 겁니다. 그렇게 대단한 사람이 목화솜 자루처럼 장씨네 집 마당에 쓰러졌다니까요.

왕 사장은 우리 진에서 돈이 가장 많은 사람이에요. 그자가 남의 여자를 빼앗은 것은 장씨 아내가 처음이 아니지요. 그가 죽자 바닥에 피가 잔뜩 흘러서 꼭 100위안짜리 붉은 지폐 뭉치 몇십 개를 바닥에 뿌려놓은 것 같았다니까요.

피를 보고 놀란 멍청이 장씨는 잠시 넋이 나갔다가 다시 정신을 차렸어요. 젠장, 알고 보니 멍청이 장씨는 꿈속을 돌아다니고 있었던 거예요. 그 염병할 몽유가 그렇게 대단한 거였어요. 꿈에서 깬 그는 바닥에 주저앉아 엉엉 울면서 소리치더군요. '내가 사람을 죽였어. 내가 사람을 죽였다고.' 그는 겁을 먹은 것 같았어요."

오토바이를 타고 있는 젊은이는 웃고 떠들고 손짓하면서 쥐처럼 작고 튀어나온 두 눈으로 우리 장례용품 가게 안을 구슬이 돌아다니듯 훑었습니다.

"다들 제가 벽돌 가마 왕씨의 먼 친척이라는 것은 아시지요? 그는 무정한 사람이었지만 우리는 의리를 지키는 편이에요. 저는 지금 왕 사장 부인에게 장씨 집에 가서 시신을 수습하라고 말해주러 가는 길이에요. 저는 정도 있고 의리도 있는 사람이라 가는 길에 아저씨네 '신세계' 장례용품점에도 이런 사실을 알려드리는 거예요. 왕 사장을 위해 화환이나 지찰 같은 장례용품을 많이 준비해주세요. 그 집안은 우리 진에서 돈이 가장 많거든요. 누구든지 집을 지으려면 그 집에 가서 벽돌과 기와를 사야 하지요. 그를 위해 장례용품 좀 넉넉하게 준비해두세요. 그 집에서 돈을 쓰려고 하지 않으면 제가 그 집을 위해 물건을 살 테니까요. 누가 절 그 집 친척이 되게 했는데요. 저는 그를 위해 화환을 열 개, 아니 스무 개 사서 그의 무덤 앞에 놓아주고 싶어요."

오토바이를 탄 젊은이는 수문을 열어 물을 방류하는 것처럼 말을 아주 빨리 쏟아냈습니다. 눈에서는 기쁨의 빛이 뿜어져 나오고 있었지요. 얼굴 가득한 희열은 아내가 마침내 사내아이를 낳기라도 한 것 같았습니다. 몸은 문밖에 있지만 머리는 문틀 안에 있었습니다. 눈빛이 마치 겨우내 굴을 떠나 있던 토끼가 두 치밖에 안 되는 따스한 봄날 꽃 피는 것을 바라보는 것 같았지요. 자리를 뜨기 전에 그는 또다시 외삼촌의 얼굴을 향해 눈길을 던졌습니다. 먼저 혼자 빙긋이 웃는 얼굴이 활짝 핀 꽃 한 송이 같았지요.

"샤오邵 장장님, 마침 여기 계셨네요. 왕 사장의 시신을 화장할 때 그 집에서 화장비를 주면 제가 그만큼의 돈을 더 드릴게요. 화장하는 일꾼들에게 잘 좀 말해주세요. 벽돌 가마 왕씨의 뼈가 완전히 으스러지도록 태우면 절대 안 된다고 말이에요. 화장장 가마에서 나올 때 다리뼈와 허리뼈는 반드시 그대로 남아 있어야 한다고 전해주세요. 이런 뼈들은 유골함보다 길기 때문에 망치로 부숴야만 유골함에 넣을 수 있지요. 제가 돈을 좀더 드릴 테니까 절대로 그의 두개골이 다 타서 재가 되게 하진 말아주세요. 두개골도 망치로 몇 번 내려쳐 부숴야만 유골함에 넣을 수 있거든요."

그는 문 앞에서 웃으며 말했습니다. 얼굴은 봄날에 흔히 볼 수 있는 우피모란화 한 송이가 활짝 핀 것 같았습니다. 말을 마치고 떠날 때까지 웃음소리가 문가에 여음으로 남아 있었지요. 저는 몸이 싸늘해지는 것을 느꼈습니다. 오토바이를 탄 사람이 제 몸에 얼음처럼 차가운 물을 한 통 끼얹고 간 것 같았습니다. 문밖에서 또다시 부르릉 오토바이 달리는 소리가 났습니다.

"염병할!"

외삼촌은 욕을 한마디 내뱉고는 문가에서 눈길을 거둬들였습니다. 이제 막 연극 한 막을 본 것 같았습니다. 걸음을 옮기던 외삼촌의 표정은 갑자기 발밑에 진 사람들이 술에 취해 땅바닥에 토해놓은 토사물과 오물이 가득한 것을 발견하기라도 한 것 같았습니다. 세상이 또다시 이상하리만치 조용해졌습니다. 또다시 싸늘한 기운이 진 전체를 뒤덮었습니다. 하지만 세상은, 만사 만물은 다시 우리 장례용품점 안으로 움츠러들었습니다.

"가서 시신 기름 한 통을 가져가도록 하게. 오늘 밤에 안 가져가면 내일 화장하고 나서 기름을 담아둘 데가 없으니 말일세. 아무래도 시신 기름을 소각실에 흘려버릴 수는 없지 않겠나."

외삼촌도 말을 마치고 가버렸습니다.

외삼촌이 가게에서 걸어 나왔습니다. 가게에서 나오는 외삼촌의 모습은 마치 의사가 병실에서 환자들을 다 둘러본 다음 퇴장하는 것 같았지요.

"돈 몇 푼 때문에 꿈을 꾸면서도 종이를 오려 화환을 만들 정도로 녹초가 되진 말라고. 돈이 없으면 그 시신 기름 몇 통을 내다 팔면 되잖아."

우리 집을 나서서 큰길에 올라선 외삼촌은 또다시 고개를 돌렸습니다. 고개를 뒤로 돌렸다가 다시 원상태로 돌렸습니다. 문을 열고 차에 올랐습니다. 열쇠를 돌려 시동을 걸었습니다. 가로등 두 개가 큰길 동쪽에 빛을 뿌리고 있었습니다. 외삼촌은 차를 몰고 출발하기 전에 또다시 차창을 열어 고개를 내밀고는 자신을 배웅하기 위해 문밖에 나와 있던 아버지를 힐끗 쳐다봤습니다.

우리 아버지는 멀어져가는 외삼촌의 자동차를 바라보면서 잠시 그 자리에 서 있었습니다. 제가 언제쯤 형님에게 화환을 만들어드릴 수 있을까요? 이렇게 말하는 것 같았습니다. 묻는 것 같기도 했지요. 목소리는 높지도 낮지도 않았습니다. 아버지는 고개를 돌려 제가 바로 뒤에 서 있는 것을 보고는 잠시 어리둥절한 표정을 짓더니 손으로 제 이마를 가볍게 쓰다듬고는 웃으면서 집으로 들어갔습니다.

가게 안으로 돌아갔지요.

2. 21:20~21:40

보살님이시여— 여래불이시여— 공자, 장자, 노자님이시여—
저는 시작과 끝이 분명한 이야기를 두서없이 지리멸렬하게 늘어놓
았습니다. 이야기를 잘게 부숴버렸지요. 노자, 장자, 맹자, 순자님,
그리고 부처와 신선님들, 토지신과 조왕신님, 저는 여기에 무릎 꿇
고 한나절이나 하소연을 했습니다. 제가 말한 올해 이달 이날 밤
의 이야기를 다 들으셨겠지요. 아— 아— 저는 여러 신령님이 하
늘의 허공에 서 계신 모습을 봤습니다. 여러 신령님이 허공을 왔다
갔다 하는 발소리도 들었습니다. 신령님들이 움직이는 소리는 바
람이 부는 것 같았습니다. 아— 아— 정말로 바람이 이네요. 바람
이 제 얼굴 위로 불어오는 것이 마치 신령님들이 일제히 손을 내밀
어 제 얼굴을 쓰다듬는 것 같습니다. 서왕모님과 여래불님, 현장법
사님과 사오정님, 관공님과 제갈공명님, 문곡성과 천왕성님, 제게
어지럽게 뒤엉킨 이야기의 실마리가 어디에 있는지 알려주실 수

있겠습니까? 알려주지 않으신다면 한쪽 끄트머리를 잘라버리고 다시 새로운 끄트머리를 잡는 수밖에 없을 것 같습니다.

그럼 다시 이 이야기의 다른 끄트머리를 잡아 이어보겠습니다.

그날 밤, 외삼촌이 가고 난 후 저는 화장장에 가서 우리 집에서 산 시신 기름을 운반해오려고 했습니다. 그건 아주 무서운 일이었습니다. 하지만 오래 이 일을 하다보니 더 이상 무섭지도 않았지요. 오랜 시간이 지나면 사람이 호랑이나 사자와 친구가 될 수 있는 것과 마찬가지였습니다. 낮밤의 경계가 없어지는 것과 마찬가지지요. 화장장은 전문적으로 죽은 사람의 시신을 태우는 곳입니다. 사람이 또 다른 세계로 들어서는 갈림길의 길목이기도 하지요. 우리가 사는 이곳의 화장장은 지은 지 이미 10년이 훨씬 넘었습니다. 제 나이보다 더 오래되었지요. 십 몇 년 전 일은 작년 겨울의 마른 나뭇가지나 낙엽과 같았습니다. 새로운 해의 봄이 찾아오면 전부 의미가 없어지지요. 모든 사람이 그 일을 잊어버리니까요. 정말 다 잊어버렸습니다. 저는 외삼촌이 어떻게 화장장의 장장이 되었는지는 모르겠습니다. 제가 세상에 태어나기도 전에 외삼촌은 이미 화장장의 장장이었으니까요. 제가 태어난 뒤에도 외삼촌은 여전히 장장이었습니다. 외삼촌이 처음 장장이 되었을 때 진에 사는 사람 모두 외삼촌과 말을 하지 않았습니다. 외삼촌이 매장을 화장으로 바꿔버렸기 때문이지요. 완전한 사람의 시신을 태워 재로 만들어버린 것입니다. 멀쩡한 사람을 모두 무참하게 한 줌의 재로 태웠을 뿐만 아니라 남아 있는 가족들에게 또다시 자신에게 몇백 위안씩 돈을 내도록 했던 것입니다. 800위안이나 됐습니다. 이는 자기 집을 태워버리고 무덤까지 파고서 땔감 값을 내야 하는 것과 다르지 않았습니다. 집을 태우고 무덤을 판 것에 대한 수고비를 내는 셈이었지요. 무덤을 파면서 도구를 빌린 데 대해 비용을 지불하는 셈이었습니다. 당시 외삼촌이 거리를 걸어가면 누군가 뒤에서 돌을 던졌습니다. 어떤 사람은 맞은편에서 걸어오다가 외삼촌 얼굴에 가래침을 뱉기도 했지요. 외삼촌이 길을 걸어가면 뒤에서 매우 익숙한 목소리가 쫓아왔습니다.

"샤오 장장, 샤오 장장!"

그러다가 외삼촌이 고개를 돌리면 그 목소리는 또다시 차갑고도 딱딱하게 변했지요.

"염병할 샤오 장장놈 같으니라고!"

"샤오 장장, 네놈 가족들은 전부 곱게 죽지 못할 거야!"

욕하는 사람은 어제 혹은 그제 모친을 화장한 사람이었습니다. 혹은 부친이 화장장 가마에서 불탄 사람이었지요. 그 사람은 외삼촌 등 뒤에 서서 눈을 부라렸습니다. 손에는 사람을 때려죽이고도 남을 벽돌을 하나 쥐고 있었지요. 혹은 사람을 찍어 죽일 수 있는 가래를 들고 있었는지도 모릅니다.

외삼촌은 길가에 선 채 놀라 얼굴이 유골처럼 회백색으로 변했습니다. 머리칼도 쭈뼛쭈뼛 섰지요. 키가 1미터 80센티인 외삼촌은 키가 아주 크고 가느다란 나무가 언제라도 바람에 쓸려 무력하게 넘어질 것 같은 모습이었습니다.

"샤오 장장, 나랑 한번 붙어보자고."

고함을 치면서 욕하는 사람들이 외삼촌에게 다가와 머리채를 뒤로 잡고 흔들었습니다.

"가자고, 진 밖으로 가잔 말이야. 네놈의 더러운 피를 진 거리에 흘리는 일이 있어선 안 될 테니까."

외삼촌은 그냥 가버렸습니다. 외삼촌을 욕하고 비난하는 사람들에게서 벗어나 멀리 가버렸지요. 1미터 80센티나 되는 키가 바람에 불면 넘어지는 나무 같았습니다. 아무 말도 하지 않았습니다. 얼굴은 유골의 회백색이었습니다. 이런 모욕과 욕설에 시달리고 나면 외삼촌이 상부를 찾아가 화장장 장장에서 사직할 것이라고 모두 생각했습니다. 하지만 외삼촌은 오히려 상부에 가서 이를 앙다물고 말했습니다.

"풍속을 바꾸는 것은 국가의 일입니다. 제가 반드시 죽은 자들을 전부 화장장으로 보내도록 하겠습니다. 그들을 전부 태워서 재가 되게 하겠습니다."

외삼촌은 밤새 진에 있는 큰 거리와 작은 골목마다 광고와 포고문을 잔뜩 붙였습니다. 인근 사방의 이웃 마을 어귀에서 끝까지 광고와 포고문을 가득 붙였지요. 광고에서는 자손들에게 땅을 물려주려면 매장을 화장으로 바꿔야 한다고 말했습니다. 또한 자손이 끊기길 바라는 사람만이 자손에게 땅을 남겨주지 않는다고도 했습니다. 광고에서는 불법으로 죽은 사람을 매장했다가 발각되면 매장 기간에 관계없이 국가가 일률적으로 파내 다시 소각하거나 화장하도록 규정하고 있다고 말했습니다. 아울러 일정한 액수의 벌금을 내고 땅도 일부 수용되는 처벌을 받는다고 했습니다. 또한 광고와 포고문에서는 국가를 위하는 것이 국민을 위하는 것이므로 시신을 불법으로 매장한 사례를 고발하는 사람에게는 정부에서 장려의 의미로 소정의 상금과 땅을 지급한다고 했습니다.

마을에는 감히 공공연하게 매장하는 사람이 없어졌습니다.

누구도 매장한 새 무덤을 천하에 드러내려고 하지 않았습니다.

대부분의 사람이 하는 수 없이 화장을 했습니다.

이리하여 누군가 한밤중에 몰래 외삼촌 집을 찾아가 문을 부수는 일이 일어났지요. 창문도 부쉈습니다. 심지어 집에 불을 지르기도 했습니다. 외삼촌은 그날 밤 이후로 더 이상 집 밖에 나서서 사람들과 이야기를 나누는 일이 없어졌습니다. 일을 처리하기 위해 외출하는 일도 없었습니다. 혼자 밤길을 걷거나 황량한 들판을 돌아다니는 일도 없었습니다. 이렇게 낮이건 밤이건 화장장에만 있었습니다. 자신의 일이 자랑스러워 책임을 다하기 위해 집에 돌아가지 않는 것 같았습니다.

이쯤에서 한 가지 사실을 말해야 할 것 같군요. 마을과 진에서 매장하는 사람들을 밀고한 장본인은 바로 우리 아버지였습니다.

사람이 죽어 매장을 준비하면서 화장장에 알리지 못하게 하는 집을 아버지는 모두 어두운 밤을 틈타 화장장으로 가서 훗날 아내가 될 사람의 오빠에게 말해주었습니다. 한 번 밀고하면 400위안을 벌 수 있었습니다. 두 번이면 800위안이었지요. 그 당시에는 마을에서 일해도 한 달에 겨우 몇백 위안을 벌 수 있었을 뿐입니다. 외지에 나가서 죽어라 일해도 한 달에 1000위안을 벌지 못했지요. 하지만 우리 아버지는 밤에 진 외곽 고개 위에 있는 화장장으로 두 번만 달려가도 거의 1000위안에 달하는 거금 800위안을 벌 수 있었던 것입니다.

당시 우리 집은 옌롄커의 집과 이웃해 있었습니다. 옌씨네 집은 이미 세 칸짜리 벽돌 기와집을 올린 터였지요. 뒤쪽 벽돌 담장의 빨간 벽돌이 풍기는 유황 냄새가 날마다 저희 집 마당에 넘실거렸습니다. 아버지와 할머니는 날마다 그 냄새를 맡았지요. 하루는 할머니가 그 냄새를 맡으면서 옌씨네 벽돌 담장을 보며 감탄하셨습니다.

"우리는 언제 저런 기와집을 지을 수 있을까. 무슨 일을 해야 저런 기와집을 지을 수 있을까!"

그때 아버지는 할머니 앞에 서 있었습니다.

또 하루는 할머니가 말씀하셨습니다.

"우리가 평생 기와집이라는 것을 지을 수 있긴 한 거냐? 기와집을 지어야 너도 신붓감을 찾아 결혼할 수 있지 않겠어? 그래야 나도 안심하고 죽을 게 아니냐?"

아버지는 할머니 앞에서 얼굴을 붉혔습니다.

그러고 나서 또 어느 날 병이 난 할머니께서 한약이 든 약탕기를 들고는 아버지를 쳐다보며 말했습니다.

"내가 죽기 전에 네가 결혼해서 집안 꾸리는 걸 못 보게 될까봐 걱정이구나. 죽을 때가 되어서도 기와집에서 살지 못할까봐 걱정이야."

그때 우리 아버지는 이미 스물두 살이었습니다. 마을의 수많은 젊은이는 스물두 살이 되면 대부분 결혼을 했지요. 대부분 아버지가 되어 있었습니다. 대부분 기와집을 짓거나 허름한 단층집에서 살고 있었지요. 하지만 우리 아버지 얼굴에서는 스물두 살의 여드름을 제외하면 다른 어떤 기쁨도 찾아볼 수 없었습니다. 할머니 앞에 서 있는 아버지는 가난한 사람들이 버린 종잇장 같았습니다. 부끄럽고 추했지만 어쩔 도리가 없었습니다. 가을 낙엽이 가을 하늘에서 떨어졌습니다. 빙글빙글 돌면서 떨어진 낙엽이 따귀를 때리듯이 아버지 얼굴 위로 떨어졌습니다. 이때 멀지 않은 곳에서 요란한 발걸음 소리가 어지럽게 달려왔습니다.

"서둘러! 서두르라고!"

"장씨 할머니가 아무래도 어려울 것 같아. 얼른 와서 할머니를 병원으로 모셔가라고!"

"얼른 병원으로 모시고 가란 말이야."

사람들이 외치는 소리를 따라 우리 아버지도 나는 듯이 달려갔습니다. 마을 사람 모두 장씨네 맞은편 집으로 달려가는 모습이 보였습니다. 들것을 든 사람이 달려왔습니다. 밥그릇을 손에 든 사람이 뛰어갔습니다. 손이 닿는 대로 밥그릇을 길가에 내려놓은 그는 하늘이 무너진 것처럼 당황한 표정이었습니다. 아버지는 장씨네 대문을 뚫어지게 쳐다봤습니다. 스물두 살의 얼굴에 땀이 났지요. 아버지는 들것에 장씨 할머니를 싣고 나오는 사람을 보지 못했습니다. 그렇게 한 시간이 지났습니다. 두 시간이 지났습니다. 들어간 것은 빈 들것이었고 나온 것도 빈 들것이었습니다. 들어간 사람들 얼굴에는 모두 놀라서 허둥대는 기색이 역력했지만 얼마 후 나올 때는 사람들 얼굴에 놀란 기색이 전혀 없었습니다. 신비하면서 태연한 모습들이었습니다. 신기해하는 얼굴에 붉고 괴이한 빛을 띠고 있는 것이 마치 햇빛이 바닥이 보이지 않는 우물을 비추고 있는 것 같았습니다.

아버지는 알고 있었습니다. 아버지는 맞은편 집에 사는 멍청이 장씨의 할머니가 이미 돌아가셨다는 것을 알았지요. 장씨네는 화장을 하지 않고 시신을 온전하게 보전하고 싶어서 할머니가 돌아가신 뒤에도 더 이상 운구를 하지 않고 울지도 않기로 결정한 것

을 잘 알고 있었습니다. 장씨네는 상복을 입지도 않고 장례를 치르
지도 않았지요. 사람이 죽었지만 죽지 않은 것과 같았습니다. 대문
을 굳게 닫고 가족 모두 시신을 마주한 채 사흘 동안 무릎 꿇고 앉
아 있었지요. 다른 사람들이 보거나 알지 못하게 했습니다. 봤거나
아는 사람들도 보지 않고 듣지 않은 것처럼 행동했습니다. 거리 전
체가 죽음의 비밀을 지키고 있었습니다. 그러다가 사흘이 지나 한
밤중에 시신을 들것에 싣고 무덤으로 가서 매장했지요. 새 흙을 얹
은 무덤을 다량의 풀로 덮었습니다. 나뭇가지만 한 옥수수 줄기로
덮었습니다. 매장의 비밀을 지키기 위해 생사에 관한 얘기를 입에
올리지 않았지요. 모두들 눈빛과 손짓만 했습니다. 이것이 그 당시
마을에서 시신을 매장할 때 관례로 보인 행동이었습니다.

하지만 우리 아버지가 이런 관례를 깨고 말았습니다. 상처 자국
같은 비밀이 폭로된 것이지요. 아버지는 기꺼이 첩자가 되고 밀고
자가 되고자 했습니다. 당시 스물두 살이었던 그 사람이 바로 제
아버지 리톈바오李天保였습니다. 그의 얼굴에 가득한 여드름은 온
통 붉은빛이었습니다. 그날 오후 내내 아버지는 집 밖으로 나가지
않고 마당에서 그 여드름이 전부 검푸른 색으로 변할 때까지 답답
하게 자신을 가두고 있었습니다. 아버지는 문틈으로 계속 장씨네
집을 들여다보고 있었습니다. 계속해서 옌씨네 새집 뒤쪽 담장의
붉은 벽돌을 바라보다가 몇 번 발길질을 하기도 했습니다. 마음을
졸이고 있었지요. 괴로워하고 있었던 것입니다. 아버지는 해가 질
때까지 이렇게 마음을 졸이며 괴로워하다가 집을 나서서 진 외곽
고개에 있는 화장장 쪽으로 걸어갔습니다.

아버지는 화장장 외삼촌에게서 400위안을 받아왔습니다.

아버지가 돈 400위안을 손에 꼭 쥐고 돌아오자 맞은편 집 장씨 할머니의 시신이 차에 실려갔습니다. 탈주범이 호송차에 실려 압송되는 것 같았습니다. 마을은 마지막 한 가닥 석양이 뽑혀가는 소리가 들릴 만큼 고요했지요.

"장씨네가 재수 없게 걸렸네. 장씨네가 재수 없게 걸리고 말았어!"

이것이 장씨 할머니가 화장장으로 끌려간 데 대한 마을 사람들의 유일한 걱정이자 동정이었습니다. 아무도 우리 아버지의 밀고를 의심하지 않았지요. 그렇게 큰일이 어떻게 비밀을 유지할 수 있었겠습니까. 다른 사람이 모르게 하려면 그런 일을 하지 않는 수밖에 없었습니다. 다양한 나뭇잎이 허공에서 떨어지는 것처럼 다양한 변명이 떨어져 내렸습니다. 가을이 오면 나뭇잎이 떨어지는 것과 다르지 않았습니다. 밀고를 하고 돌아와 황혼에 젖은 마을 길을 걸으면서 아버지는 길에 나와 저녁을 먹고 있던 마을 사람들을 보고는 애써 아무 일도 없는 척했습니다. 밀고하러 갈 때 손에 부러진 곡괭이 하나를 들고 있던 아버지는 그 망가진 곡괭이를 땜질하기 위해 진에 가는 길이라고 말했습니다. 밀고하고 돌아올 때는 전기 용접을 마친 곡괭이를 손에 쥐고 있었지요. 그렇게 수리한 곡괭이를 어깨에 메고 집으로 돌아오는 것 같았습니다. 정말로 아무 일도 일어나지 않은 것 같았지요. 해가 지자 새들은 둥지로 돌아갔습니다. 닭과 오리, 거위들도 황혼이 기울자 모두 우리로 돌아갔지요. 사람들은 그 황혼 속에서 저녁을 먹으며 내일의 장사와 농사일을 얘기하고 있었습니다.

정말로 아무 일도 일어나지 않은 것 같았습니다.

장씨네 대문만 굳게 닫혀 있을 뿐이었습니다. 그곳의 고요함은 인적이 끊긴 깊은 밤 같았습니다.

아버지는 갈 때 깨진 곡괭이를 메고 있었습니다. 돌아올 때 수리된 곡괭이를 메고 있던 아버지의 두 손은 할 수 있는 일이 생겼습니다. 곡괭이 자루에 의지해 손을 놀릴 수 있었지요. 이리하여 아버지는 천천히 마음을 가라앉힐 수 있었습니다. 참새 한 마리가 황혼에 둥지로 돌아갈 시간이 되어 둥지로 돌아가는 것만 같았습니다. 아무 일도 일어나지 않은 것 같았지요. 마을로 돌아온 아버지는 장씨네 집 쪽을 바라봤습니다. 가벼운 발로 바닥을 딛고 그렇게 바라봤습니다. 이어서 이상한 고요함이 아버지를 집으로 돌아가게 했습니다. 할머니가 밥그릇을 아버지 손에 건네주었을 때 아버지는 눈을 들어 할머니를 한참 동안 쳐다봤습니다.

"내일부터 우리도 기와집을 지어야겠어요."

이렇게 말하면서 아버지는 곡괭이 자루를 처마 밑에 기대어놓고는 또다시 눈을 들어 옌씨네 새 벽돌 기와집을 힐끗 쳐다봤습니다.

"내년에 우리도 기와집을 지어야겠어요. 반드시 기와집을 올려야겠어요."

할머니가 놀라 기쁘면서도 의심스러운 눈초리로 자기 아들을 쳐다보자 아버지는 밥그릇을 건네받아 게걸스럽게 먹기 시작했습니다. 바닥에 쭈그리고 앉아서 말 한마디 하지 않았지요. 얼굴이 새파래졌습니다. 몸이 팍 쪼그라든 모습이 꼭 뼛가루 한 줌 같았습니다.

바로 이렇게 마을에서 사람이 죽으면 아버지는 벽돌을 몇 장 살수 있었습니다.

마을에서 사람이 죽으면 아버지는 기와를 더 살 수 있었습니다.

누군가 남몰래 매장하려고 하면 결국 화장장에서 다 알게 되었습니다. 집법대執法隊와 화장장의 시신 운반차가 사람이 죽은 지 얼마 되지 않아 죽은 사람이 사는 집 대문 앞에 도착했습니다. 가족들이 마구 울부짖는데도 차는 아랑곳 않고 시신을 운반해갔습니다. 법을 집행했습니다. 화장을 했습니다. 사람이 한 줌의 재가 되었습니다. 이럴 때마다 아버지는 항상 마을에 없었습니다. 항상 마을에서 시신을 화장하고 나면 이튿날 마을 밖에서 돌아왔지요. 혹은 사람이 죽은 지 이틀이 지나 유골함이 영붕靈棚 안에 얼마 전의 온전한 시신처럼 단정하게 놓이고 나서야 돌아오기도 했습니다. 마을에서 누군가 죽으면 아버지는 때를 맞춰 외출해 친척 집을 찾았습니다. 공교롭게도 사람이 죽은 것을 몰랐습니다. 전혀 몰랐지요. 집으로 돌아온 아버지는 집에 콕 틀어박혀 밖으로 나오지 않았습니다. 어쩌다 같은 거리와 골목에 있는 집에서 사람이 죽으면 아버지는 시신을 가져가도록 화장장에 밀고하면서도 할머니에게 부탁해 그 집에 조의금을 보내 예를 표했습니다. 사람들이 조의금으로 10위안을 보내면 아버지는 할머니에게 20위안을 보내게 했습니다. 사람들이 20위안을 보내면 아버지는 할머니에게 30 혹은 40위안을 보내게 했지요.

하지만 대부분 문상은 하지 않았습니다. 죽은 지 얼마 안 되어 매장했을 때는 아버지가 마을에 없어서 몰랐기 때문이지요. 이렇게 반년이 지나는 동안 우리 마을과 이웃 마을에서 죽은 사람은 열 명이 넘었고 우리 집에는 새집을 지을 돈이 5000위안이나 모였습니다. 그러다가 그해 겨울, 또다시 외지에 나갔다가 이틀 후에 돌아올 때 아버지는 마을 밖 산비탈에서 집법대 사람들과 마주쳤습니다. 매섭게 추운 날이었습니다. 대지와 하늘이 전부 시든 잿빛이었습니다. 밭에 심은 밀 싹이 마치 땅 위에 난 털 같았습니다. 아버지는 친척 집에서 돌아오는 길이었지요. 고개를 넘고 계곡을 지나왔습니다. 산비탈에 있는 밭에 이르렀을 때 집법대 사람들이 진에 사는 양陽씨네 오래된 무덤 안을 점거하고 있는 광경이 눈에 들어왔습니다. 새가 사람들의 머리 위를 어지럽게 날아다니고 있었습니다. 어지럽게 날면서 무덤 위를 덮고 있던 한 무더기의 옥수수 줄기를 벗겨내기 시작했습니다. 고고 발굴 작업에 사용하는 뤄양산 삽으로 재빨리 무덤에 두께가 팔뚝만 한 구멍을 두 개 파냈습니다. 구멍을 따라 폭약 몇 근을 묶어서 집어넣었습니다. 무덤 밖으로 이어진 도화선에 확 하고 불을 붙였습니다. 잿빛 하늘 아래 도화선이 불꽃을 분출하면서 치지직 금속성 소리를 냈습니다.

"뒤로들 물러나세요. 뒤로 물러나라고요!"

소리를 지르면서 사람들 모두 도화선에서 멀리 떨어졌습니다. 그리고 기다렸습니다. 기다리고 기다렸습니다. 거대한 소리가 날 때까지 기다렸지요. 산비탈이 흔들렸습니다. 땅이 흔들렸습니다. 사람들 마음도 흔들렸지요. 이내 다시 고요해졌습니다. 집법대 사람들은 묘혈이 있는 쪽으로 돌아갔습니다. 폭발로 인해 무덤 안에서 튀어나온 뼈와 살을 발로 한데 모아 거둬들였습니다. 그러고는 휘발유를 붓고 불을 붙여 천등天燈형*에 처했습니다. 무덤이 있던 자리에서 시신을 터뜨려 다시 화장을 한 것입니다. 불기둥이 하늘로 치솟았습니다. 불이 난 것만 같았습니다. 불기둥이 하늘로 치솟아 작렬하면서 내는 쉭쉭 소리를 들을 수 있었지요. 채찍으로 뭔가를 때리는 소리 같았습니다. 소리가 한 번 또 한 번 시신에 채찍질을 했습니다. 휘발유 냄새와 살이 타는 냄새가 났습니다. 공기가 타는 뜨거운 냄새가 났습니다. 불을 붙인 사람은 그 불을 에워싸고 잠시 서 있었습니다. 추운 겨울이었습니다. 집이 몹시 추웠습니다. 어떤 사람은 불을 에워싸고 손을 뻗어 언 손을 녹였습니다. 우리 아버지는 멀리서 이런 모습을 바라보고 있었지요. 무대 위에서 공연되는 증오의 연극을 보고 있는 것 같았습니다. 믿을 수 없는 것은 모든 게 실제라는 점이었습니다. 분명한 진실이었습니다. 아버지는 이를 통해 400위안을 벌었습니다. 이야기가 시작되자마자 아버지는 주인공이었습니다. 아버지가 없었으면 이 이야기도 없었을 것입니다. 그쪽을 비추는 하늘은 황혼 직전의 잿빛 석양이었습니다. 회백색 재가 타오르는 불을 덮고 있는 것 같았습니다. 공기 중에는 옅은 탄내가 떠돌고 있었습니다. 살과 뼈가 타면서 나는 냄새였지요. 노천에서 화장을 하는 냄새였습니다. 어디선가 사람이 불에 탈 때 내는 잔혹하고 날카로운 울부짖음이 들리는 것 같았습니다. 어슴푸레하면서도 뚜렷한 소리였습니다. 가시지 않는 고통에 울부짖는 날카로운 소리였습니다. 잠시 후 그 소리는 쉰 목소리로 변했습니다. 그러다가 차츰 잦아들었습니다. 그 소리는 휘발유가 타는 불의 밝은 빛을 따라 커졌다가 작아지는 울음소리 같았습니다. 울음소리는 이내 신음으로 변했습니다. 아버지는 그곳에서 100미터쯤 떨어진 다른 집 무덤 옆에 서 있었습니다. 다른 집 무덤

---

* 중국 고대의 극도로 잔인한 형벌 중 하나로 죄수의 옷을 다 벗겨 마포로 싼 다음 기름 항아리에 적셔 밤중에 머리가 땅을 향하고 발이 하늘을 향하게 거꾸로 매달아 태워 죽였던 것.

이 있는 곳의 마른 버드나무와 마른 측백나무는 몸통이 굵어 아버지의 몸을 가리기에 충분했지요. 한기도 없었습니다. 놀랄 일도 없었습니다. 그저 뜻밖의 일이 아버지의 얼굴을 가리고 있었을 뿐이지요. 아버지는 줄곧 폭파한 다음 다시 휘발유를 뿌리고 불을 붙여 태운 양씨네 무덤을 뚫어지게 바라보고 있었습니다. 얼굴에는 불에 그슬린 고통이 한 겹 서려 있었습니다. 얼굴 가죽과 살이 팽팽하게 당겨져 있었지요. 바싹 조여 있었습니다. 아버지의 얼굴에 있는 물과 피에도 그 휘발유 불이 붙은 것 같았습니다. 불에 타서 다 말라버린 것 같았습니다. 남은 가죽과 살이 비틀리고 갈라져 아픈 것 같았습니다.

아버지는 계속 그 자리에 서 있었습니다. 뚫어지게 불에 탄 무덤 쪽을 바라보고 있었지요. 손으로 얼굴을 문지르고 있었습니다.

불빛이 작아지자 사람들도 자리를 떴습니다.

산 아래 화장장 쪽으로 갔지요.

대여섯 명의 건장한 노동자들이었습니다. 나이가 가장 많은 사람이라도 마흔을 넘지 않았지요. 아버지보다 어린 사람도 있었습니다. 하나같이 현과 진에서 제공한 통일된 제복 차림이었습니다. 짙은 녹색의 집법대 복장을 하고 있었지요. 현에서 통일해 조직한 집법대였습니다. 정말로 무슨 군대 같았습니다. 모든 향진에 화장법을 집행하는 집법대가 생겼습니다. 어디든 시신을 화장하지 않으면 어디선가 갑자기 그들이 나타났습니다. 집법대는 이렇게 양씨네 무덤에 나타나 무덤을 폭파하고 불을 붙이고는 이내 가버렸습니다.

집법대가 가고 나자 아버지는 양씨네 묘지를 향해 걸어갔습니다. 양씨네 오래된 묘지 아래쪽 구석에 새로운 묘혈이 있었습니다.

깊이가 두 자쯤 됐지요. 묘혈 안에서 휘발유 냄새가 퍼져나오고 있었습니다. 그슬린 흙냄새였습니다. 20분쯤 지나자 불이 꺼졌습니다. 휘발유에 흙이 탄 냄새에 살과 뼈가 타는 냄새가 섞여 있어 화장장의 시신 소각로 입구가 열릴 때 밀려나오는 냄새 같았습니다. 휘발유 불에 타고도 재가 되지 않은 뼈 몇 조각이 다 타지 않고 꺼져버린 장작처럼 새까만 구덩이 안에 널브러져 있었습니다. 해진 돗자리처럼 둥근 흙구덩이였습니다. 구덩이 주변에는 발로 불 속에 차넣는 걸 잊은 뼈와 살 조각이 조금 남아 있었습니다. 뼈는 폭파로 인해 검은 잿빛으로 물들었습니다. 살점은 붉은 진흙처럼 신선한 새 불로 태운 잿빛 흙 속에 섞여 있었습니다. 검은 흙과 붉은 흙 사이에 선 아버지의 얼굴은 회백색으로 변했습니다. 아주 창백해졌지요. 꼼짝도 하지 않고 멍하니 서 있었습니다. 놀란 채로 있었습니다. 스물두 살에 세상만사를 다 겪은 것 같았습니다. 멀리 푸뉴산맥의 높고 낮은 산마루들은 침묵하고 있었습니다. 산 아래의 가오톈촌과 가오톈진 역시 죽은 듯이 고요했지요. 아무런 기척도 없었습니다. 세상 전부가 죽어버렸지요. 모든 게 다 죽어버렸습니다. 단지 멀리 가고 있는 집법대 대오만이 농작물 수확을 마치고 집으로 돌아가는 것 같았지요. 무척이나 여유가 있었습니다. 너무도 한가로운 모습이었지요. 모두들 활짝 웃는 얼굴이었습니다. 심지어 훤히 탁 트인 곳을 마주하면서 노래를 부르고 있는 사람도 있었습니다. 노랫소리가 하늘을 향해 날아갔습니다. 매가 한 줄로 적막한 죽음의 하늘을 가르는 것 같았습니다. 잿빛 하늘의 황혼 직전 석양은 불씨의 잿빛을 띠고 있었지요. 하얀 재가 타고 있는 불을 덮고 있는 것 같았습니다.

몹시 추웠습니다. 바람이 그 무덤가에서 거칠게 불고 있었습니다.

아버지는 폭파된 뒤 다시 불에 태워진 무덤 구덩이 옆에 서 있었습니다. 죽은 것처럼 그 자리에 서 있었지요. 하지만 아버지는 살아 있었습니다. 얼굴에 가득한 붉은 여드름이 그 순간 갑자기 딱딱해져 푸른색으로 변했지요. 푸른 여드름은 아버지의 이마와 코에 잔뜩 부풀어 올랐습니다. 부풀어서 아픈 이마의 푸른 여드름을 손으로 매만지며 아버지는 허리를 굽혀 발 근처에 폭파로 인해 흙 밖으로 튀어나온 뼈를 수습했습니다. 아직 살이 조금 붙어 있는 갈비뼈로 추정되는 것을 주웠지요. 잠시 뼈를 들여다보던 아버지는 얼음을 줍기라도 한 것처럼 또 황급히 그 뼈를 발 주변으로 던져버렸습니다. 연세가 아흔둘이나 됐던 양씨네 할머니는 바로 그 아흔둘의 연세 때문에 화장을 하지 않았던 것입니다. 돌아가셨지만 울지도 않았고 문 앞에 하얀 깃발을 내걸어 애도를 표하면서 사람들에게 죽음을 알리지도 않았습니다. 하지만 우리 아버지가 알게 되었지요. 아버지는 양씨네 집이 있는 골목을 지나면서 대낮인데도 양씨네 집 마당 문이 굳게 잠겨 있는 것을 봤습니다. 문틈으로 사람들이 밥 짓는 달콤한 음식 냄새가 새어나왔습니다. 안쪽에서 사람들이 소곤소곤 얘기를 주고받는 소리가 들렸지요. 문틈으로 기어나온 개의 온몸에서 관을 검게 칠하는 칠 냄새와 향로의 향냄새가 났습니다.

아버지는 양씨네 집에서 사람이 죽었다는 것을 알았지요.

아버지는 진즉에 양씨네 집에 연세가 아흔둘이나 된 노인이 병상에 누워 있다는 사실을 알고 있었습니다.

밤이 되자 아버지는 산언덕을 올랐습니다. 양씨네 묘지에 불빛이 밝혀진 것을 봤지요. 사람들이 양씨네 묘지에서 야음을 틈타 무덤을 파고 있는 것을 봤습니다. 아버지는 재빨리 화장장으로 달려가 밀고했지요. 외삼촌은 아버지 손에 400위안을 쥐여주면서 어깨를 토닥였습니다. 그러면서 활짝 웃었지요.

"리톈바오, 자신을 너무 어리다고 생각하지 말게. 자네는 앞길이 창창하단 말일세! 사람이 살다보면 남들이 하지 못하는 일을 할 때도 있는 걸세."

아버지는 아무 말도 하지 않았습니다. 아버지가 화장장을 떠날 때 엄마는 화장장 한쪽에 있는 방에서 수의를 짓고 있었습니다. 상주들에게 팔기 위한 수의였지요. 엄마는 문을 열고 아버지를 쳐다보면서 수의를 지을 때 나온 자투리 헝겊 한 자루를 문 앞에 쏟아붓고 있었습니다.

"또 누가 죽었어요?"

이렇게 물어보는 것 같았습니다. 그냥 혼잣말을 하는 것 같기도 했지요. 아버지는 엄마를 힐끗 쳐다봤습니다. 엄마의 누런 얼굴이 꼭 담황색 종이 같았습니다. 아버지는 엄마를 향해 고개를 살짝 끄덕였습니다. 대답인 셈이었지요. 아버지에게 늘 돈을 쥐여주는 화장장 장장의 여동생에 대한 공경의 문안인 셈이기도 했습니다.

그러고는 자리를 떴습니다.

예전처럼 그렇게 자리를 떴지요.

아버지는 마을로 돌아가지 않았습니다. 예전처럼 우리 고모 집으로 갔지요. 아버지의 먼 친척 누나 집이었습니다. 마을에서 사람이 죽으면 아버지는 애당초 모르는 것 같았습니다. 애당초 마을에 있지 않았으니까요. 하지만 사흘이 지나 마을로 돌아오는 길에 아버지는 이 무덤의 사건과 마주치게 되었습니다. 화장장에서는 양씨네 조모의 시신을 가져다 화장하지 않았습니다. 양씨네가 시신을 매장하기를 기다렸다가 무덤에서 시신을 폭파시켜 꺼낸 다음 다시 휘발유를 뿌리고 화장한 것이지요. 날이 몹시 추웠습니다. 산언덕에 거칠게 바람이 불었어요. 아버지는 무덤을 파던 사람들이 쓰다가 망가져서 버린 낡은 삽을 찾았습니다. 그 삽으로 주위의 푸석푸석한 흙을 떠서 폭파된 구덩이를 메웠지요. 황혼 직전의 어두운 잿빛 하늘의 석양빛은 불을 붙인 화로 같았습니다. 하얀 장작이 타오르는 불길 위에 얹혀 있는 것 같았습니다. 아버지는 그렇게 한 삽 한 삽 흙을 떴습니다. 폭파된 구덩이 안의 뼈들을 다시 묻어 덮어주고 싶었던 것이지요. 그렇게 구덩이를 메운 아버지는 또 구덩이 위를 옥수수 줄기와 섶나무로 덮었습니다. 이렇게 하니 마치 아무 일도 일어나지 않은 것 같았습니다. 단번에 백 가지 일을 끝낸 것처럼 산언덕에는 그저 겨울바람만 세차게 불고 있었지요. 하지만 산언덕 아래쪽에서는 사람들이 몰려오고 있었습니다. 양씨네 사람들이 마을을 나서서 황급히 산언덕 위로 올라오고 있었지요. 폭약 터지는 소리와 불빛이 그들을 진에서 불러낸 것이었습니다. 걸음이 빠른 젊은이들이 앞장서고 뒤에는 양씨네 남녀 가족들이 따라오고 있었습니다. 바람 같았습니다. 바람이 불고 있었지요. 사람들은 엄청난 기세로 몰려오고 있었습니다. 양씨네 묘지를 향해 다가오는 사람들을 본 아버지는 황급히 그곳을 벗어나 집법대가 간 방향으로 걸음을 옮겼습니다. 가면서 쉬지 않고 뒤를 돌아봤지요. 혹시 양씨네 사람들이 쫓아오지나 않는지 살폈습니다. 누가 자신을 보고 있거나 발견하기라도 했는지 살피는 것이었지요. 도둑 같았습니다. 도둑이 훔친 물건을 손에 넣기도 전에 이미 주인의 발걸음이 문 앞을 막고 있는 것 같았습니다. 아버지는 몸이 약간 으슬으슬했습니다. 마음이 부들부들 떨릴 정도로 추웠습니다. 새 솜털 신발을 신고 새 융모 바지를 입었는데도 몹시 추웠지요. 돈이 생기자 아버지는 자신과 할머니에게 따뜻한 새 솜옷을 사주었습니다. 원래는 아주 따뜻한 옷인데 지금은 너무나 추웠습니다. 동쪽 산맥으로 향하는 작은 길가에 이르렀을 때 집법대의 대오는 이미 아주 멀어져 있었습니다. 희미한 그림자조차 보이지 않았지요. 황혼이 내리기 전 세상은 죽은 것처럼 적막했습니다. 우리 아버지도 죽었습니다. 얼굴이 회백색이었지요. 이마에는 줄곧 얼음 알갱이 같은 땀방울이 솟아 있었습니다. 화장장 문 앞에 거의 다 왔을 때 아버지는 길가에 잠깐 앉아 있었습니다. 입술을 깨물고 어느 집 밭두렁 어귀에 앉아 있었지요. 자기도 모르게 두 발로 땅바닥을 앞쪽으로 긁어 작은 흙더미를 만들고 있었습니다. 흙더미 앞에는 깊은 구덩이가 있었습니다.

하늘이 완전히 어두워졌을 때 아버지는 화장장 안으로 걸어 들어갔습니다.

이 일은 나중에 알게 된 것입니다.

모르긴 해도 저는 틀림없이 그랬을 것이라고 생각했습니다.

그래야만 우리 아버지와 엄마가 그해 그달 그 밤의 몽유에서 그럴 수 있었기 때문이지요. 그렇지 않았더라면 두 사람은 이렇게 되지 않았을 것입니다. 그렇지 않았더라면 그날 밤의 큰 꿈에서 두 사람은 절대로 그렇게 할 수 없었을 것입니다. 화장장에 도착하자 아버지는 외삼촌이 준 400위안을 꺼냈습니다. 100위안짜리 지폐

네 장을 외삼촌의 테이블 모서리에 내려놓았습니다.

"앞으로는 더 이상 이런 일 못 하겠습니다. 죽어도 더는 못 하겠습니다. 집을 짓지 못해 길바닥에서 자는 한이 있더라도 더는 못 하겠습니다."

이 한마디를 마치고 아버지는 자리를 뜨려고 했습니다. 화장장 사무실에서 나오려 했지요. 하지만 외삼촌이 아버지 앞을 가로막 았습니다. 그 400위안도 받지 않았지요.

"자네가 하지 않아도 자네 마을에 이 일을 하고 싶어하는 사람 은 얼마든지 있네. 입 좀 놀리고 조금 걷기만 하면 밥 한 그릇 먹을 시간에 400위안을 손에 쥘 수 있지. 천하에 어딜 가서 이렇게 좋은 일을 찾을 수 있겠나?"

사무실은 방이 두 칸이었습니다. 벽에 문건에서 베낀 "화장 문 화를 장려하고 경작지를 절약하자"라는 계몽 표어가 걸려 있었습 니다. 사무실의 조명은 대낮과 다르지 않았지요. 화장장 마당에서 는 밤꾀꼬리가 울고 있었습니다. 화장장 서쪽 이층짜리 건물의 정 면 벽에는 금빛으로 장식한 장례식장이라는 네 글자가 불빛 아래 빛나고 있었습니다. 저수지의 물을 볼 수 있었습니다. 달빛이 전부 수면에 모여 흔들리고 있는 것 같았습니다.

아버지가 외삼촌 사무실을 나오려고 할 때 외삼촌이 거인처럼 문 앞에 서서 아버지에게 한마디 던졌습니다.

"후회하지 말게."

아버지는 화장장 사무실 앞을 떠났습니다. 아무 말 없이 자리를 떴지요. 아무 말도 하지 않았습니다. 평생 말을 하지 않은 것 같았 습니다.

"후회하는 일 없을 겁니다."

아버지가 이렇게 말하면서 발걸음을 옮기는 소리는 물 위를 떠가는 나뭇잎 소리 같았습니다. 집 지을 벽돌을 이미 벽돌 가마터에 주문해둔 터였습니다. 시멘트도 다 사두었지요. 마을에서 대여섯 명만 더 죽으면 되는 일이었습니다. 대여섯 집 가운데 서너 집만 화장하기 싫어 몰래 매장을 감행하기만 하면 우리 집을 지을 철근을 살 돈이 충분해질 터였지요. 장사는 점점 더 어려워졌습니다. 사람이 죽으면 자발적으로 화장하러 오는 집이 갈수록 많아졌지요. 달이 세상에 나오면 빛이 나지 않을 수 없는 것과 마찬가지였습니다. 해가 뜨면 필연적으로 빛이 있는 것과 같았습니다. 엄동설한의 겨울은 사람이 죽는 성수기였습니다. 겨우내 마을의 여러 집에서 사람이 죽을 것이 분명했습니다. 죽은 사람들 가운데 누군가는 화장을 원치 않아 몰래 매장을 감행할 것이 분명했지요. 하지만 화장장에서는 틀림없이 사람들을 보내 시신을 화장장으로 가져갈 것이었습니다. 사람들이 매장하면 기다렸다는 듯이 무덤을 폭파시켰지요. 묘지에 가서 휘발유를 붓고 불을 붙여 천둥형을 집행했습니다. 원래 양씨네 집에 가서 시신을 가져올 작정이었습니다. 시신을 탈취해올 작정이었지요. 그런데 공교롭게도 시신을 운반하는 차가 고장 나고 말았습니다. 차가 고장 났으니 수리를 해야 했지요. 결국 사람들이 시신을 매장한 뒤에야 묘지로 가서 무덤을 폭파한 것이었습니다. 그렇게라도 시신을 화장한 것이지요. 아버지가 사무실을 나가자 외삼촌이 따라 나와서 문 앞에 서서 말했습니다.

"리텐바오, 이 돈을 벌지 않으면 후회하게 될 걸세. 틀림없이 후회할 거라고."

하지만 우리 아버지는 그대로 화장장 마당을 나와버렸습니다. 아버지는 키가 아주 작았지만 목을 꼿꼿이 세우고 있었습니다. 고개도 돌리지 않았지요. 새 한 마리가 화가 나 날아가버리는 것 같았습니다. 어두운 밤이 휘장처럼 아버지 앞에 펼쳐져 있었지요. 들판의 흙냄새가 달빛에 물들어 다가왔습니다. 아버지의 발걸음 소리가 화장장 입구에서 곧장 아주 멀리 떨어진 도로까지 전해졌지요. 아버지도 사람들 발걸음 소리가 도로에서 전해져오는 것을 들었습니다. 하지만 그 발걸음 소리에 자세히 귀 기울이려던 순간, 등 뒤에서 외삼촌이 아버지를 욕하면서 사무실로 돌아오라고 외치는 소리가 들려왔습니다.

모든 것이 그렇게 지나가버렸습니다. 사람이 죽으면 영원히 매장되어 더 이상 숨결이 있을 수 없는 것과 마찬가지였지요. 하지만 이때, 일이 새롭게 시작될 것인지 아니면 원래대로 이어질 것인지 알 수 없었습니다. 사람을 흙 속에 묻었지만 여전히 다시 숨 쉬게 되는 것과 같았지요. 알고 보니 엄마가 화장장 문밖에서 아버지를 기다리고 있었습니다. 엄마는 아버지가 나오는 것을 보고 길가에서 번개처럼 뛰어나왔습니다. 나무 그림자 뒤에 있다가 번쩍 하고 나무 앞으로 나타난 것이었지요.

"더 이상 이 일을 안 하게 되어 다행이에요. 더 이상 이 일을 안 하게 되어 정말 다행이에요. 하지만 이 일을 안 하면 집은 어떻게 지을 건가요. 제가 당신이 살고 있는 그 동네에 가봤는데 대부분의 집이 기와집을 지은 반면 당신 집만 여전히 낡은 초가집이더군요. 제가 당신이 세 칸짜리 새 기와집을 지을 수 있도록 도와줄게요. 저와 결혼만 해준다면 제가 혼수로 당신 집에 새집을 지어드릴 수 있어요. 결혼해서 함께 진 중심가에 장례용품점을 내는 거예요. 화환을 파는 것이지요. 수의도 팔고요. 무덤에 부장하는 장례용 종이 공예품과 갖가지 장례용품을 파는 거예요. 앞으로 당신은 더 이상 하고 싶지 않은 일은 하지 않아도 될 거예요."

엄마가 이렇게 말할 때 구름이 엄마의 머리 위를 지나가고 있었습니다. 구름 그림자가 엄마의 몸과 얼굴로 지나가고 있었지요. 그때 아버지와 엄마는 서로 두 자도 안 되는 거리를 사이에 두고 서 있었습니다. 엄마의 숨결이 미세하고 가볍게 아버지의 얼굴을 향해 불어왔습니다.

엄마는 아버지의 대답을 기다리고 있었지요. 하지만 아버지는 엄마를 한번 쳐다보지도 않고 콧방귀를 뀌고는 그대로 가버렸습니다.

그렇게 가버렸습니다.

3. 21:40~21:50

그날 밤 이경인 9시쯤 화장장으로 가는 길에 저는 줄곧 우리 집 안 일을 생각하고 있었습니다. 아버지와 엄마와 외삼촌의 일을 생각하고 있었지요. 이 모든 게 옌 아저씨가 알고 싶어하던 것이었지만 저는 옌 아저씨에게는 조금도 누설하지 않았습니다.

아버지와 엄마 사이에 무슨 일이 있었는지 모르겠지만 이듬해 봄에 두 분은 결혼을 하셨습니다.

아버지와 엄마 사이에 무슨 일이 있었는지 모르겠지만 두 분이 결혼하고 제가 태어났습니다.

아버지와 엄마 사이에 무슨 일이 있었는지 모르겠지만 제가 태어나자 오히려 할머니가 돌아가셨습니다.

이 세상의 생명은 항상 하나가 태어나면 하나가 죽고, 하나가 죽으면 하나가 태어나는 법입니다. 결국 생명이 있는 것은 사람과 가축이든 동물과 날짐승이든 간에 전체 수량이 여전히 그만큼을 유지하는 법이지요. 하나라도 더 많거나 더 적지 않았습니다. 하나라도 더 적거나 더 많지 않았습니다. 지금 이 세상에 사람이 많은 것은 동물이나 날짐승의 생명이 줄어들었기 때문입니다. 어느 날 날짐승과 동물의 수량이 늘어난다면 그만큼 인간의 생명은 무너져버리겠지요. 이는 옌롄커의 책에 나오는 말입니다. 그가 어느 책에서 한 말인지는 기억나지 않네요. 그가 책에서 한 말에 따르면 제 출생은 할머니의 죽음 때문이었습니다. 할머니가 떠나신 것은 제가 와야 했기 때문이지요.

엄마가 저를 가졌을 때 할머니는 병에 걸리셨습니다. 엄마의 배가 커질수록 할머니의 병세도 점점 더 악화되었지요. 엄마의 배와 할머니의 병이 경주를 하는 것 같았습니다. 삶과 죽음이 경주를 하는 것 같았습니다. 그때는 제가 아직 세상에 나오기 전이라 할머니가 어떤 병을 앓으셨는지 몰랐습니다. 배가 아프면 약을 먹는 것 말고는 어떤 것도 먹을 수가 없었습니다. 제가 엄마 배 속에서 통통하게 살이 오를 때 할머니는 침상에서 비쩍 말라가고 있었습니다. 제가 커갈 때 할머니는 쪼그라들고 있었던 것이지요. 제가 한 근 늘면 할머니는 한 근 줄었습니다. 제가 태어날 즈음 할머니는 쪼그라든 채 죽음을 앞두고 있었지요. 저는 아버지와 엄마가 결혼한 그해 후반 겨울에 태어났습니다. 눈이 아주 많이 내렸고 세상이 온통 하얬습니다. 당시 저는 엄마 배 속에서 밖으로 나오려 애쓰고 있었고 할머니는 새집 남쪽 방의 침대에서 죽음에 대항하며 버티고 있었습니다. 제가 엄마 배 속에서 나왔을 때 아버지는 북쪽 방에서 남쪽 방으로 달려가 할머니의 침상 옆에 서 있었습니다.

"사내아이예요. 사내아이라고요."

아버지의 말이 떨어지기 무섭게 할머니는 빙긋이 미소를 지었습니다.

"이번 생은 아주 가치 있게 잘 살았어. 번듯한 새집도 생기고, 또 손자가 생겨 대를 이으니 말이야."

이렇게 말씀하시고 나서 할머니는 찬란한 미소를 지으면서 떠나셨습니다. 할머니는 제가 오기를 기다리며 떠날 채비를 하고 계셨던 것 같습니다. 누군가 출근하면 또 누군가는 퇴근을 하는 것과 같았지요. 제가 할머니 생명의 막차를 타자 할머니는 퇴근을 하신 것입니다. 저는 그렇게 출근했습니다. 가오톈에서 살기 시작해 말하고 움직이고 기면서 성장해갔지요. 할머니는 떠나셨습니다. 돌아가셔서 말도 하지 않고 일도 하지 않고 영원히 쉬실 수 있게 되었지요.

할머니는 돌아가시기 전에 매장을 하고 싶은지 화장을 하고 싶은지를 말씀하지 않았습니다. 아버지와 엄마도 할머니를 매장해야 할지 화장해야 할지 알지 못했지요. 제가 태어난 것은 경사였고 할머니가 돌아가신 것은 조사였습니다. 경사와 조사가 상쇄되면서 기뻐할 수도 없고 슬퍼할 수도 없게 되었지요. 아버지의 얼굴은 평온했습니다. 침상에 누워 있는 엄마도 평온했지요. 제가 이 세상에 오지 않은 것 같았습니다. 할머니도 돌아가시지 않은 것 같았지요. 그날은 몹시 추웠습니다. 연이어 보름 동안 눈이 내렸지요. 세상의 하얀빛은 묘지의 맑고 깨끗한 눈과 다르지 않았습니다. 집 처마에 고드름이 달려 있고 나뭇가지에도 고드름이 달려 있었습니다. 가오톈진의 눈은 사람의 무릎을 넘은 적도 없고 허리를 넘은 적도 없었습니다. 대지의 눈이 무릎을 넘지 않았고 허리를 넘지도 않았습니다. 이제 세상은 눈의 세상이었고 천하는 혹한의 천하였습니다. 마을이 너무 고요해 엄마 침상 옆의 숯불이 타는 소리가 벤파오鞭炮*를 터뜨리는 것처럼 요란하게 들렸습니다. 창밖에 내리는 눈은 바람에 날리는 모래 같았지요. 북풍이 집 처마를 스치고 지나갈 때마다 고드름이 잘려 떨어졌습니다. 저는 엄마 품속에서 불길에 물을 끼얹는 소리를 들었습니다. 아버지가 그 불가 쪽에 앉아 있었지요. 엄마는 침대 위에서 이불을 둘둘 말아 저를 막아주었습니다. 할머니는 건넌방의 침대에 누워 자신의 후사를 기다리고 있었습니다.

시간이 오래된 톱으로 아버지와 엄마 사이를 잘라낸 것 같았습니다. 저는 날이 밝아올 무렵에 태어났습니다. 할머니는 날이 밝아올 무렵에 돌아가셨지요. 바로 이렇게 오시午時가 되었을 때 저는 울다가 또 잠이 들었습니다. 잠들었다가 또 울었지요. 제가 울지도 않고 자지도 않을 때면 아버지와 엄마는 이야기를 나누었습니다. 목소리는 담담했습니다. 두 분 모두 잠을 자고 싶은 것 같았지요.

"일단 나가보고 나서 다시 얘기해요."

엄마가 침대 위에서 몸을 뒤집으며 말했습니다. 아버지는 불가에서 일어나 침상으로 다가와서는 제 얼굴을 어루만졌지요.

"사내아이야. 우리 집은 대대로 외아들만 낳았는데 당신이 또 나를 위해 사내아이를 낳아줬으니 이는 하늘이 그 일에 대해 업보를 내리지 않았다는 의미겠지. 나 리톈바오가 사람들에게 면목 없는 짓을 하지 않았다는 뜻이라고."

---

* 한 꿰미에 죽 꿴 연발 폭죽으로 주로 혼례나 장례, 설 축제 때 터뜨린다.

아버지는 이내 자리를 떴습니다. 밖으로 나간 것이지요. 마을은 매일 큰 눈이 내리다보니 사람 그림자 하나 없을 정도로 고요했습니다. 하지만 우리 집 대문 앞 벽에 누군가 흰 종이에 검정 붓글씨로 한마디 적어 붙여놓았습니다.

"희소식이오. 리텐바오의 어머니가 죽었어요. 모두들 이 집이 화장을 하는지 안 하는지 두고 보자고요."

"희소식이오. 리텐바오의 어머니가 죽었어요. 모두들 이 집이 화장을 하는지 안 하는지 두고 보자고요."

네모난 흰 종이에 커다란 검정 글씨였습니다. 흰 종이는 아주 깨끗하고 단정했지만 검정 글씨는 비뚤비뚤했지요. 이런 알림 글이 우리 집 대문 옆에 붙어 있었습니다. 골목 전봇대에도 붙어 있었지요. 대로변의 버드나무나 홰나무의 몸통과 목에도 붙어 있었습니다. 아버지는 길가에서 이런 알림 글 대여섯 장을 보고 나서 사람 하나 없는 마을 어귀의 식사 장소에 잠시 말없이 서 있었습니다. 대설과 마주하여 한동안 말없이 서 있다가 다시 그곳을 벗어나 집으로 돌아왔습니다.

돌아오는 길에 아버지는 걸음을 내디딜 때마다 눈을 세게 걷어찼습니다. 아버지는 키가 작고 비쩍 마른 터라 대설이 보통 사람들의 무릎을 넘지 않는데도 아버지에게는 허벅지까지 올라왔습니다. 눈이 보통 사람들의 허벅지까지 내리면 아버지의 경우 바지 허리춤을 잡아당겼지요. 하지만 아버지가 눈을 걷어차자 커다란 말이 흙먼지를 차는 것 같았습니다. 아버지는 이렇게 눈을 걷어차고 넘어서 집으로 돌아왔지요. 집으로 돌아오는 길에 아버지는 목청껏 소리쳤습니다.

"우리 마누라가 사내아이를 낳았어요. 우리 마누라가 사내아이를 낳았다고요."

원래 말하려던 것은 사내아이를 낳은 희소식이었지만 엄마의 침대 옆으로 돌아온 아버지는 또 다른 말을 했습니다.

"화장합시다. 사람들은 날 증오하는 것이 아니라 당신 오빠를 증오하는 거니까 말이오. 화장하도록 합시다. 화장해서 그 유골 가루로 사람들의 입을 막아야 할 것 같소. 사람들의 눈도 막고 말이오."

그렇게 결정했습니다. 할머니를 불에 태워 화장하기로 했지요. 셋째 날 오전에 눈이 그치고 해가 나자 가오톈촌 거리 곳곳에서 사람들이 햇빛을 받으며 눈을 쓸고 있을 때 아버지는 사람들에게 할머니를 들것으로 옮겨달라고 부탁하지 않았습니다. 사람을 불러 차로 할머니 시신을 운구하지도 않았지요. 화장장의 운구 차량을 몰고 진에 있는 우리 집 문 앞까지 오게 하지도 않았습니다. 아버지는 머리에 효건孝巾을 쓰고 발에는 하얀 신발을 신고서 수의를 입고 있는 아버지의 어머니, 즉 우리 할머니를 집에서 업고 나왔습니다. 그렇게 사람들이 가장 많은 곳을 지나쳐갔지요. 이 세상을 상대로 내기를 하는 것 같았습니다. 가오톈촌 사람 모두의 눈초리와 싸움하는 것 같았습니다. 아버지 머리의 흰 효건은 옥양목으로 된 것이었습니다. 새하얗고 윤기가 흐르는 게 꼭 눈 같았지요. 엄마가 우리 할머니를 위해 지어준 수의는 검정 주단으로 된 것이라 검은 빛을 쏟아내고 있었습니다. 소맷부리와 목깃 부분에는 금테가 둘러져 있어 햇빛 아래서 금빛을 발산하고 있었지요. 바느질 솜씨도 아주 좋았습니다. 말로 다 할 수 없이 훌륭했지요. 우리 아버지에게 그렇게 큰 힘이 있어 그렇게 큰 도박을 벌일 기질이 있으리라고는 아무도 생각하지 못했습니다. 그때 누군가 문 앞에서 눈을 쓸고 있었습니다. 누군가 큰길의 눈을 쓸고 모래를 깔면서 한담을 하고 있었습니다. 아침과 점심을 함께 먹던 사람들이 바로 식사 장소에 모여 있었습니다. 아버지는 그렇게 우리 할머니를 등에 업고서, 시신을 등에 업고서 사람이 많은 곳을 지나갔습니다. 마을과 진에 사람들의 시선이 가장 많은 곳을 가로질러 갔지요.

한 걸음 한 걸음 옮기는 것이 시위를 하는 것 같았습니다.

한 걸음 한 걸음 옮기는 것이 선서나 맹세를 하는 것 같았습니다.

사람들이 모두 놀라 동작을 멈췄습니다. 사람들이 모두 놀라 어리둥절한 표정을 지었지요.

무대 아래의 기이함과 놀라움은 화르르 하는 소리와 함께 곧 정적에서 움직임의 상태로 돌아섰다. 갑자기 온통 탄식 소리로 가득했다. 정신 나간 모든 사람의 눈길이 일제히 무대 위로 집중되었다. 마오즈茅枝 할머니에게 집중되었다. 정확히 말하자면 그녀는 나이가 이미 백아홉 살인데도 아직 살아 있지 않은가. 조금 전에는 이빨로 호두를 까 먹으면서 말을 하기도 했다. 하지만 눈 깜짝할 사이에 그녀는 죽은 사람처럼 수의 차림으로 나타났다.

수의는 최상급 옷감으로 만들어진 것이었다. 검은 주단에는 은은하게 밝은 색상의 아주 작은 꽃무늬가 아로새겨져 있었다. 무대 위의 등불은 밝고 환했다. 불빛 속에서 수의도 찬란하게 빛나고 있었다.

이리하여 검정이 흰빛을 발하게 되었다. 붉은색에는 자줏빛이

어렸다. 노란색에는 짙은 금빛과 구릿빛이 생겨났다. 이처럼 온갖 색깔의 밝은 수의와 빛은 한순간 무대 아래 무수한 관중이 놀라 넋을 잃게 했다. 수백 수천의 눈길을 강력하게 무대 위로 끌어모았다.

저는 『레닌과의 키스』의 한 단락이 떠올랐습니다. 『레닌과의 키스』라는 책 때문에 진의 일들이 생긴 것인지 아니면 진에서 무수한 일이 일어난 뒤에야 비로소 『레닌과의 키스』라는 책이 생겨난 것인지 모르겠습니다. 옌롄커의 소설이 우리 진에서 오늘 밤 일어날 일을 예감한 것인지 아니면 오늘 밤 우리 일을 훗날의 옌롄커가 잉태한 것인지 모르겠습니다.

아버지는 수의 차림의 할머니를 업고 사람이 가장 많은 곳을 걸어 지나갔습니다. 마을 사람들은 놀라움을 금치 못했습니다. 사람들 모두 어리둥절해 몸을 움직이지 못했지요. 눈을 쓸던 사람들의 빗자루가 손안에 그대로 굳어버렸습니다. 쇠 삽이 손안에 그대로 굳어버렸습니다. 한담을 하던 큰 입들이 허공에서 그대로 굳어버렸습니다. 구경하던 머리들이 추위에 굳어버렸습니다. 모두들 숨죽이고 아버지가 걸어가는 것을 보고 있었지요. 죽은 듯이 조용하게 키 작고 얼굴이 둥근 이 사람이 자기 어머니 시신을 업고 지나가는 모습을 바라보고 있었습니다. 아버지는 눈밭을 가로질러 갔습니다. 눈이 멈추고 날이 개자 하늘과 땅 사이에는 먼지 한 톨 없었습니다. 눈이 남아 있는 곳은 하얀색이고 눈을 쓴 곳은 붉은색이었습니다. 하지만 아버지가 등에 업은 할머니의 몸은 위아래가 온통 반짝거리는 검은색이었습니다. 원래는 날이 개고 해가 나면 겨울 날씨는 조금이나마 따뜻해졌습니다. 하지만 아버지 때문에, 그리고 할머니 때문에 진의 매서운 추위는 또다시 한밤의 매서운 추위처럼 심해졌습니다. 사람 하나 없는 황야의 거친 들판 같았습니다. 대지가 얼어 갈라졌고 사람들의 마음도 얼어 갈라졌습니다. 모든 사람의 마음속에 계곡의 갈라진 틈새가 생겼지요. 종이에 쓰인 알림 글과 표어는 그들의 주변과 나무에 붙어 있었습니다. "희소식이오. 리톈바오의 어머니가 죽었어요. 모두들 리씨네가 화장을 하는지 안 하는지 두고 보자고요." 아주 평범한 한마디였습니다. 장난기 가득한 한마디였지요. 아버지는 자기 어머니 시신을 등에 업고 그렇게 평범함 속을 헤치고 지나갔습니다. 뚫고 지나갔습니다. 천천히 걸어갔지요. 날은 몹시 추웠습니다. 쟁강 쟁그랑 쇳소리가 났습니다. 얼음 숲을 마구 두드리면서 뚫고 지나가는 것 같았습니다. 얼음 숲의 나뭇가지를 전부 부러뜨려 죽이는 것 같았습니다. 그렇게 후려쳐 부러뜨렸습니다. 얼음처럼 차가운 나무들을 전부 베어 쓰러뜨렸지요. 온 세상이 아버지가 후려쳐 부러뜨린 얼음 나뭇가지들이 내는 후드득 소리로 가득했습니다. 아버지가 후려쳐 부러뜨린 사람들의 시선에서 나는 후드득 소리로 가득했습니다.

아버지에게 그렇게 큰 용기가 있으리라고는 아무도 생각지 못했습니다.

아버지의 기력이 가오톈을 제압하고 대세를 뒤집을 수 있을 거라고 아무도 생각지 못했습니다. 누군가 아버지 뒤를 눈길로 쫓으면서 입을 열었습니다.

"리톈바오, 자네 지금 이게 뭐 하는 짓인가? 리톈바오, 자네 지금 이게 뭐 하는 짓이난 말일세. 마을과 진 사람들에게 시위라도 하는 건가? 마치 자네 어머니를 마을과 진 사람들이 해치기라도 한 것처럼 구는군!"

아버지가 멈춰 섰습니다.

아버지의 목소리는 우레처럼 컸습니다.

"내가 밀고하지 않았다고 하면 밀고하지 않은 거란 말이오. 내가 마을 사람과 진 사람들이 화장을 당하고 천등형을 받은 것이 나하고는 아무런 관계가 없다고 하면 나하고는 아무런 관계가 없는 거란 말이오."

아버지는 다시 앞을 향해 걸어갔습니다.

할머니 시신이 검은 천으로 사람들에게 그림자를 드리웠습니다. 그들의 눈을 가리려는 것 같았습니다. 사람들은 진정한 사정이 어떤 것인지 보지 못했지요. 사람들은 그저 아버지의 뒤를 쫓아가면서 크게 소리 지를 뿐이었습니다.

"자네 지금 이게 무슨 고생이야. 지금 이게 무슨 고생이냐고? 자네 어머님이 돌아가셨으니 와서 좀 도와달라고 부탁하면 마을과 골목 사람 중에 누가 나서지 않겠냔 말일세."

아버지는 또다시 멈춰 섰습니다. 다시 몸을 돌렸지요. 등에 업은 할머니 시신도 방향을 바꾸었습니다. 우리 할머니의 얼굴과 눈이 마을 사람들을 마주하여 주시하고 있었습니다.

"나는 밀고한 적이 없어요. 마을과 진의 어느 집에서 사람이 죽었고 어느 집에서 화장을 했으며 천등형을 받았든 간에 모든 게 내 아내의 오빠인 샤오다청邵大成이 한 짓이지 나와는 정말 아무런 관계도 없단 말이오. 우리 어머니가 죽어서 내가 어머니를 업고 화장하러 가는 거라면 여러분도 다 믿겠죠."

아버지는 다른 사람이 잃어버린 물건을 자기 주머니에서 꺼내듯이 서러워하면서도 거리낌 없이 말했습니다. 아버지가 잃어버린 물건을 다른 사람에게 구걸해 돌려받는 것 같았습니다. 말을 마친 아버지는 다시 할머니를 등에 업은 채 걸음을 옮겼습니다. 앞을 향해 걸어갔지요. 그 모습이 아주 작고 비쩍 마른 원숭이 같았습니다. 60년 넘게 살면서 마을 사람과 진 사람들과 함께 40년 넘게 알고 지낸 노인의 주검이었습니다. 이런 사실이 마을 사람들의 마음을 편치 않게 했습니다. 진 전체가 편치 않았지요. 마을 사람과 진 사람 모두 우리 아버지에게 미안해했습니다. 우리 할머니에게 미안해했습니다. 우리 리씨네 집안에 미안해했습니다. 멍청이 장씨가 뒤에서 쫓아왔습니다. 왕다요우王大有도 자기 집에서 짐수레를 끌고 쫓아왔지요. 수레에는 요와 이불과 풀이 두텁게 깔려 있었습니다. 소란스러우면서도 쓸쓸하게 열 명 남짓 모여 있었습니다. 사람들은 우리 할머니를 아버지 등에서 내려 습속에 따라 흰 천으로 얼굴을 덮었습니다. 그리고 길가에서 폭죽과 화환, 지전을 샀습니다. 폭죽을 터뜨리고 벤파오에도 불을 붙였습니다. 가는 길 내내 지전을 뿌리고 눈을 쓸었습니다. 매서운 추위 속에서 왁자지껄하게 분위기를 띄우며 우리 할머니를 진 남쪽 산언덕에 있는 화장장으로 모시고 갔지요.

좋은 일은 우리 할머니의 화장에서 막이 올랐습니다.

화장장은 진에서 겨우 2리쯤 떨어져 있었습니다. 도로를 따라 정남 방향으로 가다보면 100미터 정도 높이의 산비탈이 있었습니다. 저수지 제방의 서쪽 끝이었지요. 넓은 황무지에 둘러싸인 붉은 담장이 보였습니다. 담장 안에는 두 줄로 늘어선 건물들과 붉은 벽돌로 된 이층짜리 간이 건물이 있었습니다. 그리고 간이 건물에는 하늘로 길게 뻗은 얇고 높은 연통이 달려 있었습니다. 철판으로 된 것이었지요. 이것이 바로 그 당시 마을과 진과 현의 절반에 가까운 사람들이 일제히 앙심을 품고 증오하던 화장장이었습니다. 당시 장례식장의 고별청은 이층 건물 아래에 있는 세 칸짜리 빈방이 전부였습니다. 벽에는 검정 글씨로 '고별청告別廳'이라고만 쓰여 있었지요. 마당 안에는 나무도 없고 꽃도 없이 화장장의 시신 운구 차량만 눈밭 위에 세워져 있었습니다. 일꾼 몇 명이 담장 안에서 눈을 쓸면서 잡담하고 있었습니다. 외삼촌만 자기 사무실의 화로 옆에서 불을 쬐고 있었지요. 화롯불에 땅콩과 호두, 마늘을 굽고 있었습니다. 잘 구워진 마늘 향기가 독주 몇 병을 마당 안에 쏟아놓은 것처럼 화장장 안에 퍼져 있었습니다.

우리 할머니가 화장장 입구로 옮겨졌습니다. 폭죽 몇 개가 터졌습니다. 폭죽 소리가 화장터 안으로 사람이 죽어 장사를 지내러 왔으니 화장 작업을 시작하라고 알리는 신호 같았지요. 외삼촌이 나와 우리 아버지가 효건을 쓰고 수레로 운반한 시신 옆에 서 있는 것을 보고는 또다시 시선을 먼 곳으로 던져 사방을 두리번거렸습니다. 다른 집 사람들이 시신을 화장하러 왔을 때처럼 요란한 타악기와 장례 행렬, 그리고 왁자지껄하면서도 슬픔에 젖어 후사를 치르는 마을 사람들을 찾고 싶어하는 듯했습니다. 하지만 외삼촌 눈에 들어온 것은 우리 할머니 시신과 아버지의 모습뿐이었지요. 그밖에 마을 사람 몇 명과 커다란 화환이 하나 있었습니다. 그 외에는 하얀 눈과 북풍, 산언덕의 고적함과 쓸쓸함, 화장장의 한산함이 전부였지요.

"어떻게 된 일인가?"

"샤오민小敏이 태어나자 어머니가 돌아가셨습니다."

외삼촌은 더 이상 아무 말도 하지 않았습니다. 외삼촌은 아버지를 자기 사무실로 불러놓고는 콧방귀를 한 번 뀌고서 쉬지 않고 장황하게 많은 얘기를 늘어놓았습니다.

"리톈바오, 내 여동생이 아이를 낳았는데 왜 내게 아무 말도 하지 않은 건가? 리톈바오, 자네의 그 궁상맞은 꼴 좀 보게. 앞으로 이곳으로 출근하도록 하게. 아무 일이나 해도 자네에게 최고의 임금을 지급하겠네. 내 여동생에게 잘해주기만 하면 되네. 리톈바오, 자네 어머니가 돌아가셨는데 왜 내게 알리지 않은 건가? 내게 말했으면 시신 운구 차량을 보내면서 경적을 울리게 해 자네 어머니를 모시러 간다는 사실을 널리 알렸을 테고, 모든 사람에게 이 샤오다칭이 풍속을 고쳐 토지를 절약하고 죽은 사람들을 화장하는 일에 있어서 친분을 가리지 않고 관계가 멀고 가까운 것도 따지지 않으며 어떤 차별도 하지 않는다는 점을 각인시킬 수 있었을 텐데 말일세. 리톈바오, 우리가 친척인 걸 고려해서 자네가 자발적으로 눈 오는 날에 시신을 모셔왔으니 화장을 마친 다음에는 화장장에 배정된 시신 운구 차량으로 자네 어머니를 보내드리도록 하겠네. 얼마가 되든 이번 장례에 드는 비용은 전부 내가 부담하도록 하겠네. 단, 자네는 최대한 격식을 갖춰 어머니를 모셔야 하네. 자네 리톈바오는 체면을 따지지 않을지 모르지만 자네 처의 오빠인 나는 체면을 따진다네. 사람들이 이 샤오다칭이 너무 인색해서 자기 여동생네 장례도 제대로 치르지 못했다는 말이 나와서는 절대로 안 된단 말일세."

이렇게 장황한 얘기를 듣고서도 우리 아버지는 자기 아내의 오빠인 우리 외삼촌에게 한마디 말도 하지 않았습니다. 아버지가 사무실을 나서려 하자 외삼촌은 또다시 아버지를 불러 세워 독한 말 한마디를 더 내뱉었습니다.

"리톈바오, 자네는 염병할 방귀조차 제대로 뀌지 못하나!"

원래 이런 말을 들으면 아버지도 한마디 해야 했습니다. 하지만 아버지는 여전히 그런 말을 들으면서 담담하게 가만히 있었지요. 외삼촌이 더 이상 말을 하지 않는 것을 확인하고서야 여전히 죽은 것처럼 조용히 외삼촌의 사무실을 나와 문을 닫았습니다. 문을 닫고 나와서 입구에 모여 있는 사람들을 쳐다봤지요. 아버지는 문 앞에 기다리고 있는 명청이 장씨와 왕다요우, 샤씨 아저씨와 왕씨 아저씨를 바라보면서 차가운 미소를 지었습니다. 그러고는 높지도 않고 낮지도 않은 목소리로 말했지요.

"제 아내의 오빠가 저한테 이 화장장에 와서 자기 대신 주임을 맡으라고 하네요. 매달 아주 많은 돈을 주겠대요. 하지만 제가 어떻게 이처럼 사람을 화장하는 일을 할 수 있겠어요. 가난해서 굶어 죽는 한이 있더라도 이런 일은 못 할 것 같아요."

사람들은 아무 말 하지 않았습니다. 눈길만 아버지의 얼굴 위에 떨어뜨렸지요.

모두들 눈빛으로 아버지를 존중하고 있었습니다.

그다음에 이어진 일은 마을의 모든 사람이 일찌감치 겪었던 것입니다. 수많은 집에서 이미 일어났던 일이지요. 사람들은 말없이 시신을 고별청에서 운구용 수레에 옮겼습니다. 말없이 바퀴가 달린 운구용 수레를 고별청에서 화장장 소각로로 밀고 갔지요. 모든 사람이 말없이 대청에서 일찍 오나 늦게 오나 매한가지인 일을 기다리는 것처럼 화장을 기다리고 있었습니다. 아버지를 도와주었다는 이유로 외삼촌은 화장장에 온 모든 사람에게 담배를 한 갑씩 나눠주었습니다. 우리 할머니를 화장하는 터였기에 외삼촌은 화장 시간을 늘려 좀더 세심하게 화장을 진행했습니다. 사람들은 대청에서 담배를 피우면서 가을날 양곡이 아주 느리고 더디게 익어가는 것을 기다리는 것처럼 할머니의 유골을 기다리고 있었지요. 사람들은 사방으로 바람이 잘 통하는 대청에 불을 피웠습니다. 어느 집에서 내다 버린 것인지 모를 화환을 가져다 불을 붙였지요. 불을 쬐면서 사람들은 이야기를 나눴습니다. 할 일이 없는 아버지는 그 화장장 소각로 건물을 향해 어슬렁어슬렁 걸어갔습니다.

소각로 건물 안에서 아버지는 놀라움을 금할 수 없었습니다.

소각로 건물은 천장 콘크리트 칸막이로 막혀 있지 않은 이층 건물이었습니다. 녹이 슨 소각로는 반은 누워 있고 반은 앉아 있는 것처럼 건물 한가운데에 놓여 있었습니다. 두껍고 커다란 철통이 허공에 쪼그리고 앉아 있는 것 같았지요. 아주 투박하고 촌스러운 모습이었습니다. 들리는 바에 의하면 이 소각로는 1958년 대약진人躍進운동* 때 사용됐던 것을 나중에 공장으로 옮겨갔다고 합니다. 이어서 도시의 폐품 수거소로 갔다가 마지막으로 우리 외삼촌 손에 들어오게 되었다고 합니다. 외삼촌이 가공하고 개조해 가오톈 화

---

* 1958년에 마오쩌둥이 영국을 따라잡겠다면서 야심 차게 준비했다가 불합리한 방법으로 중국의 성장을 수십 년 후퇴시킨 경제성장 계획이다. 이 잘못된 정책으로 중국 전체의 문화와 경제, 사회의 수준을 20년 이상 퇴보시켰다는 평가를 받고 있다. 이로 인해 중국 전역에서 기근이 발생해 3000만~5000만 명이 사망했다.

장장의 화장용 소각로로 사용하게 된 것이지요. 이 소각로의 고온 철통은 위에 달려 있는 나사가 회전판을 때로는 꽉 조였다가 때로는 느슨하게 풀어도 황토 고원 산언덕에 죽어 있는 바위처럼 거의 움직이지 않다가 소각로 입구의 유골 배출구 스위치가 움직일 때에만 열렸습니다. 게다가 소각로 허리에서 천장을 지나 하늘까지 검은 연통이 길게 뻗어 있었지요. 그 주위를 벌거벗은 붉은 벽돌담과 검게 그을린 조악한 건물 지붕, 벽돌 담장 아래 놓인 다리가 세 개뿐인 검은 탁자, 탁자 위에 널브러져 있는 백주白酒 몇 병과 이를 마실 때 사용하는 도자기 사발, 바닥에 재를 뒤집어쓴 채 놓여 있는 쓰레기통이 채우고 있었습니다. 이치대로 하자면 다른 사람들은 이 화장용 소각로 건물에 가까이 올 수 없었습니다. 하지만 우리 아버지는 엄마를 아내로 맞은 덕에 들어올 수 있었지요. 이치대로라면 들어왔다 해도 그냥 서 있는 것이 할 수 있는 전부였습니다. 하지만 우리 아버지는 샤오다청의 매부인 덕분에 그 안을 돌아다니면서 뭔가를 볼 수 있었지요.

아버지는 소각로 건물 안을 돌아다니다가 소각로 뒤쪽에서 멈춰 섰습니다. 소각로 허리 부분에서 밖으로 뻗어나간 손가락 굵기의 쇠파이프를 눈여겨봤지요. 쇠파이프는 다시 1미터 정도 길이의 가죽 관으로 연결되어 있고 가죽 관은 다시 담장 밑 한구석에 놓인 커다란 철통으로 이어져 있었습니다. 그 관을 통해 젓가락 굵기의 갈색 기름이 철통으로 흘러들어가고 있었습니다. 건물 안은 아주 따뜻했습니다. 바깥세상의 눈부시게 흰 눈은 땅바닥이 갈라지고 나무가 쪼개질 정도로 차가웠지만 건물 안은 너무 따뜻해 홑바지와 무명 적삼만 입고 있어도 더위를 느꼈습니다. 시신을 소각하는 인부 두 명은 서른이 넘은 사내들이었습니다. 머리는 아주 짧고 얼굴은 붉게 그을어 있었지요. 눈 안은 오랫동안 소각로를 마주해 시신이 불타는 것을 봐온 탓인지 붉은빛을 띠고 있었습니다. 게다가 술도 마신 상태였습니다. 한 구의 시신을 소각하기 위해서는 백주를 몇 모금 마셔야 했지요. 인부들이 땅콩을 곁들여 백주를 마시고 있을 때, 아버지는 그 자리에 서서 뜨거운 액체가 나오는 관과 철통 옆에 멍하니 서 있었습니다.

"이게 뭔가요?"

"시신 기름이요."

"시신 기름이 대체 뭔가요?"

"소각로에서 시신을 화장할 때 기름이 나오잖아요. 댁에서 고기를 구울 때도 고기에서 녹아 나오는 기름이 있지 않나요?"

더 이상 말하지 않았습니다.

아버지는 그것이 사람 기름이라는 것을 모르지 않았습니다.

지금 자기 눈앞에서 똑똑 떨어져 흐르고 있는 것이 바로 자기 어머니이자 제 할머니의 기름이라는 것을 알게 되었지요. 아버지는 갑자기 배 속에 있는 것을 토해내고 싶었습니다. 차가운 뱀 몇 마리가 땅바닥에서 발과 다리를 타고 아버지 몸 위로 기어올라 찰싹 붙어 있는 것 같았습니다. 쥐가 아버지의 앞가슴과 등을 뚫고 이리저리 왔다 갔다 하면서 살기 위해 굴을 찾는 것 같았습니다. 나중에는 뱀이 재빨리 아버지 머릿속으로 기어들어갔습니다. 머릿속에서 머물고 쉬면서 즐거워하고 있었지요. 아버지는 캑캑 마른 토악질을 했습니다. 줄곧 손을 뻗어 목구멍을 통해 위장을 몇 번이나 끄집어내고 캐내고 싶어했지요. 가까이 있는 화장 소각로는 땀이 날 정도로 뜨거웠습니다. 하지만 아버지의 몸과 머릿속에 있는 차가운 뱀은 희희낙락하면서 빠른 속도로 기어다녔습니다. 방향도 없고 쉬지도 않았지요. 뱀은 때로 한 마리였다가 때로는 십수 마리였습니다. 어지럽게 뚫고 지나가고 기어다니는 것이 마치 바늘처럼 작은 벌레가 아버지의 몸 전체를 위아래로 뛰어다니거나 걸어다니는 것 같았습니다. 걸어다니면서 또 물기도 했지요. 나이가 많은 인부 하나가 자기 사발에 백주를 절반쯤 따라가지고 다가왔습니다.

"들어오지 말라고 했는데 기어코 들어와 보고 말았군요."

"자, 어서 한 모금 마셔요. 한 모금 마시면 괜찮아질 거예요."

우리 아버지는 정말로 자기 사발을 받아서 한 모금 마셨습니다.

이어서 또 한 모금 마셨지요.

마지막으로 뚜껑이 없는 그 커다란 기름통 위로 다가가 살펴봤습니다. 아버지는 자기 어머니이자 제 할머니의 붉고 누런 시신 기름이 통 입구에 걸쳐져 있는 가죽 관을 통해 비단처럼 매끄럽게 흘러내리고 있는 것을 봤지요. 소각로 화도火道 안의 소리가 너무 커서 시신 기름이 방울져 떨어지는 소리는 잘 들리지 않았습니다. 어쩌면 그 시신 기름이 방울져 떨어질 때는 원래 소리가 안 나는 것인지도 모르지요. 아버지는 그렇게 바라보면서 술을 다 마셨습니다. 그러고는 자기 사발을 소각 인부에게 다시 건네주었지요.

"모든 시신이 타면 기름이 녹아 나오나요?"

"그건 댁의 처 오라버니에게 직접 물어봐야 할 것 같네요."

"추출된 기름은 전부 어디로 가나요?"

"그것도 댁의 처 오라버니에게 가서 물어봐야 할 것 같네요."

아버지는 할 말이 없었습니다.

더 이상 할 말이 없었지요.

소각로 건물 안에는 불길이 움직이는 소리와 소각로에 들어간 후 잠시 동안 울리는 수포와 기포가 터지는 소리뿐이었습니다. 그 외에 소각 인부들이 술을 들이키는 소리가 있었지요. 아버지는 또 다시 그 소각로 건물 안에서 잠시 구토가 날 것처럼 목구멍이 경련을 일으키는 것을 애써 억누르고 있었습니다. 간신히 구토를 억누른 아버지는 소각로 건물에서 나왔습니다. 건물 밖은 온통 하얀 눈 천지였습니다. 저수지의 푸른 수면이 보였습니다. 눈이 쌓여 있지 않은 수면은 푸르스름한 얼음 색이었습니다. 하지만 물가의 하얀 눈밭은 약간 푸른빛을 품고 있었지요. 물가에는 약간의 얼음도 박혀 있었습니다. 아버지는 그렇게 잠시 서 있었습니다. 주변을 바라봤지요. 그러다가 바닥에 쭈그리고 앉아 잠시 구토한 다음 엄마의 오빠인 외삼촌의 사무실을 향해 갔습니다. 사무실 문을 연 아버지는 그 노랗게 칠한 화장장 사무용 테이블 가까이에 가서 멈춰 섰습니다. 키가 1미터 80센티나 되는 외삼촌을 바라보는 아버지의 모습은 개미 한 마리가 코끼리를 바라보는 것과 같았습니다. 작은 풀 하나가 탑 아래에서 자라고 있는 것 같았지요. 아버지는 고개를 치켜들었지만 잠시 아무 말도 하지 않았습니다. 잠시 말이 없던 우리 아버지는 외삼촌에게 대단한 말을 했습니다. 나방 한 마리가 머리로 산을 들이받는 것처럼 대단한 말이었지요. 불 속으로 달려드는 것 같았습니다.

"형님, 제가 여쭤볼 일이 한 가지 있는데 절대 화내시면 안 됩니다. 정말 화내시면 안 돼요. 하늘의 보응이 있어 처남인 형님이 제게 어머니 몸에서 시신 기름 짜내는 모습을 보게 하는 것이라고 얘기하지 않으셨나요? 정말로 사람 기름을 그냥 태워버릴 수가 없어서 어쩔 수 없이 짜내는 것이라고 하지 않으셨나요? 짜낸 시신 기름은 전부 어디로 가는 건지 말해주세요. 저는 형님의 매부니까 저한테는 사실대로 말해주실 수 있잖아요. 그 시신 기름은 도대체 다 어디로 가는 건가요? 저 통 안에 있는 우리 어머니의 피와 뼈, 우리 어머니의 기름은 도대체 어디로 가게 되는 거냐고요?"

외삼촌의 눈이 커졌습니다.

외삼촌이 눈을 휘둥그레 떴습니다.

석탄 화로 위에서 익어가고 있는 땅콩과 호두의 향기가 방 안 전체에 퍼져 있었습니다. 마늘을 굽는 냄새도 방 안 가득 퍼져 있었지요. 방 전체에 가득한 향기와 마늘 냄새는 전부 따뜻한 온기의 냄새였지요.

"염병할, 자네 거길 갔던 건가? 거긴 자네가 가지 말아야 할 곳인데 갔단 말인가? 염병할, 자네가 내 매부니까 자네에게만 사실대로 말해주지. 그 기름은 일종의 재원일세. 알겠나? 날 그런 눈으로 보지 말게. 그렇게 다그치듯이 노려보면 내가 화를 낼지도 몰라. 먹고 싶으면 먹게. 구운 마늘이랑 땅콩은 아주 맛있지. 어디에 가져다 파느냐고? 어디든지 다 가서 판다네. 뤄양에도 가져다 팔고 정저우에도 가져다 팔지. 어느 도시든 공장마다 이 기름을 필요로 한다네. 그걸로 비누도 만들고 고무도 만들고 윤활유를 추출하기도 하지. 세상에 이보다 더 좋은 공업용 기름은 없다네. 식용으로 쓰면 더 좋을지도 모르지. 3년 대재앙* 때는 사람이 사람을 먹는 것도 그리 희귀한 일은 아니지 않았나?"

아버지는 그 자리에 서서 눈길을 외삼촌이 굽고 있는 마늘과 호두 위로 떨어뜨렸습니다.

외삼촌은 구운 마늘과 호두를 먹으면서 또 아버지를 힐끗 쳐다봤습니다.

"이거 먹게."

아버지의 목구멍이 또다시 위아래로 움직였습니다.

"안 먹을래요. 그 기름 한 통을 얼마에 팔 수 있나요."

"280위안에 팔기도 하고 300위안에 팔기도 하지. 보통 한 통에 300위안 받고 있네."

아버지는 더 이상 아무 말도 하지 않았습니다. 외삼촌도 더는 아무 말 하지 않았지요. 잠시 생각에 잠긴 아버지는 아주 오랫동안 뭔가를 생각하는 것 같았습니다. 사실은 외삼촌이 땅콩 한 알과 마늘 한 조각을 먹는 시간 동안 생각에 잠긴 것뿐이었지요. 아버지는 이내 생각을 마쳤습니다. 그러고는 입을 열었지요. 목소리는 크지 않았지만 음조와 어투는 아주 분명했습니다.

"형님, 화장해서 반드시 사람 기름을 짜내야 한다면 이 기름을 전부 저 리톈바오에게 파시는 건 어떻겠습니까? 한 통에 300위안에요. 형님은 굳이 뤄양이나 정저우로 운반하실 필요도 없습니다. 운반비가 들 테니까요. 제가 정해진 날짜에 와서 기름을 가져가도록 하겠습니다. 형님이 저 사람 기름을 저한테 파시기만 한다면 저는 형님 여동생에게 아주 잘할 작정입니다. 저 기름을 다른 데 팔

---

* 1959년부터 1962년까지 3년에 걸친 자연재해와 마오쩌둥의 경제 정책 실패로 중국 전역에서 3000만~5000만 명이 기아로 사망한 것을 가리킨다.

지 않고 저한테 파신다면 저와 샤오민은 아주 좋은 세월을 보낼 수 있을 겁니다. 형님께 조금이라도 걱정 끼치는 일 없이 잘 살겠습니다. 샤오민을 제 친여동생처럼 대하겠습니다. 제가 이 기름으로 무엇을 할 것인지에 대해서는 관여하지 마세요. 사람을 화장하면 모든 것이 다 타서 재로 변하는 게 아님을 다른 사람들이 알게 하는 일은 없을 겁니다. 또한 사람의 살에서 기름을 짜내 다른 용도로 쓸 수 있다는 사실에 대해서도 함구하겠습니다. 형님이 저 기름을 전부 제게 파신다면 단 한 푼도 깎지 않겠습니다. 단 한 푼도 적게 드리는 일은 없을 겁니다. 제 돈이 어디에서 나오는지에 대해서는 관여하지 마십시오. 저와 샤오민은 이미 어떤 장사를 해야 할지 다 생각해두었으니까요. 형님은 그저 제 어머니의 이 기름 한 통부터 시작해서 앞으로 모든 기름을 저한테 파는 데 동의해주시기만 하면 됩니다. 그러면 저는 형님 여동생을 친여동생이나 친누나처럼 소중히 대할 것입니다. 형님이 전혀 신경 쓰실 일이 없을 거고, 우리 집안일을 돌봐주실 필요도 없을 것입니다. 저희가 장사로 돈을 벌면 이 사람 기름을 전부 사면서 형님에게 단 한 푼도 빚지지 않을 뿐만 아니라 형님이 지어주신 방 세 칸짜리 집도 고스란히 도로 갚아드릴 것입니다. 다칭 형님, 절 믿어주세요. 제가 이래 봬도 한번 내뱉은 말은 꼭 지키는 사람입니다. 저 리톈바오가 키는 겨우 1미터 50센티밖에 안 되지만 제가 한 말의 크기는 다른 사람의 것보다 결코 작지 않습니다. 다칭 형님, 저를 한 번만 믿어주세요. 저 사람 기름을 한 통 한 통 전부 제게 팔아주세요. 형님의 매부가 형님에게 간절히 부탁하는 거라 생각하시고 저 기름을 전부 제게 팔아주세요. 어떻습니까? 형님이 기름을 다른 사람에게 판다 해도 어차피 한 통에 300위안밖에 받지 못하지 않습니까?"

　이때, 아버지가 연달아 한 무더기나 되는 말을 쏟아내고 있을 때, 문밖에서는 가오톈 사람들이 아버지를 부르는 소리가 들려왔다.

　"리톈바오, 자네 어머니 화장이 다 끝났는데 자네는 아직도 자네 처 오라비와 함께 거기서 불을 쬐고 있을 텐가?"

　"리톈바오, 자네는 이 빌어먹을 추위에 우리더러 자네 어머니 후사를 처리해달라고 부탁하더니 자네는 혼자 처 오라비에게 가서 불을 쬐며 몸을 녹이고 있는 건가?"

제3권 이경·하

새들이 그곳에 둥지를 틀었다

1. 21:50~22:00

하늘이시여— 신들이시여— 우리 집 사정은 이랬습니다. 바로 이렇게 우리 아버지와 엄마는 가오톈에 장례용품점을 열었습니다. 화환을 팔고 지찰을 팔고 수의를 팔았습니다. 죽은 사람이 사용할 물건은 다 팔았지요. 돈을 벌어 그 저수지 제방에 가서 시신 기름을 사왔습니다. 나무를 베고 또 심는 것 같았습니다. 나무를 심고 또 베는 것 같았습니다. 하루 또 하루, 한 해 또 한 해 그렇게 했습니다. 그렇게 저는 자랐습니다. 지금 이 모습으로 자랐지요. 서너 살 때는 멋도 모르고 화환의 종이꽃을 앞가슴에 달고 다녔습니다. 대여섯 살 때는 화환을 들고 큰길을 걸어다닐 수 있었습니다. 일고 여덟 살 때는 비옷이나 바람막이 옷을 입는 것처럼 수의를 입었습니다. 그러다가 열한두 살 때는 아버지를 따라 시신을 태워 짜낸 기름을 운반했지요.

열네 살이 되던 해 이날, 이해 6월 6일 밤에 저는 혼자서 진에 있는 가게를 나서서 제방 위에 있는 화장장으로 가 시신 기름을 운반해왔습니다. 열네 살 난 소년이 밭에 나가 베어놓은 밀을 운반해온 것과 다르지 않았습니다. 화장장은 자리를 옮기지 않고 여전히 진 남쪽에 있었습니다. 저는 적막하고 무더운 길을 걸었습니다. 아버지가 화장장에 갈 때마다 항상 길가로 걸어야 한다고 알려준 것이 생각났습니다. 그래서 매일 밤 시신 기름을 운반해올 때마다 항상 길가로 걸었지요. 우리 아버지가 평생 무엇 때문인지 모르지만 길을 걸을 때마다 항상 길가로 걸었던 것과 같았습니다. 아버지가 평생 길 한가운데로 걷지 않은 것과 같았습니다. 아버지가 평생 길 한가운데로 걷지 않았다는 사실을 생각하면서 저는 길 한가운데로 걸어봤습니다. 아버지는 제게 이렇게 말했습니다.

"처음 비밀을 알릴 때면 사람은 몽유하는 것과 마찬가지 상태가 된단다."

아버지는 또 제게 이런 말도 했던 것 같습니다.

"우리 어머니의 시신 기름이 든 기름통을 화장장에서 운반해 나올 때도 꼭 몽유하는 것 같았지."

그래서 저는 또 몽유가 생각났습니다. 고개를 들어 잠시 하늘을 바라봤습니다. 길가 어느 집에서 밀을 터는 모습을 바라봤습니다. 이웃 마을 어귀의 탈곡장 옆에 가서 잠시 서 있기도 했지요. 그 탈곡장에 멍청이 장씨처럼 몽유 상태에서 밀을 터는 사람이 있는지 살펴봤습니다. 없는 것 같기도 하고 있는 것 같기도 했습니다. 몽유하는 사람의 얼굴은 담벼락의 벽돌처럼 움직임이 없는 것 같았습니다. 눈을 뜬 것 같기도 하고 감은 것 같기도 했지요. 감은 것 같다가 또 뜬 것 같기도 했습니다. 눈을 까뒤집어 흰자위가 다 드

러났지요. 눈빛이 밖을 향한 것이 아니라 자기 마음속을 향하고 있
는 것 같았습니다. 그는 자신이 몽유 속에서 생각한 모든 것을 볼
수 있었습니다. 꿈 바깥의 가오톈과 세상의 일은 전혀 보지 못했
지요. 꿈 바깥의 나무 한 그루와 풀 한 포기도 보지 못했습니다. 그
나무와 풀이 꿈속에 나타나지 않는 한 절대로 볼 수 없었습니다.

탈곡장은 타원형이었습니다. 두 가구 사람들은 타원의 맨 꼭대
기에 있고 한 가구는 타원 한가운데에 있었습니다. 그들은 불빛 아
래서 밀을 털고 있었습니다. 서로의 이름을 불러가며 얘기를 주고
받았지요. 그 목소리가 탈곡장 위 허공에 울려 퍼졌습니다. 새들이
머릿속 하늘에서 날아오르는 것 같았습니다.

"이보게, 그거 아나? 이웃 마을 어느 집이 몽유를 하다가 아버지
가 탈곡장에서 며느리를 강간했대."

말을 마친 사람은 잠시 상쾌하고 음탕한 웃음을 지었지요. 웃음
은 나쁜 새가 탈곡장 이쪽에서 저쪽으로 날아가는 것 같았습니다.
이 사람 머리에서 저 사람 머리로 날아가는 것 같았습니다. 이어서
탈곡장 저쪽에서도 음탕하고 저속한 대화가 날아왔지요.

"며느리를 강간했다면 자기 딸은 왜 강간하지 않는 거지?"

또 무슨 말을 했을까요? 저는 제대로 듣지 못했습니다. 그 탈곡
장에서 열 걸음쯤 떨어져 있었기 때문이지요. 탈곡장 한가운데에
밀 다발이 쌓여 있어 제 시선과 그들이 주고받는 대화를 산맥처럼
막았습니다. 먼 곳의 들판은 빛나는 호수 같았습니다. 밀은 이미
다 옮겨놓은 터였습니다. 땅에서 나는 뜨거운 숙성의 냄새는 방금
솥에서 꺼낸 증롱蒸籠 같았습니다. 뜨거운 맛과 냄새였지요. 뜨거운
물 냄새와 땀 냄새가 그쪽에서 삭삭 소리를 내면서 날아왔습니다.

서둘러 화장장에 가서 시신 기름을 운반해와야 했습니다. 외삼촌이 직접 차를 몰고 와서 말해주었거든요. 밤새 운반하지 않으면 이튿날 외삼촌이 찾아와 아버지 얼굴에 침을 뱉으면서 이렇게 말할 게 분명했습니다.

"……내가 자네에게 얼마나 잘해주는지 모르는군. 내가 지금 그 시신 기름 한 통을 뤄양에 가서 팔면 얼마나 받는지 아나? 500위안이야. 가끔 600~700위안도 받을 수 있지. 내가 자네한테는 300위안에 파는데도 빨리 운반해가지 않을 생각인가?"

사정은 이랬습니다. 왜 이런지는 알 수 없었습니다. 아버지는 그 시신 기름을 수백 통 샀기 때문에 더는 사고 싶지 않았습니다. 외삼촌은 사지 않아도 좋다고, 이제 시신 기름 가격이 한 통에 500위안으로 올랐다고 말했습니다. 트랙터에도 이 기름을 쓰게 될지 모른다고 하더군요. 아버지는 2년 더 시신 기름을 사서 운반했습니다. 그 뒤로는 더 이상 사고 싶지 않았지요. 외삼촌은 사지 않아도 좋다고, 기름을 정저우에 있는 고무 공장에 가져가 고무 원료로 사용하게 하면 한 통에 800위안을 받을 수 있다고 말했습니다. 이리하여 아버지는 생각에 생각을 거듭한 끝에 다시 시신 기름을 사서 운반하기로 마음먹었습니다. 그렇게 지금까지 시신 기름을 사서 나르고 있는 것이지요. 아버지는 남몰래 시신 기름의 가격을 알아봤습니다. 성성省城* 근교에 사는 어떤 사람은 이 기름을 윤활유로 사용한다더군요. 사람 기름을 기계 바퀴의 틈새에 가득 두르는 것입니다. 그 사람이 사는 시신 기름 가격은 900위안에서 1000위안

---

* 성 정부 소재지인 대도시.

에 달한다더군요. 10여 년이 지났는데도 300위안에 살 수 있다는 것은 외삼촌이 공짜로 주는 거나 마찬가지라면서 그 기름을 남방 시골의 작은 공장으로 가져가면 한 통에 1100위안을 받고 팔 수 있다고 말했습니다. 잘하면 1200위안이나 1300위안을 받을 수도 있다고 했습니다. 모든 물건의 가격이 오르고 있으니까요. 방귀도 팔면 가격이 오를 겁니다. 하지만 외삼촌은 우리 집에 주는 기름 가격을 절대로 올리지 않았습니다. 300위안에 사서 1000위안에 팔 수 있었지요. 이렇게 외삼촌은 우리 집에 기름 한 통에 700위안을 벌 수 있게 해주었습니다. 심지어 800위안이나 1000위안을 벌 수도 있었지요. 엄마랑 아버지는 사람이 좋아 그 기름을 팔지 않았습니다. 그 기름은 전부 사람 기름이었거든요. 도저히 팔 수 없었습니다. 당연히 팔 수 없었지요. 아버지는 그 기름을 저수지의 차가운 동굴 속에 모아두었습니다. 가느다란 물줄기를 호수에 흘려보내는 것과 같았지요. 해마다 달마다 그랬습니다. 은화를 녹여 은괴로 돌려놓는 것과 같았습니다. 화장장에서 기름을 운반해오는 것은 돈을 한 다발 받아오는 것이나 마찬가지였고 차가운 구멍으로 기름을 쏟아붓는 것은 은화를 은괴로 돌려놓는 것이나 마찬가지였습니다.

지금 또 화장장에서 은화를 받아온 저는 이를 녹여 은괴로 환원시켰습니다. 이웃 마을의 밀 탈곡장을 떠나 화장장으로 가는 큰길을 걸었습니다. 맞은편에서 자동차가 달려와 제 등 뒤로 지나갔습니다. 저는 진을 나서서 밥 한 그릇 비우는 시간이면 제방 위에 있는 화장장에 도착할 수 있었습니다. 제방 위로 올라갈 수 있었지요. 제방 서쪽의 화장장이 보였습니다. 화장장은 빙 둘러 벽돌담으로 막혀 있고 안에는 단층 건물이 두 줄로 늘어서 있었습니다. 소각로는 튼튼한 이층 건물에 설치되어 있었지요. 밤하늘에 우뚝 선 활 쏘는 공터도 있었습니다. 이곳이 바로 제가 가려던 화장장이었지요. 그곳에 가는 것이 이날 밤 모든 일의 시작이자 끝이었습니다. 이날 밤 이야기의 서막이자 종막이었습니다.

저는 화장장의 커다란 철문 밑에 열린 작은 문을 통해 안으로 들어갔습니다. 화장장 안은 무척 조용했습니다. 달이 바뀌고 해가 바뀌어도 변치 않는 무덤 같았습니다. 원래 이곳은 무덤이었지요. 천명 만 명의 혼령이 잠들어 있던 무덤이었습니다. 천 명 만 명의 세상 사람들이 시신을 차에 싣고 들어오면 다 태운 뒤 결국 작은 함하나에 담겨 나왔습니다. 왼쪽에 늘어선 단층 건물들은 새로 지은 사무실 구역입니다. 사장실도 그곳에 있지요. 외삼촌의 두 칸짜리 커다란 사무실도 그곳에 있습니다. 애석하게도 우리 외삼촌은 장장이 된 뒤로 깨알처럼 자잘한 일들에는 일체 관여하지 않았습니다. 사무실은 과거에 비해 작아졌습니다. 사무용 테이블 위에는 먼지가 잔뜩 내려앉아 언제든 손가락으로 글씨를 쓸 수 있었습니다. 외삼촌은 며칠에 한 번 들러 돈이 들어온 장부를 확인하고는 테이블 위에 손가락으로 네 글자를 쓰곤 했습니다. '살다活' '죽다死' '시신尸' '돈錢' 같은 글자였습니다. 때로는 '꽃花' 자를 쓰기도 했습니다. '꽃은 향기롭고 날은 덥다花香天热'나 '날이 너무 덥다天太热' 같은 문구를 쓰기도 했지요. 그는 샤오 장장이기 때문에 테이블 위에 글자를 쓰면 누군가 들어와 테이블을 깨끗이 닦았습니다.

먼지 한 톨 없이 창문처럼 투명하고 깨끗하게 닦았습니다.

사무실 구역의 건물 안에는 회계실도 있었습니다. 요금 수납실과 접대실도 있었지요. 또한 건너편 건물들은 소각 인부들의 기숙사 및 잡물실雜物室이었습니다. 그 밖에 주방과 창고로 쓰는 방이 두 칸 더 있었습니다. 창고에는 쌀과 밀가루, 유골함 등이 쌓여 있었지요. 처음 화장장이 지어졌을 때만 해도 산 사람은 그곳 마당으로 들어오는 일이 거의 없었지만 나중에는 들어올 수 있게 되었습니다. 처음 화장장이 지어졌을 때는 모든 사람이 이를 증오했지만 나중에는 점차 증오하지 않게 되었습니다. 처음 화장장이 지어졌을 때 사람들은 우리 외삼촌 등 뒤에서 벽돌을 집어들어 머리통을 후려치고 싶어했지만 나중에는 우리 외삼촌을 보면 장장님 혹은 사장님이라고 부르면서 존경의 뜻을 드러냈습니다. 사람들은 유골을 좀더 하얗게 태우고, 좀더 가늘게 빻아주기를 원했습니다. 유골함에 넣을 때는 유골을 망치로 두드리지 말기를 바랐지요. 그러려면 외삼촌을 샤오 사장님이라고 불러야 했습니다. 때로는 외삼촌을 초대해 술과 음식을 대접하기도 했지요. 담배를 두 보루 건네기도 했습니다. 때로는 죽은 사람들이 줄을 서기도 했고 그럴 때마다 먼저 화장하고 싶은 사람들은 외삼촌이 허락한다는 쪽지가 있어야 했지요. 그래서 먼저 화장하고 싶은 사람은 몰래 외삼촌에게 약간의 돈을 찔러줘야 했습니다. 고향에 돌아가기 위해 기차표를 사려 할 때 잘 아는 친구나 친척이 있어야 하는 것과 마찬가지였지요. 아는 사람이나 친척이 있어야만 돈을 찔러넣을 수 있기 때문입니다.

제가 화장장 마당에 들어섰을 때, 인부들 숙소 쪽에서 어떤 사람이 문 앞에서 옷을 다 벗고 목욕을 하고 있었습니다.

"누구야?"

"접니다. 리녠녠이에요. 기름을 가지러 왔습니다."

"아, 리녠녠, 너구나. 난 여자인 줄 알았네. 여자면 더 좋았을 텐데 말이야."

그는 저를 향해 큰 소리로 웃었습니다. 산등성이에는 아주 차갑고 상쾌한 바람이 떠돌고 있었습니다. 물에 젖은 차가운 그물로 얼굴을 쓰다듬는 것 같았지요. 하늘은 너무나 공활했습니다. 사람들은 산등성이 위의 하늘 아래서 마침내 바람 속에서 땅 위의 개미를 잡는 것 같았습니다. 저는 열 걸음 남짓 밖에서 그의 알몸을 바라보고 있었습니다. 달빛 속에서 그의 모습은 물속에서 곧장 튀어오른 한 마리 물고기 같았습니다. 그 자리에 서서 그 물고기를 바라보고 있자 물고기가 큰 소리로 저를 불렀습니다.

"멍청한 녠녠, 너 알고 있니?"

"뭘 말인가요?"

"말하면 놀라 까무러치겠지."

"무슨 일인데요?"

"내가 말하면 넌 정말 놀라 자빠질 거야."

"말해보세요."

"내가 듣기로는 진에서 누군가 몽유를 하고 있다더구나."

"좀 큰 소리로 말해주세요."

"진에서 누군가 몽유하고 있다고."

"그게 다예요?"

"들리는 말에 따르면 한 사람이 아니라 여러 명이라고 하더구나. 열 몇 명인지도 모르지. 사람들 말로는 멍청이 장씨가 몽유하던 중 탈곡장에 가서 밀을 털었다고 하더구나. 또 몽유하면서 쇠몽둥이를 들고 탈곡장에서 집으로 돌아가서는 자기 아내와 붙어먹은 벽돌 가마 왕 사장을 때려죽였다더라고. 쇠몽둥이로 벽돌 가마 왕 사장의 대갈통을 후려쳤다는 거야. 누군가 멍청이 장씨한테 그의 아내와 벽돌 가마 왕 사장이 돌아왔다고 말해주자 곧장 쇠몽둥이를 들고 집으로 돌아가 벽돌 가마 왕 사장을 때려죽였다고 하더라고."

"그랬군요."

"그랬대. 그는 몽유 상태에서 사람을 때려죽인 거야. 몽유가 아니었다면 그가 그렇게 대담하진 못했을 텐데 말이야."

"녠녠, 너는 책을 많이 읽었으니 사람이 몽유 상태에서 범죄를 저질러도 법적 책임을 묻게 되는지 잘 알고 있겠지? 책임이 없으면 좋을 텐데 말이다. 그럼 마음을 놓을 수 있을 것 같구나."

저는 화장장 마당에 서서 아무 말 하지 않고 그가 한마디 한마디 늘어놓는 모습을 바라보고 있었습니다.

"아주 큰일인지도 모르겠어. 빌어먹을 법률 같으니라고! 뭐든 법으로 얽어매기 시작하면 아주 난장판이 된다니까. 세상을 세상이라고 부를 수도 없게 된다고. 요 며칠 화장장은 끓는 죽 냄비처럼 바빴어. 매일 평소보다 열이나 스무 구 정도 더 많은 시신이 밀려왔거든. 나이가 서른이나 쉰이 갓 넘은 시신들도 있었어. 대부분 장년이었지. 예순이나 일흔, 여든이 넘은 노인들은 오히려 아주 적었어. 실려온 장년들은 전부 몽유 상태에서 죽은 거였지. 노인들은 잠이 적으니 당연히 몽유도 적겠지. 장년들은 일에 지쳐 잠이 많다 보니 자연히 몽유가 많아지는 거야. 몽유를 하게 되면 낮에 하고 싶었던 일을 전부 밤에 실행하게 되는 거지. 깨어 있을 때는 감히 생각지도 못한 일을 꿈속에서는 전부 감행하게 되는 거라고. 원수가 있으면 마음껏 보복하고. 죽이고 싶은 사람이 있으면 마음껏 죽이는 거지. 푸뉴산의 후자거우胡家溝에서는 한 남자가 자기 딸이 자라서 용모가 자신과 다른 것을 보고는 꿈속에서 딸을 목 졸라 죽여버렸대. 자기 딸을 목 졸라 죽이자 그가 잠든 틈을 타서 아내가 그를 또 목 졸라 죽였다더구나. 자기 남편과 딸이 다 죽은 것을 보고 아내도 결국 목을 매 자살했대. 일가족 세 명이 다 죽은 거지. 전부 몽유가 빚은 화였던 거야. 법이 몽유를 어떻게 할 수 있을 것 같아? 법은 물 한 통만도 못해서 몽유하는 사람 머리에 물을 끼얹지도 못한다고."

이렇게 말하면서 그 사람은 물통에 든 물을 쏟아버렸습니다. 빈 물통을 들고 자신이 묵고 있는 집 안으로 걸어 들어갔지요. 걸어가다가 갑자기 몸을 돌려 물었습니다.

"내가 몽유할 것 같아? 오늘은 하루 종일 힘들었네. 스무 명 넘게 화장했거든. 나도 잠자다가 몽유에 빠질까봐 두려워. 내가 몽유에 빠져 여자를 찾는다면 오히려 잘된 일이겠지. 내가 두려워하는 건 몽유 상태에 빠져 자신을 화장해버리는 거야. 매일 이 화장 일을 하고 있고 화장만 생각하고 있으니 말이야. 몽유에 빠져 정말로 자신을 화장해버리는 일은 없어야겠지. 너도 알겠지만, 나는 다른 사람을 화장할 때 항상 남들이 나를 화장하느니 차라리 내가 자신을 화장해버리는 것이 낫겠다는 생각을 하게 돼."

그는 이렇게 말하면서 마침내 집 안으로 들어갔습니다.

문 닫는 소리가 날카로운 칼이 사람의 머리통에 날카로운 비명을 남기는 소리 같았습니다.

그 비명의 여운 속에 뻣뻣하게 서 있던 저는 이 세상에 혼자 있는 것 같았습니다. 하지만 두렵진 않았어요. 자기 집처럼 익숙한 이 화장장의 정경을 바라보고 있었습니다. 우리 집은 또 그 진의 유일한 장례용품점인 '신세계'였습니다. 저는 일찍이 여러 번 혼자 밤중에 이 화장장에 일을 처리하러 온 적이 있습니다. 여러 차례 혼자 '신세계' 장례용품점의 화환 더미에 글씨를 쓰다가 잠이 들기도 했지요. 옌렌커의 소설을 읽으면서 잠들었습니다. 금박 자루에 머리를 베고 자다가 꿈속에서 금은보석이 산처럼 쌓여 있는 모습을 보기도 했지요. 화환을 베고 자다가 꿈속에서 마을과 진이 전부 화원으로 바뀐 모습을 보기도 했습니다. 전부 공원으로 변해 있기도 했지요. 온갖 꽃이 피고 새가 날고 있었습니다. 버드나무 가지가 수면 위로 흔들리고 있었습니다. 물속에서 물고기들이 튀어오르고 물가 양쪽의 잠자리와 나비들이 장난치며 얘기를 하고 있었지요. 매 한 마리가 날아오는 것이 보이자 잠자리와 나비들은 일제히 흩어져 물속으로 들어갔습니다.

아주 시적이었습니다.

대단히 정취 있는 장면이었습니다.

새들은 지저귀고 꽃들은 향기를 내뿜고 있었습니다.

꽃들은 향기를 내뿜고 새들은 지저귀고 있었습니다.

붉은빛과 자줏빛이 뒤엉킨 몹시 아름다운 모습이었습니다. 옌렌커의 소설에는 단 한 번도 나타나지 않은 경관이었지요.

하늘에는 구름이 낮게 드리워져 있고 발걸음 소리는 솜처럼 부드러웠습니다. 잠시 하늘을 바라보다가 화장장 마당을 바라봤습니다. 또 앞에 있는 이층짜리 높은 소각로 건물과 장례식장 건물을 바라봤습니다. 몇 개의 돌계단이 있었습니다. 이 계단을 올라가면 시신과 작별하는 고별청이 있었지요. 일청과 이청 두 동이었습니다. 저는 이청 앞에 잠시 서 있었습니다. 찍찍 소리가 맴돌면서 울렸습니다. 고별청 뒤쪽은 아는 사람과 소각 인부들 외에는 아무도 들어갈 수 없었지요. 망자가 그곳을 통해 고온의 소각로로 들어가기 때문이었습니다. 소각 인부는 그 방 안에서 외부 사람들이 봐서는 안 되는 아주 많은 일과 골칫거리를 처리했습니다. 모든 시신을 소각로에 넣기 전에 먼저 술을 몇 잔 마시고 담배를 두 대씩 피워야 했습니다. 때로는 마음속으로 기괴한 생각을 하기도 했지요. 벽 옆에 있는 향로에는 향이 한 가닥 꽂혀 있었습니다. 그들이 아는 친척을 화장하게 되면 향로에 향을 세 가닥 꽂았습니다. 그리고 한 번 혹은 세 번 개두磕頭*를 했지요. 어쩌다 원수를 화장하게 되는 때도 있고 돈 많고 늙은 사장을 화장하는 때도 있었습니다. 그럴 때면 시신을 발로 몇 번 짓이기기도 했습니다. 소각로가 있는 건물의 문을 전부 안에서 굳게 닫아걸고 그런 짓을 했지요. 두 인부는 소각로 건물 안에서 서로 마주 보며 맥주를 두 병 마시거나 백주를 반병 마셨습니다. 그러다보면 밖에서 기다리는 사람들은 조급한 마음에 문을 두드리면서 소리를 질러댔지요.

"아직 안 끝났어요? 대충 소각했으면 그냥 내보내주세요."

"그건 안 됩니다. 사람한테 생전에 있었던 일이 얼마나 많은데 그래요. 체면은 세워줘야 하잖아요. 조용히 돌아가시는데 보통 사람들과 같아서는 안 되지요."

---

* 이마를 땅에 대면서 절하는 예법.

사실 그들이 망자를 위해 하는 일은 아무것도 없었습니다. 그냥 시신 곁에서 술을 마시고 있었던 것이지요.

술을 마시다가 시신 얼굴에 침을 뱉기도 했습니다.

맥주병으로 시신 머리를 내리쳐 산산조각 내기도 했지요.

때로는 술병을 망치 삼아 시신의 두 다리 사이에 있는 물건을 세게 두들기기도 했습니다. 지하에서 기둥 하나를 짓이겨 없애버리려는 것 같았습니다.

오후가 되었습니다. 황혼이 찾아왔습니다. 더 이상 화장할 시신이 오지 않았습니다. 그 소각로 건물 안에는 유골 가루가 가득 떠다녔습니다. 바닥에는 온통 술병이었지요. 소각로 옆이나 벽 쪽 구석에는 시신 기름을 담은 통들이 세워져 있었습니다. 벽에는 소각로에 들어가지 않은 망자의 부장품들이 걸려 있었지요. 도처에 어느 망자의 것인지 모를 유골 부스러기와 유골함에서 떨어져 나온 돌 조각과 플라스틱 조각이 널브러져 있었습니다. 죽음이 왕성하지 않은 계절은 그나마 나쁘지 않았습니다. 시신의 화장이 주로 이른 아침이나 오전에 이루어졌고 오후에는 청소를 했지요. 하지만 죽음이 왕성한 계절이 찾아오면 청소할 시간이 없었습니다. 인부들이 술을 너무 많이 마셔 곤드레만드레하기 일쑤였지요. 이리저리 넘어지곤 했습니다. 때로는 시신들이 벗어놓은 옷 더미 위에 쓰러져 자기도 했지요.

술은 사람을 담대하게 해주기 때문에 시신을 소각하는 인부들이 술을 마신 것입니다.

술은 또 이상한 냄새를 없애주었지요. 그래서 인부들은 술을 마시지 않을 수 없었습니다.

모두들 술에 취하다보니 다른 사람들에게 청소를 부탁해야 했습니다. 나중에는 전문적으로 화장장과 장례식장을 청소하는 사람을 두게 되었지요. 어린 아가씨였습니다. 바로 제가 말한 그 샤오쥐안즈였어요. 저보다 한두 살 어린 아가씨였습니다. 집은 제방 동쪽 마을에 있었지요. 부모님은 이미 다 돌아가신 터였습니다. 할아버지 할머니도 따라서 돌아가셨지요. 시간이 지나면서 그녀도 화장장에 익숙해졌고 겁이 없어졌습니다. 그녀는 그렇게 매일 황혼 무렵이면 화장장 전체를 청소하는 청소부가 되었지요. 지금 그녀는 소각로 건물 안을 청소하고 있습니다. 시신 먼지를 그녀가 깨끗이 씻어내지요. 그녀는 불빛도 씻어냅니다. 그녀가 소각로 건물을 나왔다가 다시 들어가는 모습은 마치 나비가 여기저기 날아다니는 것 같습니다. 한 가닥 맑은 향기가 그녀 몸 뒤에서 떨어져 땅바닥을 휘감는 게 마치 한 가닥 가는 물줄기가 무더운 여름날 저를 향해 흘러오는 것 같습니다.

저는 그 향기와 장례식장의 불빛을 따라 그 소각로 건물로 걸어갑니다.

그녀가 또 나왔다가 뭔가를 챙겨서 다시 들어가네요. 번쩍이는 그림자가 한 조각 검정 주단 같습니다. 그녀가 뭔가 말하는 것이 들립니다. 제게 말하는 것은 아니지만 그곳에는 그녀의 말을 듣는 사람이 없습니다. 한 무더기 들꽃만 문 앞에 쌓여 있지요. 그녀가 나왔다 들어가는 것이 그 화초를 가져가는 것 외에 또 무슨 목적이 있을까요.

제가 문 앞에 이르렀을 때 그녀는 마침 소각로 건물 철문 앞에서 들꽃을 따고 있었습니다. 소각로 건물 안에는 그녀가 따다가 꽂아놓은 화초가 가득했지요. 벽에 걸린 화초는 사방의 풀밭이 옆으로 서 있는 것 같았습니다. 소각로 위 뭔가 걸거나 꽂을 수 있는 곳에는 어김없이 꽃다발이 걸려 있었습니다. 빨간 꽃도 있고 노란 꽃, 초록 꽃도 있었습니다. 산차화山茶花랑 들국화도 있었지요. 자줏빛과 붉은빛이 줄줄이 이어져 있었습니다. 맨드라미와 작은 난초도 있었지요. 화장장 밖 도처에 이런 꽃들이 피어 있었습니다. 질경이와 이름을 알 수 없는 작고 노란 꽃도 있었지요. 화장장 경내에는 월계화와 작약도 심어져 있었습니다. 개화기를 맞은 장미도 있었지요. 건물이 온통 화원의 온실 같았습니다. 반쯤 기울어져 있는 소각로는 반쯤 기울어져 있는 꽃 기둥 같았습니다.

시신 소각실은 이렇게 화원의 온실이 되었습니다.

제가 그곳에 나타났을 때, 그녀는 마침 시신 기름통 옆 틈새에 작고 노란 꽃과 빨간 꽃을 꽂고 있었습니다. 꽃들은 마치 그 통 속에서 자라난 것 같았습니다. 기름통에서 피어난 것 같았지요. 제가 이런 물건들을 구경하다가 슬쩍 그녀를 쳐다보면 그녀는 놀란 표정으로 통 옆에 멍하니 서 있곤 했습니다. 하지만 제가 다시 그곳에 나타났을 때, 그녀는 잠시 고개를 돌려 저를 바라봤습니다. 놀라지도 않고 멍한 표정도 아니었습니다. 저를 보지 않은 것과 같았습니다. 아무 말 하지 않고 눈만 깜빡이더니 서둘러 꽃을 꽂을 꺾었습니다. 하지만 저는 몹시 놀라 멍한 표정을 지었습니다. 저는 그녀가 왜 소각실 안을 천국의 화원처럼 만드는지 잘 알고 있었습니다.

"지금 몽유하고 있구나?"

그녀는 기름통으로 연결되는 플라스틱 관에 들꽃을 매달고 있었습니다. 얼굴 표정이 밤중에 소리 없이 핀 꽃처럼 조용하고 편안해 보였습니다.

그녀가 다시 고개를 돌려 저를 쳐다봤습니다. 입이 가볍게 움직이더군요. 누군가에게 말을 하는 것 같았습니다. 뭔가 중얼거리면서 콧소리를 냈습니다. 그녀가 무슨 말을 하고 있는지 분명하게 알아들을 수 있는 사람은 아무도 없었습니다. 저는 그녀가 말할 때 얼굴이 조금씩 움직이는 것을 봤습니다. 그리고 뒤로 한 걸음 물러서서 그녀가 매달고 있는 꽃이 예쁜지 안 예쁜지 자세히 살펴봤지요. 한 폭의 그림 혹은 그녀가 펼치는 정경을 보는 것 같았습니다. 저는 다가가서 그녀의 어깨를 가볍게 끌어당겼습니다.

"마당에 가서 얼굴을 좀 씻어."

그녀는 완강하게 자기 어깨를 도로 제자리에 놓았습니다.

"사람이 죽으면 이곳으로 오게 되지. 고별청에서 고별하고 나면 이 방으로 오게 되잖아. 들어올 때도 꽃이 있고 나갈 때도 꽃이 있어야 해. 소각실 안으로 들어와도 꽃이 있지. 방 안에 잠자리나 나비가 날아다닐 수 있다면 더 좋을 거야. 진짜 천국의 화원 같을 테니까 말이야."

이렇게 말하면서 그녀는 몹시 아쉬운 듯한 표정으로 그 자리에 서 있었습니다.

"나 대신 나비들을 잡아서 이 방에 좀 넣어줄 수 있겠어?"

고개를 돌려 저를 바라보면서 그녀가 빙긋이 웃었습니다.

"너였구나. 나는 또 우리 사촌오빠인 줄 알았지. 우리 사촌 오빠는 술 귀신이 돼버렸어. 시신을 한 구 화장할 때마다 술을 반병씩 마시거든. 오늘도 백주를 얼마나 마셨는지 몰라."

그러고는 다시 눈길을 돌려 꽃을 꽂는 일에 집중했습니다.

"내일 내가 직접 나비랑 잠자리를 잡아 방에 풀어놓을 거야. 이 방을 화원처럼 꾸밀 작정이라고. 사람이 죽어서 이 방에 들어오면 자기 집에 돌아온 것 같은 느낌을 주고 싶어. 모든 사람이 이 방에 들어오면 더 이상 떠나고 싶지 않게 하는 거지. 봄이 여름에 탈취되지 않게 하는 것과 마찬가지야. 여름이 가을에 쫓겨나게 하지 않는 것과 같다고도 할 수 있지."

이렇게 중얼거리는 모습이 마치 글을 읽는 것 같았습니다. 아주 맑고 분명한 목소리로 글자와 말을 토해냈지요. 말을 하면서 다시 고개를 돌려 저를 쳐다봤습니다. 하지만 눈길은 또 문 앞에 놓은 맑은 물 한 통에 멈춰 있었지요.

이어서 그녀가 그 물통을 들고 왔습니다. 물통을 들고 모든 꽃에 물을 주었습니다. 저는 그녀의 야위고 누런 얼굴을 또렷하게 봤습니다. 눈은 반쯤 뜨고 있었지요. 표정은 정말로 밤에 안개 속에서 핀 꽃과 같았습니다. 검은 천으로 지은 치마에 꽃무늬 블라우스를 입고 있었습니다. 머리는 아주 촌스럽고 소박하게 두 갈래로 땋았더군요. 얼굴도 갸름했습니다. 앞니는 입술 밖으로 약간 튀어나와 있었지요. 웃어선 안 되는데 그녀는 항상 웃었습니다. 아버지는 돌아가시고 안 계셨습니다. 엄마도 돌아가시고 안 계셨습니다. 할아버지와 할머니도 따라서 하늘나라로 갔습니다. 그녀는 매일 화장장에서 먹고 잤습니다. 매일 화장장에서 시신 소각이 끝나면 장례식장 일청과 이청을 청소하고 시신에 화장化粧하는 방을 정리했습니다. 소각실도 청소하고 정리했지요. 그녀는 아예 죽음과 시신의 세계에서 살고 있었습니다. 아버지도 없고 엄마도 없었습니다. 할

아버지 할머니도 없었습니다. 하지만 그녀는 매일 사람들만 보면 웃었지요. 청소를 하면서 웃었습니다. 시신 소각로를 청소할 때도 웃었습니다. 때로는 정신없이 시신의 얼굴에 화장을 하면서도 웃었지요. 한번 피어 영원히 지지 않은 꽃 한 송이 같았습니다.

저는 시신 기름이 가득한 기름통을 가지러 소각로 밑으로 가서는 그녀가 기름통에 꽂아놓은 맨드라미와 초록 풀을 바닥에 던져 버렸습니다. 그녀는 그 화초를 다시 주워 시신 기름이 담긴 다른 철통에 꽂았습니다. 얼굴에는 여전히 연한 노란색과 분홍색 꽃이 한 무더기 피어 있었습니다.

"네가 내일 기름통을 가져가지 않으면 더 놓을 데가 없어. 내가 여기 꺾어다놓은 꽃도 가져가도록 해. 화장장 밖의 낭떠러지에 들꽃이 가득 피어 있는 것을 발견했거든. 손바닥만 한 크기였어. 빨간색이었지. 빨간색 속에 연노란색이 드문드문 섞여 있었어. 여기저기 흩어져 향기를 내뿜고 있었지. 물푸레나무보다 더 진한 향기였어. 나는 그 물푸레나무 꽃을 이 소각실 안에서 키우고 싶어. 이 소각실 안을 온통 물푸레나무로 채우고 싶어. 사람이 저쪽 세계에서 넘어오면 이 물푸레나무 향기 가득한 곳으로 오게 되는 거지. 그러면 몸에 불이 붙어도 아프지 않을 거야. 유골을 태워도 아프지 않고 말이야. 몸에서 기름이 흘러나와도 아프지 않겠지. 그 물푸레나무 냄새는 사람들이 흔히 말하는 로즈마리 냄새와 같아. 그 냄새를 맡으면 모든 것을 잊게 되지. 마취제처럼 아픔과 세상을 다 잊게 되는 거라고. 아무런 고통도 느끼지 않고 저쪽 세계에서 이쪽 세계로 넘어올 수 있는 거야. 나는 내일 그 로즈마리 향을 내는 꽃을 꺾어다 이 시신 소각실에 잔뜩 꽂아놓을 거야. 지금 가서 캐다가 화분에 심어 소각로 옆에 놓아야겠어. 기름통을 더 놓더라도 내 로즈마리 화분과 부딪치게 하진 말라고."

그러고는 밖으로 나갔습니다. 날아가는 나비 같았습니다. 제게 이야기를 하면서도 눈길은 제 얼굴에 있지 않았습니다. 그녀의 눈길은 자기 마음속 생각에만 머물러 있었습니다. 자신이 꿈꾸는 세계에 있었지요. 제가 전용 수레를 밀고 가서 통에 가득 찬 시신 기름을 실으려고 그녀에게 좀 밀어달라고 말했는데도 그녀는 제 말을 듣지 못했습니다. 그렇게 가버렸습니다. 날아가는 것 같았습니다. 저는 그녀가 문 앞에서 쇠 삽을 어깨에 메고 등불 아래로 지나가는 것을 봤습니다. 화장장 뒷마당 담장의 그 쪽문은 열려 있었습니다. 어쩌면 그 문은 영원히 열려 있는지도 모르지요. 이곳은 도둑도 들어오길 원치 않는 곳이니까요. 그녀는 그 뒷문으로 나가 드넓은 산등성이를 향해 날아갔습니다. 산맥 위를 걸었습니다. 그녀의 그림자가 산등성이의 대지 위에 떠 있었습니다.

한 송이 꽃이 한밤중에 산등성이에 핀 것 같았습니다.

2. 22:01~22:22

시신 기름 한 통은 무게가 600근이나 나갔습니다. 저는 얼마나 많은 시신을 태워야 이 정도의 기름을 얻을 수 있는지 알지 못했습니다. 죽는 사람이 적은 계절에는 한 달에 한 통도 채우지 못했지만 사람들이 왕성하게 죽어나갈 때는 열흘이나 보름이면 한 통을 채울 수 있었습니다. 시신 기름은 담황색이었습니다. 응축되면 진한 노랑이 되었지요. 그 노랑 속 깊은 곳에 옅은 검정이 있는 것 같았습니다.

사람의 기름이기 때문에 이런 것들은 얘기하지 않으려 합니다. 이런 것을 얘기하다보면 제 몸의 살이 자꾸 움직여 아픕니다. 마음이 몹시 긴장되고 초조해집니다. 손가락이 문 틈새에 끼인 것 같습니다. 화장장은 산등성이 길가에 세워져 있습니다. 한쪽은 저수지이고 다른 한쪽은 도로지요. 밤에는 수심이 아주 얕아지고 황혼을 지나 이경二更이 되면 인적도 끊깁니다. 하지만 산등성이 아랫마을에는 온갖 다양한 소리가 어지럽게 부서져 지나가지요. 날은 찌는 듯이 덥습니다. 산등성이의 바람은 맑은 물과 같지요. 저수지 안에서는 수면의 그 맑고 하얀 빛이 피어올라 촉촉하게 산등성이에 퍼집니다. 길 양쪽의 밭과 들판은 밀 수확이 끝난 터였습니다. 물기 속 밀 그루터기의 달콤한 냄새는 허공에 떠다니는 젖 냄새 같았습니다. 여인이 방금 낳은 아기가 남긴 젖이 산 위에 모여 들판에서 마르고 있는 것 같았습니다. 들판의 대지에 모여 말라가고 있는 것 같았습니다.

저는 산등성이에서 시신 기름이 담긴 커다란 통을 끌고 산길을 내려와 저수지 옆의 차가운 동굴로 걸어 들어갔습니다. 그 냄새가 제 코끝을 휘감았습니다. 이 커다란 통에 든 기름은 통 안에서 철판에 스며들었습니다. 그런 까닭에 하얀 철판 기름통은 소금 항아리 밖에 항상 소금과 물이 맺혀 있는 것처럼 불그레한 기름 색으로 변해 있었습니다. 불그레하고 거무튀튀한 기름은 얼음 냄새와 비린내를 내뿜고 있었지요. 얼음 냄새가 더 진하고 비린내는 좀 약했습니다. 그것이 사람 기름이라는 사실을 모른다면 얼음의 차가운 냄새는 느끼지 못했을 것입니다. 그 얼음의 차가운 냄새는 대부분 사람의 마음속에서 나오는 것이었습니다. 마음에서 나오는 것이 아니라면 그 통 속에 있는 것은 보통 기름일 것입니다. 휘발유나 식물성 기름이겠지요. 발산되는 냄새도 기름 냄새일 것입니다. 참기름 냄새나 땅콩기름 냄새는 아니더라도 약간 비릿하고 촉촉한 보통 사물의 냄새겠지요. 하지만 그건 사람 기름이었습니다. 사람 기름이라는 걸 의식하기만 하면 얼음의 차가운 냄새가 났습니다. 뼈와 지방의 비릿한 냄새가 났지요. 다행히 저는 그 사람 기름 냄새를 두려워하지 않았습니다. 약간 멍청했기 때문입니다. 멍청하면 담대해지는 법이거든요. 저는 죽음과 시신을 두려워한 적이 없었습니다. 우리 집이 바로 장례용품점 '신세계'였기 때문이지요. 저는 어려서부터 도처에 화환과 지찰 같은 장례용품이 쌓여 있는 곳에서 자랐습니다. 세 살이 채 되지 않아 아버지와 엄마는 항상 저를 데리고 화장장에 가서 일에 대해 논의했습니다. 다섯 살 때는 화장장의 소각로가 있는 방에도 들어갔습니다. 다섯 살하고 반년이 지났을 때는 시신 기름을 운반하는 수레 앞쪽에 타고 아버지와 함께 한 달에 한두 번 차가운 동굴로 시신 기름을 옮겼지요.

한 달에 몇 번 시신 기름을 옮겼습니다.

이제는 저 혼자서 시신 기름을 차가운 동굴로 옮기게 되었습니다. 열네 살이라는 나이는 죽음의 문에 자라는 한 그루 나무 같았습니다. 저는 문 앞에서 비를 맞고 바람을 막으며 서 있었지요. 혼자서 대규모 몽유의 어두운 밤에 시신 기름 한 통을 소각로에서 수레에 실어 산길을 걸었습니다. 오는 길에 옌롄커가 글을 쓰는 허름한 집 마당 앞을 지나 다시 완만한 비탈길을 지났지요. 일흔 내지 여든 구의 시신을 화장해야 짜낼 수 있는 기름을 겨울에는 따스하고 여름에는 시원한 그 폐기된 방수 동굴에 저장해놓고는 곧장 밖으로 나왔습니다. 혼자 산등성이의 그 비탈길을 걸었지요. 사람 기름과 사람의 시신을 생각하지 않기 위해 저는 머릿속으로 남자들의 일을 생각했습니다. 여자를 생각했지요. 구체적으로 어떤 생각을 했냐고요? 매일 시신 소각로를 청소하고 시신에게 화장해주는 샤오쥐안을 생각했습니다. 그녀의 이름은 위샤오쥐안余小娟입니다. 사람들은 그녀를 그냥 쥐안 혹은 위쥐안즈余娟子라고 부르지요.

이 쥐안즈가 조금만 더 예쁘면 좋을 것 같았습니다. 조금만 더 예뻤다면 그녀의 손을 잡고 싶을 것 같았습니다. 그녀와 결혼해서 함께 살고 싶을 것 같았지요. 하지만 그녀는 못생겼습니다. 치아 두 개가 항상 입술 밖으로 드러나 있지요. 저는 그 치아 두 개를 볼 때마다 그녀와 얘기도 하기 싫어졌습니다. 짝문이 열리고 그녀가 말하는 소리가 들릴 때면 다가가 그녀에게 진에 있는 병원에 가서 그 흉한 치아 두 개를 뽑아버리라고 말해주고 싶었습니다. 뽑아버리면 가지런한 치아 두 개로 교체될 것이라고 말하고 싶었지요. 치아를 뽑을 돈이 없다면 제가 하나를 뽑을 비용은 빌려줄 수 있다고 말하고 싶었습니다.

하지만 저는 결국 그녀에게 이런 말을 하지 못했습니다.

항상 말하고 싶으면서도 입 밖에 내지 못했지요.

방금 아무도 없을 때 그 말을 해줬어야 했습니다.

그녀와 함께 로즈마리를 캐야 했습니다. 그녀의 귀에 대고 크게 소리 질러 그녀를 몽유 밖으로 데리고 나와야 했습니다. 깨끗한 물을 한 대야 가져다주어 얼굴을 씻게 해야 했습니다. 수건을 가져다 그녀의 얼굴을 닦아주어야 했습니다. 그녀가 조금만 더 예뻤더라면 됐을 겁니다. 아주 조금만 더 예뻤더라면 저는 틀림없이 그녀를 몽유에서 데리고 나왔을 겁니다. 그녀의 몽유 속으로 들어가 함께 로즈마리를 캐서 산길을 걸었을 겁니다. 반 리쯤 되는 완만한 비탈길을 걸었을 겁니다. 반 리의 내리막길을 걸었을 겁니다. 하지만 지금은 저 혼자서 이 길을 다 걸었습니다. 수레바퀴가 삐거덕거리는 소리가 달과 별이 하늘에서 갈 길을 가는 소리 같았습니다. 걷고 또 걷다가 수레바퀴가 또 궤도를 이탈하여 한데 부딪혔습니다.

바퀴들이 굴러가면서 마찰되어 끼익 소리를 냈습니다. 그 소리가 밤길을 한 치씩 삼켜갔습니다. 그렇게 저를 저수지 밖 산허리에 있는 차가운 동굴로 데려다주었습니다. 나무가 두 그루 서 있고 나머지는 온통 풀밭이었습니다. 자동차가 드나들 수 있는 녹슨 철문이 있었습니다. 철문 안에는 우리 아버지가 나무판자로 만든 문이 있었지요. 저는 이 두 겹의 문을 전부 열고 손을 문 안으로 넣어 오른쪽을 더듬었습니다. 단번에 그곳에 늘어져 있는 스위치 줄을 당길 수 있었습니다.

등불이 켜졌습니다.

불빛은 마지못해 문 입구 쪽만 희미하게 비췄습니다. 전기를 절약하기 위해 아버지는 불빛이 500미터나 되는 동굴 전체를 비추지 못하게 했습니다. 하지만 그 등불은 또 죽음으로 가는 길에 힘껏 그 굴의 어둠 속 수많은 통에 담긴 기름을 비추고 있었습니다. 불빛이 있어 애써 곧 다할 숨을 이어가고 있었지요. 동굴 벽에 맺힌 물방울들이 떨어지는 소리가 들렸습니다. 차가운 동굴 깊은 곳에서 불어오는 어둡고 시원한 바람 소리도 들렸습니다. 그리고 서로 바짝 붙어서 놓여 있는 수많은 기름통에서 발산되는 차갑고 축축한 비린내도 있었지요. 시신 기름이 썩는 냄새가 때로는 진했다가 때로는 연하게 퍼졌습니다. 강렬하고 자극적인 습기의 냄새였지요. 기름 냄새와 여름의 한기가 뒤섞인 바람이 진했다가 흐려지기를 반복하는 죽도록 적막한 불빛을 흔들고 있었습니다. 죽도록 적막한 불빛 소리 속에서 저는 동굴 안으로 들어서서 등불 아래에 섰습니다. 그러고는 동굴 안쪽을 가늠해봤지요. 한동안 온몸이 떨리고 진저리가 쳐졌습니다. 동굴 안은 도로처럼 넓고 건물처럼 높았습니다. 커다란 제방 이쪽에서 저쪽까지 관통해가는 것 같았지요. 동굴 벽은 온통 시멘트와 잘게 자른 돌로 마감되어 있었습니다. 돌 사이의 시멘트는 손가락 두 개 정도의 굵기였습니다. 모든 돌의 틈 새가 깊이를 달리하여 천장까지 이어져 있고 지붕은 불규칙한 타 원형을 형성하고 있었습니다. 습기가 많은 곳에는 1년 내내 물이 축축하게 스며들어 있습니다. 영원히 마르지도 않고 왕성하게 살 아나지도 않는 샘물 같지요. 몇십 년 전에 저수지를 건조할 때는 예측한 저수량이 다 찬 뒤에도 물이 계속 흘러 제방 위의 그 동굴 을 이용해 흘려보내야 했습니다. 하지만 이 저수지가 완공된 뒤에 는 상류의 수원이 작아졌지요. 날씨가 변해 강우량이 줄어든 겁니 다. 저수지의 물은 동굴 아래쪽에도 미치지 못했지요. 그래서 동굴 은 폐기되고 말았습니다. 결국 우리 집에서 시신 기름을 저장하는 창고로 쓰이게 됐지요. 식사 대접 한 번과 담배 몇 보루에 동굴 창 고를 관리하던 사람은 창고 열쇠를 우리 아버지에게 넘겼습니다. 동굴은 순전히 우리 아버지 리톈바오를 위해 지어진 것 같았습니 다. 어느 날 창고 옆에 화장장이 들어서고 전문적으로 시신 기름을 저장하기 위해 준비된 것 같았지요.

너무나 자연스럽고 순조로운 일이었습니다.

자연이 만들어놓은 것 같았습니다.

하늘이 사람은 반드시 죽게 마련이고 죽으면 토장土葬이나 해장 海葬, 하장河葬을 하거나 산꼭대기에 올라가 자연장自然葬을 하도록 정해준 것 같았습니다. 이 모든 유형의 장례가 지역의 습속에 따 라 오랜 세월 유지되었으나 또 세월이 이런 습속을 버리고 화장으 로 바꾸게 만들었지요. 화장으로 바꾼 우리 외삼촌은 금을 관리하는 사람이 금을 훔치는 격으로 시신 기름을 유출하기 시작했습니다. 또 일단 유출했으니 파는 사람이 생긴 셈이라 사는 사람도 있어야 했습니다. 그리고 어딘가에 사람 기름을 감춰야 했지요. 한 통 또 한 통, 한 해 또 한 해 이곳에 기름을 감췄습니다. 맨 처음에 아버지와 엄마는 이 기름들을 땅에 묻으려 했습니다. 한밤중에 산등성이에 올라 물웅덩이나 구덩이를 찾았지요. 그러다가 푸뉴산의 인구가 수풀처럼 조밀하다는 것을 깨달았습니다. 1년 내내 아무도 모르게 기름을 묻어둘 만한 곳은 한 군데도 찾을 수 없었지요. 하는 수 없이 한 통 또 한 통 이곳에 보관해야 했습니다. 감춰두는 것이지요. 그러던 어느 날 이 사람 기름이 크게 활용될 수 있었습니다. 어디에 활용되는 거냐고요? 사용처는 경천동지할 정도로 대규모였습니다. 이렇게 쓰이지 않고는 아버지는 해마다 달마다 기름을 저장할 수 없었지요. 이 500미터 깊이의 동굴도 이미 거의 다 찬 상태였습니다. 전깃줄이 굴 저쪽에서 이쪽까지 이어져 있었습니다. 동굴 한쪽에 서면 굴 안은 어두운 밤처럼 깊었습니다. 한 통 한 통 바짝 붙어 있는 사람의 시신 기름이 시골에서 만인 대회를 열 때처럼 빼곡하게 들어차 있었지요. 만 리나 이어진 긴 길 같았습니다. 길 위에 검은 옷을 입은 검은 사람들이 새카맣게 서 있는 것 같았지요. 한 통 한 통 새카맣게 펼쳐져 있었습니다. 그 사람 기름을 전부 쏟으면 강을 이룰 것 같았습니다. 한데 모으면 호수가 될 것 같았습니다. 어쩌면 바다가 되었을지도 모르지요.

하지만 저는 바다를 본 적이 없습니다.

옌렌커의 소설에는 바다에 관한 서술이 거의 없습니다. 그는 항상 밭이나 황량한 들판을 찾지요. 그래서 땅과 산등성이에 관한 서술이 많습니다. 황량하고 춥고 적막한 데다 끝없이 펼쳐진 풍경들이지요. 시작도 없고 끝도 없습니다. 사흘 밤낮을 계속 걸어도 황량한 들판의 끝이 나오지 않으니까요. 그의 소설은 하나같이 아주 길고 분량이 많습니다. 한데 모아놓고 보면 황량한 들판과 같은 모습이지요. 사실 아주 단순하고 잡다한 들판의 무덤 언덕이라고 할 수 있습니다. 이 무덤 언덕에 묻힌 사람들도 소나무와 측백나무, 홰나무로 자라나고 있지요. 나무 아래에는 말라비틀어진 풀과 들꽃, 그리고 마른 풀과 들꽃 사이에는 개미와 귀뚜라미들이 살고 있습니다. 여치도 살고 있지요. 여치와 귀뚜라미는 매일 그곳에서 노래를 부릅니다. 이 사람, 옌 아저씨의 모든 소설은 이유를 알 수 없지만 들판의 무덤 언덕 같습니다. 황량한 들판 같지요. 사실 그의 소설이 갖는 장점을 얘기하자면 아무리 좋게 말해도 마을 하나에 지나지 않습니다. 우리 마을의 사람과 땅과 집들이 끝없이 이어지는 장한가長恨歌가 바로 그의 소설입니다. 사실상 분명하게 말하자면 나무 한 그루와 풀 한 포기, 사람 한 명이 한데 어우러진 태평소 장송곡이라고 할 수 있지요. 사람 한 명이 태평소를 불면서 연 장례용품점 '신세계'였습니다. 이는 옌롄커 아저씨가 한 말이지 제가 한 말이 아닙니다. 따라서 우리 집에서 연 장례용품점은 그의 글쓰기 전체의 시작과 과정, 결말과 같다고 할 수 있습니다. 우리 집에서 아버지와 엄마, 그리고 제가 하는 모든 말과 행동이 그 책 속에 들어갑니다. 모두 그의 책 속에 있는 일과 사람들보다 훨씬 더 훌륭하지요. 안타깝게도 우리 아버지는 글을 모릅니다. 안타깝게도 우리 엄마 역시 글을 모릅니다. 안타깝게도 저 녠녠은 글을 쓰지도 못하고 말도 하지 못합니다. 마침내 글을 쓰지 못하니 옌롄커를 써먹을 데가 없다고 생각하게 되었지요. 우리 마을에 어째서 작가가 이 사람밖에 없는 걸까요? 결국 그의 책을 읽는 수밖에 없었습니다. 고구마를 좋아하지 않지만 고구마를 먹을 수밖에 없는 것과 같았지요. 집에 고구마밖에 없었기 때문입니다. 푸짐한 산해진미를 좋아하지만 거친 잡곡밖에 없었습니다. 그 거친 잡곡밖에 없기 때문에 뤄양이나 정저우, 광저우, 베이징, 상하이 같은 데서 살고 싶지만 가오톈에서 이 차가운 동굴로 들어오는 수밖에 없었습니다. 그리고 동굴에서 다시 가오톈진으로 돌아가지요. 가오톈은 가오톈이고 동굴도 동굴일 뿐입니다. 이 차가운 동굴 안에 시신 기름통이 쌓여 있습니다. 그의 소설처럼 끝도 없이 펼쳐져 있지요. 황당하게 춥고 죽음처럼 적막했습니다. 시작도 없고 끝도 없이 사흘 밤낮, 백날 밤낮을 옮겨도 그 동굴 안을 깨끗이 비울 수 없을 것 같았습니다. 저는 그 시신 기름통을 끝없이 쌓여 있는 기름통 옆에 쌓아놓았습니다. 수레를 시신 기름통과 마주 보게 세워놓고 기름통을 허공에 높이 들어올려 가볍게 밀면 부드럽게 미끄러져 수레에서 내려오지요. 탕 하는 소리와 함께 그 끝없이 쌓여 있는 기름통 옆에 자리를 잡습니다. 사람 하나가 뛰어내려 대열 속에 자기 자리를 잡아가는 것 같았습니다. 옌롄커 아저씨의 책 속에 이야기 하나가 추가되는 것처럼 그 대열에 대원이 한 명 늘어난 것 같았습니다. 조금씩 늘어나 엄청난 규모와 기세를 자랑하게 되는 것이지요.

기름통끼리 부딪치는 소리는 매끄러우면서도 무거웠습니다. 동굴이 그 소리를 삼켰습니다. 굶주린 늑대의 포식 같았습니다. 맑고 경쾌하면서도 끝이 없는 소리였지요. 동굴이 또 고요함을 회복했습니다. 기름통들은 또 한 무더기씩 죽은 기둥이 되어버렸습니다. 제가 그 동굴을 떠날 때, 청개구리 한 마리가 제 발 옆으로 튀어나왔습니다. 박쥐가 동굴의 불빛 속을 날아다녔습니다. 물에 젖은 거미가 동굴 벽과 기름통들 틈새를 바삐 기어오르고 있었습니다. 청개구리와 박쥐와 거미는 제가 가지 말기를 바라는 것 같았습니다. 제가 가더라도 등불은 끄지 말아주기를 바라는 것 같았습니다. 자신들을 이 어둠과 습기와 기름 속에 남겨두지 말기를 바라는 것 같았습니다. 하지만 저는 등불을 끄지 않을 수 없었지요. 그곳을 떠날 수밖에 없었습니다. 외부 세계는 이미 전부 몽유하기 시작했습니다. 제가 불을 끄지 않고 떠났다가 만에 하나 우리 아버지와 엄마도 몽유하게 되면 어떻게 하나요?

등불을 껐습니다. 문을 닫았습니다. 쾅 하고 문이 닫히는 칠흑같이 어두운 소리가 동굴 안에 울렸습니다. 그 소리는 저수지 제방의 세계에 부딪혔습니다. 달빛은 물처럼 부드러웠습니다. 밤의 어둠과 죽음 같은 적막은 동굴과 다르지 않았지요. 저는 차가운 동굴을 나와 그 자리에 서서 옌롄커 아저씨가 세 들어 있는 집 쪽을 바라보다가 그 집 창문에서 새어나오는 불빛을 따라 진으로 돌아왔습니다.

새들이 그곳에 알을 낳았다

1. 23:00~23:41

무더운 밤이었습니다.

열기가 모든 문과 창문 틈, 마을과 집에서 삐져나왔습니다.

제방을 벗어나 댐 아래에 있는 도로 위는 만터우를 찌는 방으로 돌아온 것 같았습니다. 진의 거리로 들어오니 찜통 안에 들어온 것 같았습니다. 사방에서 쿵쿵 움직이는 소리가 났지요. 갑자기 밤새 들이 우는 소리가 꿈에서 너무 더워 깨어난 것 같았습니다. 우는 소리에는 땀 냄새도 배어 있었습니다. 두렵고 불안한 미혹의 냄새 도 담겨 있었지요. 진 밖에서 나부끼며 노래하고 춤추던 귀뚜라미 들이 진에 이르러서는 숨을 들이마시며 아무런 소리도 내지 않았 습니다. 마등馬燈*과 손전등 빛이 제 앞쪽으로 스쳐 지나갔습니다. 발걸음 소리가 이따금 제 앞쪽으로 달려가고 있었습니다. 진에 무

---

* 말을 타고 밤길을 갈 때 바람과 비를 막을 수 있도록 손에 들고 다니는 석유등.

슨 일이 생긴 것 같았습니다. 빛과 발걸음 소리가 멀어지자 또다시 적막이 겨울에서 여름에 이르는 것처럼 깊고 멀어졌지요. 청나라에서 명나라까지 간 것 같았습니다.

저는 길목에서 또다시 등불과 등불 사이를 다급하게 움직이는 사람들의 모습을 보고만 있었습니다. 사람들이 우리 가게 안에서 나왔습니다. 누군가 또 부고를 전하면서 화환을 주문하러 온 것이었지요. 또 장례용 지찰 한 세트와 부장품을 주문했을 겁니다. 제가 문을 밀고 들어가자 아버지가 고개를 들어 저를 쳐다보면서 또 한 사람이 죽었다고 혼잣말하듯이 중얼거렸습니다.

"어떻게 몽유하면서 물을 길러 가서는 우물에 빠져 익사하지? 게다가 몽유하다가 우물가로 가서 물을 긷는 사람이 있다니! 정말 희한하게 죽었다니까! 몽유하면서 물을 길러 갈 수 있는 건가?"

아버지의 손에 들려 있던 칼이 대나무 막대를 두 쪽으로 쪼갰습니다. 막대는 이내 네 쪽이 되었다가 여덟 쪽이 되었지요. 손목만 한 두께의 푸른 대나무가 젓가락 크기의 대오리 한 묶음으로 변했습니다. 넓적한 당면 같은 대오리가 되었지요. 아버지는 다리에 낡은 신발창 하나를 묶었습니다. 대나무와 칼이 신발창 위를 유영했습니다. 쩍쩍 대나무 갈라지는 소리가 났지요. 엄마는 아무 소리도 내지 않았습니다. 조용히 색종이를 오리고 있었거든요. 아주 꼼꼼하게 종이꽃을 접었습니다. 풀로 붙이고 손가락으로 접으면 엄마 손에서 종이꽃 한 송이가 피어났습니다. 밀가루 풀의 익숙한 향기와 대나무의 맑은 냄새가 퍼졌습니다. 여기에 분주하게 움직이는 아버지와 엄마의 몸에서 나는 뜨거운 땀 냄새가 더해졌지요. 이리하여 새로 만든 화환 냄새가 되었습니다. 부장하게 될 지찰 냄새도

146

더해졌지요. 방 안이 온통 이런 냄새로 가득했습니다. 온 세상이 이런 냄새였습니다.

"오늘만 다 합쳐서 다섯 명이 죽었어."

저는 문가에 서서 아버지를 바라봤습니다.

"여섯 명이란다."

엄마가 고개를 돌리면서 아버지 대신 말했습니다.

"바빠서 미치겠네. 미치겠어!"

아버지의 목소리가 커지기 시작했습니다.

"죽음이 왕성해진 시기인 데다 몽유의 밤이 더해져 내일은 열 집, 아니 스무 집이 화환을 주문하러 올지도 몰라."

엄마가 손을 무릎에 올려놓고 쉬고 있다가 놀란 표정을 지으며 고개를 돌려 등 뒤 벽에 걸려 있는 시계를 쳐다봤습니다. 시계가 일찌감치 멈춰 있었다는 것을 확인하게 되었지요. 시침과 분침 모두 가장 더운 한낮에 멈춰 있었습니다. 저는 손이 닿는 대로 문을 닫아걸었습니다.

"동굴에 빈 통이 얼마 안 남았어요. 빈 통을 더 사서 준비해둬야 할 것 같아요."

이렇게 말하면서 저는 소에게 물을 먹이듯 시원한 물을 한 잔 마셨습니다.

"화장장 소각로에서 일하는 쥐안즈가 몽유하고 있대요. 탈곡장 하나를 공동으로 쓰는 세 가구가 전부 몽유하고 있대요."

말을 이으면서 아버지 곁으로 다가간 저는 대오리 한 다발을 안쪽으로 밀어놓고 그 자리에 앉았습니다.

"아직 졸리지 않지? 졸리지 않으면 가서 금박지 좀 접도록 해라.

두 집에서 사람이 죽어 곧 물건을 가지러 올 거야. 예전에는 사람이 죽고 이틀이 지나서야 화환이나 지찰을 사러 왔는데 요즘은 하룻밤만 지나면 찾아온다니까. 당장 이것들을 만들어달라고 조른단 말이야. 오늘 사람이 죽으면 내일 바로 묻어버리는 격이지."

아버지는 말을 하고 가면서 가게 문을 열었습니다. 시원한 바람이 들어오게 하려는 것이었지요. 하지만 가게 문을 열자 바람은 들어오지 않고 가게 안의 불빛만 퍼져나갔습니다.

"아버지, 제가 몽유하게 된다면 어떤 모습일까요?"

"네가 마음속으로 생각하는 모습의 몽유를 하게 될 거야."

"저는 책을 읽고 싶어요."

"그럼 너는 꿈속에서 책장을 넘기고 있을 거다."

"언젠가는 반드시 이 마을과 진을 떠나고 싶어요."

"어디로 가고 싶은데?"

"모르겠어요. 어쨌든 떠나고 싶어요."

"그렇다면 절대로 몽유를 해선 안 된다. 몽유하다가 집을 떠나 어딘지도 모르는 곳으로 가게 될지도 모르니까 말이다."

"저는 우리 마을의 옌렌커 아저씨처럼 말로 이야기를 전하고 이야기를 글로 써서 많은 원고료를 벌고 엄청난 명성을 얻고 싶어요."

아버지는 저를 한참이나 쳐다봤습니다.

"금박지나 접어라. 옌씨가 작가로 나설 수 있었던 것은 옌씨 집안의 운명이 그랬던 거야. 옌씨 집안의 묘지에 몇 세대에 걸쳐 일찌감치 문맥文脈을 묻어놨기 때문이라고. 우리 집안에는 그런 문맥이 없어. 우리 집은 그저 이 장례용품점이나 잘 경영하면 되는 거야. 산 사람들에게는 좀 미안하더라도 죽은 사람들에게 떳떳하면 되는 거라고."

아버지의 목소리는 허공에 흩날리는 것 같았습니다. 일정하지 않은 방향으로 유유히 움직였습니다. 방금 화환 맨 위에 붙인 커다란 꽃 한 송이의 녹색 잎이 보이지 않았습니다. 문을 열고 닫을 때 불어온 바람에 어디론가 날아가버린 것 같았습니다. 아버지는 여러 화환 밑을 기어다닌 끝에 그 잎을 찾아냈습니다. 녹색 잎을 다시 그 화환에 붙여놓았지요. 엄마는 이미 색종이 한 묶음을 다 접은 터였습니다. 갖가지 종이꽃과 화환 위에 걸릴 나비와 새도 광주리 하나 가득 오려놓았지요. 이걸 허벅지 옆에 놓으니 상서로운 구름과 한 무리의 학처럼 보였습니다. 엄마는 아무 말 하지 않고 그렇게 종이를 오려 붙였습니다. 종이를 접어 손가락으로 누르고 있었습니다. 이런 작업을 다 마친 엄마는 다리를 가지런히 한데 모으고 허리를 폈습니다. 그런 다음 팔을 공중으로 들어올려 한참 동안 쭉 펴고 있었지요. 그러다가 팔을 내리면서 긴 한숨을 내쉬었습니다.

저는 또 오래된 신문지 같은 엄마의 표정을 봤습니다.

그 표정에 놀라 얼른 고개를 돌려 아버지의 얼굴을 쳐다봤습니다.

"엄마를 좀 자게 해. 깨어 있으면 네 엄마가 어떤 모습일지 모르니까 말이야. 조금 있으면 또 사람이 죽을 거야. 시간이 조금만 지나면 사람이 죽으니 오늘 밤과 내일 사이에 도대체 얼마나 죽을지 모르겠다."

이렇게 말하는 아버지의 표정은 무척이나 따스하고 온화하고 부드러웠습니다. 아주 오래전에는 엄마를 바라보는 아버지의 얼굴에서 이런 표정을 거의 찾아볼 수 없었습니다. 하지만 나중에 제가 아들로 태어나자 아버지는 엄마에게 이런 낯빛을 보이기 시작했지요. 얼마 후 제가 두 살이 되도록 말을 못하자 마을 사람들은 제가 바보이거나 모자란 아이일지도 모른다고 말했습니다. 그러자 아버지 얼굴에서는 또다시 이런 표정을 볼 수 없었지요. 그러던 어느 날 아버지는 가게의 화환과 지찰을 전부 갈기갈기 찢어버리고 바닥에 던져 짓밟았습니다. 주방 도구도 전부 꺼내 벽에 내던지고 때려 부쉈지요. 엄마가 아버지를 향해 소리를 질렀습니다.

"업보야, 업보! 죗값을 받을 거라고요!"

아버지가 엄마의 뺨을 세차게 후려쳤습니다. 엄마는 저를 껴안고 방 안에서 울었지요. 아버지는 또 자기 머리를 벽에 박았습니다. 그렇게 울고 박고 또 박고 울기를 반복하던 아버지는 서서히 엄마에게 다시 그런 표정을 보이기 시작했습니다. 지금 저는 또다시 아버지의 그런 편안한 낯빛을 보게 되었습니다. 아버지의 따스한 표정은 가을날 모든 나무가 말라 시들고 있을 때 어느 들풀에 꽃이 피는 것 같았습니다. 아버지는 엄마에게 다가가 얼굴 위로 흘러내린 머리칼을 머리 위로 넘겨주기도 했지요.

"네 엄마가 몽유하는 모습은 그리 추하지 않았어."

이렇게 말하면서 아버지는 빙긋이 웃었습니다.

"나랑 네 엄마가 너한테 동생을 하나 만들어주는 것도 너무 늦진 않았을 거야. 하느님이 아무리 못됐다 해도 우리 집안 아이 모두 업보를 치르게 하거나 바보가 되게 하진 않을 테니까 말이야."

이것은 제게 한 말이기도 하고 방 안에 가득한 장례용품들에게 하는 말이기도 했습니다. 이런 말을 하면서 아버지는 그 종이 잎을 커다란 꽃 위 원래의 자리에 갖다 붙였습니다. 그러고는 벽 아래에 쌓여 있던 화환들을 가게 문 앞 빈 공간으로 옮겼지요. 바로 이때, 저와 아버지는 누군가 큰길 사거리 입구에서 외치는 소리를 들었습니다. 그 외치는 소리는 열린 수문에서 쏟아져 나오는 물처럼 급박했습니다. 솥 안에서 부글부글 끓다가 넘쳐흐르는 것 같았습니다.

"왕얼거우王二狗, 너 어디 가서 죽은 거야. 아버님이 몽유하고 있는 거 알아? 아버님이 몽유하다가 다른 영감들이랑 상의해 서쪽의 큰 수로에 뛰어들어 자살한 거 아냐고? 왕얼거우, 아버님이 돌아가셨는데 넌 아직도 어느 집에서 노름하느라 집에 안 돌아오고 있는 거야? 하느님은 어째서 너를 노름하다 죽게 만들지 않고 아버님을 죽게 하신 거냐고?"

어느 여인이 울부짖는 소리였습니다. 쉰 목소리로 거칠게 토해내는 외침은 길거리에서 팔뚝 굵기의 대나무를 쪼개는 소리 같았습니다. 여인은 울부짖으면서 두 발로 뛰어오르려는 것 같았습니다. 길가의 지면이 발을 딛지 못할 정도로 뜨겁게 타고 있는 것 같았지요.

"왕얼거우, 내가 세 번 더 불러도 안 나올 거면 차라리 그 집에서 죽어버려. 노름판에서 죽어 네 목숨으로 아버님 목숨을 바꿔오란 말이야. 그러면 넌 이생에서 효도를 다한 셈이 될 거야. 왕얼거우, 얼른 서쪽 수로로 가서 아버님을 좀 구해줘. 왕얼거우, 아버님이 다른 몇몇 영감님과 함께 강물에 뛰어들어 돌아가신 거 알아? 왕얼거우, 아버님이 돌아가셨지만 너는 아직 죽으면 안 된다고."

여인은 울부짖음을 그치고 몸을 돌려 집으로 돌아갔습니다. 그녀를 보기 위해 거리에 나온 행인들을 그대로 남겨두고 가버렸습니다. 어차피 그녀는 그곳에 서서 이미 충분히 울부짖었으니까요. 이 세상을 향해 부고를 전한 셈이지요. 남편이 들었는지 못 들었는지 여인은 알지 못했습니다. 남편이 집에 돌아오든 말든 신경도 쓰지 않았지요. 여인은 혼자 황급히 집으로 돌아갔습니다. 남쪽을 향해 걸어갔지요. 시아버지의 후사를 마무리하려는 것이었습니다. 잠도 자지 못하고 거리에 남아 있던 사람들은 사거리 입구에 멍하니 서서 이러쿵저러쿵하며 의론을 주고받고 있었습니다. 무더운 날씨에 대해 이야기하고 있었지요. 또 여러 사람이 몽유하다가 서쪽 수로에 몸을 던져 자살한 얘기를 하고 있었습니다. 모두들 집에 돌아가 잠을 자진 말자고, 잠을 잤다가는 몽유하다가 죽을지도 모른다고 말했습니다. 저랑 아버지는 가게를 나와 길가에 서서 울부짖다가 가버린 그 며느리를 바라봤습니다. 꿈의 한 장면을 보는 것 같았습니다. 막 사거리 쪽으로 가서 그곳에 있는 사람들과 이야기하려던 차에 사람들 틈에서 중년의 남자 하나가 불쑥 나오더니 쿵하고 우리 아버지 바로 앞에 섰습니다.

"톈바오, 자네 여기 있었군. 자네 가게 화환은 다 팔렸나? 우리 이웃집의 일흔도 안 된 하오郝 영감이 서쪽 산기슭 밑에 모여 한담을 즐기던 다른 노인들과 함께 전부 몽유 중에 강물에 뛰어들었다가 사람들에 의해 구조됐네. 물에서 나온 사람들은 모두 잠에서 깼지만 또다시 잠들고 말았네. 노인은 잠이 들자 또다시 몽유하게 됐지. 그러고는 꿈속에서 자신이 불치병에 걸려 더 살아봤자 아들딸에게 부담만 줄 테니 차라리 죽는 게 낫겠다고 말했다네. 그러더니 정말로 꿈속에서 살충제인 디디브이피를 마셨다네. 몇 년 동안 감춰두었던 것이었지. 그동안은 감히 마실 용기가 나지 않았지만 몽유하면서 아들딸을 위해 마셔버린 거야. 물을 마신 것이나 다름없었네. 살충제를 마시자마자 몸이 오그라들더니 그 자리에 쓰러져 인사불성이 되고 말았지. 그렇게 꾸륵꾸륵 소리 내면서 죽어갔네. 그 집을 대신해서 큰 화환 세 개랑 작은 화환 두 개, 장례용 지찰 한 세트를 주문하고 싶어 자네를 찾은 걸세."

이런 말을 하던 중년 사내의 등불 아래 비친 얼굴은 오래된 탁자의 상판 같았습니다. 눈은 썩은 호박씨처럼 갈라진 틈새 모습이었지요. 그는 자고 있다가 방금 누군가가 깨워서 일어난 것 같았습니다. 아직 잠에서 완전히 깨진 않았지만 급한 일이 있어 손발을 재촉한 것 같았지요. 몽유하던 중에 아버지를 찾아와 이웃의 죽음을 알리면서 장례용품을 주문한 것 같았습니다.

"이웃이잖나. 이웃이니 내가 그 집 대신 후사를 처리해줘야지. 화장장에도 알려야 할 것 같네. 자네 아이 외삼촌에게 내일모레 화장할 때 우리 이웃 좀 잘 해달라고 전해주게. 하오 영감님은 정말 좋은 분이셨어. 우리 모두 하오 영감님께 잘해야 한다고. 영감님을 화장할 때 불길을 좀 세게 해드려야 하네. 그래야 유골이 더 잘게 부서질 테니까 말일세."

사내는 이렇게 말하고는 앞을 향해 걸어갔습니다. 우리 아버지는 가게 앞 불빛 아래 멍하니 서 있었습니다. 중년의 사내가 몸을 돌려 천천히 되돌아왔습니다.

"내가 부탁한 장례용품들 잘 기억하게. 우리 이웃집 영감님이 저세상 가실 때 썰렁해서는 안 된단 말일세. 그 좋으신 분께 우리는 정말 면목이 없어진다고."

이런 부탁을 하면서 다시 또 뭔가가 생각났는지 두 걸음 더 다가와 멈춰 선 사내는 우리 아버지와 반보쯤 떨어진 거리에서 들릴 듯 말 듯한 작은 소리로 말했습니다.

"톈바오, 자네 마누라 오빠가 시신을 화장할 때 사람 기름을 짜낸다고 하던데, 사실이 아니겠지? 사람 기름을 짜내 어디다 쓴단 말인가. 요즘은 콩기름 한 근도 겨우 10위안이고 참기름 한 근도 겨우 12위안에 불과한데 말이야. 설마 그 양반이 시신 기름을 식용유로 속여 시장에 내다 파는 건 아니겠지? 그 양반이 돈이 없는 것도 아닌데 그렇게 부도덕한 일을 하진 않을 거야. 3년 대기근 때처럼 사람이 사람을 잡아먹는 일이 그다지 대수롭지 않은 시기도 아니니까 말이야. 지금은 세도世道가 좋아져서 사람 기름을 먹는 것만으로도 정말 대단한 일일 거야. 마을 사람이나 진 사람들이 그런 사실을 알게 되면 그를 산 채로 때려죽여도 이상하지 않을 거라고. 당당하고 공공연하게 때려죽이진 못한다 해도 틀림없이 누군가 몰래 그를 죽이겠지. 이런 일은 나도 다른 사람들이 소곤대는 것을 들은 걸세. 나는 애당초 자네 마누라 오빠에게 그런 배짱이 있을 거라고 믿지 않았거든. 그런 배짱이 있었다면 진즉에 죽은 목숨이었겠지, 안 그런가? 사람이라면 모름지기 돈 때문에 시신 기름마저 내다 파는 일이 있어선 안 될 거야. 사람들이 그런 뒷공론을 해도 나는 믿지 않네. 나는 어릴 때 자네 마누라 오빠랑 같은 반에서 공부했거든. 내가 자네 마누라 오빠한테 우리 이웃을 대신해 시신을 소각할 때 바치는 예물에 관해 상의하면서 직접 대면해서 물어봤네. 톈바오 아우, 날 그런 눈으로 쳐다보지 말게. 나는 몽유하면서 잠꼬대를 하는 게 아니야. 단지 낮에 하루 종일 밀을 베었더니 죽도록 피곤해서 졸린 것뿐이라고. 간신히 잠 좀 들었는데 이웃이 달려와 깨우면서 자네 가게에 가서 장례용품을 대신 주문해달라고 부탁해 오게 된 걸세. 큰 화환 세 개랑 작은 화환 두 개, 그리고 지찰 한 세트 잊지 말게. 내일이나 모레쯤 돈을 가지고 와서 물건을 찾아가도록 하겠네. 난 이만 가볼 테니 잘 기억해두도록 하게."

그러고는 정말로 가버렸습니다. 멀리 사라지는 그의 뒷모습이 꿈속에서 흔들리는 그림자 같았습니다. 아버지는 줄곧 낡은 탁자 상판 같은 그 사내의 얼굴을 뚫어져라 쳐다보고 있었습니다. 가늘게 실눈을 뜨고 있는 썩은 호박씨 같은 그의 두 눈을 쳐다보고 있었지요. 아버지는 그가 몽유 상태에 있다는 것을 모르지 않았습니다. 몽유하면서 이웃집을 위해 후사를 돌보는 것이었지요. 살아 있는 사람이 몽유하면서 몽유하다가 죽은 노인을 위해 장례를 챙기고 있는 것이었습니다. 그렇게 높아졌다 낮아졌다 하는 그의 걸음걸이를 바라보고 있었지요. 바람에 나부끼는 것 같기도 하고 뛰어가는 것 같기도 했습니다. 말을 하면서 그는 우리 아버지에게 대꾸할 틈을 전혀 주지 않았습니다. 자기 할 말만 했지요. 몽유하는 사람 대부분이 그랬습니다. 고개를 숙인 채 걸으면서 뭔가를 할 때는 말을 하지 않았지요. 혹은 자기 말만 하면서 다른 사람이 듣든 말든 전혀 신경 쓰지 않았습니다. 저는 조금 전에 사거리를 뛰어다니면서 자기 남편을 찾으며 욕하던 여자가 생각났습니다. 그녀 역시 뛰어다니며 욕하거나 자기 할 말만 하면서 울부짖었지요. 그 여자도 꿈속에서 남편을 욕하면서 찾아다닌 것은 아니겠지요. 방금 화장장에서 장례에 쓰일 물품 목록을 전해준 중년의 사내와 마찬가지일 것입니다. 잠을 자고 있다가 누군가에 의해 깬 것입니다. 다시 일하려고 했지만 또다시 잠이 들었던 것이지요. 그렇게 또 자다가 또다시 하지 않으면 안 되는 급한 일을 한 것입니다.

몽유였습니다.

역시 몽유였습니다.

이미 수많은 마을 사람과 진 사람이 몽유 상태에 있었습니다.

저 앞 사거리 쪽에 서 있던 진 사람 중에도 어쩌면 누군가는 깊은 몽유에 빠져 있었을 것입니다. 어째서 남편을 찾는 여인이 가버렸는데도 그 사람들은 여태 사거리 쪽에 서 있는 것일까요? 우리 아버지는 사거리 쪽으로 걸어갔습니다.

"엄마를 잘 보살피도록 해라. 엄마가 몽유할 때는 거리에 나오지 못하게 해야 해."

아버지는 고개를 돌려 이 한마디를 던지고는 계속 걸어갔습니다. 불빛 아래서 아버지가 꿈속 그림자처럼 앞을 향해 걸어갔습니다.

사거리 입구에 이르러 아버지는 먼저 무슨 물건을 찾는 것처럼 몰래 사람들의 얼굴을 살폈습니다. 그러더니 그 열 명 남짓한 남자와 여자들 앞에서 놀라움을 금치 못했습니다. 아버지는 절반 가까이 되는 사람들의 얼굴이 모두 오래된 담벼락의 벽돌색인 것을 발견했습니다. 잿빛이었습니다. 마비된 듯한 얼굴이었지요. 누런빛과 무거운 잿빛이 섞여 있었습니다. 혹은 짙은 잿빛에 누런빛이 섞여 있었지요. 모두들 몽유하고 있었습니다. 모두들 몽유 상태에 있었습니다. 눈은 반쯤 뜨고 반쯤은 감은 것 같았습니다. 하지만 또 모두들 자신이 깨어 있다고 생각했지요. 사람은 자고 있지만 영혼은 깨어 있었습니다. 나머지 절반의 사람들은 몽유하고 있지 않았습니다. 그런데도 얼굴에 옅은 잿빛과 누런빛이 서려 있었지요. 눈도 뻣뻣하고 졸린 기운이 가득했습니다. 자고 싶지만 정신과 영혼이 버티고 있어 정말로 잠이 든 것은 아니었지요. 어쩌면 누워야만 죽은 것처럼 잘 수 있기 때문에 서서는 잠이 들 수 없었던 것인지도 모르겠습니다. 그래서 그들은 깨어 있으면서도 다른 사람들이 몽유하고 있다는 것을 알아채지 못했습니다. 뜻밖에도 바로 옆에 있는 사람 역시 사실은 이미 몽유하고 있었던 겁니다. 그렇게 모두들 사거리 쪽에 서 있었습니다. 어지럽게 흩어져 있었지요. 거리가 온통 소곤대는 소리로 가득했습니다. 머리 위 가로등의 누런빛은 혼탁한 물 같았습니다. 불빛이 사람들의 낯빛과 다르지 않았지요. 개 짖는 소리가 들렸습니다. 멀리서 걸어오는 발걸음 소리가 들렸습니다. 사거리 쪽에서 밤 고양이가 빠른 속도로 달려 지나갔습니다. 지나가서는 다시 발톱을 천천히 내려놓고는 뒤를 돌아봤습니다. 그러더니 재빨리 발톱을 세워 담장 위로 올라갔습니다. 그러고는 그 자리에 누워 거리에 있는 사람들과 진에서 벌어지는 일들을 내려다봤지요. 이 세상에서 이 밤에 일어난 일들과 그 결과를 내려다봤습니다.

고양이는 인간 세상의 일을 알지 못했습니다. 몽유가 어떻게 발생하는 건지 그 이치와 사정을 알지 못했지요. 잠시 후 녀석은 쥐를 잡으러 갔습니다. 아버지는 그 사거리에 잠시 서 있었습니다. 사람들 앞을 잠시 바라보다가 어떤 사람에게 몽유하고 있는 것 같으니 얼른 집에 돌아가 자라고 말했습니다. 또 다른 사람에게도 몽유하고 있는 것 같으니 어서 집에 가서 자라고 말했습니다. 하지만 아무도 아버지를 거들떠보지 않았습니다. 우리 아버지가 바로 앞에 있는 것을 아무도 보지 못하는 것 같았지요. 아버지는 또 맞은편 약방에서 일하는 젊은이의 어깨를 흔들면서 말했습니다.

"자네 눈꺼풀이 철판처럼 무거운 걸 좀 보게. 어서 가게로 돌아가 자도록 하게."

약방 젊은이는 어깨에 얹힌 우리 아버지 손을 내려 원래의 자리로 밀치면서 말했지요.

"저더러 자라고 하는 것은 몽유하라는 뜻이잖아요. 내가 몽유하면 우리 가게에 있는 물건들을 훔치려는 거지요?"

깨어 있는 사람처럼 아주 단호하고 분명하게 말했습니다. 아버지는 또 사거리 입구에 있는 선물용 차 가게의 가오高 주인장의 어깨를 흔들면서 말했습니다.

"정말로 잠을 자지 않은 모양이군? 자네 눈꺼풀이 한데 붙어 있는 걸 보라고."

가오 주인장도 아버지 손을 밀쳐냈습니다.

"왜 흔들어요? 내가 몽유하고 있다고 생각하는 건가요?"

아주 매서운 투로 말했습니다. 하지만 그의 눈길은 우리 아버지 얼굴에 모아져 있지 않았지요. 그는 다른 곳을 바라보고 있었습니다. 몹시 어둡고 무더운 밤을 바라보고 있었어요. 큰길 저쪽 끝의 희미하고 망망한 곳을 바라보고 있었습니다. 아버지는 금세 다시 고개를 돌려 앞에 있는 사람들을 향해 말했습니다.

"나는 나이가 많으니까 오늘 밤에는 모두 내 말을 들어야 해요. 가오톈진이 오늘 밤 집단적으로 몽유하고 있습니다. 우리 가운데 누구도 잠을 자서는 안 돼요. 일단 잠들면 몽유에 전염되기 마련이거든요. 몽유에 전염되면 무슨 일을 해야 할지 모르게 됩니다. 오늘 밤, 우리 모두 잠을 자지 말아야 합니다. 모두들 자기 집 가게를 지키면서 도둑맞는 일이 없도록 해야 합니다. 몽유 때문에 자신도 모르게 죽는 일은 없어야 합니다."

이리하여 모두들 차 가게 가오 주인장을 에워싸고 말했습니다.

"우리 모두 선생 말을 들을게요. 오늘 밤 모두 이 사거리에 남아 있다가 누군가 가게를 도둑질하려고 하면 다 같이 달려가자고요. 가서 가게를 지키고 사람들을 지키는 겁니다. 밤을 새우는 거예요."

하지만 또 그렇게 멍하니 밤을 보낼 수는 없다고 말했습니다.

"술을 마십시다. 술을 마시러 갑시다. 술을 마시면 밤을 새울 수 있어요. 몽유를 피할 수 있다고요. 많은 사람이 자고 있지만 우리는 깨어 있어야 합니다. 가게를 지키고 사람들을 지켜야 합니다. 만일 누군가 몽유 상태에서 가게를 약탈하려고 하면 우리가 벌떼처럼 몰려가서 지켜주는 겁니다."

그러고는 곧 가버렸습니다.

그렇게 해산했습니다.

모두들 어느 가게엔가 가서 맥주를 마시자고 했지만 절반은 각자 자기 가게로 돌아갔습니다. 누군가 쿵 하는 소리와 함께 쓰러지더니 뜻밖에도 길가에서 잠이 들었습니다. 누군가 가서 그 쓰러진 사람을 잡아끌었지요.

"자지 마요. 자면 안 된다고요."

그러더니 그 사람도 잠든 사람의 몸을 베고 누워 덩달아 잠들어버렸습니다.

사거리에는 우리 아버지 혼자만 남겨졌습니다. 아버지는 양떼가 산비탈 풀밭에 흩어지는 것처럼 사람들이 한순간에 흩어져 가버리는 모습을 바라보고 있었습니다. 덩그러니 홀로 남았습니다. 조용하고 쓸쓸했지요. 푸뉴산맥에 한 집도 살지 않는 것처럼 아버지 홀로 산 위의 마을 어귀에 서 있었습니다. 온 세상에 인가가 없는 것처럼 아버지만이 사거리 입구에 서 있었습니다.

밤이 깊었습니다. 아주 깊었을 겁니다. 적어도 이미 삼경은 됐을 것입니다. 11시 반이나 12시쯤 되었을 겁니다. 예전에는 이 시간이면 밤이 깊어 인적이 드물고 가오톈 전체가 깊은 잠에 빠졌습니다. 거리에서는 밤의 잠꼬대 소리도 들을 수 있었지요. 하지만 오늘은 밤이 깊고 인적이 드문데도 그 가느다란 고요함이 어슴푸레하지만 요란한 굉음으로 변했습니다. 그 굉음 속에는 삶과 죽음의 두려움이 감춰져 있었지요. 사거리 입구의 고요함 속에 잠시 멍하니 서 있던 아버지는 집으로 돌아왔습니다. 처음에는 걸음이 느리다가 나중에는 빨라졌습니다. 빨랐다가 다시 느려졌습니다. 마침내 장례용품점으로 돌아온 아버지는 엄마가 더 이상 몽유 상태에서 종이를 오려 화환을 만드는 것이 아니라 완전히 쓰러져 벽에 기대어 자고 있는 모습을 보게 되었지요. 몽유의 동적인 상태에서 정적인 상태로 물러난 것이었습니다. 아버지는 문 앞에 서서 잠시 생각에 잠겼습니다. 엄마를 끌어 일으키는 것이 마대 자루를 끌어당기는 것 같았습니다.

"자고 싶으면 자구려. 자다가 정말로 죽지만 않으면 돼."

이렇게 말하면서 아버지는 엄마를 부축해 계단으로 끌고 갔습니다. 엄마를 위층 방으로 데려가 편히 자게 하려는 것이었지요.

우리 집에는 방이 네 칸 있었습니다. 위층에 커다란 방 두 칸이 있고 아래층에도 커다란 방 두 칸이 있었지요. 위층의 방 두 칸은 거주용이고 아래층 두 칸 가운데 앞에 있는 방은 '신세계' 영업장이며 뒤에 있는 방은 주방 및 창고였습니다. 위층과 아래층을 연결하는 계단은 뒤쪽 벽 구석에 있었지요. 계단은 느릅나무로 되어 있었습니다. 느릅나무 판자에 붉은 칠을 한 것이지요. 지금은 칠이 다 벗겨져 거무스름한 나무판자만 보일 뿐입니다. 계단의 판자마다 한가운데가 닳아서 움푹 팬 자국이 남아 있었습니다. 엄마는 바로 그 움푹 팬 자국을 밟으며 잠을 자러 위층으로 올라갔지요. 엄마가 위층으로 올라가는 것을 보고서 아버지는 앞쪽 방으로 돌아와 서 있었습니다. 잠시 동쪽을 살피다가 다시 서쪽을 살펴봤습니다.

"넨넨, 넌 졸리지 않지? 졸리지 않으면 오늘 밤은 되도록 자지 않는 게 좋겠다."

아버지는 제게 이렇게 당부하고 나서 부엌으로 가 수도꼭지를 틀어 얼굴을 씻었습니다. 씻고 나오면서 제게 젖은 수건을 건넸지요.

"얼굴을 좀 닦고 나랑 같이 전에 살던 집에 좀 가보자꾸나. 누군가 몽유하다가 우리 집 문을 여는 일이 없도록 방비해야겠어."

이렇게 아버지는 집을 나섰습니다. 저를 데리고 거리로 나섰지요. 몽유의 밤 속으로 걸어 들어갔습니다.

2. 23:42~24:00

   아버지와 저는 앞뒤로 나란히 걸어갔습니다. 서로 한마디씩 주거니 받거니 하면서 아주 많은 이야기를 나눴습니다. 하지만 지금은 무슨 말을 했는지 정확히 기억이 나질 않습니다. 아마도 아버지는 제게 몽유가 두렵지 않냐고 물었던 것 같습니다.

   "저는 몽유해보고 싶어요. 하지만 하나도 졸리지 않네요."

   이상한 기운이 몸 위아래로 요동치고 있었습니다. 몇 년 전에 처음으로 뤄양에 있는 동물원에 가서 신선하고 기이한 세상을 봤을 때와 같은 느낌이었지요. 아버지는 오늘 밤 우리가 진에서 큰일을 맞닥뜨릴 것 같다고 했습니다. 죽음과 맞닥뜨릴 것 같다고 했습니다. 저는 오늘 밤만 지나면 괜찮을 거라고 했습니다. 동이 터오고 날이 새면 사람들도 모두 깨어날 것이라고 했지요. 밀을 베러 갈 사람들은 밀을 베러 갈 것이고 타작을 하러 갈 사람들을 타작하러 갈 것이라고 했습니다. 진의 상점에서 장사를 해야 하는 사람들은 장사를 하게 될 것이라고 했습니다.

이외에도 아주 많은 얘기를 한 것 같습니다. 하지만 또 무슨 말을 했는지 기억이 나지 않습니다.

터벅터벅 걸었습니다.

달빛은 확실히 물빛이었습니다. 하지만 그 물빛 속에는 예전처럼 밤의 한기가 올라오고 있지 않았지요. 그 물 같은 달빛은 쌀뜨물을 끓여낸 것 같았습니다. 부글부글 끓다가 아직 식지 않은 물 같았지요. 달빛이 땅을 찌고 있었습니다. 지면의 증기가 위로 올라와 흩어지고 있었습니다. 저 그리고 아버지의 얼굴과 등에서는 땀이 흘러내리고 있었습니다. 중앙 거리의 가장 번화한 곳에서 진의 서쪽 마을 방향으로 걸어가고 있었습니다. 길어야 2리밖에 안 되는 길이었지요. 2리 조금 넘는 길이었습니다. 예전에는 몇 걸음이면 순식간에 도착한다고 생각했는데 오늘 밤은 10리나 20리처럼 느껴졌습니다. 100리나 1000리처럼 느껴졌습니다. 길에서 저희는 먼저 집에서 오줌을 누지 않은 잠든 사람을 봤습니다. 아이처럼 문을 열고 나와 자신의 흉측한 물건을 쳐들고는 큰길에다 소변을 보고 있었습니다. 큰길은 몇 년 전 시멘트로 새롭게 포장된 터였지요. 시멘트 바닥에 쌓인 열기와 그 사람의 소변이 합쳐지면서 치직하고 뭔가 타는 소리가 났습니다. 그 사람은 또 소변을 보면서 혼잣말을 중얼거리기도 했지요.

"아, 시원하다. 시원해!"

하느님은 남자와 여자에게 이처럼 시원한 일을 주셨습니다. 그 사람은 방금 아내와 그 일을 마친 것 같았습니다. 그 일을 하다가 잠시 멈추고 소변을 보러 나온 것 같았지요. 소변을 다 봤으니 다시 침상으로 돌아가 그 일을 마저 해야 했습니다. 하지만 그 사람은 소변을 다 보고 아내가 아직 침상에서 자신을 기다리고 있다는 사실을 잊었습니다. 그는 뭔가를 생각해냈습니다. 생각난 그 일을 하러 가려고 했지요. 그는 몽유하는 길목으로 들어서려고 했습니다. 그 길 한가운데서 하늘을 바라보며 멍하니 서 있었지요.

"날이 밝은 건가? 날이 밝았으면 어머니에게 양고깃국 한 그릇을 사다드려야 해. 지금 사러 가면 아내가 알지 못할 거야. 좀 일찍 가서 가장 먼저 끓여낸 양고깃국을 사야겠어. 고기도 많고 기름기도 많을 테니까 말이야. 어머니가 며칠 양고깃국을 못 드셨다고 했지."

그는 바지를 추켜올리고는 진의 정거장 쪽을 향해 걸어갔습니다. 소고깃국을 파는 가게랑 양고깃국을 파는 가게가 전부 정거장 앞 도로 양쪽에 있었거든요. 그는 저와 아버지를 보고는 도로 한가운데를 가로지르면서 말했습니다.

"저기요, 날이 밝은 것 맞지요? 한밤중 같기도 하고 새벽녘 같기도 해서요."

아버지는 그 사람에게 가까이 다가가 얼굴을 자세히 살펴봤습니다.

"장차이張才잖아. 자네는 지금 몽유하고 있는 걸세."

"나는 날이 밝은 건지 아닌지를 묻고 있는 거야."

아버지가 장차이라는 사람의 어깨를 세게 내리쳤습니다. 장차이라는 사람은 잠시 몸을 휘청거리더니 갑자기 눈을 휘둥그레 뜨고는 고개를 가로저었습니다.

"내가 어째서 이 큰길에 나와 있는 거지? 뒷간에 오줌 누러 갔는데 어째서 이 큰길까지 달려온 거야?"

장차이라는 사람은 다시 몸을 돌려 집으로 갔습니다. 꿈에서 깬 것 같았습니다.

"내가 어째서 이 큰길에 있는 거지? 내가 어떻게 큰길까지 달려온 거야?!"

앞으로 좀더 가니 나이가 서른 남짓 되어 보이는 여자 하나가 낫을 들고 집 밖으로 걸어 나왔습니다.

"피곤해 죽겠네. 정말 피곤해 죽겠어!"

혼잣말하던 여자는 갑자기 낫을 길바닥에 내던졌습니다.

"애가 곧 나올 거 같아. 애가 곧 나올 거 같아!"

여자는 허리를 구부리고 쪼그려 앉았습니다. 땅바닥 위를 뒹굴 정도로 배가 아픈 듯했습니다. 저랑 아버지는 그 여자가 정말로 길거리에서 아이를 낳으려는 줄 알고 황급히 달려가 여자를 부축해 일으켰지요. 붉은 천 같은 그녀의 표정 속에 등불이 켜진 듯한 밝은 빛이 보였습니다. 하지만 말을 하거나 소리 지를 때는 눈을 감았습니다. 사람들을 취하게 할 정도로 아름답게 눈을 감고 있었습니다.

"댁은 지금 몽유하고 있어요!"

아버지는 큰소리로 외치면서 그녀를 흔들었습니다. 저와 아버지의 눈길이 그녀의 배에 모아졌습니다.

그녀는 정말로 임신을 했습니다. 배가 불러왔지요. 울룩불룩했습니다. 그녀는 얇고 넉넉한 꽃무늬 상의를 입고 있었습니다. 상의에 날염된 꽃과 나무가 전부 땀으로 젖어 있었습니다.

"어서 정신 차리고 집으로 가세요. 몽유하다가 배 속 아기에게 무슨 일이라도 생기면 안 되잖아요."

아버지가 그녀의 얼굴에 대고 큰소리로 외쳤습니다. 그녀는 정말로 꿈에서 깨어 멍한 표정을 지었습니다. 뜻밖에 웃음을 보이기까지 했습니다.

"톈바오, 나 이번에는 사내아이를 가졌어요. 앞서 낳은 셋은 전부 딸이었거든요."

말하면서 호호 소리 내어 웃었습니다. 웃으면서 그렇게 집으로 돌아갔지요.

이어서 그 임신한 여자의 이웃집 문이 열리는 소리가 들렸습니다. 버드나무 문이었어요. 삐걱삐걱 문 여는 소리가 허공을 찔렀습니다. 문이 열리더니 나이가 예순이 넘은 사람이 나왔습니다. 마르고 수척한 몸매에 머리는 백발이었습니다. 신발을 질질 끌고 있고 어깨에는 몹시 무거워 보이는 포대 자루를 메고 있었습니다. 포대 자루가 노인의 허리를 눌러 반쯤 구부려놓은 터라 몇 걸음 못 가서 위를 향해 어깨를 들썩이면서 쉬어야 했습니다. 노인은 가는 길 내내 투덜거렸습니다. 투덜거리는 소리가 포대 자루에서 흘러나오는 물 같았지요. 물이 노인의 발과 발바닥으로 흘러내렸습니다. 거리를 적셨습니다. 노인이 몇 집을 지나쳐간 뒤에야 우리는 노인의 등에 짊어진 것이 무엇인지 알게 되었습니다. 등에 그 물건을 짊어지고 뭘 하려는지 알 수 있었지요. 노인은 저 앞에 있는 류다탕劉大堂의 집을 향해 가고 있었습니다. 다시 쿵쿵 대문을 두드렸지요.

"다탕 형님, 문 좀 열어봐요."

"다탕 형님, 제가 십 몇 년 전에 빌린 밀 한 포대를 갚으려고 가져왔어요. 몇 년 전에 제가 이미 갚은 줄 알고 싸웠잖아요. 그런데 오늘 밤 꿈을 꾸다가 갚지 않았다는 게 생각났어요. 형님네 밀을 떼어먹으려던 게 아니라 정말로 잊어버렸던 거예요. 형님네 양곡을 떼어먹으려 했다면 저는 사람이 아니겠지요. 개나 돼지일 거예요. 어쩌면 개나 돼지만도 못하겠지요. 저는 양곡 한 포대를 떼어먹으려고 했던 게 아니라 정말로 잊고 있었던 거예요."

문이 열렸습니다.

두 노인이 대문을 사이에 두고 안팎에서 넋이 나간 표정으로 서 있었습니다. 문밖에 있던 노인이 잠시 멍하니 있다가 어깨에 멘 양곡 자루를 문 안쪽에 내려놓았습니다. 문 안에 있던 노인이 거칠고도 어색한 목소리로 말했지요.

"양곡 한 포대쯤이야 잊었으면 그만이지 뭘 그런 걸 가지고 그러나."

하지만 그 어색함이 갑자기 의아함으로 바뀌었습니다. 갑자기 주운 물건이 따뜻한 솜이 아니라 얼음덩어리인 것 같았습니다.

"자네 혹시 몽유하는 건 아니지? 얼굴이 온통 혼미한 게 눈도 제대로 못 뜨고 있잖은가. 칭산青山 아우, 들어와서 세면 좀 하게나. 어서 들어오게. 내가 물을 떠다줄 테니 얼굴을 좀 씻으라고."

노인은 가는 길 내내 줄곧 몽유하는 사람들과 마주쳤습니다. 어떤 사람은 아버지가 어깨를 두드려서 깼고 어떤 사람은 아예 아버지를 거들떠보지도 않았지만 아버지가 부르는 소리 속에서 서둘러 평탄하지 않은 길을 내달렸습니다. 남자도 있고 여자도 있었습니다. 스무 살 넘은 젊은이도 있고 일흔이나 여든이 넘은 노인들도 있었지요.

이렇게 대대적인 몽유가 시작되었습니다.

제4권 삼경: 새들이 그곳에 알을 낳았다 167

한밤의 고요함이 대규모 몽유의 소리를 마을 밖과 진 밖, 전체 산맥 사이로 전달했습니다. 진과 이웃한 산지 마을과 인가에도 전달했지요. 마을은 잠들어 있었지만 깨어 있는 것처럼 보였습니다. 진도 잠들어 있었지만 깨어 있는 것 같았지요. 세상이 밤의 어둠 속에 잠들어 있었지만 마치 깨어 있는 것 같은 몽유의 깊은 곳을 향해 다가가고 있었습니다. 저는 어떤 남자가 자기 집에서 몽유하면서 밖으로 나오는 것을 봤습니다. 몸에 실오라기 하나 걸치지 않은 채였습니다. 여름철이면 항상 밖에서 드러내고 다니던 상반신과 잠방이 하나만 걸치고 다녔던 다리가 어두운 밤처럼 시커맸습니다. 하얀 살은 일출 같았지요. 벌거벗은 몸으로 밖에 나가는데 그가 어디로 가는지는 알 수 없었습니다. 다급한 걸음이었습니다. 아무 말도 하지 않았습니다. 흉측한 물건이 두 다리 사이에 낀채 날아오르지 못하는 죽은 새처럼 흔들리고 있었습니다. 저는 그흉측한 물건을 보고는 놀라움을 금할 수 없었습니다. 두 눈이 그의 몸에서 눈길을 뗄 수 없을 정도로 아팠습니다.

"아버지— 아버지—"

저는 소리 지르면서 앞서가고 있는 아버지를 잡아끌며 우리 옆을 지나 골목으로 돌아 들어가는 그 알몸의 남자를 가리켰습니다. 아버지는 쿵 하고 제자리에 멈춰 섰습니다. 진의 거리가 아버지의 발을 빨아들여 세웠습니다.

"이보게, 자네 옷을 안 입고 있는 것 아나? 옷을 안 입고 있다는 걸 아느냐고?"

그러면서 뒤쫓아가 그 남자의 왼팔을 잡아당겼지요. 그 사람은 자기를 잡아당긴 아버지의 손을 한쪽으로 뿌리쳤습니다. 남자는 아무 말 하지 않고 고개를 푹 숙였습니다. 그러고는 여전히 그 골목의 어느 집을 향해 뛰어갔습니다.

　"자신이 옷을 안 입고 있다는 걸 알아? 자네 저 앞쪽 골목에 사는 장제張傑지? 자신이 옷을 안 입고 있다는 걸 모르나?"

3. 24:01～24:15

옛집은 아무 일 없다는 듯 여전히 안전하게 그 자리에 누워 있었습니다. 자물쇠는 새처럼 여름밤 속에서 잠을 자고 있었지요. 집은 여전히 집이었고 문도 그대로 문이었습니다. 담장 한구석에 있는 양곡 항아리 몇 개와 쥐들이 남기고 간 쥐똥 몇 알을 제외하고는 달라진 게 전혀 없었지요. 할머니의 초상은 평안하게 대청의 기다란 탁자 위에 놓여 있었습니다. 거미줄이 편안하게 벽 구석에 걸려 있었습니다. 등받이 없는 앉은뱅이 의자에는 먼지가 가득 내려앉아 있었지요. 의자에도 먼지가 가득 앉아 있었습니다. 문을 열자 먼지가 일더니 뜨겁고 부패한 공기가 춤추기 시작했습니다. 벽에 박힌 못에서 밀짚모자 떨어지는 소리가 났습니다. 발걸음에 반응하는 밤새 소리도 났지요. 마당에는 나무가 있었습니다. 오동나무와 백양나무가 사람들이 돌보지 않아 미친 듯이 자라 있었지요. 나무의 가장귀들은 길을 잘못 든 다리 같았습니다. 오래된 상자와 낡은 옷가지, 녹슨 삽과 낫도 있었습니다. 마당에 놀려둔 작두와 화분 속에서 말라버린 꽃도 있었지요. 여기에 우리가 돌아오는 길에서 끈질기게 달라붙었던 뜨겁고 부패한 냄새도 있었습니다. 아주오랫동안 집에 사람이 드나들지 않은 적막의 냄새도 있었습니다. 처량하고 차가운 냄새였습니다. 우리는 여기저기 둘러보고 살펴보다가 결국 밖으로 나와 우리 집 마당 안쪽으로 이어져 있는 옌씨네 뒷담 앞에 섰습니다. 그 담장의 벽돌은 아주 오래전부터 신선하지 않았지요. 새 벽돌과 기와에서 나는 유황 냄새가 나지 않은 지오래였습니다. 그의 집은 마침내 우리 집만 못해졌습니다. 처음에는 세 칸짜리 새집이었으나 지금도 그저 세 칸짜리 낡은 기와집일 뿐이니까요. 반면에 우리 집은 여전히 세 칸짜리 이층 건물이었습니다. 시대의 흐름이 그의 집을 이전처럼 훌륭하게 유지해주지 못했습니다. 세월이 옌롄커에게 더 이상 이야기를 쓰거나 말하지 못하게 한 것과 마찬가지지요. 게다가 지금은 진 서쪽 마을 사람들도 집집마다 모두 진 동쪽으로 가서 번화함을 샀습니다. 큰 집을 사고장사를 한 것이지요. 옌씨네 집만 이 공허하고 적막한 골목에 남아있었습니다. 상당한 명성을 누리고 있는 옌롄커는 매년 번화한 곳으로 가서 집을 사야 한다고 말했습니다. 하지만 그는 해마다 말만하고 사지는 않았지요. 어쩌면 그가 벌어들이는 원고료로는 부족했을지도 모릅니다. 어쩌면 자신의 인세와 원고료를 건드리는 것이 아까웠을지도 모르지요. 아무튼 그는 집을 사지 않았습니다. 어쨌든 옌씨네는 이미 돈이 많은 집이 아니었습니다. 우리 집이 그보다 돈이 훨씬 더 많았지요. 그가 책을 쓰는 것은 사람들이 모두 그책 속에서 살게 하기 위함이었습니다. 그에 비해 우리 집 장사는 사람들이 죽어 다른 세상에서 살게 하기 위한 것이었지요. 길은 다르지만 이르는 곳은 같았습니다. 같은 의미였지요. 우리 집은 장례용품점을 열어 장례용품을 팔았습니다. 마을과 진의 모든 사람이 누군가 죽기만 하면 장례용품과 수의를 사러 우리 집을 찾아와야 했지요. 이제 우리 집은 진의 부자가 되었습니다. 숲속의 커다란 나무처럼 부유해졌지요. 그런데도 이 옛집에 올 때마다 우리 아버지는 옌씨네 집과 옌씨네 담장을 바라보면서 한참을 그 자리에 서서 생각에 잠기곤 했습니다. 한참을 생각에 잠겨 있다가 옌씨네 벽돌 뒷담으로 가서 손으로 몇 번 두드려봤습니다. 몇 번 두드려보고는 다시 또 잠시 명상에 잠겼지요. 옌씨네 담장을 발로 걷어차기도 했습니다. 하지만 오늘 밤에는 옌씨네 뒤쪽 담장을 손으로 두드리지도 않고 발로 걷어차지도 않았습니다. 아버지는 담벼락을 손으로 가볍게 몇 번 톡톡 치고는 하늘을 올려다봤습니다.

"이 집은 아무도 농사를 짓지 않으니 몽유할 사람도 없겠군. 농사짓는 사람이 없으니 몽유할 사람도 없겠어!"

아버지의 얼굴에 의혹의 색깔이 번졌습니다. 눈에는 더 기다릴 수 없다는 조급함이 가득했지요. 아버지가 옌씨네 사람들이 몽유하기를 바라는 것인지는 알 수 없었습니다. 혹은 옌씨네 누군가가 몽유하게 될까봐 걱정하는 것인지도 알 수 없었지요. 아버지는 그렇게 옌씨네 낡은 벽돌담 아래서 기다리고 있었습니다. 조용히 듣고 있었습니다. 문밖 골목에서 누군가 다급하게 외치는 소리가 들렸습니다.

"누가 우리 어머니 못 봤어요? 우리 어머니 못 봤어요?"

"자네 어머니는 서쪽 산비탈 아래 강변에 계시더군. 노인 여럿이 그곳에 있더라고. 그곳에서 노인들은 강물에 뛰어드는 문제를 상의하고 있는 것 같더군. 하지만 길 가던 사람들이 뛰어들지 못하게 막았다고 하더라고."

큰 소리로 물어본 사람이나 대답하는 사람이나 다들 다급한 목소리였습니다. 외치는 소리와 발걸음 소리를 듣고서 아버지는 서둘러 문 앞에 가서 섰습니다.

"아무래도 베이제北街의 광주光柱가 자기 어머니를 찾는 거 같군……."

아버지는 이렇게 혼잣말을 하면서 양광주의 뒷모습이 담장 모퉁이를 도는 것을 봤습니다. 베인 나무가 계곡으로 쓰러지는 듯한 모습이었지요.

아버지는 잠시 머뭇거리다가 우리 옛집 문을 걸어 잠그고는 밖으로 나와 저를 잡아끌고서 양광주의 발걸음을 쫓았습니다.

저는 문득 다른 사람들이 얘기하던 아버지와 엄마의 결혼 1년 전 일이 생각났습니다. 무덤이 폭파되고 시신이 태워졌던 일이 생각났지요. 그 무덤이 바로 양광주의 할머니 무덤이었습니다. 그의 아버지는 사람들을 데리고 집안 묘지에 도착해 어머니의 시신이 폭파되고 살이 불에 탄 것을 보고는 뭐라고 한마디 욕을 내뱉었습니다. 욕을 다 하기도 전에 숨이 목구멍에 막혀 무덤 옆에 쓰러지고 말았지요. 뇌출혈이었습니다. 다시는 일어나지 못했어요. 하는 수 없이 폭파로 인해 푹 파인 그 무덤에 곧바로 묻어야 했습니다. 화장은 하지 않았습니다. 시신을 온전하게 땅에 묻었습니다. 매장을 마친 양광주는 손에 삽과 칼을 쥐고 아버지 무덤가에 쭈그리고 앉아 있었습니다. 밀고한 사람이 무덤가로 와서 몰래 훔쳐보고 정탐하기를 기다렸지요. 화장장 사람들이 다시 묘지로 몰려와 무덤을 폭파시키고 시신을 불태우기를 기다리고 있었습니다. 그는 폭약으로 제조한 폭탄을 자기 허리에 묶고 만부득이하면 폭탄을 터뜨려 타버린 시신과 함께 폭발 속에서 죽기로 마음먹었습니다.

하지만 기다려도 오지 않았습니다.

하루가 가고 또 하루가 가도 오지 않았습니다.

한 주가 가고 또 한 주가 가도 오지 않았습니다.

한 달이 가고 또 한 달이 가도 오지 않았습니다.

그리하여 그는 허리춤에 비수를 꽂고 거리로 나가 울부짖었습니다.

"나는 우리 아버지 시신을 온전하게 조상 묘에 매장했으니 밀고한 네놈은 당장 화장장으로 가서 밀고하라. 내가 우리 아버지를 온전하게 양씨네 조상 묘에 매장했으니 밀고한 놈은 화장장으로 가서 또 밀고해보라고!"

그가 울부짖는 소리에 거리 전체가 조용해졌습니다. 쥐 죽은 듯이 고요해졌지요. 마을 전체가 죽은 듯이 고요해졌습니다. 진과 세상 전체가 죽은 듯이 고요해졌습니다. 아무도 밀고하지 않았습니다. 또다시 그의 집 묘지를 찾아가 무덤을 폭파하거나 시신을 태우는 사람은 아무도 없었습니다. 그렇게 하루가 지나고 한 주가 지났습니다. 한 달 또 한 달이 지났지요. 하루 또 하루, 한 주 또 한 주, 한 달 또 한 달이 가도록 그는 산토끼 한 마리가 들판에 쪼그리고 있는 것처럼 무덤을 지키고 있었습니다. 그리고 마침내 집으로 돌아왔지요. 결국 그는 마을과 거리에서 쓸쓸하게 울면서 외쳤습니다.

"밀고한 놈, 어서 이리 나와라. 한 달 또 한 달 하염없이 기다리게 하지 말란 말이야. 네놈이 나오면 너를 때리지도 않고 욕하지도 않겠다. 너랑 싸우지도 않겠다. 다만 왜 밀고했는지만 말해주면 돼. 나는 그냥 네가 누구인지, 왜 밀고했는지 알고 싶을 뿐이라고. 마을과 이웃들 사이에 대대로 이어져온 인정이 어떻게 밀고의 대가로 받는 그 몇백 위안밖에 안 되는 돈에 무너졌는지 알고 싶을 뿐이라고."

그가 큰소리로 외쳤습니다.

"밀고한 놈 어서 이리 나와봐. 어떤 놈인지 좀 보자."

그가 울면서 말했습니다.

"어서 나와봐. 어떤 놈인지 좀 보자고. 네놈이 누군지 좀 알려달라고. 우리 양씨 집안이 네놈에게 대체 무슨 죄를 지었기에 아흔이 넘은 우리 할머니가 돌아가신 뒤에 무덤을 폭파시키고 불을 붙여 천둥형에 처한 거냐고? 우리 아버지가 이 일 때문에 무덤에서 돌아가셨어. 돌아가셨을 때 연세가 겨우 예순을 넘긴 터였고 몸 위아래 어느 한 군데 병도 나지 않았단 말이야."

그는 이렇게 울부짖으며 마을 거리에 쭈그리고 앉아 있었습니다.

"어서 나와. 나오란 말이야. 네가 우리 집안에 목숨 두 개를 빚졌지만 그래도 네가 나오기만 하면 널 때리지 않겠다. 널 때리면 나는 사람도 아니야. 욕을 한마디 해도 나는 사람이 아니라 짐승이야. 개돼지라고. 널 때리지도 않고 욕도 하지 않을 거야. 말 한마디 하지 않을 거야. 내가 뭐라고 한마디 하거나 네 몸에 손을 대기라도 하면 나는 짐승이 되고 개돼지가 될 것이며, 밖에 나가 거리를 돌아다니다가 차바퀴에 깔려 죽을 거야. 화장장의 시신 운구차 바퀴에 깔려 죽으면 되겠네. 날 돼지머리처럼 번쩍 들어서 시신 운구차에 던져버리고 돼지머리를 태우듯이 화장장 소각로에 태워버려도 좋아. 내 유골의 재를 돼지 똥이나 소똥처럼 화장장 풀밭과 진흙탕에 뿌려도 좋아. 화장장 주변의 제방에 뿌려 물고기 밥이 되게 해도 좋다고. 하지만 넌 반드시 나와야 해. 나와야 한다고. 네가 누군지 알아야겠어. 그러니 어서 나와. 나오라고!"

그가 소리 지르고 있는 사이에 해가 졌습니다.

그가 소리 지르고 있는 사이에 또 해가 떴습니다.

그가 소리치고 울부짖는 사이에 하루 또 하루가 가고 해가 떴다가 지기를 반복했습니다. 한낮의 무더위가 마을의 거리와 대지 위에 남아 있었지요. 밤이 되면 어디를 가든 열기와 건조한 기운이 떠돌았습니다. 자정이 지나면 서늘해져야 하는데도 희끄무레한 열기와 건조한 기운이 거리와 세상에 만연해 있었습니다. 저 앞에서 발걸음 소리가 들려왔습니다. 뒤에서도 발걸음 소리가 들려왔습니다. 저 앞에서 사람의 그림자가 흔들리며 다가왔습니다. 우리 뒤쪽에서도 사람의 형체가 흔들리며 다가왔습니다. 저 앞 정丁자형 삼거리 어귀에도 서쪽을 향해 누군가 걸어가는 것 같았지요. 아주 다급한 모습이었습니다. 발걸음이 가볍게 허공을 나는 것 같다가 또 무겁게 땅을 내리찍는 것 같았습니다. 발을 높이 들었다가 무겁게 내려놓는 모습이 마치 길 위에 구덩이가 파여 있는 것을 발견한 듯했습니다. 하나 또 하나 구덩이가 이어져 있는 것 같았지요. 걸음을 옮길 때마다 발을 높이 들었다가 다시 무겁게 내려놓았습니다. 그 사람 뒤에 또 한 사람이 따라가고 있었습니다. 황망하고 다급한 모습이 뛰는 것도 같기도 하고 걷는 것 같기도 했지요. 게다가 따라가면서 소리를 질렀습니다. 그 소리에 수문이 열릴 때 세차게 솟구치는 물소리가 담겨 있었습니다.

"아버지 ─ 그 강가로 가시면 안 돼요. 아버지 ─ 강가로 가시면 안 된다고요."

이런 외침에 저와 아버지는 걸음을 멈췄습니다. 빠른 걸음으로 그 길 어귀에 다다라 보니 중년의 사내 하나가 서쪽 강가를 향해 가는 노인의 뒤를 쫓고 있더군요. 노인은 일흔이 넘은 것 같고 아들은 쉰이 좀 넘어 보였습니다. 노인을 뒤쫓던 아들이 아버지를 자기 품에 끌어안으면서 말했지요.

"아버지, 미쳤어요? 아니면 정신이 나간 거예요? 미쳤냐고요? 정신이 어떻게 됐어요?"

그는 노인을 반쯤 끌어안고 반쯤 부축해 다시 집을 향해 걸어가다가 저와 아버지 앞에 이르러 걸음을 멈췄습니다. 그러고는 우리 아버지를 쳐다봤습니다. 의사를 만나기라도 한 것 같았지요.

"톈바오, 옛집에 왔군. 우리 아버지가 정신이 나간 것 같지 않아? 잘 주무시다가 갑자기 일어나 문밖으로 나가시더라고. 아버지는 어머니를 찾으러 가신 거였어. 자네도 알다시피 십 몇 년 전에 어머니가 죽지도 않았는데 화장장에 억지로 끌려가 화장을 당하셨잖아. 그때 우리 어머니는 병원에서 링거 바늘도 안 뽑은 상태였다고. 의사는 아무래도 살릴 수 없을 것 같으니 화장을 당하지 않도록 살아 계실 때 얼른 모시고 가라고 했지. 그런데 누군지 모르지만 화장장에 전화로 밀고한 놈이 있었던 걸세. 화장장의 시신 운구 차량이 병원 문밖에서 기다리고 있으리라고는 꿈에도 생각지 못했지. 우리는 아직 매장을 할지 화장을 할지 구체적으로 생각해보지도 않았는데 어머니는 그렇게 화장장으로 끌려가고 말았네. 화장장으로 끌려갈 때까지는 아직 어머니의 심장이 뛰고 있는 상태였단 말일세. 사람이 산 채로 화장을 당한 거지. 이 일로 우리 아버지는 날마다 몽유하면서 어머니를 찾으러 가야겠다고 외치시는 걸세. 기필코 어머니를 찾아야 한다면서 말일세."

그 아들은 이렇게 말하면서 자기 아버지를 부축해 우리 앞을 지나갔습니다. 아버지는 또다시 그 자리에 서 있었지요. 그 자리에 몸이 굳어 있었습니다. 누군가 아버지의 얼굴을 한 대 후려치기라도 한 것 같았지요. 얼굴빛이 달이나 서리처럼 하얬습니다. 키가 작고 나이가 마흔이 넘은 아버지의 둥그스름한 얼굴은 쉰이나 예순처럼 기괴하게 굳어져 있었지요. 추위를 느끼는 것 같았습니다. 하지만 밤은 무척이나 더웠지요. 숨 막히는 더위였습니다. 아버지는 아무 말 하지 않고 추위를 느끼는 것처럼 그 자리에 서 있었습니다. 체구가 더 작아진 것 같았습니다. 더 왜소해졌습니다. 한밤중 길 위에 떨어진 먼지 한 톨처럼 작았지요. 대낮에 사람들의 발길에 밟힌 풀 한 포기 같았습니다. 얼굴에서는 몽유에 대한 분명한 인식이 막연함으로 바뀌고 있었습니다. 막막한 표정으로 제게 한마디 했습니다.

"집에 가서 엄마를 잘 돌보도록 해라. 나는 서쪽 하천 주변을 좀 살펴봐야겠다."

그러고는 진 밖 서쪽의 하천 쪽을 향해 걸어갔습니다.

진 밖을 향해 갔습니다.

제5권 사경·상

새들이 그곳에서 알을 품었다

1. 24:50～01:10

진의 거리로 돌아온 저는 몽유하는 사람들을 보고 놀라움을 금할 수 없었습니다. 처음에는 그나마 무척 조용했습니다. 그저 혼자 걸어가면서 사람들이 집 안이나 꿈속에서 이를 가는 소리를 들을 수 있는 정도였지요. 잠꼬대 소리도 들을 수 있었습니다. 가끔씩 제 앞뒤로 나는 듯이 빠른 걸음으로 스쳐 지나가는 소리도 들을 수 있었지요. 모든 사람이 몽유하면서 허둥댔습니다. 하나같이 다급한 모습이었어요. 땅바닥에 떨어진 바늘을 찾는 것처럼 그렇게 자세한 것들을 볼 수 있는 사람은 드물었습니다. 저는 어느 젊은이가 이발소 창문에서 튀어나오는 것을 봤습니다. 품 안에 안고 있거나 손에 들고 있는 것은 모조리 다양한 형태의 샴푸였습니다. 전기 이발기와 향비누, 세탁용 가루비누 등도 있었지요. 또 다른 사람도 있었습니다. 그는 거리에 서서 머리를 위로 쳐들고 목이 찢어져라 소리를 지르고 있었습니다.

"도둑이야— 도둑 잡아라—"

그가 소리 지르는 사이에 또 다른 사람이 양고기 가게 문을 부쉈습니다. 별다른 건 훔치지 못하고 양고기를 삶는 커다란 솥 하나를 머리에 이고 나왔지요. 도둑은 소리 지르고 있는 사람 앞으로 가서 솥을 내려놓았습니다. 그러고는 그 사람의 얼굴을 자세히 들여다보더니 소리 지르고 있는 사람의 뺨을 한 대 후려갈겼습니다.

그 사람은 더 이상 소리를 지르지 않았습니다.

세상이 조용해졌습니다.

뜻밖에도 두 사람은 형제인 양 함께 큰 솥을 들고 가버렸습니다.

몹시 이상한 일이었습니다. 이렇게 기이하고 이상한 세상이 되어버렸습니다. 원래 나이 든 사람들의 몽유는 죽음을 찾기 위한 것이었습니다. 장년들의 몽유는 밀을 베러 가거나 타작하러 가는 것 아니면 도둑질하러 가는 것이었지요. 이발소에서 물건을 훔치던 그 젊은이도 진 저쪽에서 이발소를 운영하고 있었습니다. 자기 가게가 이 이발소처럼 장사가 잘되지 않자 몽유 상태에서 찾아와 물건을 훔친 것이었습니다. 가게를 열어놓은 탓이기도 했습니다. 밤에도 가게 안에서 자는 사람이 없었지요. 뜻밖에도 황혼이 찾아오면 가게 문을 닫고 가버렸습니다. 세상을 믿고 가버린 것이지요. 저는 매달 어김없이 이 가게에 와서 이발을 했습니다. 이 집이 도둑맞은 뒤에 저는 창문에 기어 올라가 이발소 안을 들여다봤습니다. 이발소 안은 물건을 도난당했을 뿐만 아니라 대부분의 기물이 부서져 있었습니다. 벽에 있던 유리도 깨진 채 바닥에 널브러져 있었지요. 벽에 붙어 있던 각양각색의 헤어 모델 사진들도 마구 구겨져 바닥에 뒹굴지 않으면 찢어진 채 허공이나 벽 귀퉁이에 아슬아

슬하게 걸려 있었습니다. 스탠드 전등도 테이블 밑에 굴러다니고 있었습니다. 높이를 조절할 수 있는 이발용 의자도 테이블 다리 옆에 내동댕이쳐져 있었지요. 전기 드라이어는 원통이 납작하게 짓뭉개져 문 뒤에 떨어져 있었습니다. 천장에 매달린 형광등이 피곤해 죽겠다는 듯이 이 모든 것을 비추고 있었지요. 구름 사이를 애써 비집고 나온 해가 황량하고 썰렁한 대지를 비추고 있는 것 같았습니다. 세상은 이해 이달 이 밤에 바람이 불어 쓰러진 숲처럼 어수선했습니다. 나무가 뿌리까지 뽑히고 나뭇가지와 잎들이 전부 부러져 하얀 그루터기를 맴돌고 있었습니다. 길가와 밭, 모든 집의 문 앞 공터와 담장 모퉁이를 맴돌고 있었습니다. 온통 나뭇가지 조각과 너저분한 잎들, 바람에 휘날려온 땔나무와 비닐봉지 천지였습니다. 세상은 더 이상의 그 세상이 아니었습니다. 산맥도 더 이상 원래의 그 산맥이 아니었지요. 가오텐진도 더 이상 과거의 가오텐진이 아니었습니다. 이발소 창문에서 물러나 놀란 표정으로 서있던 저는 동쪽에서 사람 그림자 하나가 뒤뚱거리며 다가오는 것을 봤습니다. 서쪽에서도 누군가 뒤뚱거리며 다가오고 있었지요. 어떤 사람이 재봉틀을 어깨에 이고 제 옆을 뛰어서 지나갈 때 재봉틀에 걸려 있던 서양 실이 떨어졌습니다. 꼭 도둑이 토해내는 거미줄 같았지요.

또 어떤 사람이 텔레비전 수상기를 품에 안고 제 곁을 지나갈 때는 잠을 자면서 이를 가는 소리가 들렸습니다. 텔레비전이 아직 켜져 있는 듯한 소리였습니다.

저는 당혹스러웠습니다. 세상이 온통 도둑들의 세상으로 변한 것이었습니다. 몹시 불안했습니다. 엄마가 걱정되어 황급히 집을 향해 달려갔지요. 뜻밖에도 우리 가게가 있는 동쪽 거리의 모든 가게에는 불이 환히 밝혀져 있었습니다. 어떤 사람은 문 앞에 서서 한창 들떠 있는 거리의 상황을 주시하면서 자기 가게 문을 지키고 있었습니다. 또 어떤 사람은 큰 잔에 담긴 물을 들고서 의자를 가져다놓고 문 앞에 앉아 있었습니다. 물을 마시면서 부채질을 했지요. 의자 다리 옆에는 칼을 하나 놔두거나 몽둥이를 하나 세워두었습니다. 제가 다가가자 그들은 멀리서부터 눈을 비스듬히 뜨고 저를 주시하면서 칼이나 몽둥이를 슬그머니 집어들었습니다. 그러다가 저를 알아보고는 그제야 칼과 몽둥이를 내려놓았지요.

"너였구나, 리넨녠. 너는 거리를 돌아다니는 모습이 꼭 귀신이 날아다니는 것 같구나."

"자지 않고 어딜 가는 게냐?"

"이렇게 많은 사람이 몽유하고 있는데 집에서 엄마 아버지를 지켜드리지 않고 어딜 귀신처럼 돌아다니는 거야?"

집으로 돌아온 저는 우리 가게 문을 밀어 열었습니다. 가장 먼저 눈에 들어온 것은 뜻밖에도 예닐곱 개 더 늘어난 화환이었습니다. 가게 안이 화환으로 가득 차 있었지요. 놓을 공간이 없어 화환 몇 개는 다른 화환 위에 얹혀 있었습니다. 방 하나에 스무 개 내지 서른 몇 개의 화환이 겹쳐져 세워져 있었습니다. 여덟이나 열 가구가 한꺼번에 화환을 사고도 남을 양이었지요. 과거에는 진에서 같은 날 두 명 넘게 죽는 일이 아주 드물었습니다. 하지만 올해 이날 밤의 상황은 더 이상 과거와 같지 않았습니다. 오늘 밤 진에서 또 무슨 일이 일어날지 알 수 없었지요. 오늘 밤 대체 몇 명이나 죽을지 알 수 없었습니다. 이 방 안에 있는 화환이 애당초 충분하지 못할 수도 있었습니다. 방 두 칸 세 칸 가득한 화환이라도 부족했을 겁니다. 죽은 사람을 떠올렸는데도 저는 마음속에 어떤 두려움도 일지 않았습니다. 그저 한 가닥 희미한 공황과 불안이 있었을 뿐이지요. 그 방의 화환들 사이를 지나가면서 마음속으로 뜨거운 땀이 흐르는 것을 느낄 수 있었습니다. 몸에 흐르는 땀이 차갑게 식어 하얗게 변하면서 추위가 느껴졌습니다. 하지만 마음속에서는 뜨거운 땀이 솟아났습니다. 잘 익은 복숭아가 물속에서 삶아지면서 깨끗이 씻기는 것 같았습니다.

"엄마— 엄마—"

제가 큰 소리로 엄마를 부르면서 가게 안으로 들어와 전청前廳에 가득한 장례용품의 세계를 뚫고 지나가는 순간, 제 목소리는 계단 밑의 문 앞에서 굳어져버렸습니다.

엄마는 위층에서 자지도 않고 꿈을 꾸지도 않았습니다. 엄마는 방이 가득 차도록 화환들을 완성해놓고 계단 뒤에 있는 부엌으로 가서 차를 끓이고 있었습니다. 만두를 찔 때 쓰는 대형 알루미늄 솥에 물을 끓이고 있었지요. 솥 입구까지 물을 가득 채웠습니다. 가스로 물을 데우다가 물이 막 끓기 시작하자 솥 안에 찻잎을 넣었습니다. 엄마는 물이 가득한 그 솥에 찻잎을 얼마나 넣어야 적당한지 알지 못했습니다. 그래서 우선 조금만 넣었다가 또 얼마를 더 넣었지요. 그러고는 조금 더 넣었습니다. 그러면서 입으로는 솥에서 피어오르는 수증기를 호호 불어 내쫓고 있었습니다. 끓기 시작한 음식에 소금을 조금 넣는 것 같았습니다.

"엄마—"

저는 계단 뒤의 등불 아래 서서 부엌 쪽을 바라봤습니다.

"네 아빠는 어디 계시니?"

엄마가 고개를 돌렸습니다. 수증기 때문에 엄마 얼굴에는 물방울과 땀방울이 가득 매달려 있었지요. 그래서인지 얼굴에 촉촉한 홍조가 일었습니다. 광대뼈에 비친 빛은 누르스름했습니다. 잠을 자면서 꿈을 꾸느라 헝클어진 머리칼은 호미로 정돈하지 않은 풀 같았습니다. 표정은 오래된 책과 신문지가 젖은 천이나 붉은 천으로 변한 것 같았지요. 몸은 비스듬히 기울어져 있는 나무 같았습니다. 엄마는 분명히 고개를 돌려 제게 물었으면서도 제가 대답하기도 전에 다시 고개를 돌려버렸습니다. 제게 무얼 물었는지 잊어버린 듯했습니다. 엄마는 또다시 자기 꿈속으로 빠져들었습니다. 물이 끓고 있는 솥만 지켜보고 있었지요. 손가락으로 찻잎만 집어 솥 안에 조금씩 떨어뜨리고 있었습니다. 허난 신양信陽에서 난 차였습니다. 이웃집 농기구점의 뚱보 아줌마가 친정집에 갔다가 돌아올 때 가져와 우리 아버지에게 선물한 것이었지요. 뚱보 아줌마는 그 찻잎이 천당에서도 마실 정도로 좋은 것이라고 했습니다. 물 한 잔에 찻잎 몇 개만 떨어뜨려도 물 안에서 불면서 곧게 펴진다고 했지요. 잔 속에서 새싹이 한 무더기나 자라난 것처럼 보인다고 했습니다. 그렇게 우린 차를 마시면 피로가 싹 가시고 정신이 맑아진다고 했어요. 감기에 걸려 열이 날 때는 이 차를 여러 잔 마시면 감기가 뚝 떨어진다고도 했습니다. 중원 사람들은 이런 차를 거의 마시지 않았습니다. 푸뉴 사람들은 이런 차를 한 번도 마셔본 적이 없었고요. 한여름이 되면 푸른 대나무 잎을 물에 끓여 그 물을 마셨습니다. 그러면 더위를 이기고 화를 삭일 수 있었습니다. 염증을 가라앉히고 내열을 떨어뜨리는 효과도 있었지요. 하지만 뚱보 아줌마는 자신의 찻잎은 대나무 잎이 지닌 효능 외에도 다른 여러 효능을 함께 지니고 있다고 말하더군요. 게다가 정신을 맑게 해주고 졸음을 쫓는 효능도 있다고 했습니다. 졸릴 때 그 차를 한 잔 마시면 졸리지 않고 두 잔 마시면 졸음을 완전히 쫓을 수 있다고 했습니다.

정말로 그랬습니다. 한 잔 마시면 졸음을 쫓을 수 있었습니다.

두 잔을 마시면 밤새 잠이 오지 않았고요.

우리 가족은 모두 그 차를 마신 적이 있습니다. 한번은 그 차를 마시고 나서 밤새 잠이 오지 않아 날이 밝을 때까지 이야기를 나눈 적도 있었지요.

"누구든 졸음이 몰려올 때 이 차를 한 잔 마시면 금세 잠기가 달아나지. 이 차를 마시면 더 이상 잠을 자지 않아도 되고 몽유하는 일도 없어진다고."

엄마는 몽유하면서 몽유하는 일이 없을 거라고 말했습니다. 얼굴에 핀 미소가 춘삼월의 복숭아꽃이나 느릅나무 꽃, 아카시아 꽃 같았습니다. 엄마는 불 위에서 알루미늄 솥을 내려놓고는 차 항아리 두 개와 사발 세 개를 찾아냈습니다.

"가자! 문 앞에서 몽유하는 사람을 만나면 그에게 이 차를 한 잔 마시게 해."

저는 부엌 등불 아래 서서 꿈쩍도 하지 않았습니다.

"아버지가 엄마를 밖에 나가지 못하게 하라고 했어요. 엄마가 몽유하고 있으니 절대로 집 밖에 나가지 못하게 하라고 했단 말이에요."

저는 엄마에게 다가가 엄마 품에 있던 그릇을 건네받았습니다.

"엄마 먼저 한 잔 드세요. 한 잔 드시면 몽유에서 빠져나올 수 있을 테니까요."

엄마는 몸을 뒤로 약간 물리다가 오른쪽 팔꿈치를 뒤쪽 벽에 부딪혔습니다. 품에 안고 있던 항아리와 사발이 부딪치면서 쨍그랑 소리가 났지요.

"내가 몽유하고 있다고? 난 절대 몽유하고 있는 게 아니란다. 단지 화환을 만드느라 너무 피곤한 것뿐이라고. 머릿속이 물을 담은 것처럼 아주 맑단 말이야."

엄마는 이렇게 말하면서 사발과 항아리를 품에 안은 채 가게 문쪽으로 걸어갔습니다. 걸어가면서 소리 내어 웃었습니다.

"오늘 밤은 하느님이 우리 리씨 집안에 복을 내리신 게 틀림없어. 진 전체가 몽유하고 있는데 우리 집 사람들만 하지 않고 있으니 말이야. 몽유하는 사람들은 세상을 떠돌아다니는 귀신이고 몽유하지 않는 사람들은 깨어 있는 신이라고 할 수 있지. 깨어 있는 신들만이 떠돌아다니는 귀신을 도울 수 있어. 우리가 도와준다고 해서 그들이 뭔가 빚지는 건 아닐 거야. 그들이 몽유에서 깨어나면 나와 네 아빠 그리고 우리 가족 모두에게 감사한 마음을 갖게 되겠지만 말이야."

엄마는 이렇게 말하면서 걸음을 옮겼습니다. 발걸음이 춤추는 것처럼 가벼웠지요.

엄마의 말을 들으면서 저는 왠지 모르게 엄마의 다리에서 눈을 떼지 못했습니다. 교통사고 때문에 엄마는 평생 걸을 때마다 몸이 한쪽으로 기울었지요. 하지만 이번에는 다리를 절지 않는 것 같았습니다. 걸을 때도 몸이 한쪽으로 기울지 않았지요. 저는 놀라움을 금치 못하면서 재빨리 몸을 돌려 앞으로 두 걸음 다가갔습니다. 엄마가 가게 안에 가득한 화환들 틈새를 뚫고 지나가는 모습을 보니 정말로 절뚝거리던 다리가 길어진 것 같았습니다. 튼튼해진 것 같았지요. 기운이 넘치는 것 같았습니다. 아주 가볍게 몸을 지탱하면서도 몸이 오른쪽으로 기울지 않았습니다. 저는 너무 놀라 가게 안에 멈춰 섰습니다. 놀란 눈으로 엄마가 이리저리 탁자를 옮기면서 왔다 갔다 하는 모습을 바라봤지요. 엄마는 솥과 그릇을 들어 옮긴 다음 사발과 차 항아리를 문 앞 작은 탁자 위에 올려놓았습니다. 엄마는 등불 아래로 등받이 없는 앉은뱅이 의자를 끌어다놓고 앉았습니다. 엄마의 눈길이 거리를 훑고 있었습니다. 어떤 사람이 밀 몇 다발을 멜대에 싣고 엄마 쪽을 바라보면서 다가왔습니다. 멜대가 삐걱거리는 소리가 죽기 전 매미가 마지막 목청을 다하여 울어대는 것 같았습니다. 밀 다발이 허공에 흔들리며 오르락내리락하는 모습이 꼭 강 위에 출렁이는 배 같았지요.

"한밤중에 밀을 베느라 힘들었겠어요. 이리 와서 차 한잔 마셔요."

밀을 메고 가는 사람은 엄마를 거들떠보지도 않았습니다. 그렇게 엄마 앞을 스쳐 지나갔지요. 그저 엄마 앞에서 멜대를 반대쪽 어깨로 한 번 옮겨 멜 뿐이었습니다. 또 한 사람이 밀 더미 같은 보따리를 안고 엄마 앞을 지나갔습니다. 다급했는지 눈길도 돌리지 않았습니다. 숨만 헐떡이고 있었지요.

"이리 와서 차 한잔 마셔요. 한밤중인데 뭐가 그리 바빠요."

그 사람은 이쪽을 한번 쳐다보더니 걸음을 더 재촉했습니다. 도망이라도 가는 것 같았지요. 보따리 안에서 유리병이 하나 떨어져 길 한가운데서 요란한 소리를 내며 길가로 굴러갔습니다.

"물건이 떨어졌어요. 보따리에서 물건이 떨어졌다고요."

그 사람은 허리를 굽혀 물건을 줍지 않았을 뿐만 아니라 오히려 몸을 꼿꼿이 세운 채 내달리기 시작했습니다.

우리 엄마는 이상하다는 표정으로 그 사람이 달려가는 모습을 바라보고 있었지요. 가서 그 사람이 떨어뜨린 물건을 주웠습니다. 알고 보니 갓난아기에게 물리는 젖병이었습니다. 젖병과 함께 분유 봉지도 하나 떨어져 있었지요. 분유가 담긴 비닐봉지에는 통통하게 살이 오른 갓난아기의 얼굴이 인쇄되어 있었습니다. 젖병과 분유 봉지에 상표와 가격표도 컬러로 인쇄되어 있었습니다. 그걸 보고서 저는 어느 집 가게가 또 도둑을 맞았다는 사실을 알 수 있었어요. 도둑질한 사람의 집에 마침 젖병과 분유가 필요한 갓난아기가 있었던 것입니다. 저는 엄마에게 다가가 함께 길 한가운데에 섰습니다. 도둑질한 사람이 뛰어가는 모습을 바라보다가 다시 가게 문 앞에 내려놓은 솥 앞으로 돌아왔습니다.

저는 정말로 엄마가 걸으면서 다리를 절지 않는 것을 확인했습니다.

그렇게 심하게 절룩거리는 모습이 아니었습니다. 보통 사람들과 큰 차이가 없었습니다. 그때가 몇 시쯤이었는지는 알 수 없었습니다. 아주 깊은 밤이거나 그리 깊지 않은 밤이었을 겁니다. 거리는 들판이나 강가와 달리 여전히 무덥고 건조했지요. 또 사람들이 우리를 향해 걸어왔습니다. 발걸음이 폭발할 것처럼 무거웠습니다. 여러 명이었습니다. 서로 잘 아는 사이인 듯했습니다. 대부분 서른 내지 마흔 남짓 되어 보였습니다. 중장년이라 힘이 넘쳤습니다. 야심도 대단해 보였습니다. 그들은 걸으면서 은밀한 말을 주고받았

습니다. 진 정거장 근처의 백화점으로 털러 갈 것인지 아니면 백화
점 근처의 전자상가를 털 것인지 상의하고 있었던 것이지요. 말이
전자상가지 사실은 전자제품을 파는 작은 가게에 불과했습니다.
이름만 거창할 뿐이었지요. 그들은 백화점의 물건들은 너무 자잘
하기 때문에 한 자루를 짊어지고 나와 팔아봤자 몇 푼 되지 않는다
고 말했습니다. 전자상가에서 한 사람에 하나씩 물건을 안고 나와
팔아야 몇백 내지 몇천 위안을 챙길 수 있다고 했지요. 한 사람은
길가에서 망을 보고 다른 세 사람이 창문을 비틀어 열고 들어가 물
건을 창문 밖으로 내보내면 밖에서 또 다른 사람이 물건을 받기로
했습니다. 명령을 내리는 이는 진에서 하역 팀의 팀장으로 일하는
사람이었습니다. 키가 크고 건장한 몸집의 소유자였지요. 평소 전
문적으로 하역 일을 하는 그는 몇몇 사람을 거느리고 진에서 운송
업무를 했습니다. 그들은 우리 가게에 이르러 문 앞에 차려진 차를
발견하고는 우리 엄마가 부르기도 전에 다가와서 사발을 들어 차
를 마셨습니다. 이들이 낮은 목소리로 얘기를 주고받는 소리가 산
굴을 뚫고 흘러가는 물소리 같았습니다. 그들 중에는 차를 마시지
않은 사람도 한 명 있었습니다. 고개를 숙인 채 자고 싶어서 차를
마시지 않는 것 같았습니다.

"자네도 한 잔 마셔. 한 잔 마시고 나면 졸음이 싹 달아날 테
니까."

"누가 존다는 거야. 헛소리하지 마라고."

대장이 고개를 돌려 졸개들을 힐끗 쳐다봤습니다. 돈 버는 일이
라면 그는 누구보다 더 적극적이었지요. 그가 다시 고개를 돌려 저
와 엄마를 똑바로 쳐다봤습니다.

"다른 사람들은 전부 몽유하고 있지만 우리는 깨어 있으니 이건 천재일우의 기회가 아닐 수 없네. 자고 싶은 사람들도 잠을 못 자고 있다니까."

대장이 빈 사발을 문 앞의 앉은뱅이 의자 위로 던져놓았습니다. 빈 사발이 소리를 내면서 반 바퀴 굴렀지요. 그가 다시 손짓하자 졸개들이 전부 따라갔습니다. 전문적으로 하역 작업을 하던 그들은 전부 남의 집 화물을 날라주는 인부였습니다. 하지만 이번에는 남의 화물을 자기 집으로 운반할 작정이었지요. 하나같이 얼굴에 흥분이 요동치고 몸 여기저기서 힘이 들어간 근육이 불뚝거렸습니다. 보자기로 쓸 침대보와 마대 자루를 허리 뒤춤에 꽂거나 손에 들고 있었습니다.

문 앞은 공기가 부족한 것처럼 긴장되었습니다.

거리도 공기가 부족한 것처럼 긴장되었습니다.

제 손에 난 땀은 두 가닥 물줄기 같았습니다.

"걱정 마세요. 댁의 장례용품점에 물건 훔치러 오는 사람은 없을 테니까."

그들은 차를 다 마시더니 가버렸습니다. 갔다가 이내 돌아와서는 말했습니다.

"다들 주무세요. 댁의 장례용품점을 터는 일은 무덤을 도굴하는 것이나 다름없기 때문에 진은 물론 이 세상을 통틀어 댁의 화환을 훔쳐다 자기 집에 세워놓는 사람은 없을 거예요."

이어서 누군가 웃었습니다. 아주 명랑하고 쾌활한 웃음이었지요. 광기의 웃음이었습니다. 적막한 밤에 볜파오가 터지는 것 같았습니다. 그러고는 가버렸습니다. 아주 멀리 가버렸습니다. 세상이 조용해졌지요. 한순간의 적막 속에는 떨쳐낼 수 없는 두려움이 도사리고 있었습니다. 우리 엄마 얼굴에 하얗게 놀란 기색이 가득했습니다. 엄마의 눈은 더 이상 그렇게 무감각하고 멍청하게 자고 있는 것 같지 않았습니다. 엄마가 깨어난 것 같았습니다. 정말로 깨어났습니다. 그 대여섯 명의 건장한 사내가 우리 엄마로 하여금 놀라 꿈에서 깨어나게 만들었지요. 엄마는 얼굴 위로 내려온 어지러운 머리칼을 뒤로 넘기면서 그들이 가는 방향을 바라봤습니다.

"도둑질하러 가는 거야. 저 사람들 어딘가를 털러 가는 거라고."

그러고는 제게 물었습니다. 꼭 혼잣말을 하는 것 같았습니다.

"하느님, 얼른 이 차를 집집마다 나눠주셔서 마시고 난 다음에는 더 이상 졸리지 않아 도둑맞는 일이 없게 해주세요. 생사가 달린 그 일을 막아주세요."

이렇게 말하면서 엄마는 다시 집 안으로 들어갔습니다. 뭔가를 가지러 가는 것 같았습니다. 발걸음이 무척이나 민첩하고 가벼웠지요. 힘이 넘쳤습니다.

우리 엄마는 이날 밤 정말로 더 이상 다리를 절지 않는 것 같았습니다. 몸의 균형이 몸에 딱 맞는 옷을 입고 있는 것 같았습니다. 민첩하게 왔다 갔다 하는 모습이 꼭 날아다니는 것 같았지요.

2. 01:10~01:20

몽유의 밤에는 물건을 훔치는 것이 허리를 굽혀 물건을 줍는 것
처럼 간단했습니다.

전자상가는 우리 집에서 동쪽으로 몇백 걸음밖에 되지 않았습니
다. 서쪽으로 모퉁이를 틀어 진의 버스 터미널에 도착하기 직전에
는 또다시 번화가가 펼쳐졌습니다. 백화점과 호텔 사이를 지나면
바로 그 전자상가가 나왔지요. 방 세 칸짜리 건물에 창문이 두 개
있었습니다. 문은 하나였습니다. 그들은 문과 창문을 비틀어 열고
안으로 들어가기로 입을 맞춘 터였습니다. 그들은 쇠망치와 끌을
허리춤에 차고 있었지요. 하지만 이런 도구는 필요 없었습니다. 불
빛이 대낮처럼 밝았으니까요. 문과 창문에서 새어나오는 빛이 해
가 뜰 때의 동쪽 같았습니다. 사장이 꿈을 꾸고 있을 때 입가에 흘
러나온 침까지도 아주 분명하게 비춰주었습니다. 바닥에 찍힌 신
발 자국마저 아주 선명하게 비추고 있었지요. 사장은 쉰 살 남짓에

통통하고 둥근 얼굴을 갖고 있었습니다. 등이 약간 구부정했습니다. 말을 했다 하면 입가에 유쾌함이 걸렸고 말을 하지 않아도 유쾌함이 입가를 흘러다녔습니다. 사람들이 가게에 찾아와 전자제품을 살 때도 웃었고 아무것도 사지 않으면서 구경만 하고 가도 웃었습니다. 진열대는 벽에 붙어 세워져 있었습니다. 큰 것도 있고 작은 것도 있었지요. 큰 진열대에는 대형 텔레비전이 놓여 있고 작은 진열대에는 소형 가전제품들이 놓여 있었습니다. 게다가 거의 팔리지 않는 냉장고도 있었지요. 진에서 사용하기 시작한 전기밥솥과 전기다리미, 헤어드라이어도 있었습니다. 게다가 전구를 끼우는 소켓과 플러그 같은 자잘한 물건도 일일이 다 진열되어 있었습니다. 사장인 완밍萬明은 일이 없을 때면 항상 닭털 총채로 이 진열된 제품들에 앉은 먼지를 털었습니다. 그렇게 도난을 방비하고 있었지요. 그렇게 전자상가의 문 앞에서 떨고 있었습니다. 알고 보니 완밍 사장은 자고 있는 게 아니었습니다. 알고 보니 불을 켜놓은 채 진열대 위의 먼지를 털고 있었어요. 도둑들은 전자상가 앞 어두컴컴한 곳에 서 있었습니다. 더 이상 위험을 무릅쓰고 이 전자상가를 털지 않을 작정이었지요. 더 앞쪽으로 가보기로 마음먹었습니다. 불이 꺼져 있는 가게에 들어가 물건을 훔칠 생각이었어요. 하지만 그들이 완밍 사장의 검은 그림자를 피해 다른 곳으로 가려던 차에 완밍 사장이 나와서 문 앞에 섰습니다.

"그냥 가지들 말게. 사든 안 사든 들어와서 구경해보라고."

목소리가 이웃 사람처럼 친근했습니다. 형제 같았지요. 어차피 모두가 같은 진 사람이니까요. 서로 형제나 이웃처럼 잘 아는 사이였습니다. 그냥 가지 않을 수 없었습니다. 대장이 졸개들을 향해 가자는 의미로 눈짓을 보냈습니다. 하지만 완밍 사장이 문밖으로 두 걸음 더 나와서는 닭털 총채를 허공에 대고 휘두르며 그들을 불렀습니다.

"마침 밀 수확철이잖아. 날은 또 더럽게 덥고 말이야. 며칠 동안 장사를 못 했네. 자네들이 들어와서 마수걸이 좀 해주게나. 들어와서 물건을 구경하고 좀 팔아달란 말일세."

모두 걸음을 멈췄습니다.

담이 큰 친구 하나가 가게 문 쪽으로 다가가서는 손을 들어 완밍 사장의 눈앞에 이리저리 흔들어봤습니다. 그러고는 덩치가 큰 대장 앞으로 가서 득의양양하게 말했지요.

"염병할, 몽유하고 있는 것 같아. 저 친구는 원래 우리 이웃이었는데 지금은 나를 물건 사러 온 사람으로 여기고 있네."

대장이 어리둥절한 표정을 지었습니다. 얼굴에 미소가 피어올랐습니다. 그러고는 머리를 한번 흔들고 나서 말했지요.

"가보자."

그는 졸개들을 이끌고 가게 앞 등불 밑으로 갔습니다. 정말로 완밍 사장은 얼굴 가득 환한 미소를 짓고 있었습니다. 뜨고 있는 눈은 분명히 웃고 있었지만 빛이 없었습니다. 흰자가 검은자보다 훨씬 더 많았지요. 게다가 수시로 손을 들어 눈을 비볐습니다.

"들어와서 한번 구경해봐. 사든 안 사든 다들 들어와서 구경이나 해보라고."

그는 웃으면서 두 손으로 얼굴을 또 몇 번 비볐습니다.

"농촌이 바빠지면 내 장사는 겨울처럼 썰렁해진다니까. 며칠 동안 물건을 하나도 못 팔았어. 월말에는 집세도 내야 하는데 말이야."

이 집은 원래 완밍이 직접 지은 것이었습니다. 이 집을 지을 때 도둑들도 아직은 도둑이 아니어서 모두 와서 그를 도왔지요. 그런데 지금 그는 이 도둑들에게 월말에 집세도 내야 한다고 말하고 있는 것이었습니다. 그는 정말로 그들을 평생 한 번도 본 적 없는 손님으로 여기고 있었지요. 사람이 일단 몽유하면 정말 전혀 다른 세상으로 들어가게 되는 것 같았습니다.

대장도 손을 들어 그의 눈앞에 대고 이리저리 흔들어봤습니다. 그의 눈은 잠잘 때랑 같았지요. 전혀 깜빡이지 않았습니다.

"살 건가 말 건가? 산다면 내가 가격을 좀 깎아줄 수 있네."

"얼마나 깎아줄 건데요?"

"그건 자네가 뭘 사느냐에 달려 있지."

"저는 텔레비전을 한 대 살까 해요."

"사이즈는?"

"바로 이거, 29인치짜리요."

원래 막 만났을 때는 그를 완 사장이라고 불렀지만 지금은 모두 한 번도 만난 적 없는 사이 같았습니다. 그는 꿈의 세계에 있었고 그들은 깨어 있는 세상에 있었으니까요. 그는 물건을 파는 데 급급한 상인이고 그들은 그의 가게에 물건을 사러 온 손님들이었습니다.

"저는 이 텔레비전이 마음에 드네요."

"저는 이 냉장고가 마음에 듭니다."

"조금만 더 싸게 해주시면 우리 모두 하나씩 사겠습니다."

원래는 이러쿵저러쿵 입씨름을 벌이면서 훔칠 기회를 엿보고 있었습니다. 하지만 이때 완밍이 세 사람 다 하나씩 살 거냐고 물었지요. 그러면서 각자 하나씩 산다면 1할을 더 깎아주겠다고 했습니다. 전부 합쳐서 2000위안 넘는 물건을 구매한다면 3할을 깎아주겠다는 것이었습니다.

"정말 싸네."

"진짜 싼 거야."

"살 건가 말 건가? 살 거면 어서 골라보라고. 자네들이 물건을 고르는 사이에 나는 물이나 한 사발 마셔야겠네."

이렇게 말하면서 그는 문 앞에서 몸을 돌려 카운터 쪽으로 걸음을 옮겼습니다. 걷다가 카운터에 부딪히기도 했습니다.

"염병할, 졸려 죽겠어. 날은 왜 이렇게 더운 거야! 잘 보이지도 않고. 자네들 안 들어올 거면 난 가게 문 닫고 잠이나 자겠네."

뜻밖에도 그는 정말로 등받이 없는 의자에 앉더니 카운터에 엎드려 잠이 들었습니다. 한 손에는 여전히 물컵을 쥐고 있었지요.

눈 깜짝할 사이에 코 고는 소리가 울려 퍼졌습니다. 가게 안에 모기떼가 날아다니는 것 같았습니다. 이런 상황을 보고 도둑들 모두 놀라움을 금치 못했지요. 그러면서도 몹시 기뻐했습니다. 사람마다 머릿속에 새 둥지가 있고 새들이 알을 낳은 것 같았습니다. 따스함과 즐거움이 넘쳤습니다. 원래는 텔레비전 앞에 서서 고른 물건을 챙기려 했는데 손이 텔레비전 위에 얹힌 채 그대로 굳어버렸습니다. 얼굴 위의 미소도 그대로 굳어버렸지요. 전기밥솥을 챙기려고 눈여겨보고 있던 친구는 몸을 돌려 전기밥솥을 팔 안쪽에 끼웠습니다. 하지만 다른 사람들이 모두 냉장고와 텔레비전 앞에 서 있는 것을 발견하고는 재빨리 전기밥솥을 내팽개치고는 덩달아 텔레비전 앞으로 가 서서는 손을 텔레비전에 얹었습니다.

이렇게 모두들 각자 필요로 하던 것을 훔쳤습니다. 순식간에 전자상가를 깡그리 다 털어갔지요.

3. 01:21~01:50

엄마는 또 차를 한 솥 끓였습니다.

처음 차를 끓일 때는 솥에 손가락 세 개로 일고여덟 줌의 찻잎을 넣었습니다. 두 번째 솥에는 손 전체로 크게 두 줌을 집어넣었지요. 새로 끓인 차는 한약처럼 진했습니다. 검붉은 색이었어요. 뜨거우면서도 청량한 냄새가 났습니다. 찻잎이 물에 떠 있었습니다. 흐르는 물에 땔나무가 떠내려가는 것 같았지요.

"이 솥을 집 앞 거리 네가 늘 다섯째 아저씨라고 부르는 집에 가져다줘라. 가져가서 그 집에 졸린 사람이 있으면 마시게 하라고 해. 그 집 식구 모두 다시는 잠을 자선 안 된다고 해. 잠들면 곧바로 몽유하게 되니까 말이야. 몽유하면 어떤 일이 일어날지 몰라."

저는 엄마의 명령에 대꾸도 하지 않고 움직이지도 않았습니다. 그 자리에 그대로 서서 엄마 눈을 쳐다보고 있었지요. 엄마의 눈에는 졸린 기색이 전혀 없었어요. 연못 두 개에 새로 물을 채운 것 같았습니다. 그 몽유하던 희끄무레한 눈이 누군가에 의해 놀라서 깬 것인지 아니면 차를 끓일 때 나온 수증기에 깨끗이 씻긴 것인지는 알 수 없었습니다. 엄마는 눈가에 주름이 아주 많았습니다. 온통 깊은 골짜기와 얕은 도랑이 펼쳐진 것처럼 많았지요.

"어서 들고 가."

엄마가 제 쪽으로 한 걸음 다가왔습니다. 찻잔의 물이 제 앞에서 출렁거렸습니다.

"네 아버지가 그 집에 면목 없는 짓을 했어. 네 외삼촌도 그 집에 면목 없는 짓을 저질렀지. 이렇게 중요한 순간에 우리가 그 집에 이 차를 선물하면 신세를 깨끗이 갚는 셈이 될 거야. 더 이상 그 집에 빚진 게 없어진다고."

이렇게 아주 간단히 말했습니다. 아주 간단했지요. 그 집에 금이나 은으로 된 탕국을 한 그릇 돌려주는 것 같았습니다. 저는 황급히 그 차 한 사발을 들고 서둘러 흐릿한 거리 한가운데로 걸어 들어갔습니다. 이 차 한 사발로 뭔가를 완벽하게 청산할 수 있다는 걸 잘 아는 것 같았지요. 또 이 차 한 사발로 어떻게 뭔가를 완벽하게 갚을 수 있다는 건가 하는 생각도 해봤습니다. 다섯째 아저씨 집에 도착한 저는 그 집 대문에 대고 소리쳤습니다.

"다섯째 아저씨, 밖은 온통 도둑 천지예요. 이 차를 마시면 더 이상 졸리지 않아 도둑을 예방할 수 있어요."

문이 열리고 다섯째 아저씨가 의심 가득한 눈빛으로 그 차 사발을 쳐다봤습니다. 어떤 음모에 따라 독약을 푼 국물을 뚫어져라 내려다보는 것 같았지요.

"못 믿으시겠다면 일단 한번 드셔보세요. 몇 모금만 마셔도 졸음이 싹 가신다니까요. 정말로 조금도 졸리지 않게 된다고요."

아저씨는 반신반의하고 있었습니다. 반신반의하면서도 사발 하나를 가져와서는 제게 그 검붉은 차를 그 집 사발에 따르게 했습니다. 가로등이 비추는 지면은 온통 진흙 같은 누런빛이었습니다. 가로등 불빛이 비치지 않는 바닥은 더러운 물과 흙탕물이 섞인 색이었지요. 누군가 제 앞으로 황급히 스치고 지나갔습니다. 제 등 뒤에서 앞으로 급히 뛰어가는 사람도 있었지요. 그들은 급하게 뛰어가면서 길바닥에 물건을 떨어뜨리고는 줍지도 않았습니다. 플라스틱 신발 한 켤레나 매끄러운 붉은 비단으로 지은 치마 같은 것이었습니다. 저는 엄마가 제게 전해준 진한 차를 한 사발 또 한 사발 들고서 장張씨네 집으로 가라고 하면 장씨네 집으로 가고 리李씨네 집으로 가라고 하면 리씨네 집으로 갔습니다. 소리쳐 불러 문이 열리면 차 사발을 전달했지요. 그리고 그 말 한마디도 잊지 않았습니다. 집으로 돌아오는 길에는 땅바닥을 주의 깊게 살피면서 뭔가를 찾거나 주웠지요.

여섯 번째 집에 차를 가져다주러 갈 때는 사거리 입구에서 우연히 한 집안의 세 식구와 마주쳤습니다. 남자는 나이가 마흔 남짓 되어 보였습니다. 윗옷을 벗은 채 잠방이만 입고 있었지요. 대나무 광주리 두 개를 어깨에 메고 있었습니다. 광주리 하나에는 재봉틀 윗부분이 얹혀 있고 다른 광주리에는 재봉틀 몸체가 얹혀 있었습니다. 가지런히 수습한 천도 들어 있었지요. 방금 지은 새 옷이었습니다. 그들은 재봉소를 턴 것이었습니다. 재봉소를 턴 게 분명했습니다. 그의 아내는 품에 커다란 천 보따리를 안고 있었지요. 천이 땅바닥에 떨어진 것을 보고 저는 그것이 재봉소의 자투리 천임을 알았습니다. 저를 보자 그들 일가 모두 길가에 숨었습니다. 방금 집에 돌아온 재봉소 주인을 본 것 같았습니다. 이제 막 문을 나선 재봉소의 가족들을 본 것 같았습니다. 저는 그 자리에 서서 그들 일가를 바라봤습니다. 흐릿한 불빛에 비친 그들 얼굴은 전부 누런색이었습니다. 누런 얼굴빛 사이사이에 땀방울이 매달려 있었지요.

"차 좀 드세요."

제가 그들 일가에게 다가갔습니다.

"이 차를 마시면 졸리지 않기 때문에 몽유하는 일도 없을 거예요."

저보다 몇 살 어린 아이가 저를 보더니 황급히 자기 엄마 손을 잡아끌었습니다. 얼굴이 허약한 누런빛에서 창백한 빛으로 변했습니다. 병원 담장 색깔로 변했지요. 남편이 즉시 아내 앞으로 나서며 두 사람을 가로막았습니다.

"꺼져. 너야말로 몽유하고 있잖아. 한 발짝만 더 다가오면 네놈 목숨은 날아갈 줄 알아!"

그는 어깨에 멘 멜대를 반대편 어깨로 옮겼습니다. 재봉틀 윗부분이 얹혀 있는 광주리가 앞쪽으로 오게 되었지요. 저는 그 자리에 서 있었습니다. 그대로 멍하니 있었지요. 그리고 또 시험 삼아 말해봤습니다.

"이건 차예요. 잠을 쫓고 정신을 차리게 하는 차라고요."

저는 사발을 그들 앞으로 내밀면서 반 걸음 더 다가섰습니다.

"진한 차예요. 이걸 마시면 졸린 사람도 더 이상 졸리지 않게 돼요. 몽유하던 사람도 꿈에서 깨어난다고요."

저는 또다시 사발을 그의 앞으로 가까이 내밀었습니다. 손만 뻗으면 사발을 받아들 수 있게 되었을 때 그가 갑자기 메고 있던 광주리를 바닥에 내려놓았습니다. 그러더니 재봉틀 앞부분 옆에서 칼을 하나 꺼내들었습니다. 아주 큰 칼이었지요. 칼등은 검게 녹슬어 있었지만 날은 섬뜩하게 빛나고 있었습니다.

"너 살고 싶지 않구나? 한 발짝만 더 다가오면 널 베어버릴 거야!"

저는 그 자리에 얼어붙었습니다. 내밀었던 손도 도로 거둬들였지요.

"어서 꺼져. 안 꺼지면 네가 어리다고 해도 봐주지 않고 인정사정없이 베어버릴 테니까."

"진짜 차예요. 마시면 곧바로 잠을 쫓을 수 있다고요. 더 이상 졸리지도 않고요."

뒤로 물러나면서 차가 제 손에 튀었습니다. 뜨겁지도 차갑지도 않았습니다. 미지근하면서 끈적끈적했지요. 저는 그 사람을 쳐다봤습니다. 그 일가를 쳐다봤지요. 거리 한가운데 이르러 저는 사발을 내던지고 집을 향해 뛰어야 할지 아니면 사발을 들고 여섯 번째 집으로 가야 할지 알 수 없었습니다. 여섯 번째 집은 가오高씨네였지요. 가오씨네 식구 한 명이 죽었을 때 아버지는 몰래 그 집에서 400위안을 벌었습니다. 외삼촌이 망자를 화장하면서 시신 기름을 짜냈던 것입니다. 마음대로 화장 소각로에서 유골 재를 꺼내 가족에게 돌려주었지요. 이런 일을 가오씨네 사람들은 전혀 알지 못했습니다. 사람들이 낮이 되면 꿈속에서 있었던 일들을 잊어버리는 것과 같지요. 사람들이 꿈속에서는 전에 일어났던 일을 알지 못하는 것과 같습니다. 저는 그렇게 길 한가운데 멍하니 서 있었습니다. 또 저 멀리서 걸어오는 사람이 보였습니다. 그들 일가도 그 사람의 모습을 보고는 재빨리 칼을 거두고 멜대를 다시 어깨에 멨습니다.

"내일 날이 밝았을 때 오늘 밤 우리 가족과 마주쳤던 것을 다른 사람들한테 말했다가는 네 가족 전체를 화장장으로 보내버릴 테니까 그런 줄 알아."

자리를 뜨기 전에 그는 제게 이렇게 겁주는 것도 잊지 않았습니다. 마지막으로 매섭게 저를 노려보는 것도 잊지 않았지요. 저를 미워하는 것 같기도 하고 또 두려워하는 것 같기도 했습니다. 두려움 때문인지 그의 눈빛이 칼날처럼 제 얼굴을 베는 것 같았습니다. 다른 방향을 향해 가면서 그들의 걸음걸이는 갑자기 도망치는 것처럼 빨라졌습니다. 그들이 아주 멀리 갈 때까지 저는 그 남자의 얼굴을 봐둬야 한다는 것을 까맣게 잊고 있었습니다. 너무 놀란 저는 그들 가족이 어떻게 생겼는지, 가오톈진 사람이었는지 생각이 나지 않았습니다. 머릿속이 하얗고 어지러웠습니다. 겨울철 벌거숭이가 된 산비탈 같았습니다. 옌롄커의 소설에 나오는 연고자 없는 무덤이 마구 널려 있는 공동묘지 같았지요. 상황이 전부 꿈속에 있고 모두가 몽유하고 있는 것 같았습니다. 저도 몽유하고 있는 건 아닌지 알 수 없었습니다. 너무나 이상하고 재미있는 일이었습니다. 너무나 미묘한 일이었습니다. 저는 자신도 몽유 속에 있기를 바랐습니다. 시험 삼아 손에 들고 있던 차를 한 모금 마셔봤습니다. 오른손으로 허벅지를 매섭게 꼬집어보기도 했지요. 허벅지는 몹시 아팠지만 목구멍은 촉촉하고 편안했습니다. 저는 자신이 깨어 있고 몽유하고 있지 않다는 것을 확실히 깨닫고는 마음속으로 약간 실망하기도 했습니다. 불빛은 반쯤만 맑고 밝았습니다. 저는 또다시 밝은 곳에서 어두운 곳으로 한 걸음 물러나 그 일가 세 사람이 멀리 걸어가고 있는 모습을 바라봤습니다.

하지만 오고 있는 사람이 더 가까워졌습니다.

더 가까워졌습니다. 발걸음 소리가 제가 읽은 어떤 책 속 문구처럼 익숙했습니다.

옌롄커의 책 제목과 사람들 이름처럼 익숙했지요.

우리 아버지였습니다.

정말로 우리 아버지였습니다. 아버지는 진 밖 강가 쪽에서 돌아오는 길이었습니다.

올수록 더 가까워졌고 가까워질수록 제 아버지 같지 않았습니다. 움츠러든 몸은 길거리를 돌아다니는 쥐처럼 작았지만 호흡은 먼 길을 걸은 코끼리처럼 거칠고 묵직했습니다. 방금 몹시 힘든 일을 마치고 제대로 쉬지도 못한 사람 같았지요. 옷은 젖어 있었습니다. 왼편 가슴 쪽에는 구멍이 나 있고 찢어진 옷자락이 그 자리에 그대로 걸려 있었습니다. 바지 허벅지 부분도 길게 찢어져 불빛 아래서 허연 살과 피 흘린 상처가 드러나 있었습니다. 작고 둥근 얼굴은 하얗고 누렇게 떠 있었습니다. 창백하면서도 누르스름했지요.

아버지는 누군가에게 맞았습니다. 누군가에게 맞은 것 같았습니다. 가볍지 않게 맞은 것 같았습니다. 왼쪽 입가가 푸르스름하게 부어올라 피가 날 것만 같았습니다. 피는 밖으로 흘러나오지 못하고 피부 안에 갇혀 있었지요.

아버지는 진 밖에서 성인 같은 일을 했습니다. 서쪽 하천 도랑에서 세례를 주는 것처럼 몽유하는 수많은 사람의 얼굴을 씻어주었지요. 몽유하는 사람들을 전부 꿈에서 불러내 얼굴을 씻어줌으로써 몽유에서 빠져나오게 한 것입니다. 대나무 막대기를 하천 도랑으로 뻗어 몽유하다가 강에 뛰어들어 죽으려고 했지만 깨어나서는 죽고 싶어하지 않는 노인들을 건져냈습니다. 사람들은 아버지가 서쪽 하천에서 몽유하고 있는 사람들과 몽유하다가 죽고 싶어하는 노인 및 젊은이들을 전부 꿈에서 구출해내고 마지막으로 살려내지 못한 양씨네 시신 한 구를 등에 업고 마을로 돌아왔다고 말했습니다. 그렇게 아버지는 진 동쪽으로 돌아왔지요. 진 동쪽으로 난 골목길을 통해 진으로 돌아와 이런 모습을 보인 것이었습니다. 생쥐 같기도 하고 새끼 양 같기도 했습니다. 고양이와 개에게 물려 놀란 닭 같기도 했지요. 길거리에서 지나가는 사람한테 맞은 개 같기도 했습니다. 병이 났습니다. 몸을 제대로 쓰지 못하게 됐지요. 게다가 불쌍하게도 몹시 졸려했습니다. 너무나 지쳐 있었습니다. 수십 년 지을 농사를 단숨에 다 지은 것 같았지요. 몇십 년 걸어야 할 길을 한꺼번에 다 걸은 것 같았습니다. 걸음을 멈추면 잠에 빠져들 것 같았습니다. 잠이 들면 쓰러질 게 분명했지요. 쓰러지지도 않고 잠들지도 않기 위해 아버지는 그렇게 제 앞에 서 있었습니다. 여러 해 동안 썩어서 땅속에 잠들어 있던 짧은 나무 기둥이 땅 위로 솟아나와 제 앞에 우뚝 서 있는 것 같았습니다.

"아버지— 아버지—"

저는 아버지를 연달아 두 번 불렀습니다. 두 번을 불렀는데도 아버지는 대답하지 않았습니다. 대답은 하지 않았지만 아버지는 땅속에 여러 해 동안 묻혀 있던 썩은 나무 기둥처럼 제 앞에 서 있었습니다. 사람 하나 없는 광활한 들판에 서 있는 것처럼 그렇게 거리에 서 있었지요. 저를 보고 있는 아버지는 또 다른 곳을 보고 있는 것 같기도 했습니다.

"나는 맞아도 싸. 그러게 누가 남들에게 부끄러운 짓을 하라고 했나! 정말 맞아도 싸. 그러게 누가 사람들에게 부끄러운 짓을 하라고 했냐고!"

꼭 저한테 말하는 것 같았습니다. 또 광활한 허공에 대고 말하는 것 같기도 했지요. 그렇게 중얼중얼 혼잣말을 했습니다. 혼잣말하는 아버지의 얼굴에 누런 미소가 걸려 있었습니다. 무슨 뜻인지도 모르는 억지로 짓는 미소였지요. 웃으면서 눈길을 제 뒤로 펼쳐져 있는 남쪽 큰길로 향했습니다.

"넨넨, 너는 이 아비 아들이지? 아비 아들이면 아비와 함께 사람들에게 무릎 꿇으러 가자. 가서 사람들이 마음대로 때리고 욕하게 하자꾸나. 우리 리씨 집안에서 남들한테 부끄러운 짓을 하라고 한 사람은 아무도 없어. 네 그 짐승 같은 외삼촌한테도 부끄러운 짓을 하라고 한 사람은 없단다."

저는 아버지가 반쯤 뜬 두 눈의 흰자위를 봤습니다. 두 눈의 흰자위가 거칠고 흐릿하고 더럽게 변한 흰 천 같았습니다. 두 눈동자는 두 개의 하얀 천 위에 튄 먹물 방울 같았지요. 먹물은 더 이상 검지 않고 흰 천도 더 이상 하얗지 않았습니다. 서로 뒤섞여 검은 색과 흰색의 경계가 없어졌지요. 자세히 보지 않으면 흰자위와 눈동자를 구별할 수 없었습니다. 자세히 봐야 겨우 흰자위가 깨끗하지 않은 것을 알 수 있었지요. 자세히 봐야 눈동자에 검은색과 누런색, 회색, 흰색의 네 가지가 섞여 있다는 것을 알 수 있었습니다. 다만 검은색이 아주 조금 더 많을 뿐이었지요. 그 조금이 그나마 아버지의 검은 눈동자임을 증명하고 있었습니다.

저는 아버지가 몽유하고 있다는 것을 알게 되었습니다.

아버지도 몽유하고 있었던 것이지요.

아버지의 표정이 목판이나 성벽의 벽돌과 똑같다는 것을 알 수 있었습니다. 어쩌면 아무도 아버지를 때리지 않았는지 모릅니다. 어쩌면 아버지가 몽유하다가 어디선가 넘어져 옷이 찢어지고 입가가 터지고 부은 것일지도 모릅니다. 그렇게 놀랄 정도로 부은 것도 아니었습니다. 다만 그 부은 입술 안에 핏빛이 퍼져 있어 아버지의 표정을 목판이나 성벽 벽돌과 완전히 똑같게 만들었을 뿐이지요.

"아버지, 어떻게 된 일이에요? 엄마가 끓인 차를 몇 모금 드세요."

저는 그 미지근한 차 반 사발을 아버지 앞에 내밀었습니다. 하지만 아버지는 꿈속에 있는 사람이라 몽유하고 있었기 때문에 몸과 마음이 송두리째 자신이 생각하고 있는 일에 깊이 빠져 있었습니다. 아버지는 손을 휘저어 제 손에 있던 사발을 엎어버렸습니다. 차가 전부 길바닥에 뿌려졌지요. 제가 아버지 앞으로 내민 세숫물을 일부러 엎은 것 같았습니다.

"넌 도대체 이 아비의 자식이 맞는 거냐? 진 사람들이 네 아비를 무시하더니 너마저 이 아비를 무시하는 거야? 내가 아무리 키가 작아도 네 아비야. 죄가 아무리 많아도 네 아비란 말이다. 가자. 아비랑 같이 그 집들을 찾아다니면서 무릎을 꿇자꾸나."

아버지는 저를 잡아끌고 아버지가 말한 진 남쪽의 몇몇 집을 찾아갔습니다. 뜻밖에도 제가 차를 가져다준 그 집들이었지요. 다섯째 아저씨네 집과 류柳씨 삼촌네 집, 우吳씨 아줌마와 뉴牛씨 아줌마네 집이었습니다. 아버지는 집집마다 다니며 손으로 문을 두드렸습니다. 사람들이 문을 열면 저를 끌고 들어가 까닭 없이 무릎을 꿇었습니다. 그러고는 고개를 들고 사람들의 얼굴을 쳐다봤지요. 사람들이 무슨 일인지 영문을 알아차리기도 전에 아버지는 울면서 그들에게 빌었습니다.

"다섯째 아저씨, 저를 좀 때려주세요. 호되게 때려주세요. 저 리텐바오는 사람 새끼가 아니라 짐승입니다. 그러니 실컷 때리세요."

다섯째 아저씨는 몹시 놀란 표정이었습니다.

다섯째 아저씨 집 문루에는 십 몇 와트짜리 작은 등이 설치되어 있었습니다. 불빛은 진흙 같은 누런색이었지요. 다섯째 아저씨의 얼굴도 영문을 모르겠다는 누런빛이었습니다.

"왜 이러는 건가? 무슨 일 있었나?"

다섯째 아저씨는 놀라서 어리둥절한 표정으로 다가와 아버지를 일으켜 세웠습니다. 저도 일으켜 세웠지요. 하지만 다섯째 아저씨는 아버지 앞에 섰을 때 뭔가 생각난 듯했습니다. 낯빛이 창백해지더니 아버지를 쳐다보는 눈이 매섭고 차갑게 변했습니다. 목소리도 차갑고 냉정하게 변했지요.

"톈바오, 대체 무슨 일이 있었던 건지 말해보게."

아버지가 얼굴을 들었습니다. 몽유하다가 다시 깨어난 것 같았습니다. 목소리는 반쯤 쉬고 반쯤은 낭랑한 것 같았습니다.

"십 몇 년 전에 화장장에 가서 밀고한 사람이 바로 저였습니다.

제가 몰래 알려주는 바람에 아주머니가 매장된 뒤에 다시 무덤이 파헤쳐져 화장을 당하신 겁니다."

다섯째 아저씨는 그 자리에서 몸이 굳어버렸습니다.

다섯째 아저씨는 인육을 먹은 개를 쳐다보듯이 아버지를 쳐다봤습니다. 아버지 옆에 무릎 꿇고 앉아 있던 저는 고개를 들고 이미 여든이 넘은 다섯째 아저씨를 쳐다보고 있었습니다. 짧은 백발이 불빛 속에서 흔들리고 있었지요. 염소수염도 불빛 속에서 흔들리고 있었습니다. 늘어지고 쭈글쭈글해진 얼굴 가죽이 위로 들렸습니다. 뭔가 말을 하려는 듯했습니다. 정말로 우리 아버지 얼굴을 후려치려는 것 같았지요. 하지만 아저씨는 여든이 넘은 노인이었습니다. 결국 때리지도 못하고 욕도 하지 못했지요. 아저씨의 입가와 두 볼이 떨렸습니다. 아저씨는 떨리는 몸을 뒤로 돌려 마당을 바라봤습니다. 다시 몸을 돌렸을 때, 아저씨 얼굴에는 놀라움과 황당함으로 인해 붉은빛이 가득했습니다.

"텐바오, 어서 자네 아이와 함께 일어서도록 하게. 이 일을 우리 가족 누구도 알게 해서는 안 되네. 절대로 우리 집 아이 다순大順이 알게 해서는 안 된단 말일세."

아버지는 다섯째 아저씨 마당을 힐끗 쳐다보고는 정말로 일어섰습니다. 저도 아버지를 따라 일어섰지요. 다섯째 아저씨는 우리를 잡아끌었고 우리는 아저씨 뒤쪽의 마당을 훑어봤습니다.

"아버지, 누구예요?"

정말로 아저씨의 아들 다순이 어느 방에선가 크게 묻는 소리가 들려왔습니다. 다섯째 아저씨가 대답하는 소리도 들렸지요.

"아무도 아니야. 마을에서 집집마다 도둑에 대비하라고 알리고 다니는 거야."

　다시 조용해졌습니다. 조용해지자 다섯째 아저씨는 황급히 아버지와 저를 집 밖으로 밀어냈습니다. 아버지는 또다시 황급히 다섯째 아저씨를 향해 무릎 꿇고 절하고는 서둘러 다섯째 아저씨 집에서 저를 데리고 나왔습니다. 밖으로 나온 저와 아버지가 거리 한쪽에 서 있는 사이에 다섯째 아저씨는 다시는 그런 얘기를 입 밖에 내지 말라고 신신당부하면서 연달아 손을 내저었습니다.

　"녠녠이 방금 우리 집에 잠을 쫓는 차를 가져다준 걸 생각해서라도 다시는 과거에 있었던 그 일을 거론하지 말게."

　다섯째 아저씨는 재빨리 대문을 닫아걸었습니다. 그렇게 과거의 일이 우리 아버지 머리 뒤로 갇히고 말았지요.

　저와 아버지는 거리 한쪽에 서 있었습니다. 아버지는 숨을 들이마시지는 않고 긴 한숨을 내쉬더군요. 그 한숨이 밀을 매는 줄처럼 길었습니다. 넓고 쭉 뻗은 길처럼 길었지요. 줄이 풀리면 밀 다발이 느슨해졌습니다. 길이 넓고 쭉 뻗어 있으면 사람도 마음이 가벼워졌지요. 아버지 마음도 홀가분해졌습니다. 얼굴에는 흐릿한 잿빛 같던 몽유 색이 사라지고 촉촉한 붉은빛이 돌아왔습니다.

　"가자. 다음 집으로 가자. 이리저리 생각해봤지만 별것 없는 것 같구나. 몇 집 더 찾아가서 이 아비의 이번 생을 모두 내려놓자구나. 그래야 네 엄마와 홀가분한 세월을 보낼 수 있을 것 같아."

　저를 잡아끄는 아버지의 손은 온통 땀에 젖어 있었습니다.

　제 손바닥에도 땀이 고였습니다. 아버지가 제 손을 놓고 옆에 있던 전신주에 땀을 닦을 때, 제 손등도 시원해졌습니다. 언제인지 모르게 그러쥐었던 두 주먹을 펼치자 손바닥도 시원해졌지요.

손바닥이 시원해지자 정말로 마음이 가벼워졌습니다. 몽유하지 않는 것 같았습니다. 몽유하지 않는 것과 비슷했습니다. 아버지도 생각이 분명해졌습니다. 말하는 것도 분명해졌지요. 제가 고개를 숙여 아버지 얼굴의 나무 같고 벽돌 같은 표정을 볼 수 있는 것 말고는 깨어 있던 다섯째 아저씨조차 우리 아버지가 꿈속에 있다는 것을 알아채지 못했습니다. 아버지는 비몽사몽간에 무릎 꿇고 사과하며 부끄러워했습니다. 잘못을 빌었지요. 아버지가 부끄러운 마음으로 잘못을 빌었을 때의 상황은 이랬습니다. 정말로 이랬습니다. 사람이 술에 취해 말하고 행동하는 것 같았지요. 술 취한 사람이 하나, 둘, 셋, 넷, 다섯을 말하고 나서는 술이 깬 뒤 자신이 한 말과 행동을 다 잊어버린 것인지도 모릅니다. 길을 걸을 때 약간 휘청거리는 것 말고는 우리 아버지가 꿈을 꾸고 있다는 사실을 알 만한 단서는 전혀 없었습니다. 절반은 정신이 흐릿하고 절반은 깨어 있었던 것이지요.

우리는 또다시 앞을 향해 걸어갔습니다. 다음 집인 류柳 아저씨네로 갔지요. 대로에는 항상 천지가 진동할 만한 소리가 숨겨져 있는 것 같았습니다. 하지만 자세히 들어보면 아무 소리도 나지 않았지요. 달빛은 여전히 그렇게 희끄무레한 잿빛이었습니다. 머리 위로 갈 길을 가는 것 같기도 하고 굳어 있는 것 같기도 했지요. 구름도 여전히 그 모습 그대로였습니다. 여기에 한 무더기 저기에 한 무더기 흩어져 있었지요. 가느다란 실 같기도 하고 평평한 판때기 같기도 한 구름이 진의 큰 도로와 작은 골목들을 갑갑하고 건조하고 희미하게 만들어놓았습니다. 몇 시나 되었을까요. 지금이 이날 이 밤의 몇 시 몇 분인지 알지 못했습니다. 저는 아버지를 따라 걸었어요. 그 빈 사발은 다섯째 아저씨 집 문 앞의 바위 위에 남겨두었습니다. 돌아오는 길에 다른 집에 가져다주기 위해서였지요.

다음 집에 왔습니다. 문을 두드렸습니다.

문을 두드리면서 또 몇 번 소리쳐 불렀습니다.

누군가 나와서 대문을 열어주었을 때 그 집 주인이거나 그 집에서 일하는 사람이기만 하면 아버지는 그 앞에 무릎을 꿇었습니다. 쿵 소리가 나도록 무릎을 꿇었습니다.

"저를 때리세요. 저를 호되게 때려주세요. 제 얼굴에 침을 뱉으셔도 됩니다. 제 얼굴을 향해 실컷 침을 뱉어주세요."

그러고는 갑자기 과거에 이 집 사람이 죽었을 때 아버지가 가서 밀고하고 돈을 챙겼던 일을 얘기했습니다. 사람들은 아버지의 말에 놀라움을 금치 못했지요. 목이 메었습니다. 어떻게 해야 좋을지 몰랐습니다. 10여 년 전 일이니까요. 분명 매장이나 화장이나 다 국가가 정한 일이었으니까요. 마침내 저와 아버지가 그런 사실을 인정하고 무릎까지 꿇었으니까요. 그러니 또 뭘 어떻게 할 수 있을까요. 그래서 모두들 잠시 놀란 표정을 지을 뿐이었습니다. 잠시 지난 일을 회상할 뿐이었지요.

"그게 정말 톈바오 자네가 한 일이었단 말인가?"

아버지는 무릎 꿇은 채 고개를 끄덕였습니다. 사람들도 잠시 분개하다가 너그럽게 용서해주었습니다. 그저 냉정하게 차가움과 따스함이 뒤섞인 말을 몇 마디 했을 뿐이지요.

"자네가 그런 짓을 했으리라고는 생각지도 못했네. 이렇게 작은 사람이 그렇게 큰일을 할 수 있다니. 모두들 자네 장례용품점에서 자네와 자네 안사람은 화장장의 장장과는 같은 부류가 아니라고 하더군. 게다가 자네들이 파는 화환은 값도 아주 싸고 말이야. 죽은 사람들에게서 많은 돈을 벌려고 한 적이 없으니 말일세. 그런 자네가 과거에 그런 짓을 저질렀을 거라고는 생각지도 못했네. 그만 일어나게. 정말로 사람은 겉모습만으로 판단할 수 없는 것 같구먼. 일어나게. 모두들 용서를 구하는 사람은 때리지 않는 법이라고 하네. 어서 일어나라고. 벌써 밤이 깊었어. 자네 부자도 얼른 집에 가서 자야지. 조금 전에 자네 아내가 넨넨을 시켜 우리에게 졸음을 막고 몽유를 방지하는 각성 차를 가져다주었네."

또 이렇게 아버지는 다시 몸을 일으켰습니다.

다음 집에 갔습니다.

또 그다음 집에 갔습니다.

여기는 구훙바오顧紅寶의 집이었습니다. 구훙바오는 우리 아버지보다 나이가 좀 많았지요. 키도 약간 더 컸습니다. 제가 방금 다섯째 아저씨 집에 놓아둔 차 사발은 바로 이 집에 가져다주려던 것이었어요. 제가 가져다주면 되는 일이었습니다. 한발 앞서 엄마의 호의를 전달하는 것이 더 좋은 일이었지요. 하지만 제 걸음이 너무느렸습니다. 저는 차가 든 사발을 사거리 남쪽 다섯째 아저씨 집 앞에 놓아두었습니다. 그러고 보니 이제 사정이 달라졌습니다. 사정이 연극처럼 크고 요란해졌습니다. 아버지의 계획에서 크게 벗어나고 말았지요. 제 복잡하고 아기자기한 상상력에서도 크게 벗어났습니다. 저희는 문을 두드렸습니다. 그리고 집 안으로 들어갔지요. 구훙바오 아저씨가 자기 집 마당에 서 있는 것을 보고 저희는 그를 향해 쿵 하고 무릎을 꿇었습니다.

"뭐 하는 건가? 뭐 하는 거냐고? 리톈바오, 자네 부자는 지금 여기서 뭐 하는 건가?"

　그의 집 마당에는 등불이 환하게 밝혀져 있었습니다. 그의 집이
어째서 돈이 많은 건지 알 수 없었습니다. 까닭 없이 우르릉 쾅 하
고 큰 부자가 되었지요. 돈이 많으니까 술도 마시고 돈이 많으니까
호화로운 도박도 할 수 있었습니다. 하얀 자기를 박아넣은 삼층짜
리 집도 지었습니다. 그렇게 바람도 순조롭고 물도 좋은 붉고 뜨거
운 세월을 보냈지요. 붉고 뜨거운 그 불빛 속에서 그의 집 건물이
쇠로 된 문에 붉은 칠이 되어 있고 금분과 은분으로 장식되어 있는
것이 보였습니다. 창틀도 강철을 꽃 모양으로 용접해 녹색 칠을 한
것이었어요. 마당 안에는 화초도 심어져 있고 연못도 있었습니다.
검은 승용차 한 대가 마당 안까지 들어와 새 기와집 차고에 주차되
어 있었지요. 저와 아버지는 그 차고 앞에서 무릎을 꿇었습니다. 시
멘트로 된 바닥인 마당 입구에 무릎을 꿇었지요. 구훙바오 아저씨
의 온몸에서 술 냄새가 났습니다. 그 술 냄새를 맡으면서 아버지는
그에게 과거에 밀고했던 잘못과 죄과를 털어놓았습니다. 양심의 가
책을 말하고 자신의 죄과를 말했습니다. 항상 잘못을 시인할 기회
를 찾았지만 10여 년 동안 주저하고 망설이면서 끝내 찾아오지 못
했다고 말했습니다. 오늘 밤 진의 모든 사람이 꿈속에서 몽유하고
있는데 자신도 꿈을 꾸는 것처럼 머릿속이 흐리멍덩해졌다가 분명
해지고 분명해졌다가 흐리멍덩해지기를 반복했다고 말했습니다.

　이렇게 찾아와 잘못을 시인했습니다.

　이렇게 찾아와 사죄했습니다.

　"저를 때리고 싶으면 때리세요. 욕하고 싶으면 욕하세요. 훙바오
형님이 절 때리고 욕하는 건 너무 당연한 일이에요."

어떤 일도 일어나지 않을 것이라고 생각했습니다. 기껏해야 먼저 찾아갔던 집들처럼 냉소가 섞인 몇 마디 잔소리를 듣는 것으로 그렇게 넘어갈 것이라고 생각했지요. 게다가 구훙바오의 어머니가 화장당한 일은 우리 아버지가 밀고한 것이라고 할 수도 없었습니다. 아버지가 밀고하러 화장장으로 가기 전에 그곳에서는 어찌 된 일인지 한발 앞서 구씨네 집에서 몰래 매장하려 한다는 사실을 알고 있었던 것이지요. 시신을 운구하는 차량이 한발 먼저 구씨네 집 앞으로 가서 멈춰 섰습니다. 하지만 어쨌든 우리 아버지도 화장장으로 갔지요. 그리고 외삼촌은 격려 차원에서 아버지에게 200위안을 건넸습니다. 그리고 아버지는 이렇게 구씨네 집을 찾아온 것이었어요. 와서 잘못을 시인하고 사죄하려 했던 것입니다. 그런데 아버지의 말을 듣고 구훙바오 아저씨의 얼굴이 쾅 하고 파랗게 질려버릴 줄은 생각지도 못했지요. 쾅 하고 눈도 커지더니 갑자기 차고 문 앞에 있던 몽둥이를 집어 허공에 높이 치켜들었습니다.

"이런 염병할, 알고 보니 네놈이었구나. 알고 보니 너 리톈바오였어. 이 염병할 놈아! 10여 년 동안 이 일을 잊고 있었는데, 이 몽유의 밤에 네놈 리톈바오가 흐릿한 정신으로 잘못을 인정하고 사죄하러 올 줄은 정말 생각지도 못했다."

알고 보니 구훙바오 아저씨는 말할 때 목소리가 가늘어져 여자 목소리가 났습니다. 알고 보니 여자 말투의 남자가 화를 내면 온몸에 전기가 통하는 것 같았습니다. 펄쩍펄쩍 뛰면서 나무 몽둥이를 집어들자 몽둥이마저 등불 아래서 펄쩍펄쩍 뛰면서 떨고 있었습니다. 그다음에 일어난 일들은 놀랍게도 또 다른 방향을 향해 흘러갔습니다. 놀라서 날뛰는 말이 고개를 흔들듯이 다른 방향으로 향했습니다. 구훙바오 아저씨가 처음 욕설을 내뱉었을 때 아버지는 침대에서 자다가 갑자기 따귀를 맞은 것처럼 깨어나고 싶지만 너무 깊이 잠들어 끝내 깨어나지 못하고 있는 것 같았습니다. 하지만 구훙바오 아저씨가 두 번째로 날카롭고 커다란 목소리로 욕하면서 몽둥이를 집어들었을 때는 아버지가 갑자기 꿈속에서 깨어났습니다. 갑자기 반쯤 뜨고 있던 눈이 커다랗게 뜨였지요.

"아이고, 내가 지금 뭘 하고 있는 거야!"

아버지는 소리 지르면서 저를 구훙바오 아저씨가 쳐들고 있는 몽둥이 아래로부터 잡아끌었습니다. 그렇게 저를 구훙바오 아저씨가 쳐든 몽둥이로부터 끌어내 뒤로 두 걸음 물러섰지요. 그런 다음 저를 또 구훙바오 앞으로 잡아당겨 몽둥이를 막았습니다.

"훙바오 형님, 정말로 사람을 치실 건가요? 절 치시는 건 겁나지 않지만 이제 겨우 열 살이 넘은 조카 녠녠도 때리실 건가요. 그래요. 치세요. 치시라고요. 할 수 있다면 녠녠도 때려죽여보시라고요."

아버지는 저를 몽둥이 아래로 밀어 보냈습니다. 그러면서 또 두 손으로 제 양어깨를 꽉 잡고는 즉시 저를 그 몽둥이 아래서 끌어낼 준비를 하고 있었지요.

제가 구훙바오 아저씨의 몽둥이를 막고 있었던 것입니다. 제 나이가 구훙바오 아저씨를 이겨내고 있었지요. 저는 마음속으로 몹시 불안했습니다. 몹시 혼란스럽고 겁이 났습니다. 너무나 당황스러웠지요. 땀이 나기 시작하더니 금세 두피와 온몸에 땀이 흥건했고 얼굴에도 온통 땀방울이 맺혔습니다. 하지만 아버지가 저를 몽둥이 아래로 밀어내는 것을 보는 순간, 구훙바오 아저씨의 몽둥이는 그대로 굳어버렸습니다. 그의 몸 전체가 굳어버렸지요. 이때 또 아버지가 이긴 것입니다. 아버지는 잠에서 깨어나 꿈을 이겨낸 것입니다.

"홍바오 형님, 제가 방금 한 말은 전부 꿈속에서 한 것입니다. 꿈 속에 있는 사람이 한 말을 형님은 진담으로 받아들일 수 있나요? 형님이 술에 취했을 때 취중에 한 말을 깨어나서도 진담으로 여기시나요? 법정에서도 잠꼬대나 술에 취해 한 말은 증거로 삼지 않는단 말입니다. 잠꼬대나 취중에 한 말을 정신병자가 지껄인 것으로 여기면서 어떻게 제가 방금 한 잠꼬대를 진담으로 여길 수 있나요? 제기 몽유 중에 한 말을 어떻게 진담으로 여길 수 있느냔 말입니다."

구홍바오 아저씨는 그 자리에 멍하니 서 있었습니다. 방금 저와 아버지가 무릎 꿇었던 그 자리에 서 있었지요. 허공에 들려 있던 몽둥이가 흐물흐물해져 그대로 멈춰 있었습니다. 아저씨가 그때 무슨 생각을 했는지는 알 수 없습니다. 자신이 술을 마시고 곤드레만드레한 것을 생각했는지 아니면 꿈꾸고 있는 사람들이 이상하고, 몽유하고 있는 사람들이 이상하다고 생각했는지 알 수 없었지요. 아저씨는 아버지 얼굴을 뚫어지게 쳐다보고 있었습니다. 제 눈도 뚫어지게 봤지요. 아버지가 잠을 자고 있는지 깨어 있는지 눈을 뚫어지게 쳐다봐 알아내려는 것 같았습니다. 꿈속에 있거나 몽유하고 있는 것인지 아니면 꿈에서 깨어나 이 세상에 있는 것인지 알아내려는 것 같았습니다. 어쨌든 아저씨 얼굴의 푸른빛이 옅어지고 있었지요. 어쨌든 아저씨 얼굴 전체가 멍한 표정이었습니다. 들고 있던 몽둥이도 힘없이 내려놓았지요. 하지만 아버지는 또다시 구홍바오 아저씨와 뭔가 다툼을 벌이게 될까봐 두려워하는 듯했습니다. 아저씨가 몽둥이를 힘없이 내려놓자 아버지는 저를 잡아끌고 몸을 돌려 아저씨네 집 대문 밖을 향해 걸음을 옮기기 시작했습니다. 빠른 걸음이었습니다. 도망치는 것 같았지요. 뛰어서 도망치는 것 같았습니다.

"내가 어째서 잠에서 깨어 또다시 잠든 거지? 어째서 또 몽유하게 된 거지? 어째서 호되게 매를 맞고도 여전히 잠을 자면서 몽유하고 있는 거지?"

아버지는 혼잣말을 하고 있었습니다. 혼자 중얼거리고 있었지요. 빠른 걸음으로 구홍바오 아저씨 집 밖으로 나오자 또다시 고개를 돌려 따라 나온 아저씨를 향해 큰소리로 말했습니다.

"구홍바오 형, 몽유하면서 한 말은 말이 아니니까 내가 한 말을 진담으로 여기지 말아요. 방금 동가 어귀에 사는 양광주의 어머니가 죽은 지 십 몇 년이 지난 남편을 찾겠다고 강가에 갔다가 물에 빠져 죽고 말았어요. 제가 그분을 등에 업고 돌아왔지요. 그런데 그의 어머니 시신을 등에 업고 가서는 그 집 사람들에게 제가 그의 어머니와 아버지, 할머니를 죽였다고 말했다니까요. 제가 그의 가족 세 사람을 죽여놓고 그 가족들에게 제가 죽였다고 말할 수 있을까요? 어디 한번 말해보세요. 저는 이렇게 키가 작은데 어떻게 한 가족 세 사람을 죽일 수 있겠냐고요? 구홍바오 형님, 내 말 듣고 계세요? 형님이 술에 취해 길거리에 쓰러져 있을 때 제가 몇 번이나 형님을 업어 집까지 데려다줬던 일 잊지 마세요. 홍바오 형님, 들어가서 주무세요. 형님 어머니가 화장장으로 끌려간 것은 저와 아무 관계도 없는 일이에요. 저는 그저 형님처럼 10여 년 동안 진에서 누가 그렇게 부덕하게 몹쓸 짓을 했는지 모르고 있다가 꿈속에서 정신이 흐려져 그 일의 누명을 뒤집어쓴 것이라고요. 그만 들어가서 주무세요. 저희 어머니도 매장하고 싶었지만 사람들이 밀고 할까봐 두려워 결국 제가 어머니를 들쳐 업고 화장장으로 모셨던 일을 잊지 마시라고요."

거리 한가운데 서서 아버지는 구훙바오 아저씨에게 아주 많은 말을 했습니다. 구훙바오 아저씨는 문 앞에 서서 넋이 나간 표정으로 아버지가 하는 그 많은 말을 다 듣고 있었지요. 아저씨가 숙취에서 깨어나 자신이 술에 취해 했던 말과 행동을 회상하고 있는 것 같았습니다. 사정이 이랬습니다. 일의 경과가 이랬습니다. 이날 밤 사이에 일어난 일이었습니다. 일평생의 천만 가지 일 같았습니다. 조금 전 구훙바오 아저씨는 술에 취해 있었고 우리 아버지는 꿈속에 있었습니다. 이제 아저씨는 술에서 깼고 아버지도 꿈에서 깼지요. 두 분 다 정신을 차리고 보니 조금 전의 그 모습이 아니었습니다. 그렇게 두 분 다 듣고 말하면서 일을 더 어지럽고 시비와 진위를 가릴 수 없게 만들어버렸습니다.

일을 어지럽히고 진실을 흐리게 했지만 그래도 정말로 가버렸습니다.

돌아가는 길 내내 아버지는 감히 잠을 잘 수 없다고, 감히 잠들 수 없다고, 일단 잠이 들어 몽유하면 일을 크게 망친다고 말했습니다. 사람 목숨을 해치게 된다고 했습니다. 문 앞에 서 있는 구훙바오 아저씨는 내버려두고 저를 잡아끌고 어수선하게 말을 하면서 집으로 돌아왔습니다.

그렇게 허둥대면서 집으로 돌아왔습니다.

제6권 사경·하

둥지 가득 새들이 부화했다

1. 01:50~02:20

큰일이 터졌습니다.

또 인명 사고가 터졌습니다.

아버지는 저를 데리고 얼마 가지 않아 그 재봉사 집에 도착했습니다. 재봉사 집은 구씨네 집 대각선 건너편에 있었습니다. 우리는 그곳에 가면서 구씨 집에만 들렀을 뿐, 그 재봉소에는 가보지 않았습니다. 하지만 돌아올 때 그 집 재봉사를 만났습니다. 큰 거리에는 훨씬 더 많은 발걸음이 오가고 있었습니다. 몽유하는 도둑들이었습니다. 몽유하지 않는 도둑들도 기회를 놓치지 않고 도둑질을 했습니다.

"도둑이야!"

"도둑이야!"

이렇게 외치는 소리가 어디서 들려오는지 알 수 없었습니다. 어디에선가 날카롭고 가는 바람이 불어오고 있는 것 같았습니다. 잠시 후 그 날카로운 바람이 둔해졌습니다. 외치는 소리도 잦아들었지요. 미세한 바람조차 불지 않았습니다. 크고 작은 거리와 골목의 불빛들이 진흙처럼 누렇고 희미했기 때문에 도둑들이 눈에 띄지 않았습니다. 황토처럼 누런 불빛이 희미하게 도둑들의 얼굴을 덮고 있었지요. 또 한 무리의 사람들이 맞은편에서 다가왔습니다. 크고 작은 짐 보따리를 등에 지고 있었습니다. 어깨를 스치고 지나갈 때, 저는 고개를 돌려 그들을 쳐다봤습니다. 아버지가 저를 다시 세게 잡아끌더군요.

"네 일이나 신경 써. 우린 아무것도 보지 못한 거야."

사람들이 다 지나가고 나서도 아버지는 저를 자기 품 안에 가둬 버렸습니다. 그러고는 저를 끌고 재봉소 문 앞으로 갔지요.

가게 문은 열려 있었습니다. 가게는 길가에 있었습니다. 문 앞에는 나무 팻말이 세워져 있고 팻말 위에는 '재봉'이라는 두 글자가 붉고 크게 쓰여 있었습니다. 희미하면서도 선명한 글씨였지요. 선명함 속에 비릿하고 뜨거운 피 냄새가 퍼져나왔습니다. 피 냄새를 따라 저는 재봉소 문 앞에 한 사람이 검게 변한 핏자국 속에 쓰러져 있는 것을 봤습니다. 죽은 사람이었습니다. 팔이 나뭇가지처럼 앞을 향해 뻗어 있었습니다. 손에는 죽어서도 놓지 않은 재봉틀의 부드러운 벨트가 쥐어져 있었지요. 저와 아버지는 가로등 불빛에 의지해 이런 모습을 보고는 그 불빛 아래 멍하니 서 있었습니다. 자세히 살펴보지도 못하고 아버지는 거칠게 저를 자신의 등 뒤로 잡아끌고는 몸으로 제 앞을 막았습니다. 아버지는 제가 그 피와 피투성이가 된 시신을 보지 못하게 했지만 그래도 저는 보고 말았습니다. 피는 진흙탕과 다르지 않았습니다. 시신의 머리는 깨져서 땅 위에 널브러진 수박 같았습니다. 사람과 피가 한데 뒤엉켜 있었습니다. 사람 하나가 진흙탕에서 목욕하고 나서 기어 올라오는 것 같았습니다. 아버지는 그런 광경을 바라보면서 처음에는 아무 말도 하지 않았습니다. 그렇게 계속 바라보다가 마침내 소리쳐 말했습니다.

"이보게, 류劉 재봉사, 자네 집에 큰일이 터졌네. 인명 사고가 났단 말일세. 아직도 몽유하고 있는 건가? 맙소사! 모두들 아직 잠을 자면서 꿈을 꾸고 있느냔 말일세."

그쯤 되자 저는 조금 전에 어느 일가족이 재봉틀과 원단, 천 자투리 등을 어깨에 메고 손에는 커다란 칼까지 들고 있던 일이 생각났습니다. 그제야 저는 또 한 번 아버지가 키는 별로 크지 않지만 목소리는 나무나 하늘처럼 높다는 것을 깨달았습니다. 거센 소리가 솟구쳐 올라 사다리처럼 하늘까지 닿을 수 있을 것 같았습니다. 구름 가까이 다가가 손으로 희미한 별과 달을 잡을 수 있을 것 같았지요.

곧이어 재봉소 점당 뒤의 창문에 등불이 켜졌습니다. 아버지는 저를 이끌고 집을 향해 달려갔습니다. 미친 사람처럼 뛰어갔지요.

사람이 죽었습니다.

정말로 사람이 죽었습니다.

몽유 때문에 한 명 또 한 명 사람들이 죽어갔습니다. 전부 강물에 뛰어들거나 멍하니 집 안에 들어앉아 죽음을 기다린 것이 아니었습니다. 훔치고 빼앗고 칼을 휘두르는 사람들이 있었습니다. 거리 어디든지 도둑과 강도들의 발걸음 소리가 울렸습니다. 또 어디서도 그런 소리가 들리지 않는 것 같기도 했지요. 도처에 도둑을 조심하라고 외치는 소리가 사람들을 일깨우고 있었습니다. 또 그렇게 외치는 소리 뒤에는 죽은 듯한 조용함과 고요뿐이었지요. 피 냄새의 흉악한 기운과 두려움의 냄새가 진 전체에 흐르면서 소리를 내고 있는 것처럼 고요했습니다. 이쪽 거리에서 저쪽 거리의 도둑질과 강도질, 살인과 비명을 들을 수 있었습니다. 저쪽 거리로 가면 또 이쪽 거리에서 나는 살인과 폭력의 요란한 비명이 들려왔지요.

모든 사람이 분주하게 움직였습니다. 바삐 돌아쳤습니다. 입으로는 전부 뭔가를 중얼거리고 있었습니다. 서로 어깨를 스치고 지나갈 때면 피차 아는 체를 하지 않았습니다. 서로 고개를 돌려 쳐다보는 일도 없었습니다. 주변에 아무도 없는 것 같았습니다. 세상이 전부 잠들어 있고 그 혼자만 깨어 바삐 움직이고 있는 것 같았지요. 하고 싶은 것이 무엇인지 알면 그는 곧 꿈속에서 그걸 했습니다. 뭘 해야 할지 모르면 몽유 속에서 밤새 이리저리 어지럽게 돌아다녔습니다. 동쪽으로 갔다가 서쪽으로 갔습니다. 벽에 부딪히면 방향을 틀었지요. 나무를 만나면 매섭게 자기 이마를 부딪혔습니다. 머리통을 세게 나무에 박았지요. 다리와 엉덩이도 매섭게 나무에 부딪혔습니다. 꿈에서 깨어나려고 애쓰는 것 같기도 하고 자신이 해야 할 일이 이게 아닌 다른 것임을 기억한 것 같기도 했습니다. 그리하여 고개를 돌려 다른 일을 하러 가기도 했습니다. 그곳에 잠시 멍하니 서 있다가 어리석게도 가서 뭔가를 하거나 또는 하지 않았습니다. 막막함과 모호함이 거리를 맴돌고 있었지요. 사방을 두리번거리며 살폈습니다. 뭔가를 찾는 것 같았습니다. 사실은 찾는 게 아무것도 없었지요. 눈에는 오로지 모호함과 잠기운만 가득했습니다. 사람이 연못 안에서 물 밖으로 나오려고 이리저리 헤엄치다가 기어오르는 것 같았습니다. 헤엄을 치면서도 코 고는 소리를 냈습니다. 물속에서의 호흡이 그렇게 편하고 순조로울 수는 없을 것 같았습니다.

큰길에는 장이 선 것 같았습니다. 사람들이 왕성하게 잔뜩 모인 것이 아니라 농번기가 지난 뒤의 한가로운 모임 같았습니다. 바쁜 시기가 지나 사람들이 모두 한가해지니 여기저기 거리에 구경하러 나온 것이지요. 뭘 사거나 팔아야겠다는 분명한 목적도 없었습니다. 하지만 그처럼 한갓지게 모인 사람들 중에 누군가는 약간 다급한 모습을 보였습니다. 발걸음이 나는 듯이 빨랐지요. 자동차나 기차를 타러 가는 것 같았습니다. 이처럼 혼란한 운집 속에서 큰길 뒤쪽 은밀한 데서 무슨 일이 벌어지는지는 아무도 알지 못했습니다.

무슨 일이 일어나고 있었을까요?

사람이 죽었습니다.

정말로 사람이 죽었습니다. 한 명, 몇 명, 아니 여러 명이 죽었습니다.

수많은 사람이 그 근처를 지나면서도 죽은 이를 보지 못하는 것 같았습니다. 길가에서 죽은 사람을 보는 것이 강가나 길가에 누워서 자는 사람을 보는 것 같았지요. 하지만 우리 아버지는 깨어 있어 저와 함께 이런 모습을 봤습니다. 게다가 죽은 사람들 위로 올라가 살펴보기도 했지요. 구씨네 집에서 나온 우리 아버지는 정신이 들었습니다. 재봉소 문 앞에서 시신을 봤을 때는 잠기가 완전히 가신 뒤였지요. 길가에 또 몇 명이 죽어 있는 것을 봤을 때는 잠이 완전히 깨어 조금도 졸리지 않았습니다. 알고 보니 시신이 잠기운을 쫓을 수 있었던 것입니다. 피 냄새가 사람들의 졸음을 쫓아낼 수 있었던 것입니다. 모기향이 모기를 내쫓는 것과 같았지요.

"촌장에게 가서 이 일을 알려야겠다. 진 정부에 가서 이 일을 알려야겠어. 빨리 진에 있는 파출소로 가서 경찰에 사건을 신고하고 향경鄕警들이 이 일을 처리하게 해야겠다."

아버지는 원래 저를 데리고 집으로 돌아가려 했지만 사거리 입구에서 생각을 바꿨습니다. 아버지는 저를 데리고 촌장네 집을 찾아갔지요. 빠른 걸음으로 큰길 위의 많은 사람의 꿈을 가로질렀습니다. 한 무리 또 한 무리 사람들의 꿈을 가로질렀지요. 하나 또 하나 숲을 가로지르는 것 같았습니다. 그들은 걸으면서 전부 발을 높이 치켜들었다가 아주 무겁게 내려놓았습니다. 천천히 발을 내려놓았다가 또 아주 빨리 들어올렸지요. 이상한 것은 그들이 그렇게 거친 동작으로 다급하게 걸으면서도 넘어지는 사람은 거의 없었다는 것입니다. 노면을 제대로 보지 못해 넘어지는 바람에 꿈에서 깨는 사람은 거의 없었지요.

그날 밤이 얼마나 깊었는지 모릅니다. 닭 울음소리가 들리는 사경쯤 되었을 겁니다. 아마 축시丑時 전후였을 겁니다. 이때 우리는 촌장네 집으로 가다가 제방 위의 작업에서 진으로 돌아오는 우리 이웃과 마주쳤습니다. 그 이웃도 몽유하고 있는지 거리 저쪽에서 이쪽을 향해 황급히 걸어오고 있었지요. 그의 걸음이 높아졌다 낮아지기를 반복하고 있었습니다. 셔츠 밑단을 허리춤 안에 집어넣은 아주 단정한 옷차림이 거리 가득 몽유하는 사람들과 달랐습니다. 발에 슬리퍼를 신고 있는 모습은 마치 자다가 방금 일어나 뒷간에 가려는 사람 같았습니다. 그렇게 걷고 걸어서 진으로 돌아왔습니다. 집으로 돌아가려는 것이었지요. 말은 하지 않았습니다. 얼굴이 잘못된 글자가 가득해 아무도 거들떠보지 않는 책 같았습니다. 제 옆을 지나갈 때 제가 큰소리로 그를 불렀습니다.

"옌 아저씨, 어떻게 된 일이에요? 진으로 돌아오신 거예요?"

그는 저를 거들떠보지도 않고 계속 앞을 향해 걸음을 재촉했습니다. 자기 집을 향해 계속 꿈속을 걸었지요.

알고 보니 작가인 옌 아저씨도 몽유하고 있었습니다. 사람들의 정신병이 전염된 것이지요. 저는 아버지를 잡아끌어 옌 아저씨의 뒷모습을 가리키면서 한번 보라고 했습니다. 아버지가 옌 아저씨를 바라봤습니다. 그 모습이 마치 걸어다니는 나무를 보는 것 같았지요. 그 나무가 거리 이쪽에서 저쪽으로 옮겨가는 것을 보는 것 같았습니다.

"저 양반마저 몽유를 하다니 정말 대단하네. 정말 대단해. 대단하고말고!"

아버지는 이렇게 말하면서 또 저를 끌고 황급히 촌장네 집을 향해 걸음을 옮겼습니다. 촌장을 찾아가면 사람들을 더 이상 몽유하지 않게 할 수 있기라도 한 것 같았습니다. 낮은 낮이고 밤은 밤이 되게 할 수 있을 것 같았습니다. 사람들이 제시간에 맞춰 할 일을 하게 할 수 있을 것 같았지요. 몽유와 소환과 전염은 같은 것이었습니다. 작가마저 소환되고 전염되니까 말입니다. 사람이 없는 곳에서도 전염이 이루어졌습니다. 사람들은 사람이 없는 곳에서도 전염되었지요. 이 몽유가 가오톈촌과 가오톈진, 푸뉴산맥에만 국한된 것이 아닌지도 몰랐습니다. 몽유가 현縣과 성省, 국가 전체에 퍼졌는지도 몰랐지요. 세상 전체가 밤만 되면 몽유를 하는 것일 수도 있었습니다. 저와 우리 아버지만 자지 않고 깨어 있었지요. 도둑들도 잠들지 않고 강도들도 잠들지 않았습니다. 아버지와 저는 말하고 생각하면서 앞을 향해 걸었습니다. 대화하는 것 같기도 하고 혼잣말을 중얼거리는 것 같기도 했지요. 저는 또 빠른 속도로 걸음을 옮기다가 고개를 끄덕이며 아버지 얼굴을 쳐다봤습니다. 아버지가 제 머리를 가볍게 다독이면서 말했습니다.

"이 아비는 더 이상 자지 않을 거야."

아버지의 머리는 맑은 물처럼 깨어 있었습니다. 잠기가 눈곱만큼도 없었습니다. 잠을 자지 않는다는 것은 재앙이었습니다. 잠을 자지 않는 사람들은 몽유를 관리하지 않을 수 없었지요. 허리를 곧게 펴고 걷는 사람들이 길가에 넘어지지 않도록 조심하는 것과 같았습니다. 옆에서 부축해줘야 했지요. 넘어지면서 흘린 물건들을 다시 주워줘야 했습니다. 물론 사람들이 넘어지면서 흘린 물건은 아주 많았습니다. 흘린 물건을 찾으면서 손이 닿는 대로 어떤 물건은 자기 주머니에 넣는 일도 흔했습니다. 거리 위에 많은 물건이 떨어져 있으면 저는 전부 주워서 집으로 가져갔습니다. 솥도 있고 우유도 한 봉지 있었습니다. 도둑이 훔쳐가다가 길 위에 흘린 옷과 구두도 있었지요. 밀을 베는 낫과 밀을 담는 마대 자루로 있었습니다.

촌장네 집은 가운데 거리 두 번째 골목 입구에 있었습니다. 삼층짜리 신축 건물이었지요. 붉은 벽돌과 붉은 기와 덕분에 낮이나 밤이나 거대한 불덩이처럼 보였습니다. 일곱 자 높이의 담장과 한 장두 자 높이의 옛날식 벽돌 및 기와로 지은 문루門樓의 가로 지지대에는 공택貢宅이라는 황금빛 두 글자가 새겨져 있었습니다. 문루에 달린 커다란 전구는 그의 아내가 거리에 서서 사람들을 욕할 때의 눈동자 같았습니다. 저랑 아버지는 촌장네 집에 도착했습니다. 문을 두드려 사람을 부르려던 차에 문이 약간 열려 있는 것이 보였습니다. 마당 안의 불빛이 대낮처럼 밝았습니다. 집 안의 불빛도 대낮 같았지요. 밤은 일찌감치 자시子時를 넘어 절반이 지난 터였습니다. 하지만 촌장과 그의 아내는 아직 잠들지 않고 있었어요. 촌장과 그의 아내는 집 안에서 음식을 곁들여 술을 마시고 있었습니다. 술 냄새가 집 안과 마당, 문밖 거리에까지 퍼져나갔지요. 마당의 배나무와 사과나무, 불빛 속의 과일들이 바닥에 떨어지거나 매달려 있는 쇠망치 같았습니다. 모기들이 지칠 줄 모르고 요란하게 날아다녔습니다. 나방들은 지쳤는지 힘겹게 날고 있었습니다. 나이 쉰이 넘은 촌장은 모기를 쫓으면서 술을 마시고 있었습니다. 마르지도 않고 뚱뚱하지도 않은 몸이 약간 굽어 있었지요. 어둡고 두꺼운 얼굴은 마비된 것처럼 멍한 표정이었습니다. 꼭 흙 같았지요. 집 안 벽에는 신상과 산수화가 걸려 있었습니다. 덩샤오핑의 초상화도 걸려 있었지요. 촌장의 그림자는 바로 이런 그림들 아래 드리워져 있었습니다. 거대한 「팔선과해도八仙過海圖」*가 한쪽 벽에 걸려 있고 파란 바다 그림이 다른 쪽 벽에 걸려 있었습니다. 촌장은 바로 그 해변에서 술을 마시고 있었지요. 작은 술잔이 그의 입에서 거센 파도 소리를 내고 있었습니다. 젓가락이 그릇과 접시 주변에서 노가 해안에 부딪히는 소리를 내고 있었습니다.

---

* 여덟 신선이 바다를 건너가는 모습을 그린 그림.

"염병할, 안 열어?"

뜻밖에도 촌장은 감히 문을 열지 않고 술을 마시면서 혼잣말을 중얼거렸습니다. 원망이 한 겹 한 겹 쌓여 있는 것 같았습니다.

"내가 자네한테 미움 산 일도 없잖아. 자네에게 그렇게 잘해줬잖아. 죽도록 소리치고 두드려도 절대로 문을 열지 않을 거라고."

그의 아내가 부엌에서 부추계란볶음을 한 접시 받쳐 들고 나왔습니다. 상의의 단추 절반이 열려 있었지요. 겉으로 드러난 젖가슴이 줄기를 벗어나 땅에 떨어진 가지 같았습니다. 그녀가 저와 아버지 곁을 지나갈 때의 모습은 마치 두 개의 기둥 앞을 지나가는 것 같았지요. 부추는 초록색이고 계란은 황금빛이었습니다. 쉰 살이 채 되지 않은 그녀의 미소 띤 얼굴은 붉은 칠과 갈색 칠이 마른 것 같았습니다.

"여보 공톈밍貢天明, 내가 또 계란볶음을 한 접시 만들어왔어요. 이번에는 내가 당신한테 더 잘하는지 그 과부가 더 잘하는지 꼭 알아야겠어요."

그녀는 촌장 맞은편 작은 탁자 옆에 앉아 스스로 술을 한 잔 따랐습니다.

"그 과부는 나이가 젊은 것 말고 나보다 나은 게 뭔지 모르겠어요. 이번에는 그 과부가 당신한테 정말로 잘하는 건지 거짓으로 잘대하는 건지 알아야 해요. 당신을 내쫓았을 뿐만 아니라 따귀를 때리기도 했잖아요."

그녀는 계란볶음이 담긴 접시를 촌장 앞으로 밀면서 말을 이었습니다.

"자, 들어요. 이 푸른 부추는 그 과부의 몸에서 도려낸 빽빽한 살이고 노란 계란은 그 과부의 몸에서 떼어낸 기름 많은 살이라고 생각해요. 그러니까 이 음식은 송두리째 그 과부를 볶은 거예요."

그러면서 또 진한 국물을 한 그릇 촌장 앞으로 밀어주었습니다.

"이건 그 과부의 갈비뼈를 우린 국물이에요. 이건 그 과부의 혀로 만든 냉채고요. 또 이건 과부의 젖가슴을 마늘과 함께 버무린 거예요. 그녀를 마음껏 먹고 마셔요. 그렇게 제 한도 풀고 당신의 한도 풀라고요."

촌장이 고개를 들어 자기 아내를 쳐다봤습니다. 아내 얼굴에는 원수를 갚았다는 성취감인지 아니면 무력감인지 모를 막막함이 가득했습니다. 하지만 그는 끝내 아내와 잔을 부딪치지 않았지요. 마른 칠 같은 아내의 얼굴을 쳐다보면서 아무 말 하지 않고 부추계란 볶음이라고 한 과부의 살만 한 젓가락 집어들었습니다.

저랑 아버지는 촌장도 몽유하고 있다는 것을 알았습니다. 그의 아내도 몽유하고 있다는 것을 알았지요. 그들은 꿈속에서 먹고 마시면서 원한을 따지고 있었습니다. 일호 청사의 문 앞에는 활짝 핀 월계화 화분이 두 개 놓여 있었습니다. 꼭 피 묻은 입 같았습니다. 음식 냄새와 꽃향기, 술 냄새가 이 밤에 진흙탕과 핏물처럼 촌장과 그의 아내를 삼키고 있었습니다. 촌장네 집 객청 문 앞에 서서 함께 30년 가까이 살아온 두 얼굴을 바라보고 있자니 30년째 펼쳐져 있는 판자를 바라보는 것 같았습니다.

"두 분은 몽유를 하고 있군요."

아버지가 문 쪽으로 한 걸음 더 다가갔습니다.

"몽유가 끝나면 얼굴을 좀 씻고 차를 한 잔 우려 마시세요. 얼굴을 좀 씻고 차를 마시면 정신이 한결 맑아질 거예요."

우리 아버지는 촌장네 집 객청으로 들어가 두 사람이 술을 마시고 있는 작은 탁자 옆에 섰습니다.

"촌장님, 정신 좀 차리세요. 오늘 밤 마을 사람 모두가 잠을 자지 않게 할 방법을 마련해야 합니다. 잠을 잤다 하면 몽유하게 되고, 몽유했다 하면 큰일이 터지니까요. 이미 사람이 죽었습니다. 여러 명이 죽었어요. 강물에 몸을 던져 죽은 사람도 있고 도둑이나 강도에게 맞아 죽은 사람도 있어요. 인명이 달린 큰일인데 계속 마을과 진이 어지럽도록 내버려두실 겁니까? 마을이 온통 솥에서 끓고 있는 죽처럼 어지러워지고 있단 말입니다."

말을 마친 아버지는 촌장네 세숫대야를 찾아 촌장에게 얼굴을 좀 씻도록 물을 대야 절반쯤 떠다주었습니다.

"자, 얼굴 좀 씻으세요. 씻고 정신이 들면 어서 마을 일을 돌보시라고요. 사람들 목숨이 눈앞에서 하나씩 사라지게 할 수는 없잖아요."

아버지는 얼굴 씻을 물을 촌장 발 옆에 놓아주었습니다. 촌장은 우리 아버지를 잠시 쳐다보더니 세숫대야에 담긴 물을 내려다보더군요. 그러고는 스스로 술을 한 잔 더 따랐습니다.

"난 당신이 왕얼상王二<u>哥</u>인 줄 알았더니 왕얼상이 아니었어. 왕얼상도 아니면서 무슨 얼굴을 씻어라 손을 씻어라 잔소리를 하는 거야?"

그는 또 술을 한 잔 마셨습니다. 또 안주를 집어 먹었습니다. 우리 아버지는 또 다른 말을 했습니다.

"형수, 촌장님 얼굴 좀 씻어줘요."

그러면서 눈길을 촌장 아내에게로 옮겼습니다. 그러고는 재빨리 그녀의 몸에서 눈길을 거둬들였지요. 옷 밖으로 드러난 젖가슴이 정말로 줄기에서 떨어진 가지 같았습니다.

"어서 촌장님 얼굴 좀 씻어주세요. 형수 얼굴도 좀 씻고요. 마을과 진에 대규모 인명 사고가 벌어지고 있으니 촌장님이 그대로 방치해서는 안 되잖아요. 더 방치했다가는 사람들 목숨이 하나씩 계속 사라질 거라고요."

"먼저 형수가 얼굴을 좀 씻고 정신 차린 다음에 촌장님도 씻어드리세요. 자, 그만 드시고 먼저 정신을 차려서 촌장님 얼굴을 씻어드리라고요."

아버지는 이렇게 말하면서 그 자리에 서 있었습니다. 촌장 부부는 계속 음식과 술을 먹고 마셨지요. 옆에 다른 사람은 없는 것 같았습니다. 결국 우리 아버지가 촌장의 얼굴을 씻어주려 하자 촌장이 버럭 화를 냈습니다. 그가 벌떡 일어나더니 젓가락을 탁자 위와 아래로 던졌습니다.

"이런 염병할! 넌 대체 누군데 감히 와서 내 얼굴을 더듬는 거야? 네가 내 마누라라도 되는 줄 알아? 네가 왕얼샹인 줄 아냐고? 날 조금만 더 건드렸다가는 우리 마누라한테 왕얼샹을 볶았던 것처럼 너도 볶아서 술안주로 만들라고 할 테니까 그런 줄 알아."

대단히 위력적이고 호방한 말이었습니다. 얼굴이 노기와 호기로 가득 차 시퍼랬지요. 등받이 없는 의자를 집어들어 우리 아버지 몸이나 머리 위로 던질 것만 같았습니다.

아버지는 잠시 막막한 표정을 지었습니다.

"저 톈바오예요. 절 못 알아보시겠어요?"

아버지가 뒤로 약간 물러나 다시 말했습니다.

"화환을 만들어 파는 리롄바오라고요. 촌장님을 몽유에서 깨어나게 하려고 왔어요."

"꺼져!"

촌장은 다시 자리에 앉았습니다. 그러고는 또 스스로 술을 따랐지요. 다시 젓가락을 들었습니다. 젓가락에 묻은 흙을 털지도 않고 곧장 냉채 접시를 향해 뻗었습니다. 그의 아내는 남편을 쳐다보면서 웃고 있었지요. 우리 아버지를 쳐다보면서 또 웃었습니다.

"우리가 몽유하고 있다고요? 당신 얼굴에 잠기가 벽처럼 두껍게 앉아 있는 거나 보고 말해요. 집에 가서 잠이나 자지 왜 한밤중에 찾아와 남의 집 일에 참견하는 거예요. 왜 한밤중에도 우리 남편을 편하게 내버려두지 않느냐고요? 이 양반이 촌장이지 당신네 집 하인이나 날품팔이꾼은 아니잖아요. 이 양반은 당신들이 한밤중에 마음대로 찾아와 이래라저래라할 수 있는 사람이 아니란 말이에요."

촌장 부부는 또 음식을 먹고 술을 마셨습니다. 먹으면서 이건 왕얼상의 허벅지라고, 이건 그 과부의 가슴살이라고 말했습니다. 그녀를 먹고 그녀를 마셨지요. 그녀를 먹고 마시는 것이 그녀와 자는 것과 같았습니다. 그렇게 뜨겁게 달아오른 마음으로 그녀를 그리워했지요. 이런 말로 촌장의 비위를 맞출 수 있을 것이라고 생각했지만 촌장은 술잔을 높이 들기만 할 뿐, 두 눈으로는 아내를 차갑게 노려보고 있었습니다. 아내를 향해 분노를 내뿜고 있었지요. 그의 아내는 재빨리 눈길을 촌장에게서 거둬들였습니다. 목소리도 아주 작아졌지요. 태도도 무척이나 부드러워졌습니다.

"문을 열어주지 않았다고 날 탓할 건가? 자네를 쫓아내면서 따귀를 때린다고 날 원망할 건가?"

　저와 아버지는 촌장네 집에서 나왔습니다. 촌장네 꿈에서 빠져 나왔지요. 밤은 원래 모습 그대로였습니다. 그래도 어디든지 발걸음 소리와 소곤대는 말소리가 감춰져 있었지요. 그 밤에는 신비한 불안이 공기처럼 도처에 가득 차 있었습니다. 어느 나무 뒤에 사람이 하나 숨어 있는 것과 같았습니다. 어느 담장 구석에 사람이 하나 숨어 있는 것과 같았지요. 어찌 된 일인지 거리의 가로등이 갑자기 전부 꺼졌습니다. 진 전체의 가로등이 전부 꺼졌지요. 축시가 되면 저절로 꺼지는 것인지 아니면 몽유하는 도둑들이 스위치를 내려버린 것인지 알 수 없었습니다. 거리는 온통 암흑천지였습니다. 외진 골목에만 한 가닥 진한 어둠이 관통하고 있었지요. 어두운 밤에 보이지 않는 발걸음 소리가 더 맑고 선명하게 귀를 울렸습니다. 그러면서도 더 흐릿하게 들렸지요.

　밤이 도둑들에게는 좋은 밤이 되었습니다.

　진은 도둑들의 좋은 진이 되었지요.

　세상은 도둑과 강도들의 훌륭한 천하가 되었습니다.

　아버지가 제 손을 잡아끌었습니다.

　"정전이라 그런 거니까 너무 겁먹지 마."

　저는 아득한 어둠 속에서 아버지를 향해 고개를 끄덕였습니다. 그러면서 아버지의 왼손을 꼭 잡았지요. 아버지의 손가락은 매일 화환을 만들다보니 모래바닥처럼 거칠어져 있었습니다. 우리는 집으로 돌아갔습니다. 어둠을 더듬어 몇 걸음 가는 것이 마치 어둠 속에서 별빛과 달빛을 보는 것 같았습니다. 발밑의 길은 물처럼 약간 진흙 빛을 띠고 있었습니다. 우리는 그렇게 걸었습니다. 등 뒤에서 우리를 쫓아오는 발걸음 소리가 들려왔습니다. 우리는 황급히 걸음을 멈추고 뒤를 돌아봤어요. 황급히 걸음을 멈추고 몸을 돌렸습니다. 그 발걸음 소리가 아버지에게 가까이 다가오기 전에 아버지는 상대방에게 먼저 선의를 보였습니다.

"어이 — 누구요? 뭘 하려는 거예요? 우리 부자의 눈에는 아무것도 보이지 않아요."

상대방에게 아무 말도 할 수 없었습니다. 그 어두운 그림자는 그래도 계속 우리를 향해 다가왔습니다. 갈수록 걸음이 더 빨라졌습니다.

"당신네 두 사람은 누구신데 방금 우리 집에 왔던 겁니까? 방금 우리 집에 왔던 사람이 당신들이지요?"

알고 보니 촌장이었습니다.

촌장이 그의 집, 그의 꿈으로부터 나와 쫓아온 것이었습니다. 손에는 손전등을 들고 있어 잠시 저와 아버지의 얼굴을 비췄습니다. 손전등이 꺼졌습니다. 촌장은 그 희미함 속에 서서 어떤 일을 생각하며 추측하고 있었습니다.

"공 촌장님, 댁에 차가 있으시지요? 형수님에게 차를 우려달라고 해서 마시세요. 아니면 제가 집에 돌아가 녠녠을 시켜 한 사발 가져다드리겠습니다."

촌장은 아무 말 하지 않았습니다. 그러더니 잠시 후 갑자기 입을 열었지요.

"조금 전에는 내가 잠기운 때문에 머리가 혼미했던 모양일세. 지금은 잠이 깨고 머리에 금이 한 가닥 간 것 같네. 조금 전에 자네가 우리 집에 와서 마을 사람들이 죽었고 그것도 한 명이 아니라 여러 명이라고 하지 않았나?"

"아이고, 그렇습니다. 정말 여러 명이에요. 전부 몽유로 죽거나 남들에게 맞아 죽었지요. 그래서 촌장님이 정신 차리고 이 일을 살피셔야 한다는 겁니다."

밤은 기이하게 조용했습니다. 기이한 조용함 속에 사람들을 애태우고 갑갑하게 하는 초조함이 담겨 있었지요. 저는 말을 하는 아버지의 조급함과 손바닥에 난 땀을 동시에 느꼈습니다. 촌장은 전혀 조급해하지 않았어요. 촌장은 어둠 속에서, 희미함 속에서 얼굴마저 완전한 어둠으로 변했습니다. 완전한 어둠 속에 있다보니 얼굴은 없고 몸만 우리 앞에 서 있는 것 같았지요. 그렇게 말없이 한참을 서 있었습니다.

"리텐바오, 사람들이 죽으면 자네는 화환이나 수의를 팔아 돈을 벌 수 있겠지. 하지만 그런 횡재를 해도 몇 푼 벌지 못할 거야. 내가 자네에게 목돈을 줄 테니 오늘 밤 나를 도와 한 가지 일을 좀 처리해줄 수 있겠나? 가서 독약을 좀 구해오게. 마침 아들 일가가 집에 없거든. 진 사람들도 전부 몽유하고 있는 틈을 타 독약을 좀 구해다 우리 마누라 술잔이나 국그릇에 타주게. 그래야 내가 왕얼상과 순조롭게 결혼할 수 있거든."

말을 마친 촌장은 그 자리에 서서 미동도 하지 않았습니다. 그의 눈앞에 있는 저와 아버지의 검은 그림자만 쳐다보고 있었지요. 눈에 보이지 않는 뭔가를 보고 있는 것 같았습니다. 아버지의 손바닥에서 갑자기 땀방울이 떨어졌습니다. 갑자기 아버지의 뜨거운 손바닥에 냉수가 솟아나와 한기가 흐르는 것 같았습니다.

"무슨 말씀을 하시는 건가요, 촌장님? 저 텐바오는 담이 그렇게 크지 못합니다. 저는 그저 진 전체의 몽유가 무서워 일이 터질까봐 촌장님을 찾아갔던 겁니다. 일 보세요. 저는 얼른 집에 돌아가 잘 우려낸 차를 한 사발 가져다드리겠습니다."

아버지는 이렇게 말하면서 제 손을 잡아끌고 촌장 곁을 떠나 집으로 돌아왔습니다. 처음에는 작은 걸음으로 걷다가 점차 큰 걸음으로 걸었지요. 큰 걸음으로 바삐 걸으면서 아버지는 또 고개를 돌려 저 뒤에 우뚝 서 있는 검은 그림자를 바라보며 걸음을 늦췄습니다.

"돌아가세요, 촌장님. 누가 이 세상에 와도 그건 쉽지 않을 겁니다. 제가 집에 가서 따뜻한 차를 한 사발 가져다드리겠습니다."

저쪽에 서 있던 촌장이 즉각 말을 하진 않았습니다. 또 잠시 시간이 지나서야 촌장의 말이 뒤에서 쫓아왔지요.

"그 여자 왕얼샹을 정말 좋아하는데 내가 어떻게 하면 좋을지 말해주게. 날 위해 방법을 좀 찾아주게."

촌장의 목소리에 다급하고 뜨거운 무력감이 담겨 있었습니다. 그 말에 따스하고 선한 기운이 담겨 있는 것 같았습니다. 정말로 꿈에서 깨어 나온 것인지 아니면 여전히 꿈에 깊이 빠져 있는 것인지 알 수 없었지요. 아버지는 오직 제 손을 잡고 빠른 걸음으로 집에 돌아가는 데에만 정신을 집중했습니다. 다시 말을 했지만 이때는 그저 상징적으로 뒤를 향해 고개를 돌렸을 뿐입니다.

"돌아가세요, 공 촌장님. 진에 저 리톈바오보다 입이 더 무거운 사람은 없으니까요. 제가 돌아가서 꿈 깨는 차를 한 사발 가져다드리겠습니다."

그러고 나서 우리는 촌장이 몸을 돌려 걸음을 옮기는 소리를 들었습니다. 촌장은 마누라를 죽일 것인가 말 것인가, 왕얼상을 들어 앉힐 것인가 말 것인가를 고민하면서 아주 천천히 걸었지요.

2. 02:22~02:35

진에 파출소가 하나 있었습니다.

파출소는 진 정부 사무소 맞은편 원자院子 안에 있었지요. 원자 안에는 나무와 전등, 그리고 전기 선풍기가 있었습니다. 파출소의 향경들은 모두 원자 안에서 시원하게 밤잠을 자고 있었어요. 진흙처럼 누런 등불이 마치 반짝이는 황토빛 호수 같았습니다. 원문院門은 철근으로 된 울타리 형식의 대문이었습니다. 그 철근 울타리에 올라서면 다섯 개의 대나무 침대가 나란히 놓여 있는 것을 볼 수 있었지요. 마치 시판尸板 다섯 개가 놓여 있는 것 같았습니다. 하지만 그들, 즉 사람들은 살아 있었어요. 다섯 명의 향경은 군영의 병사들처럼 침대 위에서 자다가 하나둘 몸을 구부려 일어나 병사들처럼 신발을 신고 몸을 돌려 일제히 후원의 담장을 향해 걸음을 옮겼습니다. 담장 아래에 이르자 자신들의 양물陽物을 꺼내 담장 밑을 향해 소변을 분사했지요. 쏴쏴 물소리가 났습니다. 진 밖에 있는

244

거대한 수로가 바로 이 원자 안에서 발원하는 것 같았습니다. 소변을 먼저 본 사람들은 그 자리에 서서 아직 다 보지 못한 사람들을 기다렸습니다. 손은 여전히 자기 양물을 붙잡고 있었지요. 이내 다섯 명이 전부 소변 보기를 마쳤습니다. 소장인지 누군지 알 수 없는 사람이 뭐라고 한마디 하자 다섯 명이 일제히 명령에 따라 각자의 양물을 흔들어 끝에 남아 있던 소변을 털어냈습니다.

소변을 깨끗이 처리한 그들은 또 나란히 몸을 돌려 한 몸처럼 자리로 돌아왔지요.

나란히 한 몸처럼 신발을 벗고 침대 위로 올라가 잤습니다. 숨쉬는 소리와 코 고는 소리가 수로의 물이 원자 밖으로 흘러가는 소리 같았습니다.

"진에 인명 사고가 났는데 가봐야 하는 것 아닌가요? 인명 사고라고요."

저와 아버지가 외치는 소리가 철근 울타리 문 사이를 뚫고 들어갔습니다. 세 명의 향경이 동시에 몸을 접어 일어났지요. 그러고는 동시에 대문 쪽을 향해 벽돌 같은 한마디를 던졌습니다.

"꺼져! 잡혀 들어오고 싶어서 한밤중에 와서 소란 피우는 거야? 이 안에 구금되고 싶어서 그래?"

외침과 동시에 뻣뻣한 몸을 다시 침대 위에 눕히는 소리가 들렸습니다. 화환에 꽂힌 대나무 막대 수십 개가 밤의 어둠 속에서 동시에 부서지는 소리 같았습니다.

그러고 나서 조용해졌습니다. 이 가는 소리가 박자를 맞춰 들려왔습니다.

3. 02:35～03:00

진 정부의 간부들도 전부 몽유하고 있었습니다.

상하좌우 전부가 몽유하고 있었습니다. 전구와 백열등만 깨어 있어 환하게 빛나고 있었지요. 정부 청사 마당에 깔린 오래된 벽돌의 균열 무늬도 아주 선명하게 보였습니다. 바늘 하나가 벽돌 틈새에 떨어진다 해도 한눈에 찾아낼 수 있을 것 같았습니다. 모기들이 불빛 사이를 날아다녔습니다. 포도넝쿨 시렁의 어두운 구석도 번쩍번쩍하며 아주 신비한 모습을 띠고 있었지요. 이 건물은 100년 전에 지어진 오래된 것이었습니다. 푸른 벽돌과 푸른 기와가 꼭 묘당 같았지요. 경성의 고궁 같기도 했습니다. 원래는 민국 시기에 한 지방 신사가 살던 삼진三進*의 사합원四合院** 건물이었으나 나중

---

* 세 동의 주요 건물로 되어 있어 가장 중요한 본채에 가려면 세 개의 문을 통과해야 하는 저택 구조.

에 진 정부 소재지가 되어 역대 정부의 사무실로 사용되었지요. 역대 진장과 그의 부하들이 이 푸른 벽돌과 푸른 기와 안에서 바삐 혹은 한가로이 일을 했습니다. 신문을 읽고 문건을 심의하고 회의를 열었지요. 진 관할의 촌락들과 푸뉴산맥 사이의 크고 작은 일을 지도하고 처리했습니다. 이날 밤, 진 정부의 관원들이 전부 몽유했습니다. 진장도 몽유했지요. 부진장도 따라서 몽유했습니다. 진장과 부진장이 모두 몽유한 것이지요. 그 푸른 기와 건물의 크고 작은 인물들이 진장의 지시에 따라 전부 몽유했습니다.

그들은 몽유 과정에서 황제의 근정勤政 조회 같은 일을 벌였습니다. 보름 전에 진에 온 극단이 궁전의 연극인 「양가장楊家將」과 「포공안包公案」을 공연했습니다. 지금은 이 희복戲服들이 정말로 요긴하게 쓰이고 있지요. 진장은 제왕의 두루마기를 입었고 부진장은 재상의 두루마기를 입었습니다. 제왕의 두루마기에는 용과 봉황이 수놓아져 있고 옷 둘레 가장자리는 전부 황금빛이었습니다. 넉넉한 소매가 바지통처럼 넓었습니다. 일품 재상의 복장과 대신들의 복장도 옷단이 전부 황금빛이었고 붉은 허리띠가 달려 있었지요. 황후와 공주, 비빈들의 복장에는 온갖 옥기玉器와 마노, 유리 장식이 잔뜩 달려 있어 몹시 반짝거렸고 수시로 옥석과 황금이 서로 부딪치는 소리가 났습니다. 정부의 대청 회의실 전체가 이날 밤에는 조정의 근정 조회가 이루어지는 보전寶殿으로 변했지요. 진장과 부진장을 제외한 나머지 다른 진 간부들은 차례대로 무관이나 장군,

---

** 가운데 원자를 두고 북쪽에 '정방正房', 동쪽에 '동상방東廂房', 서쪽에 서상방'西廂房', 남쪽에 '도좌倒座'가 사각형으로 둘러싸고 있는 전통 주택 양식으로 베이징을 비롯해 중국의 오래된 도시들에 두루 분포하고 있다.

문관의 복장을 갖췄습니다. 원래는 진의 통신원이나 심부름꾼으로 일하던 사람들도 조정의 관복과 요복僚服*을 입고 있었습니다. 휘황찬란했지요. 진주와 보석이 번쩍거렸습니다. 등불도 환하게 밝혀져 있었지요. 더없이 밝고 환한 가운데 문 앞에는 또 붉은 등롱이 몇 개 걸려 있었습니다. 원래 진 정부의 청소부로 일하던 사람들도 지금은 관원들이 드는 엄숙한 팻말을 들고 회의실의 여러 신하 옆에 서 있었습니다. 원래 진 정부 방송국의 아나운서였던 사람들도 황후나 공주가 되어 있었지요. 일부는 황제 뒤에서 부채질하는 궁녀가 되어 있었습니다. 분위기가 아주 엄숙하고 장엄한 가운데 모두들 근엄한 기품이 넘쳤습니다. 모든 사람의 눈에 피로가 가득했지만 얼굴에는 불면을 지탱해주는 호기심과 매혹된 표정이 가득했습니다. 높은 사람이 곧 잠들기 직전에 뭔가 듣고 보려 애쓰는 모습 같았습니다. 대신과 장군들은 모두 황제가 된 진장 앞에 무릎을 꿇었습니다. 진장은 용의龍椅에 앉아 있었지요. 용의 앞 궁희宮戲 무대 위에는 금으로 테두리를 조각한 탁자가 놓여 있었습니다. 탁자 위에는 노란 비단으로 싼 커다란 옥새가 놓여 있었지요. 옥새는 탁자 한가운데에 있고 그 양옆에는 붓걸이에 걸린 붓과 뚜껑이 덮인 작은 찻잔이 놓여 있었습니다. 궁녀가 진장에게 제비집과 흰 목이버섯을 넣고 달인 보양탕을 가져다 바치자 진장은 다소 못마땅한 듯한 눈빛으로 보양탕을 내려다봤습니다. 그러고는 가볍게 손을 내젓자 궁녀가 황급히 물러갔습니다.

"말해보시오. 천하의 대사는 꿇어앉아 해결할 수 있는 것이 아

---

* 관료들이 조정에 나갈 때 착용하는 복장.

니오.”

　진장의 어투는 황제의 어투와 다르지 않았습니다. 아주 느리고 듣기 약간 거북했지요. 재상과 대신들은 모두 곁눈질로 몰래 황제의 안색과 정황을 살폈습니다. 황제가 또 천천히 그 보양탕을 입으로 가져가는 것을 보고 있었지요. 황제의 심정이 평온해진 것을 보고는 모두들 조마조마하던 마음을 내려놓았습니다.

　“모두들 앉아요. 앉아서 한 사람씩 짐에게 말해보시오.”

　이 한마디에 재상과 대신들은 일제히 일어서서 허리를 구부리고 황제 앞으로 나와 소매를 휘저으며 한목소리로 “황공하옵니다. 폐하!”라며 인사를 올렸습니다. 그러고는 황제 면전에서 양쪽으로 나누어 앉거나 섰지요.

　“누가 먼저 말하겠소? 아무래도 승상이 먼저 말하는 게 좋겠구려. 이번 달에 강남 지역에 가서 보고 듣고 조사한 바를 말해보시오.”

　부진장이 황급히 앞으로 나아가 허리를 구부리고 소매를 털면서 말했습니다.

　“네, 폐하. 하해와 같은 황은에 감사드리옵니다. 신은 어지를 받들어 남하하여 한 달 넘게 남방 지역을 둘러봤습니다. 산동을 지나 쉬저우까지 갔지요. 또 배를 타고 운하를 따라 난징과 우시, 양저우, 쑤저우, 창수 일대를 거쳐 항저우까지 갔습니다. 신은 이런 곳들을 다니면서 항상 평복 차림으로 개인적인 방문 형식을 취해 어느 지역에서도 관민을 놀라게 한 일이 없었습니다. 가는 곳마다 국태민안國泰民安했고 백성 모두 부유했으며 황상의 은혜와 은덕에 감사하지 않는 사람이 없었습니다. 모두들 일제히 ‘황제 폐하 만세,

만만세!'를 외쳤습니다."

얘기를 다 듣고 나서 황제가 손을 내저으며 말했습니다.

"또 이런 식이로군. 매번 같은 말이오."

하지만 그러면서도 황제는 얼굴에 미소가 가득했습니다. 눈에도 즐거움이 가득했지요.

"그러고 보니 할 말이 있어서 돌아온 거로군. 경성에서 강남까지 가려면 교통이 불편해 먼 길을 걸었을 텐데 마馬 승상은 한 달 넘게 그곳에 다녀왔으니 역시 힘들고 지쳤을 것이오. 짐이 내일부터 휴가를 줄 터이니 가족과 노복들을 데리고 청더承德의 피서산장避暑山莊에 가서 며칠 쉬다 오도록 하시오."

그러고는 다시 손을 내저어 승상을 물러가게 했습니다. 진장은 바로 앞에 두 줄로 늘어서 있는 신하와 장군들을 훑어봤습니다.

"리 도독都督, 변방에서 돌아온 지 여러 날이 지났으니 짐에게 변방의 상황에 관해 얘기해보시오. 거대한 서북 변방 백성의 삶과 추위의 고통에 관한 얘기를 좀 자세히 들려주시구려."

진 무장부대의 부주임 리촹李闖이 사람들 무리에서 나와 장군 전포의 소매를 위로 가볍게 잡아당겼습니다. 그러고는 무릎 꿇고 고개를 들어 종을 치는 것처럼 쩌렁쩌렁한 목소리로 말했지요.

"장군인 저를 서북 지역에 보내셔서 변방을 지키게 해주신 폐하의 하해와 같은 황은에 감사드리옵니다. 변방은 3년 전 이미 병란으로 황폐해진 터에 전쟁이 끊이지 않아 민생이 더더욱 피폐해져 있었습니다. 제가 도독으로 파견된 곳은 해마다 재난을 당해 굶주린 백성이 무리를 이루고 있었고 지나가는 전마들을 향해 늘 백성이 먹을 것을 구걸하고 있었습니다. 게다가 흉노가 계속 경내로 쳐들어와 밤마다 습격과 약탈을 일삼았습니다. 특히 수확할 계절이 다가오면 침략과 약탈이 더욱 기승을 부렸지요. 말을 타고 무장한 상태로 쳐들어와 민가에 불 지르고 약탈과 부녀자 강간을 자행했습니다. 이 때문에 변방의 백성은 농사지을 의욕을 잃은 데다 먹을 양식조차 없는 처지였지요. 이에 대부분의 농민은 집과 밭을 버리고 내지로 이주하고 있는 실정이었습니다. 하지만 황상께서 소신을 도독으로 파견하신 뒤로 소신은 황상께서 내려주신 어명과 전략에 따라 먼저 외부 세력을 평정하고 이어서 내부 치안을 강화하는 동시에 변경의 수비를 철저히 하고 적을 맞아 죽을힘을 다해 싸웠습니다. 전투를 치를 때마다 사상자가 발생했고 사병들은 뒤로 물러섰지만 군대 전체 위아래가 마음과 힘을 하나로 합쳐 이에 대응했습니다. 모든 사람이 변경에서 죽는 한이 있더라도 뒤로 물러나 목숨을 구하고자 하지 않았습니다. 도독인 제가 맨 앞에 서서 병사들을 이끌면서 말 한 필로 선봉이 되었지요. 물로써 흙을 엄호하는 격이었습니다. 치렌산祁連山 전투에서 소신은 몸 세 군데에 화살을 맞았으나 화살이 박힌 채 계속 앞으로 나아가 적을 맞아 싸웠습니다. 사흘 밤낮으로 전투를 벌이면서 말에서 내린 적이 없었고 손에서 검을 내려놓은 적도 없었지요. 식사도 말 등에서 했고 잠도 말안장 위에서 잤습니다. 결국 적군을 크게 물리치고 흉노를 120리 밖으로 몰아냈지요. 이 치렌산 전투 이후로 서북 지방의 전선에서 파죽지세로 적을 물리치면서 연전연승할 수 있었습니다. 적은 연전연패하다가 서서히 물러나기 시작했습니다. 결국 서북의 산하를 되찾고 평화와 안정을 되찾았습니다. 떠났던 변방의 주민들이 전부 돌아와 다시 농사를 짓기 시작했고 땅과 천륜의 즐거움을 향유할 수 있게 되었지요. 지금은 섬서와 감숙, 영하, 몽골 일대가 전부 평안한 상태이고 농사도 큰 수확을 올리고 있습니다. 국태민안한 가운데 백성의 모든 생업이 왕성하게 살아나고 있지요. 서북 각지의 산천과 각 민족이 한족漢族 출신 장수인 소신이 병사들을 이끄는 것을 보고는 전부 폐하의 군대를 향해 무릎 꿇고 만세삼창을 했습니다. 그러면서 제게 조정으로 돌아가거든 폐하께 자신들을 대신해 문안 인사를 드리고 만세삼창을 해달라고 부탁했습니다."

무장부 부주임이 끝맺은 이 장황한 서술은 구구절절 음률에 맞았습니다. 듣고 있던 신하 모두 입을 벌린 채 말을 하지 못하고 얼굴 가득 놀란 표정을 지었지요. 알고 보니 일개 무장부 부주임이 이자성李自成의 12대손으로 뜻밖에도 이처럼 화려한 말재주와 글재주를 갖추고 있었던 것입니다. 진장마저 이런 보고를 듣고 놀라움과 기쁨을 감추지 못했지요. 놀란 부진장은 멍한 표정으로 샘을 내고 있었습니다. 진의 경제와 민정, 교육 등을 관장하는 고위 관리들은 이제 모두 일국의 경제대신과 민정대신, 교육대신으로서 무장의 글재주와 말재주 앞에서 자괴감을 느끼며 어쩔 줄 몰라 했습니다. 진장이 이 무장부 간부를 좋아한다는 사실은 모두가 알고 있었지요. 이 무장부 간부가 부고급副股級에서 과급科級 간부로 진급하게 될 것을 두려워하고 있었습니다. 어쩌면 그가 치안을 담당하는 부진장이 될지도 모를 일이었습니다. 옛날로 치면 변방을 지키는 총도독이 되는 셈이지요. 모든 사람의 눈길이 가죽 전포를 입고 있는 변방의 도독에게 집중되었습니다. 그렇게 다들 황제인 진장이 껄껄 호탕하게 웃으며 자리에서 일어나 탁자 앞을 왔다 갔다 하고 이리저리 몸을 돌리는 모습을 바라보고 있었지요. 황제는 다시 용의 앞에 서서 탁자 위의 옥새를 만지작거렸습니다.

"리 도독, 그대는 문무 공히 탁월한 전략과 지모를 갖췄고 덕망과 재능을 겸비해 진의 변경에서 큰 공을 세웠고, 덕분에 최근 3년 동안 흉노도 마음과 입으로 복종을 맹세하면서 해마다 공물을 바치고 있소. 조정의 질서를 위해서는 포상과 징벌이 엄정해야 하나 짐은 지금 당장 그대를 총도독으로 임명하고자 하오. 서북과 동북, 운남과 대만, 광동, 광서 등 각지 변방의 전사와 분쟁을 전부 관리하도록 하시오."

이어서 황상은 얼굴 가득 미소를 지으며 다시 한번 앞에 도열해 있는 문관과 무장들을 훑어보더니 깊은 안도의 한숨을 내쉬었습니다. 천하의 모든 일이 전부 조화와 평정을 되찾아 근심과 걱정이 다 사라진 것 같았지요.

"교육과 민정 분야의 대신들도 폐하께 아뢸 점이 있으면 지금 아뢰도록 하시오."

수석 대신의 첨언에 교육대신과 민정대신은 서로의 얼굴을 쳐다봤습니다. 민정대신이 앞으로 두 걸음 나서서 소매를 휘저으며 궁례躬禮를 올린 뒤 한쪽 무릎을 꿇고 말했습니다.

"소신에게 아뢸 말씀이 한 가지 있으나 적절한지는 잘 모르겠습니다."

"말해보시오."

황제가 민정대신을 바라봤습니다. 외부로 순찰을 나가 억울함을 외치는 백성을 바라보는 것 같았습니다.

"오늘 황상인 나는 일찌감치 근정에 임하고 있고 기분이 아주 좋소. 그대들 모두 무슨 문제라도 있으면 기탄없이 말해보도록 하시오."

민정대신이 무릎을 꿇고 있다가 벌떡 일어서서 눈길을 황상에게로 돌렸습니다. 황상을 바라보다가 다시 고개를 돌려 좌우 두 줄로 도열해 있는 문신과 무장들을 쳐다봤습니다.

"이번 여름 국민은 황상의 천복을 입어 천 리의 땅에서 만 리의 풍성한 수확을 거뒀습니다. 밀의 알곡이 보리 알곡만큼이나 컸지요. 하지만 기상원에서 최근에 긴급 소식을 전해왔습니다. 사흘 뒤부터 하늘에서 큰비가 내릴 것이고 흐린 날이 보름 내지 한 달 정도 이어질 것이라고 합니다. 이에 따라 우리 왕조의 엄청난 면적의 땅이 물에 잠길 전망이라 서둘러 수확하지 않으면 절반 이상의 밀이 밭에서 그대로 썩을 것이라고 합니다. 그러면 엄동에 식량이 부족해지고 굶주린 백성은 큰 재앙을 겪게 됩니다. 기상대의 예측에 따르면 왕조가 오늘날 국태민안을 누리고 있고 만민이 이를 한마음으로 기뻐하고 있지만 이 태평성대의 번화함 배후에는 거대한 재난이 숨어 있다는 것입니다. 바라건대 황상께서는 편히 거하실 때 위험을 생각하는 마음을 갖고 신처럼 밝은 눈으로 일찌감치 성지를 내리셔서 천하의 백성에게 밤낮 가리지 말고 서둘러 수확해 양곡을 창고에 저장하는 동시에 폭우와 홍수를 방비하게 하셔야 할 것입니다. 곳곳에 제방을 쌓고 촌민들의 주거를 정비함으로써 큰 재난에 대비할 수 있도록 만전을 기해야 합니다. 제때 손쓰지 않으면 우리 왕조에 백성이 삶을 제대로 이어갈 수 없는 고통이 닥칠 것이고, 이로 인해 강산은 안정되지 못할 것입니다. 바라건대 황상께서는 소신의 미천한 말을 거듭 통촉해주시길 바랍니다."

민정대신은 말을 마치고 또다시 소매를 흔들어 궁례를 올렸습니다. 아울러 곁눈질로 몰래 황상의 눈치를 살폈지요. 황상은 표정이 그리 밝지 않았습니다. 확실한 대답을 하지 않고 하품만 했지요. 들은 건지 만 건지 알 수 없었습니다. 약간 짜증을 내는 것도 같았습니다. 민정대신은 이로 인해 얼굴에 불안과 경직을 감추지 못했습니다. 천하를 위해 간언 한마디 하는 데 목숨을 걸어야 하는 것 같았지요. 바로 이때 공교롭게도 무대 위에서 또 다른 연극이 펼쳐졌습니다. 항상 결정적인 위기의 순간에 절정이 교차되는 또 다른 이야기가 전개되기 마련이지요. 다시 말해 바로 이때, 궁 밖에 있던 문지기가 황급히 궁전 안으로 뛰어 들어와서는 황상과 여러 신하 앞에서 재빨리 예를 갖추고는 신속하게 보고를 올렸습니다.

"황상께 아룁니다. 궁 밖에 고약한 백성 둘이 나타나 마구 궁 안으로 들어오려고 합니다. 소인이 재삼 말렸지만 두 사람은 무슨 일이 있어도 직접 진장이신 황상을 만나뵈어야 한다고 합니다. 성 밖에는 양곡이 풍작이지만 농민들은 밤새 수확을 하고 있다고 합니다. 몽유하는 것 같다고 합니다. 성내 진에서는 사람들이 피곤해서 깊은 잠에 빠지거나 몽유하고 있는 틈을 타 도둑질과 강도 짓이 횡행하고 있다고 합니다. 재물을 빼앗기 위해 사람을 죽이기도 한답니다. 요컨대 천하 대란이 일어나 왕조가 붕괴 직전에 있다는 것입니다. 황상께서는 이 사악한 자들을 접견하실 것인지 말 것인지 속히 성지를 내려주시길 바랍니다."

진장은 눈길을 문지기 병사에게로 옮겼습니다.

"그들이 사악한 자들이라고 확신하는가?"

문지기 사병은 졸린 눈을 비비면서 말했지요.

"틀림없습니다. 진에 있는 장례용품점에서 화환을 팔고 있는 부자입니다. 죽은 돈을 사서 산 돈으로 바꾸는 사람들이지요."

황상은 다시 문지기 사병에게서 눈길을 거둬들여 잠재적인 우환을 아뢴 민정대신에게로 옮겼습니다. 차가운 눈빛이었지요. 흥 하고 가볍게 콧방귀를 뀌기도 했습니다. 마지막으로 황상은 눈길을 변경의 도독이자 무장부 부주임인 리창에게로 옮겼습니다.

"도독, 외세를 막는 일도 그대를 필요로 하고 내지를 다스리는 일도 그대를 필요로 하는 것 같소. 궁 밖에 나가 좀 살펴보도록 하시오. 본 왕조를 존중하지 않는 자들과 이 나라가 국태민안하지 않다고 모함하는 자들에게는 한 가지 해결책밖에 없소. 목을 베는 것이오."

이 말을 들은 리 도독은 놀라서 혀가 굳어지고 말았습니다. 그는 여러 대신에게서 눈길을 거둬들이고는 문지기 병사를 따라 궁전을 나섰습니다.

나이가 이미 서른아홉인 무장부 부주임은 직위상 치안과 상방上訪*을 책임지고 있었습니다. 이 일을 담당한 지 이미 10년이 넘은 터였지요. 와신상담하면서 비굴하게 아첨도 했지만 현재 여전히 부고급副股級 직위에 불과했습니다. 이제 아무도 빼앗아갈 수 없는 자신만의 기회를 맞은 셈이었지요. 이리하여 그는 큰 걸음으로 진 정부 청사 대문을 나섰습니다.

진 정부는 진의 번화한 구역에 있는 것이 아니라 진 동북쪽 구석에 위치해 있었습니다. 대문 앞에는 민국 시기에 세워진 청석 사자

---

* 대중이 억울하거나 불합리한 문제를 해결하기 위해 직접 관공서 등 정부 기관을 찾아가 진정하는 행위.

가 여전히 자리를 지키고 있었습니다. 청사 네 모퉁이의 포루도 그대로 남아 있었지요. 적막했습니다. 그저 쓸모없는 진열품일 뿐이었습니다. 여섯 칸의 청석 계단도 그대로였습니다. 하늘 위에서 구름이 떠내려왔습니다. 허공에서 그림자가 떨어졌지요. 진의 가로등이 전부 꺼졌습니다. 하지만 청사 문 앞의 등은 환히 밝혀져 있었지요. 밤새 켜져 있는 등이 진 정부가 시골 거리와 다르고 정부기관이 일반 백성의 세계와 다르다는 것을 극명하게 보여주고 있었습니다. 저와 아버지는 그곳으로 갔습니다. 저와 아버지는 진 정부의 자금성紫禁城 문 앞으로 갔습니다. 저와 아버지가 청사 문 앞에서 보고하러 들어간 위병이 돌아오기만을 기다리고 있을 때 뒤에서 한 사람이 다가왔습니다. 몽유하고 있는 노인이었어요. 머리칼은 말라서 푸석푸석했고 치아는 다 빠져 있었습니다. 입을 굳게 다문 얼굴에는 움푹 파인 자국이 있었습니다. 그 입을 열자 보통 사람들의 입보다 훨씬 더 큰 것을 알 수 있었습니다. 그는 진에서 전문적으로 상방으로 밥을 먹고 사는 가오빙천高丙臣이라는 나이 일흔둘의 노인이었습니다. 이미 열여덟 차례나 상방을 한 인물이었지요. 그는 쓸 돈이 떨어지면 상방을 했습니다. 정부가 그에게 약간의 돈을 주면 상방 길에서 곧장 걸음을 돌렸지요. 먹을 음식이 떨어져도 그는 상방을 했습니다. 정부가 그에게 쌀과 국수를 주면 그는 이걸 받아 먹으면서 발길을 돌렸습니다. 그가 상방을 하지 않는 날은 진 전체가 태평하여 상방하는 사람이 하나도 없는 날이었습니다. 하지만 그는 매년 매달 상방을 했지요. 그의 딸이 현에 있는 공장에서 사망했습니다. 하지만 공장에서는 그의 딸이 지병으로 사망했다고 우겨댔지요. 공장에서 아무런 보상도 해주지 않자 그는 곧장 상방 길에 나섰습니다. 그에게 양노養奴를 제공하는 사람이 없자 또 상방에 나섰지요. 오늘 밤의 몽유 속에서 저와 아버지는 그가 몽유 상태에서 억울한 일을 고발하러 왔을 것이라고 생각했습니다. 그는 우리 등 뒤에서 걸어와 불빛 아래서 누렇고 탁한 눈을 껌뻑이고 있었습니다. 입으로는 연신 모호하면서도 분명한 말을 쏟아내고 있었지요. 분명하면서도 모호한 말이었습니다. 얼굴 가득 진흙 같은 누런 미소를 띠고 있었지요.

"앞으로는 상방하러 오지 않을 거요. 다시는 상방하러 오지 않는다고."

"앞으로는 정말로 상방하러 오지 않을 거요. 다시는 고발하러 오지 않는다고."

그렇게 중얼거리는 그의 얼굴에는 웃음이 한 층 또 한 층 쌓여 갔습니다. 아버지가 그에게 왜 더 이상 상방하러 오지 않겠다는 거냐고 물을 때 마침 외세를 몰아내는 일과 내부 치안을 두루 담당하고 있는 리청이 나타났습니다. 리청은 무대에서 장군들이 입는 전포를 입고 있었지요. 길을 걷는 모습은 무척 당당해 보였지만 하는 말은 꿈을 꾸는 것 같았습니다. 청사 문 앞의 청석 계단에 멈춰 선 그는 눈길을 계단 아래 있는 저와 아버지에게로 던졌습니다. 우리가 입을 열기도 전에 가오 노인이 리청 앞으로 한발 나섰습니다.

"리 부주임님, 저는 더 이상 상방하러 오지 않을 겁니다. 리 부주임님, 제가 또 찾아온 것은 부주임님과 진장님께 확실하게 밝히기 위해서입니다. 지난번에 상방하러 왔을 때 두 분께서는 제게 그 전에 준 돈을 어떻게 그리 빨리 다 썼냐고 물었지요. 하지만 저도 왜 이렇게 빨리 돈이 다 떨어지는지 알 수 없었습니다. 분명히 베개 밑에 넣어두었는데 며칠 안 돼서 찾아보니 돈이 없더라고요. 돈이 없으니 하는 수 없이 다시 상방에 나서서 두 분으로부터 돈을 뜯어내야 했지요. 하지만 오늘, 오늘 밤에 잠을 좀 자다가 꿈을 꾸었습니다. 꿈속에서 제가 두 분이 주신 돈을 잃어버릴까봐 두려워 저희 집 후원의 감나무 구멍 안에 넣어두는 것을 봤지요. 결국 그 나무에서 돈을 찾았습니다. 다 찾아보니 3만 위안이 넘더군요. 저는 또 다른 나무 구멍 안을 뒤져봤습니다. 찾기 시작하고 얼마 안 돼서 또 2만 위안이 나오더군요. 이어서 저는 제가 자던 침대와 벽 사이 틈새를 살펴봤습니다. 침대 아래 틈새도 찾아봤지요. 제가 합쳐서 얼마나 찾아냈는지 맞혀보세요. 다 합쳐서 12만 3800위안을 찾아냈습니다.

12만 3800위안이 있으니 더 이상 상방할 필요가 없어졌습니다. 그 돈이면 제가 죽을 때까지 먹고 마시기에 충분하니까요. 양로는 물론 장례까지 문제없습니다. 리 부주임님, 제가 찾아온 것은 부주임님과 진장님께 정말로 앞으로는 상방을 하지 않겠다는 다짐을 알려드리기 위해서입니다. 때려 죽여도 다시는 상방을 하지 않을 겁니다."

밤은 더웠고 사람은 흥분했습니다. 등불의 누런빛이 가오 노인의 가가대소 같았습니다. 그는 그렇게 웃고 말하면서 계단 아래쪽에서 위쪽으로 올라갔습니다. 리창 바로 앞까지 다가가는 동안 그는 그 12만 3800위안 얘기를 세 번이나 반복했습니다. 하지만 그가 다가가자 리창이 그를 막아섰습니다. 그를 막아설 때 저와 아버지는 리창의 입에서 삐져나온 한마디를 들었지요.

"정말 더 이상 상방하러 오지 않을 거요?"

"맹세할 수 있습니다. 다시는 안 옵니다."

리창은 또 가오 노인을 자기 앞으로 잡아끌었습니다. 그가 아주 낮은 목소리로 한 말 속에 차가운 냉기가 한 줄기 담겨 있었습니다.

"당신이 상방을 하지 않는다면 상방을 관리하는 나 같은 사람도 필요치 않게 될 것이오. 더 이상 진으로 상방하러 오지 않으면 매달 십 몇 위안의 상방 안정비도 없어질 것이오. 당신이 상방하지 않으면 어떻게 내가 외침을 막고 내부 치안을 관장하는 도독의 직책을 유지할 수 있겠소? 내 말대로 하세요. 앞으로도 매달 거르지 말고 상방하러 오도록 하시오. 매년 매달 현에 속한 시에 가서 억울한 사정을 얘기하란 말이오. 알겠소?"

이렇게 말하면서 그는 가오 노인의 어깨를 잡고 흔들었습니다. 가오 노인은 그가 어깨를 흔드는 바람에 몽유에서 깨어났는지 잠시 멍한 표정을 짓더니 '어어—' 하면서 뭔가 말하려는 듯한 태도를 보였습니다. 정말로 몽유에서 깨어난 것 같았습니다. 그는 잠시 리창을 쳐다봤습니다. 말하는 소리가 점점 더 다급해지고 커지더군요.

"리 부주임님, 희복 전포를 입고 눈을 가늘게 뜨고 계신 걸 보니 몽유하고 계신 것 같군요. 저는 방금 비몽사몽 상태에 있었지만 정말로 제가 평소에 어디에 감췄는지 모르던 곳에서 돈을 찾아냈습니다. 다 합쳐서 12만3800위안이나 되더군요. 이렇게 큰 뭉칫돈이 생겼으니 이제 다시는 상방하러 오지 않을 작정입니다. 정말로 더는 상방하고 싶지 않아요."

리 부주임은 말을 하지 않았습니다. 리 도독은 한마디도 하지 않았습니다. 가오 노인을 잠깐 쳐다보고는 또 쳐다봤습니다. 그러더니 갑자기 가오 노인을 뒤로 확 밀더군요. 그런 다음 입고 있던 희복 소매를 위로 약간 말았습니다. 땅에 끌리는 전포를 위로 약간 들어올렸지요.

"그러면서 내게 외침도 막고 내지도 안정되게 하라는 거요? 진에 상방하러 오는 사람들이 직업을 잃어 할 일이 없게 만들려는 거요? 당신이 상방을 하지 않는다면 이는 나와 진장의 앞길을 막는 일일 뿐만 아니라 본 왕조의 재원을 막는 일이란 말이오. 알기나 하오?"

이렇게 말하면서 그는 갑자기 민첩한 동작으로 장군의 전포를 벗어 획획 땅바닥에 흔들었습니다. 그런 다음 다시 가오 노인 앞에 섰지요.

"이제 나는 무장부의 그 새알 같은 부주임이 아니오. 나는 본 왕조의 도독으로서 전국의 대외 전쟁과 내치를 총관하고 있소. 누구든 내 말을 듣지 않으면 얼마든지 죽일 수 있소. 당신도 내 말을 듣지 않으면 내 손에 죽을 것이오."

이렇게 말하면서 그는 주먹으로 가오 노인의 가슴을 툭 쳤습니다. 가오 노인이 뒤로 두 걸음 물러섰습니다. 18년 동안이나 상방을 했던 가오빙천, 더 이상 상방을 하지 않겠다는 가오 노인은 정부 안에서의 일을 알지 못했습니다. 국가 사직의 일을 이해하지 못했지요. 그는 두 걸음 뒤로 물러선 채 말없이 나무처럼 그 자리에 서 있었습니다. 그렇게 리청을 바라보면서 같은 말을 반복하고 있었지요.

"도독님은 몽유하고 있어요. 몽유하고 있기 때문에 도독님과 얘기하지 않을 겁니다. 진장을 찾아가 직접 말하겠어요. 저는 정말로 더 이상 상방을 하고 싶지 않다고 말이에요. 정말로 상방할 필요가 없어졌으니까요."

이렇게 말하면서 진 정부 청사 안으로 몸을 비집고 들어가려 하자 리창이 그를 밖으로 밀어냈습니다. 한 사람은 안으로 몸을 들이밀고 다른 한 사람은 이를 밀어내고 있었지요.

대도독은 노인을 밀어내다가 갑자기 어디서 났는지 몽둥이를 하나 집어들었습니다. 굵기와 길이가 팔뚝만 한 몽둥이로 가오 노인의 머리통을 야무지게 내리쳤습니다. 노인의 머리가 깨지면서 피가 뿜어져 나왔지요.

"아야— 어머니—"

큰소리와 함께 18년 동안 상방해 억울함을 토로하던 가오 노인이 진 정부 청사 계단 위에 쓰러지고 말았습니다.

그렇게 계단 위에서 죽었습니다.

죽기 직전에 하늘을 우러러 목청을 높여 똑같은 말 한마디를 외쳤습니다.

"나는 정말로 더 이상 상방하고 싶지 않아요. 정말로 더 이상 상방하지 않을 거예요."

피가 계단 위에서 그가 외치는 소리를 타고 아래로 흘러내렸습니다. 저와 아버지는 계단 아래에 몸이 굳은 채 서 있었지요. 괴상망측한 사병의 복장을 한 문지기는 알고 보니 진 정부의 젊은 직원이었습니다. 스무 살 남짓 되어 보였지요. 진장 집안과 친척관계였기 때문에 이런 일자리를 얻을 수 있었습니다. 그는 줄곧 리 부주임 뒤에 서 있어 눈앞에서 벌어지고 있는 쟁의를 목격했지요. 그는 계단 위에 쓰러진 가오 노인을 힐끗 쳐다보고는 몸을 돌려 청사 안으로 뛰어갔습니다. 뛰면서 소리쳤습니다. 뛰면서 외쳤습니다.

"사람이 죽었어요. 정말로 사람이 죽었다고요!"

"사람이 죽었어요. 정말로 사람이 죽었다고요!"

외치는 소리가 마치 집이 무너지는 소리 같았습니다. 하늘이 무너지고 땅이 꺼지는 소리 같았습니다.

리 부주임은 미동도 하지 않았습니다. 차분한 모습이었지요. 장관과 도독의 직위에 어울리는 품격이었습니다.

"이 몸이 변경을 3년이나 지키고 흉노를 수천수만 명 죽였는데 너희 고약한 백성 몇 명이 소란 피우는 걸 두려워할 줄 알아?!"

이렇게 말하면서 리 부주임은 몽둥이를 한쪽으로 집어던지고는 땅 위의 희복을 집어들었습니다. 그러고는 눈길을 계단 아래 있는 저와 아버지에게로 돌렸지요.

"당신들은 진 거리에 신세계 장례용품점을 열어 화환을 팔고 있는 부자가 아닌가? 내가 당신들한테 장사 거리를 만들어줬군."

그렇게 그는 희복에 묻은 흙을 털었습니다. 흙이 아직 묻어 있는지 다 털렸는지 모른 채 그렇게 정성껏 털었습니다.

"두 사람에게 말하는데, 여기는 진 정부가 아니오. 여긴 자금성의 금란전金金殿이란 말이오. 나는 리창 부주임이 아니라 본 왕조의 삼군대도독이오. 누구든지 함부로 궁전에 난입하여 천하를 소란하게 하면 성지가 없어도 염병할 황천길을 가게 할 테니 그리 아시오. 귀찮은 영감 가오빙천과 같은 최후를 맞게 된다고."

그렇게 그는 장군도독의 복장을 애지중지하며 몸을 돌려 천천히 진 정부의 궁전 안으로 들어가버렸습니다. 한 걸음 한 걸음 천천히 움직였습니다. 당황하지도 않고 조급해하지도 않았지요. 불빛 아래서 그림자가 그 사합원의 오래된 건물 안으로 사라졌습니다. 진 정부 청사였지요. 밤새 거대한 꿈을 꾼 웅장한 궁전 안으로 사라졌습니다.

저와 아버지는 놀란 눈으로 이 광경을 바라보고 있었습니다. 몸에 한기가 돌았습니다. 손도 떨렸지요. 아버지가 땀에 흠뻑 젖은 제 손을 잡아끌었습니다. 제 손은 얼음물처럼 차가운 아버지의 식은땀에 흠뻑 젖었습니다. 온몸이 얼음처럼 차가운 식은땀에 젖었습니다.

제7권 오경·상

큰 새와 작은 새들이 어지럽게 날고 있었다

1. 03:01~03:10

사람들을 더 이상 몽유하도록 놔둘 수는 없었습니다.

사람이 한 명 죽는 것은 몽유 속에서 이빨을 하나 갈아버리는 것과 같았습니다. 한 집을 털고 강도 짓 하는 것이 사람이 꿈속에서 잠꼬대를 하는 것 같았습니다. 진 정부에서 돌아오면서 아버지는 어떻게 해야 사람들을 몽유하지 않게 할 수 있는지 알지 못했습니다. 아버지는 엄마에게 큰 솥을 사거리에 내다놓게 했습니다. 연탄 부뚜막을 사거리에 내다놓고 불을 붙이고 솥에 물을 하나 가득 붓게 했습니다. 그리고 그 솥에 찻잎을 한 줌 넣고 끓이게 했지요.

한약방에 가서 잠을 쫓고 정신을 각성시키는 빙정冰晶과 웅황雄黃을 사다가 솥에 넣었습니다.

한밤중의 진은 어둡고 희미했습니다. 사거리 쪽은 불과 빛이 환히 밝혀져 있었습니다. 몽유하는 사람은 없었습니다. 어쩌다 몽유에서 빠져나온 사람들이 너덧 혹은 대여섯 명씩 무리를 이루고 있었지요. 모두 사거리에서 웅황탕과 차를 마신 덕분이었습니다. 이들은 또 웅황탕과 차 끓이는 일을 돕기도 했습니다.

이날 밤, 저희 아버지는 대단한 성인이 되었습니다. 엄마와 깨어 있는 한가한 사람들에게 거리에 나가 차와 웅황탕을 끓이게 했지요. 아버지는 어디선가 징을 하나 찾아내 큰 거리와 작은 골목을 돌아다니며 외쳤습니다.

"여러분― 몽유하는 밤에는 도둑과 강도들을 예방하도록 하세요."

"여러분― 촌장과 진 정부가 전부 몽유하고 있으니 우리 스스로 도둑과 강도들을 막아야 합니다."

"여러분― 졸음을 이기지 못할 것 같은 분들은 모두 사거리로 나와 차를 드세요. 나와서 웅황탕을 드세요. 차와 웅황탕을 드시면 졸음이 싹 달아날 겁니다. 큰 꿈에서 막 깼을 때와 똑같아진다고요."

아버지의 징 소리에 수많은 집이 대문을 열었습니다. 아버지의 징 소리에 수많은 집이 창문을 열었습니다. 몽유가 두려운 사람들이 정말로 사거리로 모여들어 대성황을 이루었지요. 모인 사람들은 차와 빙정웅황탕을 마셨습니다. 차를 마시면서 이 몽유의 밤에 관해 길고 짧은 논의와 진술을 이어갔지요.

"어떻게 된 거예요? 어떻게 된 거지? 어떻게 우리 가오톈이 천년백년 만에 한 번 일어날까 말까 한 몽유의 열병에 빠진 건가요? 믿을 수가 없어요. 하지만 믿지 않을 수도 없잖아요."

크고 작은 거리와 골목마다 발걸음 소리가 울렸습니다. 온 세상에 발걸음 소리가 가득했지요. 모두들 사거리로 나와 차를 마셨습니다. 그리고 전부 한가하게 또는 요란하게 모여 몽유에 관한 신기하고도 기괴한 이야기들을 주고받았습니다.

사거리에는 사람이 아주 많았습니다. 회의가 열리는 것처럼 많았지요. 도처에 차 냄새가 떠다녔습니다. 도처에 빙정웅황탕의 쓴 맛이 가득했지요. 사람들은 모두 선 채로 차와 웅황탕을 마셨습니다. 쭈그리고 앉아 마시는 사람들도 있었지요. 저희 엄마는 집무시장에서 물건을 파는 것처럼 바빴습니다. 솥을 사이에 두고 차와 웅황탕을 한 사발 또 한 사발 쉴 새 없이 사람들에게 건넸습니다. 한편 저희 아버지는 징을 치면서 진 동남쪽에서 정남쪽으로 가다가 두 가지 작은 사건을 만났습니다. 여러 신령님께 말씀드리지 않을 수 없는 사건이었습니다.

첫째는 아버지가 징을 치고 외치면서 가다가 한 사람을 만난 일입니다. 나이가 예순쯤 되어 보이는 노인이었지요. 이 노인은 어느 골목에서 걸어 나왔습니다. 나무로 만든 두 바퀴 짐수레를 끌고 있었지요. 수레 위에는 사람이 한 명 서 있는 것 같았습니다. 수레 위에 서 있는 사람은 침대보로 얼굴과 몸을 가리고 있었습니다. 그가 넘어지지 않게 하려고 노인은 허리를 구부린 채 수레를 아주 천천히 몰아 수레 상판이 시종 평형을 이루게 했지요. 그렇게 평형을 유지하면서 저희 아버지 앞에 이르렀습니다. 노인은 아버지를 피해 수레를 길가로 몰았습니다. 그러고는 고개를 돌려 뭐라고 중얼거렸습니다.

"신이시여, 내려와서 저를 좀 도와주세요. 제가 향을 아주 많이 태웠잖아요."

아버지는 정말로 수레 앞에 흙을 구워 만든 향로가 하나 놓여 있는 것을 발견했습니다. 향로에는 향이 세 가닥 꽂혀 있었지요. 향은 절반쯤 탄 상태였습니다. 옅은 불빛이 반짝였지요. 수레를 끌면서 신을 찾는 영감은 진 북쪽 구석에 사는 가장 가난하고 연약한 자오링건趙靈根이었습니다. 게다가 저희 아버지보다 훨씬 더 야위었지요. 예순이나 일흔쯤 된 것 같았습니다. 여든 살쯤으로 보이기도 했어요. 그래서 마을 사람과 진 사람 모두 그를 영감님이라고 불렀습니다.

"영감님—"

"영감님—"

이 영감님은 평생 남들을 대신해 향을 피우는 것으로 세월을 보냈습니다. 우연히 향을 피워 어느 집 어린아이의 병을 치료하면 그 집에서 영감님에게 3위안이나 5위안을 주곤 했지요. 8위안이나 10위안을 주는 집도 있었습니다. 영감님은 저희 아버지를 보더니 진장을 만난 것 같은 반응을 보였습니다. 현장을 만난 것 같기도 했습니다. 하지만 보자마자 이내 평정을 되찾았지요. 현장이나 진장을 만난 것 같지 않았습니다.

"톈바오로군. 알고 보니 톈바오 자네였어. 신은 내가 부른 거지 훔친 게 아닐세. 톈바오, 전에 우리 아버지가 돌아가셨을 때 자네가 밀고했다고 하는 사람들이 있었지. 그래서 나는 향을 태우고 개두의 절을 올리면서 마음속으로 자네를 저주했네. 자네가 죽기를, 자네 가족 모두 좋은 세월을 보내지 못하게 되기를 빌었지. 하지만 나중에 나는 정말로 신을 믿게 되었네. 마음이 신의 마음을 따르다보니 자네를 저주하지 않게 되었지. 자네 가족을 저주하지도 않았어. 자네도 사람들에게 오늘 밤 내가 신을 훔쳤다는 얘기를 하지 말아주게. 자네가 신을 모셔온 거라고 하게."

"명심하겠습니다. 앞으로 사람들에게 제가 신을 모셔온 거라고 하겠습니다."

아버지는 영감님을 향해 고개를 끄덕였습니다. 고개를 끄덕이는 것 같았습니다. 그렇게 영감님은 지나갔습니다. 그렇게 헤어졌지요. 영감님은 신을 끌고 향을 태우면서 갔습니다. 산 하나를 끌고 가는 것 같았습니다. 천천히 아주 천천히 그렇게 갔습니다. 헤어졌습니다. 영감님과 헤어진 아버지는 영감님의 얼굴을 가까이에서 자세히 봤어야 했다는 생각이 들었습니다. 그가 자고 있는지 깨어 있는지 확인했어야 했지요. 그가 꿈속에 있는지 꿈 밖에 있는지 자세히 살펴봐야 했습니다. 안타깝게도 그는 천천히 걸었는데도 이미 아주 멀리 가버렸습니다. 아버지는 그 자리에 서서 영감님이 나온 골목을 한참이나 바라봤습니다. 골목 안에는 석공 장인의 집이 있어 전문적으로 불상을 조각했습니다. 불상 하나를 팔면 적지 않은 돈을 받았지요. 그 돈으로 그 불상 앞에서 태울 향을 많이 샀습니다. 그 골목을 바라보면서 아버지는 약간 힘이 빠지고 산만해졌습니다. 말없이 맥을 놓고 있었지요. 그러다가 남쪽 사거리를 향해 걸어갔습니다. 징을 치고 싶었지만 치지 않았습니다. 조금 전까지 외치던 말들을 다시 외치려 했지만 그것도 그만두었습니다. 바로 이때 또 한 가지 작은 사건이 벌어졌지요. 큰 거리의 어떤 가게는 문이 열려 있고 어떤 가게는 문이 닫혀 있었습니다. 닫혀 있는 문은 안에서부터 잠긴 데다 작대기와 탁자가 받쳐져 있었습니다. 우리 아버지는 남쪽에서 돌아와 또 그 거리 위로 사람 그림자 하나가 걸어오는 것을 봤습니다. 손에는 가방을 하나 들고 커다란 트렁크를 끌고 있었습니다.

"얼순, 자네 무슨 짓을 한 건가? 두 손이 비어 있는 걸 보니 아무 짓도 안 한 것 같군."

그는 우리 아버지를 얼순이라는 사람으로 착각하고 있었습니다.

"당신 누구야? 난 얼순이 아니라 리텐바오라고."

다가갔지만 두 사람은 방금 그랬던 것처럼 어두운 그림자 속에서 있었습니다. 몇 걸음 떨어진 상태에서 서로 상대방을 알아봤지요.

"리텐바오, 난 자네가 내 동생인 얼순인 줄 알았네. 손에 뭐 하러 징을 들고 있나? 징이 몇 푼이나 나간다고. 화환을 반 개 더 파는 게 낫지."

"자네 몽유하고 있군그래."

우리 아버지가 그를 바라보며 말했습니다.

"몽유하고 있다면 사거리 입구에 가서 우리 집 차를 한 사발 마시게. 파출소와 진 정부 관리들도 전부 몽유하고 있지만 그중에는 차를 마시러 가는 사람들이 있다네."

"몽유는 뭔 얼어죽을 몽유야?"

다순大順이 싱글싱글 웃더니 갑자기 웃음을 거둬들였습니다.

"사거리 입구에서 자네와 자네 아주머니가 차를 끓이고 있더군."

그는 다가와 아버지 얼굴을 쳐다보며 말했습니다.

"리텐바오, 찻잎이 필요하겠군. 이 가게는 트렁크와 가방을 전문으로 파는 집이야. 하지만 진열장 안에 찻잎을 비롯한 다양한 물건이 진열되어 있네. 나는 차를 마시지 않아. 우리 집에도 차를 마시는 사람이 없어서 찻잎을 한 통도 들고 나오지 않았네."

우리 아버지는 그가 나온 구멍가게를 살펴봤습니다.

"들어가보게, 자네는 모두를 위해 차를 끓이는 것이니 훔치는 게 아니잖나."

우리 아버지는 주저하면서 가게 안으로 들어갔습니다.

우리 아버지는 재빨리 우롱차와 뤼마오차綠毛茶를 몇 갑 집어들었습니다. 어떤 차가 가장 강력하게 피로와 잠기를 쫓을 수 있는지는 알지 못했습니다. 아버지는 그저 큰 갑에 든 차를 집어들었을 뿐이지요. 하지만 아버지는 대여섯 갑의 차를 집어들고 가게 밖으로 나오려 할 때 다순이 가지 않고 그 자리에 남아 있는 것을 발견했습니다. 가게 밖에서 아버지를 기다리고 있었지요.

"자네 아직 안 갔군."

"자네를 위해 망을 보고 있었네."

다순은 손에 든 가죽 트렁크를 위로 들어올렸다가 캐리어 하나를 몸 쪽으로 끌어당겼습니다.

"이게 좋겠어, 톈바오. 자네도 물건을 훔쳤고 나도 훔쳤으니 우리는 둘 다 도둑이 된 셈일세. 내일 날이 밝아 사람들이 전부 꿈에서 깨어나면 나는 자네를 고발하지 않고 자네도 나를 고발하지 않는 걸로 하세. 우리 둘은 어떤 물건을 훔쳤든 둘 다 도둑이니까 누가 누구보다 더 결백하다고 따지지 말자고."

이렇게 말하면서 그는 득의만면한 미소를 지었습니다. 그러고는 우리 아버지를 힐끗 쳐다보더니 자리를 떴지요.

그렇게 자리를 떴습니다.

그가 가고 나서도 우리 아버지는 그 자리에 멍하니 서 있었습니다. 한나절을 그렇게 서 있었지요. 결국 아버지는 되돌아가 그 가죽 트렁크 가게에서 가져온 여섯 갑의 차를 제자리에 내려놓았습니다.

그렇게 물건을 내려놓고 집으로 돌아왔습니다.

2. 03:11∼03:31

　"신이시여— 인간들의 신이시여— 작은 일들을 얘기했으니 이제 큰일들을 얘기하겠습니다."

　큰일입니다. 진 정부도 몽유하기 시작했습니다. 진 사람들은 자기 자신만을 간신히 관리할 수 있게 되었습니다. 사거리 입구에 또 가스 부뚜막이 나타났습니다. 하나이던 솥이 여러 개로 늘었습니다. 두 개의 가스 화로가 불을 내뿜었습니다. 불길은 솥 바닥을 하나하나 달궜습니다. 하지만 불빛은 허공의 절반만 비췄습니다. 또 어떤 사람이 흙으로 아주 크고 둔중한 부뚜막을 설치했습니다. 벽돌과 돌을 잘라 만든 부뚜막이 불을 뿜었습니다. 커다란 문짝과 걸상이 전부 땔감이 되어 불 속으로 들어갔지요. 큰불이 호방하게 거리의 모든 공간을 밝혔습니다. 작은 솥 큰 솥, 양은솥 쇠솥 할 것 없이 전부 동원되어 빙정웅황탕을 끓였습니다. 탕은 검고 써서 마시는 사람이 거의 없었습니다. 대부분 와서 차만 마셨지요. 서너 개, 대여섯 개의 솥이 전부 왕성한 불길 위에 놓여 있었습니다. 물을 끓이고 있었지요. 비스듬히 비치는 빛이 차를 끓였습니다. 쓴 차 향기가 밤새 자유롭게 허공에 퍼져나갔습니다. 심지어 진 밖 산 아래까지 차 향기가 퍼져나갔지요. 온 세상이 차 향기를 내뿜고 있었습니다.

이때, 바로 이때, 뜻밖에도 집 안 어디선가 진에서는 한 번도 맛본 적 없는 커피를 내왔습니다. 검정과 갈색이 섞인 것 같기도 하고 새빨간 주단 같기도 했습니다. 둥그런 통을 열자 붉은 향기가 퍼져 나왔습니다. 끓는 물을 가져다 커피를 한 숟가락 탔습니다. 뜨거운 물에 퍼지는 커피는 불에 타는 비단 같았습니다. 식견이 있는 사람들, 커피를 마셔본 적이 있는 사람들이 옆에 있다가 큰소리로 외쳤습니다.

"백설탕과 우유 가루를 타요."

"백설탕과 우유 가루를 타야 한다고요."

이에 누군가 집에서 백설탕과 흑설탕을 가져왔습니다. 아기들이 먹는 분유도 가지고 나왔지요. 과연 커피는 아주 맛있었습니다. 쓴 향기와 맛이 잘 달인 감초 맛과 비슷했습니다. 너도나도 커피 반 사발 혹은 한 잔씩 마시면서 서로에게 전달했습니다. 사거리 입구에 구름처럼 모여 있던 진 사람들 모두 한 모금 혹은 몇 모금씩 커피를 마셨습니다. 그렇게 커피를 맛보고 잠을 쫓았습니다. 사람들은 갈수록 더 흥분하고 정신이 맑아져 잠기가 싹 가셨습니다.

밤은 검은 사람의 정신과 대낮 같았습니다. 지나간 계절 같았습니다. 정말로 지나간 계절의 연극 같았지요.

저는 갑자기 옌 작가의 집에도 커피를 한 사발 가져다주고 싶어졌습니다.

  그들 집에 몽유하는 사람이 있는지 없는지는 전혀 알지 못했지요. 하지만 일개 진의 모든 집에 몽유하는 사람이 있었습니다. 그러니 그의 집이라고 몽유하는 사람이 없을 수 있겠습니까? 아버지가 한때 자신이 면목 없는 일을 한 적이 있는 집마다 커피를 가져다주라고 해서 저는 옌 아저씨네 집에도 커피를 가져갔습니다. 말할 필요도 없이 옌 아저씨네는 우리 진에서 가장 명망 있는 집안이었지요. 그렇게나 많은 책을 썼으니까요. 그렇게 많은 돈을 벌었으니까요. 진장과 현장도 설이 되면 그의 집에 세배를 하러 갔으니까요. 작가가 되면 외지에 있다가 고향으로 돌아올 때마다 가장 비싸고 좋은 담배를 가져올 수 있었으니까요. 그는 틀림없이 외지에서 각양각색의 산해진미를 먹어봤을 겁니다. 온갖 종류의 좋은 차도 다 마셔봤겠지요. 수많은 도시와 외국의 커피도 마셔봤을 겁니다. 하지만 오늘 밤, 그에게 차가 있다고 장담할 수는 없을 것 같았습니다. 마실 커피 한 잔이 있으리라고 장담할 수 없을 것 같았습니다.

  저는 그가 제방에서 진으로 돌아가는 것을 봤습니다. 이미 꿈속으로 떨어진 것 같았습니다. 길을 걸을 때 발이 높아졌다 낮아지기를 반복했습니다. 큰길을 걷는 모습이 마치 유령이 밭두렁을 걷는 것 같았지요. 이 옌롄커, 진을 떠나 도시로 가서 철저히 작가가 된 이 사람은 쓸 이야기가 없어지자 진으로 돌아와 며칠을 보냈습니다. 진에서 며칠을 보냈더니 쓸 이야기가 생겼습니다. 또 명리를 얻은 것이지요. 이 진의 마을들이 그에게는 도적의 은행 같았습니다. 아무리 가져가도 비지 않는 창고 같았지요. 그의 소설『물처럼

흐르는 세월流年如水』도 그렇고 『단단하고 또 단단하게旣堅又硬』 『헛
수고活受』 등도 전부 우리 진과 인근 바러우耙楼의 일을 쓰고 있었으
니까요. 그 이야기의 모든 내용, 그 가운데 나무 위의 잎사귀처럼
사소한 일들마저 저는 제 손발의 손톱과 발톱처럼 잘 알고 있습니
다. 하지만 지금 그는 쉰이 조금 넘은 나이에 벌써 글을 써내지 못
하고 있습니다. 우리 진은 여전히 그 진입니다. 세월도 그 세월이
지요. 진에서 일어나는 이야기와 잡다한 일들은 지금도 계속 후끈
후끈하게 발생하고 변하고 있습니다. 하지만 그는 이야기를 써내
지 못하고 있지요. 그 새로운 이야기들을 어떻게 서술해야 좋을지
모르는 것입니다. 돌아와 집에서 그리 멀지 않은 제방 위에 거주하
며 산 좋고 물 맑은 곳에서 깊은 사유와 명상에 잠겨도 그는 이야
기를 써내지 못하고 있는 겁니다. 글을 써내지 못하다보니 사람이
갑자기 팍 늙었습니다. 머리가 하얘져 우리 진에 사는 거친 늙은이
들과 다르지 않았습니다. 더 이상 외부 세계의 청결함과 정갈함도
찾아볼 수 없었습니다. 더 이상 입고 있는 옷도 깨끗하지 않고 신
이 나서 얼굴에 가득하던 봄바람도 찾아볼 수 없었습니다.

그는 늙었습니다. 글을 써내지 못하다보니 사람이 확 늙어버린
것이지요.

진을 떠날 때는 스무 살이 채 안 되었습니다. 지금은 쉰이 훨씬
넘었지요. 30년이 넘는 시간이 그에게 뚱뚱한 등과 굽은 허리를 갖
게 했습니다. 어디를 봐도 그가 작가인지 알 수 없었습니다. 전혀
대단한 인물 같지 않았습니다. 말할 때의 억양 속에 약간의 외지
억양이 섞여 있는 것을 제외하면 나머지는 모두 우리 진 사람들과
다르지 않았습니다. 모든 것이 마을의 회계원 같았지요. 흰머리는

시들어 마른 하얀 꽃 같았습니다. 충혈된 눈은 포도주처럼 붉었습니다. 고향의 사투리 속에 낯선 글자들이 입술과 치아 사이에 끼어 있었습니다. 마을 사람들 중에는 그가 빠르게 쇠락해가는 이유가 글을 써내지 못하기 때문임을 아는 사람이 한 명도 없었습니다. 마을 사람 중에는 글쓰기와 쇠락 사이에 어떤 사회적 관계와 얽힘이 있는지 아는 사람도 없었지요. 목수인 자오趙씨가 나이가 많아질수록 솜씨도 안 좋아지는 것은 당연한 일이었습니다. 다헤이거우 大黑狗도 나이가 들면서 높은 산이건 낮은 산이건 기어오르지 못하는 것은 당연한 일이었지요. 옌 아저씨네 가족들은 그가 평생 앉아서 글만 쓰느라 몸의 절반에 병이 들었다고 말했습니다. 경추도 병들고 요추도 병들었다고 했습니다. 길을 걷다가 다리가 마비되기도 하고 손으로 펜을 잡으면 쉴 새 없이 떨린다고 했지요. 하지만 이런 일이 뭐 그리 사람들의 동정을 살 만한 것이겠습니까. 펜을 쥘수 없다면 안 쥐면 그만 아니겠습니까. 젓가락만 쥘 수 있으면 될 일이지요. 경추나 요추에 병이 든 것이 부귀와 뭐 그리 연관이 있는 일이겠습니까. 우리처럼 조금만 움직였는데도 영구히 반신불수가 되어버린 사람들에 비하면 작은 돌 하나나 작은 산등성이의 길 한 줄기처럼 사소한 일이지요. 게다가 그는 진료비와 약값을 다 보상받는 사람이니까요. 그가 병에 관한 글을 쓰는 것도 나쁘지 않을 겁니다. 죽느니 사느니 할 일이 뭐가 있겠습니까. 이 옌롄커라는 사람은 무수한 이로부터 부러움과 질투의 대상이 되는 인물입니다. 이 옌 작가가 진으로 돌아왔습니다. 얼마 전 몽유 상태로 제 눈앞을 스쳐 지나간 사람이 바로 그였습니다. 작가가 몽유하면 어떤 모습을 보일까요? 옌 작가는 몽유하면서 어떤 모습을 보일까요?

저는 갑자기 그를 만나러 가보고 싶었습니다. 그에게 꿈에서 깨게 해주는 빙정커피탕을 한 사발 가져다주고 싶었지요. 환자에게 모든 병을 낫게 해주는 한약을 한 사발 가져다주는 것과 다르지 않다고 생각했습니다.

저는 빙정커피탕을 사발에 담아 옌 아저씨네 집으로 향했습니다.

제가 옌 아저씨네 집에 도착했을 때의 정황은 또 다른 모습이었습니다. 밀 이삭 사이에 모래알들이 자라 있는 것 같았지요. 이삭 위에 온통 돌피가 맺힌 것 같았습니다. 밀 이삭이 어떻게 모래알이 되었는지 아는 사람은 한 명도 없었습니다. 돌피를 이삭으로 돌려놓을 수 있는 사람도 없었지요. 사정이 이랬습니다. 원래 이랬습니다.

오래된 마당, 오래된 집이었습니다. 마당에는 하늘에 닿을 정도로 키가 큰 오래된 백양나무가 가득했습니다. 연세가 여든이 된 그의 노모가 한집에 살고 있었지요. 그들 옌씨 집안의 땅을 지키느라 그곳에 사는 것 같았습니다. 아마 노모는 몹시 적막했을 겁니다. 저는 잘 모르지만 땅을 지키는 일이 어찌 적막하지 않을 수 있겠습니까. 저는 빙정커피탕을 받쳐 들고 옌 아저씨네 집을 향해 걸어갔습니다. 발걸음 소리가 거리에서 적막한 구석구석까지 전해졌습니다. 그 오래된 집에는 아저씨와 그의 어머니만 살고 있을 거라고 생각했습니다. 하지만 제가 그곳에 다다랐을 때 우리 집이 있는 골목에 들어선 것처럼 마당에서 와글와글 떠드는 사람들 목소리가 들려왔습니다. 옌 아저씨네 집에 거의 다다르자 마당에서 급히 움직이는 사람들 발걸음 소리가 들렸지요. 옌 아저씨네 마당 입구에 들어서자 그 광경은 밀 이삭에 돌피가 잔뜩 맺혀 있는 것과 같았습니다.

마당에 불빛이 보였습니다. 나무 위에 마등이 걸려 있었지요. 창틀에는 기름등이 걸려 있었습니다. 나무 중간쯤 가지 위에는 촛불도 밝혀져 있었어요. 마당의 불빛은 밖으로 새어나올 정도로 많고 밝았습니다. 작가의 누나도 시댁에서 돌아와 있었습니다. 매부도 와 있었지요. 같은 골목의 이웃도 모두 와 있었습니다. 마당 가득 사람들의 그림자였습니다. 사람들이 떠드는 소리가 마당에 가득했습니다. 모두가 작가를 에워싸고 있었지요. 하늘이 내린 병에 걸린 신을 에워싸고 있는 것 같았습니다. 옌롄커는 그렇게 자기 집 마당 한가운데에 앉아 있었습니다. 앞에는 세숫물 반 대야가 놓여 있었지요. 그의 어머니가 손에 젖은 수건을 쥐고 있었습니다. 방금 그의 얼굴을 닦아준 것 같았습니다. 그의 얼굴은 창백한 흰색이었습니다. 물을 끓이는 바람에 피가 날아간 것 같았습니다. 머리칼이 땀에 젖어 있었지요. 땀은 그의 하얀 셔츠도 적셔놓았습니다. 그의 긴 바지통도 적셔놓았지요. 얼굴의 진한 백색이 누렇게 바래 있었습니다. 눈물이 얼굴 위를 종횡으로 흐르고 있었습니다. 원래 밋밋하던 얼굴이 아래로 처져 썩은 살을 잘라낸 것 같았습니다. 밋밋한 얼굴이었지요. 굳은 얼굴이었습니다. 눈빛은 막막했습니다. 세상 밖의 뭔가를 바라보고 있는 것 같았습니다. 믿을 수 없는 귀신들의 세계를 본 것 같았지요. 하지만 또 아무것도 보지 않은 것 같은 얼굴이었습니다. 뭔가를 보긴 했지만 말할 수는 없는 것 같았습니다. 이리하여 그의 마늘 같은 코가 얼굴 위에서 눈에 띄게 생기를 드러내기 시작했습니다. 꿈틀거렸습니다. 울었습니다. 코에서 아주 추하면서도 낭랑한 소리가 났습니다.

그의 눈앞에 그가 쓴 소설과 다른 책 열 몇 권이 놓여 있었습니다. 원고지와 서양 잉크병도 놓여 있었지요. 그는 몽유하면서 집으로 돌아와 이런 것들을 꺼내놓은 것이었습니다. 몽유 속에서 그의 얼굴은 웃음으로 가득했고 입은 쉴 새 없이 같은 말을 반복하고 있었습니다.

"내게 쓸 이야기가 생겼어요. 쓸 이야기가 생겼다고요."

영감이 꽃잎처럼 그의 머리와 몸 위로 떨어져 내리는 것 같았습니다. 이야기의 마디들이 밀 향기처럼 그를 향해 밀려오는 것 같았습니다. 잘 익은 과일이 그의 몸 위로 떨어져 부딪히는 것 같았습니다. 그리하여 그는 쉴 새 없이 말하고 중얼거렸습니다. 집으로 돌아와서는 어디에도 가지 않았습니다. 어머니와 얘기 한마디 하지 않았지요. 그는 집에서 상자와 장롱을 뒤지면서 뭔가를 찾았습니다. 책과 펜과 원고지를 찾았지요.

"영감이 찾아왔으니 글을 써내야 해. 영감이 찾아왔으니 빨리 글을 써야 해."

이때 그의 어머니가 뜨거운 침상에서 내려왔습니다. 아들의 얼굴은 잘못 쓴 글씨처럼 완전히 잠자는 얼굴이었습니다. 입만 살아 있고 나머지는 전부 죽어 있는 얼굴이었지요. 눈도 살아서 뜨고 있긴 하지만 눈빛은 죽은 사람의 것이었습니다.

"너 몽유하고 있구나. 몽유하고 있는 게 분명해."

그의 어머니는 이렇게 말하면서 그에게 다가갔습니다.

"렌커야, 몽유할 때는 얼굴을 씻으면 돼."

"어머니, 제 종이와 펜이 어디 있나요? 제게 쓸 이야기가 생겼어요. 영감이 낙과처럼 제 머리 위로 떨어졌다니까요."

"너 정말로 몽유하고 있구나. 렌커야, 너 지금 정말로 몽유하고 있어."

"그리고 제가 상자에 넣어둔 책들은 어디 갔나요? 저는 책상에서 글을 쓰려면 집에 몇 무더기의 책이 쌓여 있어야 하거든요. 책이 쌓여 있어야 제가 집에 돌아온 것으로 상상할 수 있단 말이에요."

그의 어머니는 가서 물을 반 대야 떠왔습니다. 그가 허리를 반쯤 구부리고 원고지와 펜을 찾고 있을 때, 젖은 수건으로 그의 얼굴을 씻어주었습니다. 얼굴은 뜨겁고 물은 차가웠습니다. 그는 흠칫 몸을 떨더니 멍한 표정을 지었습니다. 그러더니 갑자기 몸을 곧게 폈지요. 눈을 크게 뜨고 사방을 둘러봤습니다. 그러곤 얼굴을 가리고 바닥에 주저앉아 울기 시작했습니다.

"저는 아무것도 써내지 못할 것 같아요. 아무것도 쓰지 못할 것 같단 말이에요."

우는 모습이 어린아이 같았습니다. 귀신이 들렸거나 정신병에 걸린 것 같았습니다.

"글을 써내지 못할 바에는 죽는 게 낫지요. 글을 쓰지 못할 바에는 죽는 게 낫다고요."

엉엉 소리 내어 울었습니다. 엉엉 울면서 어머니 앞에 주저앉아 얼굴을 가렸습니다. 그의 손가락 틈새로 눈물이 새어나왔습니다. 대지의 틈새에서 샘물이 솟아나오는 것 같았지요.

그의 어머니는 어찌 해야 좋을지 몰랐습니다. 유명한 작가인 자기 아들을 어떻게 달래야 좋을지 몰랐습니다.

그는 그렇게 엉엉 소리 내어 울고 있었습니다.

"글을 쓰지 못하면 어때서 그래. 그냥 평소처럼 잘 살아가면 되지 않느냐."

그의 어머니는 옆에 서서 손으로 아들의 머리를 어루만질 뿐이었습니다. 어머니의 얼굴에도 눈물이 종횡으로 흘러내렸습니다.

"글을 써내지 못하면 저는 살아 있어도 죽은 거나 마찬가지예요. 살아 있어도 죽은 거나 마찬가지라고요."

그는 어머니를 향해 이렇게 외쳤습니다. 말을 하고 또 했지만 울지는 않았습니다. 갑자기 자신이 쉰 살 넘은 남자라는 사실이 생각난 듯했습니다. 자기 노모의 연세가 이미 여든이라는 사실이 생각난 것 같았지요. 그는 일어서서 어머니를 잠시 쳐다보다가 또 오래된 집을 바라봤습니다.

"알고 보니 몽유가 이런 것이었군요."

그는 아주 무미건조하게 담담한 미소를 지었습니다.

"저도 몽유하게 될 줄은 미처 몰랐어요. 제가 몽유하게 된 것은요 며칠 소설을 쓰지 못해 잠을 잘 못 잤기 때문일 거예요. 졸음이 몸 위에 쌓여 있었지요. 그것이 모이고 쌓여서 몽유하게 된 거였어요."

그는 어머니와 함께 집 안으로 들어갔습니다. 문지방을 넘을 때는 어머니를 부축하기도 했지요. 그 잠의 세계에서 완전히 깨어 있는 세계로 돌아온 것이었습니다. 발 한쪽이 집 밖에서 안으로 들어온 것 같았습니다. 문발을 들추고 꿈의 세계에서 현실의 세계로 돌아온 것 같았지요. 그는 어머니 침상 곁에 앉아 많은 얘기를 나눴습니다. 제방 근처 마을에서 몽유하는 사람들을 본 것에 대해 얘기했습니다. 몽유에서 돌아와 거리의 수많은 사람이 모두 길을 걸으면서도 몽유 속에 있는 것을 봤다고 말했습니다. 그러면서 어머니에게 여든까지 사셨는데 민국 시기부터 지금까지 시간의 흐름 속에서 오늘처럼 이 골목 안에서 천하가 대규모로 몽유하는 것을 봤는지 물었습니다. 사람들이 몽유를 시작했다 하면 전부 어린아이 상태의 적나라한 추함과 적나라한 훌륭함으로 돌아가는 것을 본 적이 있는지 물었습니다.

하지만 이렇게 묻고 또 묻다가 그는 뜻밖에 자기도 모르게 어머니 침대 위로 기어 올라가 잠들고 말았습니다.

졸음이 머리를 돌린 바람처럼 그의 몸 위로 불어왔습니다. 그렁그렁 코 고는 소리와 뭔가를 중얼거리는 소리가 방 안 가득 울렸습니다.

"잠을 잘 거면 저쪽 침대로 가서 자. 렌커야, 일어나서 저쪽 침대로 가서 자거라."

그는 눈을 뜨려고 노력했습니다. 하지만 다른 방으로 가다가 재빨리 또 다른 세계로 들어가버리고 말았습니다. 또 다른 세계의 사물들을 보게 되었지요. 또 다른 세계의 한구석에 서서 고개를 돌리자 어머니가 그를 향해 미소 짓고 있었습니다.

"어머니, 제게 쓸 이야기가 생겼어요. 제가 손을 뻗어 영감을 잡기만 하면 소설 한 편의 서두가 생각나요."

그 역시 미소를 지어 보이고는 황망히 이리저리 뭔가를 찾기 시작했습니다. 종이와 펜과 자기 책을 찾고 있었습니다. 손발이 다른 세상에서 온 사람처럼 빨리 움직였습니다. 얼굴에는 사람들이 알 수 없는 표정과 사정이 새겨져 있었지요. 안색이 읽어도 이해할 사람이 한 명도 없는 책으로 갑자기 변했습니다. 눈은 크게 뜨고 있었지만 자기가 마음속으로 생각하는 곳만 볼 수 있었습니다. 멀리 있는 것, 마음 밖에 있는 사물과 사람, 시비를 볼 수 있는 안목은 없었습니다.

"제게 이야기가 생겼어요. 그 누구와도 같지 않은 이야기가 생겼다고요."

크게 중얼거리는 혼잣말 사이사이에 가벼운 웃음소리가 섞여 있었습니다.

그의 어머니가 그의 앞으로 가까이 다가갔습니다.

"렌커야, 렌커야!"

큰 소리로 그를 불렀습니다. 그를 꿈속에서 끌어내려는 것 같았습니다.

"표지가 검은색인 그 책 못 보셨어요? 표지에 그려진 그림이 캄캄한 밤 같다고 하셨던 그 책 말이에요?"

그의 어머니는 그에게 다가가 어깨를 밀면서 말했습니다.

"책을 쓰면 네가 죽게 된다는 생각은 안 하는구나."

"지금은 그럴 리 없어요."

그가 어머니를 향해 가볍게 미소 지었습니다.

"이제 쓸 이야기가 생겼어요."

어머니가 다가가 그의 얼굴을 가볍게 때렸습니다.

"빨리 깨지 않으면 너는 네 이야기 속에서 죽고 말 게다."

그는 의아하다는 듯이 놀란 표정으로 어머니를 쳐다봤습니다.

"어서 네 이야기 속에서 나와."

그의 어머니의 외침과 소환은 천둥 같았습니다.

"나오지 않으면 너는 네 이야기 속에서 죽고 말 거야."

뺨에 또 한 대 무거운 가격이 가해졌습니다. 하지만 따귀를 맞아 흘러나온 눈물은 그의 얼굴에 그대로 걸려 있었습니다.

세상은 조용해졌습니다. 진도 조용해졌지요. 집 안의 요란한 소음도 잦아들었습니다. 옌 작가의 몸이 흔들렸습니다. 머리도 흔들렸습니다. 얼굴에 원래 있던 어지러운 홍분도 사라지고 없었지요. 완전히 수치스러운 홍조로 바뀌었습니다. 살아 있는 사람이 치욕을 당했을 때의 그 어색하고 멍한 홍조였습니다. 그는 잠에서 깼습니다. 꿈속에서 깨어 나왔지요. 어머니를 바라보고 있었습니다. 손을 들어 얼굴을 만져봤습니다. 얼굴의 통증을 문질러 없애려는 것 같았습니다.

"안 쓸래요. 이제 한평생 아무것도 쓰지 않을래요."

목소리는 가벼웠지만 의미는 무겁고 단단했습니다.

"안 쓰면 더 잘 살 수 있을 것 같아요. 누구보다 더 잘 살 수 있지요."

또 얼굴에서 손을 내렸습니다. 그는 어머니를 집 안으로 모시고 들어가면서 어머니 얼굴 위의 눈물을 닦아주었습니다. 어머니를 부축해 집 안으로 들어가려 했으나 어머니는 오히려 그를 끌고 마당 한쪽으로 갔습니다.

"마당에 가서 좀 앉자꾸나."

집 안은 더워서 다시 들어가면 또 잠을 자게 될 것 같았습니다. 모자는 그렇게 마당에 앉았지요. 사방에서 서늘한 바람이 불어왔습니다. 저 멀리 하늘의 흐릿함이 마당을 향해 몰려왔습니다. 오래된 나무, 오래된 마당이었습니다. 오래된 집의 벽과 기둥이었습니다. 고요함이 천백 년의 하류 같았습니다. 산맥 같았습니다. 천년 만년 끊어진 적 없는 밤 구름 같았습니다. 어머니와 아들 두 사람이 마당에 마주 앉아 골목과 거리에서 끊어졌다 이어지기를 반복하는 발걸음 소리를 듣고 있었습니다. 징 소리도 들렸습니다. 우리 아버지가 제발 잠자지 말라고, 제발 잠자지 말고 집집마다 깨어 있어 도둑과 강도를 방지하고 재난을 방지해야 한다고 외치는 소리도 들었습니다.

"우리 뒷집에 사는 리톈바오가 외치는 소리로군."

"네, 그 사람이에요. 참 좋은 사람이지요. 진에서 장례용품점을 하고 있어요. 아주 좋은 장사지요. 흐르는 물이 끊어지지 않는 것처럼 장사가 아주 잘된대요. 날마다 달마다 누군가 가서 장례용품을 사거든요."

이때 옌 작가의 누님이 돌아왔습니다. 매형도 돌아왔지요. 두 사람은 몽유가 서서히 자신들의 집으로 확대될까 두려워 서둘러 돌아온 것이었습니다. 그렇게 모두 마당에 앉았습니다. 등이 켜져 있었기 때문에 이웃들도 모두 달려왔습니다. 작가를 에워싸고 모여 있었습니다. 그 대야에 든 세숫물을 에워싸고 있었지요. 사람들은 진에서 일어난 어지러운 일들을 얘기했습니다. 대규모 몽유에 대해 얘기했습니다. 누가 졸기라도 하면 얼른 물속에 있는 수건을 집어들고 얼굴을 문질렀습니다. 물로 얼굴을 씻어 졸음을 쫓는 것 외에 다른 방법도 있었습니다. 옌 작가의 어머니가 땅콩을 한 사발 들고 나왔습니다. 호두도 들고 나왔습니다. 이웃집 사람은 해바라기 씨를 들고 나왔습니다. 작은 탁자를 하나 내왔습니다. 가지고 나온 온갖 물건을 탁자 위에 늘어놓았습니다. 모두들 탁자를 둘러싸고 얘기를 나눴습니다. 섣달그믐처럼 밤을 새우면서 잠과 몽유에 저항하고 있었습니다. 진과 거리에서의 혼란과 동정을 다 들으면서 농사 이야기를 하고 수확 이야기를 했지요. 어느 집과 어느 집이 탈곡장을 차지하려고 다툰 일을 얘기했습니다. 피 터지도록 싸운 일을 얘기했지요. 몽유도 완전히 나쁜 일만은 아니라고 말했습니다. 싸운 사람들의 머리가 깨진 일을 얘기했습니다. 유혈이 낭자했던 일을 얘기했습니다. 낮에 위풍당당하게 네가 내 상대가 되겠냐며 허풍을 떨면서 사람을 때려 따귀 한 대로 10미터 밖으로 날려 보냈지요. 거만하고 거침없는 태도였습니다. 완고하고 오만하기 그지없었지요. 하지만 그도 밤에는 몽유를 했습니다. 장쾌하고 위풍당당하던 사람이 몽유 속에서는 계란과 우유를 들고 집집마다 돌아다니며 사죄했습니다. 연신 미안하다고 말했지요. 죄송합니다. 제가 잘못했습니다. 제가 도리를 지키지 않았습니다. 사람들은 몽유가 완전히 안 좋은 것만은 아니라고 말했습니다. 몽유가 오만방자하고 사악한 사람을 유약하고 온순한 사람으로 바꿔놓았으니까요.

그래서 또 모두들 몽유가 어느 모로 보나 좋은 일이라고 말했습니다.

이게 무슨 기괴한 일이겠습니까. 더 기괴한 일은 우리 마을이 아니라 진 동쪽에 사는 마후즈馬胡子 집에서 있었습니다. 옌 아저씨네 남쪽 이웃이 사람들 뒤쪽에 서 있다가 앞쪽으로 나왔습니다. 자신이 말하는 것을 증명이라도 하려는 듯 허공에 손을 휘저으며 말했습니다.

"마후즈가 3년 전에 죽은 건 여러분도 다 기억하실 겁니다. 마을과 진 사람 모두 그가 병사한 것으로 알고 있지요. 하지만 오늘 초저녁 사람들이 막 말뚝잠을 자거나 몽유를 시작했을 때, 모두들 알아맞혀보세요. 대체 무슨 일이 일어났는지 알아맞혀보시라고요. 마후즈의 아내가 몽유 상태로 진에 있는 파출소를 찾아갔어요. 파출소에 자수하러 간 거였습니다. 그녀는 마후즈가 죽을병에 걸려 죽은 것이 아니라 20년 동안 중풍으로 자리보전하고 있는 남편의 시중을 들다가 정말로 더는 못 해먹겠다 싶어 남편의 밥그릇에 독을 풀었다고 자백했습니다.

그녀는 남편이 죽고 나서 3년 동안 잠을 제대로 잘 수 없었다고 하더군요. 남편의 밥에 독을 푼 것이 너무나 후회된다고 했지요. 자기 엄마 아버지를 죽인 것 같은 기분이었답니다. 그러다가 오늘 잠을 푹 자고서 자수하기로 결심했다는 거예요. 그녀는 자신이 몽유하고 있다는 걸 알았다고 말하더군요. 꿈을 꾸고 있었기 때문에 자수할 수 있었다는 거예요. 깨어 있었다면 절대로 자수하는 일은 없었을 거라는 겁니다. 그러면서 자신이 자수하면 어린 세 아이는 어떻게 되느냐고 묻더군요. 가장 어린 딸은 아직 세 살도 안 됐다면서요. 아빠가 죽고 반년이 지나서 이 세상에 온 아이지요. 지금 꿈속에서 자수하러 왔으니 누구든 꿈에서 깨게 하지 말아달라고 하더군요. 꿈에서 깨게 하면 자신이 남편의 밥에 독을 푼 것을 인정하지 않겠다는 거예요. 꿈에서 깨게 만들면 때려 죽여도 그런 사실을 인정하지 않겠다는 겁니다. 그러면서 자기 남편이 죽기 전에 뭐라고 한마디 했는지 아느냐고 묻더군요. 하얀 거품을 토하면서도 '나를 저쪽으로 보내줘서 고마워. 더 이상 살아서 욕먹지 않게 해줘서 고마워. 한 가지만 기억하도록 해. 당신이 나를 해쳤지만 그런 사실을 절대 사람들에게 말하면 안 돼. 이 사실을 말했다가는 우리 집안 전체가 재앙을 맞을 거야. 아이들한테 아빠만 없는 게 아니라 엄마도 없어진다고'라고 말했다는 거예요."

뜻밖에도 사정은 이랬습니다.

사정이 이랬습니다.

몽유가 아니었다면 사람들이 마후즈를 죽인 이가 그의 아내였다는 사실을 어떻게 알았겠습니까. 뜻밖에도 그녀가 그런 짓을 했습니다. 평소에 그녀를 보면 너무 착하고 연약하고 훌륭했지요. 온순하고 선량하기 그지없었습니다. 근면하고 인내심도 많은 여자였습니다. 결혼하고 2년이 채 안 돼서 마후즈는 중풍으로 자리보전을 하게 되었습니다. 시중을 들기 시작하니 금세 12년이 지났지요. 결국 그는 그녀의 손에 죽고 말았습니다. 다행히 이런 몽유의 밤이 있었던 것입니다. 100년에 한 번 있을까 말까 한 몽유의 밤이었지요. 그녀는 몽유 속에서 자수한 것입니다. 진실을 말한 것이지요. 몽유가 아니었다면 누가 그 사건의 진상을 알 수 있었겠습니까. 게다가 그녀 자신도 꿈속에 있는 것이 오히려 좋았다고, 일상에서 하고 싶은 것을 전부 할 수 있었다고 말했습니다. 이런 몽유의 밤이 아니었다면 때려죽인다 해도 자신이 남편을 죽였다는 사실을 밝히지 않았을 거라고 했습니다.

그녀가 꿈속에서 이렇게 말한 것은 정말로 기괴한 일입니다. 어쨌든 그녀는 이렇게 말했습니다. 저는 자수하러 왔으니 제발 저를 꿈속에서 나오게 하지 말아주세요. 저를 깨우면 저는 어떤 것도 인정하지 않을 거예요. 제가 인정했으니 누가 제 아이들을 키워줄 것인지나 좀 생각해주세요.

뜻밖에도 그녀는 이렇게 말했습니다. 정말 괴상한 일이지요.

꿈속에서 그녀가 자신이 꿈꾸고 있다는 것을, 몽유하고 있다는 것을 알았다는 사실은 정말 괴이한 일이었습니다. 알고 보니 사람이 꿈속에서 자신이 꿈꾸고 있다는 것을 알 수 있었습니다. 그리고 꿈속에서 꿈 밖에 있는 사람들에게 자신을 깨우지 말라고 말할 수 있었지요. 이 괴상한 이야기를 전한 남쪽 이웃은 말을 다 마치고 나서 빙긋이 웃더니 허리를 숙여 화락화락 소리를 내며 얼굴을 씻었습니다.

"저도 몹시 졸리네요. 모두들 제게 몽유증을 전염시키지 말아주세요. 몽유증에 걸리면 제가 무슨 얘기를 할지 모르거든요."

그는 웃었지만 다른 사람들은 웃지 않았습니다. 모두들 아내가 마후즈를 죽인 살인 사건에 푹 빠져 있었지요. 꿈속에서 자수해 살인 사건을 있는 그대로 진술한 일을 생각하고 있었습니다. 그렇게 마당의 고요함 속에 젖어 있었습니다. 옌 아저씨는 두 눈을 대추알처럼, 두 알의 썩은 포도처럼 뜨고 있었습니다. 낯선 사람을 쳐다보듯이 남쪽 이웃을 쳐다보고 있었지요. 이야기의 핵심 마디를 바라보고 있는 것 같았습니다.

"정말이에요?"

"그게 정말인가?"

"저는 그 사람이 꿈속에서 그녀를 알았다는 게 꿈속의 이야기였다는 것을 써야겠어요. 그녀는 꿈속에 있었고 꿈속에서 꿈 밖에 있는 꿈 밖의 세계와 소통하고 얘기를 주고받을 수 있었잖아요."

옌 아저씨는 자리에서 일어나 마당을 한 바퀴 돌았습니다. 사람 무리 곁을 돌아 천천히 걸으면서 얘기를 계속했습니다. 얼굴에는 흥분의 붉은빛이 어른거렸습니다. 밤중에 그 붉은빛이 물에 젖은 붉은 비단처럼 그의 얼굴에 달라붙어 있었습니다. 요염한 붉은색이 검정에 가까운 색이 되었지요.

"제게 또 하나의 이야기가 생겼어요. 써낼 이야기가 하나 더 늘었지요. 다시는 사람들이 제 글재주가 다했다고, 제가 서산에 지는 해라고 말하지 못하게 할 겁니다. 허허, 허허허."

그는 웃고 있었습니다. 그렇게 계속 바보처럼 웃었습니다.

"이제 영감이 빗방울처럼 제 몸에 부딪히고 있어요. 마루를 스쳐가는 바람이 제 뇌문腦門을 향해 불어오고 있다고요. 어머니, 누님, 모두 들어가세요. 저는 제방 위에 있는 제 작업실로 돌아가야겠어요. 그 이야기를 원고지 위에 쓰지 않고 있다가 깨고 나면 이 이야기가 전부 바람처럼 발끝에 붙어 어디론가 사라져버릴 것 같아요."

"모두들 그만 돌아가세요. 저는 제방 위에 있는 집으로 가야 합니다."

"모두들 돌아가세요. 저는 글을 써야 한다고요."

"길을 천천히 걷고 말도 천천히 하세요. 제가 놀라서 꿈에서 나오게 하지 마세요. 놀라서 꿈 밖에 나오면 제 얘기가 사라진단 말입니다. 영감이 날아가버린다고요. 그러면 저는 또 머리를 벽에 부딪혀도 소설 한 편을 써낼 수 없게 된단 말입니다. 꿈이 있는 건 좋은 일이에요. 사람이 꿈속에 있으면 확실히 좋습니다. 꿈은 대지 상공의 햇빛과 빗물 같은 것입니다. 꿈이 찾아오면 농작물이 잘 자라고 꿈이 깊어지면 농작물이 익어갈 겁니다. 곧 수확해서 창고에 저장할 수 있게 되지요. 저는 꿈을 이용해서 글쓰기를 해야 합니다. 모두들 돌아가세요. 아무도 저를 건드리지 마세요. 제게 한마디 말도 하지 말고 저를 꿈에서 놀라 깨게 하지 마세요."

그는 말하면서 걸음을 옮겼습니다. 큰 목소리가 점점 작아지면서 얕은 꿈에서 깊은 꿈으로 가라앉았습니다. 마당을 몇 바퀴 돌더니 다시 집 안팎에서 자기 책을 찾기 시작했습니다. 원고지와 펜같은 것을 꺼내 들었습니다. 원고를 일부 수정할 때 없어서는 안될 고무풀과 작은 가위도 챙겼습니다. 마침내 그의 입에서 아주 맑고 낭랑한 목소리가 흘러나오더니 웅얼웅얼 혼자 중얼거리는 소리로 변했습니다. 글자와 단어들이 전부 모호해졌지요. 말할 때 벌름거리던 코도 편안하고 조용해졌습니다. 크게 뜬 두 눈도 반쯤 감겨 있었습니다. 너무 피곤해서 눈꺼풀이 반쯤 내려앉은 것 같았습니다. 몽유하는 얼굴에 몰려 있던 글쓰기에 대한 관심과 열망이 전부 그 눈 속에 있는 것 같았지요. 갈수록 더 그 눈으로 몰리는 것 같았습니다. 그는 이미 두 눈으로 원고지의 네모난 칸들을 응시하고 있는 것 같았습니다.

사람들 모두 조용해졌습니다. 모든 사람이 그 자리에 서서 남들에게 돌아가라고 하고는 자신이 먼저 자리를 뜨는 옌 아저씨를 바라보고 있었습니다.

"그에게 먼저 얼굴을 씻게 해요."

누군가의 이 한마디에 옌 아저씨의 어머니는 이 말을 한 사람을 붙잡아 세우고는 대야에 들어 있던 젖은 수건을 건져내 가져가려고 했습니다. 옌 아저씨의 어머니는 얼른 그 사람을 뒤로 끌고 갔지요. 옌 아저씨의 어머니와 누님과 매부가 옌 아저씨를 뒤쪽으로 끌어당겼습니다. 어머니가 아들 앞에 서서 잠시 쳐다봤습니다. 그렇게 한참을 쳐다봤지요. 갑자기 아들 얼굴에 있는 그 책의 글자들을 알아보고 글을 읽을 수 있게 된 것 같았습니다.

"정말 쓸 거니?"

그는 어머니를 향해 고개를 끄덕였습니다.

"쓰지 않으면 정말로 마음이 괴롭고 온몸이 괴롭고 병이 날 것 같은 거야?"

그는 또 어머니를 향해 고개를 끄덕였습니다.

"정말 쓰지 않으면 살아 있어도 죽은 것 같은 거야? 쓰지 않으면 정말 죽을 것 같은 거야?"

어머니의 목소리가 더 무겁고 맹렬하고 높아져 있었습니다.

그는 잠시 침묵했습니다. 아주 오래 생각에 잠긴 것 같았습니다. 그러더니 또 어머니를 향해 아주 천천히 무겁게 고개를 끄덕였습니다. 법정에서 고개를 끄덕여 도형刀刑으로 사형을 당할 것인지 아니면 승형繩刑으로 당할 것인지를 결정하는 것 같았습니다. 말은 한 마디도 하지 않았습니다. 빛 속에 있으면서도 호수 깊숙이 잠겨 있는 것 같았습니다. 하늘은 어슴푸레했습니다. 밤도 어슴푸레했지요. 옌 아저씨의 얼굴에는 만사를 겪은 중년의 모호함과 분명함이 선명히 드러나 있었습니다. 품속에서 책이 한 권 떨어지자 그는 얼른 주워들었습니다. 저는 저 자신이 언제부터 옌 아저씨 집 마당에 서 있었는지 알지 못했습니다. 손에 들린 뜨겁던 빙정커피탕은 어느새 냉탕으로 변해 있었습니다. 커피 냄새도 날아가버려 예사로운 국수 국물처럼 되었지요. 알고 보니 저는 옌 아저씨 집 앞에서 안에서 나는 소리를 듣고 있었습니다. 하지만 제가 언제부터 뜨거운 커피탕 사발을 들고 그의 집 문루 아래 서 있었는지 알 수 없었습니다. 알고 보니 저는 그 집 문루 아래 서서 그 광경을 바라보고 있었던 것입니다. 하지만 언제부터 자신이 또 그 집 마당에 서 있었는지 알 수 없었습니다. 알고 보니 제가 밤을 맞은 옌 아저씨의 집 마당에 서서 보고 듣고 있었던 것입니다. 하지만 언제부터 제가 손에 들고 있던 커피탕 사발을 옆에 내려놓고 그 자리에 쭈그리고 앉아 보고 듣고 있었던 것인지 알 수 없었습니다. 나중에 누가 제가 태어나기 전 진에서 있었던 일을 말해주었는지 모르는 것과 다르지 않았습니다. 세상 일이었습니다. 옌 작가님 집안의 일이었습니다. 멍청하기 때문에 저는 수많은 일을 잊었습니다. 저 자신을 잊었습니다. 자신이 빙정커피탕을 가져다주기 위해 왔다는 것도 잊었지요. 사람들이 마후즈 집안의 일을 얘기하는 것을 듣고서 저는 옌 아저씨의 소설 속에 깊이 빠져든 듯한 느낌이었습니다. 옌 아저씨가 깬 상태에서 꿈속으로 걸어 들어가는 것을 보면서 저는 캄캄한 방에 갇힌 기분이었습니다. 옌 아저씨의 어머니가 아들을 잠시 쳐다봤습니다. 천년만년 바라보는 것 같았습니다.

"그를 꿈속에서 끌어내지 말아요. 꿈속에 멍하니 있게 놔두세요."

그의 어머니가 사람들에게 말했습니다. 사람들 모두 그 자리에 멍하니 서 있었습니다. 나무 인형들이 나무 인형극을 보고 있는 것 같았습니다.

"녀석이 글을 쓰지 않으면 미쳐버리거나 죽는다고 하니 그냥 쓰게 해주자고요. 쓰다가 죽어도 살아 있는 걸로 느낄 테니까요."

그렇게 말하는 옌 아저씨 어머니의 얼굴에 눈물방울이 걸려 있었습니다. 메마른 황무지에 비가 내린 것 같았습니다.

"저 사람이 이미 저런 상태가 됐으니 저런 상태로 있게 해줍시다. 살아 있어도 죽은 것 같게 해주자고요. 죽어야 산 것 같을 테니까요."

마지막으로 그녀는 아들을 잠시 쳐다보다가 또 밤을 잠시 쳐다봤습니다. 마당과 마당에 있는 사람들을 쳐다보면서 평범하면서도 장중하게 한마디 했습니다.

"누구도 저 사람을 꿈에서 깨게 하지 말아요. 계속 꿈속에 멍하니 있게 해주라고요."

그러고는 아들의 얼굴에서 눈빛을 거둬 다른 사람에게로 던졌다가 다시 아들의 얼굴 위로 옮겼습니다.

"어서 가거라. 네 누이와 매부가 널 제방 위 작업실까지 바래다줄 게다."

옌 아저씨는 자신의 꿈속에서 조용히 생각에 잠겼습니다. 꿈에서 잠시 깨어난 것 같았습니다.

"아무도 절 바래다주지 마세요. 절 바래다주면 꿈속에서 놀라 깨거든요. 깨면 제 이야기가 다 날아가버려요. 그렇게 흩어져버린다고요. 영감이 사라지는 거예요. 결국 글을 써내지 못하고 살아도 죽은 것이나 마찬가지가 되지요."

그다음에는 어떻게 됐냐고요? 그다음에는 꿈속에 있으면서도 깨어 있는 것 같았지요. 밤인데도 대낮인 것 같았습니다. 그렇게 잠시 어머니를 쳐다봤지요. 누이와 매부와 이웃 사람들을 쳐다봤습니다.

"모두들 돌아가세요."

이렇게 말하면서 자신이 먼저 계단을 올랐습니다. 복도를 지난 그림자가 거리의 밤 속으로, 진의 골목 속으로 사라지는 것처럼 그

렇게 가버렸습니다. 발걸음이 나무로 허술하고 부드러운 물건을
두드리는 것 같았습니다. 가볍게 흔들렸습니다. 일정한 리듬을 띠
었습니다. 리듬을 타는 것이 바람에 흔들리는 것 같기도 했지요.
그는 꿈속에서 몸을 가볍게 흔들며 사라졌습니다. 그의 어머니와
누이는 덩달아 마당을 나와 그를 바라봤습니다. 꿈과 꿈속의 바람
이 언덕 위의 백양나무와 버드나무 흔드는 모습을 바라보는 것 같
았습니다.

  그렇게 갔습니다.

  밤도 아주 깊었습니다.

  사람들은 빨리 날이 밝기를 기도했습니다. 날이 밝으면 모든 것
이 좋아질 테니까요. 모든 것이 일상으로 복귀하고 정상으로 복귀
하고 원래 있던 세월의 질서와 궤도로 복귀하게 될 테니까요.

3. 03 :32 ~ 04 :05

　제가 옌 아저씨를 제방 위에 있는 집까지 바래다주었습니다. 제가 바래다주고 싶었거든요.

　그의 가족들은 제가 어려서 발이 작으니 그를 꿈속에서 놀라 깨게 하는 일이 없을 거라며 제게 그를 제방 위 집까지 바래다주라고 했습니다. 아울러 가는 길에 그와 말하거나 그를 꿈속에서 나오게 하는 일이 없도록 하라고 당부했지요. 하지만 저는 그와 얘기를 나눴습니다. 참지 못하고 그와 말을 했습니다. 앞에서 걷는 그는 걸음이 들쭉날쭉했습니다. 길이 제대로 보이지 않아 중심을 잡느라 그런 것 같았습니다. 가끔 발이 구덩이에 빠지기도 했습니다. 발이 구덩이에 빠질 때마다 그의 몸 전체가 심하게 휘청거렸습니다. 이럴 때면 그가 깨어날지도 모른다는 생각이 들기도 했지요. 그는 즉시 여기 구덩이가 있었네 하며 혼잣말을 했습니다. 그러면서도 휘청휘청 앞으로 나아갔습니다. 그렇게 걸으면서 발끝에 걸리는 벽돌 조각이나 작은 돌을 걷어차기도 했습니다. 발끝이 아프면 발을 들어 허공에서 잠깐 흔들면서 아얏 하고 비명을 지르고 다시 걸었습니다. 저는 그 뒤를 따라가고 있었습니다. 새끼 양이 어미 양의 뒤를 따라가는 것 같았습니다. 그가 구덩이를 밟거나 돌을 찰 때면 제가 얼른 다가가 부축했습니다. 그가 다시 걷기 시작하면 손을 놓고 뒤따라갔지요. 우리는 제방의 터널을 지나는 것처럼 진 골목들을 가로질렀습니다. 넓고 평평한 대로에 이르니 거대한 광장에 온 듯한 기분이었습니다. 사거리 쪽에는 이미 사람의 모습이 보이지 않았습니다. 차와 커피를 끓이던 솥과 부뚜막만 그 자리에 남아 있었지요. 차와 커피 향이 아직 남아 있었습니다.

사람들은 모두 흩어져 돌아갔습니다.

사람들 모두 웅황차와 빙정커피탕을 마시고 나서는 더 이상 졸거나 몽유하면서 집으로 돌아가는 일이 없었습니다. 대로에는 마지막으로 큰 솥을 들고 집으로 돌아가는 사람의 그림자와 발걸음 소리가 남아 있었습니다. 원래는 밤에 있어야 할 소리와 동정이었습니다. 저는 앞에서 걸어가는 옌 아저씨 말고 또 다른 한두 명의 몽유하는 사람들을 찾고 싶었습니다. 하지만 진의 거리에서는 고요함과 불빛 말고는 몽유하는 사람을 전혀 볼 수 없었습니다. 간간이 어디서 나는지 모르지만 놀라서 날카롭게 외치는 소리만 들려올 뿐이었지요. 하지만 누군가 도끼로 사람을 찍어 죽이는 비명이 아니라 시커먼 물체를 보고 놀라서 지르는 비명이었습니다. 알고보니 어느 집 고양이와 개의 울음소리였습니다.

몽유의 밤이 이렇게 끝나진 않겠지요. 어떻게 이처럼 간단히 끝날 수 있겠습니까. 하지만 거리는 정말로 죽은 듯이 고요하고 산

듯이 고요했습니다. 묘지처럼 고요했습니다. 저는 약간 놀랐습니다. 저도 모르게 옌 아저씨의 손을 잡아끌었습니다. 놀란 어린아이가 아빠 손을 잡아끄는 것 같았지요. 그의 손은 무척이나 따스하고 부드러웠습니다. 땀이 많이 나 있었습니다. 손바닥이 아주 부드럽고 매끄러운 것이 농사를 지은 흔적은 전혀 느껴지지 않았습니다. 우리 아버지 손과 완전히 달랐습니다. 그 손 때문에 저는 처음으로 옌 아저씨와 일문일답을 주고받을 수 있었습니다.

"아저씨는 가오톈을 떠나신 지 얼마나 됐어요?"

"이번에 돌아오길 정말 잘한 것 같아. 마을과 진 사람들이 전부 대규모로 몽유하고 있으니 말이야."

"아저씨는 지금 꿈속에서 뭘 볼 수 있으신가요? 사람들은 어떻게 꿈을 꾸면서도 자신이 꿈을 꾸고 있다는 것을 알 수 있는 건가요?"

옌 아저씨가 고개를 돌려 저를 쳐다봤습니다. 손을 들어 제 머리를 어루만졌습니다. 그러더니 껄껄 웃었습니다.

"다음번 책에서는 몽유에 관해 쓸 작정이야. 이거야말로 내가 절망하고 있을 때 하늘이 내려주신 선물이거든."

알고 보니 몽유도 선물이었습니다. 게다가 하늘에 계신 신께서 우리에게 내려주신 선물이었습니다. 저도 갑자기 몽유를 하고 싶어졌습니다. 그처럼 몽유하면서 자신이 몽유하고 있다는 것을 알고 싶어졌습니다. 이는 다른 세상에서 이 세상의 일들을 보는 것과 같으니까요. 죽어서도 자신이 살아 있다는 것을 아는 것과 같으니까요. 저는 아저씨의 손을 잡아끌었습니다. 아저씨를 대신해 그의 책 몇 권을 들었습니다. 우리는 사거리를 지났습니다. 서쪽 대로와 동쪽 대로를 지났습니다. 우리 집 장례용품점 문이 열려 있고 불이 켜져 있는 것이 보였습니다. 집으로 돌아가 엄마 아버지에게 제가 몽유하는 옌 아저씨를 그가 세 들어 사는 제방 위 집까지 바래다주고 있다고 말하고 싶었습니다. 하지만 그런 상상만 하고 집과 가게로 돌아가진 않았습니다. 누군가 의류점에서 물건을 훔쳐 어깨에 메는 것도 봤습니다. 쫓아가서 물건을 훔쳐 어깨에 메지 말라고, 이제 사람들이 더 이상 말뚝잠을 자지 않는다고, 가게 주인이 즉시 당신을 잡을 거라고 말해주고 싶었습니다. 하지만 그렇게 상상하고 바라보기만 할 뿐, 다가가지는 않았습니다. 진 밖 밭에서는 어떤 사람이 마등을 나뭇가지에 걸어놓고 밀을 베고 있었습니다. 낫을 몇 번 움직일 때마다 땅에 꽂아놓은 나뭇가지를 앞으로 옮겨야 했습니다. 다가가서 그 사람에게 집에 돌아가 차를 마시든지 한약인 빙정커피탕을 좀 마시라고 말해주고 싶었습니다. 그걸 마시면 더 이상 졸리지도 않고 몽유도 하지 않게 된다고 말해주고 싶었습니다. 하지만 몽유가 그에게 아주 좋은 일일 수도 있다는 생각이 들었습니다. 무척 아름다운 일일 수도 있다는 생각이 들었습니다. 그러니 무엇 때문에 제가 그를 몽유에서 끌어내겠습니까.

뭔가를 생각했지만 그걸 행동에 옮기진 않았습니다. 몽유할 때는 생각한 것을 곧장 행동으로 옮긴 것과는 상반된 일이었지요. 사람이 뭔가를 생각하면서 이를 행동으로 옮길 수 있다면 아름다운 꿈이 이루어지는 것과 같지 않을까요. 저는 옌 아저씨에게 소설 속의 어떤 일들에 관해 묻고 싶었습니다. 책 한 권을 쓰면 도대체 얼마나 버는지도 알고 싶었습니다. 다시 돌아올 때 제게 책을 좀 가져달라고 부탁하고 싶었습니다. 그리하여 또 말했습니다. 또 물었습니다. 수확을 위해 낫을 갈기 시작하는 것 같았습니다.

　"옌 아저씨, 사람이 평생 전문적으로 남의 얘기를 듣는 게 좋은 건가요 아니면 남에게 얘기를 하는 것이 좋은 건가요?"

　"옌 아저씨, 얘기를 좀 따스하게 들려주실 수는 없나요. 아저씨 소설을 읽으면 항상 몸이 차가워지는 것 같거든요. 아저씨 소설은 음기陰氣가 너무 강해요. 저는 겨울에 책을 읽으면 그 안에 화로가 있는 것 같고 여름에 읽으면 안에 전기 선풍기가 들어 있는 것 같은 그런 소설이 좋거든요."

　"옌 아저씨, 옌 아저씨."

　우리는 진 남쪽 도로 어귀에 다다랐습니다. 길목의 커다란 홰나무 밑으로 갔습니다. 아주 오래된 홰나무였지요. 산시山西 홍동洪洞현 사람들이 모여 대대적인 이주와 천거를 시작했던 그 홰나무와 같은 나무였습니다. 두 사람이 팔을 벌려도 안을 수 없을 정도로 큰 나무였지요. 이백 살이 넘은 홰나무였습니다. 아직도 우산살처럼 왕성하게 뻗어나가 있는 나뭇가지는 대단히 튼실하고 조밀했습니다. 나뭇잎은 바람이 통하지 않고 비도 새지 않을 정도로 무성했지요. 돌과 벽돌이 나무 주위를 둘러싸고 잔뜩 쌓여 있었습니다. 보호하기 위해서였지요. 젊은 사람들이 어른들을 공경하고 모시는 것과 다르지 않았습니다. 그 돌무더기 옆에서 제가 말했습니다.

　"옌 아저씨, 그거 아세요? 아저씨 책에 있는 내용은 전부 우리 마을에서 일어났던 일이더라고요. 전부 우리 진의 일이에요. 하지만 저를 제외하고 마을과 진 사람 가운데 아저씨 책을 좋아하는 사람은 아무도 없어요. 저 말고는 아저씨 책을 첫 페이지에서 마지막 페이지까지 읽은 사람이 하나도 없다고요. 다들 아저씨 책의 내용이 별거 없다고 말해요. 그러니까 거 뭐냐, 『삼국전』이나 『수호연의전』 『봉신전封神傳』 『삼협오의전三俠五義傳』 같은 책을 손이 가는 대로 집어 아저씨 책과 비교하면 아저씨 책은 단 한 푼의 값어치도 없다는 것을 알게 된다고 하더라고요. 우리 장례용품점에서 파는 지전이 돈이긴 하지만 길가에 버려도 사람들이 눈길 한번 주지 않는 것과 마찬가지라는 거예요."

옌 아저씨가 걸음을 멈췄습니다.

옌 아저씨는 멍한 눈빛으로 잡고 있던 제 손을 놓았습니다. 그러고는 고개를 숙여 제 얼굴을 쳐다봤지요. 점을 치는 사람이 괘서卦書를 보는 것 같았습니다. 밤은 흐릿했습니다. 달빛은 잿빛이면서도 청명하기만 했습니다. 옌 아저씨의 얼굴을 쳐다보니 사람들이 읽고도 이해하지 못하는 괘서 같았습니다. 그렇게 저는 아저씨를 쳐다보고 있고 아저씨는 저를 쳐다보고 있었습니다. 서로 뚫어지게 쳐다보고 있었습니다. 그러더니 아저씨는 또 저를 잡아끌어 홰나무 아래 돌무더기 위에 앉혀놓고는 제게 신기한 것들을 물었습니다. 아주 신비하고 심오한 것들이었습니다. 아이를 못 낳는 여자가 관음보살을 찾아가 언제쯤 아기를 가질 수 있는지를 묻는 것 같았습니다.

"녠녠아, 아저씨한테 사실대로 말해주렴. 아저씨 책 중에 가장 맘에 드는 게 어떤 거지? 어떤 책에 쓰인 얘기들이 우리 마을과 진의 일과 같은지 말해줄래?"

"녠녠아, 이 옌 아저씨가 너를 구해준 셈이니 너희 집과 네 외삼촌 댁의 사정을 좀 얘기해줄래? 너희 아버지와 엄마, 외삼촌이 평생 한 일들이 우리 마을과 진 사람들의 목숨과 생사와 관련된 중요한 일이지 않겠니. 나는 우리 마을과 진의 삶과 죽음에 관한 책을 쓰고 싶거든. 어쩌면 이 책은 너도 좋아할 뿐만 아니라 마을과 진 사람들 가운데 글을 아는 이라면 누구나 좋아하게 될 거야. 말해 봐. 너희 아버지와 엄마, 외삼촌이 한 일을 얘기해보라고. 그걸 말 해주면 내가 다음에 올 때 책을 아주 많이 가져다주마. 이 옌 아저 씨의 책 중에는 별로 재미있는 게 없으니 다른 사람이 쓴 재미있는 책들을 가져다줄게. 너무 재미있기 때문에 우리는 영원히 읽을 수 없는 책을 가져다줄게."

"그게 무슨 책인데요?"

"『금병매』지. 하늘 밖의 얘기처럼 재미있는 책이란다."

저는 옌 아저씨에게 저희 집안의 일을 말해주지 않았습니다. 병 마개처럼 입을 꼭 다물고 있었지요. 저는 아저씨가 몽유 상태에서 말하고 물은 것을 하나도 이해할 수 없었습니다. 몰래 그의 얼굴 을 힐끗 쳐다봤더니 확실히(너무나 확실하게) 잘못 쓴 글자로 가득 한 책 같더군요. 아무도 알아보지 못하는 패서 같았습니다. 하지만 저는 몽유하지 않았습니다. 게다가 남들이 생각하는 것처럼 그렇 게 멍청하지도 않았고요. 저는 그 금 뭔가 하는 책 한 권 때문에 우 리 집안일을 얘기할 정도로 멍청하지 않았습니다. 그에게 우리 외 삼촌과 화장에 관한 일을 말하지 않았습니다. 우리 아버지가 매장 이 화장으로 바뀌었을 때 마을과 진 사람들을 상부에 밀고했다는 것도 말하지 않았어요. 시신 기름을 한 통 한 통 제방 위의 차가운 굴, 그러니까 아저씨가 세 들어 거주하고 있는 작업실 바로 옆에 감춰두었다는 사실도 말하지 않았습니다.

"저희 집에 무슨 재미있는 일이 있겠어요?"

밥 먹고 옷 입고 누군가 죽으면 화환을 팔아 푼돈을 버는 것, 그리고 그 돈으로 종이를 사서 다시 화환을 만들고, 금종이와 금박을 사는 것이 전부라고, 그렇게 남는 돈으로 근근이 먹고사는 게 전부라고 말했지요.

그러니까 말을 안 한 셈이었습니다.

뭐라고 말해야 할지도 몰랐습니다. 달이 머리 위로 천천히 움직이고 있었습니다. 구름도 머리 위에서 천천히 이동하고 있었습니다. 우리는 그렇게 걸었습니다. 홰나무 아래를 벗어나 제방 위로 갔지요. 이번에는 앞서 하던 말을 이어가지 않았습니다. 조금 전처럼 친하거나 가깝지도 않았습니다. 저는 옌 아저씨에게 우리 집안일을 얘기하지 않은 것 때문에 마음에 약간의 불편함과 갈등이 있었습니다. 아저씨 물건을 훔치거나 아저씨에게 손해를 입히거나 아저씨에게 미안한 짓을 한 것 같았습니다. 조금 전 홰나무 아래서 우리의 친숙함과 가까움을 되찾기 위해 저는 또 자발적으로 아저씨 손을 잡아끌면서 한 무더기의 질문을 하고 한 무더기의 친숙한 말들을 했습니다.

"옌 아저씨, 사람이 평생 전문적으로 남의 얘기를 듣는 게 좋은 건가요 아니면 남에게 얘기를 하는 것이 좋은 건가요?"

"옌 아저씨, 저도 커서 아저씨처럼 가오톈을 떠나는 게 좋을까요 아니면 아저씨 어머니처럼 가오톈을 지키는 것이 좋을까요?"

"옌 아저씨, 결혼할 때 좋은 여자를 찾는 게 좋을까요 아니면 두 명 또는 여러 명의 여자를 찾는 게 좋을까요?"

우리는 그렇게 제방에 도착했습니다. 제방에 도착해 보니 하늘과 더 가까워진 듯한 느낌이 들었습니다. 달이나 구름과도 더 가까워진 것 같았지요. 하지만 가오톈 마을의 세계와 마을 사람들의 먹고사는 일, 몽유를 틈타 사람들이 벌이는 도둑질과 강도 짓, 그리고 먹고 입기 위해 농사를 짓고 한가롭게 떠들고 물 마시고 잠자는 일들과는 훨씬 멀어진 듯한 느낌이었습니다. 제방 위 옌 아저씨가 임대해 살고 있는 집 앞에 도착해 보니 제방 아래 저수지가 온통 파란빛으로 눈에 들어왔습니다. 달이 잃어버린 빛이 전부 그 안에 모여 있는 것 같았습니다. 거울과 얼음, 꿈처럼 밝았습니다. 바람이 불어왔습니다. 적막의 소리가 들려왔습니다. 부엉이가 보였습니다. 부엉이는 근처 밭에서 두 눈을 붉은 등처럼 뜨고 있었지요. 장례식장도 보였습니다. 저 멀리 언덕에 보이는 불빛이 하늘에서 내려와 비탈진 언덕에 걸려 있는 구름 같았습니다. 우리 둘은 아저씨의 집 문 앞에 서 있었습니다. 헤어지면서 흔드는 손이 서리 맞은 나뭇잎 같았습니다. 아저씨의 얼굴과 제 마음에 달라붙어 있었습니다. 떨어지지 않았습니다. 저는 잠을 자야 했습니다. 어쩌면 옌 아저씨도 몽유 속에서 쓰러져 자야 했을 겁니다. 어차피 아저씨는 몽유 상태에서도 말을 하고 글을 쓰는 것 같았으니까요. 생각하고 행동하는 것이 글쓰기 같았습니다. 옌 아저씨가 집에 들어가자마자 책상 앞에 앉아 글을 쓰기 시작할 것이라고, 겨울에는 화로가 있고 여름에는 전기 선풍기가 있는 그런 책을 써낼 것이라고 장담할 수는 없었습니다. 그런 책을 써내기 위해서는 먼저 저랑 헤어져야겠지요. 저와 헤어지면서 옌 아저씨는 제게 엄마나 아버지는 절대로 할 리 없는 말을 했습니다.

"녠녠아, 앞으로 너희 엄마 아버지한테서 지찰 만드는 공예를 잘 배워두도록 해라. 그러면 나중에 아주 잘살게 될 거야."

"녠녠아, 너를 좋아하는 아가씨가 생기면 그 아가씨랑 얼른 결혼하도록 해라. 한 남자가 평생 한 여자만 찾는 것이 하늘과 하느님이 정해놓은 법칙이거든."

"녠녠아, 그만 가봐라. 옌 아저씨는 몽유 상태를 이용해 얼른 이야기를 써낼 작정이야. 기필코 네가 말한 겨울에는 화로가 있고 여름에는 전기 선풍기가 있는 책, 마을 사람 모두가 좋아할 책을 써낼 결심이란다."

그다음에는 어떻게 되었을까요. 이어서 옌 아저씨는 마지막으로 제 머리를 쓰다듬어주고는 곧장 자기 집 마당 안으로 들어갔습니다. 제게 어서 돌아가라는 한마디를 던지고 문을 닫았습니다.

저는 그렇게 그 집 문 앞에 서 있었습니다. 천천히 꿈속으로 빠져들어가는 것 같았습니다. 우물에 빠지는 것 같았지요. 이리하여 저는 또 몽유를 생각했습니다. 진과 마을을 생각했습니다. 우리 엄마랑 아버지를 생각했습니다. 엄마 아버지에게 생각이 미치자 온몸이 차가워졌습니다. 떨렸습니다. 누군가 몽유를 이용해 우리 집에 가서 도둑질이나 강도 짓을 하지나 않을까 하는 생각이 들었습니다. 도둑질과 강도 짓을 위해 우리 엄마 아버지를 밧줄로 묶어놓고 심하게 때리지나 않을까 걱정됐습니다. 놀랐습니다. 떨렸습니다. 머릿속이 비 오기 직전에 천둥번개가 치는 것 같았습니다. 저는 얼른 제방 위 옌 아저씨의 집을 떠나 저희 집으로 돌아왔습니다.

빠른 걸음으로 집에 돌아왔습니다.

제8권 오경·하

산 사람도 있고 죽은 사람도 있었다

1. 04:06~04:26

장례용품점 문 앞에 이르러 저는 멍한 표정을 지었습니다.

아연함이 벽돌처럼 제 머리에 부딪혔습니다.

사정은 제가 생각한 것과 조금도 다르지 않았습니다. 제가 거대한 제방 위에 서서 밤의 어둠을 뚫고 2리 밖에 있는 우리 장례용품점에서 일어난 일을 본 것과 같았습니다. 저는 거칠게 가게 문을 열고 들어가 가게 한가운데 우뚝 섰습니다. 제가 돌아온 것을 보고 엄마와 아버지, 그리고 저와 두 강도 모두 깜짝 놀랐지요. 불빛과 불빛이 똑같이 노랗게 밝혀져 있었습니다. 가게 안에 가득한 화환과 지전, 지찰은 큰 바람이 지나간 뒤의 화단 같았습니다. 꽃들은 다 떨어져 시들었습니다. 초록 잎사귀들은 땅바닥에 떨어지기도 하고 가지와 가장귀에 매달려 있기도 했습니다. 화환과 벽에 걸려 있기도 했지요. 작은 꽃나무와 큰 나무에 걸려 있기도 했습니다. 화환과 대나무 막대가 꺾이고 발에 밟힌 채 나뒹굴고 있었습니다. 끈으로 둘둘 만 지전 뭉치가 든 대바구니도 바닥에 떨어져 있고 종이 말을 지탱해주는 철사와 나무 막대도 바닥에 나뒹굴고 있었습니다. 동남동녀의 머리와 입과 얼굴, 머리칼 등 모든 것이 바닥에 떨어져 벽 한쪽 구석에 쌓여 있었습니다. 집 안에 빨강과 노랑이 날아다니고 파랑과 초록, 자주가 여기저기 걸려 있었습니다. 우박을 맞아 엉망이 된 화단 같았습니다. 몹시 추웠습니다. 또 몹시 더웠습니다. 엄마와 아버지는 각자 의자에 묶여 있었습니다. 한 분은 가게 동쪽 벽 아래 있고 다른 한 분이 가게 서쪽 화환을 만드는 종이 더미 속에 있었습니다. 그 두 강도는 겨울에 쓰는 방한용 복면 모자로 머리와 얼굴을 가리고 있었습니다. 키 큰 강도는 두 손이 비어 있고 팔을 가슴에 얹고 있었습니다. 키 작은 강도는 손에 굵은 나무 몽둥이를 쥐고 있었습니다. 두 강도 모두 머리에서 난 땀이 목까지 흘러내리고 있었지요. 가슴과 등까지 적셨습니다. 모자를 벗어 시원한 바람이 통하게 할 생각은 없는 것 같았습니다. 여전히 복면 모자를 쓴 채로 그 자리에 서서 뭔가를 기다리듯 우리 아버지와 엄마를 응시하고 있었습니다. 복면 모자 틈새로 눈이 드러났습니다. 검고 빛나는 눈이었습니다. 전혀 졸리지 않는 눈이었습니다. 누군가 소리를 질러 깬 것인지 엄마가 끓인 차를 마시고 깬 것인지 알 수 없었습니다. 그렇게 깬 상태로 몽유를 이용해 강도 짓을 하러 온 것이었습니다. 양쪽에 묶여 있는 아버지와 엄마는 얼굴이 희고 누렇고 누리끼리했습니다. 얼굴 가득 땀을 비처럼 흘리고 있었습니다. 수시로 눈앞을 응시하다가 또 수시로 힐끗힐끗 위층으로 통하는 계단과 문 쪽을 쳐다보고 있었습니다. 강도들과 그렇게 서로를 바라보면서 대치하고 있었지요. 조용하고 편안하게 함께 뭔가를 기다리는 것 같았습니다. 무엇을 기다리고 있는지는 알 수 없었습니다. 바로 그때 제가 빠른 걸음으로 집 안으로 들어간 것입니다.

저는 헉 하고 문 앞에 멈춰 섰습니다. 문 앞에서 몸이 굳어버렸습니다. 눈앞에 펼쳐진 광경이 제가 조금 전에 상상했던 것과 완벽하게 일치했기 때문입니다. 너무나 똑같았습니다. 한 치의 차이도 없었습니다. 나사못이 딱 맞는 나사못 구멍에 정확히 들어가 박힌 것 같았습니다. 저는 누군가 저희 가게를 턴다면 틀림없이 방한 복면 모자나 두건을 쓸 것이라고 생각했습니다. 그들은 정말로 얼굴과 머리에 복면 모자를 쓰고 있었습니다. 저는 누군가 저희 가게를 털러 온다면 틀림없이 혼자 오진 않을 것이라고 생각했습니다. 과연 두 사람이 왔습니다. 두 사람이 아니라 세 사람인지도 모르지요. 세 사람이 아니었다면 그들은 수시로 안채 계단 쪽을 힐끗거렸을 것입니다. 그들이 저희 가게를 털러 온다면 그 화환과 지찰, 장례용품들을 엉망진창으로 만들어 바닥에 던져놓을 것이라고 상상했는데 정말로 가게 안은 엉망진창이 되어 있었고 바닥은 온통 꽃잎 천지였습니다. 가을에 회오리바람이 불어 화단을 할퀴고 간 것 같았습니다.

사정이 제가 상상했던 것과 너무나 똑같았습니다.

나사가 딱 맞는 나사 구멍에 정확히 들어가 박힌 것 같았습니다.

집 안에 들어서자마자 몸이 굳어버린 저는 자신이 상상했던 것과 완전히 똑같은 상황에 너무 놀라 넋을 잃었습니다. 아버지를 바라봤습니다. 엄마를 바라봤습니다. 그리고 키 큰 강도와 키 작은 강도를 쳐다보는 순간, 키 큰 강도가 재빨리 다가와 커다란 손으로 제 목을 졸랐습니다. 금 벽돌을 쥐듯이 제 목을 잡고 안채 한가운데 있는 방으로 끌고 갔습니다. 하지만 그가 이런 행동을 하기 직전에, 저는 눈을 깜빡이면서 이자가 거칠게 제 목을 조를 것이라고 생각했습니다. 그는 정말로 제 목을 거칠게 잡아 졸랐지요. 뒤이어 저는 엄마와 아버지가 뭐라고 한마디 할 것이라고 생각했습니다. 아버지와 엄마는 정말로 한마디 말을 했습니다.

"아직 어린애잖아. 다밍大明, 애는 좀 놓아주지그래?"

아버지는 다급하게 외치면서 저를 향해 몸부림쳤습니다. 엉덩이 밑에 있던 의자와 종이꽃들이 삐직삐직 소리를 냈습니다.

"나를 다밍이라고 부르지 말란 말이야. 나는 다밍이 아니라고 말했잖아. 못 들었어?"

키 큰 강도가 버럭 소리 지르면서 아버지 쪽으로 다가가 의자를 뒤로 걷어찼습니다. 아버지가 꿈쩍도 하지 않자 그는 아픈 오른쪽 발을 허공에 쳐들고 깽깽이 발로 실내를 한 바퀴 돌면서 숨을 두 번 들이마셨습니다.

몽둥이를 든 키 작은 강도가 갑자기 웃음을 터뜨렸습니다.

키 큰 강도가 매섭게 노려보자 키 작은 강도는 얼른 웃음을 거둬들이고 더 이상 아무 소리도 내지 않았습니다.

"아이 목을 그렇게 잡지 말아요. 아이를 놀라게 하지 말라고요."

엄마도 앞쪽으로 몸을 기울이며 말했습니다. 목소리 속에 다급함과 애원, 그리고 평온함이 다 들어 있었습니다.

"우리 모두 같은 진 사람들이잖아요. 오늘 밤이 지나고 꿈에서 깨면 또 서로 얼굴을 마주하게 될 거잖아요."

이렇게 말하면서 엄마는 눈길을 키 작은 강도에게로 향했습니다. 하지만 그는 애당초 엄마의 말을 말로 여기지 않았지요.

"우리는 당신네 가오톈진 사람이 아니란 말이야."

키 작은 사내가 들고 있던 몽둥이를 엄마를 향해 휘둘렀습니다.

"우리가 같은 진 사람이라고 가정해보자고. 우리가 이런 장례용품점을 털 것 같아? 누구라도 다른 집을 털면 털었지 이 빌어먹을 장례용품점은 털려고 하진 않을 거란 말이야. 이 진에 먼저 도착한 자들이 돈이 될 만한 집들을 깡그리 다 털었기 때문에 다른 진에서 온 우리는 빈손으로 돌아갈 수 없으니 하는 수 없이 당신네 가게를 터는 거라고. 알겠어?"

해명을 위한 말이었습니다. 해명이면서도 크고 거친 목소리라 바닥에 널브러진 종이꽃들을 흔들기에 충분했습니다. 이때 계단 쪽에서 발걸음 소리가 들려왔습니다. 왠지 귀에 익숙한 발걸음 소리였지요. 밥 먹을 때 젓가락이 제 밥그릇에 부딪히는 소리 같았습니다. 고개를 돌려 그 소리와 사람을 확인해봤습니다. 계단 쪽에서 또 뚱뚱한 강도 둘이 내려오고 있었습니다. 그들은 어깨에 보따리를 하나 메고 손에는 커다란 자루를 들고 있었습니다. 걸음을 옮기면서 벗었던 복면 모자를 다시 얼굴과 머리에 썼습니다. 그러면서 키 큰 강도와 키 작은 강도를 쳐다봤지요.

아주 실망스러운 눈빛으로 고개를 가로저었습니다.

키 큰 강도도 실망감 가득한 얼굴로 제 목을 조르더니 아버지 쪽으로 다가가 거칠게 손을 휘저으며 말했습니다.

"녠녠아, 제때 잘 돌아왔다. 너희 집 돈을 다 어디에 감춰뒀는지 말해봐. 지금은 죽음의 계절이야. 진 안팎에서 죽은 사람이 밀 추수하는 것처럼 많았지. 너희 장례용품점은 올해 밀농사만큼이나 장사가 잘됐잖아. 그런데 너희 집 위아래 층을 다 뒤져봐도 몇백 위안밖에 나오지 않으니 이게 귀신을 조롱하는 일이겠냐 아니면 사람을 조롱하는 일이겠냐?"

이렇게 말하면서 그는 제 몸을 가볍게 돌려 제 얼굴이 우리 아버지를 향하게 했습니다. 제 등은 여전히 그의 배와 허벅지에 바짝 달라붙어 있었지요. 저를 목 졸라 죽이려는 것 같았습니다. 제 목 구멍 안에서 돈을 뽑아내려는 것 같았습니다. 저는 자신이 곧 그의 팔에 목 졸려 죽게 될 거라고 생각했지요. 제 얼굴은 그의 팔에 의해 하얗게 혹은 누렇게 변할 것이라고 생각했습니다. 이마에 땀방 울이 맺혔습니다. 방금 물에서 건져낸 거울 같았습니다. 이마에서 흘러내린 땀방울이 빗방울처럼 뚝뚝 바닥에 떨어졌습니다. 제 발 이 그의 팔에 의해 지상으로 약간 들려올라간 것 같았습니다. 단추 하나가 그의 팔을 따라 제 목구멍으로 들어오는 것 같았습니다. 기 침을 하고 싶었습니다. 하지만 그 단추가 목구멍을 막고 있어 기침 도 할 수 없고 숨도 쉴 수 없었습니다.

"그 애를 목 졸라 죽이면서 무슨 말을 하라는 거야? 그 애를 목 졸라 죽이면 어떻게 말을 할 수 있겠나?"

아버지는 소리를 지르면서 몸부림쳐 앞으로 나오려다가 키 작은 강도에 의해 가볍게 밀려 다시 제자리로 돌아갔습니다. 몸은 제자 리로 돌아갔지만 목소리는 집을 폭파시킬 것처럼 우렁찼지요.

"그 아이한테 말을 하게 해줘. 말을 하게 하라고. 그 애가 돈이 어디 있는지 말하면 너희가 찾아가면 될 것 아냐."

"당신들 대신 그 아이에게 돈을 찾으라고 해요. 그렇게 목을 조 르다가 죽기라도 하면 어떻게 하려고 그래요? 아이가 죽으면 어떻게 할 거냐고요?"

이번에는 엄마가 소리치면서 두 발로 바닥을 마구 굴렀습니다. 바닥을 치면서 일어서려 했지요. 하지만 엄마가 아무리 힘을 써도 여전히 그 낡은 의자에 앉은 상태에서 벗어나지 못했습니다.

키 큰 강도가 곧 죽을 것 같은 제 목에서 팔을 조금 풀었습니다. 공기가 제 목구멍 속으로 명랑하게 한 줄기 바람을 불어넣어주었습니다. 저는 연달아 몇 번 기침을 했지요. 이마와 얼굴 위에 매달려 있던 뜨거운 땀방울이 금세 차갑게 식었습니다. 저는 더 이상 졸리지 않으리라는 것을 알았지요. 더 이상 몽유할 리도 없었습니다. 머릿속은 얼음 조각이 걸려 있는 것처럼 맑고 또렷했습니다. 빙하 같았지요.

"돈을 원하는 게 아니었나요?"

제가 고개를 돌려 제 목을 조르고 있는 키 큰 사내를 쳐다봤습니다. 그의 얼굴에 쓴 복면 모자가 그의 코에 의해 약간 들려올라가 있었습니다. 그 모자 무늬는 어망처럼 엉성했지요. 입 앞은 호흡으로 인해 검게 젖어 있었습니다.

"돈을 원한다면 내 목을 이렇게 졸라선 안 되잖아요. 목을 조르면 제가 어떻게 아저씨들을 도와 돈을 찾아드릴 수 있겠어요? 저는 돈이 어디 있는지 알아요. 제 말을 들으시라고요. 아저씨들이 우리 집 돈을 강탈할 수 있게 해줄 테니까요. 장례용품점을 터는 것보다는 차라리 화장장을 터는 게 나을 겁니다. 화환 하나 팔아서 몇 푼 벌면 그 돈으로 먹어야 하고 입어야 하고 집세를 내야 하지요. 하지만 화장장은 약간의 전력과 기름을 사용해 사람을 태워주는 게 전부잖아요. 사람이 살아 있을 때는 병원에 가서 비용을 상의할 수 있지만 죽어서 화장장에 가면 비용을 상의하는 것이 불가능해요. 달라는 대로 다 내야 한다고요. 그러니 우리 장례용품점을 터느니 차라리 가서 화장장을 터는 게 더 나을 거예요."

강도는 더 이상 말하지 않고 움직이지도 않았습니다. 네 명 모두 조각상 같았습니다. 얼어붙은 것 같았지요. 집 안은 몹시 더웠습니다. 몹시 갑갑했습니다. 뒤쪽에 있던 뚱보 하나가 모자를 벗고 시원하게 숨을 좀 쉬려 했습니다. 하지만 앞에 있는 뚱보가 눈을 부릅뜨고 노려보자 황급히 모자를 내려 얼굴을 가렸습니다. 거리에는 지나가는 사람들이 있었습니다. 이쪽을 두리번거리며 살펴보는 사람도 있었지요. 등에 물건을 지고 이쪽을 향해 큰 소리로 묻는 사람도 있었습니다.

"장례용품점, 당신네도 털렸군요."

웃음소리와 발걸음 소리가 이어졌습니다. 아버지의 눈길이 제 얼굴 위로 떨어졌습니다. 엄마의 눈빛이 먼저 제 얼굴 위에 떨어졌습니다. 강도들이 먼저 제 얼굴을 쳐다보더니 이내 눈길을 거둬들였습니다. 그러고는 서로 자신들이 쓰고 있는 눈만 드러난 복면 모자를 바라봤습니다. 그들의 눈에 밝은 희열의 빛이 번졌습니다. 마침내 뭔가를 생각해낸 것 같았습니다. 은행과 은행 문의 열쇠가 어디에 있는지 생각난 것 같았지요. 집 한가운데 서 있던 큰 뚱보가 갑자기 손에 들고 있던 보따리를 던져버렸습니다. 그러고는 흐흐 가볍게 웃었습니다.

"염병할, 아무것도 생각나지 않네."

키 큰 강도가 바닥에 놓인 보따리를 응시했습니다. 그의 눈 속의 의혹이 호수 위에 핀 물안개 같았습니다.

"이불이야. 돈이 안 된다고."

뚱보가 이렇게 말하면서 무거운 눈길을 키 큰 강도에게로 옮겼습니다. 그들은 눈빛으로 재빨리 한 무더기의 말을 주고받았습니다. 많은 일을 상의했습니다. 계단 쪽에 있던 작은 뚱보가 그들이 눈빛으로 주고받는 소리 속에서 들고 있던 물건을 계단 위에 던져 버렸습니다. 이어서 키 큰 강도가 몽둥이를 들고 있는 키 작은 강도를 쳐다봤습니다. 키 작은 강도가 손에 들고 있던 몽둥이를 발 옆에 내려놓았습니다. 네 사람이 동시에 머리에 쓰고 있던 복면 모자를 벗었습니다. 모두 동시에 복면 모자로 얼굴의 땀을 닦았습니다. 아버지와 엄마, 그리고 저는 키 큰 강도가 정말로 진 싼다오가 三道街에 사는 쑨다밍이라는 것을 분명히 확인했습니다. 뚱보는 이웃 마을에 사는 그의 엄마 조카로 이름은 알지 못했습니다. 나머지 두 명도 아주 눈에 익은 진 밖 마을 사람들이었습니다. 다밍 외가의 아이들이었지요. 친척인 그들은 서로 연합하여 재물을 털러 다니는 것이었습니다. 잠을 자지 않거나 몽유하지 않을 때면 나와서 이런 몽유의 밤에 강도 짓을 하는 것이었습니다. 복면 모자를 벗은 그들은 집 안에 우뚝 서 있었습니다. 다밍이 작은 뚱보에게 우리 엄마를 의자에서 풀어주라고 지시했습니다. 비쩍 마르고 키 작은 강도에게는 우리 아버지를 풀어주라고 했습니다. 그러고는 우리 아버지 앞에 다가가 섰지요.

"리톈바오, 솔직히 말해. 우리 아버지가 돌아가셔서 매장했을 때 화장장에 가서 밀고한 게 바로 너였지?"

아버지는 고개를 가로저었습니다. 손이 왼팔과 오른팔을 왔다 갔다 하면서 밧줄에 묶였던 자국을 어루만졌습니다.

"그게 나였다면 자네가 오늘 밤 나를 몽유하게 해 몽유 상태에서 영문도 모른 채 죽게 해도 괜찮네."

이어서 아버지는 집 안을 바라보고 우리 엄마를 바라봤습니다.

"부엌 솥에 아직 쓴 차 끓인 것이 남아 있으니 그걸 좀 가져다 마시도록 하게. 그러면 더 이상 졸리지도 않을 거고 더 이상 어리석은 짓을 하지 않게 될 걸세."

큰 뚱보가 웃었습니다. 그러고는 아버지에게 반걸음 가까이 다가섰습니다.

"너무 멍청해서 일찌감치 몽유를 이용해 강도 짓을 하지 못했어. 우리는 가게들이 전부 남에게 털리고 나서야 나왔다니까."

이어서 그는 사촌 형인 쑨다밍을 쳐다보더니 우리 엄마와 아버지를 향해 아주 분명하게 말했습니다.

"물건은 전부 당신들한테 돌려주지. 당신이 우리 사촌 형을 밀고 하지 않았다면 당신들에게 뭔가 피해를 줄 이유는 없잖아. 이제 넨넨이 우리와 함께 잠시 어딜 좀 다녀와주기만 하면 된다고."

아버지가 황급히 등받이 없는 걸상에서 벌떡 일어섰습니다. 쑨다밍의 손에서 저를 낚아채기라도 할 태세였습니다. 하지만 쑨다밍이 또 저를 자기 품으로 끌어당겼습니다. 그러면서 우리 아버지를 향해 차갑게 웃었지요.

"너도 이 아이 외삼촌을 미워하는 거 아니었어? 진 사람 모두 너와 네 마누라 오빠 사이에 얽힌 은혜와 원한을 잘 알고 있지. 너는 마누라 때문에 샤오다칭을 어떻게 하지도 못하잖아. 오늘 밤 우리 사촌 형제 넷이 너의 그 은혜와 원한을 다 풀어주지."

그러면서 눈길을 우리 엄마에게도 던졌습니다. 우리 엄마의 놀라 창백해진 얼굴을 바라보면서 그는 목소리를 부드럽고 촉촉하게 바꿨습니다.

"형수, 걱정하지 말아요. 우리가 형수 오빠를 해치겠다는 건 아니니까. 형수 오빠는 지난 10년 동안 죽은 사람들을 이용해 재산을 모았어. 불의한 돈을 벌었다고. 이건 말하지 않아도 형수가 잘 알고 있겠지. 항상 그가 형수 친오빠라 어떻게 할 수도 없었다고 말했잖아. 형수가 어떻게 할 수 없으니까 우리가 대신 어떻게 해주겠다는 거라고. 오늘 밤의 몽유를 틈타 우리가 가서 그의 불의한 돈을 좀 나눠 갖겠다는 거야. 재운이 따르면 어느 정도 빼앗을 수 있겠지. 그 돈으로 진의 하천 어귀에 공익을 위한 다리 하나를 놓을 거야. 재운이 따르지 않아도 친척 간인 우리는 최근 몇 년 동안 화장장에 갖다 바친 억울한 비용을 반드시 되찾아오고 말 거라고."

곧이어 그들은 저를 가게 밖으로 밀어냈습니다.

아버지와 엄마는 막막한 표정으로 그 자리에 서서 그들이 떠나는 모습을 바라봤습니다.

저도 순순히 그들을 따라 걸음을 옮겼지요.

문밖 대로는 여전히 그런 흐릿함과 잿빛 어둠이었습니다. 밤의 시간이 줄곧 정체되어 움직이지 않는 것 같았습니다. 가게 안에 비하면 밖은 훨씬 더 시원했습니다. 모두들 숨을 깊이 들이마셨다가 다시 토해냈지요. 몇 시인지 몰랐습니다. 그때가 이 몽유의 밤의 몇 시쯤이었는지 알 수 없었습니다. 밖으로 나온 그들은 장례용품점 앞에 잠시 서 있었습니다. 주위를 살폈습니다. 이때 우리 아버지와 엄마가 몽유에서 깨어 밖으로 쫓아 나왔습니다.

"다밍, 녠녠은 아직 어린애야. 나 리톈바오는 평생 덕이 부족하

긴 했지만 자네 쑨씨 일가에 면목 없는 짓을 한 적이 없네. 제발 부탁이니 녠녠에게 무슨 일이 일어나지 않게 해주게. 제발 녠녠을 빨리 돌려보내주게. 내게는 하나밖에 없는 자식이란 말일세."

다밍이 고개를 돌려 장례용품점을 바라봤습니다. 우리 아버지와 엄마를 바라봤지요.

"집 안을 잘 정리하도록 해. 우리는 몽유하고 있지 않으니 녠녠에게 무슨 일이 일어나게 하진 않을 거야."

그들은 그렇게 한 방향으로 걷기 시작했습니다. 떠들면서 거리 위를 떠내려갔습니다. 물이 강줄기를 타고 빠르게 흘러가는 것 같았습니다.

2. 04:30~04:50

 알고 보니 그들은 삼륜 오토바이를 몰고 있었습니다.

 알고 보니 오토바이는 거리 한쪽 모퉁이 어두운 곳에 감춰져 있었습니다.

 알고 보니 오토바이에는 마대 자루와 쇠몽둥이, 커다란 칼 등이 실려 있었습니다.

 알고 보니 그들은 화장장을 털려 했던 것이 아니라 화장장의 장장인 우리 외삼촌 집을 털려 했던 것이었습니다. 그들은 저를 오토바이에 태웠습니다. 앞에 앉아 난간을 붙잡게 했습니다. 떨어지지 않게 꼭 잡으라는 한마디 당부도 잊지 않았지요. 제가 자신들의 동생이라도 되는 듯 무척 아끼는 모습이었습니다. 제 마음이 겨울날 불을 쬐는 것 같았습니다. 한여름 밤에 바람이 불었습니다. 오토바이가 어두운 그림자 속에서 나와 부아앙 소리를 내면서 진 밖을 향해 달리기 시작했습니다. 길에서 같은 방향으로 오토바이를 몰고 달리는 사람들을 봤습니다. 그들이 바로 옆 대로에서 큰소리로 외쳤습니다.

"큰돈을 벌어보자."

"큰돈은 무슨 얼어죽을 큰돈! 진 사람들이 먼저 모든 가게를 깡그리 털어갔다고."

"그럼 그들 집을 털면 되지."

"사람들이 그 빌어먹을 차와 염병할 빙정커피탕을 마시고 더 이상 졸지도 않고 몽유하지도 않는데 어떻게 턴단 말이야?"

진을 향해 가는 그 오토바이는 엔진을 끄고 길가에 멈춰 섰습니다.

하지만 다밍과 그의 사촌 형제들은 밤의 어둠을 향해, 진 밖을 향해 계속 미친 듯이 달려갔습니다.

"어디들 가시오?"

"집에 돌아가 잠을 자면 더 이상 큰돈을 벌지 못하거든요."

이런 대답을 들으면서 오토바이는 멈춰 서서 잠시 주저하더니 다시 진을 향해 달리기 시작하는 모습을 바라봤습니다. 어쩌면 방향을 돌려 다른 길, 다른 마을을 향해 갔는지도 모르지요. 그 오토바이는 진 쪽으로 방향을 틀진 않은 것 같았습니다. 또 그들과 반대 방향에서 마주 오는 오토바이가 보였습니다. 그들이 큰 소리로 주고받는 말은 원래의 그 의미가 아니었습니다.

"진은 어때요? 큰돈을 벌 수 있을 것 같아요?"

"어서 가봐요. 진 전체가 몽유하고 있으니까요. 모든 상점의 대문이 활짝 열려 있어요."

"그런데 당신들 오토바이는 텅 빈 것 같은데?"

"우리요? 우리한테 그렇게 큰 건 필요 없어요. 주머니에 넣을 수 있는 것만 챙기지요."

이렇게 말하면서 오토바이 위에 일어서서 자랑스럽게 주머니를 툭툭 쳤습니다. 그리고 뭔가 들어 있는 작은 자루를 허공에 들어올려 흔들었습니다. 그 오토바이는 속도를 높여 진을 향해 달려갔습니다. 큰돈을 향해 달려갔지요. 오토바이를 탄 사람은 큰소리로 환호하기까지 했습니다. 설을 쇠면서 잔치를 벌이려는 것 같았습니다. 너무 신나고 즐거워하는 모습이었습니다. 알고 보니 시골 사람들은 그토록 많았습니다. 이때 시골 사람들은 전부 트랙터를 몰았습니다. 삼륜 오토바이를 모는 사람도 있었습니다. 자동차나 트럭을 몰고 진을 향해 달려가고 있었습니다. 더 멀리 떨어진 현을 향해 달려갔습니다. 사면팔방에 재물이 있는 곳이면 어디든 달려갔지요. 모두들 돈을 벌기 위해 밖으로 나왔습니다. 밖으로 나와 재물을 강탈하기 시작했습니다. 졸고 있는 사람도 보였습니다. 머리가 어깨 위에 우뚝 서 있다가 갑자기 아래로 처지는 것을 봤지요. 머리가 떨어지면 다시 목을 꼿꼿이 세우려 애쓰는 것 같았습니다. 어떤 사람은 몽유하고 있었지만 깨어 있는 사람들과 똑같은 모습이었습니다. 눈을 크게 뜬 얼굴 표정이 관을 만드는 나무 판때기 같았습니다. 하지만 더 많은 사람의 얼굴에는 졸린 기색이 전혀 없었습니다. 깬 상태로 사람들의 몽유를 틈타 강도 짓을 하려는 것이었습니다. 밤 몇 시쯤인지 알 수 없었습니다. 아마 새벽 4~5시, 사람들이 가장 깊은 잠에 빠져 있을 인寅시나 묘卯시쯤 되었을 것입니다. 우리가 탄 삼륜 오토바이의 작은 뚱보는 잠이 들었습니다. 그는 꿈속에서 돌아가자고, 돌아가서 잠이나 자자고, 훔치긴 뭘 훔치느냐고 말했습니다. 하지만 그의 형인 큰 뚱보가 그의 어깨를 툭 쳤습니다. 그는 다시 깨어 전혀 다른 말을 했지요.

"오늘 밤 큰돈을 벌지 못하면 평생 기회가 없을 거야. 큰돈을 벌 수 없다면 작은 돈이라도 벌어야지."

바로 이때 다밍이 운전을 하는 사촌 동생에게 오토바이를 진 밖 길목에 세우라고 지시했습니다. 다밍은 저를 자리가 비교적 넓은 삼륜 오토바이 가운데 자리로 잡아끌었습니다. 쭈그리고 앉거나 자리에 앉아 있게 했지요. 밤이 호수처럼 우리 몸과 머리와 오토바이를 감싸고 있었습니다. 시원하고 상쾌한 것이 잠자기 딱 좋은 때였지요. 길가 밭에는 밀을 베는 사람이 없었습니다. 탈곡장에서 몽유 상태로 밀을 터는 사람도 없었지요. 천하가 잠들어 조용했고 또 소란스러웠습니다. 세상이 꿈속을 떠돌아다니는 가운데 도처에 은은한 소리와 동정이 있을 뿐이었지요. 다밍은 하늘을 바라보다가 또 길가를 바라봤습니다. 마지막으로 저를 쳐다보는 순간, 그의 흐릿한 얼굴에서 눈만 반짝반짝 빛나고 있었습니다. 칠흑같이 새카만 빛이었습니다.

"넨넨아, 네 외삼촌은 좋은 사람이 아니야. 그렇지?"

그가 복면 모자를 쥔 손을 제 어깨 위에 얹으면서 말했습니다.

"네 외삼촌은 우리 진에서 죽은 사람들의 돈을 불의하게 번 것이잖아. 안 그래?"

"네 외삼촌은 지금까지 누군가 선물을 주지 않으면 그 집 시신의 유골을 일부러 훼손하고는 망자의 가족들이 망치로 부순 거라고 우겨댔지."

"네 외삼촌이 늘 보통 돌로 만든 유골함을 팔면서 대리석으로 만든 것이라 속여 차액을 편취했던 것도 분명한 사실이야. 늘 가짜 홍목으로 만든 유골함을 진짜 홍목 유골함이라고 속여서 팔았다는 건 너도 잘 알고 있지?"

"네 아버지는 네 외삼촌을 미워해 너희 아버지는 온순하고 선량한 사람인데 네 외삼촌인 그 샤오다청이라는 인간이 압력을 가하는 바람에 달리 방법이 없어서 항상 네 엄마가 망자의 가족에게 화환을 팔 때마다 종이꽃을 몇 송이 더 끼워주고 수의를 팔 때에도 원단을 좋은 것으로 쓰고 바느질을 정성껏 하는 것은 물론 자수도 아주 아름답고 튼튼하게 하도록 당부하고 있지 그래야 진과 마을 사람 모두 네 아버지랑 엄마가 좋은 사람들이고 네 외삼촌과는 다른 사람이라는 것을 알고 눈으로 확인하고 또 그렇게 말하게 될 테니까 말이야 네 엄마가 네 아버지한테 시집간 것도 네 외삼촌을 피하기 위해서였어 네 아버지와 함께 네 외삼촌의 악행과 죄상을 구속救贖하기 위한 것이었지 진과 마을 사람 모두 네 엄마 아버지와 네 외삼촌을 비교하면서 저울의 두 끝에 매달린 접시 같다고 말하지 네 외삼촌이 악행으로 돈을 벌 때마다 네 아버지와 엄마는 선행으로 그걸 갚아야 했거든 네 외삼촌이 저울 저쪽에서 돈을 많이 벌고 악행이 많을수록 네 아버지와 엄마는 저울 이쪽에서 그를 대신해 더 많은 선을 행하고 화환과 지찰을 더 잘 만들어 더 싸게 팔아야 했지 그래서 너희 장례용품점은 장사가 아주 잘되는데도 결코 돈을 벌지 못했던 것이고 그래서 오늘 밤 우리가 너희 가게에서 돈을 찾아내지 못한 것이고 너희 집 물건을 들고 나오지 않았던 거야 네 아버지와 엄마가 선량한 사람들이라 우리는 네 말을 듣고 너희 집을 터는 대신 화장장을 털기로 한 거지 하지만 지금 돌이켜 생각해보니 네 아버지와 엄마 그리고 너희 가족 전체를 위해 우리 진의 모든 사람을 위해 화장장을 털지 않고 직접 네 외삼촌 집을 터는 게 나을 것 같아 그래서 그렇게 하기로 결정을 내린 거지 그래야 네 아버지와 엄마 너희 가족 전체와 외삼촌 사이의 은혜와 원한을 다 풀고 그의 집에서 화장장과 은원의 관계에 있는 사람들에게서 악한 기운을 없앨 수 있으니까 너는 우리와 함께 화장장에 갈 필요가 없어 우리와 함께 네 외삼촌 집까지 가서 네 외삼촌을 만나는 것도 아주 난감한 일일 거야 너는 지금 우리에게 네 외삼촌 집이 제방 어느 쪽 산수별장 구역의 몇 동 몇 호인지만 말해주면 돼 네 외삼촌이 평소 돈을 어디에 잘 숨기고 값나가는 물건들을 어디에 주로 감추는지 그의 첩 그러니까 네 새 외숙모가 평상시에 돈을 어디에 감추는지 값나가는 물건들을 주로 어디에 감추는지만 알려주면 돼 나는 네 아버지가 평소에 네 외삼촌 집에 잘 가지 않고 너희 엄마도 다리를 절기 때문에 불편해서 잘 찾아가지 않는다는 걸 알아 너희 집에서는 너만 종종 외삼촌 집에 가지 너만 우리에게 말해주면 돼 네겐 아무 일 없을 거야 말해주고 곧장 오토바이에서 내려 집으로 돌아가면 돼 네 아버지랑 엄마가 집에서 너를 기다리고 있을 거야 우리도 널 날이 밝을 때까지 데리고 다니면서 강도 짓을 하진 않을 거라고 만에 하나 뜻밖의 재난이나 변고가 생겨 너와 네 엄마 아버지에게 면목 없는 일이 일어난다 하더라도 너는 다치는 일이 없을 거야 네 외삼촌이 몇 호 별장에 살고 값나가는 물건들을 어디에다 감추는지만 말해주면 아무 일도 없을 거라고 그냥 집으로 돌아가면 돼 집에 돌아가서 너희 엄마 아버지랑 가게 문을 닫고 자면 되는 거야 내일 날이 밝아 세상에 어떤 일이 일어나더라도 우리가 네가 말해줬다고 네가 정보를 제공했다고 말하는 일은 없을 거야 우리는 너와 네 엄마 아버지에게 감사하는 마음을 가질 거고 내일 많은 물건을 사가지고 너희 집에 가서 오늘 네 외삼촌 집에서 가져온 물건 가운데 일부를 너희 집에 나눠줄 거야 그러면 네가 우리에게 알려준 것이 공짜가 아닌 셈이 되지 네 엄마 아버지가 네 외삼촌의 악행과 죄악을 지난 19년 동안이나 구속해주느라 애쓴 것도 헛수고로 그치지 않을 거야."

"어서 말해봐 넨넨아. 우리는 네 말 몇 마디가 필요하거든."

"이게 옳은 길이야. 네 말 몇 마디면 너희 집은 엄청난 덕을 쌓을 수 있단다."

"넨넨아, 차에서 내려 집으로 돌아가. 좀 일찍 자도록 해라. 가는 길에 몽유하는 사람을 만나든 깨어 있는 사람을 만나든 간에 절대로 우리 얘기를 하면 안 돼."

얘기를 마치고 저는 오토바이에서 내렸습니다.

저는 그렇게 다밍 일행이 오토바이를 몰고 밤의 어둠 속으로 사라지는 모습을, 삼거리 쪽으로 사라지는 모습을 바라봤습니다. 멀리 우리 외삼촌이 사는 곳의 불빛이 보였습니다. 해가 그곳에서 솟아오르는 것 같았습니다. 가까운 마을에는 불빛도 있고 소리도 있었습니다. 마을은 이미 밤에서 깨어나 잠자리에서 일어나려는 것 같았습니다.

길가 삼거리 어귀에 서서 저는 제가 파놓은 우물 구덩이에 빠졌습니다. 차갑고 또 차가웠습니다. 몸과 눈에 졸음이 하나도 남아 있지 않았습니다. 머릿속이 어느 집에서 날이 밝았을 때 활짝 여는 문과 창문 같았습니다.

3. 04:51~05:10

저는 우리 외삼촌 집을 향해 걸어갔습니다.

외삼촌 집을 향해 뛰어갔습니다.

외삼촌 집을 향해 날아갔습니다.

우리 외삼촌은 한 마리 돼지였습니다. 제 외삼촌이기도 했습니다. 우리 외삼촌은 한 마리 개였습니다. 제 외삼촌이기도 했습니다. 저는 외삼촌에게 강도들이 그의 집을 털러 갈 거라고 말해주고 싶었습니다. 그러니 제발 자지 말라고, 제발 몽유하지 말라고, 제발 문을 열지 말라고 말하기만 하면 될 것 같았습니다. 오토바이가 우리 외삼촌의 산수별장으로 가려면 제방 위에 있는 화장장을 우회해야 했습니다. 우회하는 도로는 제방 서쪽 대로였습니다. 제방 끝으로 가야 했지요. 제방 동쪽에서 내리막길을 돌아 제방 허리의 숲과 물가의 땅을 지나야 했습니다. 하지만 저는 도로 어귀의 작은 샛길로 곧장 외삼촌 집으로 갔습니다. 그들보다 2리는 더 가까운 길이었지요. 어쩌면 3리 가까울 수도 있었습니다. 저는 뛰거나 날아서 간다면 그들보다 먼저 제방 동쪽 외삼촌 집에 도착할 수 있다는 걸 잘 알고 있었습니다. 그리고 정말로 그들보다 먼저 외삼촌 집에 도착할 수 있었습니다. 가는 길에 바람을 만났습니다. 나무들을 만났습니다. 나무 아래서 실오라기 하나 걸치지 않은 몸으로 정을 나누는 남녀의 몸짓과 마주쳤습니다. 그들이 몽유 상태였는지 깨어 있었는지는 알 수 없었습니다. 두 사람의 몸짓이 무척 즐거웠던지 길가의 나무들이 흔들렸습니다. 저는 아주 멀리서 두 사람의 몸짓을 보고서 제 몸속의 피가 머리 쪽으로 쏠리는 것을 느꼈습니다. 두 다리 사이의 추한 물건이 날개를 펴더니 쇠몽둥이같이 단단해졌습니다. 그들에게 가까이 다가가 좀더 선명하게 보고 싶었습니다. 하지만 우리 외삼촌을 위해 부득이하게 서둘러 그곳을 벗어나야 했습니다. 그곳에는 불빛이 있었습니다. 그들은 그 짓을 하면서 나무 그늘 아래 등잔을 하나 놓아주었습니다. 마등의 불빛은 가장 어두운 단계의 노란색으로 조정되어 있었습니다. 별들이 하늘에서 떨어지다가 꺼지기 직전의 가련한 모습이었습니다.

저는 그 불빛에서 갈수록 멀어졌습니다.

남녀가 질러대는 환락의 비명이 별 반 개만큼도 들리지 않았습니다.

저는 완전히 광야를 걷고 있었습니다. 제방에서 아래로 내려가는 길을 걷고 있었습니다. 이수伊水*가 드넓고 어지럽게 흩어져 하늘 아래 은빛 주단을 깔아놓은 것 같았습니다. 물 흐르는 소리가

---

* 통상 이하伊河라고 불린다. 황하 남안의 지류인 낙하洛河의 지류 가운데 하나다.

노랫소리 같기도 하고 귀신이 울부짖는 소리 같기도 하고 남녀가 환락의 신음을 토하는 소리 같기도 했습니다. 나중에 저는 그 남녀가 몽유 상태에서 환락의 즐거움에 빠진 것이라고 생각했습니다. 몽유 안에서 즐거움을 찾고 있었던 것입니다. 하지만 그때 이 남녀가 그 짓을 하는 곳은 왜 집이 아닐까 하는 생각이 들었습니다. 어째서 자기 집 침대에서 하지 않는 걸까 하는 생각이 들었습니다. 저는 걸으면서 검은 그림자를 보고는 마음속으로 몹시 무서웠습니다. 그 사랑의 환희를 누리던 남녀가 위축되어 얼른 자리를 뜨는 상상을 했습니다. 가버리는 상상을 했습니다. 밤새들의 울음소리에 무서워졌습니다. 저는 그 여자의 몸 위에 엎드려 있는 남자 흉내를 냈습니다. 아― 아아― 하고 몇 번 신음을 내자 새들이 놀라서 날아가버렸습니다. 그제야 저는 더 이상 두려워하지 않고 소년 영웅으로 변신할 수 있었습니다.

우리 외삼촌이 살고 있는 별장 구역이 보였습니다. 그곳은 마을이라 부르지 않고 소구小區라 불렀습니다. 그곳에 거주하는 사람들은 전부 부자였습니다. 예컨대 광산을 개발해 석탄을 팔거나 장거리 운송을 통해 진이나 현에서 연쇄 상점을 운영하는 사람들이었습니다. 현성의 일부 국장이나 부장들도 그곳에 살았습니다. 들리는 소문에 의하면 현장 한 명도 그 소구에 산다고 했습니다. 그곳은 우리 지역의 부자 동네라고 할 수 있었습니다. 귀족 동네지요. 평소에 일반인들은 그 구역 안으로 들어가지 못했습니다. 유망지대거든요. 앞에 제방에서 흘러나오는 물줄기가 있었습니다. 물줄기의 폭이 소나무와 측백나무 정도였습니다. 소나무와 측백나무, 오래된 홰나무의 두께가 물줄기의 두께와 같았습니다. 나무마다 자갈을 쌓아 만든 둥그런 울타리가 있었습니다. 집집마다 문 앞에 화단이 두 개씩 있고 집집마다 집 앞에 네 개의 계단이 있었습니다. 그리고 계단마다 양쪽에 도자기로 만든 개가 두 마리씩 누워 있었습니다. 개들은 항상 혀를 내밀고 있었습니다. 물을 마시지 못한 모습이었지요. 문은 항상 굳게 닫혀 있고 누가 물건을 훔쳐가려고 호시탐탐 노리기라도 하는 것처럼 자물쇠가 걸려 있었습니다.

하지만 그 소구는 십 몇 년이 지나는 동안 도둑을 맞은 일이 한 번도 없었습니다.

강도를 당한 적도 없었습니다.

하지만 오늘 밤 누군가 그곳을 상대로 도둑질하고 강도질하려고 했습니다. 그들의 오토바이에는 쇠몽둥이와 커다란 칼이 실려 있었습니다. 아마도 살생계가 해제될 수도 있을 것이었습니다. 살생계가 해제되면 사람이 죽을 것입니다. 사람이 죽으면 목숨에 대한 보상과 원한이 따르기 때문에 죽는 사람은 한두 명으로 그치지 않을 것입니다. 일고여덟 명일 수도 있지요. 저는 빠른 걸음으로 오래된 하천의 다리를 건넜습니다. 빠른 걸음으로 산허리를 향해 달려갔습니다. 드넓은 수풀 속에서 새어나온 빛이 숲의 나무들에 의해 부서진 햇빛의 조각 같았습니다. 오솔길에서 그 소구의 후문으로 통하는 좁은 시멘트 길에 이르렀을 때, 제 옷은 흐르는 땀에 완전히 젖어 있었습니다. 몸이 완전히 씻겼습니다. 제 모든 모공이 깨끗이 씻겼지요. 모든 모공이 갑문을 다 열었습니다. 신고 있는 범포 신발 속 발바닥도 땀에 푹 젖었습니다. 저수지의 제방 같았습니다. 저는 물속에서 날아온 것이었지요. 숨을 헐떡이는 소리가 갑문을 열고 물을 방류하는 소리처럼 급하고 거셌습니다. 하지만 정말로 와보고 싶었던 소구에 도착해보니 소구의 광경은 그럴 만한 가치가 없었습니다.

오지 말았어야 했습니다.

제가 외삼촌과 이 소구에 소식을 전하는 것은 하늘만큼 큰 잘못인 것 같았습니다. 뜻밖에도 소구의 후문은 열려 있었습니다. 평소에는 매일 밤 굳게 자물쇠가 채워져 있었지만 이날 밤에는 문이 활짝 열려 있었습니다. 문 안에서 불빛이 새어나왔습니다. 거대한 수정 유리가 땅 위에 떨어진 것 같았습니다. 금탕金湯이 흘러나와 길과 땅을 전부 적시고 있는 것 같았습니다. 소구에는 잠자는 사람하나 없이 전부 한가운데 있는 광장 공터에 모여 있었습니다. 가로등이 환하게 밝혀져 있었지요. 광장에 갖가지 형태의 등이 다 켜져 있었습니다. 집집마다 불이 켜져 있어 온통 하얗게 빛나고 있었지요. 이날 밤, 소구는 대낮과 다르지 않았습니다. 아예 이해 이달 이날의 밤의 어둠 속으로 들어서지 않은 것 같았습니다. 소나무가 허공에 빛을 뿌리고 있었습니다. 가지 끝마다 다이아몬드가 달려 있는 것 같았습니다. 밤의 어둠 속에 우뚝 서 있는 측백나무의 몸체 전체에 빛을 내는 수은이 발라져 있는 것 같았습니다. 화초가 가득한 화단들도 밝은 빛 속에서 정오에 내리쬐는 햇볕을 받기라도 한 것처럼 만개한 꽃들이 진한 향기를 내뿜고 있었습니다. 여기저기 시멘트와 아스팔트, 벽돌로 마감된 길과 모퉁이가 이어져 있고 그 위를 사람들이 바삐 돌아다니고 있었습니다. 손에는 볶음 요리가 담긴 접시를 들고 있거나 술잔과 술병을 들고 있었습니다. 걸음을 옮기면서 먹고 마시는 모습이 꼭 설 명절 같았습니다. 수많은 부부가 합동 혼례를 치르는 것 같았습니다. 하지만 모든 사람의 얼굴에는 마비된 듯한 멍청한 웃음이 번지고 있었습니다. 빛을 내는 성벽의 벽돌 같았습니다. 그 벽돌에는 붉은 페인트와 흰 페인트, 노란 페인트가 칠해져 반짝거리고 있었습니다. 멍청한 빛이 마당 안을 이리저리 흔들리며 돌아다니고 있었습니다. 그들 모두가 몽유하고 있었습니다.

또 몽유 속에서 웃고 떠들면서 먹고 마시고 있었습니다.

몇 줄로 나란히 세워진 별장들이 분수 광장을 에워싸고 있고 분수의 등불이 영롱하게 파란빛을 발산하고 있었습니다. 분수의 물기둥이 날아올랐다가 떨어지면서 하얀 진주와 노란 수정 같은 빛을 뿌렸습니다. 반 무畝 정도 크기의 연못에는 노란 등, 초록 등, 하얀 등이 켜져 있는 가운데 크고 작은 비단잉어들이 물속 가산假山 뒤의 어두운 밤의 그림자 속에 숨었습니다. 연못을 둘러싸고 스무 개 남짓의 둥근 테이블이 놓여 있었습니다. 마작을 위한 테이블이었습니다. 테이블에는 앉아서 먹고 마시는 사람도 있고 마작을 하는 사람도 있었습니다. 잔이 부딪치는 소리가 연극 속의 어지러운 음악 같았습니다. 마작을 하는 테이블마다 몇 묶음 혹은 몇십 묶음의 지폐가 놓여 있었습니다. 한 묶음이 1만 위안 혹은 몇만 위안이었습니다. 마시는 술은 세상에서 가장 좋은 마오타이나 우량예였습니다. 술잔이 테이블과 의자 위, 테이블 밑에 떨어졌습니다. 술병이 테이블 구석과 테이블 아래에 세워져 있었습니다. 모두들 술에 취한 건지 몽유하고 있는 건지 구분이 되지 않았습니다. 술잔을 들어 다른 사람의 술잔과 부딪친 사람은 곧장 테이블에 엎드려 잠이 들었습니다. 잠을 자면서도 입으로는 "이 형님이 죽도록 마셨으니 너도 죽도록 마셔"라고 말하고 있었습니다. 부인들, 여자들도 있었습니다. 전부 잠옷 차림이라 희고 통통한 속살이 다 비쳤습니다. 그녀들은 남자들 옆에 서서 마작을 구경하면서 남자들 대신 돈을 세고 있었습니다. 돈을 딴 얼굴은 꽃 같고 돈을 잃은 얼굴은 걸레 같았습니다. 다 큰 아이들과 반쯤 큰 아이들은 떠들고 뛰어다녔지만 얼굴은 역시 나무판이나 벽돌 같았습니다. 단지 그 나무판은 방금 나무를 켜낸 새것이고 벽돌도 방금 가마에서 나온 새것이었습니다. 자면서 자기 집 대문 앞 계단을 기어오르는 아이도 있었습니다. 엄마 품이나 아버지의 허벅지 위에서 자는 아이도 있었지요. 얼굴에 걸린 분홍빛 땀방울이 뜨거운 물속에 있는 것 같았습니다.

아이들 모두 자고 있었습니다.

모두 꿈을 꾸고 있었습니다.

모두 아버지를 따라 몽유하고 있었습니다.

한 세계, 한 소구의 부자들이 혹서로 인해 집에서 나와 떠들썩하게 먹고 마시더니 전부 잠들기 시작했습니다. 몽유하기 시작한 것입니다. 요란하게 웃고 떠들기 위해 술을 들고 나오고 담배를 들고 나오고 집집마다 가사 도우미들에게 소구의 정원 등불 아래로 음식을 준비해 내오게 했습니다. 과연 그들은 몽유마저 우리 마을 사람이나 진 사람들과는 달랐습니다. 마을 사람들은 몽유하면 대부분 밀을 베거나 밀을 털거나 도둑질이나 강도 짓을 하다가 살인을 저지르곤 했지요. 하지만 그들은 몽유할 때면 먹고 마시고 마작을 했습니다. 눈을 뜨고 있는 사람도 있고 반쯤 감고 있는 사람도 있었습니다. 잠자면서 꿈속에서 마작하는 모습이 깨어서 마작을 하는 것과 똑같은 경우도 있었습니다. 등을 다 드러낸 사람도 있고 한삼만 걸친 사람도 있었습니다. 제가 아는 모 사장도 있었습니다. 그는 등짝을 다 드러내고 맨발에 삼각팬티만 입고 있었습니다. 방금 침대 위에서 그 일을 하다가 내려온 것 같았습니다. 하지만 그의 눈앞에는 술잔 세 개와 술병 세 개가 놓여 있었습니다. 여자가 남자와 함께 술을 마시고 상의를 벗었습니다. 몸에 걸치고 있는 브래지어에는 분홍색 레이스에 금줄이 박혀 있었습니다. 겉으로 드러난 젖가슴은 갓 쪄낸 찐빵처럼 풍만했습니다. 찐빵에 흰색을 덧씌운 것 같았지요. 도처에 술 냄새와 여인들의 분 향기가 가득했습니다. 흐르는 물의 차가운 냉기와 한밤중의 코 고는 소리로 가득했지요. 어떤 사람은 길가에 기어 올라가 자고 있었습니다. 길가에는 그들만이 입을 수 있는 외국인의 양복과 넥타이가 팽개쳐져 있었습니다. 소구 안을 이리저리 걸어다니는 사람도 있었습니다. 허공에 떠 있는 것 같았습니다. 발걸음이 높았다가 낮아지기를 반복했습니다. 발을 들어올릴 때는 힘을 주었다가 내릴 때는 아주 조심스럽게 내렸습니다. 발이 바늘이나 못, 돌을 밟게 될까봐 두려워하는 것 같았습니다.

"몽유하고 있어. 몽유하고 있어. 모두가 몽유하고 있어."

걸으면서 이렇게 말하는 모습이 마치 그 한 사람만 깨어 있는 것 같았습니다.

"나는 자면 안 돼. 몽유해선 안 돼. 잠자거나 몽유하다가 누가 우리 집에 도둑질하러 들어오면 어떻게 해?"

이어서 그는 소구 안을 걸으면서 대문 입구를 찾았습니다.

"경비원! 경비원! 가서 경비원에게 경고해야겠어. 절대로 자면 안 된다고, 죽어도 자면 안 된다고. 외부 사람들이 들어오지 못하게 하고 소구 안에 있는 가사 도우미를 비롯한 외부인들을 전부 내보내야 한다고 말해야겠어."

그는 이렇게 말하면서 소구의 앞 건물과 뒤 건물 사이에 섰습니다. 길을 따라가봤지만 대문이 어디에 있고 경비원이 어디에 있는지 찾을 수 없었습니다.

저는 그에게 다가가 대문이 어디에 있는지, 경비원이 어디에 있는지 말해주고 싶었지만 그의 앞으로 가까이 다가서자 갑자기 더는 아무것도 말하고 싶지 않아졌습니다. 저는 그가 남자이면서 왜 여성용 화려한 브래지어를 손에 들고 있는지 알 수 없었습니다. 돼지가 입에 꽃을 물고 거리를 돌아다니는 것 같았습니다. 그는 저를 보고도 못 본 듯한 반응이었습니다. 그의 곁을 떠나면서 저는 나무 곁을 떠나는 듯한 기분이었습니다. 저는 3열 6호인 외삼촌 집을 향해 가면서 고개를 돌려 그 나무가 쾅 하고 뭔가에 부딪혔는데도 자고 있는 것을 봤습니다.

저는 먹고 마시고 마작하는 사람들 속에서 외삼촌을 찾지 못했습니다. 돼지 무리 속에서 돼지 한 마리를 찾지 못한 것 같았습니다. 이어서 저는 탑백塔柏나무 사이에 끼어 있는 길을 따라 3열 별장을 향해 모퉁이를 돌아 계속 걸었습니다. 정원을 갖춘 어느 별장 앞에 도착했을 때, 중년의 가사 도우미 하나가 철문을 열고 걸어나오는 모습을 봤습니다. 한 손에는 작은 보따리를 들고 다른 손으로는 커다란 캐리어를 끌고 있었습니다. 저를 보더니 그녀는 뒤로 한 걸음 물러섰다가 제게 다 들켰다고 생각했는지 다시 나와 게걸음으로 제 앞을 지나쳐 갔습니다.

"아줌마가 이 소구 사람이 아니라는 건 한눈에 알 수 있어요."

"너도 뭐든 좀 챙겨서 빨리 꺼져. 경비원에게 널 잡아서 도둑 대신 처벌하라고 할 수도 있으니까."

이렇게 말하면서 그녀는 바람처럼 다급하게 불빛을 피해 소구의 북문을 향해 달려갔습니다. 신발 바닥에 징이 박혀 있고 노면이 얼음인 것처럼 발걸음이 빨랐습니다.

저는 경비원 한 명이 상자 하나를 어깨에 메고 숲속으로 들어가는 것을 봤습니다. 잠시 후 다시 나온 그의 손은 순찰할 때의 모습과 다르지 않았습니다.

어느 집의 애완견이 풀밭에서 몸을 말고 킁킁대며 우는 것을 봤습니다. 개 주인이 풀밭 위에서 자면서 코 고는 소리는 뇌성과 같았습니다.

제 걸음이 빨라졌습니다. 제 걸음이 나는 듯이 빨라졌습니다. 저는 이 소구가 곧 비참한 상황에 직면할 것이고 큰 재난이 닥칠 것이라는 사실을 알고 있었습니다. 인근 마을이나 제방 가까이에 사는 진 사람들이 이 소구 사람 전부가 꿈속에 있거나 몽유 상태에 있다는 사실을 알게 되면 자신의 천당 은행 창고가 어디에 있는지 알게 되는 것이나 마찬가지였습니다. 저는 아무 말 하지 않고 외삼촌 집으로 달려갔습니다. 눈길을 돌리지 않고 곧장 외삼촌 집으로 날아갔습니다. 수백 미터에 달하는 소구의 숲길이 제 발밑에서 젓가락처럼 짧아졌습니다. 구부러진 담장을 돌아 젓가락 하나를 넘어가는 것 같았습니다. 어느 집은 불빛이 아주 밝고 어느 집은 꺼져 있었습니다. 어느 집은 문에 자물쇠가 채워져 있고 어느 집은 자물쇠가 있기는 했지만 깜빡 잊고 열쇠를 그냥 자물쇠에 꽂아둔 채로 도둑들이 오기를 기다리고 있었습니다. 가족이나 친척이 집으로 돌아와 문을 열기를 기다리는 것 같았습니다.

저는 마침내 외삼촌 집에 도착했습니다.

저는 3열 6호 문 앞에 서서 얼굴에 흐른 땀을 훔쳤습니다. 그 네 개의 계단 밑에서 옆에 달린 스텐 난간을 잡고 계단을 올랐습니다. 외삼촌 집 문 앞에서 외삼촌을 부르면서 문을 밀고 안으로 들어갔습니다. 걸음 하나로 깨어 있는 상태에서 꿈속으로 들어가는 것 같았습니다. 외삼촌은 자고 있지 않았습니다. 외삼촌은 침실이라 불리는 위층 방에서 자고 있지 않았습니다. 외숙모도 침실에서 자고 있지 않았습니다. 두 사람의 아이들만 위층 침실에서 자고 있었습니다. 일층 객청이라 불리는 곳에는 커다란 방이 세 칸이나 있었습니다. 전등 빛이 땅 위로 기어오르는 개미가 눈을 휘둥그레 뜨고 도로 위를 달리는 자동차들을 바라보는 모습이 보일 정도로 밝았습니다. 텔레비전이 켜져 있었습니다. 벽은 눈처럼 희었습니다. 소파는 한가했습니다. 텔레비전에서 나는 소리가 바닥에서 춤추는 것처럼 요란했습니다. 다탁 위는 저잣거리처럼 어지러웠습니다. 객청에는 대나무 분재와 꽃이 심어진 화분이 두 개 있었습니다. 저는 그 자리에 주저앉아 바삐 돌아치는 사람들을 바라보고 있었습니다. 바쁜 사람은 외삼촌과 외숙모였습니다. 둘 다 옷을 입지 않고 슬리퍼와 팬티만 걸치고 있었습니다. 전혀 부잣집 사람들 같지 않고 오히려 진에서 매일 바쁘게 살고 있는 가난한 사람들 같았습니다. 외숙모는 손수 여섯 가지 요리와 두 가지 탕을 만들었습니다. 하나는 삼선계란탕이고 다른 하나는 새우껍질과 돼지고기 채가 들어간 하피육사자채탕虾皮肉絲榨菜湯이었습니다. 요리와 탕은 전부 저잣거리처럼 어지러운 탁자 위에 놓여 있었습니다. 키가 큰 외삼촌은 저잣거리의 담벼락처럼 탁자 앞에 앉아 있었습니다. 키가 작은 외숙모는 그 자리에 앉으니 마치 담벼락 밑에 새로 돋아난 풀이나 꽃 같았습니다. 제가 들어갔을 때 그들은 병에 든 물건을 요리와 탕에 부어 섞고 있었습니다. 조미료를 넣는 것 같았습니다. 요리와 탕이 싱거워 소금을 넣는 것 같았습니다. 외삼촌이 병에 든 액체를 붓고 있었습니다. 외숙모는 젓가락을 휘저어 요리와 탕을 액체와 골고루 섞고 있었습니다. 문이 열리는 소리를 듣고 두 사람은 놀라 고개를 돌리더니 멍한 얼굴로 저를 쳐다봤습니다. 얼굴이 희고 누렇고 누리끼리했습니다. 하지만 누리끼리한 색은 금세 열어졌습니다. 두 사람의 얼굴이 무거워지더니 졸음이 몰려오는지 흐릿해졌습니다. 불빛 아래서 타일처럼 빛나면서도 마비된 듯한 표정이었습니다.

"문을 잠그지 않았소?"

외삼촌이 외숙모에게 묻는 소리에 질책과 훈계가 담겨 있었습니다. 하지만 손에 들려 있던 병은 여전히 허공에서 흔들리고 있었습니다. 음식에 붓는 물건이 밭에 파종하는 참깨처럼 냄비와 접시에 떨어졌습니다.

"잠겄는데 바람이 불어서 다시 열린 모양이에요."

외숙모는 이렇게 말하면서 젓가락으로 계속 음식을 휘저었습니다. 손을 바쁘게 움직이느라 저를 보지 못한 것 같았습니다. 제가 바람인 것 같았습니다. 나무 한 그루인 것 같았습니다. 꿈속에서 한순간 반짝했다가 사라지는 경물인 것 같았습니다.

"외삼촌, 외숙모. 뭐가 그리 바쁘세요? 소구에 큰일이 터지려 하는 걸 모르세요? 하늘이 무너지고 땅이 꺼질 일이 일어날 텐데 아직 모르세요?"

집 안의 고요함이 원래 사람이 없었던 것 같았습니다. 원래 제가 들어오지 않은 것 같았습니다. 외삼촌이 조심스럽게 탕에 무언가를 부었습니다. 외숙모가 이를 마구 휘저어 섞었습니다. 백설탕 같은 수정 입자가 계란볶음 위로 쏟아져 노란 계란을 금세 옅은 회색으로 만들었습니다. 계란이 약간 탄 것 같았습니다.

"너무 많이 넣지 말아요. 너무 많이 넣으면 맛이 달라진단 말이에요."

"걱정할 것 없어. 조금 더 넣어야 목구멍으로 넘기면 밤이 길고 꿈도 많이 꾸지만 죽지 않고 다시 깨어날 사람이 없게 된단 말이야."

이어서 탕에도 부었습니다. 탕에 부을 때는 병을 바꾸었지요. 그 병에서는 진흙탕처럼 누렇고 탁한 액체가 흘러나왔습니다. 외삼촌은 조금 따르고 나서 또 따랐습니다. 이어서 또 한 번 따랐지요.

"그만 따라요. 너무 많이 따르면 맛이 달라진다니까요."

"더 넣어야 아이들과 자손들까지 싹 다 보낼 수 있단 말이야."

마지막으로 탕이 든 냄비에도 부었습니다. 외삼촌이 병을 들어 불빛에 비춰봤습니다. 병에 가득 찼던 액체가 절반으로 줄어 있었습니다. 불빛 아래서 액체가 빈 부분은 진노란색이고 액체가 찬 부분은 진한 갈색으로 보였습니다. 병에 붙은 상표 끝이 말려 있었습니다. 상표의 상단 중앙에 검은 해골이 그려져 있고 또 피 묻은 손톱이 붙어 있는 것 같았습니다. 저는 한눈에 해골을 그린 것임을 알 수 있었습니다. 저는 또 헉 하면서 상표 아래 디디브이피라고 쓰여 있는 것도 봤습니다. 살충제였습니다. 저는 더 무섭고 하늘이 무너져 내릴 일이 우리 외삼촌 집이 아니라 소구 마당에서 일어나고 있다는 것을 알았습니다.

"두 분은 무슨 일로 이렇게 바쁘세요? 외삼촌과 외숙모 두 분 다 한밤중인데도 안 주무시네요."

한 줄기 차가운 바람이 다탁 쪽에서, 외삼촌과 외숙모 쪽에서 불어왔습니다. 처음에는 가는 바람이더니 나중에는 창문으로 들어와 집을 뚫고 가는 거센 바람으로 바뀌었습니다. 저는 추워서 몸을 떨었습니다. 몸을 떨자 땀이 났지요. 땀이 나니 옷이 등짝에 달라붙었습니다. 이마와 눈가에서도 땀의 짜고 매운 맛이 느껴졌습니다. 공기 중에 미세하게 달콤한 냄새와 설탕물 냄새가 떠돌았습니다. 저는 단맛이 강할수록 독성이 더 강한 것이 디디브이피의 맛이라는 걸 잘 알고 있었습니다. 달수록 강한 것이 접시와 냄비 안의 독약 맛이었습니다.

"외삼촌, 외숙모, 한밤중인데 주무시지 않고 무슨 일로 그렇게 바쁘신 거예요?"

"입 다물고 거기 좀 앉아 있어."

"도둑과 강도들이 곧 이곳 외삼촌 댁으로 몰려들 거예요."

"흥!"

외삼촌이 마침내 고개를 돌렸습니다.

"내 물건을 훔쳐갈 놈들은 먼저 이 냄비에 든 계란탕부터 맛봐야 할 거야. 삼선탕도 한 그릇 마셔야겠지."

외삼촌은 회심의 미소를 지으면서 고개를 돌려 외숙모와 함께 다른 요리에도 정성껏 독약을 탔습니다. 디디브이피를 탔지요.

"천년에 한 번 찾아온 몽유는 정말로 하늘에 내게 내려주신 절

호의 기회야. 평소에 날 무시하던 놈들은 오늘 밤에 전부 죽게 될 게다."

저는 외숙모가 음식에 넣고 휘젓던 젓가락이 진한 독성에 부식되어 검은색으로 변한 것을 봤습니다. 외삼촌의 얼굴에 번진 미소가 하늘을 떠가는 노란 구름 같았습니다. 음식 접시 위에서 떨리는 손은 마치 밭에 파종을 하는 것 같았습니다.

"녠녠아, 너 잘 왔다. 아주 때맞춰 잘 왔어. 조금 있다가 이 외삼촌 좀 도와라. 이 음식들을 마당에 좀 내줘. 이 음식들을 내가 놓으라고 하는 자리에 가져다놓으면 돼. 우선 탕을 저 테이블로 가져다놓으면 된다. 마오洨 현장이 말이야, 이 소구에 살면서 한 번도 나나 네 외숙모에게 말을 건 적이 없어. 민정국장도 이 소구에 살면서 집집마다 방문했지만 우리 집은 찾아온 적이 없어. 그들 모두 이 외삼촌이 화장장을 운영하기 때문에 죽음의 기운이 몸에 붙어 있다면서 싫어하지. 그리고 그 죽일 놈의 석탄 광산 사장은, 염병할, 지저분하고 시커먼 주제에 나만 봤다 하면 피하더라고. 모두들 화장장을 무시하는 거야. 하지만 지들도 가족이 죽으면 화장장으로 보내는 것 말고 다른 방법이 있겠어? 오른쪽 왼쪽 이웃들도 모두 현성에서 뇌물을 받아 부자가 된 사람들이야. 한 사람은 뤄양에서 도둑질로 부자가 됐지. 도둑질하고 뇌물 챙긴 놈들인 걸 알면서도 나는 그들을 싫어하지 않았는데 그놈들은 내가 이웃인 게 상서롭지 못하다면서 집을 팔고 저 앞으로 이사해버렸어. 그것도 나쁘지 않아. 오늘 밤 이 어르신이 요리와 탕을 만들었으니 너희를 전부 서천의 천당으로 보내주마. 너희 가족 모두 눈물이 마를 때까지 울다가 결국에는 이 어르신을 찾아와 너희를 화장해서 재로 만들어달라고 사정하겠지. 그러면서 집집마다 나한테 선물 보내면서 같은 소구에 사는 이웃이니 시신을 태울 때 손상되지 않고 화로에 다리나 팔이 떨어져 남는 것 없이 깔끔하게 재가 되게 해달라고 사정하겠지. 나는 보복하고 싶지 않은 것이 아니라 아직 때가 오지 않았던 거야. 때가 되면 이 샤오다청도 어쩔 수 없이 보복하게 된다고. 자, 넨넨아, 네 외숙모는 여자잖아. 그러니 네가 이 삼선계란탕을 분수 동쪽에 있는 마오 현장의 테이블에 가져다주도록 해라. 마오 현장은 너도 본 적이 있잖아. 비쩍 마르고 정수리 부분에 머리가 다 빠져 텅 비어 있는 사람 말이야. 아무 말 하지 말고 그 테이블에 가져다놓으면 돼. 그런 다음 함께 앉아 있는 사람들에게 한 그릇씩 덜어주면 그걸로 끝이야. 사람들이 어디서 가져왔느냐고 물으면 1열 2호에서 왔다고 하든가 아무렇게나 둘러대면 돼. 어차피 그자들은 이 탕을 먹으면 그걸로 끝장이니까. 아무것도 모르고 그걸로 끝이야. 그리고 한창 마작을 하고 있는 사람들 말이야, 그들이 무슨 사업을 해서 이 외삼촌보다 더 부자가 된 건지는 아무도 몰라. 돈이 많으니 이 외삼촌도 그들에게 아부하게 되지. 탕을 가져다주고 다시 와서 이 볶음 요리와 사발, 젓가락도 가져다주도록 해. 그들이 마작을 하다 지치면 네가 말하지 않아도 알아서 먹고 마시겠지. 그걸 먹고 마시면 그들에게 돈이 아무리 많아도 소용없어져. 그리고 여기 야채볶음도 있다. 저 고등학교 교장은 채식을 하니까 이건 그에게 가져다주도록 해라. 그리고 이건…… 넨넨아…… 또 이건…… 넨넨아……"

밤은 그렇게 더 깊어졌습니다. 외삼촌의 목소리에는 그의 집에서 전해져오는 밤의 깊은 어둠이 담겨 있었습니다. 어둠은 계단 위에서 아래로 떨어졌습니다. 물이 아래로 흐르는 것 같았습니다. 제 발걸음을 따라 쫓아와 저를 집어삼키려는 것 같았지요.

4. 05:10~05:15

저는 외삼촌이 중얼거리는 소리에 놀라 그의 집에서 나왔습니다. 밖으로 나온 저는 소구의 대문을 향해 뛰어갔지요. 뛰어가는 발걸음 소리가 제 등 뒤에서 전고戰鼓처럼 우렁차게 울렸습니다. 그렇게 계속 달렸습니다. 아무것도 생각하지 않았습니다. 머릿속에 한 가지 생각밖에 없었습니다. 그건 머릿속에서 죽은 한 그루 나무 같았습니다. 다밍 일행이 도착해야 했습니다. 다밍, 빨리 사람들을 이끌고 와서 우리 외삼촌 집을 털어줘. 그의 돈을 털고 물건을 다 털어. 생각나는 건 뭐든 다 가져가라고. 외숙모의 금은 세공품들은 전부 그녀 침대맡 장식장 안에 있어. 외삼촌의 금고는 침실 벽 뒤의 좁은 틈새 안에 보관돼 있어. 다밍, 빨리 와. 빨리 와서 우리 외삼촌 집을 털란 말이야. 달리면서 저는 마음속으로 이렇게 외쳤습니다. 소리의 두 발이 제 목구멍 안에서 몸부림치면서 뱀처럼 밖으로 나오려고 꿈틀거렸습니다. 하늘은 파란색과 회색이 뒤섞여 있었습니다. 세상은 온통 꿈이었습니다. 천하가 꿈처럼 독약에 젖어 있는 것 같았습니다. 길가의 탑송 나무들이 제 등 뒤로 쓰러져갔습니다. 제 두 발이 탑송들을 넘어뜨리고 있는 것 같았습니다. 정문에는 불빛이 환하게 밝혀져 있었습니다. 해가 정문 바로 위에 떠서 비추고 있는 것 같았습니다. 푸른 기와 울타리는 높이가 3미터나 됐습니다. 울타리 위에는 가시철망이 쳐져 있고 깨진 유리 조각도 박혀 있었습니다. 대리석 대문 기둥에 달린 철문은 굳게 잠겨 있었지요. 철문에 딸린 작은 문도 자물쇠로 잠겨 있었습니다. 야간 당직을 서는 경비원 한 명이 문 앞에서 자고 있었습니다. 다른 한 명은 어디로 갔는지 알 수 없었지요. 제가 대문 입구까지 달려갔을 때, 철문을 사이에 두고 다밍 일행의 모습이 보였습니다. 오토바이는 어디에 세워두었는지 알 수 없었습니다. 네 사람은 손에 마대자루와 나무 몽둥이, 쇠몽둥이를 들고 있었습니다. 문 앞에서 서서 어떻게 해야 안으로 들어올 수 있는지 몰라 쩔쩔매고 있었습니다. 소구 문 안쪽에 있는 저를 본 그들의 표정은 철책 밖으로 도망치는 원숭이를 본 것 같았습니다. 의혹 가득한 눈빛이 꼼짝도 하지 않고 맹렬하게 저를 노려보고 있었습니다.

우리는 철문을 사이에 두고 몇 초 동안 멍하니 서로를 바라봤습니다.

저는 문 안쪽 담벼락 기둥에 있는 전동 스위치를 눌렀습니다. 철문이 양쪽으로 미끄러지듯 밀려갔지요. 두 세계가 하나의 세계로 변했습니다.

"다밍 형님, 우리 외삼촌 집은 2열이 아니라 3열 6호예요. 우리 외삼촌의 돈은 캐리어 안이나 장롱 안에 있는 게 아니라 전부 쇠로 된 금고 안에 있어요. 금고는 이층 동쪽 그의 침실 벽 뒤 틈새에 감춰져 있어요. 우리 외숙모의 세공 장식물들은 붉은 비단 주머니에 담겨 그녀의 침대맡 서랍장 세 번째 서랍에 들어 있어요. 다밍 형님, 빨리 들어와서 3열 6호 우리 외삼촌 집으로 가세요. 우리 외삼촌과 외숙모가 몽유하고 있는 틈을 타서 얼른 우리 엄마랑 아버지를 묶었던 것처럼 두 사람을 의자에 묶은 다음, 갖고 싶은 것을 전부 가져가시라고요. 빨리요. 빨리 들어오라고요. 왜 그렇게 멍하니 있는 거예요? 저는 형님들이 이 소구에 들어오지 못할까봐 지름길로 달려와 형님들을 위해 문을 연 거라고요."

문밖에 서 있던 다밍과 그의 사촌 동생들의 얼굴에 놀라움과 기쁨이 번졌습니다. 주단 같은 밝은 빛이 스쳤습니다. 제가 빠른 걸음으로 빠른 속도로 말을 마치고서야 그들은 시험 삼아 대문 안으로 발을 들여놓았습니다. 어깨를 스치고 지나갈 때 저는 또 다밍의 얼굴을 쳐다봤습니다. 그는 들고 있던 손전등을 제 손에 건네주었습니다. 저는 그가 건넨 손전등을 들고 빛을 비추면서 고개를 돌려 큰 소리로 외쳤습니다.

"3열 6호예요. 우리 외삼촌 집에만 가야지 다른 집에는 가면 안 돼요. 다밍 형님, 우리 외숙모랑 외삼촌이 만든 음식은 절대 먹어선 안 된다는 걸 명심하세요. 그 요리와 탕을 먹고 마시는 순간 목숨이 날아간다는 걸 잊지 마라고요."

제가 외치는 소리가 노랫소리처럼 밤하늘 제 머리 위로 떠다녔습니다. 그들이 소구를 향해 뛰어가는 빠른 발걸음 소리가 리듬을 갖춘 음악처럼 제 목소리를 따라 세상에 울려 퍼졌습니다. 저는 진으로 돌아가고 그들은 소구를 향해 달려갔습니다.

"우리가 뭘 챙기게 되든 간에 일부를 너희 집에 나눠줄게. 나 쑨 다밍은 한다면 하는 사람이니까 녠녠 너는 걱정하지 않아도 돼."

이것이 우리가 헤어질 때 다밍이 마지막으로 한 말이었습니다. 지금 생각해도 마음이 포근해지는 말이었지요. 시원하고 상쾌했습니다. 다밍 형님의 이 한마디가 얼음물처럼 여름밤에 초조함과 더위에 절어 있는 제 몸에 뿌려졌습니다.

새들은 밤의 뇌 속에서 죽었다

1. 05:10~05:30

밤은 깊고 아주 깊었습니다.

새들은 밤의 뇌 속에서 죽었습니다.

밤새도록 저 또한 길에서 뛰어다닌 것 같았습니다. 갑자기 두 다리가 부어오르고 몹시 졸렸습니다. 밤거리는 흐릿했습니다. 밤거리는 얼굴을 발밑에 깔아놓은 것 같았습니다. 들판의 열기는 신선함으로 대체되었습니다. 대지의 마지막 잔열마저 전부 걷혔습니다. 거칠게 성질 부리던 사람이 화가 식으면 부드러운 태도로 광야의 시골집을 찾아가 적막을 대하는 것과 같았습니다.

멀리 마을 거리에 등불이 켜진 것이 보였습니다.

멀리 도롯가에 덜컹덜컹 오토바이 지나가는 소리가 들렸습니다.

이날 밤, 불안의 냄새는 여전히 온 세상에 퍼져 대지 위를 굴러다니고 있었습니다. 냄새는 옅어진 것 같으면서도 점점 더 강해지고 있었지요. 저는 날이 밝아올 무렵에 사람들이 가장 졸려한다는 것을 잘 알고 있었습니다. 가장 졸릴 때 사람들은 가장 쉽게 몽유하고 몽유가 가장 잘 전염된다는 것도 알고 있었지요. 저는 산수 소구의 서쪽 담장 아래를 걸어가고 있었습니다. 원래 나 있던 길은 어디 가지도 않고 여전히 그 자리에서 저를 기다리고 있었습니다. 칠흑 같은 밤의 세계도 여전히 제 앞에서 저를 기다리고 있었지요. 강가에 도착한 저는 얼굴을 씻었습니다. 물도 몇 모금 마셨지요. 다리를 건너면서 저는 강 쪽을 바라봤습니다. 맑은 물이 보였고 맑은 물소리가 들렸습니다. 한 쌍의 남녀가 강가 나무 아래서 남녀의 일을 벌이고 있던 장면이 떠오르자 왠지 모르게 화장장에서 매일 청소를 하는 쥐안즈가 생각났습니다. 쥐안즈가 조금만 더 예쁘게 생겼더라면 얼마나 좋았을까요. 쥐안즈의 이가 뻐드렁니가 아니었다면 얼마나 좋았을까요. 쥐안즈가 글을 알아서 책을 볼 수 있었다면 얼마나 좋았을까요. 쥐안즈 생각을 하다보니 발걸음이 빨라지기 시작했습니다. 쥐안즈 생각을 하니 졸음도 오지 않았지요. 알고 보니 쥐안즈가 제 졸음과 피로를 몰아내고 발에 힘을 실어줄 수 있었습니다. 저는 마음 깊은 곳에서부터 쥐안즈를 생각하게 되었습니다. 숨겨놓았던 비밀스러운 곳으로부터 쥐안즈를 생각했지요. 저와 쥐안즈도 남녀의 일을 하고 있다고 생각했습니다. 이날 밤 이 광야에서 그 일을 하고 있다고 생각했지요. 두 손에서 땀이 나고 이마에서 땀이 흐르고 몸에서 땀이 흥건하게 배어나올 때까지 그런 생각을 하다보니 정말로 쥐안즈를 품에 안고 있는 듯한 느낌이 들었습니다. 하지만 그 남녀는 이미 그곳에 있지 않았습니다. 길가에 있지도 않고 나무 아래에 있지도 않았지요. 저는 그 나무가 있는 곳으로 가서 한번 둘러봤습니다. 귀를 기울여보기도 했지요.

적막이 밀려와 맨발로 걸어오는 고요한 밤의 발걸음 소리를 보고
듣게 하는 것 같았습니다. 저는 그 작은 나무 쪽을 향해 걸어갔습
니다. 손전등으로 나무 아래를 비춰 그 자리에 그 남녀 한 쌍이 깔
아뭉갠 풀들을 봤습니다. 성냥 한 갑이 풀밭에 버려져 있었습니다.
여자의 머리핀도 떨어져 풀밭에 뒹굴고 있었습니다.

저는 또다시 옌롄커의 소설 한 권이 떠올랐습니다. 가오톈의 옛
날 흙벽돌집처럼 조잡한 소설이었습니다. 하지만 공교롭게도 그
흙벽돌집 같은 소설이 재미있었습니다. 연달아 몇 번이나 읽어서
여러 구절을 외울 수 있을 정도였습니다.

이때가 되자 그는 또다시 옷을 벗어서는 아예 옷들을 개켜 그녀
의 옷장 안에 넣었다. 영원히 묶어서 높은 곳에 올려두고 방치할
작정인 것 같았다. 둘 다 옷을 모두 벗은 채로 대문과 집의 정문과
뒷문을 모두 걸어 잠갔다. 두 사람은 인간 세상 밖의 또 다른 세상
에 있는 것 같았다. 최고의 안락함이 두 사람에게 이전에 느껴보지
못한 쾌락과 자유를 느끼게 해주었다. 두 사람은 서로를 끌어안았
다. 그녀는 그의 몸 어디든지 만지고 쓰다듬었다. 아무런 거리낌이
없었다. 꼭 어머니가 갓난아이의 몸을 마음대로 쓰다듬는 것 같았
다. 그가 그녀의 몸 어디에 입을 맞추든지 그녀는 가만히 내버려두
었다. 그는 살아 있는 여자의 조각상에 입을 맞추고 있는 것 같았
다. 뭐든 하고 싶은 대로 다 했고 아무런 구속도 없었다. 지치면 앉
아서 쉬었다. 그녀가 그의 몸 위에 앉아 있지 않으면 그가 지친 두
다리를 들어올려 그녀의 허벅지에 올려놓고 있었다. 바닥에 자리
를 깔고 앉기도 하고 아무 데나 드러눕기도 했다. 그가 그녀의 허

리나 배를 베기도 했다. 이제 막 이발해 짧고 까끌까끌한 머리가 한 번도 빛을 쬐지 않은 그녀의 부드러운 허벅지를 찌를 때면 말로 표현할 수 없는 짜릿함과 함께 간지러운 편안함이 밀려왔다. 그의 머리가 조금이라도 꿈틀거리면 그 간지러움은 배가되었다. 이로 인해 그녀는 성숙한 여인의 간드러지는 웃음소리를 낼 수 있게 되었다. 그 웃음소리는 작았다가 커지고 강했다가 약해져 마침내 또다시 이 남자의 숨겨져 있는 본성을 불러일으켰다. 그는 또다시 그녀의 몸 위에서 몸부림을 쳤다. 그녀는 열 몇 살 소녀로 되돌아간 것처럼 방 안을 이리저리 뛰어다니며 숨바꼭질을 했다. 더 이상 뛰어다니지 못하고 잡히면 그녀는 그가 그녀의 몸에서 밑도 끝도 없이 남녀의 그 일을 벌이게 그대로 내버려두었다. 그가 그녀 몸 위에서 강수량을 조절해 자연을 극복하면서 마음껏 뒹굴도록 내버려두었다. 양 치는 소년이 풀밭과 산비탈에서 제멋대로 뒹굴고 광란하는 것처럼 마음껏 날뛰게 내버려두었다.

여기까지 생각났을 때 제 걸음은 무척이나 가볍고 민첩해졌습니다. 날이 곧 밝을 것 같았습니다. 대대적인 몽유가 끝날 것 같았습니다. 날이 밝아오면 시간의 순서가 해가 떠오르듯이 대지 위에 순차적으로 펼쳐질 것이었습니다.

하지만 날이 밝지 않았습니다.

정말로 날이 밝아오지 않았습니다. 밤은 여전히 마른 우물과 골짜기처럼 깊었습니다. 날이 새려면 아직도 청나라부터 당나라에 이를 정도의 거리가 남아 있었습니다.

이날 밤의 재난 역시 이제 막 시작된 것 같았습니다. 세상이 이

제 막 몽유 속으로 빠져들어간 것 같았습니다. 대지와 마을, 산맥과 진에 잔혹하고 혼잡한 절정 역시 이제 막 도래한 것 같았습니다. 제가 밭이랑을 지나 도로까지 걸어와 보니 수많은 자동차와 트랙터가 나와 있었습니다. 산간 지역에 사는 사람 모두 자동차와 트랙터를 끌고 나와 진으로 몰고 가는 중이었습니다. 자동차 라이트가 허공에 누워 있는 기다란 기둥 같았습니다. 트랙터의 라이트는 도로에 누워 있는 기다란 기둥 같았습니다. 부르릉 부르릉 소리는 망치로 돌을 내리치고 허공을 내리치고 대지를 내리치는 것 같았습니다. 라이트에 의지해 자동차를 몰고 제 곁을 지나가는 사람들의 손에는 호미와 삽, 갈퀴, 칼, 도끼 같은 물건이 들려 있었습니다. 호미와 삽에는 빈 마대 자루와 보자기로 사용할 침대보와 이불이 걸려 있었지요. 어딘가로 출정을 가거나 승리를 거둔 뒤 다시 전장을 수습하러 가는 듯한 모습이었습니다.

사람들 모두 봉기했습니다.

사람들 모두 몽유했습니다.

사람들 모두 꿈속에서 자동차를 몰고 장쾌하게 진을 향해 전진하고 있었습니다. 차를 모는 사람 대부분 붉은 얼굴이 찬란하게 빛나고 있었고 잠기라고는 전혀 찾아볼 수 없었습니다. 차에 탄 사람들은 대부분 청장년 남자였습니다. 가끔씩 젊은 여자들도 차량의 대오에 끼어 있었지요. 광주리나 바구니를 옆에 끼고 있는 그녀들의 모습은 양곡을 나누거나 수확하러 가는 것 같았습니다. 저는 세상이 큰 혼란을 겪고 있다는 것을 알았습니다. 세상이 송두리째 몽유하는 밤의 어둠 속에서 불안하게 뛰어다닌다는 것을 알았습니다. 몽유하지 않는 사람들도 몽유를 틈타 반역을 꾀하고 있었습니다. 가짜로 몽유하는 사람이 진짜로 몽유하는 사람보다 많았지요. 너무나 많았습니다. 모든 사람이 몽유를 틈타 집을 나서서 민첩하게 재물을 약탈하기 시작했습니다. 봉기하여 출정하는 것 같았습니다. 출정하여 재산을 모으려는 것 같았습니다. 저는 몇 걸음이면 진으로, 저희 집으로 돌아갈 수 있을 거라고 생각했습니다. 하지만 이 밤에 이 도로와 진을 분주히 뛰어다니다보니 종아리가 납처럼 무거워져 마치 죽은 것 같았습니다. 저는 죽은 종아리를 끌면서 집으로 향했습니다. 진 입구에 들어서자 자동차와 트랙터, 삼륜차가 모두 진 밖에 서 있는 것이 보였습니다. 사람들 모두 차에서 내렸지요. 손전등과 마등의 빛이 명암을 이루고 있었습니다. 사람들은 마을의 친인척으로 한 무리를 이루고 있었습니다. 한 무리의 사람들이 한데 모여 뭔가를 이야기하고 있었습니다. 어떤 명령과 소식을 기다리고 있었습니다. 발을 동동 구르면서 왜 서둘러 진으로 쳐들어가지 않는 거냐고 욕을 해대는 사람도 있었습니다. 그는 주저하면서 들어가지 않고 있다가는 사람들이 모두 깨어날 테니 그때는 뭐라도 훔칠 수 있을 거란 생각은 하지도 말라고 했습니다.

사람들의 말이 봇물 터지듯 쏟아져 나왔습니다.

사람들 사이를 오가며 소식을 전하는 발걸음 소리가 봇물 터지듯 쏟아져 나왔습니다.

차와 사람들 옆으로 지나가는 것이 마치 쥐 한 마리가 군중의 발밑을 미끄러지듯 빠져나가는 것 같았습니다. 저는 사람들 손에 들려 있는 무기가 농기구가 아닌 진짜 칼인 것을 분명하게 봤습니다. 심지어 어떤 사람은 손에 쇠망치와 엽총을 들고 있었습니다. 한 무리의 사람들이 뛰어갔습니다. 또 한 무리의 사람들이 뛰어갔습니다. 진에 도착해보니 진 전체가 또다시 몽유 상태에서 완전히 꿈속으로 되돌아간 터였습니다. 거리는 고요했습니다. 집들도 고요했지요. 이미 도둑맞아 문이 활짝 열려 있는 가게들도 고요했습니다. 진 거리의 고요 속을 지나가는 사람이 깨어 있는지 몽유하고 있는지 알 수 없었습니다. 당황하거나 조급해하지 않고, 느리거나 조바심 내지도 않는 모습을 보니 진에 곧 큰 재난이 닥칠 것이라는 사실을 전혀 알지 못하는 듯했습니다. 사면팔방의 농민들이 모두 진의 마을 어귀로 집결하기 시작했습니다.

강탈전이 이미 진 바깥과 진 안에 가득 차 있었습니다.

살육전이 이미 긴박하게 진 외곽에서 기다리고 있었습니다.

저는 더 이상 졸리지도 않고 눈꺼풀이 뻑뻑하지도 않았습니다. 완전히 꿈의 가장자리에서 깨어 있는 상태로, 뭐든 똑똑히 볼 수 있는 세계로 돌아와 있었습니다. 죽었던 제 종아리도 되살아났습니다. 진 어귀에 있던 저는 다급하게 걸었습니다. 그곳을 벗어나서는 뛰기 시작했습니다. 진의 대로에 이르자 저는 다급하게 날듯이 공중에서 미끄러지듯이 달려갔습니다.

"진 밖 마을 사람들이 진으로 도둑질하러 오고 있어요. 진 밖 마을 사람들이 우리 진으로 도둑질하러 오고 있다고요."

이렇게 외치며 뛰어다녔습니다. 이런 제 목소리는 죽기 직전의 송아지 울음소리 같았습니다. 날카롭고 쉰 목소리는 이미 소가 도살용 칼에 목구멍을 찔린 듯한 소리였지요. 하지만 진의 집과 거리, 꿈과 잠은 누구도 제가 외치는 소리로부터 깨어나지 않았습니다. 전부 다 죽어 있었습니다. 죽은 듯이 잠들어 있었습니다. 몽유에서 깨어나 다시 깊은 잠 속으로 물러나더니 죽은 듯이 잠들어버렸습니다. 어쩌면 제가 외치는 것을 듣고도 몽유하는 사람이 떠들어대는 소리로 여겼을지 모르지요. 제가 몽유하고 있어서 누구도 제 외침에 신경 쓰지 않는 것 같았습니다. 저는 그렇게 외치고 뛰어다니면서 깊은 밤을 뚫고 대로를 지나 저희 집에 도착했습니다. 신세계 장례용품점에 불이 켜져 있는 것을 보고 저는 또다시 그 자리에 멈춰서 대로 어귀를 향해 미친 듯이 외쳤습니다.

"진 밖 마을 사람들이 진으로 도둑질하러 오고 있어요. 진 밖 마을 사람들이 진으로 도둑질하러 오고 있다고요."

두 번째 외침을 토해내고 저는 더 이상 외치지 않아도 됐습니다. 더 이상 외칠 수도 없었지요.

"염병할, 왜 소리를 지르고 난리야."

집 안에서 이런 소리가 튀어나왔습니다. 이어서 누군가가 발로 제 엉덩이를 걷어찼지요. 걷어차인 저는 하마터면 공중으로 날아갈 뻔했습니다. 아파서 비틀거리던 저는 그 와중에 누군가에게 잡혀 집으로 끌려 들어왔습니다. 집으로 들어온 저는 또다시 쏜다밍이 우리 집에 들어와 있는 똑같은 광경을 목격하게 되었습니다. 여러 명이었습니다. 반쯤 채워진 마대 자루와 보따리 몇 개가 있었습니다. 사람들은 모두 실망한 모습으로 방 한가운데 서 있었습니다. 아버지와 엄마는 힘없이 방 한가운데에 꿇어앉아 있었습니다. 그 뒤에 건장한 강도 두 명이 서 있었지요. 화환의 꽃과 장례용 지찰이 방 안에 가득 널려 있었습니다. 그 꽃과 종이들 사이에 꿇어앉아 있는 아버지와 엄마는 마치 죽은 사람의 명당에 꿇어앉아 있는 것 같았습니다. 서 있는 사람은 망자를 안장하는 의식의 주관자나 사회자 같았습니다. 표정이 없었습니다. 슬픔이나 기쁨도 없었지요. 얼굴은 깨어 있고 눈도 뜨고 있었습니다. 다만 흉악한 얼굴에 어깨에 점이 난 강도는 크게 실망한 탓인지 얼굴이 흙빛이었습니다. 얼굴이 흙빛인 그 사람이 방 안에서 고래고래 소리 지르면서 밖으로 나온 것이었습니다. 그가 바로 제 엉덩이에 죽어라 발길질 해댄 장본인이었지요. 바로 그가 저를 잡아채 집 안으로 끌고 들어온 사람이었습니다. 그가 저를 아버지와 엄마 앞으로 들이대면서 말했지요.

"얘가 당신네 자식 맞지?"

아버지와 엄마는 넋이 나간 채 고개를 끄덕이면서 쑨다밍에게 했던 것과 똑같은 말을 반복했습니다.

"아직 어린애잖소. 애는 좀 놓아줍시다. 아직 어린애잖아요. 애는 좀 봐달라고요."

아버지와 엄마가 계속 애걸했지만 두 분의 몸과 목소리는 뒤에 있던 강도 졸개에게 제압당하고 말았습니다.

"집에 돈이 될 만한 물건은 다 어디에 있지?"

전에 들었던 것과 똑같은 말이었습니다.

"네 아버지랑 엄마가 평소에 돈을 잘 숨기는 곳이 어디냐?"

또 그 말이었습니다.

어깨에 점이 난 강도는 쑨다밍처럼 왼팔로 제 목을 조르면서 오른팔을 제 어깨에 올린 채 말했습니다.

"어서 말해. 말하면 너는 무사할 게다. 물건이 있는 곳을 말해주면 우린 그것만 챙겨서 떠날 거야."

이들이 다밍과 다른 점이 있다면 복면 모자를 쓰고 있지 않았다는 것이었습니다. 제게 말하라고 윽박지를 때도 다밍처럼 말하기 어려울 정도로 목을 세게 조르지도 않았지요. 다밍의 외사촌들처럼 아버지와 엄마를 의자에 묶어놓지도 않았습니다. 그들은 모두 다른 마을 사람들이었습니다. 진에서 누가 그들을 알아볼까봐 걱정할 필요가 없었지요. 제게 말하라고 할 때 그들은 마치 형제처럼 제 어깨를 툭툭 치면서 따스하게 경고의 뜻만 내비쳤지요.

그래서 말해주었습니다.

말할 수밖에 없었지요.

제 말은 그들을 기쁘게 해준 반면 아버지와 엄마는 놀라게 만들었습니다.

"제 외삼촌 집에 있어요. 제 외삼촌 집에 돈도 있고 장신구도 있지요. 이미 아저씨들보다 먼저 다른 사람들이 훔치러 갔을 거예요. 외삼촌네 그 산수 소구는 부자들만 살아요. 집집마다 엄청난 돈을 가지고 있지요. 진에서 아주 가까운 그곳으로 가지 않고 이곳으로 왔으니 아저씨들은 허탕을 친 셈이에요."

강도들은 놀라움을 금치 못했습니다. 놀란 그들은 저를 쳐다봤습니다. 제가 몽유하는 사람을 깨워 꿈 밖으로 나오게 한 것 같았습니다. 아버지랑 엄마도 저를 바라보면서 제가 몽유하고 있고 제가 하는 말이 전부 잠꼬대라고 여기는 듯했습니다. 방 안의 공기도 놀랐습니다. 놀란 사람 모두 표정이 얼어붙어 있었습니다.

"염병할, 그래서 네가 말한 곳이 대체 어디야?"

"산수 소구요. 아저씨들이 그곳으로 가서 강도 짓을 하지 않고 이곳에 온 게 허탕이 아니면 뭐겠어요. 우리 외삼촌은 그 소구에 살아요. 3열 6호가 바로 외삼촌 집이에요. 외삼촌 집에 가서 손이 닿는 대로 아무거나 집어도 우리 집에 있는 것보다 훨씬 더 값어치

가 있을 거예요. 외삼촌 집의 텔레비전은 탁자만큼 커요. 탁자와
의자 모두 홍목으로 된 것들이지요. 홍목이 얼마나 비싼지는 잘 아
시죠?"

아무런 소리도 없었습니다.

별 반 개만 한 소리도 나지 않았습니다.

방 안은 명화冥花의 호흡마저 들릴 정도로 조용했습니다. 아버지
의 낯빛은 화환에 쓰이는 하얀 종이 같았습니다. 엄마의 낯빛도 화
환에 쓰이는 하얀 종이 같았습니다. 저를 바라보는 아버지와 엄마
의 눈길이 아들이 아니라 불효자와 불효손을 노려보는 것 같았습
니다. 어깨에 점이 있는 강도가 다른 강도들의 얼굴을 힐끗 쳐다봤
습니다. 다른 강도들 모두 그에게로 눈길을 돌린 채 그가 무슨 말
인가 꺼내기를 기다리고 있었습니다.

"그러게 말이야. 왜 그 생각을 못 한 거지?"

점이 있는 강도가 이렇게 투덜대면서 제 목과 어깨에 얹었던 양
손을 거뒀습니다. 그러고는 저를 앞쪽으로 가볍게 밀쳤지요. 그렇
게 밀치는 것이 제게 별일 없다는 말을 대신했습니다. 그렇게 상황
은 끝났지요. 그들은 떠나려 했습니다. 우두머리 강도가 고개를 내
저으며 마대 자루를 집어들었습니다. 다른 강도들은 바닥에 있는
자루를 들고 문밖으로 나갔습니다. 일은 이렇게 끝났습니다. 정말
로 그렇게 끝났습니다. 본격적인 강탈이 시작도 되기 전에 막을 내
렸습니다. 그런데 바로 이때 어깨에 점이 난 강도가 갑자기 또 무
언가를 떠올렸습니다. 발걸음을 멈췄습니다. 고개를 돌렸습니다.
눈길이 저를 향했습니다.

"외삼촌 이름이 뭐냐?"

"샤오다청이에요."

그가 멍한 표정을 지으며 잠시 가만히 있다가 아버지와 엄마 앞에 다가가 섰습니다.

"그렇다면 자네가 샤오다청의 매부인 리톈바오겠군. 네가 바로 샤오다청의 그 절름발이 여동생이고."

아버지가 고개를 끄덕였습니다.

엄마가 고개를 끄덕였습니다.

사정이 바로 이랬습니다. 사정은 갑자기 더 이상 똑같지 않았고 조금 전의 길을 따라 앞으로 나가지 않게 되었습니다. 사정이 갑자기 제자리로 돌아와 새로 시작되었습니다. 그가 손에 들고 있던 마대 자루를 바닥에 내동댕이쳤습니다. 그러고는 거칠게 아버지의 가슴을 발로 걷어찼습니다.

"이런 염병할, 마침내 널 만나게 되다니!"

이어서 그는 아버지의 다리를 두 차례 짓밟았습니다.

"그러니까 네놈이 바로 우리 아버지를 해치고 우리 집안을 망친 놈이라는 거지. 요 몇 년 동안 우리 집안을 불행하게 만들어 하루도 평안하게 지내지 못하게 했지."

강도는 소리 지르면서 발길질해대고 아버지의 뺨을 후려갈겼습니다. 저와 아버지가 알아차리기도 전에 엄마의 뺨도 후려갈겼습니다.

"네 오빠는 돼지야. 걔는 말이야. 근본적으로 짐승이지 사람이 아니라고. 네가 그놈 여동생이니 그놈 대신 이렇게 귀싸대기를 맞아도 싸!"

강도가 미쳐 날뛰면서 아버지와 엄마를 때리는 모습은 꼭 바람 같았습니다.

욕하면서 말하는 모습이 꼭 미친 사람 같았습니다.

놀란 제가 말없이 그에게 다가가 그만 때리라고 하려던 차에 다른 강도들이 이를 알아차리고는 저를 몸으로 안아 막았습니다. 이리하여 아버지와 엄마에 대한 제 효심은 두려워할 이유와 감히 꼼짝달싹하지 못할 이유를 찾게 되었지요. 그렇게 저는 놀라고 두려워 우두커니 있었습니다. 강도가 발버둥 치지 못하게 저를 바닥에 내리누르는 바람에 그냥 가만히 있어야 했습니다. 사건은 자동차가 머리 위를 지나가는 것처럼 빠르게 흘러갔습니다. 그 상태로 조금만 더 있었다면 머리가 터졌을 것입니다. 죽었다가 살고 살았다가 또 죽었을 겁니다. 놀라서 누군가를 부르는 소리를 듣지 않았더라면 죽어서야 진상이 밝혀졌을 겁니다. 어깨에 점이 있는 강도가 험상궂은 얼굴로 계속해서 엄마의 뺨을 때렸습니다. 아버지의 배와 가슴을 오른발과 왼발로 번갈아 걷어찼습니다. 우리 아버지는 땅바닥에 앉은 채 겨가 든 자루처럼 강도에게 걷어차이고 맞으면서 엉덩이가 뒤로 미끄러졌습니다. 바닥에 있던 화환과 종이들이 아버지의 몸에 의해 계속 뒤로 밀려 모조리 벽에 잔뜩 모였지요. 아버지의 등이 벽에 닿자 강도는 더 빠른 동작으로 아버지를 때리고 걷어찼습니다. 아버지는 더더욱 옷이나 겨가 든 자루처럼 흐물흐물한 모습이었지요.

"염병할, 3년 전에 우리 아버지가 돌아가셔서 매장했을 때 틀림없이 네놈이 가서 밀고했을 거야. 네놈이 그런 게 맞지?"

아버지 얼굴을 후려치는 손바닥이 마치 공중에서 떨어진 기왓장이 바닥에 내팽개쳐지는 것 같았습니다.

"염병할, 3년 전에 네가 네 처 오빠라는 그 개자식에게 밀고해 그자가 보낸 사람들이 우리 산으로 와서 시신을 파내면서 풍습을 바꾸는 개혁개방이라고 우겨댔지. 그러고는 마을 어귀에서 우리 아버지의 시신에 불을 붙이는 천등을 자행해 그 자리에서 화장했던 거 알아 몰라?"

또다시 아버지의 머리와 가슴에 발길질이 이어졌습니다. 목이 막혀 숨과 기침이 나오지 않자 아버지의 얼굴은 화환에 걸린 붉은 잎의 흰 꽃 같았습니다.

"내 아버지를 그 자리에서 화장하고 나를 반혁명, 반개혁의 전형으로 만들어 마을 곳곳을 돌아다니며 사람들의 구경거리가 되도록 조리돌림을 시켰지. 게다가 현에까지 보고서를 올린 거 너도 봤지? 그걸 보고도 네 양심이 아무렇지 않았다면 네놈은 사람도 아니야. 우리 마누라가 신문에서 보고 현에서 하는 방송을 듣고 알게 됐지. 너희 리씨 집안과 샤오씨 집안이 사람들을 평생 재수 없게 만들면서 죽은 사람을 이용해 악질적인 돈을 벌었다는 걸 말이야. 그러고도 네놈들 속이 편하더냐? 우리 아버지가 천등을 당해 화장되니까 사흘 뒤 우리 엄마는 분을 이기지 못한 채 돌아가셨어. 석 달 뒤에는 마누라가 나한테 시집오는 걸 꺼리게 됐지. 또 반년 뒤에는 내 여동생이 아버지 엄마의 죽음으로 인해 정신병을 앓다가 결국 절벽에서 떨어져 자살하고 말았지. 그날 이후로 우리 마馬씨 집안은 완전히 망했어. 멀쩡하던 한 집안이 이렇게 흩어지고 무너지고 망한 게 전부 너희 샤오씨와 리씨 두 집안 때문이란 걸 알지도 못했다는 거지. 지난 몇 년 동안 나 마과즈馬掛子는 나이가 들수록 점점 더 포악해져 술을 마시지 않으면 도박하거나 강도질을 했지. 선량한 사람이었던 내가 악인으로 변한 것도 모두 다 염병할 네놈 때문이란 말이야. 반년 전 감옥에서 나올 때만 해도 좋은 사람이 되겠다고 결심했는데 오늘 밤 하늘님께서 꿈속에 나타나셔서 내게 운수가 트일 때가 됐으니 몇 사람 데리고 진으로 가서 물건들을 훔치라는 거야. 꿈에서 깨어난 나는 그래도 도둑질이나 강도질을 하지 않고 착한 사람이 되겠다고 고집을 부렸지. 하지만 하늘님께서 계속해서 내게 어서 가라고, 어서 일어나 움직이라고 종용하는 거야. 하늘님께서 가라고 하시는데 안 올 수가 없었지. 하는 수 없이 사람들을 이끌고 진으로, 너희 가게로 왔던 거야. 너희 장례용품점에 들어온 건 정말 재수 없는 일이라는 생각이 들었어. 하지만 하늘님께서 내게 너희 샤오씨네와 리씨네에게서 외상값을 받아 내라고 하실 줄은 몰랐지. 리톈바오 네놈에게서 철저하게 빚을 받아내라는 거였어. 절름발이 여동생인 너한테서도 오빠의 빚을 대신 받아내라고 하셨지. 우리 집안이 망한 건 이미 어쩔 수 없는 운명이라고 생각했어. 꿈이 아니고서는 단 한 번도 너희를 찾아와 빚을 갚으라고 윽박지를 생각이 없었다고. 그런데 몽유하는 이 밤이 또다시 내게 이 일들을 떠올리게 하고 말았어. 또 이런 일들과 마주치게 하고 말았어!"

또다시 저희 엄마의 얼굴에 무거운 손바닥이 날아갔습니다. 우리 아버지 얼굴과 가슴에도 발길질이 이어졌지요. 발로 우리 아버지의 다리와 발과 발목을 밟았습니다. 한 번 밟을 때마다 몇 마디를 토하고, 몇 마디를 토하고는 또 따귀를 갈겼습니다. 때리면서 말하고 말하면서 밟았지요. 방 안에 있던 대오리를 집어들고는 아버지의 머리와 몸을 마구 후려쳤습니다. 엄마의 얼굴을 후려쳤습니다. 지칠 때까지 때리고 후려치면서 욕을 해댔지요. 할 말을 다 하고 가게 안을 쑥대밭으로 만들었습니다. 사형장으로 만들었지요. 도처에 종이꽃과 종잇조각, 땔나무와 대오리가 엉망진창으로 어지럽게 흩어진 가운데 그는 문득 자신이 무차별적으로 때리고 욕을 해대는데도 아버지와 엄마가 전혀 움직이지 않는 것을 발견했습니다. 아버지와 엄마는 한마디 말도 내뱉지 않았습니다. 그저 대오리와 그의 발이 얼굴을 가격할 때만 아버지와 엄마는 본능적으로 팔을 들어 막았을 뿐입니다. 하지만 막고 또 막다가 아버지는 갑자기 막는 것도 그만두었습니다. 차라리 그 자리에 드러눕거나 앉은 채로 그가 실컷 때리도록 내버려두고 있었지요. 매를 맞는 사람이 아버지가 아닌 것 같았습니다. 머리와 얼굴에 주먹과 발길질과 손바닥이 날아오는 것이 아프지 않고 심지어 가렵지도 않은 것 같았습니다.

머리에서 피가 흘러내렸습니다.

코와 입에서 피가 흘러내렸습니다.

피가 몸에 걸친 무명 적삼에서 허벅지로 주르륵 흘러내렸습니다. 강도들 모두 우리 아버지와 엄마가 꼼짝도 하지 않는 것을 보고 놀라움을 금치 못했습니다. 아버지와 엄마가 소리를 지르지도 않고 그들이 하는 대로 내버려두는 것에 놀랐습니다. 바닥에 꿇어앉아 있던 저는 아버지가 죽는 줄 알고 놀라 넋이 나간 채로 아버지를 소리쳐 불렀습니다. 엄마를 소리쳐 불렀습니다. 아버지와 엄마의 눈이 이리저리 움직이면서 저를 쳐다보고 있었습니다. 아마도 눈으로 제게 뭔가를 말하려는 것 같았습니다. 저 역시 그 자리에 꿇어앉은 채로 아버지와 엄마처럼 한마디도 하지 않았습니다.

꼼짝도 하지 않았습니다. 방 안은 몹시 더웠습니다. 마과즈의 옷이 온통 땀으로 젖었습니다. 방 안은 매우 추웠습니다. 사람들의 얼굴이 전부 서리가 낀 것처럼 흰빛이었습니다.

"염병할!"

마과즈는 땀을 닦으면서 마지막으로 있는 힘껏 아버지의 다리를 짓밟았습니다. 아버지의 다리가 경련을 일으키듯이 바짝 오그라들었다가 다시 펴지면서 그가 또다시 짓밟기를 기다렸습니다. 정말로 또 짓밟았습니다. 아버지의 다리가 또다시 경련을 일으키듯이 오그라들었습니다. 마과즈는 아버지의 다리가 다시 펴지기를 기다리고 있었습니다.

"정말 가볍게 때린 모양이군. 살려달라고 한마디만 하면 살려줄 텐데. 제발 살려달라고 한마디만 하면 오늘 밤 일로 과거를 다 청산하도록 하지."

이렇게 발로 짓밟고 나서 한마디를 던졌습니다. 한마디를 던지고 나서 또 짓밟았지요.

"설마 자신이 밀고한 게 사실이 아니라는 말조차 하지 않으려는 거야? 자신이 한 게 아니라고 우기지도 않겠다는 거야? 그렇다면 맞아도 싸지. 아니라고 우기지 않는 걸 보면 네가 밀고한 게 분명한 거니까."

그렇게 또 따귀를 때리고 발로 다리를 짓밟았습니다. 발로 다리를 짓밟고 또 따귀를 때렸지요. 마과즈는 말하고 때리면서 우리 아버지가 빌거나 변명하기를 바랐습니다. 오히려 그가 아버지에게 비는 것 같았습니다. 이때 엄마가 아버지 곁에서 무릎 꿇은 채로 기어와서는 빌면서 마과즈의 다리를 끌어안았습니다. 하지만 엄마가 고개를 들어 빌려고 하는 순간, 아버지는 몸을 앞으로 내밀면서 엄마를 뒤로 잡아끌었습니다.

아버지가 말했습니다.

아버지가 드디어 말을 했습니다.

"날 이렇게 때려주러 와서 고맙네. 자네 아버지가 천둥을 당한 건 내가 밀고한 게 아닐세. 하지만 십 몇 년 전에 나도 그런 짓을 했지. 자네가 오늘 밤 이렇게 나를 때린 것으로 우리는 그때의 죗값을 치른 걸세. 나는 더 이상 누구에게도 빚진 게 없게 됐네."

이렇게 말하는 아버지의 얼굴에 미소가 번졌습니다. 검고 누런 미소였지요. 미소를 지으면서 말하는 소리가 꼭 윙윙 파리가 날아다니는 소리 같았습니다. 아버지는 말하면서 고개를 들어 마과즈를 쳐다보고 있었습니다. 입가의 미소가 얼굴 전체로 퍼지는 모습이 흰 꽃의 붉은 잎이 얼굴에 붙어 있는 것 같았습니다. 하지만 아버지의 감개가 마과즈의 흥분을 증폭시키고 말았습니다. 그는 또다시 앞으로 나서며 짝짝 소리가 나게 아버지의 얼굴을 몇 대 후려갈겼습니다.

"이제 마음이 편하다는 거지. 그래 그렇다면 훨씬 더 편하게 해주마."

아버지의 미소가 또다시 매를 벌었습니다. 맞아서 붉은 핏빛이 되었습니다. 아버지는 고개를 돌려 그 자리에 멍하니 서 있던 다른 강도들을 쳐다봤습니다.

"자네들은 날 안 때리나? 설마 지난 몇 년 동안 자네들 집안에서는 노인과 친척들이 죽어서 매장해도 아무도 밀고를 하지 않았고, 아무도 화장을 당하지 않았다는 건가?"

다른 강도들이 나서서 번갈아가며 우리 아버지와 엄마에게 온 힘을 다해 발길질하고는 모든 것이 끝났다고 선포했습니다.

　정말로 끝이 났습니다.

　마침내 마과즈는 강도들을 데리고 떠나면서 바닥에 널브러져 있던 크고 흰 종이꽃을 주워 엄마 머리 위에 얹어놓았습니다. 이어서 반쪽짜리 화환을 주워 아버지 목에 걸어주었습니다. 그리고 가버렸습니다. 정말로 가버렸습니다. 방 안에는 아버지와 엄마 그리고 저만 난장판과 쑥대밭 한가운데 남아 있었습니다. 우리 가족은 서로를 쳐다봤습니다. 흐릿한 불빛은 바닥의 종이나 꽃과 색깔이 같았습니다. 엄마가 한숨을 내쉬고는 머리 위에 있던 망자들을 위한 흰 꽃을 바닥에 내려놓았습니다. 이어서 몸을 이리저리 살펴보고 얼굴을 닦았습니다. 어디선가 수건 같은 천을 찾아내 아버지에게 건넸습니다. 아버지의 무명 적삼 단추가 전부 풀어져 있었습니다. 무명 적삼의 앞섶은 온통 코피였습니다. 온통 검정에 가까운 붉은 빛으로 더러워져 있었습니다. 아버지는 엄마가 건네는 회색 천을 받으면서 고개를 아주 조심스럽게 천천히 돌렸습니다. 고개를 빨리 돌리면 목이 부러질까봐 겁이 나는 것 같았습니다. 목이 돌아가고 몸이 움직이는 것을 확인한 아버지는 손을 들어 얼굴을 만져봤습니다. 손으로 어루만지는 모습이 꼭 얼굴이 잘 있는지 확인하는 것 같았습니다. 다행히 얼굴은 그대로 있었습니다. 아버지의 왼쪽 얼굴은 새로 찐 누런 만터우처럼 부풀어 있었습니다. 아버지는 얼굴 살이 갑자기 떨어져나가기라도 할까봐 왼손으로 천천히 얼굴을 떠받쳤습니다. 그러고는 엄마에게서 건네받은 천을 한 조각 찢었습니다. 이를 피가 흐르는 콧구멍에 찔러넣은 모습은 너무나 우스

꽝스러웠지요.

"이제 우리 리씨 집안은 어느 집에도 빚진 게 없다. 마꽈즈한테 오히려 고맙구나. 그가 우리 집안의 빚을 전부 갚게 해주었으니 말이다."

아버지는 낮은 목소리로 혼잣말을 하면서 목에 걸려 있는 망자를 위한 화환을 풀어버렸습니다. 손으로 바닥을 짚고 일어나려던 순간, 관절에서 우두둑 소리가 났습니다. 아버지의 몸 곳곳에 있던 뼈들이 전부 자리를 잘못 잡고 있다가 이제야 제자리로 돌아오는 것 같았습니다.

뜻밖에도 아버지의 몸은 아무렇지도 않았습니다.

저는 아버지 몸의 인대가 끊어지고 뼈가 부러졌을 것이라고 생각했는데 정말 아무렇지도 않았습니다. 몸집이 그렇게 작은 아버지가 이토록 맷집이 좋을 줄은 미처 생각지 못했지요. 저는 얼른 가서 엄마를 부축했습니다. 엄마는 일어나려다가 하마터면 넘어질 뻔했어요. 하지만 몸에 힘을 준 덕분에 넘어지진 않았습니다. 엄마의 그런 모습에 아버지도 마음을 놓았습니다. 아버지는 바닥에 있는 종이꽃과 장례용 지찰, 여기저기에 널브러진 지전과 원보元寶를 발로 걸어차고는 의자와 벽을 짚으면서 문 쪽으로 걸어갔습니다.

"곧 날이 밝겠지. 날이 밝으면 모든 것이 다 좋아질 거야."

이렇게 중얼거리면서 문 쪽을 향해 몸을 움직였습니다. 중얼거리는 소리는 이내 탄식으로 변했습니다.

"어서 집 안을 치우자. 아이고 하늘님, 장례용품점마저 도둑을 맞았으니 다른 집들은 어떤 모습일지 모르겠네요."

중얼거리면서 벽을 짚고 가게 밖으로 걸어 나가는 모습이 정말로 다른 집들이 도둑과 강도를 만나 어떤 모습이 되었는지 확인하러 가는 것 같았습니다.

아버지는 가게 밖에 서서 대로를 바라봤습니다. 대로로부터 날이 밝을 무렵의 한기가 몰려왔습니다. 차가운 물이 방 안으로 밀려드는 것 같았지요. 엄마는 방 안에 어지럽게 흩어진 물건들과 쓰레기를 치우지 않았습니다. 저는 엄마의 다리를 부축해 부엌으로 가서 얼굴을 씻어주었습니다. 엄마 얼굴에 남은 핏자국을 씻어주었지요. 엄마 팔에 난 상처를 싸매주었습니다.

"네 외삼촌네가 수난을 당할 차례야. 네 외삼촌이 이 밤에 혼 좀나야 한다고."

엄마는 걸으면서 중얼거렸습니다. 엄마가 계단을 지나 부엌으로 들어가기 직전에 아버지가 문밖에서 몸을 숙인 채 들어오고 있었습니다. 몸을 숙이며 돌아오는 아버지의 발걸음은 나갈 때보다 몇배 더 빨랐습니다. 문틀과 벽을 짚고 뛰듯이 돌아오는 모습은 화살이 날아오는 것 같았습니다. 저는 아버지가 마을 밖 사람들이 몽유를 틈타 차를 몰고 삽과 호미 같은 무기를 들고 진 밖에 몰려 있는 것을 봤다는 것을 알았습니다. 갑자기 아버지의 낯빛이 하얘졌습니다. 음울한 회백색이었지요. 꼭 장례용 지찰 같았습니다. 아버지의 얼굴에 땀방울이 맺혔습니다. 아버지 얼굴에 한 차례 피비가 내린 것 같았습니다.

"진에 곧 난리가 벌어지겠군. 진에 큰 재앙이 닥칠 것 같아. 진이 이번 재앙을 피할 방법은 없을 것 같구나."

아버지가 다급하게 말했습니다. 아버지 몸에 구타를 당한 흔적은 없는 것 같았습니다. 아버지는 한걸음에 문에서 방 안으로 계단 아래 엄마 곁으로 건너왔습니다.

 "어서 갑시다. 얼른 이 진을 떠나자고. 가게 문을 잠글 필요도 없어. 방 안이 어지러울수록 더 좋지. 넨넨아, 너는 망가진 화환들을 전부 가게 입구에 마구 던지고 늘어놓도록 해라. 가게 문도 활짝 열어놓고 절대 잠그지 마. 이 장례용품점이 다른 사람들한테 이미 여러 차례 강탈당한 것처럼 하란 말이다."

2. 05:30~05:50

저는 아버지가 말하고 소리친 그대로 움직였습니다.

가게 안에 사방으로 흩어져 있는 화환을 안아다 가게 입구에 늘어놓았지요. 짓밟혀서 망가진 동남동녀도 꺼내 문 양옆에 펼쳐놨습니다. 아버지와 엄마 몸에서 흘러나와 종이 노새와 종이 말 같은 장례용품에 묻은 핏자국은 방 안에서 가장 눈에 띄는 곳에 펼쳐두었습니다. 가게 문도 활짝 열어놓았지요. 그러고 나서 아버지랑 엄마와 함께 도망을 갔습니다. 아버지는 어디에서 났는지 삼륜차 한 대를 몰고 왔습니다. 전동으로 움직일 수도 있고 페달로 움직일 수도 있는 삼륜차였습니다.

"여기다. 여기."

아버지가 어두운 그늘에서 소리쳐 불렀습니다. 저는 그 그늘 쪽으로 달려갔습니다. 제가 삼륜차에 뛰어오르자 아버지는 페달을 밟아 대로를 등지고 진 거리 안쪽으로 달리기 시작했습니다.

등 뒤의 도로 쪽에서 아주 요란하고 어지러운 발걸음 소리가 들려왔습니다. 아주 요란하고 어지러운 말소리가 들렸습니다. 홍수가 진을 향해 밀려오는 소리 같았습니다. 진은 그 소리에 갇혀버렸습니다. 웅성거리는 소리가 용솟음치면서 땅바닥에서부터 밀려올라왔습니다. 우리 가족은 힘겹게 삼륜차 페달을 밟아 거리의 동쪽에서 서쪽으로 도망쳤지요. 망가진 삼륜차는 금방이라도 차체가 주저앉을 것처럼 요란하게 삐그덕 소리를 냈습니다. 체인은 말라터져 언제라도 끊어질 것만 같았지요. 양철판이 마구 뒤틀린 좌석에는 마대 자루와 장도리가 실려 있었습니다. 흔들리고 부딪혀도 전혀 걱정 없을 것 같은 라디오도 있었습니다. 건전지로 작동되는 라디오였지요. 우리 마을에서 삼륜차를 모는 중장년 어른들은 일이 있을 때나 없을 때나 항상 삼륜차에 라디오를 매달아놓고 있었지요. 라디오는 흔들리고 덜렁거리면서 차체에 부딪혀야 소리가 나고 정작 방송을 듣고 싶을 때는 아무 소리도 내지 않았지요. 어느 집에서 몰고 와 도둑질한 물건들을 실어 나르려던 삼륜차인지 알 수 없었습니다. 하지만 이제 이 삼륜차는 우리 가족을 싣고 달리고 있었습니다.

농기구점 문은 닫혀 있었습니다.

농기구점 쪽의 양곡과 기름 가게 역시 문이 닫혀 있었습니다.

대각선 쪽에 있는 이발소는 문이 열려 있었습니다.

전문적으로 문과 창의 유리를 파는 가게는 절반이 열려 있고 절반은 닫혀 있었습니다.

진의 절반이 잠들어 있고 절반은 깨어 있는 상태였습니다. 몽유에서 깨어났다가 또다시 잠든 사람도 있었습니다. 밤새 죽은 듯이 잠들어 몽유하거나 침대에서 일어나 대소변을 보거나 하지 않는 사람도 있었지요. 하지만 지금은 어떤 사람이 몽유하고 있고 어떤 사람이 깨어 있는지 알 수가 없었습니다. 대로를 빠르게 지나가버리면 이 밤, 이 세상, 이 진에서 도대체 무슨 일이 일어났는지 전혀 알 수가 없었습니다. 지금 무슨 일이 일어나고 있는지 알 수가 없었습니다.

"마을 밖 사람들이 무장을 하고 도둑질하러 오고 있어요."

"마을 밖 사람들이 무장을 하고 도둑질하러 오고 있다고요."

아버지는 사거리 입구에서 이렇게 몇 번 외치고 나서 삼륜차 머리를 돌려 북쪽을 향해 달리기 시작했습니다. 아버지는 목이 터져라 외쳤습니다. 아버지는 우리에게도 목이 터져라 외치게 했습니다. 우리는 삼륜차에 탄 채로 손으로 나팔을 만들어 계속 외쳤습니다.

"모두들 어서 일어나세요. 마을 밖 사람들이 호미와 삽을 들고 우리 진을 때려 부수고 도둑질하러 오고 있어요."

"모두들 어서 일어나세요. 마을 밖 사람들이 도둑질하러 이미 진 입구까지 왔다고요."

아버지가 외치는 소리는 모래와 자갈로 대나무를 쪼개는 것처럼 거칠고 다급했습니다. 엄마가 외치는 소리는 찢어진 비단처럼 펄럭이는 것이 몹시 아름다우면서도 가늘었지요. 제가 외치는 소리는 아직 다 자라지 않은 나뭇가지가 허공으로 뻗어가는 것처럼 짧고 연약하지만 가장 멀리까지 날아갔습니다. 누군가 갑자기 문을 열고 나와서 도로변에 서더니 사방을 한번 둘러보고는 또다시 허둥지둥 집 안으로 들어가 빗장을 걸었습니다. 문 뒤에서 쿵 하고 나무 막대기로 문을 받치는 소리가 들려왔습니다. 아버지는 서둘러 앞을 향해 삼륜차를 몰고 나는 듯이 달려갔습니다. 우리 가족이 번갈아가며 외치는 소리가 사방에 메아리치고 있었습니다. 이 밤에 진에는 아버지와 엄마가 외치는 소리가 멈춘 순간이 없었던 것 같습니다. 아버지와 엄마가 살아 있는 것이 이 밤에 쉬지 않고 외치고 쉬지 않고 진 곳곳을 돌아다니기 위해서인 것 같았습니다. 이렇다보니 불안을 숨기고 있던 진의 거리와 골목마다 아버지와 엄마가 외치는 소리로 인해 깨어났다가 또다시 죽어갔습니다.

사거리에 이르렀습니다. 진의 북쪽 어귀였지요. 남쪽 거리의 골목과 서쪽 거리의 골목 안이었습니다. 진의 거리와 골목 구석구석에 우리 가족이 목청이 터져라 외치는 소리가 울려 퍼졌습니다. 우리가 어디로 달려가든 외치는 소리는 바람처럼 숲처럼 획획 펄럭이고 있었지요. 하지만 마지막으로 촌장 집 문 앞에 도착했을 때 원래 아버지는 계속 외치면서 그 문을 부수려 했지만 그럴 겨를이 없어서 결국 우리 가족은 계속 도망치는 수밖에 없었습니다. 촌장 집이 있는 골목 입구에서 갑자기 불빛이 보이더니 발걸음 소리가 들렸습니다. 어두운 밤에는 사람들의 외침과 말소리가 잘 들리지 않았습니다. 불빛이 허공에서 반짝반짝 빛을 내고 있는 것만 보일 뿐이었지요. 땅바닥 아래서부터 전해져온 발걸음 소리는 지진처럼 지면을 흔들었습니다. 홍수처럼 집들을 휘감아 집어삼키고 세상을 집어삼키는 것 같았습니다.

마을 밖 사람들은 운집한 수가 충분해지고 때가 무르익자 진으로 물밀듯이 밀려왔습니다.

저수지의 물이 모여 결국 댐이 터진 것 같았습니다.

군대가 운집하더니 결국 살육전이 벌어지는 것 같았습니다.

저는 그 불빛과 소리가 나는 곳을 바라보면서 넋이 나가 있었습니다. 엄마가 그 불빛을 보면서 날카롭게 소리를 질렀습니다.

"그들이 와요. 빨리 도망쳐요. 녠녠 아버지, 빨리 도망치자고요."

문을 걷어차려던 아버지의 발이 허공에 그대로 굳어버렸습니다. 그렇게 굳은 몸으로 순식간에 촌장 집 문 앞에서 몸을 잔뜩 숙여 되돌아왔습니다. 대로에는 이미 아주 많은 사람이 분주하게 뛰어다니는 발걸음 소리가 요란하게 울리고 있었지요. 도처에 진 밖으로 피난하는 사람들과 그들이 손에 들고 어깨에 둘러멘 커다란 보따리들이 있었습니다. 모두 마등과 손전등을 들고 있었습니다. 뜻밖에도 진의 가로등도 켜져 있었습니다. 가장 넓은 도로의 불빛은 황혼 직전의 불빛과 같았습니다. 세상 만물과 크고 작은 물건들이 모두 똑똑히 보였지요. 불빛 아래로 뛰어온 아버지는 오토바이 핸들 아래 매달려 있는 열쇠를 봤습니다. 열쇠에는 또 융으로 된 더럽고 검은 조그만 원숭이 인형이 매달려 있었습니다. 아마도 아버지는 더 생각할 겨를도 없이 급하게 열쇠를 반 바퀴 돌렸던 것 같습니다. 그 오토바이 역시 더 생각할 겨를도 없이 곧장 핸들 아래 있는 모터의 시동을 건 것 같았습니다. 사정이 원래 이랬습니다. 만물이 원래 이랬습니다. 오토바이에 올라탄 아버지는 줄곧 진에서 전동 삼륜차를 몰던 사람이었습니다. 밸브에 손을 대면 삼륜차는 전기로 움직였지요. 부릉부릉 하는 소리가 빠르고 친밀하게 울려 퍼졌습니다.

"염병할!"

흥분해서인지 아니면 괴롭거나 화가 나서인지는 알 수 없었습니다. 아버지는 연달아 몇 번 욕을 내뱉고 핸들을 몇 번 움직였습니다. 차체가 몇 번 흔들렸습니다. 오토바이는, 전동차는 도로를 평온하게 내달렸습니다. 사람이 걷거나 달리는 것보다 훨씬 더 빨랐습니다. 말이나 노새가 끄는 수레보다 훨씬 더 빨랐습니다. 도로는 온통 혼란과 유린의 현장이었습니다. 그해, 노인네들이 말하는 일본 군대가 진에 들어왔을 때의 정경 역시 바로 이러했을 것입니다. 진에서 일본군을 피하고 도망치던 사람들도 바로 이렇게 보따리를 들고 메고 소리 지르면서 사방으로 뛰어다녔을 것입니다. 이 밤, 날이 곧 밝을 무렵 역시 바로 그랬을 것입니다. 사람들 모두 보따리를 들고 메고 소리를 지르며 사방으로 뛰어다니고 있었습니다. 자는 아기를 품에 안고 뛰는 사람도 있었습니다. 여든 먹은 노모를 업고 뛰는 사람도 있었습니다. 조용히 수레를 끌고 가는 사람도 있었습니다. 수레에는 옷과 땔감과 쌀, 양곡이 실려 있고 아이와 노인이 타고 있었습니다. 하지만 그 수레를 모는 사람은 눈을 절반만 감고 절반은 뜨고 있었습니다. 자는 것 같기도 하고 깨어 있는 것 같기도 했지요. 차에 탄 노인과 아이는 졸기도 하고 몸을 갸우뚱거리면서도 입으로 쉴 새 없이 뭔가를 웅얼거리고 있었습니다.

"지금 몽유하고 있는 건 아닐 거야."

"모두가 몽유하고 있는 건 아닐 거야."

몽유를 의심하는 사람은 반은 깨어 있고 반은 졸고 있었습니다. 하지만 그는 자기도 하고 깨어 있기도 하고 의심하기도 하면서 도로 위를 내딛는 발걸음을 멈추지 않았지요. 아마 걸음이 남들보다 느릴까봐 걱정하는 것 같았습니다. 도처가 소리였습니다. 도처에 움직임이 있었습니다. 세상은 이 밤의 소리와 밤의 호흡에 의해 악몽에 시달리고 있었습니다. 사람들은 모두 악몽에 시달리면서 바쁘고 혼란스럽게 갈팡질팡하고 있었습니다. 처음에는 한 가구나 열 몇 가구가 그랬습니다. 나중에는 수십 가구, 백 가구 넘게 그랬지요. 진 전체가 악몽 속에서 움직였습니다. 모두들 깨어 있거나 꿈을 꾸고 있거나 정신이 나가 멍하니 서 있었습니다. 우리 가족은 모두 깨어 있었습니다. 이 밤의 전후 관계를 목격한 덕분에 이 밤의 방향과 처리 방법을 장악하고 있는 것 같았습니다. 깨어 있는 우리는 머릿속이 선명한 덕분에 진의 두뇌가 되었습니다. 진의 영혼이자 한 세계의 마등이 된 것이지요. 아버지는 오토바이를 몰고 이리저리 방향을 바꿔가며 사람들 사이를 돌아다니면서 외쳤습니다.

"모두들 돌아다니지 마세요. 모두들 돌아다니지 마시라고요. 어서 잠들어 있는 사람들을 깨워 집을 지키게 하세요. 집 안을 지키고 있지 않으면 남들이 거침없이 들어와 마음껏 물건을 훔쳐가도록 방치하는 게 아니고 뭐겠습니까?"

사람들이 갑자기 멈춰 섰습니다. 갑자기 거리와 길가 한구석에 멈춰 섰습니다. 갑자기 떠나버리면 집을 다른 사람들에게 남겨주게 되고, 이는 남들이 마음껏 물건을 훔쳐가도록 방치하는 일임을 깨달은 것이었습니다. 마음대로 집을 통째로 들고 가게 하는 일이었습니다. 문이 잠겨 있으면 사람들에게 어서 들어오라고, 우리 집엔 사람이 없다고 알려주는 것이나 마찬가지였습니다. 누군가 또 서둘러 집으로 돌아갔습니다. 모두들 서둘러 집으로 돌아갔습니다. 너도 돌아가고 나도 돌아가고 또 많은 사람이 돌아갔습니다. 아버지는 가는 곳마다 외쳤습니다. 사람들에게 얼른 집으로 돌아가 문을 지키고 밤을 지키라고 했지요. 밤을 지키고 문을 지켜야지 도망을 가서는 안 되는 일이었습니다. 이때 동남쪽에서 밀려오는 마을 밖 사람들이 우리가 외치는 소리를 들은 건지 아니면 진 밖에서 몰려오며 우리 가족을 마주하게 된 것인지는 알 수 없었지만, 수십 수백 명이 손에 몽둥이와 칼을 들고 우리를 향해 달려오고 있었습니다. 쫓아왔습니다. 죽이고 때리면서 달려왔습니다. 열 몇 걸음밖에 떨어지지 않은 거리인데도 들어올린 멜대와 호미, 작두, 몽둥이가 바람 부는 대로 춤추는 어지러운 숲 같았습니다. 일이 이렇게 되어서는 안 되는 것이었습니다.

혼자 깨어 있다고 해서 그가 꿈을 꾸고 있는 만인의 머리와 눈이 될 수는 없었습니다.

한 사람의 각성과 외침이 어지러운 숲과 무성한 잡초를 잘라내고 나무들이 곧게 자라도록 세울 수 있는 것은 아니었습니다. 남쪽으로 몸을 돌린 아버지는 얼굴 가득 두렵고 망연자실한 표정을 드러내면서 거리에 그대로 서 있었습니다. 남쪽으로 몸을 돌린 엄마는 두려운 나머지 얼굴에 가을의 누런빛이 맺혔습니다. 남쪽으로 고개를 돌린 저는 불빛 아래 발걸음이 땅바닥에서 터지는 폭죽 같았습니다. 꼿꼿하게 세워진 몽둥이와 무기들이 번개처럼 몰려왔습니다.

"저놈을 죽여라. 저놈 죽여."

이렇게 외치는 소리가 모래를 날리고 돌을 걷어차면서 야밤의 거리를 활개 치며 날아다니고 있었습니다. 눈빛들이 온통 검고 밝았습니다. 전혀 졸고 있지 않았지요. 깨어 있는 사람 모두 아예 몽유한 적이 없는 것 같았습니다. 앞쪽에 있는 몇 사람은 나는 듯이 뛰고 있었습니다. 그 뒤에 쫓아오고 있는 더 큰 무리의 사람들은 아예 몽유한 적 없이 깨어 있는 사람들이었습니다. 앞쪽에 있는 사람들이 진 사람들인지 마을 밖 사람들인지는 알 수 없었습니다. 뒤쪽에 있는 사람들이 마을 밖 사람들인지 진 사람들인지도 알 수 없었습니다. 꿈인 것 같기도 하고 생시인 것 같기도 한 이 극도의 혼란 속에서 앞쪽에 뛰는 사람들이 갑자기 무언가에 걸려 넘어지기 시작했습니다. 그들이 바닥에서 일어나기도 전에 뒤에서 쫓아오던 사람들의 삽이 그들의 다리를 찍었습니다. 또 호미 하나가 그들의 머리와 목 위로 떨어졌습니다. 엄마야 하는 날카로운 비명이 들렸습니다. 새끼 제비가 허공에 있는 둥지에서 땅바닥으로 떨어진 것 같았습니다. 아주 가는 소리였습니다. 그런데도 귀를 찔렀습니다. 바늘처럼 날카로운 비명이 절반쯤 날아오르다 그쳤습니다. 방망이와 호미가 한바탕 어지럽게 그들을 내리쳤기 때문이었지요. 넘어진 사람은 소리도 내지 못하고 숨도 쉬지 못했습니다. 진흙 덩어리 같았습니다. 한동안 퍽퍽 몽둥이와 호미, 삽이 보드라운 진흙 같은 육체를 내려치는 소리가 들렸습니다. 앞에서 뛰던 사람 하나가 뒤돌아서 소리를 질렀습니다.

"사람을 때려죽이고 있어. 사람을 때려죽이고 있다고."

하지만 그가 부르짖는 소리가 사람들에게 들리기도 전에 또 다른 호미와 방망이가 그를 향해 날아오고 있었습니다. 그 역시 다급하게 몸을 돌려 대로의 가장자리를 향해 나는 듯이 뛰었습니다.

우리가 있는 쪽을 향해 나는 듯이 달려들고 있었습니다.

도망가고 쫓아가는 발걸음이 천둥과 폭죽 같았습니다. 죽은 사람의 몸을 밟고 지나가는 발밑에서는 진흙탕을 밟고 지나갈 때 나는 철퍽철퍽 소리가 희미하게 났습니다.

엄마가 몹시 놀랐습니다.

"넨넨 아버지, 어서 뛰어요."

저도 몹시 놀랐습니다.

"얼른 오토바이에 오르세요. 아버지, 어서 오토바이에 오르시라고요."

아버지도 몹시 놀랐습니다. 핸들을 잡고 오토바이를 밀어 길가로 숨었습니다. 골목을 발견한 아버지는 곧장 골목 안으로 들어갔습니다. 아마도 아버지는 핸들을 꽉 잡고 곧바로 오토바이 삼륜차 조종석으로 뛰어오르려 했던 것 같습니다. 몇 걸음 달려 오토바이에 속도가 붙으면 뛰어오를 생각인 것 같았습니다. 다행히 우리 오토바이는 대로변의 골목 어귀에 세워져 있었습니다. 다행히 그 골목 안은 다소 조용하고 어두컴컴해 입구에서 보면 바닥이 보이지 않는 우물 같았습니다. 몹시 당황한 우리는 황급히 그 골목 안으로 도망쳤습니다. 뒤에 있는 사람들이 도로에서 무력하게 허둥대면서 이 골목을 돌아 들어오려고 뛰어오고 있었습니다.

"이리로 뛰어오세요. 이리 뛰어오라고요."

아버지는 오토바이 라이트를 껐습니다. 우리 가족은 황급히 어둠 속으로 들어갔습니다. 물속에 잠긴 것 같았지요. 끝까지 우리를 쫓아오던 사람들은 꿈속에서는 보이지 않는 것처럼 우리를 보지 못했습니다.

그들은 걸음을 멈췄습니다.

뒤쪽에 있던 사람들의 목소리가 강 건너편 기슭의 물소리처럼 들렸습니다. 아버지가 어떻게 어둠 속에서 도로를 봤는지는 알 수 없었습니다. 아버지가 어떻게 골목에서 다른 골목으로 돌아 들어온 것인지도 알 수 없었습니다. 알고 보니 우리 뒤에서만 죽이려고 쫓아오는 소리가 났던 게 아니었습니다. 앞에서도 도망치고 쫓아가는 사람들의 소리가 있었습니다. 동쪽에서도 죽이려고 쫓아가는 소리가 났고 서쪽에서도 죽이려고 쫓아가는 소리가 났습니다. 진전체가 밤에서 깨어난 것 같았습니다. 세상 전체가 동이 틀 무렵처럼 깨어나는 것 같았습니다. 죽이려고 쫓아가는 소리가 뇌우처럼 진을 뒤덮었습니다. 뇌우처럼 진 전체에 내리찍듯이 떨어지는 것 같았습니다. 쫓아가는 발걸음이 뇌우 같았습니다. 달아나는 걸음도 뇌우 같았습니다. 세상 전체가 달아나고 쫓아가는 뇌우 속에 빠졌습니다. 세상이 온통 죽이고 때리는 울부짖음 속에 있었습니다. 사람들이 모두 깨어 있는 것 같았습니다. 사람들이 모두 꿈을 꾸고 있는 것 같았습니다. 천하의 모든 사람과 진에 있는 모든 사람이 아직도 몽유 속에 가라앉아 있었습니다. 이쪽에 달아나는 사람과 쫓아가는 사람들이 있었습니다. 저쪽에도 달아나는 사람과 쫓아가는 사람들이 있었습니다. 처음에는 쫓기는 사람이 겨우 몇 명에서 열 몇 명에 지나지 않았습니다. 그러다 또 잠깐 사이에 몇십 명 혹은 100여 명으로 늘어났습니다. 숫자가 많아지자 사람들은 대담해졌습니다. 갑자기 멈춰 서더니 손에 들고 있던 몽둥이를 가슴 앞에 옆으로 들었습니다. 어디에서 구해온 것인지 모를 돌멩이와 벽돌 조각이 빗방울처럼 추격하는 사람들을 향해 불빛을 비추듯 날아갔습니다.

　뒤쫓던 사람들이 쫓기는 사람이 되었습니다.

　도망치던 사람들이 다른 사람들을 쫓고 있었습니다.

한순간 조용했다가 또다시 진에 뇌우가 일기 시작했습니다. 천둥소리가 울리기 시작했습니다. 뛰기 시작했습니다. 폭파하기 시작했습니다. 몽둥이가 허공의 빛 속에서 춤추며 날아다녔습니다. 내리치고 들어올리고 종횡으로 마구 움직였습니다. 아버지가 어떻게 삼륜차를 몰아 진 남쪽에서 진 한가운데로 왔는지 알 수 없었습니다. 아버지는 진 한가운데서 다시 진 북쪽으로 왔습니다. 그다음에는 진 북쪽의 골목에서 진 가장자리로 왔습니다. 숨을 헐떡이면서 우리를 진 바깥으로 데리고 왔습니다. 우리를 깨어 있는 상태에서 꿈속으로 데리고 온 것 같았습니다. 꿈속에서 맑은 물처럼 깨어 있는 상태로 이끈 것 같았습니다.

3. 05:50~06:00

우리는 진 밖 서쪽의 산 아래에서 물처럼 파란 하늘을 바라보고 있었습니다. 열 몇 개쯤 되는 별들이 그 쪽빛 속에 박혀 있었습니다. 안개가 그 쪽빛을 가리고 있었습니다. 진은 그 산 아래에 있었습니다. 우리의 눈 아래, 손과 발 아래 있었습니다. 밤은 이미 맞은편 기슭에 아침이 올 것이 느껴질 만큼 깊어져 있었습니다. 날이 밝아야 할 때가 되었지요. 어떻게든 사람들을 때리고 죽이던 광란의 밤도 밝아야 했습니다. 차갑고 맑은 바람이 저 앞에 강물과 도랑이 세차게 흐르는 것처럼 산 표면을 따라 불고 있었습니다. 아주 빨리 땀이 가라앉았습니다. 아주 빨리 불안하던 온몸과 두근거리던 심장이 평온해졌습니다.

저는 우리가 진을 도망쳐 나왔고 때리고 죽이는 상황에서 빠져나왔다는 것을 알았습니다.

진과 진에서 일어나는 일들을 똑똑히 보고 싶었던 저는 삼륜차에서 내려 아버지와 함께 삼륜차를 산허리에까지 밀어 올렸습니다. 우리는 삼륜차를 모퉁이를 도는 길목의 완만하고 평평한 곳에 세워두었습니다. 진의 큰길과 작은 골목 안의 불빛이 보였습니다. 진의 학교와 교실 안 불빛이 보였습니다. 불빛의 기복이 맑은 날 저수지에서 흘러나오는 물 같았습니다. 때리고 죽이고 쫓고 쫓기는 발걸음 소리와 비명도 들렸습니다. 더럽고 조악한 소리가 바람과 빗속에서 파도처럼 출렁이는 물소리 같았습니다. 파도와 파도가 부딪쳐 어느 것이 어느 것을 깨뜨렸는지 알 수 없어 또다시 서로 휘감기고 있었습니다. 아버지는 막막한 심정이었습니다. 엄마도 막막한 심정이었지요. 우리 가족은 서로를 쳐다보다가 가끔 막막한 눈길을 밤에 푹 빠진 진으로 향했습니다. 바람 속에 빠진 호수 같았습니다. 진 동쪽의 마을과 집, 나무들은 보이지 않았습니다. 진에 있는 집과 도로, 나무들이 선명하게 보이지 않았습니다. 정확히 말하자면 아직 날이 밝지 않은 까닭에 세상도 여전히 밤 속에 깊이 가라앉아 있었습니다. 저 멀리 보이는 적막은 몹시 짙었습니다. 허공에 가득 차 있지만 어둠 때문에 보이지 않는 바늘들처럼 무서웠습니다. 저는 온몸에 소름이 돋았습니다. 팔에 닭살이 생겼습니다. 만져보니 차갑고 딱딱한 것이 꼭 돌 방망이 같았습니다. 근처 풀밭에서 뭔가가 바스락거리며 움직이고 있었습니다. 길가 가시나무와 산대추나무 잎들이 밤의 어둠 속에서 훨씬 더 짙은 녹색을 띠고 있었습니다. 바스락거리는 소리가 그 나뭇잎을 기어오르고 있었습니다. 산열매가 가지 끝에 매달린 모습은 꼭 아이가 까닭 없이 손가락을 들어올린 것 같았습니다. 그 밤에 귀뚜라미가 울고 있었습니다. 길가 들판에서 쉬지 않고 울고 있었습니다. 길가 어느 산대추나무 위에서는 여치가 울고 있었습니다. 도랑가 절벽 산대추나무 위에서 쉬지 않고 울고 있었습니다. 세상이 사라지고 그저 허상의 기운이 허상의 어둠 속을 흐르고 있는 것처럼 이 밤에 이 세상이 죽은 것처럼 변해 있었습니다. 세상이 사라지고 그저 죽은 묘지와 황야만 남아 있는 것 같았습니다. 너무나 고요한 탓에 세상에 원래 있지 않았던 온갖 소리와 움직임만 있게 되었습니다. 그 소리와 움직임이 하나하나 쌓여 죽은 듯한 밤의 고요와 적막을 더하고 있었습니다. 월도月刀와 성도星刀가 야밤의 허공을 빙글빙글 도는 것처럼 이 밤에 공포와 두려움이 만연해 있었습니다.

저랑 엄마는 삼륜차 옆에 서 있었습니다. 아버지는 우리 앞쪽에, 그러니까 세상과 더 가까운 곳에 마치 세상 안에 있는 것처럼 서 있었습니다.

"어떻게 이럴 수가 있지. 어떻게 이럴 수 있난 말이야!"

엄마는 아버지에게 묻기라도 하는 것처럼 혼잣말을 했습니다. 어릴 때 몽유에 대해 들어본 적이 있고 몽유를 해본 적도 있지만 깨어나지 못하는 몽유는 없었던 것 같습니다.

"아무 말도 하지 마. 말하지 말라고. 말하지 말라는데 왜 또 자꾸 말을 하는 거야."

엄마는 더 이상 말을 하지 않았습니다. 몹시 피곤한지 엉덩방아를 찧었습니다.

아버지가 진 쪽을 뚫어져라 쳐다보고 있었습니다. 어떤 소리를 찾아내 들으려는 것 같았습니다. 귀로 어떤 소리를 찾아내 무언가를 판별하려는 것 같았지요. 한 손으로는 오토바이의 쇠 난간을 짚고 다른 한 손으로는 부풀어오른 왼쪽 뺨과 귀를 어루만지면서 적막 속에 서 있었습니다. 하지만 결국 어떤 소리도 듣거나 찾아내지 못했고, 어떤 일이 일어나고 있는지 판별해내지도 못했습니다.

아버지는 다소 낙담하면서도 어쩔 수 없다는 듯이 고개를 돌려 진 변두리에 있는 야산의 비탈을 바라보고 있는 엄마와 저를 쳐다 봤습니다.

"몇 시나 됐지?"

"모르겠어요."

"하늘님이 죽었나보군. 날이 밝아오지 않으면 하늘이 정말로 죽은 거야."

아버지와 엄마는 서로 묻고 대답하면서 중얼거리고 있었습니다. 저는 그 오토바이에 벽돌같이 생긴 라디오가 달려 있다는 것이 생각났습니다. 라디오에는 시간이 있었지요. 저는 오토바이를 뒤져 빈 마대 자루 두 개를 들어내고 라디오를 손에 쥐었습니다. 라디오 채널을 돌리자 지직 하고 도로에 쇠 삽이 끌리는 듯한 소리가 났습니다. 지직 소리에 잇몸이 간지러워졌습니다. 라디오를 몇 번 두드리고 이리저리 방향을 바꾸자 마침내 주파수 하나가 잡히면서 띠 띠 소리가 났습니다. 띠―띠― 두 번 피리 소리가 나더니 지직 소리가 젊은 남자 아나운서의 목소리로 이어졌습니다.

"지금은 7월 1일 새벽 6시 정각입니다."

목소리가 순정했습니다. 좋은 목소리의 종자인 것 같았습니다.

"6시예요."

"곧 날이 밝겠군."

아버지와 엄마는 시간에 감격한 듯 동시에 입을 열었습니다. 6시가 된 데에 감격하는 것이 마치 사람들이 모두 꿈속에서 깨어날 것에 감격하는 것 같았습니다. 여름에는 6시가 되면 동쪽 산에 해가 떴습니다. 맑은 날이면 6시에 해가 떴고, 해가 뜨면 사람들 모두 꿈에서 깨어 나왔거든요. 그런데 이때, 제가 몸을 움직인 탓에 손에 들려 있던 라디오의 방향이 바뀌어버렸습니다. 잡음 속에서 아주 또렷하게 남자 아나운서의 광고가 방송되고 있었습니다. 아주 긴 날씨 보도의 광고가 이어졌습니다.

청취자 여러분. 전국의 청취자 여러분—

지금 라디오를 켜고 저희 127.1메가헤르츠 날씨 예보 방송을 듣고 계시는 청취자 여러분, 아무쪼록 주의해주시길 바랍니다. 부디 주의해주시길 바랍니다. 어젯밤 9시 반 무렵부터 우리 도시 일부 지역에서 매우 건조한 날씨와 과도한 계절성 피로로 인해 100년 동안 나타나지 않았던 집단적 몽유 사태가 발생했습니다. 이에 정부 기관에서는 이미 대규모 인원을 각 현과 향진, 산간 지대로 파견해 사람들을 잠에서 깨우는 자구책을 확대 시행하고 있으며, 몽유로 인한 수많은 대형 참사를 예방하고 저지하고 있습니다. 하지만 지금 특별히 주의하고 신중하게 대처해야 할 문제가 있습니다. 오늘 새벽 6시 이후부터, 더 나아가 금일 하루 종일 지세와 기류, 서북 지역에서 온 경미한 한파 등으로 인해 우리 시에는 해도 없고 비도 없고 바람도 없이 장시간 검은 구름이 낀 상태에서 건조하고 더운 날씨가 이어질 것으로 관측되고 있다는 것입니다. 이른바 검은 구름과 건조하고 더운 날씨라는 것은 하늘에 두터운 구름층이 짙게 깔리지만 내릴 비가 없으며 불어올 바람도 없어 장시간 동안 몹시 덥고 음침한 날씨가 형성되는 것을 말합니다. 낮이 황혼 같고 황혼은 어두운 밤과 같아지는 것을 의미하지요. 일부 특수한 산간 지역에서는 일식과 같은 주암 현상이 나타날 수도 있습니다. 낮이 밤처럼 어두워지는 것입니다. 쉽게 말씀드리자면 바로 오늘 일부 지역에 일식과 같은 어두운 낮이 존재하게 되고 따라서 사람들에게 장시간의 수면과 몽유 증상이 이어지고 확장됨으로써 밤새 몽유로 인해 피곤해진 사람들이 자신도 모르게 깊은 수면에 빠졌다가 또다시 잠에 빠져든다는 것입니다. 게다가 몽유 증상은 계속 연장되고 확산될 전망입니다.

아나운서는 전혀 조급하지 않았습니다. 글을 낭송하는 것 같았지요. 음운音韻이 소리의 종자인 것처럼 순정했습니다. 하지만 아버지는 이 방송을 들으면서 멍한 표정을 지었습니다. 엄마도 이 방송을 듣고 멍한 표정을 지었지요. 넋이 나간 저는 라디오를 움직이기라도 하면 방송에서 나오는 목소리가 끊길까봐 손에 들고 있던 라디오를 허공에 그대로 든 채 몸이 굳어져버렸습니다. 이때 아버지가 뭘 생각했는지 제 손에 있던 라디오를 빼앗아가버렸습니다. 라디오의 방향을 고정한 채 아버지는 산비탈 높은 곳으로 기어올라가시나무 위로 올라갔습니다. 라디오 소리가 아버지의 발걸음에 따라 점점 더 크고 또렷하게 울려 퍼졌습니다. 아버지 발에 밟힌 산비탈 모래가 아래로 흘러 떨어지면 떨어질수록 라디오 소리는 점점 더 크고 또렷해졌습니다.

높이 올라간 덕분에 아버지는 잡음을 떨어낼 수 있었습니다.

아나운서는 녹음된 방송이 반복되는 것처럼 같은 보도를 반복했습니다. 아버지는 우리보다 훨씬 더 높은 가시나무 옆에 서 있었습니다. 라디오는 아버지 정수리 위에 떠받쳐져 있었습니다. 구구절절 내뱉는 아나운서의 보도는 높은 곳에서 아래로 떨어졌습니다. 까만 빗방울과 까만 얼음 알갱이가 떨어져 아래를 내리찍는 것 같았습니다.

방송을 세 번이나 반복했습니다. 세 번을 내리찍었습니다. 우리 가족은 귀가 굳은 채로 세 번을 계속 들었지요.

세상은 사라지고 날씨 예보 방송만 남아 있었습니다.

세상은 사라지고 그 검은 얼음 알갱이 같은 소리만 떨어져 내리찍고 있었습니다.

라디오를 껐습니다. 아버지는 검은 기둥처럼 다가올 새벽의 어둠 속에 서 있었습니다.

"해가 죽으면 진은 끝나는 거야. 해가 죽으면 진은 그걸로 끝이라고. 진이 정말로 끝난단 말이야."

아버지는 반복해서 이 말을 중얼거렸습니다. 높은 곳에서 내려와서도 여전히 혼자 이 말을 중얼거리고 있었습니다. 하지만 한 걸음 또 한 걸음 엄마와 제 곁으로 가까이 와서는 더 이상 중얼거리지 않았습니다. 아버지는 해가 정말로 죽은 것처럼 침묵하고 있었습니다. 세상이 아버지 앞에서 어딘가로 내던져진 것 같았습니다. 어딘가에서 죽은 것 같았습니다. 아버지는 침묵하면서 그 자리에 서서 진을 바라보며 관찰하고 있었습니다. 귀 기울여 듣고 있었지요. 이때 산 아래 멀지 않은 곳에서 또 어떤 사람의 그림자가 나타났습니다. 또 누군가 진에서 도망쳐 때리고 죽이는 상황에서 빠져나왔습니다. 서너 명이었습니다. 일고여덟 명이었습니다. 도망쳐 나온 그들은 밝은 곳에 서 있다가 재빨리 밤의 어두운 그림자 속으로 사라졌습니다. 두말할 것 없이 우리와 마찬가지로 잠시 앉아서 지친 몸을 쉬려는 것이었지요. 바로 이때 진 상공에 등불이 또다시 반짝이고 있었습니다. 가물거리고 있었습니다. 호수에 비친 햇빛 같았습니다. 새벽 6시의 고요함이 모든 소리를 크게 증폭시켰습니다. 개미나 풀벌레들이 숨 쉬는 소리마저 들릴 것 같았지요. 진에서 들려오는 희미하고 어렴풋한 소음이 지하 깊숙한 곳에 하천이 흐르는 소리처럼 들렸습니다. 지면을 따라 한 치 또 한 치 굴러오는 발걸음 소리도 지진이 나기 직전의 징조 같았지요. 진은 여전히 살아 있었습니다. 진은 여전히 숨을 쉬고 있었습니다. 진은 여전히 때리고 죽이고 있었습니다. 깨어 있는 진은 몽유자의 몽경과 싸우고 있었습니다. 바로 이때, 6시가 되어 예전이라면 맞은편 동산에 생선 부레 같은 흰빛이 있어야 했습니다. 어느 도랑 틈으로부터 비집고 분출하는 햇빛이 붉은빛을 내뿜어야 했습니다. 조금 더 있다가는 비집고 솟아나와 분출한 붉은빛도 갯벌의 붉은색 물로 변할 것이었습니다. 동쪽 하늘 아래로 흘러 갯벌이 되고 지면에 깔리는 것이지요. 그런 다음 동쪽에서 해가 뜹니다. 동쪽이 환하게 붉어지지요. 이어서 진한 자홍빛으로 변합니다. 이내 또 황금빛 붉은 하늘이 되지요. 산 위의 나무와 바위, 풀들이 전부 빨간빛으로 물듭니다. 밤새 자고 일어난 새의 지저귐이 새벽 붉은빛을 타고 나뭇가지 끝에서 하늘 위로 스쳐 지나갑니다. 이렇게 어김없이 새로운 하루가 찾아오지요. 하지만 이날, 새벽 6시에는 붉은빛이 어김없이 찾아오지 않을 것이었습니다. 동쪽 산의 어둠은 심연의 거대한 골짜기 같았습니다. 어두운 낮의 검은색은 어제의 어두운 밤이 넘친 것이었습니다. 어젯밤은 애당초 끝나지 않은 것 같았습니다. 끝날 수 없는 것 같았습니다. 애당초 내일의 낮은 없는 것 같았습니다. 과거의 어젯밤은 애초부터 멈춘 적이 없었습니다. 밤이라는 시간의 구간이 영원히 끝없이 이어지는 검은 실타래 같았습니다.

아버지는 우리 엄마와 제 곁으로 돌아와 오토바이 옆 가장 높은 모퉁이에 서 있었습니다. 진을 바라보는 모습이 끝없이 펼쳐진 호수의 물을 바라보고 있는 것 같았습니다. 엄마는 땅바닥에서 일어나 오토바이 적재함의 쇠 난간을 잡아당기면서 아버지 곁에 섰습니다. 그 모습이 마치 물속에서 뱃머리를 잡고 배 가장자리에 서 있는 것 같았습니다.

"어떡해요. 이제 어떡해요. 이걸 어떡하냐고요?"

"돌아가자고. 누가 우리더러 깨라고 했겠어? 하늘님이 우리에게 가서 자고 있는 사람들을 깨우라고 하시는 거야."

아버지는 엄마의 말에 대답하면서 라디오를 제 손에 건네고는 오토바이 핸들을 틀어 방향을 돌렸습니다.

"정말로 돌아가요?"

"돌아가야지. 집이 진에 있잖아. 진은 놔둔다 해도 자기 집을 그대로 놔둘 수는 없지. 자기 집을 버릴 수는 없잖아."

결국 아버지는 저와 엄마를 데리고 끝나지 않는 낮의 어둠 속에서 산비탈 아래 진에 있는 집으로 한 걸음 한 걸음 돌아갔습니다.

제10권 무경

아직 한 마리가 살아 있었다

1. 06:00~06:00

　우리는 왔던 길을 따라 진으로 돌아가지 않았습니다. 진의 북쪽은 가난해서 약탈이 적었습니다. 가난한 집 사람들과 가난한 집의 도로는 이 밤에 오히려 어느 정도 안전했지요. 우리는 진 외곽의 강변에서 북쪽을 향해 걸어갔습니다. 진 북쪽을 통해 진으로 들어가볼 생각이었지요. 길에서 만난 사람들은 산 아래 용수로와 큰 제방 근처에 누워 잠을 자고 있었습니다. 마등 두 개가 커다란 제방 밑의 작은 나무에 걸려 있었습니다. 누군가 주변에서 교대로 깨어 앉은 채로 당번을 서고 있었습니다. 아마도 교대로 잠을 자지 않으면서 다른 사람들이 몽유에 빠지지 않도록 예방하는 것 같았습니다. 그 길을 지나갈 때 자고 있는 사람들 속에서 말하는 소리가 들려왔습니다.

　"곧 날이 밝겠지."

　"조금만 더 버티면 날이 밝을 거야."

"낮이 죽은 거라면 다시는 날이 밝아지지 않을지도 몰라. 도망쳐 나올 때 시계도 안 가져오고 라디오도 안 가져와서 지금이 몇 시인지 모르겠어."

아버지는 그 사람에게 예전처럼 날이 밝아올 무렵인 6시가 넘은 시각이라고 말해주지 않았습니다. 이날의 해가 죽었고 시간도 죽어서 낮도 따라서 죽었다는 사실을 말하지 않았지요.

"주무세요. 누군가 깨어서 방비하는 사람이 있으면 다른 사람들은 모두 주무세요. 한숨 자고 나면 날이 밝을 거예요. 날이 밝으면 제아무리 큰일이라도 다 끝날 겁니다."

이렇게 말하면서 아버지는 그곳을 지나갔습니다.

드디어 진 북쪽에 도착했습니다.

드디어 진 안으로 들어서게 되었습니다.

진에 있는 희미하고 흐릿한 집들이 산에 있는 새까맣고 가물거리는 한 무더기의 흙 같았습니다. 가물거리는 나무들이 가물거리는 강변의 풀 같았습니다. 발걸음 소리와 떠들썩한 소음이 한데 모여 밤의 어지러운 꿈의 소리로 변했습니다. 이 소리는 있기도 하고 없기도 한 것처럼 진 한가운데서 북쪽까지 커졌다가 잠잠해지기를 반복하면서 전해졌습니다. 소리가 잠잠해지자 정말로 세상이 죽고 사람들이 사라지고 사물도 없어지고 곤충과 새의 지저귐도 사라진 것 같았습니다. 남아 있는 것이라고는 적막 속에서 삐걱대는, 없는 것 같지만 스스로 있는 밤의 울음소리였습니다. 아버지는 오토바이를 진 북쪽 어귀에 세워놓고 멀리 진을 바라봤습니다. 진에 더 이상 죽이고 때리는 일은 없는 것 같았습니다. 아무도 몽유를 하지 않았습니다. 모두들 잠이 들어 고요했습니다. 이때는 세상이 태평하고 진도 태평했지요.

우리 가족은 이렇게 또 슬그머니 진으로 돌아왔습니다. 손에 든 손전등은 그리 밝지 않았지만 발밑에 움푹 파인 곳이나 돌멩이 같은 것은 똑똑히 볼 수 있었습니다. 길 양옆의 나무와 집들은 똑똑히 볼 수 있었습니다. 그 어둠 속에 가려진 수많은 사람과 일을 똑똑히 볼 수 있었지요. 서른이 안 된 젊은 부녀자 둘이 길가에 서 있는 것이 보였습니다. 그 뒤에는 새로 지은 기와집과 문루가 있었습니다. 두 여자는 자매처럼 문루 앞에 서 있었습니다. 문루 기둥에는 등이 걸려 있었지요. 빛 속의 그녀들은 무척이나 게을러 보였습니다. 잠든 얼굴에 눈을 반쯤 뜬 채로 누군가 다가오면 미소를 지으면서 이렇게 말했지요.

"누구세요? 제 남편은 집에 없어요. 들어가서 즐기고 가세요."

우리 가족은 그녀들 앞을 빠른 걸음으로 지나갔습니다. 지나갔는데도 그녀들이 쫓아오면서 외치는 소리가 들렸습니다.

"저기요. 오늘 밤을 이용해 즐기지 않다가 해가 나면 이런 좋은 일이 다시 있을 거라는 생각은 하지 마시라고요."

거리 깊숙이 100여 미터 지점에 이르렀을 때 뜻밖에도 대여섯 명의 여자가 마등을 둘러싸고 한데 모여 부채질하면서 땅콩과 호두를 먹고 있었습니다. 그렇게 새로 지은 건물 아래서 남자들을 기다리고 있었습니다. 그녀들 모두 머리를 감고 목욕을 했습니다. 하나같이 반쯤 걸친 브래지어를 드러내고 있었고 아예 가리지 않은 희고 커다란 젖가슴을 드러내고 있었습니다. 슬리퍼를 신은 여자도 있고 맨발인 여자도 있었습니다. 무용지물인 부채를 들고 있는 여자도 있고 땀을 닦으려고 준비한 수건을 손에 들고 있는 여자도 있었습니다. 하지만 또 일률적으로 긴 치마와 짧은 치마 차림으로 치마를 허리 부분까지 걷어올리고 있었지요. 그 부분을 드러내고 싶어하는 것 같았습니다. 모두가 젊은 여자였습니다. 모두 최근 2년 사이에 시골에서 진으로 시집온 새색시들이었지요. 얼굴이 예쁘든 못생겼든 간에 하나같이 찬란한 분홍빛으로 치장하고 있어 마치 진흙으로 빚은 얼굴에 방금 색을 입힌 것 같았습니다. 눈가의 졸음이 얼굴과 눈에 정처 없이 떠다니는 구름처럼 걸려 있었습니다. 남편들은 전부 남쪽으로 일하러 간 터였습니다. 평소에 그녀들은 모두 그 자리에 둘러앉아 웃으면서 한담을 하고 그녀들만의 은밀한 이야기를 주고받았습니다. 하지만 오늘 밤 그녀들은 몽유 상태로 침대에서 내려온 데다 이 건물 아래 홰나무 밑에 모여 돌 탁자를 둘러싸고 앉아 있었습니다. 시원한 바람을 쐬고 있었지요. 쓸데없는 말들을 하고 있었습니다. 그렇게 남자가 오기를 기다리고 있었습니다. 진 남쪽과 동쪽의 때리고 죽이는 일에 대해서는 전혀 알지 못하는 것 같았습니다. 지금 진 북쪽은 마구 죽이고 때리는 가오텐에 속하지 않는 것 같았습니다. 게다가 그녀들 가운데 맨 앞에 서 있는 사람은 뜻밖에도 중년에 가까운 촌장 부인이었습니다. 촌장 부인이 어떻게 여기에 온 것인지 알 수 없었습니다. 어떻게 그녀들과 마찬가지로 상반신을 다 드러내고 가지 같은 젖가슴을 늘어뜨린 채 그 젊은 색시들에게 물을 따라주고 부채를 건네고 있는 건지 알 수 없었습니다. 게다가 불이 났다고 외치는 것처럼 목청을 돋워 큰소리로 말하고 있었습니다.

"여보세요. 거기 누구세요. 남자면 이리 와서 자고 가세요. 이 여자들과 자면 한 푼도 달라고 하지 않아요. 만약에 나하고 자고 싶다면 내가 오히려 100, 200위안을 줄게요. 300위안이나 400위안도 돼요. 여보세요. 이리 오세요. 나는 촌장 마누라라고요. 촌장 그 수퇘지 같은 놈은 날 버리고 기어코 그 왕얼상을 찾아가려고 하지요. 그래서 나는 하는 수 없이 여기에 와서 내 남자를 찾고 있는 거예요."

"여보세요. 거기 누구신가요. 이리 와보세요. 이리로 오면 마을에서 일어나는 일들을 제가 전부 대신 처리해드릴게요. 큰일이든 작은 일이든 제가 다 대신 처리해준다는데 그래도 안 오시겠단 말인가요."

우리는 그녀들의 부르는 소리를 황급히 지나쳐갔습니다.

엄마는 그녀들 앞에 잠시 멈춰 서서 연거푸 욕을 해대면서 어떻게 저럴 수 있느냐며 탄식을 연발했습니다. 하지만 엄마의 욕과 질의가 땅바닥에 떨어지기도 전에 건장한 남자 둘이 왼쪽 골목에서 여자들이 있는 이쪽을 향해 걸어오고 있었습니다. 두 사람 다 서른이 좀 넘은 나이였습니다. 둘 다 아내를 얻지 못해 장가를 가지 못했지요. 두 사람 다 바보 천치였습니다. 저보다 더 바보 천치였지요. 평소에는 매일 얼굴에 멍청한 웃음을 띠고 있었습니다. 그중 한 명은 히스테리 정신병을 앓고 있었지요. 병증이 나타나지 않을 때는 고개를 숙이고 길가를 따라 걸었습니다. 열등하고 연약하고 사람 같지 않은 모습이었지요. 하지만 일단 병증이 나타나면 고개를 들었습니다. 항상 고개를 쳐들고 있었고 길을 걸을 때도 거리 한가운데로 걸었습니다. 두 사람은 평소에 왕래를 하지 않았습니다. 서로 만나도 버드나무가 홰나무 보듯이 했지요. 하지만 이날 밤에는 두 사람이 함께 걸어오고 있었습니다. 얼굴에는 온통 붉고 밝은 빛을 반짝였습니다. 보통 사람들이 좋은 일이 있을 때 보이는 바삭바삭한 빛을 띠고 있었지요. 꿀을 먹은 것 같았습니다. 술을 마신 것 같았습니다. 아내를 맞아 신방에 들어가는 것 같았습니다. 골목에서 나와 걸으면서 이야기를 주고받고 있었습니다.

"알고 보니 쑨가네 딸이 아주 끝내주더라고. 온몸이 물 같다 니까."

바보 천치가 길을 걷다가 갑자기 멈춰 서서는 히스테리의 얼굴을 뚫어져라 쳐다보면서 다소 믿을 수 없다는 표정을 지었습니다.

"정말 그런 것 같아. 그런데 그 이웃집 여자는 만만치 않더군. 내가 때리지 않으면 만지지도 못하게 하더라고."

히스테리도 그 자리에 멈춰 섰습니다.

"못 했구나?"

"했네."

"예뻤지. 꼭 꿈같았지?"

"꿈은 가짜지만 이건 진짜라고. 꿈이 깨면 사람들 모두 죽도록 고생하겠지. 하지만 이건 정말이지 평생 생각해도 몸이 들썩인다 니까."

히스테리가 웃었습니다. 구름이 걷히고 해가 나오면서 서광이 비치는 것 같았습니다.

"이제 어디로 가지? 집에 돌아가서 자야 되겠지?"

"아직 날이 밝지 않았으니 이 틈에 두어 집 더 여자들을 찾아보 자고. 오늘 네 말을 들은 데 이어 앞으로도 네가 하는 말은 무조건 들을 테니까 또 날 여자에게 데려다줘."

히스테리가 제자리에 서서 이리저리 궁리하다가 이 밤에 멀쩡한 사람들은 전부 잠을 자러 가서는 꿈속에서 도둑질하고 때리고 죽이고 있는 터라 진 북쪽 여자들을 전부 자신들에게 넘겨준 셈이라고 말했습니다. 길이 전부 두 사람의 화려한 침대이자 신방이라고 했지요. 바보 천치는 자신이 이 밤의 진리를 본 것처럼 아주 분명하게 말했습니다. 말을 하면서 앞을 향해 걷기 시작했습니다. 히스테리를 끌고 그와 함께 갔습니다. 바보와 히스테리는 우리를 향해 걸어왔습니다. 두 사람의 손에는 일출처럼 밝은 손전등이 켜져 있었지요. 우리를 비추면서 멈춰 선 두 사람이 큰소리로 외쳤습니다.

"자고 있어요 깨어 있어요? 둘 다 아니면 도둑질이나 강도 짓을 하는 사람인가요?"

그들이 비춘 불빛에 우리는 걸음을 멈췄습니다.

"진 한가운데 상황이 어떤지 알아요?"

"다들 병증이 나타났어요. 모두가 몽유하면서 때리고 죽이고 있지요. 진 정부에서는 날이 밝기 전에 바깥 마을 사람들을 전부 처리해버린다고 했어요. 전부 시골로 돌려보내겠다는 거지요."

히스테리가 큰 소리로 대답했습니다. 대답하는 동안에는 멀쩡한 사람처럼 히스테리가 전혀 나타나지 않았습니다. 멀쩡하고 정상적인 사람과 똑같았지요. 그는 말하면서 손을 들어 허공에 휘저으며 우리를 한참이나 관찰하기도 했습니다.

"저기요, 솔직하게 좀 말해주세요. 도대체 저 앞에 잠들어 몽유하는 상태로 길가에 서 있는 여자들이 있나요? 날씬한 여자들이 벌거벗은 채 문 앞에 서서 남자들을 기다리고 있지 않나요?"

아버지는 그 자리에 멍한 표정으로 서 있었습니다. 엄마도 아버지 뒤에 멍하니 서 있었습니다. 아버지가 소리쳤습니다.

"무슨 얼어죽을 여자야? 여자가 있었으면 내가 그냥 내버려두고 왔겠소?"

엄마가 큰소리로 말했습니다.

"남쪽 거리로 가서 찾아봐요. 남쪽 거리는 번화하기 때문에 여자들도 세련됐다고 하더라고요."

곧이어 등 뒤에서 엄청난 발걸음 소리가 군대나 마대처럼 밀려왔습니다. 여자들이 겁탈당하는 날카로운 비명이 들렸습니다. 여자들이 뺨을 맞고 몸에 눌려 어떻게 되는 것 같았습니다. 아버지가 고개를 돌렸습니다. 엄마도 고개를 돌렸습니다. 우리 가족 모두가 황급히 고개를 돌렸습니다. 한 무리의 인마가 등 뒤에서 몰려와 도망치는 여자들을 잡아 가두고 있었습니다. 거리에는 여자들의 날카로운 비명과 문 닫는 소리만 남아 있었습니다.

그런 다음에는, 그다음에는 또다시 죽음 같은 어둠과 죽음 같은 적막과 고요 속에서 생생한 발걸음 소리만 울렸습니다.

2. 06:00~06:00

진은 정말로 새벽 6시에 죽었습니다.

세상은 정말로 새벽 6시에 죽었습니다.

진은 알고 보니 새벽 해가 떠오르는 지표가 되는 그 시각에 죽음 같은 어둠에 완전히 무너졌습니다. 진의 전투와 살육이 시작되었습니다. 수많은 사람이 숲을 이루었습니다. 개미떼 같았습니다. 고비 사막 모래 언덕의 모래알 같았습니다. 산과 바다, 별 같았습니다. 소리와 숨결과 기세가 가득했습니다. 진의 거리가 침몰했습니다. 진 전체가 침몰했습니다. 천하와 세상이 침몰하여 악몽에 시달리게 되었습니다. 수백 명 혹은 1000명이 넘는 것 같았습니다. 어쩌면 2000명이 넘었는지도 모르겠습니다. 대부분 남자였고 3분의 1이 여자였습니다. 아마도 밤에 잠을 자고 있던 사람들이나 몽유하고 있던 사람 대부분이 이 진의 전쟁에 참여한 것 같았습니다.

몽유하지 않는 사람은 몽유를 이용해 약탈을 자행함으로써 진 전쟁에 참여했습니다.

진의 전쟁은 이 밤의 절정이었습니다. 몽유가 몽유하지 않는 사람들의 목적지였습니다. 얼마 전까지 몽유하면서 밀을 수확하고 타작하던 사람들이 도둑질과 강도 짓, 음란한 짓에 몰두하게 되었습니다. 조금 전의 일들이 오래전 어느 왕조의 일 같았습니다. 이 여명의 죽음 같은 어둠과 함께 도래한 진의 대규모 전쟁은 몽유의 진정한 시작이자 목적이었습니다. 우리 가족은 인구가 밀집해 있고 이층집이 가장 많은 진 동남쪽을 향했습니다. 이어서 먼저 징을 찾아 두드리면서 사람들을 꿈속에서 끌어낼 생각을 했지요. 집에 가서 솥과 가스화로, 차, 커피, 그리고 한약인 웅황빙정 등을 전부 꺼내올 생각도 했지만 이내 그런 생각을 접었습니다. 그런 생각을 전혀 하지 않게 되었습니다. 누군가 우리 옆을 지나갔습니다. 검은 그림자가 휙 하고 지나간 것 같았습니다. 누군가 우리 곁으로 다가왔습니다. 칼 그림자가 번쩍였습니다. 그들은 전부 위에 흰 무명 적삼을 입고 손에는 칼자루와 철제 무기를 들고 있었습니다. 식칼과 대도, 대검, 비수, 작두 같은 것이었지요. 작두는 어깨에 짊어지고 있었습니다. 도끼와 망치, 낫은 왼손과 오른손에 들고 있었습니다. 어디서 나왔는지 몇 해 동안 보지 못한 붉은 술이 달린 창도 사람들 손에 쥐어져 있었습니다. 모호한 복장과 분장이었습니다. 흐릿한 새벽 어둠 때문에 사람들의 얼굴은 잘 보이지 않았습니다. 그저 사람과 칼의 형체만 보일 뿐이었지요. 억제된 발걸음 소리가 지하 10~20미터 깊이에서 암류가 솟아오르는 것 같았습니다. 움직일 때 소리가 날 것이 두려워 신을 벗은 남자도 있었습니다. 맨발로 걸으면서 신을 팔 사이에 끼고 있었지요. 남자를 쫓아 달리는 여자도 있었습니다. 뛰면서 낮은 목소리로 남자를 불렀습니다.

"좀 기다려줘. 기다려달라고. 죽어도 너랑 같은 데서 죽을 거야. 살아도 같이 살고 죽어도 같이 죽을 거라고."

모든 사람이 이마에는 노란 비단 띠를 매고 있었습니다. 노란 비단 띠는 손가락 두 개 두께로 접혀 있었습니다. 하나로 통일된 규격이었습니다. 모두들 다급해하며 아무 말 하지 않고 그저 서로를 바라보거나 이마 위의 노란 비단 띠를 확인할 뿐이었습니다. 노란 비단 띠는 뒤통수 쪽에 매듭이 지어져 있었습니다. 뒤통수에 국화꽃이 한 송이 피어 있는 것 같았습니다. 우리 옛집 맞은편에 사는 장무터우張木頭가 완전히 다른 사람이 되어 허리에 쇠몽둥이를 차고 손에는 대도를 들고 우리 뒤에서 걸어오고 있었습니다. 이마에 노란 띠를 매고 걸어왔지요. 큰 칼을 이마 위로 높이 치켜들어 너무 길게 삐져나온 비단 띠 끝을 잘라내 던져버리고 우리 앞을 지나갔습니다. 아버지가 쫓아가면서 말했습니다.

"무터우, 무터우, 자네 어디 가는 건가. 어디 가는 거냐고?"

장무터우가 갑자기 걸음을 멈추고 아버지 앞에 서더니 또다시 허리에 차고 있던 두 자 정도 길이의 쇠몽둥이를 휘둘렀습니다. 벽돌 가마 왕씨를 때려죽인 몽둥이였습니다.

"그 불 안 꺼? 살고 싶지 않으면 그걸로 내 얼굴을 비춰보든가."

말투가 몹시 딱딱했습니다. 과거의 그 장무터우가 아니었습니다. 아버지는 멍한 표정을 지으며 불을 껐습니다. 그러고는 그에게로 반걸음쯤 가까이 다가가 낮은 목소리로 물었습니다.

"자네는 도대체 깨어 있는 건가 아니면 몽유하고 있는 건가. 도대체 진에서 무슨 일이 일어나고 있는 건가?"

"살고 싶으면 노란색 비단 띠를 찾아서 이마에 매라고. 살고 싶지 않으면 그렇게 진의 거리를 한가롭게 돌아다니고 말이야."

장무터우의 얼굴은 보이지 않았습니다. 쇠몽둥이와 큰 칼을 다른 손으로 바꿔 드는 것만 보였습니다. 그는 큰 칼을 허리에 찼습니다. 그러고는 검게 녹이 슨 쇠몽둥이를 손에 쥐고 춤추듯이 이리저리 휘두르면서 곧장 뒤쪽으로 걸어갔습니다. 이어서 어떤 사람들이 천으로 싸맨 손전등 불빛을 번쩍이며 다가왔습니다. 그들 모두 노란 머리띠가 있다고 말하면서 함께 황급히 앞으로 걸어갔습니다. 걸음걸이가 땅에 나부끼는 것처럼 빨랐습니다. 몸의 형체가 바람 속에서 흩날리는 것 같았습니다.

도대체 진에서 무슨 일이 일어나고 있는지 알 수 없었습니다. 장무터우마저 원래 우리가 알고 있던 장무터우가 아니었습니다. 적막 속에서 삼륜차들이 멈춰 서는 끼익 소리가 마치 폭약 심지에 불이 붙었을 때 나는 소리 같았습니다. 우리 곁을 지나쳐간 사람 모두 가다가 고개를 돌려 우리 이마를 쳐다봤습니다. 마등이나 손전등을 들고 가던 사람들도 모두 우리 가족의 이마를 비췄습니다. 잠시 불을 비추고는 또 다들 아연실색하며 총총히 앞을 향해 갔습니다. 불을 비추던 사람 모두 우리가 아는 이들이었지만 그들 가운데 우리 가족을 알아보는 사람은 없는 것 같았습니다. 장위안텐, 왕다요우, 왕얼거우 모두 우리를 알아보지 못했지요. 자정 전에 점포들을 조직해 모두 잠을 자지 말고 스스로 방위해야 한다고 주장했던 차 가게 주인 가오高씨도 우릴 알아보지 못했습니다. 가게 안에 있으면서 짐꾼들이 전자제품을 전부 털어가는 것을 보고 있던 완밍 부부와 그의 건장한 두 아들도 우릴 알아보지 못했고요. 우리가 그들의 이름을 불렀지만 그들 모두 우리를 거들떠보지도 않았습니다. 그냥 고개를 돌려 우리 가족 머리만 쳐다볼 뿐이었지요. 그들은 우리를 보고서 살고 싶지 않느냐는 말만 되풀이했습니다. 우리는 사람들의 태도가 이해되지 않아 길가에 멈춰 섰습니다. 그렇게 사람들을 쳐다보는 우리 가족의 모습은 무리를 잃은 양 같았습니다. 이때 샤夏 아저씨가 우리 앞을 지나갔습니다. 우리 앞을 지나간 아저씨는 또 갑자기 멈춰 섰습니다.

"자정 전에는 깨어 있던 자네가 우리 가족을 구해줬지. 자정이 지나서는 깨어 있는 내가 자네 가족을 구해주겠네. 이제부터 우리 두 집안은 서로 빚진 게 없는 걸세."

이렇게 말하면서 샤 아저씨는 어디에서 났는지 수건 같은 노란 비단을 아버지와 엄마에게 건넸습니다.

"살고 싶으면 이걸 세 개로 나눠 자네들 이마에 매도록 하게. 죽고 싶으면 그 노란 비단을 버리고 머리가 잘려나가기를 기다리게. 급사하기를 기다리거나 천국이 자네 가족들을 형장으로 데려가 참수하기를 기다리라고."

"다들 어디로 가는 건가?"

"명나라로 돌아가는 거야. 태평천국이 될 거라고."

"명나라는 뭐고 태평천국은 또 뭔가? 그런 건 지나간 지 이미 수백 년이 되지 않았나? 어떻게 명나라나 태평천국으로 돌아가겠다는 건가?"

"그렇게 말하면서도 살고 싶은 건가. 살고 싶지 않으면 우리까지 그런 생각에 연루시키지 말아주게."

"자네 지금 몽유하고 있지? 그러고 있는 걸 보니 자네는 몽유하고 있는 게 분명해."

"자네야말로 몽유하고 있군. 자네 가족 모두가 몽유하고 있지 않은가?"

샤 아저씨는 이렇게 말하고는 욕을 내뱉으며 황급히 가버렸습니다. 도망가는 것처럼 우리 곁을 떠났지요. 발걸음이 길 위에 떠서 날아가는 것 같았습니다. 눈 깜짝할 사이에 우리를 피해 밤의 어둠 속으로, 인파 속으로 사라졌지요. 우리 가족은 그가 남긴 노란 비단을 손에 쥐고 그 자리에 멍하니 서 있었습니다. 도처에 목청을 낮춰 말하는 소리였습니다. 도처에 최대한 발에 힘을 줘서 살살 걷는 다급한 발걸음 소리였습니다. 공기 중에는 보이지 않는 회오리바람이 부는 것처럼 사악한 힘이 가득했습니다. 사람들은 모두 바람 속을 걷고 있었고 바람이 부는 대로 현기증을 느끼고 있었습니다. 모두들 자고 있는 것이 분명한데 또 모두들 깨어 있는 것 같았습니다. 깨어 있는 사람들은 또 모두 자고 있는 것 같았지요.

우리는 삼륜차를 길가에 버려두었습니다.

우리는 길가에서 노란 비단을 찢어 이마에 묶은 다음, 쉬지 않고 고개를 돌려 주변에 있는 사람들을 살폈습니다. 사람들은 모두 꿈에 휩싸여 있었습니다. 모두 꿈속에서 진의 전쟁에 참여해 피를 흘리려 했지요. 꿈속에서 살고 죽으려 했습니다. 엄마는 제 머리에 비단 띠를 매어주면서 아버지의 얼굴을 바라봤습니다.

"녠녠은 집으로 돌아가게 하는 게 어때요? 이제 열 몇 살인데 이 밤에 덩달아 고생시키지 말고요."

아버지는 노란 비단 띠를 이마에 단단히 묶으면서 저와 엄마의 머리띠를 확인했습니다.

"집으로 돌아가려면 사거리 입구는 지나야 해. 이 진 전쟁에 몰려든 인파를 통과해야 한다고. 우리도 계속해서 이 밤을 향해, 진 전쟁의 한가운데를 향해 가야 한단 말이오. 머리에 노란 비단을 묶었으니 이제 우리도 진의 전쟁에 참여한 셈이오. 진 사람이 된 거라고. 몽유하는 사람들과 마찬가지란 말이오. 누구도 더 이상 우리를 의심의 눈초리로 쳐다보지 않을 거요. 사람들은 그저 우리 머리에 맨 노란 비단 띠만 볼 테니까. 우리 머리띠를 보고 안심한 사람들은 오로지 낮의 어둠을 뚫고 앞으로 나아갈 거요."

시간은 분명 이튿날 낮, 해가 떠올라 있어야 할 바로 그 시각이었습니다. 예전 같았으면 해가 떠서 가장 눈부시게 동쪽 산과 진, 강과 숲 지대, 가옥들을 모두 황금빛으로 물들일 새벽 시간임에 틀림없었습니다. 농사짓는 사람들은 밭으로 나가고 장사하는 사람들은 가게 문을 열어야 하는 바로 그 시각이었지요. 하지만 사람들은 여전히 길게 늘어진 밤의 어둠 속에서 꿈을 꾸고 있었습니다. 꿈에서 깨어나오지 못하고 있었습니다. 대규모 몽유에서 벗어나지 못하고 있었지요. 게다가 여전히 꿈속을 향해, 몽유의 심층인 진의 전쟁을 향해 미끄러져가고 있었었습니다. 사거리에서 멀리 떨어진 삼거리 어귀에서 꿈이 멈췄습니다. 진의 전쟁이 그곳에서 한꺼번에 터져나왔기 때문이지요. 회의를 하는 것처럼 사람들의 머리가 전부 그곳으로 모이면서 붐비고 있었습니다. 질서가 있기도 하고 없기도 했습니다. 사람들이 모이면서 꺼졌다 켜졌다 하는 등불과 시끌벅적한 말의 홍수가 생겨났습니다. 소식을 가져온 사람들은 인파 속에서 부지런히 이를 전파하고 있었습니다. 해결하기 어려운 기밀들이 황급히 이 손에서 저 손으로 전달되고 있는 것 같았습니다. 사람들 모두 거리에 서 있었습니다. 붐비고 몰리는 모습이 꼭 들풀이 덤불로 황야에 자라나 있는 것 같았습니다. 등불이 밝혀져 있기는 했지만 전부 땅바닥과 허리까지만 밝히고 있었습니다. 다른 사람의 얼굴이나 머리, 허공은 밝히지 않았지요. 많은 사람이 손으로 등불을 감싸 쥐기 시작했습니다. 수건으로 손전등의 불빛을 가리기 시작했습니다.

"전방은 어떤가요?"

"간부들이 용포龍袍를 입었어요."

"전방은 어떤가요?"

"곧 태평천국이 될 거라고 하네요."

"전방은 어떤가요?"

"천국의 대전이 곧 시작될 겁니다. 진의 천국을 공격한 외지 현사람들을 쫓아내고 육장肉醬으로 만들어버릴 거예요."

소식은 바람 같았습니다. 소식은 구름 같았습니다. 소식은 이제 막 땅속에서 흙을 뚫고 올라온 씨앗 같았습니다. 새벽 시간의 밤의 어둠이 자정의 검은색과 같았습니다. 공기도 검은색이고 나무와 벽, 고층 건물도 전부 시꺼먼 색이었습니다. 진의 가로등은 원래 켜져 있었지만 지금은 모두 꺼져 깜깜했습니다. 이렇게 불이 꺼져 깜깜한 순간에 우리는 촌장이 같은 마을에 사는 과부 왕얼상을 데리고 나온 것을 봤습니다. 젊고 윤기가 넘치는 젊은 새댁이었지요. 두 사람도 머리에 노란 비단 띠를 둘렀고 팔에는 왕얼상의 어린 딸이 안겨 자고 있었습니다. 두 사람은 몸을 돌려 인파에서 떨어진 어느 골목 안으로 들어갔습니다. 두 사람 다 낯색이 단정하고 깨끗한 데다 졸린 기색이 전혀 없었습니다. 눈도 호두만큼 크게 뜨고 있었지요. 둘 다 원숭이와 물고기처럼 잘 뛰었습니다. 그렇게 인파로부터 도망쳤습니다. 어두운 밤의 외곽으로 도망쳤지요. 사랑의 도피였습니다. 천국의 시간을 보내러 가는 것이었지요. 아버지가 그를 불렀습니다.

"촌장님, 촌장님!"

촌장은 듣고도 못 들은 척했습니다. 촌장과 왕얼상은 가고 사람들만 남았습니다. 촌장과 왕얼상이 남겨놓은 세상은 어둠 속에 가라앉았습니다. 사람들 모두 땅바닥의 불빛에 눌려 있었습니다. 여기에는 있고 저기에는 없는 불빛은 때때로 있다가 없어지는 잿불 같았습니다. 날씨도 몹시 건조하고 더웠습니다. 불에 데기 직전처럼 더웠습니다. 진 밖에서 새벽의 시원한 기운이 사람들이 모여 있는 거리로 밀려왔지만 수많은 사람의 이마를 감싸고 있는 노란 비단 띠는 땀에 흠뻑 젖었습니다. 땀이 노란 비단 띠에서 흘러내려 얼굴과 코끝에 매달렸습니다. 인파 사이를 비집고 지나갈 때 제가 본 수많은 사람의 얼굴은 널빤지나 성벽의 벽돌 같았습니다. 결혼 축의금의 흥분 같았습니다. 방금 전에 만났던 진의 진짜 바보와 진짜 히스테리의 흥분 같았지요. 수많은 눈이 반쯤 뜬 상태였습니다. 하지만 수많은 사람의 얼굴에 잠기가 전혀 없었습니다. 방금 지나간 촌장과 왕얼상 같았습니다. 눈에 핏발이 선 사람들은 자고 싶지만 또 잘 수 없는 것 같았습니다. 제가 이름을 대지는 못하는 한 부부가 길가 전봇대 아래 숨었습니다. 땅에서 한 자 정도 높이로 세워져 있는 전봇대에는 콩나물 모양의 유리 갓이 씌워진 등이 달려 있었습니다. 삽자루와 식칼 같은 무기가 그 등불 아래 놓여 있었지요. 그 등불 빛에 의지하여 사람들 얼굴 위의 공허한 긴장과 불안을 볼 수 있었습니다. 이마에 맨 비단 띠는 물로 씻은 것처럼 땀에 흠뻑 젖어 있었습니다.

"마후즈, 차이구이펀蔡桂芬, 당신들도 여기 있었네."

아버지가 저를 끌어당겼습니다. 엄마가 저를 따라왔습니다. 우리 가족은 인파를 비집고 그 부부를 향해 갔습니다.

"보아하니 두 사람은 깨어 있는 것 같은데 도대체 저 앞에서 무슨 일이 일어난 거야?"

마후즈가 아버지와 엄마, 그리고 저를 뚫어져라 쳐다보면서 실처럼 가늘게 낮춘 목소리로 말했습니다.

"진장이 이미 피살되었다네. 깨어 있으면서도 봉기하지 않은 진 사람과 간부가 전부 피살당했다는 거야. 지금은 절대로 깨어 있다고 말하면 안 되네. 제발 부탁인데 절대로 우리가 깨어 있다고 말하지 말아주게."

이어서 우리는 주위에 온통 자고 있거나 몽유하는 사람들인 것을 확인했습니다.

"진에서 전쟁을 일으키려고 모든 도로 입구를 봉쇄했네. 가장 편벽한 진 북쪽 도로도 봉쇄된 상태라네. 북쪽 거리에 사는 가난한 여자들은 이미 붙잡혀 군대 전용 부녀자 대오를 이루고 있네. 그 여자들 중 촌장 부인도 있다고 들었어. 큰일일세. 정말 큰일이야. 진에서의 태평천국과 진 밖의 사람들이 사생결단하려 하고 있네. 깨어 있으면서 진에서 싸우려 하지 않는 사람들은 전부 두 시간쯤 전에 결박당해 진 정부 청사의 큰 마당으로 호송되어 살해당했다네. 시신은 전부 진 정부 청사 뒷마당에 버려졌다더군. 우리는 진 전쟁에 참여한 덕분에 살아서 간신히 이곳까지 올 수 있었다네."

416

그들이 말하는 소리는 파리가 윙윙대는 것 같았습니다. 죽음에서 살아 돌아온 것 같았습니다. 깨어 있으면서도 몽유하는 것 같았습니다.

"텐바오, 자네도 얼른 가족을 데리고 다른 데로 가게. 우리는 절대 한데 뭉쳐 있으면 안 돼. 한데 뭉쳐 있으면 반은 자고 반은 깨어 있는 사람들에게 발견되기 십상이네. 일단 발각되면 전부 끝장이야. 전부 목숨을 잃게 된단 말일세."

그들은 손을 가로저으면서 우리에게 빨리 떠나라고 재촉했습니다. 심지어 아버지를 앞으로 떠밀기까지 했습니다.

우리는 하는 수 없이 밤의 틈새와 사람들의 틈새를 뚫고 앞으로 나아갔습니다. 이번에는 마후즈가 따라와 아버지를 잡아당겼습니다.

"지금이 몇 시인데 여태 날이 밝지 않는 거지?"

"몇 시인지는 모르겠지만 조금 있으면 밝지 않을까?"

이렇게 말하면서 아버지는 제 손을 끌어당겼습니다. 뒤에서는 엄마가 제 옷자락을 잡아당겼지요. 우리 가족은 깨어 있었고 머리에 노란 띠를 둘렀다는 사실에 의지하면서 사람들 틈을 뚫고 나아갔습니다. 사람들의 꿈속을 지나가는 것은 오솔길을 따라 가시덤불과 칼 덤불을 통과하는 것 같았습니다. 저는 사람들의 꿈의 색깔을 봤습니다. 혼탁한 검은색이었습니다. 먹물을 하얀 페인트에 섞어 휘저으면서 돌리는 것 같았지요. 까만 원 하나와 하얀 원 하나가 한 통에서 돌면서 흑백 사이에 소용돌이가 일고 있는 것 같았습니다. 희미한 잠꼬대 소리 속에서 자고 있는 이들 가운데 어떤 사람에게서는 땀 냄새가 났고 어떤 사람에게서는 심한 입 냄새가 났습니다. 숨 쉬는 소리도 다 곧 죽어가면서 악마에게 짓눌려 헐떡거리는 것 같았습니다. 우리는 사람들 무리의 양쪽 끝을 에돌아갔습니다. 깨어 있는 상태의 우리가 몰래 도로의 등불을 옮기고 있는 것 같았습니다. 이 등불 아래서 우리는 희미하게나마 다른 사람들을 똑똑히 볼 수 있었지요. 하지만 사람들은 우리를 쳐다보지도 않았습니다. 진 한가운데 사거리 쪽에만 눈길을 집중하면서 고무줄을 당긴 것처럼 까치발을 하고 목을 길게 빼고 있었지요.

사거리 쪽에 다다랐습니다.

진 전쟁의 중심에 다다랐습니다.

많은 사람이 무리지어 있었습니다. 많은 사람이 울타리를 이루고 있었습니다. 가장 바깥쪽에 있는 사람들은 깨어 있거나 반만 깨어 있는 사람들이었습니다. 그 안쪽에는 자고 있지만 반만 자고 있는 사람들이었지요. 안쪽으로 갈수록 깊이 잠든 채 깨어 있지 않은 사람들이었습니다. 자면서 꿈속에서 생각할 수도 있고 말할 수도 있고 거사를 일으킬 수도 있는 사람들, 그러니까 깨어 있는 몽유자들이었습니다. 그들은 기의한 후 칼이나 몽둥이를 들고 잠든 두 눈을 뜬 채로 단상을 에워싸고 있었습니다. 단상은 탁자 열 몇 개를 합쳐서 만든 것이었지요. 단상 양옆의 나무 말뚝에는 밝지도 어둡지도 않은 가스등 두 개가 걸려 있었습니다. 가스등 아래에는 진 파출소의 경찰과 원래 진에서 가장 싸움을 잘하는 젊은이 열 몇 명이 서 있었습니다. 경찰복 차림이든 아니면 흰 적삼 차림으로 위풍당당하게 등을 드러내고 있든 간에 그들은 모두 머리에 노란 비단을 접은 띠를 두르고 있었습니다. 그들이 둘러싸고 서 있는 단상 앞 한가운데에 원래 무장부의 리창 부주임이었던 리창왕李闖王*이

서 있었습니다. 그만이 밤이 오기 전에 진 정부에서 황포를 입고 국정을 봤던 진장처럼 무도독의 복장을 그대로 갖추고 있었습니다. 무도독의 복장 앞자락과 뒷자락에는 점점이 핏자국이 잔뜩 남아 있었습니다. 그 모든 점이 그가 죽인 사람들 같았습니다. 다른 사람들의 몸과 손, 칼에도 핏자국이 남아 있었습니다. 핏자국 하나하나가 전부 그들이 죽인 사람 같았습니다. 무도독 리창의 연극 복식인 장수복에 매달려 있던 나무 장식은 이미 사라지고 없었습니다. 분장 전에 무대 위의 무수한 구슬도 전부 떨어져 나가고 없었습니다. 소매 가장자리에 바늘로 하나하나 수놓은 자수 장식 역시 모두 올이 나가 있었습니다. 견사로 매단 하얀 구슬 몇 개만 도포 아래 늘어져 있을 뿐이었습니다. 이때의 리창은 이마에 사람들과 똑같은 노란 비단 띠를 둘렀을 뿐만 아니라 도포 허리에도 노란 비단 띠를 묶고 있었습니다. 얼굴은 선홍색으로 경직되어 있었지요. 머리카락은 등불 아래서 마구 헝클어지고 곤두서 있었습니다. 준수한 얼굴이 대리석 조각상처럼 반들거리면서 짙은 색으로 반짝였습니다. 눈은 완전히 뜨고 있으면서도 흐릿하고 혼탁했습니다. 그 눈에서 뿜어져 나오는 것은 따뜻한 빛이 아니라 춤추듯이 휘청거리는 차가운 빛이었습니다. 바로 이때 누군가 그의 귀에 대고 뭔가를 말했습니다. 누군가 건전지 나팔을 그의 손에 건넸습니다. 그 귀에 대고 말한 사람은 우리 아버지를 원수로 여길 뿐만 아니라 할머니도 죽고 할아버지도 죽고 엄마마저 오늘 밤에 죽은 양광주인

---

* 명나라 말기 산서山西 지방에서 가뭄으로 인한 대기근과 정부의 가혹한 수탈에 반발해 반란을 일으켰던 이자성의 호로 반란을 은유하는 이름이다.

것 같았습니다. 바로 그 사람인 것 같기도 하고 아닌 것 같기도 했습니다. 그들은 말을 마치고 물건을 다 건네고 나서는 리촹의 뒤로 물러났습니다. 그렇게 리촹은 나팔을 들고 도포 차림으로 단상 앞에 가서 섰습니다. 단상 아래에 있는 군중과 반쯤 어두운 한 무리의 눈빛, 그리고 불빛을 바라봤습니다. 잠시 헛기침을 했습니다. 단상 아래에는 아무 소리도 없었습니다. 또다시 헛기침을 하자 그 벙어리 같은 침묵이 가까운 곳에서 먼 곳으로 빠르게 퍼져나갔습니다. 사거리 앞에 대기하고 있던 사람들마저 아무 소리 내지 않고 조용해졌을 때, 그는 나팔을 탁자 한쪽에 내려놓았습니다.

"우리의 기의를 선포합니다! 우리는 태평천국이 되었습니다. 우리는 태평천국을 시작했습니다. 우리는 이미 틈왕의 시대인 태평천국으로 돌아온 것입니다."

그는 잠시 숨을 고르더니 낮췄던 목소리를 다시 높였습니다.

"이제 대순大順의 의병이 이미 조성되었습니다. 진 정부는 이미 우리가 완전히 점령했습니다. 오늘 날이 밝기 전 마지막 전투가 우리 천국의 건국과 수도 건립의 최후를 결정할 것입니다. 우리가 오늘 명나라 왕조의 대명大明 말기로 돌아갈 수 있는지가 결정될 것입니다. 저는 이미 알고 있습니다."

그의 목소리가 조금 더 높아졌습니다. 나팔이 없어도 나팔에 대고 말하는 것 같았습니다.

"바깥 마을 사람들이 오삼계吳三桂*처럼 이미 진 밖에 집결해 우리 가오톈진을 탈취하려 하고 있습니다. 우리 미래의 천국 수도와 가옥, 거리, 모든 재산과 가축을 점령하려 하고 있습니다. 하지만 그들……"

부주임이 자신의 전포 밑자락을 들어올리며 웃었습니다. 냉소를 지었지요.

"그 비루한 놈들의 무기는 사제 엽총 몇 자루, 기껏해야 백 자루에 불과하지만 우리는 수백 수천의 병력이라 우르르 밀고 나가기만 하면 그들을 죽이고 그들의 손과 발을 잘라내 진의 나무와 전봇대에 걸 수 있을 것입니다. 날이 밝고 해가 떴을 때 그들이 그 모습을 보면 철저하게 패퇴하여 우리에게 신복할 것이고 우리는 곧 대명에서 대순의 시대로 들어설 것입니다. 그때가 되면 우리 대순 정부는 논공행상을 단행할 것입니다. 나 리창왕은 한번 말한 것을 반드시 실행합니다. 바깥 마을 사람 한 명 때려죽이는 사람은 천국대순의 칠품관으로 임명할 것이고 두 명 때려죽인 사람은 육품관에 임명할 것입니다. 세 명, 네 명을 죽인 사람들은 오품, 사품으로 임명할 것이고 여덟이나 열 명을 죽인 사람은 대순 조정의 무장원武壯元이 될 것입니다. 죽이진 않고 그저 적의 다리나 팔 한 짝을 부러뜨리고 적의 귀나 코를 벤 사람들에 대해서도 대순 정부는 귀와 코, 부러뜨린 다리와 팔의 수에 따라 황금과 비단, 원보를 지급할 것이고 집과 땅, 견직물로 포상할 것입니다. 적의 다리를 하나 부러뜨리면 토지 1무 2분을 지급하고 팔을 하나 부러뜨리면 토지 1무 3분을 지급합니다. 적의 코와 귀를 베십시오. 칼로 살점 하나, 기관 하나를 베면 견직물 열 필이나 원보 다섯 개를 드립니다. 칼

---

* 1644년에 여진족을 끌어들여 청나라를 세우는 데 협력한 인물이다. 원래 명나라 장군으로 북동부 지역의 여진족을 방어하는 책임자였으나 이자성의 반란으로 북경이 함락되고 전세가 불리해지자 여진족과 연합하여 반란군을 제압한 다음 청나라를 세웠다.

로 기관 열 개를 베면 소 백 마리나 말 80필, 혹은 금 막대 열 개 혹은 소형 금괴 다섯 개를 드립니다. 여기까지 말한 창왕은 목소리를 더 억눌러 낮은 소리를 내면서도 오히려 훨씬 더 힘 있게 문틈에 몸을 바짝 대고 말하듯이 말했습니다.

"대순의 시대로 돌아갈지 아니면 현재에 그대로 머물러 있을지는 이번 전투, 이번 봉기에 따라 결정될 것입니다. 자신이 영웅인지 초개인지도 바로 오늘 밤 날이 밝기 전 이 진의 전투에 의해 판명될 것입니다. 이제 모두 제 말을 들으세요. 등불을 모두 꺼버리세요. 모두들 아무 말 하지 말고 움직이지도 말고 조용히 진의 거리와 골목 모퉁이, 장례용품점, 음식점, 이발소, 한약방, 그리고 근처 도로의 건물과 마당 안에 몸을 숨기세요. 적들이 우리 진 사람들 모두 자고 있다고 생각해 안심하도록 한 다음 대담하게 우리 진의 집과 가게들을 마음대로 도둑질하고 약탈해가게 합시다. 그런 뒤 모두들 몸을 숨긴 채 이 사거리의 가스등을 주시하세요. 틈왕이 전봇대의 가스등을 떼어내 허공에 들어올릴 것입니다. 이를 신호로 모두들 숨어 있던 어둠 속에서 뛰어나오세요. 머리에 노란 비단 띠를 두르지 않은 바깥 마을 사람들을 보면 주저없이 때려죽이세요. 적의 몸에 흰 칼이 들어가 붉은 칼이 나오게 하세요. 한 명을 죽이면 대순천국의 칠품관이 됩니다. 열 명을 죽이면 대순천국의 개국 원훈이자 공신이 될 것입니다. 이제 여러분 모두 제 말을 듣고 불을 끌 준비를 하세요. 모두 제 말을 앞에서 뒤로 전달하세요. 모두들 몸을 숨길 곳을 찾아가세요. 여기 걸려 있는 제 가스등이 꺼지는 것을 보면 일제히 마등과 손전등, 촛불을 끄세요. 바깥 마을 사람들이 가게와 집 안으로 들어와 물건을 약탈할 때까지 여러분은 몸을 숨긴 채 절대로 움직이면 안 됩니다. 사거리에 꺼졌던 가스등이 갑자기 다시 켜지고 대로에서 죽이라는 고함과 싸우는 소리가 들리면 어두운 곳에서 뛰어나오세요. 머리에 노란 비단 띠가 없는 사람은 전부 죽여야 합니다. 우리 진 사람이 아니면 무조건 죽여야 합니다. 대명으로 돌아가 대순 정권을 세우려 하지 않는 사람은 전부 죽여야 합니다. 제 말 다 들으셨지요? 제 말 다 기억하시겠지요? 제 말을 앞에서 뒤로 다 전달하셨나요?"

부주임 리창왕이 목소리를 깔고 단상 앞에 서서 외치고 있었습니다. 목소리는 바람처럼 밤의 어둠과 사람들 사이를 맴돌았습니다. 단상 아래 모여 있던 인파는 초원에 바람이 부는 것처럼 모두들 고개를 돌리고 머리를 뒤로 하여 틈왕의 말을 전달하고 있었습니다. 밤은 칠흑같이 어두웠습니다. 여명은 호수의 검은 흙탕물 한 방울 같았습니다. 사람들이 속삭이는 소리는 천만 개의 다리가 모래 바닥 위에서 종종걸음을 걷는 것 같았습니다. 이어서 등불이 전부 꺼졌고 사람들도 흩어졌습니다. 호숫물이 넘쳐 사방팔방의 여울로 흘러가는 것 같았습니다. 우리 가족은 단상에서 수십 걸음 떨어진 구석에 있었습니다. 이야기를 듣고 있다가 갑자기 사람들이 재빨리 흩어져 더 어두운 길모퉁이와 골목 안으로 들어가는 것을 봤습니다. 모두들 신발을 벗어 손에 들고 있었습니다. 감싸안아 몸으로 가린 등불들이 반딧불이처럼 거리를 떠돌며 반짝이고 있었습니다.

"순즈順子야, 넌 칠품관이 되고 싶으냐 아니면 육품관이 되고 싶으냐?"

"기왕 죽이는 거 사품주관이 될 정도로 죽여야 하지 않겠어!"

"마춘馬椿아, 넌 현장이 되고 싶으냐 아니면 주장州長이 되고 싶으냐?"

"관리가 될 생각은 없어. 나는 100무, 1000무 되는 땅에 첩을 셋이나 다섯쯤 거느리고 싶다네."

"왕이리王一力 너는 어때?"

"난 관리도 싫고 지주도 되고 싶지 않아. 나는 평생 소 돼지를 잡는 백정이었지만 사람을 죽이는 게 어떤 맛인지 몰랐지. 나는 대명, 대순으로 되돌아가는 이 기회에 사람을 죽이고 사람의 귀와 코를 베는 것이 어떤 기분인지 맛보고 싶다네."

낮은 목소리들이 종종걸음 소리와 동행하고 있었습니다. 손에 든 시퍼런 칼의 위력을 시험해보는 바람 소리와 식칼을 대도로 바꾸고 싶어 상의하는 소리가 들렸습니다. 이런 소리들은 비 같았습니다. 종종걸음으로 날듯이 뛰는 발걸음 같았습니다. 게다가 거리 한가운데서는 목소리를 낮추라는 틈왕의 전언과 쥐 죽은 듯 조용히 있으라는 틈왕의 지시가 전달되고 있었지요. 소리와 소리가 이어졌습니다. 하나같이 낮게 내리깐 목소리였습니다. 전부 100년에 한 번 있을까 말까 할 정도로 유쾌하고 힘이 넘치는 목소리였습니다. 뜨거운 거리에 소나기가 쏟아지는 것 같았습니다. 아버지는 처음에는 침착함을 유지했지만 이런 열기가 그 침착함을 금세 당혹감으로 바꿔버렸습니다. 엄마는 처음에는 아버지의 침착함을 바라보면서 손과 얼굴에만 땀이 맺혀 있었지만 아버지가 금세 당황하는 것을 보고는 얼굴이 하얘지고 손도 덜덜 떨렸습니다.

"누가 가서 리창 주임 좀 깨워봐요. 주임의 어깨를 두드리고, 그게 안 되면 몸을 때리고, 그래도 안 되면 얼굴에 차가운 물을 한 대야 끼었으라고요."

엄마가 이렇게 말하면서 아버지의 얼굴을 쳐다봤습니다. 아버지가 입을 열기도 전에 사거리 입구에 갑자기 사람 머리 하나가 나타났습니다. 무슨 이유로 양광주와 장무터우의 칼에 베인 것인지는 알 수 없었습니다. 그 사람은 악— 하는 비명을 다 내지르기도 전에 허공에 매달린 동과처럼 머리가 떨어져나갔습니다.

"염병할, 봤지? 밀고하는 자들은 이런 말로를 맞게 되는 법이라고. 이게 바로 그런 자들의 말로야."

양광주와 무터우는 아주 흉악한 표정으로 말했습니다. 말을 마친 두 사람이 베인 머리를 한쪽으로 내던지는 순간, 피가 물기둥처럼 하늘로 솟았습니다. 피가 분출하는 순간 그 사람의 몸은 말뚝처럼 쓰러졌습니다. 놀란 아버지와 엄마는 비명마저 억누르면서 손으로 입과 눈을 막았습니다. 세상은 이내 고요해졌습니다. 꺼진 가스등이 짙은 어둠으로 허공을 덮고 진의 거리를 덮었습니다. 거리에는 뜨거운 피 냄새의 움직임과 불안이 가득 퍼져 있었습니다. 이런 움직임 속에서 또 갑자기 누군가 죽어나가는 날카로운 비명이 전해져왔습니다.

"으악— 엄마야!"

진의 거리와 세상은 이 날카로운 비명 속에서 순식간에 또다시 쥐 죽은 듯 고요해졌습니다. 죽음처럼 고요했습니다. 모든 등이 꺼졌습니다. 모든 소리가 끊기고 세상은 벙어리가 되었습니다. 이 죽음 같은 고요와 어둠 속에서 또다시 양광주의 또렷한 잠꼬대와 함께 무언가를 끌고 가는 소리가 들렸습니다.

"염병할, 어디 또 누가 가서 밀고하는지 보자고. 누가 감히 우리

의 봉기가 기의가 아니라 몽유라고 우기는지 보자고. 우리가 몽유
하고 있다고 말하는 사람이 있으면 단칼에 꿈에서 깨어나게 해줄
테니까."

　이어서 또 모든 것이 사멸한 듯 고요로 되돌아갔습니다. 철저한
적막으로 입적했지요. 세상이 서서히 사멸하고 입적하는 가운데
일렁이는 피의 기운과 죽음 속에서 다급하게 멀리 도망치는 발걸
음 소리만 들렸습니다.

　아버지가 등을 껐습니다.

　우리 가족은 길모퉁이 나무 아래 웅크리고 서서 모든 것을 보고
들었습니다. 양광주와 장무터우 그리고 사람들의 발걸음이 멀어
지자 아버지는 비명을 지르며 죽어간 사람이 있는 곳으로 허둥지
둥 다가갔습니다. 그러더니 이내 다급하게 코와 입을 막은 채 돌아
왔습니다. 아무 말 하지 않고 주위를 돌아보지도 않았습니다. 그저
저와 엄마를 이끌고 곧장 사거리 동북쪽에서 동남쪽으로 뛰기 시
작했습니다. 죽어라고 도망쳤지요. 뒤에는 아무도 없었는데 천만
만만의 사람들이 우리를 갈기갈기 찢어죽일 듯이 쫓아오고 있는
것 같았습니다.

3. 06:00∼06:00

진 중앙에서 동쪽까지의 번화한 구간은 겨우 500미터에 지나지 않았습니다. 500미터를 저와 아버지, 엄마는 500리인 듯 뛰었습니다. 아주 짧은 시간이 하루처럼 느껴졌습니다. 꼬박 1년을 달린 것 같았습니다. 하루 종일, 1년 내내 달린 것 같았습니다. 세 사람 모두 다급하고 빠른 걸음으로 날아온 것 같았지요. 제가 맨 앞에서 달릴 때도 있고 아버지가 맨 앞에서 달릴 때도 있었습니다. 엄마는 처음부터 끝까지 아버지와 제 뒤에 바짝 붙어 따라오고 있었지요. 다리를 저는 모습이 배가 뒤집힌 채 물속에서 죽어가는 물고기 같았습니다. 밤이 엄마를 악몽에 시달리게 했습니다. 밤이 우리 가족 모두를 악몽에 시달리게 했습니다. 앞에서 달리던 저는 다시 뒤로 돌아와 엄마를 부축했습니다. 저 앞에서 달리던 아버지도 되돌아와 엄마를 부축했지요. 결국 저와 아버지가 엄마의 팔을 붙잡고 뛴 것입니다. 부축하던 아버지는 엄마의 그 다리를 원망했습니다.

"당신의 그 절름발이 다리가 평생 날 망친다니까. 평생 나랑 녠녠을 망친단 말이야."

엄마 역시 자신의 다리를 증오했습니다.

"이 다리가 평생 저 자신도 망쳤다고요. 절 망치지 않았다면 죽어도 당신 리톈바오에게 시집오지 않았을 거라고요."

원망하면서 욕하면서 우리 가족은 그렇게 꿈속에서 뛰쳐나왔습니다.

하지만 또 새로운 꿈속으로 뛰어 들어가고 말았지요.

마침내 아무도 우리가 꿈 밖으로 도망치는 것을 발견하지 못했고 따라오지도 않았습니다.

하지만 우리는 거리 구석과 골목 안, 나무 아래 그림자 속에 숨어 있는 진 사람들과 도둑맞고 파괴된 가게 안에 있는 진 사람들을 발견했습니다. 사람들이 숨고 또 숨는 바람에 거리에는 아무 소리도 없었습니다. 우리 가족밖에 없는 것 같았지요.

"누구세요?"

"우리예요. 우리는 머리에 노란 비단 띠를 매고 있어요."

"얼른 이리 와서 숨어요. 앞으로 더 나가면 대순의 개국 원훈이 되어 천국의 황제를 위해 죽겠다는 뜻이에요."

"앞으로 조금만 더 가면 우리 집이에요. 그곳에 가면 뭐든지 다 익숙하기 때문에 적을 때려죽이기 편하다고요."

엄마를 부축하면서 아버지가 길가에 숨어 있는 사람들과 이야기를 나누는 사이에 누군가 우리 가족을 알아봤습니다. 검은 그림자 안에서 귀가 찢어질 정도로 요란한 비명이 들렸습니다.

"리톈바오, 이 한심한 놈아. 네 마누라가 다리를 저는데도 마누라한테 사람을 때려죽이라고 하는 거야? 너희도 몽유하면서 틈왕 대순에게로 돌아가고 싶은 거야?"

아버지가 대답했습니다. 어쩌면 아버지는 대답하지 않았습니다. 가득 찬 양곡 포대를 끌듯이 오로지 엄마를 부축하면서 앞으로 걸어갔습니다. 아버지의 호흡이 굵은 모래나 돌멩이가 문틈을 비집고 방 안으로 들어오는 것 같았습니다. 엄마는 걷다가 멈추기를 반복하면서 쉬지 않고 땀을 닦았습니다. 그러면서 계속 같은 말을 되풀이했습니다.

"저는 아무래도 안 되겠어요. 더는 못 가겠으니 둘이 먼저 가요."

아버지도 엄마를 끌어당기고 타이르면서 계속 같은 말을 되풀이했지요.

"몇 걸음만 더 가면 집이야. 몇 걸음 더 걷는다고 정말로 지쳐 죽지는 않을 거라고."

이리하여 마침내 동쪽 거리의 절반을 걸어왔고 길가에 아무도 숨어 있지 않았습니다. 말소리도 전혀 들리지 않았지요. 틈왕의 대순에서 벗어나 몇 걸음만 걸으면 이해 이날 이 밤으로 돌아올 것만 같았습니다.

평온해졌습니다.

아무도 죽이러 쫓아오지 않았습니다.

길가에 숨어 있던 사람들의 기척도 잦아들고 세상은 아주 적막했습니다. 하지만 우리가 걸음을 늦추고 숨을 고를 때, 톈웨이 국수집 문 앞에 사람 하나가 죽어 있는 것이 보였습니다. 바깥 마을 사람이었습니다. 얼굴이 네모지고 머리카락은 새까맸습니다. 서른 남짓 혹은 마흔 살쯤 된 것 같았습니다. 얼굴은 밤하늘을 향해 있고 창자는 배 밖으로 흘러나와 있었습니다. 상의를 입지 않은 가슴에 너덧 개의 칼자국이 피에 젖어 있었습니다. 그의 시신 옆에는 그가 들고 있던 대도가 나뒹굴고 있었습니다. 칼에는 피와 검은 살 조각이 남아 있었습니다. 두말할 것 없이 누군가와 싸우다가 죽은 것이었습니다. 전장에서 싸우다 죽은 것 같았습니다. 더 앞으로 나아가자 옷걸이와 옷장마저 털린 옷가게가 있었습니다. 가게 앞 배수로 안에 사람이 하나 쓰러져 있었습니다. 엎드린 채 머리가 수로에 박혀 있었습니다. 다리는 위로 향해 허공에 들려 있었습니다. 아버지는 옷섶으로 감싼 전등을 비추면서 손으로 죽은 사람의 손발을 잡고 위로 끌어올리려 했습니다. 하지만 꿈쩍도 하지 않았습니다. 아무런 소리도 나지 않았습니다.

"이미 죽었군."

아버지가 돌아와서 말하는 모습이 마치 나무에서 떨어져 나온 바짝 마른 가지 같았습니다.

"살아날 기색이 전혀 없어."

그곳에서도 전투가 벌어진 것 같았습니다. 깨끗이 청소된 사형장 같았습니다. 약탈이 자행된 것이 아니라 진에서 전쟁이 벌어진 것 같았습니다. 놀란 우리는 말없이 동쪽을 향해 걷기 시작했습니다. 죽음 같은 적막과 고요 속의 걸음이 쿵쿵 공허한 굉음을 냈습니다. 몇 걸음 뗄 때마다 아버지는 큰 소리로 한 마디 투덜거렸습니다. 혼잣말로 두 마디 중얼거렸습니다. 아무 말 하지 않던 엄마가 갑자기 우리 앞으로 나서서 빨리 걷기 시작했습니다. 갑자기 다리를 별로 절지 않아 꼭 정상인 같았습니다. 우리 집 신세계 장례용품점 대문이 엄마의 눈앞에 나타났습니다. 가게 문을 본 엄마의 발걸음은 더더욱 빨라졌습니다. 집을 떠났다가 여러 날 여러 해 만에 돌아온 것 같았습니다. 하지만 가게 문 앞에 이르자 엄마는 걸음을 멈추고 거리에 그대로 서 있었습니다. 길을 잘못 들거나 번지수를 잘못 찾아 다른 집에 온 것 같았습니다. 우리 가게 대문은 구멍이 뚫린 것처럼 활짝 열려 있었습니다. 문짝은 바닥에 떨어져 반쪽은 문 안에 들어가 있고 반쪽은 문밖으로 나와 있었습니다. 가게 문 앞에 있던 흰색 화환은 꽃이 다 떨어져 문 앞과 길가에 널려 있었습니다. 화환의 종이가 전부 부스러진 채 땅바닥과 가게 문 앞에 깔려 있었지요. 흐릿한 대낮의 어둠 속이지만 물속에 떨어진 흰 잎이 오수에 물든 것처럼 종이꽃과 잎 군데군데 핏자국이 묻어 있는 것을 확인할 수 있었습니다. 흰 꽃에 묻은 피는 붉고 화사하면서도 검붉은 빛이었습니다. 녹색 꽃잎에 묻은 피는 새까만 보랏빛이었지요. 아직도 강렬한 피 냄새와 비린내가 땅바닥에서 피어올라왔습니다. 우리 가게 문 앞에서도 피 냄새가 진동했습니다. 여기서도 몸싸움이 있었습니다. 진의 전쟁이 있었습니다. 피와 종이에 식칼과 도끼의 흔적이 남아 있었습니다. 무기로 사용된 적 있는 나무 몽둥이가 길고 긴 다리처럼 핏자국 속에 나뒹굴고 있었습니다. 아주 조용했습니다. 너무 고요했습니다. 이런 고요 속에, 정적이 흐르는 밤에 아득하게 울부짖는 기괴한 소리가 숨겨져 있는 것 같았습니다. 아버지는 손전등으로 앞을 비췄습니다. 더는 전등을 천으로 가릴 필요가 없었습니다. 불빛 앞에 내버린 호미와 옷, 신발 몇 짝이 보였습니다. 손전등은 전지가 다된 것 같았습니다. 불빛이 얇은 천처럼 미약하고 노랬습니다. 200미터 떨어진 진 동쪽에서 웅웅대는 소리가 들려왔습니다. 세상 저편에서 전해오는 산이 움직이는 소리 같았습니다.

"곧 날이 밝겠죠?"

가게 앞에서 한참을 멍하니 서 있던 엄마가 묻는 소리였습니다.

"날이 밝지 않을 리가 있겠어?"

아버지가 문 앞에 널린 어수선한 핏자국을 내려다보면서 대답한 말이었습니다. 그다음에는 또 조용해졌습니다. 고요 속에 시신의 숨소리가 담겨 있는 것 같았습니다. 가늘고 차가운 소리가 제 머릿속에서, 뼈마디 사이에서 울리고 있었습니다. 우리 가족은 온통 핏자국과 종이꽃으로 뒤덮여 있는 곳에 서서 활짝 열린 가게 문과 핏자국투성이인 종이꽃, 피로 물든 누군가의 무명 적삼과 새로 산 해방화를 바라보고 있었습니다. 놀라 소리치지도 않았습니다. 그저 나무 같은 마비가 그 밤에 굳어버린 우리 가족의 얼굴과 몸에 박혀 있었습니다.

거리의 절반이 진의 전쟁을 치렀고 사람들을 때려죽였습니다.

"두 사람은 집에 돌아가 있어. 내가 깨어 있으면서도 동쪽 거리 어귀를 살펴보지 않을 수는 없을 것 같아."

아버지의 목소리는 이런 상황과 별로 연관이 없는 것 같았습니다. 아버지는 손에 들고 있던 손전등을 엄마에게 건넸습니다. 엄마를 쳐다보는 눈길이 마치 항상 내버리고 싶었지만 내버리지 못하는 어떤 물건을 보고 있는 것 같았습니다.

"어서 집에 돌아가라고. 돌아가라는 말 안 들려. 살기 싫어서 돌아가지 않는 거야? 돌아가서 죽어도 밖에 나오지 마. 문을 잠그고 빗장을 건 다음, 밖에서 아무리 큰소리가 나더라도 절대 밖으로 나오지 마. 알았지."

엄마는 손전등을 받지 않았습니다. 받을 만한 물건이 아니라서 받지 않으려는 것 같았습니다.

"가려는 거예요? 죽어도 가겠다면 거기 가서 보기만 하고 곧장 돌아오세요."

아주 우렁찬 한마디였습니다. 몹시 화를 내며 큰소리로 말했지만 엄마는 평소 아버지가 김을 매러 밭에 갈 때 헤어지는 것과 같은 모습이었습니다. 두 분 다 저는 생각하지 않았습니다. 두 분 다 저에게는 어떻게 하라고 일러주지 않았습니다. 짙은 실망감이 밤의 어둠 속에, 제 마음속에 출렁였습니다. 이 밤에 제가 쓸데없이 존재하는 것 같았습니다. 이 집안의 군더더기인 것 같았습니다. 저는 아버지가 진 동쪽으로 가는 모습을 바라보고 있었습니다. 엄마가 종이꽃과 길가의 핏자국을 피해 집으로 돌아가는 모습을 바라보고 있었습니다. 가게 앞에 쓰러진 문짝 옆에 이르자 엄마는 고개를 돌려서 친근하면서도 나무라는 듯한 어투로 제게 한마디 던졌습니다.

"녠녠아, 아버지를 쫓아가지 않고 거기 서서 뭐 하는 거야!"

제가 아버지를 쫓아가자 아버지 역시 친근하면서도 나무라는 듯한 어투로 한마디 던졌습니다.

"녠녠아, 집에 가서 네 엄마를 돌보지 않고 날 따라오면 어쩌라는 거냐?"

하지만 아버지는 그러면서도 제 손을 잡아 *끄셨습니다*. 아버지를 따라가는 저는 다리를 들어올려 공중에 날아올라 매를 따라가는 것 같았습니다. 가는 길 내내 사람을 때려죽이고 물건을 약탈한 흔적이 있었습니다. 낫과 도끼, 쇠망치, 삽, 멜대 같은 것이 널브러져 있었지요. 붉은 깃발과 작두도 있었습니다. 도처에 도망치면서 버린 헝겊신과 운동화, 가죽 구두, 싸구려 플라스틱 슬리퍼들이 있었습니다. 세상이 깨끗하게 씻긴 것 같았습니다. 태풍이 진을 휩쓸고 간 것 같았습니다. 정적 속에서 무에서 유로 전환되듯이 소리가 점점 더 커지기 시작했습니다. 원래 진 동쪽 어귀에는 몇 군데에만 등불이 켜져 있었는데 우리가 도착해 보니 갑자기 등불이 많아졌습니다. 갑자기 온 세상의 등불이 켜지기 시작한 것 같았습니다. 진 동쪽이 갑자기 대낮이 된 것 같았습니다. 각종 등불 아래 사람들의 머리가 움직였습니다. 모든 사람의 팔에 흰색 수건이 하나씩 묶여 있었습니다. 하나같이 흰색 새 수건이 왼팔에 묶여 있었습니다. 진 어귀에 대형 트럭 한 대가 서 있었습니다. 트럭에는 붉은 비단과 붉은 깃발이 잔뜩 매달려 있었습니다. 깃대마다 가스등이 걸려 있었습니다. 심지어 차 앞 양쪽에도 붉은 주단으로 만든 침대보만 한 깃발이 꽂혀 있었습니다. 깃발에는 글씨가 쓰여 있었습니다. 저와 아버지 눈에는 깃발의 글자가 잘 보이지 않았습니다. 단지 차에 탄 청년 두 명이 왼팔에 흰 수건을 묶고 있고 머리에 피로 물든 흰 붕대를 감고 있다는 것만 보였습니다. 그 가운데 한 명은 근시 안경을 쓰고 있고 다른 한 명은 긴 머리에 반팔 옷을 입고 있었습니다. 두 사람은 차 양쪽에서 돌아가면서 나팔을 들고 큰소리로 외쳤습니다.

"동네 어르신과 마을 주민 여러분, 형제자매 여러분, 여명 전에 총공격이 시작될 예정입니다. 어두운 밤을 뛰어넘고 내일로 쳐들어가 가오톈진을 탈취합시다. 지금부터 우리는 시골 사람이 아닙니다. 지금부터 우리는 낙오되고 낙후된 농민이 아닙니다. 우리는 미래의 주인이요 도시에 거주하는 현대인이 될 것입니다. 우리는 각자 필요하고 원하는 것은 무엇이든 다 가질 수 있는 그 번화하고 부유한 공산주의의 호시절을 살아가게 될 것입니다. 앞으로는 물건을 사러 시장에 갈 때 필요한 것을 얻기 위해 아침 일찍 일어나 밤늦게 자면서 이 진의 거리를 찾아오지 않아도 됩니다. 심지어 이 진 사람들을 시골이나 산속으로 내쫓아 농사짓고 가축을 키우던 우리의 힘든 시절을 대신하게 할 것입니다. 진 사람들이 시장에 물건을 사러 오려면 반드시 아침 일찍 일어나 밤늦게 자야 할 것입니다."

"우리의 도시에 왔습니다. 마을 주민들, 동지 여러분, 내일을 위해, 미래를 위해 모두 돌격하십시오. 마을 주민 여러분, 사촌 형제자매 여러분, 내일을 위해, 미래를 위해 돌격하십시오. 어서 가서 저들을 죽이십시오. 식당을 빼앗는 사람은 그 식당의 주인이 될 것이고 상점을 탈취하면 그 상점의 주인이 될 것입니다. 우리는 부자가 되어 가난한 사람들을 구제하고 토지의 균등 분배에 저항하고 저지하는 사람들을 처단해야 합니다. 오늘 밤 왼팔에 흰색 수건을 묶지 않은 사람들을 처단하면 내일 여러분이 진에 있는 집을 한 채씩 차지하게 될 것입니다. 쇠망치로 이 진을 때려 부수면 나중에 진이 도성이 되었을 때 사거리 입구에 건설될 집과 가게를 포상으로 제공할 것입니다. 진 사람들을 피가 나도록 때리거나 숨지게 하면 그건 위법이 아니라 영웅의 행적입니다. 내일이면 이 진은 우리 진이 되고 이 길은 우리 길이 되며 천하는 우리 미래가 될 것입니다. 이 길의 천하와 천하의 길에 있는 모든 집과 가게, 정거장, 우체국, 은행, 상점은 전부 우리 차지가 될 것입니다."

"그때가 되면 우리는 논공행상을 실행할 것이고 각자 필요한 만큼 소유하게 될 것입니다. 공을 세운 사람이 번창을 원하면 번창할 것이고, 번화를 원하면 번화하게 될 것입니다. 내일을 위해 전쟁을 치릅시다. 공산주의를 위해 전쟁을 단행합시다. 마을 주민 여러분, 형제 여러분, 돌격합시다. 돌격해야 합니다. 내일을 위해, 미래를 위해 자손들이 가오톈을 쟁취할 수 있도록 가오톈을 죽이기 위해서 돌격합시다."

두 청년은 차에서 뛰어내렸습니다. 가스등과 붉은 깃발을 들고 맨 앞에서 돌격하기 시작했습니다. 사람들이 모두 붉은 깃발과 칼, 갈퀴, 등불, 몽둥이를 들고 그 뒤를 따라 진을 일시에 기습했습니다. 수백 명이 몰려간 것 같았습니다. 어쩌면 1000명이 넘었을 겁니다. 혹은 1만 명이었을지도 모르지요. 사람과 사람이 길 위에 몰려나와 휘몰아치고 있었습니다. 몽둥이와 농기구가 허공에서 부딪치면서 춤을 추었습니다.

"우리는 다양한 물건을 독점 판매하는 그 가게를 차지하고 싶어."

"우리는 길가에 있는 철물점을 갖고 싶어."

"우리는 진작부터 소고기를 파는 정육점을 마음에 두고 있었지. 몇 년 전부터 그 정육점을 갖고 싶었다고."

사람들은 소리 지르고 약탈하면서 일제히 진 안쪽으로 몰려갔습니다. 모두들 길 양옆의 가게를 향해 돌격했습니다. 그들이 자고 있는지 깨어 있는지, 꿈을 꾸고 있는지 몽유하고 있는지는 알 수 없었습니다. 등불 아래 팔뚝에 묶인 수건은 밤의 어둠 속에서 하얀 꽃이 핀 것 같았습니다. 불쑥 공중에 솟아오른 흰 꽃들이 서로 마찰하고 있었습니다. 뛰어다니는 발걸음 소리는 무수한 전추戰錘가 무수한 소가죽 전고戰鼓를 두드리는 것 같았습니다. 우박과 소나기가 북을 내리치는 것 같은 소리가 났습니다.

"여기 팔에 흰 수건이 없는 사람이 있어요. 팔에 흰 수건을 묶지 않은 사람이 있다고요."

외치는 소리가 마치 은행 금고를 발견한 것 같았습니다. 들어갈 수 없는 문 앞에서 열쇠를 주운 것 같았습니다. 아버지가 갑자기 제 손을 꽉 쥐었습니다. 갑자기 저를 길가 구석에 있는 변소로 밀어넣었습니다. 저는 그곳이 남자 변소인지 여자 변소인지도 몰랐습니다. 노천에 있는 변소는 반 칸짜리 방만 했습니다. 저는 한 번도 이 변소에 들어와본 적이 없었습니다. 변소는 해마다 채소를 심는 어질고 덕이 많은 노인이 이 거리에 돌을 쌓아 공용으로 이용하도록 만든 것이었습니다. 과거에 노인은 매일 황혼 무렵이면 이 변소에 와서 장을 보러 온 사람들의 똥을 퍼갔습니다. 지금 이 변소는 보루가 되어 우리를 살렸지요. 변소의 벽은 굽지 않은 흙벽에 돌멩이를 끼워넣어 쌓은 것이었습니다. 변소의 벽은 시퍼렇게 멍이 들고 부은 진 사람들의 이마와 코처럼 울퉁불퉁했습니다. 아버지는 제 손을 잡아끌고 벽에 바짝 붙어 모퉁이로 숨어들었습니다. 이어서 아버지는 자신과 제 머리에 묶여 있던 노란 비단 띠를 풀어 똥통에 던졌습니다.

"녠녠아, 무서워할 것 없다. 누군가 다가오면 우리는 바깥 마을 사람이라고 하면 돼. 절대로 이 진 사람이라고 하면 안 된다. 알았지?"

제가 몸을 부들부들 떠는 것을 보고 아버지는 저를 품에 안아주

셨습니다. 토끼 한 마리를 품에 안는 것 같았습니다. 아버지의 팔
을 잡은 제 두 손의 손가락이 아버지 살 속을 파고들었습니다. 그
렇게 아버지를 붙잡고 아버지한테 매달리면서 또 조용히 밖을 향
해 귀를 기울였습니다. 변소 밖으로 뛰어가는 발걸음이 기병부대
같았습니다. 천군만마 같았습니다. 인마가 떼 지어 땅을 밟는 바람
에 일어난 흙먼지는 변소 냄새보다 더 지독했습니다. 흙먼지 냄새
가 변소 냄새를 덮었습니다. 날이 환하게 밝아야 할 시각의 어둠의
냄새도 덮었습니다.

"이제 수건을 팔에 감기만 하면 돼. 그러면 별일 없이 안전할
거야."

아버지는 뭔가를 생각하고 있는 것처럼 혼잣말을 했습니다. 그
리고 본능적으로 손으로 호주머니를 더듬었습니다. 그렇게 더듬음
으로써 변소를 서쪽 진 거리 한가운데 있는 등불로 밝히려는 것이
었습니다. 쾅 하고 변소가 밝아지자 꼭 거리 서쪽 공중은 낮이 된
것 같았습니다. 거리 서쪽에서 반격하라고 목이 쉬도록 외치는 소
리가 들렸습니다.

"대순을 위해 전부 죽여라. 대순을 위해 모두 돌격하라. 어서 적
들을 죽여라."

심지어 변소 동쪽에서는 누군가 내일을 위해, 미래를 위해, 아들
과 손자를 위해 어서 적들을 죽이라고 외치고 있었습니다.

"내일의 가오톈이 우리의 가오톈이 되게 하도록 어서 저들을 죽
여라."

동서 양쪽에서는 그 누구도 지금을 말하지 않았습니다. 아무도
지금을 원하지 않았습니다. 현재를 원하지 않고 과거와 미래의 시

간만을 원하는 대전이었지요. 이는 미래와 과거, 책에서 말하는 미래와 역사의 원한에 의한 살육이 벌어지는 전쟁이었습니다. 과거와 미래를 위해 현재 벌이는 싸움과 죽임의 대전이었지요. 이해 이달 이날 밤인 현재에는 사람들 모두 이 모든 것이 악몽이 가져온 것임을 잊고 있었습니다. 현재는 없었습니다. 현재는 사라져버렸습니다. 옌롄커의 책에서 말한 것처럼 미래와 과거의 시간과 역사가 도래한 것 같았습니다. 이제 현재는 악몽 속에서 죽어가고 있었습니다. 하늘에 등불이 번쩍이면서 흔들리는 것이 마치 검이 춤을 추고 있는 것 같았습니다. 거리의 발걸음이 뛰면서 밀리면서 쌓여서, 머리까지 쌓이고 허공까지 쌓여서 소리가 산을 이루었습니다. 바다가 되었습니다. 산맥과 대해와 세계를 이루었습니다. 누군가 네미 씹할 하고 욕을 해댔습니다. 누군가 울부짖으면서 날카롭게 소리를 질렀습니다.

"엄마! 엄마! 내 머리에서 피가 흘러요. 내 머리에서 피가 흐른다고요."

진 사람과 시골 사람들이 변소 밖에 몰려 서로 싸우고 있는 것 같았습니다. 우리 머리 꼭대기에 몰려와 목숨을 걸고 싸우는 것 같았습니다. 공중에서 칼 한 자루가 날아와 우리 발 옆에 떨어졌습니다. 신발 한 짝이 날아와 제 머리를 내리쳤습니다. 아버지는 한 마리 양을 껴안듯 저를 품에 안았습니다. 저는 아버지 몸을 꽉 잡았습니다. 두 손의 손가락이 아버지 허리의 피부를 파고들었습니다. 그렇게 밖에서 사람들이 싸우고 있었습니다. 밖에서 사람들이 소리를 지르고 있었습니다. 우리는 변소 안에 숨어 숨을 죽인 채 떨고 있었습니다. 변소의 벽이 무너질 것처럼 흔들렸습니다. 바닥과

거리가 꺼질 것처럼 갈라지면서 흔들렸습니다. 손전등의 전원도 다되어 마지막 기운마저 소진되어버렸습니다. 캄캄해진 변소는 먹물바다가 되어버렸습니다. 밝았을 때의 변소에는 빛이 쌓여 있었습니다. 똥통과 발판을 구별할 수 있었지요. 음력 유월 이날 밤의 무더위에 똥통 안에서는 꿈틀대는 수천수만의 구더기를 볼 수 있었습니다. 흰 구더기가 똥통 벽을 타고 기어오르고 있었습니다. 가오텐까지 기어올랐습니다. 대지까지 기어올랐습니다. 하지만 죽이고 때리는 진동이 또다시 구더기들을 똥통 아래로 떨어뜨렸습니다. 흔들린 구더기들이 똥통 안으로 떨어졌습니다. 그랬습니다. 이렇게 죽이고 때리는 소리가 서쪽으로 옮겨간 것 같았습니다. 바깥 마을 사람들이 진 사람들이 매복해 있는 곳으로 돌격해 들어간 것 같았습니다. 쌍방의 등불이 사거리에 집결했습니다. 퍽 하고 때리고 죽이는 소리가 전부 서쪽으로 옮겨가 그곳을 울렸습니다. 사거리 상공의 등불은 바람이 불어 공중에 제멋대로 날리는 잡초 같았습니다. 아주 잠깐 등불이 다시 후퇴하며 동쪽으로 움직였습니다. 외치는 소리와 발걸음이 또다시 후퇴하고 동쪽으로 이동하고 있었습니다. 진 바깥 마을 사람들이 돌격해온 진 사람들에 의해 죽고 쫓기고 물러나고 있는 것 같았습니다. 하지만 또 잠시 후에는 진 바깥 마을 사람들이 다시 진 안으로 돌격해 들어가 사거리까지 죽이고 때리면서 몰려갔습니다. 진 사람들과 진 바깥 마을 사람들은 톱질하듯이 변소 밖에서 전진과 후퇴를 반복하고 있었지요. 날카로운 비명과 울부짖는 소리가 우박처럼 떨어지고 변소 안에까지 내리치고 있었습니다. 저는 아버지 품 안에서 숨이 막혀 필사적으로 몸을 움직여봤습니다. 땅바닥에 뭔가 끈적끈적한 것이

있어 제 발에 달라붙고 제 신발에 달라붙었습니다. 마치 제가 고무
풀을 밟은 것 같았습니다. 이를 반짝이는 허공의 빛에 비춰본 저는
악 하고 소리 지르며 다시 아버지 품으로 파고들었습니다. 아버지
팔을 꼭 잡았지요. 피가 변소 밖에서 변소의 지반석 틈을 타고 흘
러 들어온 것이었습니다. 빗물처럼 거리를 흘러 변소 안까지 들어
온 것이었습니다. 여러 줄기였습니다. 바닥이 온통 피였습니다. 반
쪽짜리 거적 같은 피였습니다. 문 한 짝 같은 피였습니다. 검붉은
자줏빛이 변소 안으로 흘러들어오자 변소 바닥의 흙과 풀이 둥둥
떠올랐습니다. 피 냄새가 변소 냄새를 덮어버렸습니다. 오염된 검
은 피가 걸쭉해져 밀리고 구르면서 변소의 똥통 안으로 흘러들어
갔습니다.

이때 아버지도 변소 안의 피를 봤습니다. 변소에 가득한 피가 아
버지 발 앞에서 방향을 틀어 똥통 안으로 흘러들어가는 것을 보면
서 아버지는 멍한 표정으로 꼼짝도 하지 않았습니다. 그렇게 피에
젖은 땅바닥에 잠시 서 있다가 저를 안아 피를 피해 변소 한가운데
빈 공간에 내려놓았습니다.

"몇 시지? 해가 정말 나오지 않고 낮이 정말로 죽었단 말이야?"

저는 그 라디오가 생각났습니다. 황급히 엉덩이 뒤에 매달아둔
라디오를 앞쪽으로 돌렸습니다. 스위치를 돌리고 귓가에 댔습니
다. 다시 귀에서 떼어 두 번을 두드렸습니다. 라디오에서 또다시
소리가 났습니다. 아나운서의 목소리는 여전히 몹시 다급했지만
그럼에도 당황하지 않고 침착하게 방송하고 있었습니다. 무한 반
복되는 녹화음 같았습니다.

"청취자 여러분, 주의해주십시오. 아무쪼록 신중해주십시오—"

아버지가 라디오를 가로채 소리를 가장 작게 줄였습니다. 겨우 저와 아버지만 변소 안에서 들을 수 있는 정도였습니다.

지세와 기류, 서북 지역까지 밀려온 약한 한파 등으로 인해 오늘 낮 동안 우리 시의 대부분 지역에 해도 없고 비도 없고 바람도 없는 날씨가 예상됩니다. 장시간 먹구름이 끼고 건조하고 무더운 날씨가 지속될 전망입니다. 장시간 먹구름이 끼고 건조하고 무더운 날씨란 하늘에 검은 구름이 짙게 깔리지만 내릴 비가 없고 바람도 불지 않아 형성되는 장시간의 건조하고 무덥고 음침한 날씨를 말합니다. 낮이 황혼과 유사한 현상이지요. 일부 특수 산간 지역은 일식에 가까운 어두운 낮 현상이 지속되면서 대낮인데도 완전히 어두운 밤과 같아질 것으로 예상됩니다.

여기까지 들은 아버지는 라디오를 꺼버렸습니다.
라디오를 끄고 나서 한참이나 생각에 잠긴 아버지는 하나 마나 한 두 마디를 내뱉었습니다.
"어디 가서 해를 가져다 사람들을 깨우지? 해가 나기만 하면 밤이 지나고 사람들이 잠에서 깰 수 있을 텐데……."
그다음은 어땠을까요? 그러는 사이에 무슨 일이 일어났을까요. 아버지는 가슴을 펴고는 초조하고 멍한 표정으로 서서 변소 밖에서 사람들이 서로 끊임없이 공방하며 죽이고 때리는 소리를 듣고 있었습니다. 몹시 초조하면서도 마비된 듯한 표정으로 제 옆을 지나 살그머니 변소 문 앞에 섰습니다. 꿈의 입구에 서 있는 것 같았습니다. 크게 한 걸음 내딛으면 곧장 꿈속으로 들어갈 수 있었습니다. 또다시 크게 한 걸음을 내딛으면 다시 꿈속에서 깨어 있는 상태로 들어설 수 있을 것 같았습니다. 아버지는 그렇게 변소 입구에서 목을 새끼줄처럼 길게 늘어뜨리고 있었습니다. 도둑처럼 밖에서 사람들이 서로 어둠 속을 오가며 때리고 죽이고 외치는 모습을 훔쳐보고 있었습니다. 그러다가 사방이 조용해지자 몸을 돌려 저를 잡아끌고는 변소 밖으로 뛰어나갔습니다. 길을 따라 동쪽으로, 길가와 담장 밑을 따라 진 밖을 향해 뛰었습니다.

몽유의 내부를 향해 뛰어가는 것 같았습니다.

몽유 외부의 깨어 있는 방향을 향해 뛰어가는 것 같았습니다.

마지막 한 마리 큰 새가 날아가버렸다

1. 06:00~06:00

또다시 진에서 도망쳐 나왔습니다.

진의 거리에는 수많은 상처의 유혈이 있었습니다. 등불과 그림자 속에는 구해달라고 외치는 사람들의 목소리가 가득했습니다.

"저를 좀 구해주세요. 어쨌든 우리는 시골 사람들이잖아요. 빨리좀 구해주세요."

온통 유혈의 상처였습니다. 깨어난 얼굴 가득 참회와 후회였습니다.

"저는 아무래도 몽유하고 있는 것 같아요. 분명히 잠을 잤고 누군가 제 귓가에 진에 가서 강도 짓을 하자고, 오늘 밤 많은 사람이 진으로 가서 미친 듯이 강도 짓을 할 거라고 말했고, 그래서 이유도 모른 채 사람들을 따라가 강도 짓을 하고 사람들을 때리고 죽였어요."

이런 말을 하는 사람은 비쩍 마른 중년의 사내였습니다. 얼굴이 피투성이였고 두 손으로 그 피투성이 얼굴을 가리고 있었습니다.

"나는 수많은 사람이 텔레비전과 이불과 재봉틀을 강탈하는 것을 봤어. 하지만 나는 아무것도 강탈하지 않았는데도 얼굴에 칼을 맞고 말았어."

이런 말을 한 사람은 피가 흐르는 얼굴의 상처를 감싸 쥐고는 직접 팔에 묶여 있던 수건을 풀어 우리 아버지에게 건넸습니다.

"이걸로 제 머리를 좀 싸매주세요. 이걸로 머리를 좀 싸매달라고요."

수건을 건네받은 아버지는 자신의 셔츠를 찢어 그의 머리를 싸매주었습니다. 그의 머리를 싸매던 아버지는 혼잣말을 중얼거렸습니다.

"내가 이렇게나 졸린데 내게 머리를 싸매달라고 하는군요. 나도 몽유하고 있는 것 같은데 내게 머리를 싸매달라고 하는군요."

아버지는 셔츠를 찢어 그의 머리를 싸매주었습니다. 그의 수건은 남겨놓았지요. 저와 아버지가 그 사람을 부축하는 모습은 마치 진의 전쟁터에서 부상병을 하나 호송하는 것 같았습니다.

시골 사람들 가운데 부상을 당해 피를 흘리고 있는 이들은 전부 밖으로 나와 커다란 트럭 밑에서 서로를 껴안은 채 얘기를 주고받고 있었습니다. 또 전부 깨어 말을 하면서 사면팔방에 흩어져 있는 자신들의 고향 집을 향해 갔습니다.

"정말 대단한 몽유였어. 너무 대단했어."

피를 흘리지 않고 죽은 사람들은 깨어날 수 없었습니다. 깨어난 사람들만 집으로 돌아갔지요. 하지만 꿈꾸고 있는 사람들이 한 무리 또 한 무리 시골에서 진을 향해 몰려오고 있었습니다. 꿈에 기탁하여 깨어 있는 사람들도 몽유하는 사람들 틈에 섞여 진으로 몰려들고 있었지요. 장날 장터에 와서 물건을 산 사람들은 집으로 돌아가고 아직 장을 보지 못한 더 많은 사람이 장터를 향해 몰려드는 것 같았습니다. 장터로 몰려가는 사람들은 전부 충분한 이유를 갖고 당당하게 도로 한가운데를 걷고 있었습니다. 깨어서 도둑질하면서 집으로 돌아가는 사람들은 전부 도둑처럼 길 가장자리를 걷고 있었지요. 이들은 서로를 바라보면서 아무 말 하지 않거나 상대를 유혹하는 말을 몇 마디 던질 뿐이었습니다.

"이보게, 진의 상황은 어떤가?"

"어서 가보게. 그렇게 꾸물대다가는 물건이 남아 있는 가게가 없을 걸세. 아무런 수확도 얻지 못할 거라고."

빈손으로 깨어 돌아가는 사람들이 몽유하거나 깨어서 서둘러 진을 향해 달려가는 사람들을 독려했습니다. 도로는 빈 멜대를 메거나 빈 수레를 몰거나 혹은 오토바이에 홍기紅旗를 걸고 온갖 번쩍거리는 등을 켜고서 진을 향해 가는 사람들로 넘쳤습니다. 사람들은 마대馬隊나 군대 같았습니다. 불빛이 줄줄이 도로를 비추고 있었습니다. 진은 끝장날 것 같았습니다. 진 사람들은 어떻게든 이 여러 무리의 시골 사람들을 때려죽일 것이 불 보듯 뻔했습니다. 저와 아버지도 팔에 하얀 수건을 매고 있었습니다. 진 동쪽에서 머리가 깨진 그 비쩍 마른 중년 사내는 진 밖을 향해 가고 있었습니다. 도로 갓길을 따라 남쪽을 향해 걸음을 재촉하고 있었지요. 거꾸로 사람과 차와 발걸음의 흐름이 진을 향해 몰려오고 있었습니다. 가는 길 내내 아버지는 제 손을 잡아끌었습니다. 가는 길 내내 저는 또 아버지가 작게 혼잣말로 중얼거리는 소리를 들었지요.

"녠녠아, 이 아비는 몽유를 하고 있는 것 같아. 이 아비가 아무
래도 큰일을 저지를 것 같구나. 녠녠아, 아비가 몽유하고 있긴 하
지만 아비를 깨우진 말도록 해라. 아비는 큰일을 저지르고 말 테
니까."

저는 아버지가 정말로 잠을 자면서 몽유하고 있다고 생각했습
니다. 아버지가 너무 피곤해 잠들었고, 진에서 천지에 유행하고 있
는 히스테리 병에 감염된 것이라고 여겼지요. 멍청했기 때문에, 저
는 아버지가 잠을 자고 있고 몽유하고 있는 것을 알면서도 아버지
를 몽유 상태에서 끄집어내지 못했습니다. 다만 빠른 걸음으로 아
버지를 따라, 아버지의 몽유를 따라 진 밖을 향해 가고 있을 뿐이
었지요. 진 동쪽에서 진 남쪽으로 반 리쯤 되는 도로 입구에 와 있
었습니다. 저와 아버지는 도로 입구에 서 있었습니다. 진을 향해
가는 시골 사람들이 한 무리 또 한 무리 우리 반대편에서 다가왔습
니다. 진 쪽에서 들려오는 서로 죽이고 때리는 소리와 맞아서 내지
르는 비명이 제 머리 위에서 말라터졌습니다. 공기 중에 가득한 피
냄새가 불에 삶는 것 같았습니다. 등 뒤에서는 그 늙은 홰나무 냄
새도 났습니다. 전쟁의 불길에 탄 화덕 냄새였습니다. 과거에 이곳
은 막대 얼음과자를 팔던 곳이었습니다. 지금은 이곳에 저랑 아버
지가 서 있었습니다. 온몸이 땀 냄새와 당혹감의 냄새였습니다. 진
의 하늘은 온통 환한 빛과 죽이고 때리는 소리였습니다. 그 빛 속
에 번쩍이는 갖가지 소리가 제 머리 위를 미끄러져 지나가거나 머
리 위로 떨어지기도 했습니다. 빛과 어둠이 경계를 접하고 있는 곳
주변은 물을 탄 먹이 번지고 있는 것 같았습니다. 물이 먹을 희석
시켜 나무 위의 잎사귀들이 한 겹 한 겹 두꺼운 검정 덩어리를 만

들고 있었습니다. 거대한 지지대가 머리 위의 검은 범포를 받치고 있는 것 같았습니다.

　밤은 일찌감치 지나갔습니다.

　밤의 서늘함은 일찌감치 지나갔습니다.

　바짝 마르고 더운 공기로 미루어 낮이 되어 해가 중천에 뜰 것임을 알 수 있었습니다. 해가 중천에 떠서 무더위를 펼칠 때가 되었음을 알 수 있었지요. 때는 이해 여름 오전 8시나 9시쯤 되었을 겁니다. 사람들이 아침 식사를 할 때였지요. 하지만 시간은 6시에 죽어 있었습니다. 날이 밝기 전 죽음 같은 어둠 속에 죽어 있었습니다. 날씨는 정말로 방송에서 말하는 것처럼 폭염의 긴 먹구름이었습니다. 방송에서 말하는 일식日蝕 모양의 어두운 낮이었습니다. 대낮인데도 눈앞의 작은 경물과 물건만 볼 수 있었지요. 3~4미터만 넘으면 온통 흐릿한 어둠이라 제대로 보이지 않았습니다. 어둠이 이 살육과 죽음의 대낮 혼돈 속에 있었습니다. 이런 상황을 보고 들으면서 아버지는 홰나무에 등을 기대고 땅바닥에 주저앉아 잠시 쉬었습니다. 이렇게 쉬고 있을 때 저는 머리 위로 지나가는 한 다발 빛에 의지해 아버지 두 눈의 흰자위를 봤습니다. 때가 탄 하얀 천 같은 흰색이었습니다. 왼쪽 눈도 오른쪽과 똑같이 흰색이었습니다. 오른쪽도 왼쪽과 똑같았지요. 시커멓고 누런 눈동자가 더러운 흰색 천 위로 떨어진 두 방울 오수 같았습니다. 아버지는 자고 있는 것 같았습니다. 아버지는 지쳐서 잠이 든 게 분명했습니다. 하지만 자는 아버지의 입이 쉬지 않고 잠에서 깬 사람처럼 잠꼬대를 하고 있었습니다.

　"우린 해를 하나 만들어내야 합니다. 해를 만들어내야 진을 구하고 마을과 이웃 사면팔방의 사람들을 구할 수 있어요. 해를 만들어 내야 진을 구하고 마을과 이웃 사면팔방의 사람들을 구할 수 있다고요."

귓가에 항상 지직지직 하는 소리가 들렸습니다. 세상에 항상 지직지직 하는 소리가 감춰져 있는 것 같았습니다. 아버지는 몽유하면서 고개를 돌려 진 쪽 하늘을 바라봤습니다.

"허공에 불빛이 번쩍이는 것은 아직 사람들이 싸우고 있다는 걸 말하지."

제게 이렇게 말하고는 다시 고개를 돌려 그쪽을 바라봤습니다.

"방법을 강구해서 빨리 해를 만들어내야 해. 가서 해를 만들어내야 한다고."

저는 항상 해가 제 몸 어딘가에 감춰져 있는데 잠시 어디에 두었는지 생각이 나지 않는 것이라는 생각이 들었습니다. 누군가 말을 하다가 갑자기 상대방의 이름이 생각나지 않는 것과 같다고 생각했지요. 아버지는 말을 하면서 천천히 나무 밑에서 일어섰습니다. 저는 아버지가 꿈속에서도 일어서서 걸어다닌다는 사실에 놀라움을 금치 못했습니다. 꼭 꿈에서 깬 사람 같았거든요. 놀라면서도 서서히 아버지가 꿈속에서 일어나 하겠다고 말한 것을 정말로 실행하는 것을 보고 또 놀랐습니다. 몽유의 밤에 모든 사람이 몽유하는데 몽유하지 않는 사람이 있다는 것 역시 정말 기괴한 일이었습니다. 아버지는 일어서서 햇빛에 의지하여 땅에서 뭔가를 찾았습니다. 손을 들어 주머니를 더듬기도 했습니다. 그렇게 홰나무를 반 바퀴 돌았습니다. 반 바퀴를 돌고 난 아버지는 다서 멈춰 서더니 손을 들어 홰나무를 두 번 탁탁 쳤습니다. 그러더니 자기 머리를 야무지게 내려쳤습니다. 해가 아버지 머릿속에 감춰져 있기라도 한 것 같았습니다.

아버지는 헉 하고 목소리를 가다듬더니 펄쩍펄쩍 뛰면서 밤을 향해 소리쳤습니다.

"어떻게 하면 해를 만들어낼 수 있는지 알았어. 어떻게 하면 어두운 밤을 대낮으로 바꿀 수 있는지 알았다고."

2. 06:00~06:00

사정은 이랬습니다.

사정은 정말 이랬습니다. 제가 멍청하지 말았어야 했습니다. 멍청하지 않았다면 아버지를 몽유 상태에서 끌어낼 수 있었을 겁니다. 하지만 저는 멍청했습니다. 정말 대단히 멍청했지요. 아버지는 제게 따라오라 했고 저는 아버지를 따라갔습니다. 아버지가 저로 하여금 당신을 몽유 상태에서 깨어나게 하지 않아 저는 아버지를 꿈속에서 하고 싶은 대로 하게 내버려두었습니다. 아버지는 걸으면서 제게 어떻게 하면 해를 만들어낼 수 있는지, 어떻게 하면 해가 나오게 할 수 있는지 안다는 말을 연달아 몇 번이나 했습니다. 이어서 우리는 빠른 걸음으로 남쪽을 향해 갔지요. 화장장이 있는 제방 쪽을 향해 걸었습니다. 몇 보 가다가 제가 따라오지 못하는 것을 보면 아버지는 대낮인 밤중에 어두운 밤을 향해 큰소리로 외쳤습니다.

"넨넨아, 어서 따라오너라. 이 마을을 구하고 싶지 않은 게냐? 넌 이 천하를 구하고 싶은 마음이 없는 거야?"

저는 아버지의 발걸음을 따라 걸었습니다. 아버지를 따라가는 것이 진을 구하기 위한 것이 아니라 아버지가 어떻게 진을 구하는지 보기 위한 것 같았습니다.

"저 차가운 동굴 안에 있는 시신 기름을 전부 꺼내 제방 동쪽 산 꼭대기로 옮기도록 해라. 과거에는 해가 바로 그쪽에서 떴지. 시신 기름을 전부 동쪽 산으로 가지고 가서 불을 붙이면 대낮에 해가 떠 있는 것과 같아질 거야. 산 아래 사람들은 동쪽 산의 하늘이 밝은 것을 보게 될 테고, 날이 밝았다고 생각한 사람들은 꿈에서 깨어나오겠지."

아버지는 황혼의 하늘처럼 막 밤의 어둠 속으로 들어서면서 혼잣말을 했습니다. 저는 아버지가 중얼거리는 소리를 들으면서 그 다급한 발걸음을 따라 제방 쪽을 향해 걸었습니다. 다시 한번 아버지의 얼굴 위로 다가가 얼마나 깊이 잠들었고 얼마나 깊이 몽유하고 있는지 살펴보고 싶었습니다. 하지만 밤의 어둠이 얼굴을 가렸습니다. 철저하게 가려버렸습니다. 제가 몇 번 빠른 걸음으로 다가가 살펴봤지만 아버지는 고개를 들어 나무 위 허공에서 새 둥지를 찾고 있는 것 같았습니다. 그 나무의 가장귀와 새 둥지가 선명하게 보이지 않아 뭉쳐진 그림자 한 덩어리가 허공에 걸려 있는 것만 보면서 앞을 향해 이동하고 있는 것 같았습니다. 아버지의 얼굴에서 제 얼굴 위로 땀방울이 떨어졌습니다. 아버지의 땀에는 쓰고 짠맛 외에 시큼한 냄새도 담겨 있었습니다. 땀 때문에 저는 더 이상 고개를 돌려 아버지를 쳐다보지 않았습니다. 아버지가 제 손을 잡아끌 때면 손에서 전해오는 힘이 저로 하여금 아버지가 틀림없이 그 일을 해낼 것이라고 믿게 했습니다. 저는 아버지를 의심하지 않았습니다. 아버지가 그 일을 하지 못하게 말리지 않았습니다. 우리 아버지인데 어떻게 그 일을 못 하게 할 수 있겠습니까. 우리 아버지인데 어떻게 해를 만들어내 캄캄한 밤을 밝은 대낮으로 바꿔놓을 것이라는 사실을 믿지 않을 수 있겠습니까. 발걸음이 바람을 쫓아 길을 재촉하는 빗방울처럼 빨랐습니다. 아버지가 두 걸음 옮길 때마다 저는 세 걸음을 걸었습니다. 아버지의 걸음이 무척 빨랐기 때문에 저는 거의 뛰다시피 해야 보조를 맞출 수 있었습니다. 이미 캄캄한 밤은 호수에 먹을 푼 것 같았습니다. 도로 위를 걷는 우리는 어둠을 발로 걷어차고 검은 강물을 건너는 것 같았습니다.

저는 이날 밤 세 번째 이 길을 걷고 있었습니다. 외삼촌네 산수 소구 입구에 이르자 아버지는 거기서 잠시 숨을 돌렸습니다.

기이한 일이 그곳에서 소리 없이 일어나고 있었습니다.

바로 그 순간, 저는 아버지가 해를 만들어낼 수 있을 거라고 완전히 믿게 되었습니다. 아버지가 뭔가를 정리하면 대낮이 도래할 것이라고 믿게 되었습니다. 세 갈래길 어귀로 사람 한 명이 걸어왔습니다. 짐수레를 끌고 있고 수레 난간에는 마등이 하나 걸려 있었습니다. 그가 아버지 바로 앞까지 오자 아버지가 여보슈 하면서 그를 불러 세웠습니다.

"진으로 강도 짓을 하러 가는 건가요?"

그 사람은 고개를 돌려 혼돈으로 흐릿한 눈을 가늘게 뜨고 아버지를 쳐다봤습니다.

"진에 있는 물건은 깡그리 다 털렸다오. 차라리 나와 함께 제방 위로 갑시다. 제방 서쪽에서 동쪽으로 기름을 운반하는 겁니다. 한 통에 10위안씩 드리리다."

그자는 미친 사람처럼 멍하니 그 자리에 서 있었습니다.

"50위안은 어떤가요?"

그 사람은 여전히 그 자리에 멍하니 서 있었습니다.

"한 통 운반할 때마다 100위안씩 드리지요. 운반을 안 하시려면 지금 곧장 진에 가서 요란하게 강도 짓을 하세요. 머리에 누런 두건을 두른 진 사람들의 몽둥이에 맞아 죽지 않도록 조심하시고요."

그 사람은 뜻밖에도 우리 뒤를 따라왔습니다.

"내가 100위안을 안 드리면 당신 손자요."

몽유하는 사람 몇 명을 더 만났습니다. 어떤 사람은 그냥 돌아다니려고 나왔고 어떤 사람은 몽유를 이용해 큰돈을 벌려고 했습니다. 아버지는 이들에게도 똑같은 말을 했지요. 아버지는 더 놀랍고 반가운 말을 하기도 했습니다.

"제방 서쪽에서 동쪽 끝으로 기름을 한 통 옮겨주면 우리 집의 4분의 1을 드리고 두 통을 옮겨주면 절반을 떼어드리겠소. 세 통을 운반해주면 길가로 난 점포를 송두리째 내드리고 열 통을 운반해주면 신세계 장례용품점을 통째로 드리리다."

뜻밖에도 사람들은 전부 우리 뒤를 따라왔습니다. 원래 몽유하던 사람 아니면 집이 없어 떠돌아다니던 사람들 같았습니다. 우두머리 양이 없는 양 무리 같았지요. 우두머리 양만 있으면 먹고 자고 큰돈을 벌 수 있는 곳이 있기라도 한 것처럼 다들 우리를 따라왔습니다. 사람들은 눈 깜짝할 사이에 대여섯 명으로 늘었습니다. 또 대여섯 명이 합류했습니다. 빈손이거나 수레를 끌고 있었습니다. 모두 아버지 뒤와 제 뒤를 따라오고 있었습니다. 거대한 대오였습니다. 어지럽게 흩어진 대오였습니다. 비가 구름 뒤를 따르고 있는 것 같았습니다. 일출도 구름 뒤를 따르고 있었지요. 일출의 밝은 빛이 비구름 뒤를 따르는 것 같았습니다. 한 무리 또 한 무리의 닭과 오리, 개, 돼지들이 주인들 뒤를 따르고 있는 것 같았습니다. 사정이 이랬습니다. 세상이 이런 모습이었습니다. 우리 아버지는 몽유하는 사람이었습니다. 그러나 아버지는 꿈을 꾸고 있긴 하지만 꿈의 주인이었습니다. 꿈의 황상이었지요. 물 한 사발 마실 시간에 수십 명의 몽유하는 사람이 모였습니다. 사람들이 오는 것을 보면 아버지는 똑같은 말을 하면서 불러들였습니다. 아버지는 그 몽유하는 사람들에게 모든 것을 주고 싶어했지요.

"돈을 원하면 돈을 드리고 집을 원하면 집을 드리겠소. 여자를 원하면 기름을 다 운반한 뒤 어디에 꿈을 꾸면서 문 앞에서 남자를 기다리는 여자가 있다고 말해주겠소."

아버지를 거들떠보지도 않고 곧장 진이나 다른 곳을 향해 가는 사람들도 있고 아버지의 부름에 우리를 따라 제방을 향해, 제방 위의 차가운 동굴을 향해 가는 사람들도 있었습니다.

대오를 이루고 있었습니다. 한 무리였습니다. 이끄는 사람은 발걸음을 재촉해 제방 허리쯤에 도착했습니다. 거의 동굴 가까운 길목에 이르렀을 때, 아버지는 꿈을 꾸면서도 깨어 있는 것처럼 제게 제방 위에 기름을 운반하기 위해 모집된 수많은 사람에게 가보라고 했습니다. 아버지는 몽유 상태로 떠돌아다니던 사람들을 이끌고 차가운 동굴 쪽으로 갔습니다.

"사람들을 왜 이곳에 오게 했는지 알겠지? 사람이 많을수록 좋고 빠를수록 좋아. 해를 만들어내 진에 구조해야 할 사람이 있으면 빨리 구조해야지."

이렇게 외치는 소리를 들으면서 저는 제방을 향해 걸어갔습니다. 제방 위에는 여기저기 흩어져 왕래하는 사람들이 있었지요. 길 위에는 항상 걷는 사람들이 있었습니다.

"돈이 필요해요? 제방 서쪽에서 동쪽 끝으로 기름을 한 통 운반해주면 날이 밝는 대로 100위안을 드리겠소. 당신은 잠이 깬 거요 아니면 아직 자고 있는 거요? 해가 뜨게 하고 싶으면 당장 와서 우리를 돕도록 해요. 하늘이 계속 캄캄하기를 원하면 아무것도 신경 쓰지 말고 그냥 계속 어둠 속을 떠돌아다니고요."

저는 제방 서쪽의 길가에 섰습니다. 제방 위의 시멘트 길은 마치 회색 천을 발밑에 깔아놓은 것 같았습니다. 제방 아래 마을과 나무, 진은 전부 검은색으로 흐릿했습니다. 진 상공의 불빛만 진 곳곳이 불에 타고 있는 것처럼 환하고 밝았지요. 팡팡 펑펑 소리가 하늘 밖에서 마대馬隊가 몰려오는 것처럼 진 상공에서 날아왔습니다. 밤중에 사람들이 외치는 소리가 화살처럼 먼 곳에서 날아왔습니다. 제방 상류의 호수는 맑고 조용했습니다. 그 위로 흑록색 빛이 흔들렸지요. 더 먼 곳의 빛과 물, 그리고 밤의 어둠이 한데 뒤섞여 있었습니다. 밤은 장엄했습니다. 천지가 장엄해 사람은 그 사이에 끼어 있는 한 그루 나무 같았습니다. 사람이 천지의 한 조각 풀 같았지요. 이 장엄함이 모든 것을 다 삼켜버리고 있었습니다. 하지만 하늘도 이 나무나 풀이 받쳐주고 있었지요. 먼 곳과 가까운 곳 모두 별들이 반짝이고 있었습니다. 별들은 밤의 유령이나 귀신 같았습니다. 빛이 다가오는 것만 보면 저는 제방 위에 서서 그 빛을 향해 소리쳐 물었습니다.

"깨어 있습니까 아니면 꿈을 꾸고 있습니까? 깨어 있는 분이라면 집과 땅을 갖고 싶지 않으신가요? 해가 떠오르게 하면 됩니다. 꿈을 꾸고 있는 분이라면 돈을 벌고 싶지 않으신가요? 진에 가서 도둑질이나 강도 짓을 하다가 사람들에게 맞아 죽고 싶으신가요? 우리는 진에서 도망쳐 나온 사람들입니다. 그곳으로 몰려드는 사람들은 물건을 강탈하지 못하면 진 사람들에게 맞아 코와 얼굴에 시퍼렇게 멍이 들고 팔다리가 부러질 겁니다. 거리가 피로 강물처럼 변할 거라고요. 진 밖의 수많은 부상자나 장애인들 가운데 후회하지 않는 사람이 없습니다. 꿈에서 깨지 않은 채 울면서 소리 지르고 피 흘리면서 집으로 돌아가지 않는 사람이 없다니까요."

오는 사람이 있었습니다.

가는 사람이 있었습니다.

깨어 있는 사람이 길을 가다가 저를 보면 얘야 너 몽유하고 있는 것 아니냐고 물었습니다. 저는 깨어 있기 때문에 이렇게 소리치는 것이라고 말했지요.

"농담하지 마라. 깨어 있는 아이가 어떻게 해가 나오게 할 수 있다고, 해를 만들어낼 수 있다고 말하는 거야?"

그는 웃으면서 그렇게 멀리 가버렸습니다. 성큼성큼 가버렸습니다. 저는 그와 논쟁을 벌이지 않았습니다. 단지 그 깨어 있는 뒷모습을 향해 큰소리로 외쳤을 뿐입니다.

"기다리세요. 상황을 좀 보시라고요. 기다리세요. 그 꿈속에 있는 사람 대부분이 제 곁에 있어요. 열 명, 수십 명, 수백 명이나 되지요. 온통 서 있는 사람들 천지예요. 모두들 장엄하게 서 있지요.

그들은 우리를 따라 산허리에 가서 기름을 운반해올 겁니다. 해를 뜨게 해서 낮을 밤에서 끄집어낼 거라고요."

이렇게 몇 명, 열 몇 명, 또 수십 명의 사람이 제 인도에 따라 제 방 허리에 있는 기름 저장 동굴로 갔습니다.

3. 06:00~06:00

이렇게 한 무리 또 한 무리 꿈을 모으고 사람들을 모으고 있을
때 이웃이 다가왔습니다. 작가 옌 아저씨가 온 것입니다. 제가 외
치는 소리를 듣고 온 것이었지요. 제방 위에서 외치는 소리를 듣고
집에서 나와 저를 찾아온 것입니다. 그렇게 대단한 사람이 꿈속에
서는 울타리를 찾지 못한 양 같았습니다. 집을 찾지 못한 닭과 고
양이, 개, 돼지 따위의 가축 같았습니다. 키가 1미터 70센티라 죽
음처럼 어두운 밤에 저수지에서 상처 입은 한 마리 통통한 산천어
같았습니다. 그는 가죽 슬리퍼를 끌고 헐렁한 잠방이를 입고 있었
습니다. 마구 구겨지고 주름투성이인 반팔 남방셔츠를 입고 있었
습니다. 자느라 평평해진 얼굴은 누군가 망치로 내려친 것 같았지
요. 엉덩이로 깔고 앉은 것 같았습니다. 그래서 얼굴이 평평해진
것 같았습니다. 마음도 덩달아 평평해졌지요.

그는 제방 서쪽의 작은 길을 걸어왔습니다. 손전등 불빛이 죽은

생선 눈깔처럼 세상을 바라보고 있었습니다.

"뭐라고들 외치는 건가요? 한밤중에 뭐라고 외치는 거예요?"

다가오면서 손전등으로 제 얼굴을 비췄습니다. 제 몸을 비췄습니다. 제 말을 비췄습니다. 자신이 믿지 못하는 진주珍珠 같은 세상을 비추는 것 같았습니다. 저는 그의 손전등을 유심히 바라봤습니다. 그의 얼굴을 쳐다봤습니다.

"옌 아저씨, 아저씨는 몽유하고 있나요 아니면 깨어 있나요? 해가 나오게 하는 게 좋아요 아니면 오늘 밤처럼 이렇게 캄캄하고 흐릿한 게 좋아요? 진이 온통 난리예요. 사람들이 다 미쳤다니까요. 모든 집과 가게가 강도를 당하고 있는데 아저씨는 여기 있으니 잘 모르시겠지요. 대로 양쪽이 전부 핏물이고 울부짖는 소리예요. 맞아서 부러진 손가락과 피 묻은 살점투성이인데 그걸 아직 못 보셨군요."

그가 가까이 다가와 섰습니다. 진 쪽을 바라봤습니다. 극도로 건조하고 더워지기 시작한 어두운 밤의 멀고 깊은 곳을 바라봤습니다.

"지금이 몇 시지? 밤이 어떻게 낮이 죽은 것처럼 이렇게 길지?"

"진이 정말로 난리라니까요. 정말로 해를 만들어낼 수 있다면 캄캄한 밤이 다시 대낮으로 돌아갈 수 있을 거예요."

하늘을 바라보고 땅을 바라봤습니다. 그리고 또 제방 아래 그 가오텐진을 바라봤지요. 저는 아버지가 꿈속에서 어떻게 몽유하는 사람들을 조직해 동굴에 있는 기름을 운반해오려는지 알지 못했습니다. 어떻게 그 수십 명의 몽유하는 사람이 세로로 세워져 있는 기름통들을 전부 눕혀서 동굴 밖으로 한 통 한 통 운반해 나올 수 있는지 알지 못했습니다. 첫 번째로 들어간 사람들이 이미 산허리에서 기름통을 굴려 나오고 있었습니다. 여러 대오를 이루어 굴려 나왔습니다. 아버지가 들고 있는 마등을 따라 나오고 있었지요. 구르릉 구르릉 기름통 굴러가는 소리가 깊은 밤 어둠 속에 퍼져나가면서 여름 낮의 천지에 가득 차 있던 어둠을 굴려 밀어냈습니다. 바람이 밤의 어둠을 차갑고 뜨겁게 불어내는 것 같았습니다. 언덕을 오를 때 그 몽유하던 사람들은 기름통을 굴리는 모든 호흡이 거칠고 무겁고 밧줄처럼 굵었습니다. 제방의 평평한 길에 이르러서는 기름통을 굴리는 데 별로 힘이 들지 않았습니다. 꿈이 호흡과 균형을 맞추고 있었지요. 철판으로 된 통이 시멘트 길 위를 구를 때 나는 탕탕 부딪치는 소리도 딩딩 가늘고 약하게 들렸습니다. 기름통에 담긴 기름은 끈적끈적하고 곤죽이 되어 있었지만 오래 굴리자 묽어져 출렁출렁 소리가 났습니다. 통 바깥에서는 구르릉 구르릉 소리가 났지만 통 안에서는 솨솨 소리가 났습니다. 긴 대오였습니다. 열 몇 통의 기름과 수십 명의 몽유자였습니다.

　"나를 따라와요. 나를 따라오라고요."

　아버지는 앞에서 꿈을 꾸면서 외쳤습니다. 눈을 부릅뜬 사람이 밤에 기관차를 모는 것 같았습니다. 장군이 군대를 이끌고 야간 행군을 하는 것 같았습니다. 모든 사람과 모든 사람이 굴리는 기름통이 기관차와 그 뒤를 따르는 바퀴 같았습니다. 구르릉 구르릉 요란한 소리가 났습니다. 가지런한 행렬이었습니다. 장엄한 대오였지요. 언덕 아래에서 위로 굴려 올라와 모퉁이를 돌면 바로 제 앞으로 오게 되어 있었습니다.

　"이 기름통을 제방 동쪽 정상으로 올려 여러 사람에게 넘기기만 하면 돈을 벌 수 있습니다. 산 정상까지 굴려 해가 나오게 하기만 하면 모두들 돈을 벌게 된다고요."

"올해 이달 이날의 해가 나오게만 하면 기름통을 굴린 우리 모두가 평범한 사람이 아니라 이 지역의 영웅이 되는 겁니다. 날이 밝으면 천하의 모든 사람이 우리에게 감사하고 우리를 존경하게 될 겁니다."

"자, 빨리 좀 합시다. 빨리요. 조금 일찍 해가 뜨게 하자고요. 가오톈에서 맞아 죽는 사람이 조금이라도 줄어들고 피 흘리는 사람도 줄어들게 하자고요. 저기 저 양반, 좀 빨리 움직여요. 당신은 동작이 너무 느리니까 맨 뒤로 가요. 당신이 그렇게 게으름 피우면 누군가의 머리가 가오톈 길거리에 떨어져 굴러다니게 될지도 모른단 말이에요. 그러면 누군가의 머리에 피를 쏟아낼 구멍이 하나 더 생긴단 말이에요."

아버지는 앞에 서서 뒤를 향해 외쳤습니다. 하늘에 대고 외쳤습니다. 꿈꾸는 사람 모두 우리 아버지 곁에서 구르릉 구르릉 기름통을 굴렸습니다. 누구도 아버지를 따라 제방 서쪽에서 제방 동쪽으로 시신 기름이 든 통을 굴려가는 사람들을 보지 않았습니다. 기름을 운송하는 열차가 구르릉 구르릉 소리를 내며 달리는 것 같았지요. 대낮인 밤은 어두웠습니다. 물은 맑고 깨끗했지만 보기에는 흐릿했습니다. 공기 속에는 뜨겁고 건조하긴 하지만 불어오는 바람이 담겨 있었습니다. 굴려가는 기름통 안에는 느끼한 비린내와 찌는 듯한 여름 더위의 냄새가 담겨 있었습니다. 기름의 진액을 막 화로에서 꺼내는 순간 같았습니다. 아무도 말을 하지 않았습니다. 아무도 쉬기 위해 허리를 펴지도 않았습니다. 허리를 구부리고 굴려가는 기름통과 크게 뜨거나 반쯤 뜬 눈들이 있을 뿐이었습니다. 잠시 후 기름통을 굴리는 사람들이 전부 우리 둘 앞으로 꿈을 꾸면서 지나갔습니다. 우리 앞을 구르릉 구르릉 소리 내면서 지나갔습니다. 흔들리는 사람들의 그림자가 목우류마木牛流馬*처럼 지나갔습니다. 소리는 컸다가 작아지기를 반복했습니다. 시간은 여름에서 겨울, 봄에서 가을로 그렇게 지나갔습니다.

"무슨 기름이지?"

옌 아저씨가 제게 물었습니다.

"기름 같은 게 아니에요."

제가 옌 아저씨 눈을 바라보면서 대답했습니다.

"도대체 무슨 기름인데 그래?"

"제방 위 동굴에 1년 내내 비축해두었던 휘발유와 이곳 사람들이 먹는 식용유예요."

"아하! 그렇군."

이것이 옌 아저씨가 제게 던진 마지막 한마디였습니다. 아하 하면서 아저씨는 그 몽유하는 기름통 운송 대열을 바라봤습니다. 그중에는 산 하나를 굴리듯 힘들게 기름통을 굴리고 있는 60~70세의 노인도 있었습니다. 옌 아저씨는 손전등을 주머니에 쑤셔넣고 그 노인에게 다가가 기름통 굴리는 것을 도왔습니다. 일출을 만들어내고 낮을 만들어내는 몽유의 대오에 참여한 것이지요. 손을 뻗어 꿈의 부드러움과 딱딱함, 뜨거움과 차가움을 직접 만져보고 이야기의 진위와 허실을 확인하려는 것 같았습니다.

---

* 삼국시대에 제갈량이 만들었다고 전해지는 나무로 만든 운수용 수레.

하늘은 어둡고 흐릿했습니다.

세상은 적막하면서도 또 더러웠습니다. 소리도 났습니다.

큰 제방과 산맥과 산맥 사이 마을들의 수목이 전부 흐릿함 속에서 울퉁불퉁한 검은 조각과 덩어리로 보였습니다. 제방 아래 진의 흔들리는 불빛은 그렇게 어지럽게 번쩍였습니다. 사람들이 싸우고 죽이면서 내지르는 날카로운 비명도 예전처럼 하늘과 사람들의 눈귀를 찌르며 뚫고 날아다녔습니다. 사람들이 멀어지면서 발걸음 소리는 작아졌지만 제방 서쪽에서 동쪽의 산 위로 시신 기름통이 굴러가는 소리는 사람들이 꿈속에서 이를 가는 소리처럼 요란했습니다.

4. 06:00~06:00

바로 이렇게 한 번 또 한 번 제방 서쪽의 시신 기름통들이 전부 동쪽으로 굴러갔습니다. 다 합쳐서 일곱 번을 왕복했는지 여덟 번을 왕복했는지는 기억이 잘 나지 않았습니다. 여덟 번인지 아홉 번인지 분명하지 않았습니다. 어차피 그들은 시신 기름을 제방 동쪽의 가장 후미진 산등성이로 옮겨놓은 터였습니다. 기름통을 세워놓고 산 아래 가오톈 쪽을 바라보면서 그쪽에서 나는 소리를 듣고 있었습니다. 그 명멸하는 불빛을 바라보고 있었지요. 진에서의 전쟁과 살육을 바라보는 것 같았습니다. 팔이 부러지고 다리가 부러지는 사람들의 피와 살이 거리에 나뒹굴고 허공에 날아다니는 광경을 보고 있는 것 같았습니다. 서로 부딪치고 죽이면서 내는 찢어질 듯한 비명을 듣고 있는 것 같았지요. 죽어가는 사람이 피를 흘리며 내는 울음소리와 신음을 듣는 것 같기도 했습니다. 모두 하얀 얼굴이었습니다. 얼굴이 모두 신세계 장례용품점의 하얀 종이꽃 같았지요. 졸린 눈을 부릅뜰수록 얼굴에 불안이 그대로 드러났습니다. 꿈을 꾸고 있는 얼굴에 땀도 보였습니다. 꿈꾸는 얼굴의 꿈꾸는 눈에 두려움도 보였습니다. 눈을 휘둥그레 뜨고 있었습니다. 눈 속에 혼탁하고 아득하고 어쩔 줄 몰라 하는 흐린 빛이 보였습니다. 모두들 우리 아버지를 따라 중얼거리면서 날이 곧 밝겠지요 곧 날이 밝겠지요 하고 물었습니다.

"빨리 해를 만들어내자고요."

"빨리 해가 나오게 하자고요."

그렇게 모두 황급히 아버지를 따라 제방 서쪽으로 가서 손발을 분주하게 움직여 시신 기름통을 굴려 옮겼습니다. 빨리 대낮의 해가 나오게 하려는 것이었지요. 그렇게 한 번 또 한 번 무리 지어 대오를 이루면서 기름통을 날랐습니다. 마지막에는 굳이 우리 아버지가 나서서 그들을 이끌 필요가 없었습니다. 그들 스스로 날고뛰어 제방 서쪽으로 가서 제방 동쪽을 향해 기름을 날랐으니까요. 기계 같았습니다. 차량 행렬 같았습니다. 기러기 떼 같았습니다. 앞에 날던 기러기가 햇빛 아래 산에 부딪히면 뒤에서 날던 기러기들도 한 마리 한 마리 계속 부딪힐 것 같았습니다. 산 위를 서로 쫓고 쫓기면서 이리저리 뛰어다니는 영성을 가진 짐승들 같았습니다. 앞에서 뛰어가던 놈이 절벽 아래로 떨어지면 뒤에 따라가던 놈도 영락없이 절벽 아래로 떨어져 죽을 것 같았습니다.

제방 동쪽 가장 북쪽에 산등성이가 하나 있었습니다. 황토가 두껍게 덮여 있어 천추만대의 마을 사람들을 매장할 수 있는 곳이었지요. 원래 정상의 산등성이에는 커다란 연못과 구덩이가 하나 있었습니다. 한 무 정도 크기의 황토 구덩이였지요. 나중에는 시간이 그 구덩이를 메워버렸습니다. 그 구덩이를 황야의 나무들과 들고양이, 들개들에게 줘버렸습니다. 산토끼와 산새들에게 줘버렸지요. 사람들은 그곳에 가지 않게 되었습니다. 어느 집에 병든 돼지나 갓난아기가 죽어야 그곳에 갖다 버렸지요. 작은 가축의 사체나 영아의 시신이 있어야 그곳에 가져가 버렸습니다. 하지만 지금은 병든 돼지가 아주 드물었고 죽는 갓난아기도 없었습니다. 그 구덩이는 폐기되어 전혀 쓸모가 없어졌습니다. 아버지는 그 구덩이가 어디에 있는지 잘 알고 있었습니다. 아버지가 어디에 구덩이가 있는지를 어떻게 알았는지는 알 수 없었습니다. 과거에 가오텐에서 일출을 바라보면 정말 해 같았던 것은 해가 바로 그 구덩이 위로 솟아올랐기 때문입니다. 날이 밝는 과정은 항상 그 구덩이와 구덩이 옆에서 시작되었으니까요. 단지 겨울에 일출을 볼 때에만 구덩이 이쪽으로 치우쳐 있고 여름에 해가 뜰 때에는 구덩이 저쪽으로 치우쳐 있었습니다. 그 한 통 한 통의 시신 기름을 그 구덩이 한쪽에 세워놓았습니다. 구덩이를 에워싸고 여기저기 마구 내던져져 있고 쓰러져 있기도 했지요. 사람들 모두 또 시신 기름을, 시신 기름이 담긴 통을 밀 때 아버지는 시신 기름통 뚜껑을 커다란 철제 펜치로 비틀어 열었습니다. 검은 시신 기름이 콸콸 구덩이 안으로 쏟아져 들어갔습니다. 기름 한 통, 기름 두 통. 기름 백 통이 구덩이로 흘러 들어갔습니다. 어쩌면 삼백 통이나 오백 통이었는지도 모르지요. 한 통 또 한 통 전부 구덩이 안으로 쏟아져 들어갔습니다. 먼저 쏟아져 들어간 기름은 검고 더러워져 연못 안의 진흙물 같았습니다. 많이 쏟아붓자 그 검고 더러워진 기름 위로 한 겹 갈색빛이 생겼습니다. 등불 아래서 호수 수면의 시퍼런 빛처럼 보였습니다. 밀어온 기름통은 전부 구덩이를 에워싸고서 그 구덩이 안으로 꿀렁꿀렁 매끄러운 소리를 내면서 기름을 쏟아냈습니다. 수백 개의 샘물이 구덩이를 향해 물을 뿜는 것 같았습니다. 기름을 다 쏟아낸 기름통은 한쪽에 버려졌습니다. 버려진 기름통들은 크기와 모양이 똑같은 무수한 고목 그루터기 같았습니다. 왕성하게 뒤엉켜 생장한 거대한 버섯 군락 같았지요. 알고 보니 꿈이 큰일이 될 수 있었습니다. 알고 보니 꿈속에서 천만 가지 일을 할 수 있었습니다.

기름이 전부 제방 서쪽에서 동쪽으로 굴러갔습니다.

기름이 전부 사람 키 절반 정도의 그 연못 구덩이에 쏟아부어졌습니다.

제방 서쪽에서 이 산꼭대기에 이르는 수십 미터의 황폐한 언덕 길은 풀마저 기름통에 여기저기 온통 납작하게 깔아뭉개졌습니다. 풀이 기름에 오염되어 기다란 기름 쓰레기가 줄지어 널려 있는 것 같았습니다. 불빛 아래서 그 기름 쓰레기는 언덕길을 오르는 북쪽에 길게 이어져 흩어져 있었습니다. 사람의 머리칼을 뒤로 빗어넘긴 것 같았습니다. 땅바닥에는 잘린 풀 냄새와 사람 기름이 썩은 비릿한 냄새가 가득했습니다.

세상이 전부 사람 기름 냄새와 땀 냄새로 가득했습니다. 그리고 대낮인데도 죽은 어둠의 뜨겁고 어지러운 냄새로 가득했습니다. 하늘은 마침내 찌는 듯이 더워지기 시작했습니다. 갑갑하고 무덥고 어지러운 대낮의 어둠이 사람을 또 삶을 듯이 뜨거운 물로 돌아가게 한 것 같았습니다. 구덩이 옆 나무에 걸린 열 몇 개의 마등 덮개에 전부 바짝 마르고 검게 그을린 물의 흔적이 남아 있었습니다.

등불 빛도 갈수록 더 어두워졌지요. 대낮 같은 밤이 갈수록 더 깊어졌습니다. 연못의 구덩이 옆에는 홰나무와 멀구슬나무가 몇 그루 서 있었습니다. 나무 위의 잎사귀들은 전부 등불 빛에 검고 부드럽게 구워져 축 늘어져 있었지요. 나뭇잎에 매달려 있던 벌레들은 자신들의 집을 내어놓고 탐색하듯이 등불을 바라보는 사람들의 모습을 관찰하고 있었습니다.

등불이 나무의 그림자를 아주 멀리까지 던지고 있었습니다.

사람의 그림자를 아주 먼 곳과 아주 가까운 곳에 던지고 있었습니다.

커다란 탈곡장 같은 구덩이에 기름이 허벅지 깊이로 차올랐습니다. 어쩌면 허벅지를 삼키고 허리까지 차오를 수도 있을 것 같았습니다. 끈적끈적한 기름 표면이 평평해지고 검은빛을 띠면서 코를 찌르는 냄새가 났습니다. 허리를 구부리면 그 기름 표면에서 한 조각 한 조각 생선 비늘 같은 빛이 보였지요. 커다란 조각의 생선 비늘 같은 빛이었습니다. 기름을 밀고 굴리는 데 두 시간 남짓 걸렸습니다. 어쩌면 세 시간이었는지도 모르지요. 기름통을 다 굴린 사람들은 구덩이 옆에 널브러졌습니다. 사람들 모두 구덩이 옆에서 잠들었습니다. 누군가 마지막 기름통을 밀어놓고는 통 옆에 쓰러져 함께 잠들었습니다. 코 고는 소리가 기름통이 도로 위를 굴러가는 소리 같았습니다. 그리고 기름통을 다 굴린 다음 뭔가를 중얼거리면서 땅 위의 황토와 들풀을 뜯어 손에 묻은 기름을 문지르는 사람도 있었습니다. 그러는 모습이 반은 자는 것 같고 반은 깨어 있는 것 같았습니다. 자신이 기름을 날랐다는 사실을 잊지 않는 것은 돈 때문이었습니다.

"한 통에 100위안이라더니 돈은 어디 있지? 집을 준다더니 집은 어디 있는 거야?"

어디에 가서 돈을 받고 집을 받을 수 있는지 묻는 말이 나무에 달린 잎사귀나 땅 위에 자라나 있는 들풀처럼 입가에 걸려 있었습니다. 하지만 묻고 또 묻다보니 그는 몽유에서 한 걸음 더 물러서 쓰러져 잠들고 말았습니다. 소리가 작아지더니 아예 아무 소리도 나지 않았습니다. 잠이 그의 몸 안에 들어갔습니다. 죽은 듯이 잠 들어갔습니다. 아버지는 기름 구덩이 옆에서 바삐 움직이면서 사람들의 질문에 대답하는 것도 잊지 않았습니다.

"곧 돈을 드릴 겁니다. 날이 밝는 대로 드릴 거예요."

일일이 대답하다보니 더 이상 돈과 집에 관해 묻는 사람이 없었습니다. 사람들은 하나둘씩 쓰러져 잠이 들었지요. 몽유에서 일상의 꿈으로 돌아간 것입니다. 아버지도 몽유하고 있었습니다. 아버지도 깊이 잠들었습니다. 아버지는 잠을 자면서 몽유하고 있었지만 이런 사람들 사이를 마구 뛰어다니면서 빈 기름통을 먼 곳으로 굴렸습니다. 기름 운반을 끝낸 사람들에게 신경 쓸 필요도 없어졌고 한 통에 100위안이라는 가격도 거론할 필요가 없어졌습니다. 더 이상 기름 세 통을 밀면 집 한 채를 주고 열 통을 밀면 길가로 난 점포를 주기로 한 일을 거론하지 않았습니다. 아버지는 그저 빈 기름통을 밀면서 쉬지 않고 뛰어다니고 혼잣말을 중얼거렸습니다. 깊은 어둠과 흥분이 미쳐서 춤추고 노래하는 것 같은 모습이었습니다.

"이제 불을 붙여도 될 것 같아. 해가 곧 뜰 거야."

"이제 불을 붙여도 될 것 같아. 해가 곧 뜰 거라고."

이쯤 되자 저는 아버지가 이미 깊은 잠에서 꿈의 아주 깊은 곳, 꿈의 검은 구멍 속으로 빠져들었다는 것을 알 수 있었습니다. 아버지는 밤새 깨어서 뛰어다니고 소리치고 외쳤으니 틀림없이 뭔가 머리를 받쳐줘야만 잠을 잘 수 있을 정도로 졸렸겠지요. 하지만 아버지의 머리는 누워 있지 않고 세워져 있었습니다. 아버지는 자면서도 쉬지 않고 왔다 갔다 하면서 몸을 움직였습니다. 저는 아버지가 구덩이 안의 시신 기름에 불을 붙이기만 하면 모든 일이 끝날 것이고 아버지는 구덩이 옆에 쓰러져 잘 것이라고 생각했습니다. 불구덩이 옆에서 자게 되겠지요. 그렇게 불이 아버지를 태워도 아마 잠에서 깨어나지 않을 것 같았습니다.

아버지가 불에 타 죽는 일이 없도록 하기 위해 저는 줄곧 아버지 뒤를 따라다니고 있었습니다.

저는 아버지가 기름에 불을 붙여 갑자기 불 속에 쓰러져 자게 될까봐 두려웠습니다.

그러나 바로 이때, 새로운 일이 일어났습니다. 꿈과 몽유가 하늘과 땅을 뒤흔들어 놀라게 했습니다. 죽음은 돌아오지 않았습니다. 바로 이렇게 아버지가 기름을 다 쏟아놓은 마지막 기름통을 구덩이 옆으로 던져버리고 땅바닥에서 마른 풀을 뜯어 두 손을 비비면서 모든 사람을 향해 큰소리로 곧 해가 뜰 것이라고 외쳤습니다.

"해가 곧 솟아오를 겁니다."

나무에 걸어둔 마등을 전부 내리고 구덩이에 가득 찬 시신 기름에 불을 붙이자 옌 아저씨가 사람들 무리에서 나와 아버지 앞에 섰습니다. 그는 온몸이 기름때인 데다 얼굴에도 온통 시신 기름 얼룩이었습니다. 그가 몽유 상태에서 기름을 나르다가 오염된 것인지 아니면 우리 아버지와 함께 구덩이에 기름을 쏟아붓다가 오염된 것인지 알 수 없었습니다. 그는 기름에 오염된 나무 기둥처럼 우리 아버지 앞에 서 있었습니다. 아버지와 한 걸음 사이였습니다. 그 자리에 서서 아주 일반적인 잠꼬대를 몇 마디 했습니다. 땅이 뒤집히고 하늘이 뒤집힐 잠꼬대였습니다.

"지금 여기에 불을 붙이면 표면만 탑니다. 불이 해가 되게 하려면 커다란 불의 공이 되어야 한다고요. 그래서 제가 한나절 생각해봤는데 기름 구덩이 한가운데 기둥을 하나 세우고 그 위에 기름 먹은 풀을 한 더미 쌓아야 불이 순조롭게 풀 기둥을 타고 허공으로 타올라 둥근 모양이 되고 이 불의 공이 해가 떠오르는 것처럼 보일 것 같습니다."

아버지는 기름 구덩이 옆에 섰습니다. 완전히 잠든 사람들과 반쯤 잠든 사람 모두 구덩이 밖 풀밭 위에 쭈그려 앉거나 쓰러져 있었습니다. 사람들 모두 기름통이나 풀더미처럼 마구 흐트러져 쓰러져 있었습니다. 불빛 아래 어둡고 흐릿한 모습이었습니다. 나무 그림자도 어둡고 흐릿했습니다. 세상도 어둡고 흐릿했습니다. 저는 옌 아저씨 옆 1미터 정도 높이에서 아버지의 낯빛을 살펴봤습니다. 눈길을 옌 아저씨의 어깨에서 아버지에게로 옮겼습니다. 옌 아저씨의 어깨뼈가 죽어서 누렇게 변한 썩은 근육과 뼈인 것을 발견했습니다. 아버지의 얼굴이 불빛과 기름 빛처럼 붉은색으로 반짝이며 비단처럼 매끄럽게 허공을 떠다녔습니다. 원래 얼굴에 해가 감춰져 있는 것 같았습니다. 저는 옌 아저씨를 바라봤습니다. 옌 아저씨를 뚫어져라 쳐다봤습니다. 옌 아저씨가 한 말을 생각했습니다. 아버지의 눈동자가 빙글빙글 돌면서 가볍게 움직였습니다. 얼굴 위에 불이 붙은 불공 두 개가 돌아다니는 것 같았습니다. 바로 이렇게 아버지는 기름 구덩이 옆에서 뭔가를 찾기 시작했습니다. 아버지는 구덩이 옆 나무 위에서 어지럽게 마구 가느다란 잎 몇 움큼과 마른 가지 몇 개를 훑어 꺾었습니다. 그런 다음 무력하게 서 있는 옌 아저씨 앞으로 돌아왔지요. 또 갑자기 자거나 꿈꾸고 있는 사람들이 옆에 벗어놓은 기름 묻은 옷들을 한 점 한 점 살펴봤습니다. 얼굴에 또 집에 가서 열쇠를 찾아와야 할 것 같다는 기괴하고 가벼운 웃음이 번졌습니다. 어린아이 하나가 남이 잃어버린 물건을 발견한 것 같았습니다. 제가 장날에 장을 보러 온 사람이 흘린 지갑을 발견한 것 같았습니다. 그 지갑을 주워야 할지 말아야 할지, 다가가야 할지 말아야 할지 몰라 주저하는 것 같았습니다. 하지만 결국 저는 다가가 그 지갑을 주웠습니다. 얼른 감췄지요. 아버지는 한동안 침묵했습니다. 한참이나 입을 다물었습니다. 마침내 아버지는 눈길을 옌 아저씨의 몸에서 거둬들여 기름 구덩이로 향했습니다. 평평하고 조용한 기름 구덩이의 유면은 아주 거대한 검정 주단 같았습니다. 몹시 반짝거렸지요. 나무가 그 위로 그림자를 던졌습니다. 사람 그림자도 함께 빛났지요. 나무 그림자와 사람 그림자가 하늘 위에도 떨어지고 하늘 아래에도 떨어졌습니다. 반짝이는 빛이 하늘 아래 다른 곳에도 비쳤습니다. 느끼한 비린내가 코를 찔렀습니다. 오래 냄새를 맡다보니 냄새가 느껴지지 않는 것 같았습니다. 시신 기름에 아예 냄새가 없었던 것 같았습니다. 그것이 사람 기름이라는 것을 아는 이는 없었습니다. 십몇 년 동안 화장당한 사람들의 기름이라는 사실을 아무도 알지 못했지요. 저만 알고 있었습니다. 저랑 아버지만 알고 있었지요. 그

때 제가 자면서 아버지와 마찬가지로 몽유하고 있었는지 아니면 깨어 있었는지는 기억이 잘 나지 않습니다. 정말 확실하게 기억나지 않습니다. 지금은 깨어 있는 것 같습니다. 하지만 깨어 있는 제가 어떻게 아버지가 그런 멍청한 짓을 하게 내버려둘 수 있겠습니까. 그건 닭이나 고양이, 개나 돼지 같은 가금이나 새들도 해서는 안 되고 할 수도 없다는 건 다 아는 일입니다. 솔직히 말씀드리자면 저는 멍청한 아이입니다. 정말 멍청한 아이지요. 저는 깨어 있으면서도 아버지가 꿈속에서 그 짓을 하게 내버려두고 말았습니다. 가서 아버지가 가장 해야 하면서도 하지 말아야 하는 그 일을 하게 내버려두었지요. 산 아래 가오톈의 등불 빛은 아직 어지럽고 흐릿했습니다. 그곳에서 들려오는 소리도 다급하고 어지럽고 흐릿했지요. 한쪽은 저수지고 다른 한쪽은 산맥 아래 마을이었습니다. 제 뒤에는 불빛은 있지만 아무 소리도 들리지 않는 외삼촌 댁이 위치한 산수 소구가 있었지요. 외삼촌 댁의 상황은 어땠을까요. 누가 그 집의 상황에 신경 쓸 수 있었겠습니까. 산수 소구의 상황이 어떻든 관여할 수 있는 사람은 아무도 없었습니다.

기름으로 가득한 연못 구덩이에 곧 불이 붙을 것이었습니다.

그 구덩이에서 해가 떠오를 것이었습니다.

하얀 하늘이 대낮의 어둠을 밀어낼 것이었습니다.

저는 아버지의 얼굴을 뚫어져라 쳐다봤습니다. 옌 아저씨의 마른 근육과 뼈 같은 어깨를 쳐다봤습니다. 그는 원래 셔츠 차림이었지만 이제 와서 보니 셔츠가 어디로 갔는지 없었습니다. 등의 맨살을 드러낸 그는 온몸이 기름때라 그가 작가인지 어디 사는 누구인지 알 수 없었습니다.

그 또한 몽유하고 있었습니다.

정확히 말하자면 꿈속으로 떨어진 사람이었습니다.

그의 몽유는 그 누구와도 성격과 정황이 다르지 않았습니다. 머리칼은 희었고 눈은 반쯤만 뜨고 있었습니다. 코로 숨을 쉴 필요 없이 입으로 숨을 들이마시고 토해냈습니다.

"몇 시지? 내 라디오를 어디 뒀더라."

과거라면 내일이 오기 전에 일기 예보가 있었겠지요. 하지만 지금은 세상이 온통 흐릿해서 밤중에 바닷물이 보이지 않는 것과 같은 상태였습니다. 시간이 죽었습니다. 해가 죽었습니다. 이제 해가 되살아나려 하고 있었습니다. 시간도 다시 살아나겠지요. 아버지는 옌 아저씨와 함께 서 있었습니다. 아버지와 옌 아저씨는 서로 잘 보이는 것처럼 서로를 바라보고 있었습니다. 서로를 보지 못하고 있는 것 같기도 했습니다. 두 사람 다 꿈 쪽에 있었으니까요. 둘 다 몽유하고 있고 꿈속에서 자기 일을 생각하고 있었으니까요. 물이 물의 일을 생각하고 있는 것 같았습니다. 산이 산의 일을 생각하고 있는 것 같았지요. 백양나무와 홰나무가 각자 나무의 일을 생각하고 있는 것 같았습니다. 땅 위에서 자거나 꿈꾸고 있는 사람들은 자거나 꿈꾸면서 각자의 일을 생각하고 있었습니다. 도처에 자는 사람들의 숨소리와 코 고는 소리였습니다. 제 앞뒤로 온통 코고는 소리와 잠꼬대 소리였습니다. 이런 소리를 빼면 세상은 아주 조용했지요. 천하가 아주 고요했습니다. 기름 구덩이 쪽 수십 미터 밖의 황량한 풀밭에는 차갑고 놀라운 움직임이 있었습니다. 뱀이 어느 풀더미 사이를 지나가는 것 같았습니다. 어쩌면 산토끼 한 마리가 그곳을 지나 뛰어가는 것인지도 몰랐습니다. 어둠 속에서 마른 풀 한 가닥이 기름 구덩이 안으로 날아들어가는 것 같았습니다.
작은 돌멩이 하나가 기름 구덩이 속으로 깊이 빠져들어가는 것 같
았습니다. 코 고는 소리와 사람들의 잠꼬대가 지면을 미끄러져 넓
이가 한 무쯤 되는 기름 구덩이 속으로 빨려들어가는 것 같았습니
다. 기름 구덩이 쪽은 아주 조용했습니다. 기름 구덩이 사방의 산
등성이와 풀밭 언덕, 전답과 마을은 시간이 죽고 해가 죽은 것처럼
고요했지요. 이 죽음처럼 고요한 구덩이 옆에서는 밤새 생장하던
풀이 사람들의 발에 밟힌 뒤 몸을 바로 세우고 허리를 펴려고 몸부
림치는 소리도 들을 수 있었습니다. 이 죽음처럼 고요한 구덩이 옆
에서 벌름거리는 아버지의 코는 허공에서 발버둥치는 잠자리의 날
개 같았습니다. 헤벌리고 숨을 쉬는 옌 아저씨의 입은 닫지 않은
간장병 뚜껑 같았습니다. 도시의 대로 위에 들춰진 맨홀 뚜껑 같았
습니다. 그들은 그렇게 조용히 서로를 바라보며 침묵하고 있었습
니다. 잠시 침묵하고 하룻밤 새 침묵하고 계절 내내 침묵하고 한
해를 통째로 침묵하고 있는 것 같았습니다. 또 그 조용한 순간에
드문드문 짧게 침묵하는 것 같기도 했지요. 이때, 이 순간에, 아버
지의 얼굴이 딱딱해졌습니다. 빨개졌습니다. 빨갛고 딱딱한 가운
데 한 가닥 혈맥이 뛰고 있었습니다.

"렌커 형, 오늘 밤 일을 책으로 써주세요."

옌 아저씨가 아버지를 바라봤습니다. 뭔가 말을 하려는 것 같더
니 또 아무 말도 하지 않았습니다.

"저는 렌커 형이 책에 이 일을 써넣을 거라는 걸 잘 알아요. 이건
형이 100년, 1000년이 지나도 만나기 어려운 이야기일 테니까요."

옌 아저씨를 쳐다보면서 아버지는 웃기만 할 뿐 아무 말도 하지

않았습니다. 아버지는 나무 밑으로 가서 마등 몇 개를 위로 높이 치켜들었습니다. 모든 마등의 무게를 알아보려는 것 같았습니다. 아버지는 가장 무거운 마등을 골랐습니다. 그러고는 어린아이처럼 두 발로 번갈아가며 자기 신발을 차례로 기름 구덩이에 밀어넣었습니다. 돌이 물속에 떨어지는 것 같은 풍덩 소리도 나지 않았고 물거품이 튀어오르는 소리도 나지 않았습니다. 끈적끈적한 검은 기름이 떨어지는 신발을 탄성 있는 범포가 움직이듯이 삼켜버렸습니다. 이어서 아버지는 뜯어낸 쑥을 품에 안았습니다. 수많은 나뭇가지 묶음을 손으로 끌고 있었습니다. 이어서 자고 있는 몇몇 몽유자의 옷을 한아름 안았습니다. 그렇게 아버지는 이사하듯이 이런 물건들을 안고 끌고, 게다가 마등까지 들고서 기름 구덩이를 향해 걸어갔습니다.

　저는 도대체 멍청함 때문인지 아니면 그때 자고 있었기 때문인지 모르지만 아버지를 바라보면서 몽경을 보듯이 꿈속에 서서 몽유를 바라봤습니다. 꿈이 제게 주술을 건 것 같았습니다. 몽유가 제게 주술을 걸어 죽고 싶게 만든 것 같았습니다. 저는 꿈의 주술에 걸려서도 자신이 침대 위에서 자고 있고 주먹을 가슴에 대고 있다는 것을 알았습니다. 저는 주먹을 가슴에서 내리고 싶었지만 아무리 힘을 써도 내릴 수 없었습니다. 저는 소리를 질러 아버지가 기름 구덩이 가까이에 가지 않게 하고 싶었습니다. 하지만 아무리 힘을 써도 입을 벌려 소리를 낼 수 없었습니다. 아버지는 큰일을 이루려 했습니다. 꿈이 큰일을 다 이룰 수 있었습니다. 몽유가 천하의 불가능한 대사를 다 이룰 수 있게 해주었습니다. 아버지는 그렇게 나뭇가지와 쑥과 옷가지들을 손에 들거나 품에 안고 구덩이 안으로 내려가 더러운 기름을 따라 구덩이 한가운데로 걸어갔습니다. 한 걸음 한 걸음, 어디서는 시신 기름이 무릎까지 오지 않았고 어디서는 허벅지까지 올 정도로 깊었습니다. 쑥과 나뭇가지가 기름 표면을 그으면 기름의 비린내와 느끼한 냄새가 산등성이에 가득 퍼지고 산 위에 가득 퍼지고 천하에 가득 퍼졌습니다. 저는 아버지가 뭘 하려고 하는지 알지 못했습니다. 옌 아저씨도 꿈속에 있어 멍한 상태라 우리 아버지가 뭘 하려고 하는지 알지 못했지요. 기름 구덩이 옆에서 자고 있는 사람이나 꿈을 꾸고 있는 사람이나 깨어 있는 사람 모두 우리 아버지가 뭘 하려고 하는지 알지 못했습니다. 하늘은 잿빛으로 어둡고 흐릿했습니다. 대지는 어둡고 죽음처럼 흐릿했습니다. 사람들도 모두 죽음처럼 잿빛으로 어둡고 흐릿했지요.

"아버지, 뭐 하려고 그러세요?"

제 외침은 하루 종일 돌아다니다가 집에 돌아갔을 때 엄마 아버지가 보이지 않자 문 앞에서 엄마 아버지를 부르는 것 같았습니다.

아버지는 고개를 돌려 저에게 도무지 알아들을 수 없는 한마디를 던졌습니다.

"녠녠아, 이번에 우리 리씨 집안은 정말로 그간의 모든 빚을 갚아야 할 것 같구나. 네가 어른이 되어서도 이 아비의 빚을 갚을 필요가 없게 말이야."

목소리가 쉬고 신이 나 있는 것이 마치 묘지의 흰 종이가 밤바람 속에서 신바람 나게 날아다니며 춤추고 있는 것 같았습니다.

옌 아저씨는 갈수록 멀어지는 우리 아버지를 물끄러미 바라봤습니다.

"뭘 하려고 그러세요? 그렇게 물건들을 잔뜩 들고 움직일 수 있겠어요?"

대답이 없었습니다.

세상은 아주 고요했습니다. 원래 세상이 없었던 것 같았습니다. 아버지는 허벅지까지 차오르는 기름을 가르며 구덩이 가운데까지 갔습니다. 기름 구덩이 한가운데 잠시 서 있던 아버지는 품에 안고 손으로 끌고 있던 땔감 나뭇가지와 옷가지 등을 기름 구덩이에 가라앉도록 던졌습니다. 마침내 또 목욕을 하는 것처럼 허리를 구부리고는 손으로 기름을 자기 몸에 뿌렸습니다. 몸에 발랐습니다. 기름이 허벅지에 닿지 않는 곳에 이르자 아버지는 쭈그리고 앉아 기름이 목에 닿도록 기름 속에 푹 잠겼다가 다시 일어섰습니다. 자신을 기둥처럼 기름 범벅이 되게 만들어 기름 속을 걸어다녔습니다. 뭔가를 찾고 있었습니다. 발로 기름 속에서 뭔가를 집어내려는 것 같았습니다. 뜻밖에도 정말 뭔가를 찾아냈습니다. 발로 기름 속에서 돌덩이 하나 흙더미 하나를 찾아낸 것 같았습니다. 아버지는 천천히 그 기름 속 돌덩이와 흙더미 위에 기어 올라가 섰습니다. 구덩이 가득한 기름에 아버지의 발목만 잠겼습니다. 기름을 먹은 나뭇가지와 풀은 주변 사방에 흩트려놓았지요. 그러고는 똑바로 서서 우리가 있는 쪽을 바라봤습니다.

잠시 바라봤습니다. 평생을 바라봤습니다. 마지막으로 아버지는 마등의 덮개를 열었습니다. 마등의 연료 주입구 마개를 비틀어 열었습니다.

"렌커 형, 나를 훌륭한 사람으로 써주는 것 잊지 말아요."

아버지의 외침이었습니다. 깨어서 말하는 것 같았습니다. 다 외치고 다 말하고 나자 아버지는 마등 안에 있던 연료를 자기 눈앞에 있는 기름 먹은 나뭇가지와 풀 위에 쏟아부었습니다. 덮개를 연 마등을 그 나뭇가지와 풀더미 위에 올려놓았습니다. 팍팍 연료가 타는 소리는 들리지 않았습니다. 하지만 그 끈적끈적한 기름 위에 있던 석유에 먼저 불이 붙자 온통 맹렬한 불길이 타오르기 시작했습니다. 작은 크기의 불길이 붉은 주단처럼 아버지 앞에 날아올랐습니다. 저는 아버지가 뭘 하려는 건지 알 수 없었습니다. 하지만 옌 아저씨는 알았지요. 옌 아저씨가 아— 하고 외마디 비명을 지르더니 몸을 움츠렸다가 다시 뛰어올랐습니다. 꿈에서 깨어난 것 같았습니다.

"톈바오 형제, 자네 미쳤나? 자네 몽유하고 있는 건가 아니면 깨어 있는 건가?"

옌 아저씨는 나는 듯이 뛰어 그 기름 구덩이로 달려갔습니다.

하지만 그가 기름 구덩이 안에서 몇 걸음 뛰기도 전에 구덩이 한가운데서 불길이 일면서 하늘을 찔렀습니다. 그는 하는 수 없이 그 자리에 멈춰 멍하니 서 있어야 했습니다. 그는 우리 아버지와 아버지 몸 아래 있던 땔감과 옷가지들이 불공처럼 기름 구덩이 한가운데서 이글거리는 것을 바라보고 있었지요. 그러다가 기름 구덩이 바깥쪽으로 황급히 몸을 피했습니다. 불공 주위에서 몸부림치며 도망치는 것 같았습니다. 그렇게 몸부림치며 피했던 불공에서 아버지의 찢어지는 죽음의 고통이 담긴 외침이 들려왔습니다.

"나는 깨어 있습니다— 깨어 있다고요!"

이렇게 외치면서 그 불공은 밖을 향해 한두 걸음 움직이더니 이내 멈춰 섰습니다. 정지했습니다. 한순간을 정지하고 한평생을 정지했습니다. 한순간 정지했던 불공은 또 기름 구덩이의 높은 것을 향해 이동했습니다. 불공은 또다시 가장 높고 가장 둥근 불의 심장이 되었습니다. 아버지는 움직이지 않았습니다. 외치지도 않고 울부짖지도 않았습니다. 더 이상 외치거나 울부짖지 않고 그 자리에 멈춰 그 자리에서 죽어갔습니다. 그 기름불은 땔감과 옷가지, 그리고 아버지 자신과 함께 기름 표면 위로 번져갔습니다. 땔감과 옷가지에 붙은 기름불은 마지막으로 아버지의 몸으로 옮겨붙었습니다. 기름 구덩이 한가운데서 이렇게 커다란 불덩이, 거대한 불공이 타올랐습니다. 불이 붙은 기름 표면은 처음에는 돗자리만 하더니 잠시 후에는 집채만큼 커졌습니다. 불은 눈 깜짝할 사이에 장작과 옷가지를 타고 아버지의 몸으로 옮겨가 불기둥이 되었습니다. 이렇게 불타는 아버지 주변 사방의 불기둥은 위로 치솟았습니다. 하늘로 치솟았지요. 불길은 또 구덩이 사방으로 빠르게 번져갔습니다. 파란 불꽃과 빨간 불꽃이었습니다. 큰불이 기름 표면을 타고, 불쏘시개를 타고 불기둥으로 번져가더니 허공에서 황금빛 노란 원을 이뤘습니다. 저는 아버지가 그 불 속에서 기둥이 되어 불의 탑처럼 불공을 받치고 있는 것을 봤습니다. 그 뾰족한 끝이 흔들리면서 얼마간 버티다가 결국 쓰러지고 말았지요.

"해가 나왔으니 나를 훌륭한 사람으로 써주는 걸 잊지 마요."

저는 이것이 아버지가 불 속에서 남긴 마지막 한마디였다는 것을 기억했습니다. 그 한마디가 잠꼬대였는지 깨어서 한 말인지는 분간할 수 없었습니다. 제 생각에는 잠꼬대였을 것 같습니다. 저는 또 아버지가 불 속에서 깨어 있었을 것이라는 생각이 들었습니다. 아버지의 외침은 칼처럼 밤하늘을 날고 찍으면서 멍청한 저를 찍어 깨어나게 했습니다. 제가 깨어나 불구덩이를 향해 뛰어 내려갔을 때는 불길이 이미 옌 아저씨를 기름 구덩이 밖으로 밀어낸 뒤였습니다.

옌 아저씨는 기름 구덩이에서 나와 저를 밀어내더니 구덩이 가장자리에서 완전히 밖으로 끌어냈습니다. 이때 그는 완전히 깨어 완전히 멍한 상태였습니다. 도대체 무슨 일이 일어난 것인지 전혀 알지 못하는 것 같았습니다. 그는 손으로 자기 머리를 감싸 쥐었습니다. 두 손으로 자기 얼굴을 감싸 쥐었습니다. 그렇게 깨어나 기름 구덩이와 사람들을 향해 어지럽게 큰소리로 외쳤습니다.

"맙소사— 맙소사—"

그러고는 기름 구덩이에서 뿜어져 나오는 불길을 바라보면서 얼굴을 바람처럼 마구 흔들며 사람들과 우리 아버지를 향해 목이 찢어지도록 소리를 질렀습니다.

"모두 제방 쪽으로 뛰세요."

"제방 쪽으로 뛰시라고요."

구덩이 밖에서 자거나 꿈을 꾸고 있던 사람들은 이때 모두 깨어났습니다. 모두 땅바닥에서 데굴데굴 굴러 몸을 일으켜 그 자리에 몸이 굳은 채 뿜어져 나오는 불길을 멍하니 바라봤습니다. 기름 구덩이는 거대한 불공이 되어 있었습니다. 기름 구덩이 전체가 불공이었습니다. 열기가 물결처럼 뿜어져 나왔습니다.

"모두 제방 쪽으로 뛰세요— 제방 쪽으로 뛰시라고요—"

이리하여 사람들 모두 옌 아저씨를 따라 달리기 시작했습니다. 발걸음이 비명 속에 있었습니다. 빗방울이 풀 위나 산언덕 위로 떨어지는 소리처럼 어지러웠습니다. 코를 찌르는 누런 단내가 발밑과 허공에 날아다니고 떨어지면서 모래알처럼 날아 사람들의 얼굴을 때리고 콧등을 때렸습니다. 차가운 기름이 연소하면서 터지고 갈라지는 소리가 났습니다. 꿈에서 깨어난 사람들은 날카로운 비명을 질러댔습니다. 산 위에도 놀란 사람들이고 산 아래에도 놀란 사람들 천지였습니다. 허공에서도 불빛 때문에 하나같이 붉은 얼굴인 것을 볼 수 있었지요. 저수지의 수면 위로 해의 그림자처럼 불빛이 비쳤습니다. 불에 탄 기름 재가 공작의 깃털처럼 혹은 봉황의 깃털처럼 사람들을 따라 하늘을 날아다니다가 얼굴과 머리 위로 떨어졌습니다. 바로 이렇게 사람들은 산 위에서 산허리로 뛰어서 도망쳤습니다. 발걸음이 법정에서 도망치는 것처럼, 죽음에서 도망치는 것처럼 빨랐습니다. 뒤에서 더 이상 타는 냄새가 느껴지지 않는 제방 위에 이르러서야 사람들은 멈춰 서서 등 뒤를 돌아봤습니다. 모두들 등 뒤에서 바라본 것은 커다란 불이 아니라 제방 동쪽 산 위로 이글거리며 솟아오르는 해였습니다. 해의 화염은 나무 한 그루만 했습니다. 집처럼 높았습니다. 몇 층짜리 건물처럼 높았지요. 공 모양의 반원이 그 산 위에 걸려 있었습니다. 산 위에서 공중으로 올라올 것 같았지만 그 산과 구덩이가 꼭 잡고 놓아주지 않는 것 같았습니다. 솟아오르지 못하도록, 산맥을 벗어나지 못하도록 붙잡고 있는 것 같았지요.

겨울날 해가 막 동쪽에 떠오르는 순간 같았습니다.

여름날 해가 막 머리를 드러내는 순간 같았습니다.

산맥이 붉게 밝았습니다.

세상이 붉게 밝았습니다.

세상의 대지가 붉게 타올라 밝은 빛을 토했습니다.

붉은빛 아래서 나무와 강과 마을과 햇빛 가까이 있는 집과 가축들이 전부 맑고 투명하게 비쳤습니다. 마노瑪瑙로 만든 산천으로 이루어진 세상 같았습니다. 저는 옌 아저씨에게 이끌려 산 위에서 산 아래 제방 머리로 내려왔습니다. 갑자기 목이 몹시 말랐습니다. 몸 안에서 타서 갈라지는 듯한 극한의 열기 때문에 제방 위에서 200미터 높이의 제방 아래로 내려가 물을 마시다 빠져 죽고 싶었습니다. 저는 불빛 속의 제방의 물을 바라보면서 우리 아버지가 틀림없이 그 물속에서 물고기처럼 펄쩍 뛰어오를 것이라고 생각했습니다. 틀림없이 그 빛 속 물속에서 튀어오를 것이라고 생각했지요. 다른 사람들은 전부 그 불, 그 해를 지켜보고 있었습니다. 저는 줄곧 이쪽 하늘과 땅에 가득한 저수지 물을 바라보고 있었습니다. 그들이 전부 무엇을 생각하고 있는지는 알 수 없었습니다. 하지만 저는 몹시 목이 말랐습니다. 온몸의 위아래, 안팎이 말라 갈라지고 있어 물속에 뛰어들어 익사하고 싶었습니다. 입술이 타 갈라지고 목구멍이 타 갈라지고 마음속이 타 갈라져 물속에 뛰어들어 물을 마시다가 익사하고 싶었습니다.

이때, 어디선가 외치는 소리가 들렸습니다.

귀를 찌르고 하늘을 놀라게 하는 외침이었습니다.

"해가 나왔다!"

"해가 나왔다!"

"하늘이 밝아지고 해가 동쪽 산 너머에서 솟아나왔다."

목소리가 제방 서쪽에 울려 퍼졌습니다. 모두들 고개를 돌려 제방 서쪽을 바라봤습니다. 불빛과 해가 제방 서쪽을 대낮처럼 환히 비쳤습니다. 하늘이 밝아졌습니다. 천하가 밝아졌습니다. 마을의 강과 산맥, 그리고 도로변의 나무, 사방 들판의 농작물과 화초가 밝아졌습니다. 수확을 끝낸 밀과 아직 수확하지 않은 밀밭과 콩 포기가 아주 뚜렷하고 분명했지요. 제방 서쪽의 시바촌西垻村 어귀에 수많은 사람이 서서 제방 동쪽의 기름 구덩이 산 위를 바라보고 있었습니다.

"날이 밝았다. 해가 나왔다!"

"날이 밝았다. 해가 나왔다!"

사람들 모두 소리치며 펄쩍펄쩍 뛰었습니다. 마을과 세상 전체가 손뼉 치고 펄쩍펄쩍 뛰는 모습이 설을 쇠는 아이들 같았습니다. 제방 아래 청춘程村과 마오장毛莊, 마자영馬家營 등 각 마을 사람 모두 집에서 나와 마을을 이리저리 돌아다녔습니다. 모두 뛰어나왔습니다. 대낮의 밝은 마을 어귀에 서서 징을 두드렸습니다. 북을 쳤습니다. 동쪽 산의 기름불 해를 보면서 큰소리로 외쳤습니다.

"날이 밝았다. 해가 나왔다!"

"날이 밝았다. 해가 나왔다!"

외치는 소리가 이 계절에 이리저리 흔들리는 밀의 물결 같았습니다. 한여름 혹서와 기근에 비를 갈구하는 기도 소리 같았습니다. 도처에 동쪽 산에 떠오른 해의 붉은빛이 있었습니다. 도처에 동쪽 산에 떠오른 해가 쏟아내는 투명하고 밝은 빛이 있었습니다.

어느 마을에선가 이런저런 소리가 들리더니 날이 밝자 닭 울음소리가 들렸습니다. 이어서 마을마다 닭들이 울기 시작했습니다.

어디선가 잠을 너무 많이 잔 소의 울음소리가 들렸습니다. 이어서 마을마다 소들이 깨어 하늘을 향해 거친 울음소리를 토해냈습니다.

이때가 되자 해가 살아났습니다. 시간이 다시 살아났습니다. 생생하고 활기 넘치는 닭 울음소리와 소 울음소리가 가오톈진에 울려 퍼졌습니다. 사방의 마을들이 전부 징을 두드리고 북을 쳐댔습니다.

"날이 밝았다. 해가 나왔다!"

"날이 밝았다. 해가 나왔다!"

이렇게 외치는 소리가 가오톈에 들려왔습니다. 갑자기, 진에 죽이고 때리는 소리와 불빛이 사라졌습니다. 동쪽 산의 햇빛이 온다고 하더니 진짜 왔습니다. 진에서는 가오톈의 그날 밤 모든 일이 환히 밝혀지고 모든 소리가 조용한 침묵과 죽음으로 변했습니다. 또 전부 살아난 것 같았습니다. 가오톈은 한참 동안이나 죽음과 같은 모습이었습니다. 여명 직전과 낮에 들려야 하는 모든 소리가 들리기 직전의 그런 고요함이었지요. 다른 고요함이었습니다. 황혼이 오기 전 낮에 사라져야 할 소리들이 사라지기 직전까지 남아 있는 그런 고요함이었습니다. 다른 고요함이었습니다. 이런 고요함은 밤과 낮이 교체되는 그 순간의 공백이자 죽음 같은 침묵이었습니다. 이런 죽음 같은 침묵과 공백과 기이한 정적에 이어 또 다른 소리가 요란하고 웅장하게 들려왔습니다. 세상이 살아나고 시간도 살아났습니다. 가장 먼저 가오톈의 기이한 정적을 깬 것이 어떤 소리였는지는 알 수 없었습니다. 그 정적 뒤에 아주 거칠고 무겁게 윙— 하는 소리가 들렸습니다. 이어서 주변의 다른 마을들과 마찬가지로 가오톈의 수많은 사람도 진에서 진 밖으로 몰려 나왔습니다. 진 밖에 이르자 동쪽 하늘과 동쪽 산을 향해 미친 듯이 외쳐대기 시작했습니다.

"어서 봐, 동쪽 산에 불이 붙은 것 같아."

"빨리 보라고, 동쪽 산의 해가 큰불처럼 크잖아."

사람들이 집에서 나왔습니다. 사람들이 진 거리와 진 밖에 섰습니다. 제방 위에 서면 진 거리 어디든 사람들이 나와 있는 것을 볼 수 있었습니다. 진 밖 드넓은 곳 어디든 사람들이 있었습니다. 징을 치는 소리가 들렸습니다. 볜파오를 터뜨리는 소리가 들렸습니다. 무리 지은 사람들의 박수 소리와 미친 듯이 환호하는 소리가 들렸습니다. 진 거리 동쪽 어귀의 인파에 섞여 우리 엄마도 소리를 지르며 폴짝폴짝 뛰고 있었습니다. 엄마가 폴짝폴짝 뛰는 모습은 다른 사람들보다 느렸습니다. 뛰어올랐다가 떨어질 때, 몸이 매번 조금씩 비틀어졌습니다. 넘어질 것 같았습니다. 하지만 끝내 넘어지진 않았습니다. 사람들이 또 소리치기 시작했습니다.

"날이 밝았다! 해가 살아났다!"

"날이 밝았다! 해가 살아 나왔다!"

바깥 마을 사람들은 진 안에서 진 밖을 향해 걷기 시작했습니다. 진 밖을 향해 달렸습니다. 진에서 그들은 사면팔방의 마을을 향해 걷거나 달려갔습니다. 차를 몰고 가기도 하고 수레를 끌고 가기도 했습니다. 무리마다 패잔병 같은 모습이었습니다. 수레 위는 비어 있었습니다. 몸도 빈 몸이었지요. 수레 위에 뭔가가 있다면 그건 틀림없이 꿈속에서 맞아 부상당한 사람이었을 겁니다. 맞아 죽은 사람이었을 겁니다. 그들은 빈 수레를 끌고, 부상당한 사람들을 끌고 동쪽의 일출을 바라보며 대낮 속을 걸었습니다. 우리는 아주 멀리서 그들의 낭패와 실망을 볼 수 있었습니다. 가오톈 사람들이 진에서 그들을 쫓아내며 돌을 내리치고 멜대를 휘둘러 그들을 때리는 모습도 볼 수 있었지요. 그들은 아무런 대응도 하지 않았습니다. 가오텐 사람들에게 맞는 것이 당연한 것 같았습니다. 모두들 손과 팔을 들어올려 얼굴과 머리를 보호하며 흩어졌습니다. 그렇게 물러서고 도망쳤지요. 흩어지고 물러서서 황급히 각자의 마을, 각자의 집으로 돌아갔습니다.

각자의 마을, 각자의 집으로 돌아갔습니다.

또 어느 날의 세월과 시간 속으로 돌아갔습니다.

뒤

또
무
슨
말을
할까
요

1

또 무슨 말을 할까요. 사정이 이랬습니다.

그해 그달 그날의 사정이 이랬습니다.

보살님이시여— 하늘님이시여— 하나님과 주님이시여— 그리고 중국의 선종이시여— 묘당과 신의 경지와 깨달음이시여— 노자님이시여— 장자님이시여— 공자님과 온갖 신선님이시여— 저는 어느 날 밤 천하가 몽유했고 그 와중에 얼마나 많은 사람이 죽었는지 알지 못합니다. 세상에 사람이 얼마나 많이 죽었을까요. 제가 아는 건 그날 밤 가오톈진에서만 539명이 죽었다는 사실뿐입니다. 저는 통계에 사망한 것으로 기록된 사람들의 명단을 봤습니다. 그 내역도 대충 기억하고 있지요.

1. 션취안더沈全德, 남, 36세. 몽유하다가 탈곡장에서 감전되어 사망.

2. 왕얼거우王二狗, 남, 41세. 몽유 상태에서 진을 상대로 한 전투에서 사망.

3. 후빙취안胡丙全, 남, 80세. 몽유 상태에서 강물에 뛰어들어 자살.

4. 위롱쥐안余容娟, 여, 67세. 몽유 상태에서 강물에 빠져 사망.

5. 장무터우張木貫, 남, 37세. 몽유 상태에서 대순을 위해 장수를 죽이고 사망.

6. 후더취안胡德全, 남, 68세. 몽유로 인한 갈증으로 물을 마시려다가 자기 집 물 항아리에 빠져 익사.

7. 마후즈馬胡子, 남, 27세. 몽유 상태에서 진을 상대로 한 전투에서 사망.

8. 양광주楊光柱, 남, 35세. 몽유 상태에서 대순을 위해 장수를 죽이고 사망.

9. 뉴다강牛大岡, 남, 30세. 몽유 상태에서 도둑질하다가 맞아 죽음.

10. 뉴슈슈牛秀秀, 여, 26세. 몽유 상태에서 도둑질하다가 맞아 죽음.

11. 닝샤오션寧小神, 여, 65세. 잠을 자다가 꿈속에서 이유 없이 목을 매 사망.

12. 마밍밍馬明明, 남, 18세. 몽유 상태에서 부녀자를 강간하다가 맞아 죽음.

13. 장차이張才, 남, 41세. 몽유 상태에서 아내와 말다툼하다가 목을 매 사망.

14. 구링링古玲玲, 여, 23세. 몽유 상태에서 자발적으로 남과 간통하고 몽유 후에는 사람들을 볼 면목이 없어 우물에 뛰어들어 자결.

15. 닝궈스寧國氏, 남, 38세. 몽유 상태에서 진 전쟁에 참여했다가

사망.

16. 양다산楊大山, 남, 26세. 몽유 상태에서 진 전쟁에 참여했다가 사망.

17. 양샤오쥐안楊小娟, 양다산의 여동생, 16세. 몽유하는 남자에게 강간당하고 나서 뜻을 이루지 못하고 사망.

18. 류다탕劉大堂, 남, 25세. 몽유 상태에서 진 전쟁에 참여했다가 사망.

19. 리톈바오李天保, 우리 아버지, 40세. 몽유 상태에서 어두운 밤과 일출을 위해 자살.

⋮

37. 마핑馬苹, 여, 30세. 남편이 몽유하다가 사망하자 우물에 투신하여 사망.

⋮

47. 첸펀錢粉, 여, 30세. 세 살 난 아들이 물구덩이에 빠져 익사하자 강물에 투신하여 자살.

⋮

77. 리다화李大花, 여, 36세. 평소에는 선량하고 근면했으나 몽유로 인해 도둑질하다가 사람들에게 맞아 죽음.

78. 쑨라오한孙老漢, 91세. 꿈에서 깨라고 외치다가 몽유하는 사람들에게 밀려 땅바닥에 넘어져 급사.

79. 저우왕정周王政, 남, 49세. 교사. 몽유 상태에서 알 수 없는 이유로 너무 울어 급사.

⋮

99. 톈정친田政勤, 남, 52세. 진장. 몽유 상태에서 리칭이 일으킨

병변으로 인해 모살됨.

100. 궈다강郭大剛, 48세. 부진장. 몽유 상태에서 리촹이 일으킨 병변으로 인해 피살.

101. 리샤오화李小花, 여, 4세. 몽유 상태의 아버지가 품에 안고 진 전투에 참여했다가 산 채로 사람들에게 밟혀 죽음.

⋮

202. 쓰마링샤오司馬凌霄, 48세. 부진장. 몽유 상태에서 리촹의 기의로 인해 피살.

⋮

303. 리촹李闖, 31세, 남, 전 무장부 부주임, 이자성의 후예. 몽유 상태에서 병변을 일으켜 순치 황제를 옹립했다가 날이 밝자 목매 자살.

⋮

404. 하오쥔郝軍, 27세, 잡화점 주인으로 몽유하는 사람들의 강도 짓과 도둑질을 저지하다가 피살.

⋮

505. 하오쥔원郝軍文, 67세. 아들이 죽은 것을 발견하고 자살.

506. 가오장즈高樟子, 남, 47세. 농구점 주인으로 몽유 상태에서 알 수 없는 이유로 사망.

507. 샤오뉴런小妞儿, 생후 3개월. 무명. 몽유하면서 품에 안고 밀을 베던 어머니가 밭머리에 잠시 내려놓았다가 밀을 다 베고 나니 알 수 없는 이유로 밭머리에 죽어 있었음.

508. 마샤오탸오馬小跳, 12세, 몽유로 인해 진 전쟁의 대오에 밟혀 죽음.

：

538. 정슈쥐鄭秀菊, 80세, 몽유로 인한 악작극에 놀라 사망.

539. 정줜줜鄭軍軍, 가족 전체가 사망하자 따라서 자살.

여래님이시여— 보살님이시여— 신들, 주님들이시여— 황상 대제시여— 이것이 바로 그날 밤 몽유 상태에서 우리 진에서 죽은 539명의 사람입니다.

천하를 다 합쳐서 얼마나 죽었는지 저는 모릅니다. 인근 마을 인근 거리에서 얼마나 죽었는지 모릅니다. 제가 아는 것이라고는 우리 가오톈진에서만 사망한 사람의 명단이 정부 통계에 의해 장장 95쪽에 달하는 것으로 밝혀졌다는 사실입니다. 책 한 권이나 다름 없지요. 옌롄커의 책 한 권이나 마찬가집니다. 집집마다 죽은 사람이 있었습니다. 집집마다 부상자가 있었습니다. 길바닥에 버려진 시신이 거리를 덮은 가을 나뭇잎 같았습니다. 떨어진 알곡이 밭에 굴러다니는 것 같았습니다. 며칠 후 진 바깥 들판의 묘지와 비 온 뒤의 버섯 같았습니다. 너무나 똑같았습니다. 또 며칠 후 진에 새 정부가 들어서 부패한 시신이 유발한 전염병을 예방하기 위해 사용한 소독약이 총 420통으로 차 스무 대 분량이었습니다. 그날 밤 우리 아버지가 태워버린 시신 기름과 맞먹는 양이었지요. 우리 외삼촌네 그 산수 소구에서도 그날 밤 99명이 죽었습니다. 우리 외삼촌과 외숙모도 죽었지요. 두 사람이 죽은 것은 이상하지도 억울하지도 않았습니다. 죽어도 싼 사람들이지요. 몽유 상태에서 사람들에게 음식을 가져다주다가 맞아 죽었습니다. 그들이 죽자 집 안에 있던 물건은 전부 도둑맞았습니다. 의자 하나도 남지 않았지요.

도둑들은 문과 창문, 부엌의 그릇과 젓가락까지 다 가져가버렸습니다. 커튼과 전구마저 뽑아갔지요. 소구 안의 좋은 묘목과 화분도 다 파갔습니다. 진 인근의 여러 마을도 마찬가지였습니다. 마을마다 몽유 상태에서 사망한 사람이 수십 명에서 100명에 달했지요. 어떤 사람은 그날 밤 현성의 몽유가 더 무서웠다고 했습니다. 주야로 장장 36시간 동안 온갖 사건과 폭행으로 사망한 사람이 최소 1000명에 달한다고 했습니다. 그러나 사흘째 되던 날, 정말 날이 밝고 해가 떠서 100년, 1000년에 한 번 올까 말까 한 낮의 어둠이 끝나자 현과 시, 성省의 라디오 방송국과 텔레비전 방송국마다 일제히 똑같은 뉴스를 방송했습니다. 허난河南의 인구가 적은 깊은 산간 지역에서만 사람들에게 몽유가 일으킨 몇 가지 사고로 인해 재해가 발생했다는 것이었습니다. 사흘째 되던 날 시에서 발행된 신문 제2판 오른쪽 하단에 현지 '기문취사奇聞趣事'라는 칼럼에도 똑같은 뉴스 기사가 게재되었습니다. 기사 원문은 부호까지 포함해도 220자밖에 되지 않았습니다.

　　우리 시 산간 지역에서 소규모 몽유 현상 발생

　　본보 기사: 최근 여름의 혹서와 밀 추수 농번기에 기상과 지리가 조성한 계절성 주암 현상이 더해져 우리 시 서부의 찬베이川北현 수이황水黃진 일대의 마을과 거리를 비롯한 일부 산간 지역에 피로에 이은 활약성 사유약동이 몽유로 전이되는 현상이 발생했다. 일부 사람은 몽유 과정에서 밀을 베거나 탈곡했고 일부는 몽유하는 사람들에게 소리를 질러 깨도록 하기 위해 연이어 며칠 밤

을 새움으로써 양호한 사회질서와 인간관계의 따스함을 체현했다. 하지만 자오난召南현 가오톈진 일대에서는 몽유와 관련된 대규모 사망자가 발생했고 사회 혼란으로 인해 실증되지 않은 유언비어가 난무하기도 했다. 유언비어의 확산을 저지하고 양호하고 안정적인 사회질서를 확립하기 위해 정부는 이미 적지 않은 국가기관 간부와 공안 요원들을 파견해 진상 조사와 억제 활동을 진행하는 동시에 인민 군중을 지원하고 최대한 빨리 생산과 양호한 사회생활 질서를 회복하기 위해 노력하고 있다.

2

보살님이시여― 하늘님이시여― 제게는 아뢰어야 할 일이 한 가지 더 있습니다. 진에서 539명이 죽었고 중상자도 490명이나 나왔습니다. 재산과 가옥의 손실은 얼마나 되는지 알 수 없습니다. 죽거나 부상당한 사람이 없는 집이 거의 없었습니다. 강도나 도둑을 당하거나 구타를 당하지 않은 가구가 없었지요. 몽유하거나 몽유하지 않은 밤에 재난이 발생하거나 시끄러운 일이 일어나지 않은 집이 없었습니다. 하지만 재난을 당한 뒤에도 슬퍼하는 집이 몇 집 되지 않았습니다. 울부짖는 집이 몇 곳 되지 않았습니다. 저는 그 이유를 알 수 없었습니다. 원래는 진에서 사람이 한 명 죽으면 하늘이 내려앉는 것 같았고 가족이나 이웃은 물론, 진의 절반이 울었습니다. 친척이 죽으면 자신도 울면서 따라 죽는 사람이 있었지요. 슬퍼서 심하게 울다가 숨이 쉬어지지 않아 목이 메어 죽는 사람도 있었습니다. 어느 날 진에서 동시에 두 사람 혹은 세 사람이 죽었다면 이는 영원히 안녕할 수 없는 날이 되었을 것입니다. 곡하는 소리가 보름 혹은 한 달까지 그치지 않고 진을 송두리째 집어삼켰을 것입니다. 하지만 석 달 전의 이날, 길어진 어두운 밤에 진에서 539명이 죽었습니다. 집집마다 부상을 입거나 재난을 당한 사람이 있었습니다. 또 집집마다 재난과 슬픔이 찾아왔지요. 한 집도 빠짐없이 이런 일을 당했습니다. 그런데 아무도 하늘이 무너지고 땅이 꺼지도록 울지 않고 슬퍼하지도 않았습니다. 다음 날 정말로 해가 서쪽에 모습을 드러내 과거의 밝음을 다시 진에 돌려주자 살아 있는 각 가구의 사람 모두 밖으로 나와 서둘러 시신을 수습했지만 뜻밖에도 죽은 듯이 고요해지면서 울음소리가 전혀 들리지 않았습니다.

울음소리가 전혀 없었습니다.

그때 서쪽 하늘에서 먼저 제방 동쪽 산으로 이동하는 것 같은 시화운戸火雲이 나타났습니다. 이어서 햇빛과 함께 서쪽 하늘의 구름 속에서 구름과 어둠을 몰아냈지요. 낮의 어둠이 이렇게 끝나고 또 이렇게 바람이 불어왔습니다. 진의 거리와 마을들에는 도처에 깨진 문짝과 창문, 버려진 옷가지와 신발, 부채, 차바퀴 같은 것이 나뒹굴고 있었습니다. 검게 오염된 핏자국과 사람들 몸에서 떨어진 팔다리, 병기로 사용했던 낫과 도끼, 삽 등도 여기저기 흩어져 있었습니다. 집집마다 청소와 정리를 마친 뒤에도 거리에는 죽음 같은 고요만이 남아 있었습니다.

바로 이때, 낮의 어둠이 끝났습니다.

해가 정말로 서쪽 하늘에 나타났습니다.

하지만 낮의 어둠이 정말로 물러가고 재난이 정말로 끝나 밝은 낮이 찾아왔을 때, 진에는 정말로 어떤 환호도 없고 다시 찾아온 백주 대낮을 기뻐하는 사람도 없었습니다. 진 정부에서는 사람들을 보내 진 동서남북의 번화한 곳마다 사무용 책상을 설치했습니다. 간부들은 재빨리 각 가구의 사상자와 재산 손실 상황을 집계하기 시작했지요. 각 가구는 주저하면서도 그곳을 찾아가 피해를 신고하고 등록했습니다. 가장 많았던 질문과 대답은 물처럼 희석됐습니다. 그냥 물 같았지요.

"집에 사람이 죽는 재난을 당했는데 정부가 배상을 해주나요?"

"장담하기 어렵습니다."

"장담하기 어렵다면 신청하는 게 무슨 의미가 있나요?"

"아무래도 숫자는 있어야 하잖아요."

더 이상 묻지 않았습니다. 더 이상 아무런 대답도 하지 않았습니다. 사망과 부상, 재산 손실을 신고하고는 지는 해 속에서 천천히 집을 향해 걸었습니다. 피해를 신고한 그 사람은 뭔가가 생각났는지 몸을 일으켜 돌아다니며 외쳤습니다.

"날이 너무 더우니 서둘러 매장하도록 하세요. 정부가 매장이든 화장이든 관여하지 않으니 서둘러 망자를 묻으라고요."

가버린 사람은 고개를 돌려 쫓아온 사람에게 대답하지 않았습니다. 고개를 돌려 대답하는 사람도 있었습니다.

"매장하지 않으면 죽은 사람을 집에 누워 있게 한단 말인가요?"

사실은 매장이든 화장이든 관여하지 않는 게 아니었습니다. 사람들이 하룻밤 사이에 화장장을 폐허로 만들어버렸기 때문입니다. 완전한 폐허였습니다. 몽유하던 사람들이 화장장을 부수고 없애버린 것인지 아니면 몽유하지 않은 사람들이 몽유를 빙자해 몽유하는 척하면서 눈을 크게 뜨고 깨어 있는 사람들의 눈으로 부수고 없 앤 것인지 알 수 없었습니다. 시신을 태우던 소각로는 넘어뜨려 산 등성이 아래 저수지 속으로 처박아버렸습니다. 시신을 태우던 소 각실은 폭약에 의해 폭파되어 박살 난 벽돌과 기와가 마당 가득 작 은 산처럼 쌓였습니다. 돈이 되는 물건은 전부 사람들이 가져가버 렸습니다. 양쪽의 빈집들과 아직 목재로 성장하지 못한 마당의 나 무와 풀, 꽃들만 남아 있었지요. 꽃과 들새, 산토끼와 오소리, 족제 비만 남아 있었습니다. 온통 폐허였습니다. 온통 폐허에 황무지였 습니다. 쥐안즈는 어디로 갔는지 알 수 없었습니다. 어쩌면 그 애 는 자기 마을의 집으로 돌아갔는지도 모르지요. 시신을 태우던 화 장공들도 어디로 갔는지 알 수 없었습니다. 아마 모두 자기 마을, 자기 집으로 돌아갔는지 모릅니다.

화장장 쪽은 조용했습니다.

제방 위 산등성이 쪽도 조용했습니다.

세상이 다 조용했습니다. 우리 가오텐진도 아주 조용하고 평안 했습니다.

보름 뒤였습니다. 그렇게 딱 보름이 지난 뒤였지요. 진은 조용 하고 평안한 상태로 과거의 거리 풍경을 되찾고 있었습니다. 재빨 리 예전 거리의 모습을 회복했지요. 물건을 파는 사람은 팔고 사 는 사람은 샀습니다. 아무 일도 일어나지 않은 것 같았습니다. 해 는 떠야 할 시각에 떠올랐고 져야 할 시각에 졌습니다. 떠야 할 곳 에서 떠서 져야 할 곳으로 졌습니다. 진 밖의 들과 밭에는 밀 수 확 후에 한 차례 장맛비가 내렸습니다. 비가 그치고 날이 개자 푸 른 풀이 왕성하게 자라 검은색이 되었습니다. 수천수만의 모든 무덤의 황토 위에 새로운 들풀이 자라났습니다. 풀 색깔이 옅고 부드럽고 희박한 것을 제외하면 새 무덤과 오래된 무덤을 구별할 수 없었습니다. 탈곡장은 원래 평평하게 다져져 있었고 밀 알곡 하나도 남아 있지 않았습니다. 하지만 그때는 탈곡장의 밀 싹이 왕성하게 자라 있었지요. 사람들이 특별히 마음먹고 심어놓은 것 같았습니다.

사정이 이랬습니다.

세상이 이랬습니다.

옷을 파는 가게에서는 문과 창문을 정리하고 또 물건을 들여놓았습니다.

전자제품 가게는 손실이 심각했지만 자금을 융자받아 새로 영업을 시작했습니다. 게다가 장사가 예전보다 더 잘됐지요. 아주 대단히 잘됐습니다. 전자제품을 골라서 사려는 진 사람과 시골 사람들의 행렬이 끊이지 않았으니까요.

소고기와 양고기도 팔았습니다. 식품과 잡화도 팔았지요. 길가 노점에서는 푸른 채소와 과일도 팔았습니다. 시골 사람들은 닷새에 한 번씩 진의 장터로 장을 보러 왔습니다. 모든 것이 과거에 비해 더 활발하고 성황을 이루었지요. 예전처럼 번화하고 왕래가 빈번했습니다. 다만 그 이웃집 농기구점의 주인만 그날 밤에 죽고 말았습니다. 그의 아내는 어디로 갔는지 알 수 없었습니다. 어쩌면 친정으로 돌아갔는지도 모르지요. 어차피 이 진 사람이 아니었으니까요. 그녀가 떠나자 그 농기구점 대문은 낮이나 밤이나 굳게 닫혀 있었습니다. '왕마오 농기구점'이라고 쓰인 간판에는 금세 거미줄이 쳐졌지요.

농번기가 한 차례 지나간 터라 원래 농기구점도 쉬어야 했습니다. 거미들은 요염한 모습으로 매일 문 위로 기어 올라갔습니다. 한가롭게 양생하고 있었지요.

그날 밤, 우리 엄마는 아버지의 말을 따라 집 안에 꼭 틀어박혀 진의 전투가 지나가기를 기다렸습니다. 하지만 몽유의 대란 이후 진과 주변의 마을들에서 많은 사람이 죽었지요. 죽은 사람이 병충해로 떨어진 낙과만큼이나 많았습니다. 태풍이 지나가고 나서 땅에 엎드린 농작물 같았지요. 하지만 신세계 장례용품점의 장사는 아직 좋아지지 않았습니다. 조금도 나아지지 않았지요. 우리 엄마가 수의를 짓지 않았기 때문입니다. 화환을 위한 종이꽃도 오리지 않고 다른 장례용품도 만들지 않았습니다. 왠지 모르지만 갑자기 아무것도 하지 않았지요. 그 며칠 집집마다 망자들을 매장하고 있을 때, 우리 집은 제방 동쪽 산에 있는 다 타버린 흙구덩이로 가서 까맣게 탄 흙을 조금 떠왔습니다. 그 흙을 우리 아버지 리텐바오로 간주하고 매장으로 장례를 치렀습니다. 그 구덩이로 흙을 뜨러 갔을 때 이상한 일을 목격했습니다. 시신 기름이 타서 해가 되어 떠오르던 그 구덩이가 그때는 거대한 벽돌가마 같았습니다. 가마 안의 모든 흙이 검게 타버렸지요. 다 타서 덩어리가 되었습니다. 구덩이와 세상이 온통 탄 흙냄새였습니다. 기름이 연소한 뒤의 유황 벽돌 냄새였지요. 하지만 그 타버린 흙의 갈라진 틈새로 누가 심었는지 모를 들꽃들이 피어나기 시작했습니다. 빨간 꽃 노란 꽃 초록 꽃이 피었지요. 산동백과 들국화도 피었습니다. 자줏빛과 붉은빛이 어우러져 흐드러지게 피어 있었습니다. 맨드라미와 난초도 있었습니다. 꽃을 심은 것은 화초가 타버려 푸석푸석한 땅 위로 자라나 솥뚜껑처럼 흙을 뒤집고 그 타버린 흙 깊이 뿌리를 내리게 하기 위해서였습니다. 이렇게 그 화초들은 머리와 목만 밖으로 내밀고 있었습니다. 탄 흙 위였습니다. 대지 위였지요. 화초들은 방금 사흘 내내 심은 것 같았습니다. 아직은 정말로 살아나지 못했지요. 하나같이 탄 흙 위로 목과 고개를 푹 숙이고 있었습니다. 우리는 그 구덩이 한가운데 꽃들 중에서 몇 송이를 꺾어 아버지의 뼈로 삼았습니다. 아버지의 유골을 우리 가게 안에 모셨습니다. 진 사람들이 압지의 유공을 보면 베풀어준 은혜에 감지덕지할 것이라 생각했습니다. 모두들 웃으면서 아버지를 찾아올 것이라 생각했지요. 하지만 그렇지 않았습니다. 재난이 지나가기 전 며칠 동안 진 사람들은 저와 엄마를 보면 몇 마디 감사 인사를 건넸습니다. 하지만 그다음부터는 아무 말도 하지 않았습니다. 아주 빨리 입을 닫아버렸지요. 더 많은 사람이 저와 엄마를 보면 길을 막고 말했습니다.

"그날 밤 당신네 집도 잠을 자지 않았잖아요. 몽유하지 않으면서 무슨 방법으로 해를 만들어낼 수 있었던 건가요. 몽유하지 않으면서 어떻게 스스로 구덩이로 걸어 들어가 불을 당길 수 있었냐고요?"

또 보름 뒤에는 이런 말조차 없어졌습니다.

이어서 한 가지 작은 일이 일어났습니다. 말해두지 않으면 안 되는 작은 일이었습니다. 그날 엄마는 집 안에서 탁자를 정리하면서 먼지를 닦고 잡동사니를 치우고 있었습니다. 이때 한 사람이 들어왔습니다. 머리는 하얗고 키는 중간쯤 되어 보였습니다. 캐리어를 하나 끌고 크고 작은 보따리를 들고 있었습니다. 그는 안으로 들어와 캐리어를 입구에 놓았습니다. 나를 잠시 쳐다보더니 다른 손에 들고 있던 계란과 우유, 간식 등을 엄마 옆에 내려놓았습니다. 우리 고장 사람들은 누군가를 찾아갈 때 항상 이런 물건들을 들고 가곤 했지요. 그는 이런 선물을 내려놓고는 돌아가신 우리 아버지의 유상遺像을 바라보면서 말이 없었습니다. 한나절이나 말을 하지 않았습니다. 한 달이나 말을 하지 않았지요. 1년 내내 말을 하지 않았습니다. 결국 그는 자기 캐리어에서 수많은 책을 꺼냈습니다. 한무더기의 책, 엄청난 양의 책이었습니다. 『고통이 흐르는 해는 물과 같았다活受之流年與如水』『풍아와 햇빛風雅與日光』『꿈꾸는 사내의 마을』『죽음의 책』 같은 것이었지요. 그리고 『일월년日月年』과 『나의 가오톈과 아버지我的皋田與父輩』도 있었습니다. 이 책들을 아버지 유상 앞에 내려놓았고 불을 붙였습니다. 이 책들을 다 불태웠지요. 무릎을 꿇지는 않았습니다. 우리 아버지 면전에 향을 몇 가닥 태우지도 않았습니다. 그저 그렇게 불을 붙여놓고 우리 아버지의 둥근 얼굴이 담긴 흑백 사진을 바라보고 있었지요. 밝았던 불이 꺼지면서 어두워지자 마침내 그는 우리 엄마를 힐끗 쳐다보면서 손을 들어 제 얼굴을 쓰다듬었습니다.

"네 아버지가 써달라고 한 그 책을 쓸 수 없을 것 같구나. 겨울에 화로에 관해 쓰지 못하고 여름에 전기 선풍기에 관해 쓰지 못하는 것이나 마찬가지지. 앞으로 다시는 이 진으로 돌아오지 못할 것 같아."

목소리가 아주 작았습니다. 춥고 차갑고 힘이 없었습니다. 그렇게 가버렸습니다. 열쇠가 달린 캐리어를 끌고 우리 집에서 나갔습니다. 나와 엄마는 그를 문 앞길까지 배웅했지요. 우리는 그가 기차역으로 가는 것이 베이징으로 돌아가기 위해서라고 생각했습니다. 하지만 여러 날이 지나 베이징 그의 집에서는 그가 여전히 가오텐 고향 집에서 글을 쓰고 있다고 생각했습니다. 이렇게, 바로 이렇게, 그가 어디로 갔는지 알 수 없게 되었습니다. 이렇게 이 세상에서 사라졌습니다. 그 책들이 우리 아버지 앞에서 다 타버린 것처럼 아무런 소식도 들을 수 없었습니다. 종적이 없었습니다. 그에 관한 소식이 전혀 없었지요. 하지만 그는 이렇게 소식이 끊기기 직전에 마지막으로 제게 한마디 던졌습니다.

"그 타버린 흙더미 속에서 쥐안즈를 찾아오도록 해. 그 애는 매일 그곳에서 널 기다리고 있었거든."

저는 가지 않았습니다.

저는 쥐안즈가 매일 그곳에서 저를 기다렸다는 사실이 믿기지 않았습니다. 그 애가 왜 저를 기다리겠습니까. 제가 뭐 그리 기다릴 만한 사람이겠습니까. 하지만 나중에는 결국 참지 못하고 가봤습니다. 가서 도대체 그 애가 다 탄 기름 흙 속에 있는지 확인하고 싶었습니다. 그 애는 대체 뭘 하고 있었던 걸까요? 장날에 장을 보러 간 것이었습니다. 장날의 햇빛은 겨울과 다르지 않았지요. 햇빛이 햇빛과 마찬가지로 밝았습니다. 공기 중에 잡다한 오염물이나 먼지가 없었습니다. 대로는 인산인해였습니다. 햇빛이 충분했습니다. 가을 햇살에 길가 집들 담벼락이 빛났습니다. 나무들도 빛났지요. 모든 점포의 문과 창문, 물품들이 전부 빛을 발했습니다. 길가에서 음식을 파는 가게와 옷을 파는 가게와 빗자루를 파는 가게가 전부 빛을 발했습니다. 이것저것 가릴 것 없이 모든 것이 빛을 발했습니다. 장터를 오가는 사람들 머리와 어깨도 투명하게 빛을 발했습니다. 옥이나 마노 같았지요. 단번에 옷 안을 꿰뚫어보고 살과 혈맥과 마음을 들여다볼 수 있었습니다. 저는 너무나 허전하고 무료한 마음으로 큰길 위를 걷고 있었습니다. 허전하고 무료한 마음으로 옌 아저씨가 떠나기 전에 마지막으로 했던 말을 생각했습니다. 허전하고 무료한 마음으로 쥐안즈의 집이 그 기름 구덩이 근처 마을에 있었다는 것이 생각났습니다. 쥐안즈가 불에 달군 뜨거운 바늘처럼 제 몸을 찔러왔습니다. 제 마음을 찔러왔지요. 저는 그 다 탄 구덩이에 가서 쥐안즈를 찾아보기로 마음먹었습니다. 저는 걷고 뛰면서 도망치듯이 진을 떠나 제방으로 갔습니다. 멀리 화장장 쪽에 누군가 짓고 있는 모습이 보였습니다. 들리는 바에 의하면 초로의 남자가 묘당을 지으려 한다고 했습니다. 어쩌면 절인지도 모르지요. 절이어야만 먼저 불에 탄 사람, 나중에 죽은 사람을 전부 수용할 수 있었습니다. 묘당은 전부 수용하지 못하지요. 애석하게도 당시 저는 그것이 묘당인지 절인지에 대해서는 전혀 관심이 없었습니다. 제 마음은 오로지 샤오쥐안즈만 생각하고 있었으니까요. 쥐안즈가 바로 제 묘당이자 제 절이었습니다. 저는 제방 서쪽을 향해, 쥐안즈를 향해, 저의 신묘神庙를 향해 달려갔습니다. 그곳에 이르러 놀란 저는 잠시 멍하니 서 있었습니다. 몽유의 밤에 아버지 일행이 기름통을 굴리던 제방 서쪽의 길을 따라 북쪽 산언덕을 향해 갔습니다. 그 길의 풀들은 무릎까지 올 정도로 높이 자라 있었습니다. 작고 노란 꽃들이 한 다발 또 한 다발 허공에 떠 있었습니다. 가을 벌들이 그 꽃들 위를 신바람이 나서 웅웅 날아다니고 있었습니다. 백 가닥 천 가닥의 꽃향기가 흐르면서 비단처럼 제 앞에 노란빛으로 반짝이고 매끄럽고 붉게 빛나고 있었습니다. 꽃향기를 맡으면서 그 구덩이에 이르렀지만 저는 쥐안즈를 찾지 못했습니다.

하지만 그 타버린 흙구덩이가 쥐안즈가 갑자기 제 품을 향해 달려드는 것처럼 저를 놀라게 했습니다. 타버린 흙 틈새에서 화초들이 전부 살아나고 있었던 것입니다. 알고 보니 드문드문 흩어져 있던 꽃들이 빽빽하게 자라나 있었습니다. 구덩이 안의 타버린 검은 흙은 전혀 찾아볼 수 없었습니다. 크기가 각기 다른 붉고 노란 국화꽃 잎사귀와 꽃잎이 구덩이의 상공을 덮고 있었습니다. 바람도 진한 향기를 날려보내지 못했습니다. 가을 벌과 나비들이 바쁘게 춤을 추고 있었습니다. 봄 같았습니다. 꽃 위에 떨어진 벌과 나비의 그림자가 새들 그림자처럼 희미했습니다. 배가 물 위에 떠 있는 것 같았습니다. 햇빛은 아주 투명했습니다. 꽃과 새들이 호흡하면서 빛 아래에 토해내는 공기가 뒤엉켜 있는 것이 다 보였으니까요. 소리는 빛과 바늘 끝처럼 작아 허공에서 서로 싸우고 있는 것 같았습니다. 하지만 밤하늘의 별처럼 반짝반짝 빛났지요. 이런 정경은 아마도 옌롄커의 소설 『일년월』에 나오는 어딘가일 것 같았습니다. 어쩌면 그 결말 부분인지도 모르지요. 그게 아닐지도 모릅니다. 그런 것과 아닌 것 사이에서 주저하면서 쥐안즈가 구덩이 저쪽 좁은 길에서 꽃에 물을 주기 위해 물지게를 지고 나타났습니다. 그녀의 땋은 머리와 멜대가 햇빛 속에서 잠자리나 나비 날개처럼 반짝이며 펄럭였습니다.

아— 아아!

나의 절, 나의 묘당. 나의 쥐안즈가 절이자 묘당이었습니다.

2014년 10월~2015년 7월 베이징에서 초고

2015년 11월 수정

2016년 3월 홍콩과기대에서 탈고

옮긴이의 말

집단 비이성과 광기의 은유

상당히 위험한 소설이다. 작가를 사랑하는 나는 내내 등골이 서늘했다.

중국에서는 문학작품에 어떤 의도가 담겨 있다는 정치적 상상으로 인해 종종 필화 사건이 일어났다. 그 유명한 문화대혁명의 발단도 어느 희곡작품에 대한 터무니없는 정치적 상상력의 단정이었다. 역사학자 우한吳晗의 경극 대본인 『해서파관海瑞罷官』(1961)이 초연 이후 일부 정치평론가에 의해 1959년에 열린 루산廬山 회의에서 펑더화이가 마오쩌둥의 대약진운동을 비판한 것을 은유하는 작품으로 해석되기 시작했다. 해서가 바로 펑더화이이고 명나라 황제가 마오쩌둥이라는 것이었다. 이에 대해 우한은 「해서를 논함論海瑞」이라는 글을 발표해 펑더화이는 마오쩌둥을 비판했으므로 해서 같은 충신으로 간주되어서는 안 된다고 주장했다. 이에 마오쩌둥은 우한을 비판함으로써 당내의 최고 정적이었던 류샤오치를 제

거하기 위한 수단으로 삼았고, 이것이 사인방 가운데 한 명인 야오원위안에게 차용되어 문화대혁명의 불씨로 작용했다. 문학작품 하나가 정치적 억지 해석으로 인해 '10년 대동란'의 동력이 되었던 것이다.

이 작품은 맨 처음에 죽음에 대한 의식의 전환으로 시작된다. 매장에서 화장으로의 전환에는 전통과 현대의 대치가 있을 수 있고 혹은 자본 권력의 폭력이 있을 수 있다. 하지만 작품 전체의 주제와 배경은 역시 꿈이다. 그동안 옌롄커는 중국인의 삶과 중국의 역사에 점철된 고통과 재난, 완고한 비이성을 종종 주제로 삼아왔고 이에 대한 극복이나 해체의 장치로 꿈을 활용하곤 했다. 꿈은 대개 이상이나 현실의 초월을 상징하지만 이 작품에서는 꿈의 부산물인 몽유가 집단적 비이성 혹은 광기를 상징하는 것처럼 비치기 십상이다. 비이성과 광기에 대한 해법은 당연히 각성과 진실의 복원일 것이다. 그러나 그 전에 먼저 집단적 광기의 실현으로 도둑질과 강도 짓 같은 대규모 범죄와 살인, 폭력이 난무한다. 몽유가 인간의 본능을 해방시켜주고, 깨어 있을 때 감히 하지 못하는 행동을 기탄없이 실천하게 해준 결과다.

이런 현상을 중국의 평론가들은 어떻게 평가할까. 혹자는 몽유가 좀처럼 드러낼 기회가 없었던 영혼의 체현이라고 해석하기도 하고, 또 다른 평자는 역사에서 탈피해 중국인들의 정신에 내재된 어떤 부조리한 의식을 상징하는 것이라 말하기도 한다. 상당히 설득력 있고 미학적 기초가 충분한 해석들이다. 그런데 소설 말미에 몽유 상태에서 명나라 말기 이자성의 반란을 상기시키는 봉기가 나타난다. 혹시 이 소설이 봉기를 암시하고 종용하는 격문으로 해석되지는 않을까 하는 불안한 상상을 떨칠 수 없는 대목이다. 요컨대 이 소설의 핵심은 중국인의 정신적 자질과 국민성에 대한 비판이라고 할 수 있다. 이는 한 세기 전 루쉰의 사유와 거의 일치한다. 『풍아송』이나 『작열지』 같은 소설에서 구체적으로 일부 지식인의 허위의식과 경제 발전에 대한 사회 전체의 지나친 경도 및 천착을 비판했던 옌롄커는 이 작품에서는 은유의 대상을 크게 확대해 중국인의 의식 속에 보편적으로 내재하고 있는 사악하고 비이성적인 인성을 탐색하고 있다. 아울러 이러한 인성이 일상성이라는 질서에 은폐되거나 억압되고 있을 뿐임을 지적하고 있다. 중국은 종종 집단의 사유와 행동이 사회를 지배한 반면 상대적으로 개인의 사유와 행동은 경시되어왔다. 그 대표적인 사례가 앞서 언급한 문화대혁명이었다. 오늘날 대부분의 중국인에게서 찾아볼 수 있는 맹목적 애국주의도 이런 집단 사유의 일환일 것이라는 생각을 떨칠 수 없다.

옌롄커는 이 작품을 쓰는 과정이 말할 수 없는 고통이었다고 말한다. 원고를 열 번 이상 수정하다보니 원고를 인쇄한 종이가 사람 키에 미칠 정도였다고 한다. 일부 장절을 추가할 때마다 기존 장절을 삭제하는 아픔도 있었다. 기나긴 고통의 시간이 뽑아낸 이 연약한 거미줄 같은 작품에 대해 그 어떤 정치적 해석도 없었으면 좋겠다. 문학은 문학일 뿐이다. 문학은 정치나 경제보다는 훨씬 더 높은 곳에 존재한다.

2024년 무더운 가을에 김태성 씀

옮긴이 **김태성**金泰成

한국외국어대학 중국어과를 졸업하고 같은 학교 대학원에서 타이완 문학 연구로 박사학위를 받았다. 중국학 연구 공동체인 한성문화연구소漢聲文化研究所를 운영하면서 중국 문학 및 인문 저작 번역과 문학 교류 활동에 주력하고 있다. 중국의 문화 번역 관련 사이트인 CCTSS 고문, 『인민문학』 한국어판 총감 등의 직책을 맡고 있다. 『인민을 위해 복무하라』 『사람의 목소리는 빛보다 멀리 간다』 『고전의 배후』 『방관시대의 사람들』 『마르케스의 서재에서』 『번화』 『가장 짧은 낮』 『귀신들의 땅』 등 140여 권의 중국 저작물을 우리말로 옮겼다. 2016년 중국 신문광전총국에서 수여하는 '중화도서 특수공헌상'을 수상했다.

해가 죽던 날

초판인쇄 2024년 10월 10일
초판발행 2024년 10월 18일

지은이 옌롄커
옮긴이 김태성
펴낸이 강성민
편집장 이은혜
마케팅 정민호 박치우 한민아 이민경 박진희 황승현
브랜딩 함유지 함근아 박민재 김희숙 이송이 박다솔 조다현 정승민 배진성
제작 강신은 김동욱 이순호

펴낸곳 (주)글항아리 | 출판등록 2009년 1월 19일 제406-2009-000002호

주소 10881 경기도 파주시 심학산로 10 3층
전자우편 bookpot@hanmail.net
전화번호 031-955-2689(마케팅) 031-941-5161(편집부)
팩스 031-941-5163

ISBN 979-11-6909-305-7 03820

www.geulhangari.com